잃어버린 시절을 찾아서 8

소돔과 고모라 2

마르셀 프루스트

잃어버린 시절을 찾아서 8

소돔과 고모라 2

이형식 옮김

펭귄클래식코리아

옮긴이 이형식

서울대학교 불어교육과를 졸업하고 파리대학에서 마르셀 프루스트에 대한 연구로 석사, 박사학위를 받았다. 현재 서울대학교 명예교수이다. 지은 책으로는 『마르셀 프루스트』, 『프루스트의 예술론』, 『작가와 신화-프루스트의 신화 세계』, 『프랑스 문학, 그 천년의 몽상』, 『그 먼 여름』이 있다. 옮긴 책으로는 『레 미제라블』, 『쟈디그·깡디드』, 『모빠상 단편집』, 『웃는 남자』, 『93년』, 『미덕의 불운』, 『사랑의 죄악』, 『중세의 연가』 등이 있다.

잃어버린 시절을 찾아서 8 소돔과 고모라 2

초판 1쇄 발행 2015년 11월 20일
초판 4쇄 발행 2022년 4월 18일

지은이 | 마르셀 프루스트 옮긴이 | 이형식

발행인 | 이재진 단행본사업본부장 | 신동해
편집장 | 김경림 마케팅 | 최혜진 이은미
홍보 | 최새롬 국제업무 | 김은정 제작 | 정석훈

브랜드 펭귄클래식 코리아
주소 경기도 파주시 회동길 20
문의전화 031-956-7066 (편집) 02-3670-1123 (마케팅)
홈페이지 http://www.wjbooks.co.kr
페이스북 www.facebook.com/wjbook
포스트 post.naver.com/wj_booking
발행처 ㈜웅진씽크빅
출판신고 1980년 3월 29일 제406-2007-000046호

펭귄클래식 코리아는 유리장 에이전시를 통해 펭귄북스와 제휴한 ㈜웅진씽크빅 단행본사업본부의 브랜드입니다.
펭귄 및 관련 로고는 펭귄북스의 등록 상표입니다. 허가를 받아야만 사용할 수 있습니다.
Penguin Classics Korea is the Joint Venture with Penguin Books Ltd.
arranged through Yu Ri Jang Literary Agency. Penguin and the associated logo
are registered and/or unregistered trade marks of Penguin Books Limited.
Used with permission.
이 책은 저작권법에 따라 보호받는 저작물이므로 무단 전재와 무단 복제를 금지하며,
이 책 내용의 전부 또는 일부를 이용하려면 반드시 저작권자와 ㈜웅진씽크빅의 서면 동의를 받아야 합니다.

한국어 판 ⓒ ㈜웅진씽크빅, 2015
ISBN 978-89-01-20505-2 04800
ISBN 978-89-01-08204-2 (세트)

* 잘못된 책은 바꾸어 드립니다.
* 책값은 뒤표지에 있습니다

차례

2부 2장 · 9
2부 3장 · 186
2부 4장 · 384

옮긴이 주 · 412

▶ 일러두기

1. 모든 외래어는 현지 발음에 가깝도록 표기하고, 라틴어는 추정되는 고전 라틴어 발음 규범을, 고대 그리스어는 에라스무스의 발음 체계를 따른다.
2. [f]음은 한글 음운 체계에 존재하지 않는지라, 혼동 여지의 유무, 인접한 철자와의 관련 및 관행 등을 고려하여 [ㅎ]음이나 [ㅍ]음으로 표기한다.
3. [th]음 또한 [f]음과 같은 기준으로 고려하여 [ㄸ음이나 [ㅆ]음 혹은 [ㅌ]음으로 표기한다.
4. 특정 교단들이 변형시켜 사용하는 어휘들(수단, 가톨릭, 그리스도, 모세 등)은 원래의 발음에 가깝게 적는다(쏘따나, 카톨릭, 크리스토스, 모쉐 등).
5. 우리말 어휘들 중 많은 것들은 실제로 통용되는 형태로 적는다(숫소, 생울타리,우뢰 등).

2부

2장

 빠리행 기차가 (남작이 타지 않은) 출발하였다. 그런 다음 알베르띤느와 내가 우리의 기차에 올랐고,[1] 샤를뤼스 씨와 모렐이 그 이후 어찌 되었는지는 나도 알 수 없었다. "우리가 다시는 서로에게 화를 내는 일이 없어야 하겠어요, 다시 한 번 당신에게 용서를 빌어요." 쌩-루로 인해 생겼던 일을 염두에 두고 알베르띤느가 나에게 재차 말하였다. "우리 두 사람은 항상 서로에게 친절해야 해요." 그녀가 다정하게 말하였다. "당신의 친구 쌩-루에 대해 말씀드리거니와, 제가 그에 대해 어떤 측면에서건 관심을 가지고 있는 것으로 생각하신다면, 당신이 잘못 짚으신 거예요. 단 하나 제가 그에게서 좋아하는 점은, 그가 당신을 무척 좋아하는 것 같다는 사실이에요." ― "매우 착한 친구라오." 알베르띤느가 아닌 다른 사람과 대화를 나누던 중이었다면, 우정에 이끌린 나머지, 내가 당연히 가공적인 탁월한 장점들을 로베르에게 부여하였겠지만, 이번 경우에는 그러지 않으려 조심하면서 그렇게 대꾸하였다. "탁월하고, 솔직하고, 헌신적이고, 신의 깊고, 모든 면에서 믿을 수 있는 사람이라오." 그러한 말을 하면서 나는, 나의 질투심에 속박되어, 쌩-루에 대해 진실만을 말하는 데에 그쳤으나, 내가 말하던 것 또한 틀림없는 진실이었다. 그런데 그 진실은, 내가 아직 그를 몰랐고, 그가 하도 다른 사람이리라고, 하도 오만한 사람이리라고 상상한 나머지 '그가 지체 높은 나리인지라 그를 모두들 착하다고 여기는 것'이라고 생각하던 시절에, 빌르빠리지 부인이 나에게 그에 대한 이야기를 할 때 사용하였던 어휘들과 정확히 같은 어휘들로 표현되었다. 또한 그 시절에는, 그녀가 나에게 '그 아이가 무척 기뻐할 것'이라는 말을 하였을 때, 그가 호텔 앞에서 마차를 몰아 떠날 준비를 하고 있던 모습을 본 후에는, 그의 외대고모가 한 그 말이 나의 비위나 맞추려고 한 순전히 사교적인 허례라고 생각하였다. 하지만 나는 얼마 아니 되어, 그녀가 나의 관심사였던 독서를 염두에 두고, 또한 쌩-루가 좋아하던 것 역시 독서라는 사실을 알았기 때문에, 그러한 말을 진심으로 하였음을 깨닫게 되었는데, 마찬가지로 『금언집』의 저자인 라 로슈푸꼬의 일대기를 지으려 하던, 그리하여 로베르에게 조언을 청하고 싶어하던[2] 어떤 사람에게, 나 역시 진심으로 다음과 같이 같은 말을 할 수밖에 없는 경우가 생겼다. "그가 무척 기뻐할 것입니다." 즉, 내가 비로소 그를 알게 된 것이다. 하지만 처음에는 그를 보면서, 나의 것과 동류인 지성이, 의복과 태도로 이루어진 그 화려한 외견상의 우아함으로 자신을 감쌀 수 있으리라고는 생각할 수 없었다. 나는 그의 깃털만을 보고 그가 다른 종(種)이라는 판단을 내렸던 것이다. 그런데 내가 일찍이 뇌리에 떠올렸던 생각을 이제 나에게 털어놓은 사람은 알베르띤느였고, 그것은 아마 나에게로 향한 선의로 인해 쌩-루가 자기를 냉랭하게 대하였기 때문일 것이다. "아! 그가 그토록 헌신적이군요! 제가 보기에는, 사람들이 쌩-제르맹 구역 출신들에게서는 항상 온갖 자질들을 발견하는 것 같아요." 그런데 자신의 특전들을 벗어던지고 최근 몇 년 동안 그가 나에게 일단 자기의 모든 차질들을 보여준 이후로 내가 더 이상 뇌리에 떠올리지 않은 사념은, 쌩-루가 쌩-제르맹 구역 출신이라는 점이었다. 사람들을 바라보는 시각의 변화가 단순한 사회적 관계에서보다 우정이라는 관계에서 훨씬 더 현저하지만, 사랑에서는 그 변화가 어찌나 심한지, 상대방에 대한 욕망이 그 존재가 드러내는 냉랭함의 징후들에 하도 큰 축척을 부여하는지라, 즉 그 냉랭함을 하도 큰 비율로 확대시키는지라, 처음 쌩-루가 나에게 보였던 것보다 훨씬 적은 냉랭함만을 접하고도, 우선 나는 알베르띤느에 의해 내가 멸시당했다 생각하였고, 나아가 그녀의 친구 소녀들이 경이로울 만큼 잔인하다고 상상하였으며, 엘스띠르가 그 작은 소녀 집단에 대하여, 빌르빠리지 부인이 쌩-루에 대하여 말할 때와 같은 감정을 가지고 나에게 '착한 소녀들'이라고 말하였을 때, 나는 그러한 평가를 오직, 아름다움이나 어떤 우아함에 대한 너그러움에만 연관시켰을 지경이다. 그런데 그러한 평가란, 알베르띤느가 한 다음과 같은 말을 들었을 때 내가 기꺼이 내렸을 평가 아니겠는가? "여하튼, 헌신적이건 그렇지 않건, 그가 우리 두 사람 사이에 불화를 초래하였으니, 저는 그를 더 이상 다시 만나지 않기를 바라요. 우리 두 사람 모두 다시는 화를 내지 말아야 해요. 그것은 착하지 못한 일이에요." 그녀가 쌩-루에게로 향한 욕정을 느끼는 것처럼 보였던지라, 나는 그녀가 여인들을 좋아한다는 생각으로부터 한동안 거의 해방되었음을 느꼈으니, 그 두 현상이 양립할 수 없다고 상상하였기 때문이다. 그리하여 알베르띤느를 전혀 다른 인물로 변하게 하는 듯한, 즉 비오는 날이면 그녀를 지칠 줄 모르는 방랑객으로 변하게 만드는 듯한 그리고 몸에 들러붙어 회색빛으로 얇게 펴질 수 있는, 또한 그녀의 옷이 빗물에 젖지 않도록 보호하게 되어 있기보다는, 오히려 어느 조각가를 위하여 그 형체를 정확히 탁본하려고 내 벗님이 손수 물에 적셔 자기 몸에 밀착시킨 듯 보이던, 알베르띤느의 고무 레인코트 앞에 마주 앉은 다음, 그 갈망의 대상인 젖가슴을 혹시 누가 볼까 질투하듯 조심스럽게 감싸고 있던 외투를 벗긴 후, 알베르띤느의 얼굴을 두 손으로 감싸 그녀의 몸뚱이를 나에게로 당기면서 그리고 짙어지는 황혼 속에서 침수된 채 묵묵한 상태로 멀리 푸르스름하게 보이던, 평행선을 이룬 구릉들에 의해 닫힌 지평선까지 펼쳐지던 초원을 가리키면서, 나는 그녀에게 말하였다.

하지만 그대, 무심한 나그네여, 원하지 않는가,
내 어깨에 살포시 이마 얹으며 꿈꾸기를?[3)]

다음다음 날, 그 소문난 수요일에, 라 라스쁠리에르에 저녁을 먹으러 가기 위하여 발백에서 같은 협궤 열차에 오른 나는, 그랭꾸르-쌩-바스뜨에서 꼬따르를 놓치지 않으려 주의하였는데, 앞서 베르뒤랭 부인이 나에게 다시 전화하여, 내가 그를 그곳에서 만날 것이라 하였기 때문이다. 그가 그곳에서 기차에 올라, 라 라스쁠리에르에서 역으로 보낸 마차들을 발견하려면 내가 어디에서 내려야 하는지를 일러주게 되어 있다고 하였다. 그리하여 기차가 동씨에르 다음 역인 그랭꾸르에서는 잠시 동안만 정차하는지라, 나는 미리 열차 출입문 근처로 가 서 있었는데, 혹시 내가 꼬따르를 발견하지 못하거나 그의 눈에 띄지 않을까 하는 염려가 그토록 컸기 때문이다. 하지만 정말 부질없는 염려였다! 나는 그 작은 동아리가 '단골들'을 어느 정도까지 같은 유형으로 조련시켜 놓았는지를 미처 깨닫지 못하였고, 게다가 만찬에 걸맞은 화려한 정장 차림으로 승강장에서 기다리던 그 단골들은, 자신감과, 우아함과, 친숙함 그리고 일반 승객들의 빽빽한 행렬을 마치 거칠 것 없는 빈 공간인 듯 뛰어넘어, 이미 경유한 어느 역에서 기차를 탔을 '단골'이 있나 살피면서 자기들끼리 곧 나눌 대화에 벌써부터 들떠 반짝이는 시선 등, 그 특유의 기색으로 인해 누구든 즉각 알아볼 수 있었다. 함께 만찬을 즐기곤 하던 습관이 그 작은 집단의 구성원들에게 찍어놓은 선민의 표시는, 그들 다수가 가축떼 같은 다른 승객들―브리쇼가 '페쿠스'[4]라고 칭하던―사이에서 유난히 화려한 반점 하나를 형성하면서 모여 있을 때에만 그들이 유난히 눈에 띄도록 해주지 않았고,[5] 그 다른 승객들의 생기 없는 얼굴에서는 베르뒤랭 내외의 무리와 관련된 어떤 개념도, 라 라스쁠리에르에서 언젠가는 만찬을 즐길 수 있으리라는 어떤 희망도 읽을 수 없었다. 게다가 그 평범한 승객들은, 누가 비록 자기들 앞에서 그 '신도들'[6]의 이름을 불렀다 해도―또한 그들 중 몇몇이 누리고 있던 명성에도 불구하고―나보다는 관심이 적었을 것이며,[7] 내가 일찍이 들은 이야기에 의하면, 그 신도들 중 여럿이, 내가 태어나기도 전에, 내가 그것이 먼 옛날이라고 과장할 욕구를 느끼기에 충분할 만큼 상당히 멀고 아울러 상당히 모호한 시기에, 이미 그러곤 하였건만, 아직도 '시내에서 식사하기'를[8] 계속하는 것을 보고 놀라곤 하였다. 그들의 생활뿐만 아니라 그들이 지닌 활력의 충만함과, 내가 이미 여기저기에서 사라지는 것을 목격한 그 숱한 친구들의 소멸 현상 사이에 드러나는 대조가, 신문들의 '최신 소식란'에서 우리가 전혀 예상하지 못하던 바로 그 소식을, 가령 너무 이르게 닥쳤고, 그러한 결과를 초래한 원인들이 미지의 상태에 있는지라 우리에게는 우발적으로 보이는 어떤 이의 타계 소식을 읽을 때 우리가 느끼는 것과 같은 감정을 나에게 안겨주곤 하였다. 그 감정이란, 죽음이 모든 사람들에게 일률적인 형태로 닥치는 것이 아니라, 죽음의 비극적인 조류로부터 더 앞장선 물결 한 가닥이, 다음 물결들이 아직도 오랫동안 살려둘 다른 이들과 같은 높이에 있던 생명 하나를 휩쓸어간다는 감정이다. 뿐만 아니라 우리는, 훨씬 후에, 보이지 않는 상태로 순환하는 숱한 죽음들의 다양성이 곧 신문들의 부고란이 알리는 특이한 뜻밖의 일의 원인임을 알게 될 것이다. 그리고 나는 세월이 흐름에 따라 대화의 가장 심한 상스러움과 함께 공존할 수 있는 실질적인 재능들이 점차 모습을 드러내고 사람들에게 강한 인상을 줄 뿐만 아니라, 더 나아가 변변찮은 인물들이 우리의 어린 시절 상상 속에서는 몇몇 유명한 노인들에게만 결부시켰던—그 노인들의 제자들도 일정한 연륜이 쌓인 후에는 거장이 되고 그들이 과거에 느끼던 경외심을 다른 이들에게 불어넣으며 유명해지리라는 생각은 꿈에도 하지 못한 채—고위직에 이른다는 것도 깨달았다. 그러나[9] '신도들'의 이름들이 비록 '페쿠스'에게 알려지지는 않았으되, 그들의 외양이 페쿠스의 시선을 끌었다. 심지어 기차 안에서도(그들 중 이런 혹은 저런 사람들이 낮 동안에 해야 할 일이 있었다는 우연으로 말미암아[10] 그들이 그곳에 모두 함께 모여 있을 경우), 다음 역에서 어느 외톨이 하나만 주워 태우면 그만인지라, 그들이 모여 있던 객차는, 조각가 스키의 팔꿈치에 의해 완연이 드러나고 꼬따르가 들고 있던 일간지 〈시대〉로 장식되어,[11] 멀리서 보아도 호화 객차처럼 피어났고, 원하는 역에서 지각한 동료를 자기들과 합류시켰다.[12] 그 약속의 징후들이[13] 보이지 않았을 유일한 사람은, 반쯤 소경이 된 브리쇼뿐이었다. 하지만 그러한 이유로 단골들 중 하나가 그 소경을 고려하여 망루지기 역할을 자청하였고, 그의 밀짚모자와 초록색 우산과 하늘색 안경을 발견하기 무섭게, 그를 조심스럽게 그러나 서둘러 선민들이 탄 객차로 안내하였다. 그리하여 신도들 중 어느 하나가, 잠시 다른 곳에 가서 방탕한 짓에 빠져 있거나[14] 아예 '기차를 이용하지' 않았다면 모르려니와, 도중에 다른 사람들을 다시 만나지 못하는 경우는 없었다. 때로는 반대의 상황이 발생하기도 하였는데, 어느 신도 하나가 오후에 상당히 먼 곳에 가야 할 일이 생겨, 그 무리와 합류하기 전에 여정의 한 부분을 홀로 가야 했다.[15] 하지만 자기 종족으로부터 그렇게 홀로 고립되었어도, 그가 어떤 특이한 결과를 유발시키는 경우가 매우 잦았다. 그가 향하여 가고 있던 '미래'[16]가 그의 맞은편 좌석에 앉아 있던 승객의 시야에 그를 부각시키는지라, 그 승객이 속으로 '중요 인물임이 틀림없다'는 생각을 하고, 엠마우스로 향하는 나그네들의 침침한 혜안으로,[17] 꼬따르의 펠트 모자 주위에서건 혹은 조각가 스키의 펠트 모자 주위에서건 희미한 후광 하나를 발견하며,[18] 따라서 다음 역에서 우아한 무리 하나가, 그곳이 그가 향하던 종착역일 경우, 그 신도를 기차의 승강구에서 영접하여, 두빌[19] 역의 역무원으로부터 매우 정중한 인사를 받은 후, 대기하고 있던 마차들 중 하나로 그를 데리고 가거나, 혹은 다음 역이 중간역일 경우, 그 우아한 무리가 그 열차 칸 안으로 일제히 밀려든다 해도, 그 승객은 반쯤밖에 놀라지 않곤 하였다. 창문에서 내가 보내는 신호를 발견한 꼬따르도 자기의 무리를 이끌고 달음박질하여 내가 있던 객차 안으로 그렇게 허둥지둥 밀려들었으니, 무리 중 여러 사람이 기차가 다시 출발하려던 바로 그 순간에야 뒤늦게 도착하였기 때문이다. 그 신도들 가운데 함께 있던 브리쇼는, 다른 이들의 열성이 약화되고 있던 최근 몇 년 동안에도 오히려 그 한결같음이 더 증대되었다. 그의 시력이 점차 약해짐에 따라, 그는 빠리에 있을 때에도 저녁 시간 작업을 점점 더 줄일 수밖에 없었다. 게다가 그는, 도이칠란트 식의 과학적 엄밀성이라는 이념이 인문주의를 압도하기 시작하고 있던 '누벨르 쏘르본느' 대학에 대하여 별 호감을 느끼지 못하였다.[20] 이제 그는 자기의 일을 강의와 시험 평가에만 한정시키고 있었으며, 따라서 훨씬 많은 시간을 감동에 들떠 사교계 생활에, 다시 말해 베르뒤랭 내외가 베푸는 야연이나, 신도들 중 이런 혹은 저런 사람이 베르뒤랭 내외를 위하여 마련한 야연에 할애할 수 있었다. 그의 학문적 작업들이 더 이상 할 수 없던 일을 사랑이 두 차례에 걸쳐 자칫 이루어낼 뻔하였던 것이 사실이니, 그 일이란 브리쇼를 그 작은 동아리에서 떼어내는 것이었다. 그러나 '낱알에 신경을 쓸'[21] 뿐만 아니라, 아울러 자기의 응접실을 위하여 그러는 습관을 얻게 된 나머지 그러한 종류의 비극과 처형에서 사심 없는 즐거움을 발견하기에 이른 베르뒤랭 부인이, 자기가 말하듯, '모든 것을 정돈하고 환부를 과감히 도려낼 줄' 아는지라, 그와 위험한 여인 사이에 돌이킬 수 없는 불화를 야기시켰다.[22] 그 위험한 인물들 중 하나가 브리쇼를 위해 빨래를 해주던 여인이었던지라 그 일이 그녀에게는 그만큼 더 쉬웠는데, 베르뒤랭 부인이 건물 육 층에 살던 브리쇼의 거처에 자유롭게 드나들었던지라, 그 많은 계단들을 그녀가 몸소 올라가기만 하면, 오만함 때문에 새빨개진 얼굴로 그 아무것도 아닌 여인을 쫓아내기란 일도 아니었다. "나와 같은 여인이 당신 집에 거동하는 명예를 당신에게 베푸는데, 도대체 어떻게 저따위 계집을 받아들일 수 있어요?" '안주인'께서 브리쇼에게 한 말이다. 브리쇼는 자기의 노년이 진흙탕 속으로 흔적도 없이 가라앉지 않도록 해준 베르뒤랭 부인의 덕을 결코 잊지 않았던 반면, 그러한 애착의 부활과는 대조를 보이면서 그리고 아마 그 애착 때문에, 그 안주인께서는 지나치게 고분고분하여 자기에게 복종할 것이라고 미리 확신할 수 있는 신도에게는 염증을 느끼기 시작하였다. 그러나 브리쇼는 베르뒤랭 내외와의 친분으로부터, 쏘르본느의 모든 동료 교수들 사이에서 그를 돋보이게 하는 영광 하나를 이끌어내고 있었다. 그들은, 결코 자기네들이 초대되지 않을 만찬들에 관해 그가 들려주던 이야기에, 이러저러한 문인이 그에 관해 여러 잡지에 게재한 논평이나 어느 저명한 화가가 전람회에 출품한 그의 초상화에(문과대학의 다른 교수들이 그 문인들이나 화가들의 재능을 높이 평가하고 있었으되 그 예술가들의 관심은 영영 끌지 못하였다), 그리고 특히 사교계를 드나드는 그 철학자의 우아한 옷차림에 (어떤 사람의 집을 방문하는 동안에는 실크해트를 벗어 바닥에 내려놓고, 그것이 아무리 멋있어도 전원 지역에서의 만찬에는 걸맞지 않아 간편한 야회복과 잘 어울리는 펠트 모자로 대체해야 한다고, 자기들의 그 동료 교수가 친절하게 설명해 주기 이전에는 일종의 무관심한 거조라고 여기던 우아함이었다) 경탄하였다. 그 작은 집단이 객차 안으로 꾸역꾸역 밀려들던 순간에는 내가 꼬따르에게 말조차 건넬 수 없었으니, 그의 숨이 막힐 지경이었기 때문이었으며, 그가 그러한 상태에 있었던 것은, 기차를 놓치지 않으려 달음박질을 한 탓이기보다는, 기차를 그토록 아슬아슬하게 겨우 탄 것에 경이로움을 느낀 데 기인하였다. 그는 어떤 성공에 기인한 기쁨 이상의 것, 한 편의 익살극을 볼 때 터져 나오는 발작적인 즐거움을 느끼고 있었다. "아! 정말 멋있어!" 안정을 되찾았을 때 그가 말하였다. "조금만 늦었어도! 제기랄, 이런 것을 두고 수직으로 도착한다고들 하지!" 그가 눈을 찡긋하면서 마지막 말을 덧붙였는데, 그 눈짓은 자기가 사용한 표현이 정확한지를 묻기 위한 것이 아니라—그가 이제는 자신감으로 넘쳐 있었기 때문이다.[23]—만족감에 기인한 것이었다. 이윽고 그가 나를 그 작은 동아리의 구성원들에게 소개할 수 있게 되었다. 나는 그들 중 거의 전원이 빠리에서 스모우킹(smoking)[24]이라고들 부르는 옷차림을 한 것이 마음에 걸렸다. 내가, 베르뒤랭 내외의 응접실이 사교계를 향하여, 드레퓌스 사건에 의해 늦춰졌다가 '새로운' 음악에 의해 가속되기도 한, 조심스러운 진화를 시작하였다는 사실을 깜빡 잊고 있었기 때문에 생긴 일이었으며, 그 진화는 그들에 의해 부인되었고 또 그것이 목적을 달성할 때까지 그들은 계속 부인하게 되어 있었는데, 그것은 마치 어느 장군이 달성하지 못하였을 경우 패한 것처럼 보이지 않기 위하여 군사적 목적을 달성한 후에나 그것을 공표하는 것과 같았다. 게다가 사교계는 나름대로 그들에게 다가갈 준비가 되어 있었다. 사교계는 아직 그들을 상류 사교계에 속하는 그 누구의 방문도 받지 못하지만 전혀 아쉬워하지 않는 그런 사람들로 간주하고 있었다. 베르뒤랭 댁 응접실은 음악의 신전으로 간주되었다. 뱅뙤이유가 영감과 격려를 받은 곳이 그 응접실이었노라고 주장들 하고는 하였다. 그런데 뱅뙤이유의 쏘나따가 전혀 이해되지 않았고, 그것이 거의 알려지지도 않았던 반면, 가장 위대한 현대음악가로 알려진 그의 이름은 현혹적인 마력을 발휘하고 있었다. 여하튼 쌩-제르맹 구역의 몇몇 귀족 젊은이들이 자기들 또한 중산층 젊은이들 못지않게 교양을 쌓아야겠다는 생각을 하게 되었고, 그들 중 세 사람이 음악을 배워, 그들 사이에서 뱅뙤이유의 쏘나따가 엄청난 명성을 누리게 되었다. 그 젊은이들이 집에 돌아가, 자기들에게 교양을 쌓으라고 강권하던 이지적인 모친에게 그 이야기를 하였다. 그리하여 자기네 아들들의 교육에 관심이 컸던 그 어머니들은, 연주회에 갔다가, 칸막이 좌석에서 악보를 보며 연주를 듣는 베르뒤랭 부인을 얼마간은 존경하는 시선으로 바라보곤 하였다. 아직까지는 사교계에 대한 베르뒤랭 내외의 그러한 잠재적 취향이 다만 두 가지 사실을 통해서만 표출되었다. 우선 베르뒤랭 부인은 까쁘라롤라 대공 부인[25]에 대하여 이렇게 말하곤 하였다. "아! 그녀는 이지적이에요, 호감 가는 여인이에요. 제가 도저히 견딜 수 없는 것은 멍청한, 그리하여 저에게 권태감을 주는 사람들이며, 그런 부류들이 저를 미쳐버리게 해요." 약간이나마 눈치 빠른 사람이라면, 최상류 사교계에 속하는 까쁘라롤라 대공 부인이 베르뒤랭 부인을 이미 방문하였을 것이라고 생각하도록 하였을 말이었다. 그녀는 심지어 스완 부인이 남편의 상을 당하였을 때 문상을 가서도 그녀의 이름을 입에 올리면서,[26] 그 내외를 아느냐고 묻기까지 하였다. "뭐라고 말씀하셨지요?" 문득 슬픈 기색을 지으면서 오데뜨가 반문하였다.─"베르뒤랭."[27]─"아! 알겠어요." 그녀가 유감스럽다는 투로 다시 말하였다. "저는 그들을 몰라요, 아니 그보다는, 친분 없이 먼 발치로만 알지요, 아주 오래전에 친구들의 집에서 본 사람들이며, 누구나 그들에게서 호감을 느끼지요." 까쁘라롤라 대공 부인이 돌아간 후, 오데뜨는 자기가 그저 사실대로 말하였으면 더 좋았을 것이라고 아쉬워하였다. 하지만 그녀가 한 그 즉각적인 거짓말은 그녀의 계산에서 나온 산물이 아니라, 그녀가 품고 있던 염려와 욕망의[28] 표출일 뿐이었다. 그녀는, 부인하였으면 더 능란했을 것이 아닌 그것을, 즉 대화 상대자가 비록 단 한 시간이 지나지 않아 사실이라는 것을 알게 될지라도 자신은 사실이 아니기를 바랐을 그것을[29] 부인하였다. (그러나)[30] 얼마 아니 되어 그녀는 자신감을 회복하였고, 베르뒤랭 내외를 두려워하지 않는 척하기 위하여, 심지어 누가 묻기도 전에 자기가 먼저 이렇게 말하기도 하였다. "베르뒤랭 부인이요? 어찌 그럴 리가 있겠어요, 그녀를 잘 알지요." 자신이 (다른 평범한 이들처럼)[31] 전차를 탔노라고 이야기하는 어느 지체 높은 귀부인처럼 겸손함을 과장하며 말하였다. "얼마 전부터 사람들이 베르뒤랭 내외에 대한 이야기를 많이 하더군요." 쑤브레 부인이 말하였다. 오데뜨는 마치 자신이 어느 공작 부인이기라도 한 듯, 거만한 미소를 지으면서 이렇게 대꾸하였다. "물론이에요, 정말 그들 이야기를 많이 하는 것 같아요. 가끔 그렇게 새로운 사람들이 사교계에 등장하는 경우가 있어요." 그렇게 말하면서 그녀는 자신이 그 새로운 사람들 중 하나였음은 생각하지 않는 것 같았다. "까쁘라롤라 대공 부인이 그 댁 만찬에 참석하셨다는군요." 쑤브레 부인이 다시 말하였다.—"아!" 자신의 미소를 더욱 부각시키면서 오데뜨가 대꾸하였다. "제가 보기에는 놀랄 일이 아니에요. 그러한 일들이 시작되는 것은 항상 까쁘라롤라 대공 부인을 통해서이고, 그런 여인이 또 있는데, 예를 들자면 몰레 백작 부인이 그러한 사람이에요." 그 말을 하면서 오데뜨는, 새로 연 응접실들의 석회 벽 닦아주는[32] 버릇을 가지고 있던 그 지체 높은 두 귀부인을 심하게 멸시하는 듯한 기색을 보였다. 오데뜨의 그러한 어조에서 느낄 수 있었던 것은, 자기나 쑤브레 부인 같은 사람들을 아무도 그 도형장[33]으로 보낼 수 없다는 뜻이었다.

까쁘라롤라 대공 부인의 지성에 대해 베르뒤랭 부인이 털어놓은 솔직한 견해 이외에, 베르뒤랭 내외가 미래의 운명[34]에 대해 의식하고 있었다는 두 번째 징후는, 그들이 (물론 그것을 명시적으로 요구하지는 않았지만) 이제는 자기들이 베푸는 만찬에 모두들 야회복 정장 차림으로 참석해 주기를 간절히 바랐고,[35] 베르뒤랭 씨 또한 이제는 자기 조카의, 즉 '형편없었다'고 대꾸하던 그 사람의[36] 인사를 수치심 느끼지 않고 받을 수 있게 되었다는[37] 점이다.

그랭꾸르 역에서 내가 있던 객차 안으로 올라온 이들 중에는, 옛날 베르뒤랭의 집에서 자기 사촌 포르슈빌에 의해 쫓겨났으나 다시 돌아온 싸니에뜨도 있었다. 사교계의 관점에서 보았을 때 옛날 그에게서 발견되던 단점들은—탁월한 여러 장점들에도 불구하고—조금은 꼬따르의 단점들과 유사한 종류였고, 소심함, 환심을 사고 싶은 욕망, 그 욕망을 충족시키려던 부질없는 노력 등이 그것들이었다. 그러나 삶이, 꼬따르로 하여금, 우리가 낯익은 곳에 다시 처할 때 옛날의 순간들이 우리들 내면에 일깨우는 암시로 인해 그가 어느 정도는 옛날과 같은 사람으로 머물러 있곤 하던 베르뒤랭 댁에서는 혹시 그러지 않았을지언정, 적어도 환자들 앞이나 병원 그리고 의과대학에서는, 자기에게 호의적인 학생들 앞에서 특유의 신소리들을 늘어놓을 때마다 더욱 부각되는, 냉랭함과 거만함과 엄숙함으로 이루어진 외양을 드러내게 함으로써, 현재의 꼬따르와 옛날의 꼬따르 사이에 진정한 단절의 고랑을 파놓았던 반면, 싸니에뜨의 경우에는, 옛날의 단점들을 그가 고치려 노력하면 할수록, 그것들이 오히려 그만큼 더 심하게 두드러졌다. 자기가 하는 말이 사람들을 자주 지루하게 만들고, 아무도 자기의 말을 귀담아듣지 않는다고 느낄 때마다, 꼬따르가 그러한 경우에 그랬을 것처럼, 말의 속도를 늦추거나 권위적인 기색으로 사람들의 주의를 강요하는 대신, 그는 자기의 지나치게 진지한 화법에 대하여 농담조로 용서를 구하려 애쓸 뿐만 아니라, 말을 서둘러 비로 쓸어내듯 재빨리 해치우는가 하면, 그것이 덜 길어 보이고 이야기하고 있는 것들에 자기가 더욱 익숙한 것처럼 보이도록 하기 위하여 심지어 약어들까지 동원하였던지라, 결국 자기의 말을 전혀 알아들을 수 없는 것으로 만들면서, 다만 그것이 영영 끝날 것 같아 보이지 않도록 하는 데만 성공하곤 하였다. 그의 자신감 또한 환자들을 얼어붙게 하는 꼬따르의 자신감 같지 않았으며, 사교계에서 어떤 사람들이 혹시 꼬따르의 온화함을 칭송하면, 그 환자들은 이렇게 대꾸하곤 하였다. "그가 자기 진료실에서 햇볕을 등지고 앉아, 날카로운 눈으로 밝은 빛을 받고 있는 환자를 대할 때에는 더 이상 같은 사람이 아니에요." 싸니에뜨의 자신감은 위압적이지 못하여, 그 속에 지나친 소심함이 감추어져 있음과, 그것이 지극히 하찮은 것에 의해서도 와해될 것임을 누구나 느낄 수 있었다. 친구들로부터 항상 너무 자신을 믿지 못한다는 말을 들었고, 또한 실제로 자기가 보기에도 자기보다 훨씬 열등한 이들이 자기에게는 거절되던 성공을 쉽게 거두는 것을 목격한 싸니에뜨는, 어떤 이야기를 시작하려 할 때, 자기의 진지한 기색이 자기 상품의 가치를 떨어뜨리지 않을까 저어하여, 그 이야기가 내포하고 있는 익살스러움에 반드시 먼저 미소를 보내곤 하였다. 때로는 그 자신도 자기가 하려고 하던 말에서 발견하는 듯한 기색을 보이던 익살스러움을 사람들이 믿고, 그를 위하여 일제히 침묵을 지키는 호의를 베풀기도 하였다. 하지만 그의 이야기는 완전한 실패로 끝나곤 하였다. 마음씨 착한 참석자 하나가 어떤 때에는 싸니에뜨에게 개인적이고 거의 비밀에 가까운 찬동한다는 듯한 미소로, 다른 이들의 주의를 일깨우지 않고 은밀한 쪽지 한 장 건네듯, 그것이 남몰래 그에게 당도하도록 격려를 보내는 일도 있었다. 그러나 스스로 책임을 떠맡아 폭소를 터뜨려 공개적으로 찬동하는 위험을 감수하는 이는 아무도 없었다. 이야기가 끝나 바닥에 추락한 지 한참 후, 실망한 싸니에뜨는, 자신은 충분하다고 여기는 듯하지만 다른 이들은 느끼지 못한 희열을 조금씩 음미하면서 자족하는 듯, 홀로 자신에게 미소를 보내며 앉아 있곤 하였다. 조각가 스키에 관해 말하자면, 그의 폴란드식 이름[38]을 발음하기가 어려워 그렇게 호칭되었거니와, 자기가 특정 사회 계층에 섞여 살게 된 이후부터는 확고한 사회적 지위를 누리고 있으나, 조금은 권태감을 주고 또 수가 엄청나게 많은 친척들과 혼동되지 않기를 갈구하였던지라, 그는 나이 마흔다섯에 이르고 용모가 몹시 추함에도 불구하고, 열 살 때까지 사교계의 매력적인 신동이었던지라, 즉 모든 귀부인들의 총아였던지라, 일종의 개구쟁이 같은 장난끼와 꿈같은 환상을 간직하고 있었다. 베르뒤랭 부인은 그가 엘스띠르보다 더 예술가의 자질을 갖추었다고 주장하였다. 하지만 그와 엘스띠르 간의 유사성들은 순전히 외면적일 뿐이었다. 일찍이 스키를 한 번 만난 적이 있던 엘스띠르가 그에 대하여 깊은 혐오감을 품도록 하기에는 그 유사성들만으로 충분했으니, 그러한 혐오감은, 우리와 정면으로 상반되는 사람들보다, 오히려 단점에 있어서 우리를 닮았고, 우리의 덜 좋은 측면을, 즉 우리가 이미 떨쳐버린 단점들을 그대로 버젓이 간직하고 있어, 우리가 오늘의 우리로 변하기 이전에 다른 이들의 눈에 비쳤을 우리의 모습을 불쾌하게 상기시키는 사람들이 더 심하게 불러일으키기 때문이다. 그러나 베르뒤랭 부인은 스키가 엘스띠르보다 더 큰 예술적 기질을 가지고 있다고 생각하였으니, 그가 능란함을 보이지 못하는 예술 분야가 없었기 때문이며, 따라서 그녀는 그가 조금만 덜 게을렀다면 그 능란함을 재능으로까지 발전시킬 수 있었을 것이라고 확신하였다. 그러한 게으름이 심지어 그 '안주인'에게는 또 다른 하나의 천부적 자질로도 보였는데, 그것이 그녀가 천부적 재능 없는 이들의 몫이라고 믿고 있던 노작의 반대였기 때문이다. 스키는, 소매의 단추들에건 혹은 문의 상단 벽에건, 누가 원하기만 하면 무엇이든 능숙하게 그렸다. 또한 노래를 부를 때에는 그 음성이 노래를 지은 작곡가 자신의 음성 같았고, 악보 없이 기억에 의존해 피아노를 연주할 때에는, 그 소리가 오케스트라의 연주 같은 인상을 주었는데, 그 솜씨가 뛰어나서라기보다는, 여하튼 그가 입으로 흉내 내던 코넷의 자리를 손가락으로 대신할 수 없음을 의미하는 그의 꾸며낸 저음 때문이었다. 그는 말을 하면서, 금관악기들의 소리처럼 들리도록 하기 위하여 어떤 화음을 억제하여 늦추었다가, '빵'이라고 소리치면서 피아노 건반을 힘차게 치는 방식으로 사람들에게 기이한 인상을 주기 위해 단어들을 세심하게 선별하였던지라, 그가 경이로울 만큼 이지적인 사람으로 간주되었으나, 실제로는 그의 생각들이라는 것이 지극히 편협한 두셋으로 귀착되곤 하였다. 자신이 몽상가라는 평판이 싫어서, 자기가 실용적이며 실증주의적인 사람임을 보여주겠다고 일찍이 작심하였던지라, 그에게서 사이비 명확성과 상식이 의기양양하게 태를 부렸으나, 그에게 기억력이 전혀 없었고, 얻어들은 지식들이 항상 부정확했기 때문에, 그 거짓됨은 더욱 심해졌다. 그가 아직도 나이 아홉 살이고 황금빛 곱슬머리이고 커다란 레이스 깃 달린 옷에 붉은색 가죽으로 지은 작은 목구두를 신었다면, 그의 머리와 목 그리고 다리 등의 움직임이 우아해 보일 수도 있었을 것이다. 꼬따르 및 브리쇼 등과 함께 그랭꾸르 역에 미리 도착한 그들은 브리쇼를 대합실에 남겨놓은 채 잠시 바람을 쐬러 나갔다. 꼬따르가 이제 그만 역으로 돌아가자고 하자, 스키가 이렇게 대꾸하였다. "하지만 서두를 필요 없습니다. 오늘은 이 지역 열차가 아니라 지방 열차가 운행됩니다." 구체성의 그 미묘한 차이가 꼬따르에게 유발시킨 결과를 보고 황홀해진 그가 자신에 대해 언급하면서 이렇게 덧붙였다. "그렇습니다, 이 스키가 예술을 좋아하고 진흙덩이나 주무르는지라, 모두들 제가 실용적이지 못하다고 생각합니다. 하지만 아무도 기차 노선을 저만큼 잘 알지 못합니다." 하지만 그들이 역으로 발길을 돌렸고, 문득 역으로 들어오는 그 지역 협궤 열차의 연기가 보이자, 꼬따르가 마치 절규하듯 소리쳤다. "두 다리가 목덜미에 닿도록 달음박질하는 수밖에 없소." 그들은 겨우 때맞춰 도착하였고, 지역 열차와 지방 열차라는 구분은 원래 없었다. "그런데 대공 부인은 기차 안에 아니 계신가요?" 브리쇼가 떨리는 음성으로 물었고, 후두 전문 의사들이 환자들의 목구멍을 밝히기 위하여 자기들의 이마에 부착시키는 특이한 반사경처럼 번쩍이는 그의 엄청나게 큰 안경알들은 자기들의 활력을 그 교수의 눈에서 빌린 것처럼 보였고, 또한 아마 자기 시력을 그것들에 맞추기 위하여 그가 쏟던 노력 때문에, 심지어 가장 무의미한 순간에도 그 안경알들 자체가 지속적으로 주의를 기울여 시선의 놀라운 부동성을 보이는 것 같았다. 게다가 우리가 어떤 물건을 새삼스럽게 응시하거나 아까워하거나 찬미하기 위해서는, 가령 그것을 누구에게 선사할 때처럼 그것과 이별할 결단을 내려야 하는데, 그러한 순간의 관점에서만 보이는 아름다움을, 질환이 브리쇼의 시력을 차츰 조금씩 박탈함으로써 그에게 드러내주었다. "아니오, 아니 계시오, 대공 부인께서는 베르뒤랭 부인의 초대를 받고 오셨다가 빠리행 기차를 타실 손님들을 멘느빌까지 배웅하러 가셨소. 쌩-마르에 볼일이 있으신 베르뒤랭 부인께서 그분과 함께 계실 가능성도 없지 않소! 그렇다면 그분이 우리와 함께 기차를 타실 것이고, 모두 여정을 함께할 것이니 멋진 일이 될 것이오. 멘느빌에서는 눈을, 밝은 눈을 크게 떠야 할 것이오! 아! 이제 괜찮소, 누구든 우리가 자칫 이 대형 승합마차를 놓칠 뻔하였다고 할 수 있을 거요. 기차를 보았을 때 나는 기절할 지경으로 놀랐소. 그것을 가리켜 아슬아슬한 순간에 도달한다고들 하지요. 우리가 기차를 놓쳤다고 생각해 보세요, 그리고 베르뒤랭 부인께서 우리들 없이 텅 빈 상태로 돌아오는 마차를 발견하실 순간을 상상해 보세요, 그야말로 한 폭의 그림이지요!" 아직까지도 흥분을 가라앉히지 못한 꼬따르가 그렇게 덧붙였다. "평범하지 않은 모험이었소. 말씀해 보시오, 브리쇼, 스키와 내가 감행한 그 짧은 탈출에 대해 당신은 어떻게 생각하시오?" 의사가 상당히 자랑스럽게 물었다.─"내 생각으로는, 사실 당신이 기차를 놓쳤더라면, 작고한 빌맹이 말하였을 것처럼, 그것이 브라스밴드에게는 한 방의 더러운 북소리가 되었을 거요!"[39] 나와 교분이 없던 그 사람들로 인해 처음부터 멍한 상태에 있던 나는 어느 순간 문득, 꼬따르가 작은 카지노의 무도회장에서 전에 나에게 한 말을 뇌리에 떠올렸고, 마치 보이지 않는 사슬이 신체 기관 하나를 추억 속의 영상들에 연결시켰을 것처럼, 자기의 젖가슴을 앙드레의 젖가슴에 지그시 기대고 있는 알베르띤느의 영상이 나의 가슴에 끔찍한 통증을 일으켰다. 하지만 그 고통이 오래 지속되지는 않았다. 나의 벗님이 쌩-루에게 보낸 추파가 나의 내면에 첫 번째 질투심을 잊게 할 만한 질투심을 유발시켰던 이틀 전부터는, 알베르띤느와 여인들 간의 관계가 가능하다는 생각을 더 이상 할 수 없었기 때문이다. 나는 하나의 취향이 다른 취향을 반드시 배제한다고 믿는 사람들의 고지식함을 가지고 있었다. 아랑부빌에 도착하였을 때, 기차가 만원이었던지라, 삼등칸 기차표만 가진 하늘색 작업복 차림을 한 어느 농부가 우리의 객실로 올라왔다. 대공 부인이 그 사람과 함께 여행하도록 내버려둘 수 없다고 생각한 의사가 승무원 하나를 불러, 어느 대형 철도 회사의 의사 신분증을 제시한 다음, 역장으로 하여금 그 농부를 끌어 내리게 하였다. 그러한 장면이 싸니에뜨의 착한 심정을 괴롭혔고, 그의 소심함을 어찌나 경악시켰던지, 그것이 시작되는 것을 보자마자, 승강장에 있던 많은 농민들 때문에 그것이 농민 폭동으로 변하지 않을까 두려워한 나머지, 그가 복통에 시달리는 시늉을 하였고, 의사가 저지른 포악한 짓에 대한 책임이 자기에게도 일부 있다고 누가 규탄할 수 없도록, 꼬따르가 '바떼르'[40]라고 부르곤 하던 것을 찾는 척하면서 열차의 복도로 신속히 접어들었다. 하지만 그것을 발견하지 못하여 그 협궤 열차의 다른 쪽 끝에서 바깥 풍경만을 응시하였다.

"신사 양반, 베르뒤랭 부인 댁에 가시는 것이 혹시 처음이라면, 예술 애호주의라든가 오불관언 주의 등, 우리의 태부림꾼 여인들 사이에서 유행하는 이런 혹은 저런 '주의'라는 숱한 단어들을 고안해 낸 이들 중 하나가—제가 말하고자 하는 사람은 딸레랑 대공[41] 나리라오—말하곤 하던 '삶의 달콤함'을 그곳에서보다 더 생생히 느낄 수 있는 곳이 없음을 아시게 될 것이오." 자신의 재능을 '신참'에게 과시하기를 좋아하던 브리쇼가 나에게 말하였다. (딸레랑 대공 나리라고 한 것은,) 그가 과거의 지체 높은 귀족들에 대한 이야기를 할 때에는, 그들의 작위에 '나리'라는 단어를 곁들이는 것이 재치 있고 또 '시대의 색채'를 띠게 한다고 생각하였기 때문이며, 따라서 그는 라 로슈푸꼬 공작 나리 혹은 레츠 추기경 나리라고 하였는데, 그 두 사람을 때로는 각각 '공디의 struggle for lifer'[42] 및 '마르씨약의 불랑제 장군 지지자'[43]라 부르기도 하였다. 또한 몽떼스끼유에 대하여 말할 때마다 미소를 지으면서, 그를 가리켜 '고등법원 수석 판사 쓰꽁다 드 몽떼스끼유 나리'[44]라고 하였다. 기지 발랄한 사교계 인사라면 그 학교 냄새 풍기는 현학적인 태깔에 짜증을 느꼈을 것이다. 그러나 사교계 인사의 완벽한 예절 속에도, 빌헬름이라는 이름 앞에 '황제'라는 단어를 곁들인다든가 어느 왕족과 이야기할 때에는 그를 삼인칭 대명사로 부르는 등, 그 특수한 카스트의 실체를 드러내는 하나의 현학적 태깔이 있다.[45]
"아! 그 사람," 브리쇼가 '딸레랑 대공 나리' 이야기를 꺼내며 다시 말하였다. "정중하게 모자를 벗어 인사해야 할 사람이오. 그는 하나의 선구자예요."—"그 댁은 매력적인 곳이오." 꼬따르가 나에게 말하였다. "그곳에서는 거의 모든 것[46]을 만나실 수 있을 것인데, 베르뒤랭 부인이 편협하시지 않아, 예를 들면 브리쇼처럼 저명한 학자들이나 러시아의 지체 높은 귀부인 쉐르바또프 대공 부인 등도 만나실 수 있으며, 쉐르바또프 대공 부인은, 아무에게도 접견을 허락하지 않는 시각에도 그녀만을 홀로 불러 접견하는 러시아의 황녀 에우도키아의 친구분이시오." 실제로 러시아 황녀 에우도키아는, 오래전부터 어떤 사람으로부터도 초대받지 못하는 쉐르바또프 대공 부인이 다른 손님들이 있을 때 자기 집에 오는 것을 달갑게 여기지 않았던지라, 대공 부인과 마주치는 것을 불쾌하게 여길 그리고 대공 부인 역시 거북스러워할 사람들이 자기 곁에 없는 아주 이른 시각에만 그녀의 방문을 허락하곤 하였다. 그런데 삼 년 전부터, 쉐르바또프 대공 부인이 러시아 황녀를 손톱 다듬어주는 여자 곁 떠나듯 떨쳐버리고, 이제 겨우 잠자리에서 눈을 뜬 베르뒤랭 부인 댁으로 달려가 더 이상 그녀 곁을 떠나지 않는지라, 대공 부인의 한결같음이, 그 댁의 수요회에 그토록 열심히 참석하는 브리쇼의―빠리에 있는 동안에는 그 수요회에서 자신이 라베이-오-부와[47]에 가 있는 일종의 샤또브리앙이라고 믿는 즐거움을 맛보았고, 수요회가 시골로 옮겨 열릴 때에는, 자기가 항상 (유식한 사람의 악의와 만족감을 곁들여) '볼떼르 나리'[48]라고 부르던 이가 샤뜰레 부인[49] 댁에서 누리던 자격을 갖춘 사람이 된 듯한 인상을 즐기곤 하였다―한결같음을 훨씬 능가한다고 말할 수 있을 정도였다.

사람들과의 교류가 없었던지라 쉐르바또프 대공 부인은 몇 해 전부터 베르뒤랭 부인의 동아리에 한결같음을 보일 수 있었고, 그 한결같음이 그녀를 평범한 여성 '신도' 이상인 신도의 전형으로, 즉 베르뒤랭 부인이 오랜 세월 동안 만나기 불가능하다고 생각하였으나 갱년기에 이르러서야 마침내 새로운 여성 신참 속에서 구현된 상태로 발견한 이상형으로 만들어놓았다. '안주인 마님'이 질투심에 아무리 혹독한 고초를 겪어도, 신도들 중 가장 한결같은 이들조차 그녀를 단 한 번이나마 '놓아버리지' 않은 전례는 없었다. 칩거 벽이 가장 심한 사람들도 어떤 여행의 유혹에 빠지곤 하였고, 가장 금욕적인 사람들도 여인들과의 밀회를 즐겼으며, 가장 튼튼한 사람들도 감기에 걸릴 수 있었는가 하면, 가장 한가한 사람들도 28일간의 소집 훈련에 동원된다든가, 가장 무심한 사람들조차 임종을 맞는 모친의 눈을 감겨드리러 가곤 하였다. 그럴 때마다, 자기의 군단이 복종해야 할 유일한 장군은 자신이라고 말한 로마의 황후[50]처럼, 메시아[51] 혹은 도이칠란트의 황제처럼,[52] 자기의 부친과 모친을 그녀만큼 좋아한 나머지, 그녀를 따르기 위하여 그들 곁을 선뜻 떠날 준비가 되어 있지 않은 사람은 그녀와 가까이 지낼 자격이 없으며, 침대 속에서 점점 더 쇠약해지거나 어떤 '두루미'에 의해 농락당하는 대신, 유일한 치유책이며 유일한 즐거움인 자기 곁에 머무는 편이 더 낫다고 그녀가 아무리 역설하여도 소용없었다. 그러나 늦게까지 연장되는 생애의 끝자락을 가끔 아름답게 장식하기를 즐기는 운명이, 베르뒤랭 부인으로 하여금 우연히 쉐르바또프 대공 부인을 만나게 해주었다. 자신의 가족과 불화하여 조국으로부터 추방당한 처지로, 아는 사람이라곤 쀠뜨뷔스 남작 부인과 제정 러시아 공주 에우도키아[53] 두 여인뿐이었건만, 쀠뜨뷔스 남작 부인의 친구 여인들과 마주치는 것이 내키지 않기 때문에 그리고 에우도키아 공주는 자기의 친구 여인들이 그녀와 마주치는 것을 원하지 않기 때문에, 그 두 여인의 집에는 베르뒤랭 부인이 아직도 자고 있는 아침 시각에만 가고, 홍역을 앓았던 열두 살 때 이후에는 단 한 번도 자신의 침실에 머문 기억이 없어, 베르뒤랭 부인이 어느 해 12월 31일 저녁, 홀로 있는 것이 불안하여 다음 날이 새해 첫날이지만 자기 집에서 잘 수 없겠느냐고 묻자, '어떤 날이건 그것이 저에게 무슨 장애가 될 수 있겠어요? 게다가 새

해 첫날은 가족끼리 맞는 법인데, 부인께서 곧 저의 가족이에요'
라고 대꾸하였을 뿐만 아니라, 하숙집에 살면서 베르뒤랭 내외가
이사할 때마다 하숙집을 바꾸고, 휴가철에는 그들의 휴양지까지
따라가는 등, 대공 부인이 베르뒤랭 부인을 위하여 비니의 다음 구
절을 어찌나 훌륭하게 구현하였던지,

　　오직 그대만이 우리가 항상 찾는
　　그것처럼 보였도다.[54]

그 작은 동아리의 여회장[55]께서, 사후에도 '신도' 하나를 확보
해 두기를 갈망한 나머지, 자기들 두 여인 중 마지막으로 죽는 사
람은 먼저 죽은 사람의 묘 옆에 묻히도록 하자고 그녀에게 요청하
였다. 낯선 이들―그들 중 우리가 거짓말로 가장 자주 기만하는 이
를 포함시켜야 하리니, 그는 곧 우리 자신이며, 우리가 자신에게
거짓말을 가장 많이 하는 이유는, 자신으로부터 멸시당하는 것이
가장 괴롭기 때문이다―앞에서 쉐르바또프 대공 부인은 자기가
세 사람과 맺은 우정만을―러시아 공주, 베르뒤랭 부인[56], 삐뜨뷔
스 남작 부인 등과 맺은―유일한 우정처럼 내세우는 데 정성을 들
였고, 그것을 자기의 의지와 무관한 천재지변이 나머지 모든 것들
의 파괴된 잔해 위에 떠오르게 하여 남겨준 것이 아니라 자신이 자
유의지에 따라 선택하였으며, 자기의 고독과 소박함에 대한 특이
한 취향에 따라 그 세 여인과의 우정에 한정시켰노라 하였다. "저
는 다른 사람은 그 누구도 만나지 않아요." 우리가 어쩔 수 없이 감
내하는 하나의 필요라기보다는 오히려 스스로에게 강요하는 어떤
규범처럼 보이는 것의 단호한 성격을 강조하면서, 그녀가 그렇게
말하곤 하였다. "저는 그 세 분 댁에만 드나들어요." 그녀가 덧붙

이곤 하였는데, 그것은 마치 4차 공연까지 이어질 수 없을까 두려워 자기들의 작품을 3회만 공연한다고 예고하는 극작가들의 말과 같았다. 베르뒤랭 씨 내외가 그러한 허구를 믿었는지 혹은 믿지 않았는지 모르겠으나, 여하튼 그들은 대공 부인이 신도들의 뇌리에 그것을 주입시키는 데 일조하였다. 또한 신도들은, 대공 부인이 자기와 교분을 맺고자 하는 수많은 사람들 중에서 오직 베르뒤랭 내외만 선택하였다고 확신하는 동시에, 베르뒤랭 내외에게 최상류층 귀족들이 교분을 간청하였건만 허사로 돌아갔고, 그 내외가 오직 대공 부인만을 예외적으로 받아들였다고 믿었다.

신도들이 보기에는, 대공 부인이 출신 계층에서 워낙 뛰어나 그 속에서 권태감에 사로잡히지 않을 수 없었고, 그녀와 교류하였을 그 숱한 사람들 중에서 오직 베르뒤랭 내외만을 마음에 둔 것 같았고, 베르뒤랭 내외 또한 모든 귀족들의 은근한 접근에 아예 귀를 막았지만, 다른 귀족 여인들보다 훨씬 이지적이고 지체 높은 귀부인, 즉 쉐르바또프 대공 부인만은 예외적으로 받아들인 것 같았다.

대공 부인이 매우 부유했던지라, 연극의 초연일마다 극장의 바닥층에 있는 대형 칸막이 특별석을 예약하여, 베르뒤랭 부인의 허락을 얻은 다음 신도들을 데리고 가곤 하였으되, 다른 사람들은 결코 초대하지 않았다. 사람들은 늙었으되 백발이 되지 않은 그리고 오히려 생울타리에 오랫동안 매달려 있어 쭈글쭈글해진 특정 과일들처럼 붉어지던, 그 수수께끼 같고 창백한 인물을 서로에게 가리키곤 하였다. 또한 아울러 그녀의 위세와 겸허함에 찬탄을 금치 못하였으니, 브리쇼와 같은 학술원 회원과 꼬따르와 같은 저명한 학자, 당대 제일의 피아니스트 그리고 얼마 후에는 샤를뤼스 씨 같은 사람들을 항상 대동하면서도, 그녀는 일부러 가장 침침한 칸막이 특별석을 예약하려 애썼고, 그 가장 안쪽 구석에 앉았고, 극장

안에서 일어나는 일에 전혀 관심을 보이지 않았고, 공연이 끝나기 조금 전에 그 기이하며 동시에 수줍고 매혹적이며 마모된 아름다움 없지 않은 여군주를 따라 물러가곤 하던 작은 동아리만을 위하여 살았기 때문이다. 그런데 쉐르바또프 부인이 극장 안의 다른 관람석들을 바라보지 않고 그늘진 구석에만 머물러 있었던 것은, 자기가 교분 맺기를 열렬히 갈망하지만 그럴 수 없는 활기찬 사교 집단이 존재한다는 사실을 잊으려 노력하기 위함이었고, 칸막이 특별석에 모여 있던 '무리'가 그녀에게는, 위험에 직면한 특정 짐승들이 보이는 거의 시신과 같은 부동성과 같았다. 그럼에도 불구하고 사교계 사람들의 뇌리를 들쑤시는 새로운 것과 신기한 것에 대한 취향이, 그들로 하여금 모든 사람들이 다투어 찾아와 인사하는 이층 칸막이 좌석의 유명 인사들보다는, 그 미지의 신비한 여인에게 아마 더 큰 관심을 쏟게 하였을 것이다. 사람들은 그녀가 자기들이 아는 이들과는 전혀 다르고, 선견지명 있는 선량함과 결합된 경이로운 지성으로 자기 주위에 그 탁월한 인물들로 이루어진 작은 집단을 잡아두고 있으리라 상상하였다. 대공 부인은 누가 자기에게 어떤 사람에 대해 이야기하거나 혹시 어떤 사람을 소개할 경우, 사교계를 몹시 싫어한다는 그 허구를 유지하기 위하여 몹시 냉담한 척할 수밖에 없었다. 그럼에도 불구하고 꼬따르나 베르뒤랭 부인의 도움을 받아 몇몇 신참들이 그녀와 교분 맺기에 성공하면, 그들 중 하나를 알게 된 것에 어찌나 도취하였던지, 자기의 그 의도적 고립이라는 허구를 망각한 채, 그 신입 회원에게 미친 듯이 정성을 쏟곤 하였다. 신입 회원이 몹시 변변찮을 경우, 모두들 놀라곤 하였다. "그 누구와도 교분 맺기를 원하지 않는 대공 부인께서, 그토록 특징 없는 사람은 이례적으로 대하시니, 얼마나 기이한 일인가!" 하지만 그렇게 비옥한[57] 교분은 드물었고, 따라서 대공 부인은 신도들 가운데 옹색하게 갇혀서 지냈다.

"나는 그를 화요일에 학술원에서 만날 거요." 이 말보다 꼬따르가 훨씬 더 자주 하던 말은 이러했다. "나는 그를 수요일에 베르뒤랭 댁에서 만날 거요." 그는 또한 수요일들에 대하여, 그것이 학술원의 일만큼이나 중요하고 불가피한 것처럼 말하곤 하였다. 게다가 꼬따르는 어떠한 초청이든 그것이 군사적 혹은 사법적 출두령처럼 하나의 명령이라도 되는 듯, 그것에 응하는 것을 절대적인 의무로 여기는, 사람들이 별로 찾지 않는, 즉 인기가 별로 없는 이들 중 하나였다. 그가 수요일에 베르뒤랭 내외를 '놓아버리기' 위해서는 아주 중요한 부름을 받아야 했지만, 그 중요성도 질환의 위중함보다는 환자의 신분과 더 연관되어 있었다. 왜냐하면 꼬따르는 비록 선량한 사람이었지만, 어느 노동자의 위급한 발작성 질환보다는 어느 장관의 코감기 때문에 수요일의 달콤함을 포기하곤 하였으니 말이다. 뿐만 아니라 그러한 경우에도 그는 자기 아내에게 이렇게 말하곤 하였다. "베르뒤랭 부인께 잘 말씀해 주시오. 내가 늦게라도 가겠노라고 미리 말씀드리시오. 이 각하께서 다른 날을 골라 감기에 걸리셨으면 좋았을 것을." 어느 수요일, 그의 집 늙은 요리 담당 하녀가 팔에 부상을 입어 혈관이 끊어졌는데, 그의 아내가 상처를 치료해 줄 수 있느냐고 조심스럽게 묻자, 베르뒤랭 댁에 가기 위하여 이미 간편한 야회복 차림이었던 꼬따르가 어이없다는 듯 어깨를 으쓱하고 나서, 불평하듯 언성을 높였다. "하지만 나는 그럴 수 없소, 레옹띤느, 당신이 보시다시피 내가 흰색 조끼를 입고 있소." 남편의 화를 돋우지 않기 위하여, 꼬따르 부인이 급히 사람을 보내어 자기네 진료소의 수석 의사를 불렀다. 의사가 더 신속히 오기 위하여 마차를 탔던지라, 꼬따르를 베르뒤랭 댁으로 데려가는 마차가 나가려는 순간 의사를 태운 마차가 들어오려 하는 바람에, 나아가고 물러서느라고 5분의 시간을 허비하였다. 꼬따르 부인은 혹시 의사가 야회복 차림이었던 자기의 주인을 보지 않았을까 하여 마음이 불편했다. 꼬따르는 지체된 것 때문에, 혹은 아마 가책감 때문에 심하게 투덜거린 다음, 씻어내기 위해서는 그 수요일에 맛볼 모든 달콤함이 필요했을 최악의 심기로 길을 떠났다.

   혹시 어떤 환자가 '게르망뜨 가문 사람들을 가끔 만나느냐'고 물으면, 교수는 더할 나위 없이 정직하게 다음과 같이 대꾸하곤 하였다. "정확히 말해 아마 게르망뜨 가문 사람들은 아닐 것이오만, 여하튼 모르겠소. 하지만 나의 친구들 집에서 거의 모든 사람들을 만나오. 당신도 틀림없이 베르뒤랭 댁에 관한 소문을 들으셨을 거요. 그 댁 사람들은 모든 사람들과 교분을 맺고 있소. 또한 그들은 적어도 이미 시들어버린 멋쟁이들이 아니오. 그 댁에는 뒤에 쌓아둔 돈이 있소. 사람들이 추측하기로는 베르뒤랭 부인께서 3천 500만 (프랑을)[58] 가지신 부자라 하오. 젠장, 3천 500만이면 거금이오. 그리하여 그 부인께서는 무엇이든 아끼시지 않소. 당신이 나에게 게르망뜨 공작 부인 이야기를 하셨소. 내가 차이를 말씀해 드리겠소. 베르뒤랭 부인이 고귀한 여인임에 반해, 게르망뜨 공작 부인은 아마 풀떼기[59]일 거요. 차이를 잘 아시겠지요, 그렇지 않소? 여하튼 게르망뜨 가문 사람들이 베르뒤랭 부인 댁에 가건 가지 않건, 그녀는 그들보다 나은 드 쉐르바또프 가문 사람들이나 드 포르슈빌 가문 사람들 그리고 가장 높은 신분에 속하는 사람들, 내가 동료에게처럼 말 건네는 것을 당신이 보시게 될 프랑스와 나바라의 귀족들 모두를 얼마이든 (뚜띠 꽌띠)[60] 받아들이신다오. 게다가 그러한 부류의 사람들은 과학의 군주들[61]과 즐겨 친해지려고 하오." 지극히 행복한 자긍심에서 비롯된 미소를 지으면서 그가 마지막 말을 덧붙였는데, 그의 입술에 그러한 미소가 어리게 한 것은, 옛날

뽀땡[62]이나 샤르꼬[63] 같은 이들을 지칭할 경우에 한정되었던 그 표현이 이제 자신에게 적용될 수 있다는 사실보다는, 관례가 허용하는 모든 표현들을 오랜 세월 동안의 곡괭이질[64] 끝에 속속들이 알아 드디어 사용할 줄 알게 되었다는 사실에 기인한, 그 자랑스러운 만족감이었다. 또한 그리하여 베르뒤랭 부인이 초대하던 사람들 중 쉐르바또프 대공 부인을 나에게 거명한 다음, 꼬따르가 찡끗 눈짓을 하면서 이렇게 덧붙였다. "어떤 댁인지 아시겠소? 그리고 내가 하고자 하는 말을 이해하시겠소?" 이 세상에서 가장 멋지다는 말이었다. 그런데 고작 에우도키아 공주밖에 모르는 러시아 귀부인 하나와 교류한다는 것은 매우 하찮은 일이었다. 하지만 쉐르바또프 대공 부인이 공주와 교분이 없었다 하더라도, 베르뒤랭 댁 응접실의 우아함과 그곳에 초대받으며 느끼는 자신의 기쁨에 대하여 꼬따르가 가지고 있던 견해는 약화되지 않았을 것이다.[65] 우리와 교류하는 사람들을 감싸고 있는 것처럼 보이는 화려함도 극장 무대 위 인물들의 화려함보다 더 내재적이지 못하거니와, 거친 천으로 지었으되 겉에 유리 단추들[66]이 흩뿌려졌고 몸에 꼭 끼는 남자용 상의와 종이로 마름질한 외투 위로, 뛰어난 무대장치가에 의해 한 줄기 인조 광선이 던져지면, 그것들이 수천 배 더 화려한 듯한 인상을 줄 수 있건만, 그 인물들의 의상을 준비하느라 아무 효과도 내지 못하는 진품 의복들과 보석들을 구입하기 위하여 무대감독이 수십만 프랑을 지출하는 것은 정말 부질없는 짓이다. 어떤 사람이 평생 이 지상의 세력가들 속에서 살았지만, 그에게는 그들이 권태감 주는 혈족들이나 진절머리 나는 친분들에 불과했던 바, 이미 요람에서부터 얻은 습관으로 인해, 그가 보기에는 그들이 모든 위엄을 상실하였기 때문이다. 그러나 반면 그 위엄이 어떤 우연으로 말미암아 지극히 한미한 인물들에게 덧붙여지기만 하면, 무수한 꼬따르들이 그런 작위 걸친 여인들에 현혹되어 살면서 그녀들의 응접실이 귀족적 우아함의 근원이라고 상상하지만, 그러한 여인들은 심지어 빌르빠리지 부인 및 그녀의 친구들 (함께 자란 다른 귀족들이 더 이상 상종하지 않게 된 전락한 귀부인들이다) 급에도 속하지 못한다. 결코 그러지 못하니, 그러한 여인들과의 친분을 자랑스러워하던 숱한 사람들이 혹시 회고록들을 출간하고, 그 속에다 그 여인들 및 그녀들이 초대하던 여인들의 이름을 열거한다 해도, 아무도, 게르망뜨 부인은 물론 심지어 깡브르메르 부인조차도, 그녀들이 누구인지 알 수 없을 것이다. 그러나 무슨 상관이랴! 어느 꼬따르 하나가 그렇게 자기의 남작 부인이나 후작 부인을 갖게 되며, 그 여인이 그에게는 마리보의 극작품들 속에서처럼, 아무도 그 이름을 입에 올리지 않을 뿐만 아니라 존재한다는 생각조차 하지 않는 '남작 부인'과 같은,[67] '남작 부인' 혹은 '후작 부인'이다. 꼬따르는 그 작위들이 의심스러울수록 그만큼 더 귀족의—귀족들은 정작 그 귀부인의 존재를 모르건만—정수를 그 속에서 발견한다고 생각하거니와, 작위들이 의심스러울수록 그 작위관 문양들이, 유리잔들이나 은식기들, 편지지, 여행 가방 등에서 더 많은 자리를 차지하기 때문이다. 자기들이 쌩-제르맹 구역 귀족 집단의 심장부에서 나날을 보낸다고 믿은 숱한 꼬따르들은, 실제로 왕족들 속에 섞여 살았던 사람들보다도 아마 더 봉건적 꿈에 홀린 상상을 하였으리니, 그것은 마치 가끔 일요일에 '먼 옛날'의 건축물들을 구경하러 가는 어느 소상인이 때로는, 그 자재가 모두 우리 시대의 돌들이고, 그 원형 천장들이 비올레-르뒤크[68]의 제자들에 의해 하늘색으로 채색되고 황금빛 별들로 수놓인 건축물들 속에서, 오히려 더 중세 속에 들어와 있다고 느끼는 것과 같다. "대공부인은 멘느빌에 계실 것이오. 우리와 여행할 것이오. 그러나 내가 즉시 당신을 소개하지는 않겠소. 그것은 베르뒤랭 부인께서 하시는 편이 나을 것이오. 내가 적절한 틈을 발견하지 못하면 말이오. 틈을 발견하면 내가 즉각 뛰어들 것이니 기대하시오." —"무슨 말씀들을 나누고 계셨소?' 바람을 쐬러 가는 척하였던[69] 싸니에뜨가 물었다. —"제가 이 신사분에게, 제 견해로는 '세기말'(물론 18세기요)의 인물들 중 으뜸이었으며, 뻬리고르의 수도원장이었던 샤를르-모리쓰라는 이름으로 불리던 사람이 한 그리고 당신도 잘 아는 말 한 마디를 인용해 드렸소.[70] 처음에는 그가 아주 훌륭한 언론인이 되겠노라 다짐하였소. 그러나 엉뚱한 방향으로 돌아섰소. 저의 말은 그가 재상이 되었다는 뜻이오! 살다 보면 그러한 불운들이 닥치는 법이오. 지체 높은 순종 나으리[71]의 오만함으로, 한창 승승장구하던 시절에 프러시아의 왕을 위해 일하기를 주저하지 않았고,[72] 숨기지 않고 말하거니와, 결코 고칠 수 없는 중도 좌파의 가죽을 쓰고 죽은,[73] 요컨대 가책감이라곤 없던[74] 정치꾼이었소."

쌩-뻬에르-데-이프 역에서 눈부시게 화려한 아가씨 하나가 우리의 열차 칸으로 들어섰으나, 불행하게도 그녀는 '작은 동아리'의 일원이 아니었다. 나는 그녀의 목련꽃 같은 살과 검은 눈 그리고 찬탄을 자아내는 늘씬한 몸매에서 눈을 뗄 수가 없었다. 잠시 후, 객차 안이 조금 더웠던지라 그녀가 유리창 하나를 열고 싶어하였으나, 모든 사람들에게 허락을 구할 생각이 없었던지, 외투를 입지 않은 사람이 마치 나뿐이라는 듯, 그녀가 빠르고 싱싱하며 웃음기 어린 음성으로 나에게 말하였다. "혹시 바깥 공기가 불쾌감을 드리지는 않을까요?" 나는 그녀에게 다음과 같은 말들을 하고 싶었다. "저희들과 함께 베르뒤랭 씨 댁에 갑시다." 혹은 "성함과 주소를 저에게 말씀해 주십시오." 그러나 이렇게 대꾸하였다. "괜찮습니다, 바깥 공기가 불편하지 않습니다, 아가씨." 그러더니 잠시 후, 자리에서 꼼짝도 하지 않은 채 다시 물었다. "담배 연기가 친구 분들에게 불편을 끼치지 않을까요?" 그리고 나서 즉시 담배 한 개비에 불을 붙였다. 세 번째 역에 이르자 그녀는 단걸음에 뛰어내렸다. 다음 날 나는, 그녀가 누구일 것 같으냐고 알베르띤느에게 물었다. 멍청하게도, 누구든 한 가지밖에 좋아할 수 없다고 생각한 나머지, 로베르를 대하던 알베르띤느의 태도에 질투심을 느끼고 있던 내가 여인들과 관련해서는 안심하고 있었기 때문이다. 알베르띤느가 나에게 대꾸하기를 모른다고 하였으며, 그 대꾸가 정직했다고 생각한다. "나는 그녀를 정말 다시 만나고 싶어요!" 내가 한탄하듯 말하였다. ㅡ "진정해요, 누구든 언제나 다시 만나게 되어 있어요." 알베르띤느가 대꾸하였다. 그 경우에 있어서만은 그녀의 생각이 틀렸으니, 담배를 피우던 그 아가씨를 내가 영영 다시 만나지 못하였고, 그녀가 누구인지도 알아내지 못하였다. 또한 내가 왜 오랫동안 그녀 찾기를 멈추어야 했는지, 누구든 그 까닭을 알게 될 것이다. 그러나 내가 그녀를 잊지는 않았다. 지금도 그녀 생각을 하면서 미친 듯한 욕망에 휩싸이는 경우가 빈번하다. 그러나 그러한 욕정의 재발이 우리로 하여금, 만약 우리가 그 아가씨들을 전과 같은 즐거움을 느끼면서 다시 만나고자 한다면, 그동안 아가씨가 시들어버렸을 십 년 전의 그해로 돌아가야 한다는 생각에 잠기지 않을 수 없게 한다. 우리가 어떤 사람을 종종 다시 만날 수는 있지만, 세월을 무너뜨려 없앨 수는 없다. 그 모든 일이, 겨울밤처럼 예견되지 않았고 구슬픈 날까지, 그리하여 우리가 특정 아가씨도 다른 어느 아가씨도 더 이상 찾지 않을 뿐만 아니라, 그 아가씨를 만나면 심지어 두렵기도 한 그날까지 계속될 것이다. 우리에게 더 이상 충분한 매력도, 사랑할 기력도 없음을 우리가 직감하기 때문이다. 물론 엄밀한 의미로 성적 불능 상태는 아니다. 또한 사랑에 관해 말하자면, 그 어느 때보다도 더 사랑할 수 있다. 그러나 우리에게 남아 있는 얼마 아니 되는 기력을 감안하면, 그것이 너무 과중한 시도임을 느낀다. 영원한 휴식이 벌써 우리의 삶에, 우리가 외출할 수도, 말할 수도 없는 휴지기(休止期)들을 여기저기 삽입해 놓았다. 계단 위로 정확히 발을 올려놓는 것이 공중제비에 실패하지 않는 것만큼이나 큰 성공으로 여겨진다. 비록 젊은이의 안색과 금발을 고스란히 간직하고 있다 하더라도, 그런 상태로 사랑하는 아가씨 앞에 나타나다니! 젊음과 보조를 맞추는 피곤함을 더 이상은 감당할 수 없다. 육체적 욕망이 수그러지는 대신 더욱 증대된다면 정말 딱한 일이다! 그러한 경우, 구태여 환심을 사야 한다는 걱정을 할 필요가 없고, 하루 저녁 잠자리를 함께할 뿐, 다시는 영영 만나지 않을 여인 하나를 부르곤 한다.

"바이올린 연주가로부터는 여전히 소식이 없는 모양이오." 꼬따르가 말하였다. 그 작은 동아리 내에서 일어난 그날의 큰 사건은, 베르뒤랭 부인이 아끼는 바이올린 연주가의 이탈이었다. 동씨에르 근처에서 군 복무를 하는 그는 자정까지의 외출 허가를 받곤 하였던지라, 매주 세 번 라 라스쁠리에르에 와서 만찬에 참석하였다. 그런데 이틀 전, 역으로 마중 나간 신도들이 그를 기차에서 발견하지 못하였다. 처음에는 모두들 그가 기차를 놓쳤으리라고 생각하였다. 그러나 베르뒤랭 부인이 다음 기차 시간에 맞춰 그리고 막차 시간에도 마차를 보냈으나 허사, 마차는 빈 상태로 돌아왔다. "그는 틀림없이 감방에 처박혀 있을 것이오. 다른 이유는 없어요. 아! 젠장, 아시다시피 군대에서는 성질 까다로운 부관 하나만 있어도 그런 일이 생겨요." — "그가 오늘 저녁에도 이탈한다면, 우리의 친절하신 안주인께서 자기에게 라 라스쁠리에르 성을 임대한 우리의 이웃들을, 즉 깡브르메르 후작 내외분을, 처음으로 마침 만찬에 초대하신 만큼, 그것이 베르뒤랭 부인에게는 더욱 괴로울 것이오." 브리쇼가 말하였다. ─"깡브르메르 후작과 그 부인을 오늘 저녁에!" 꼬따르가 언성을 높였다. "하지만 나는 전혀 모르고 있었소. 물론 나 역시 당신들처럼 그들이 언젠가는 오게 되어 있음을 잘 알고 있었으나, 그날이 이토록 임박한지는 몰랐소." 그러더니 나에게로 고개를 돌리면서 이렇게 덧붙였다. "빌어먹을, 내가 하는 말 들으셨소? 쉐르바또프 대공 부인에다, 이번에는 깡브르메르 후작과 그 부인이라오." 그러더니 그 이름들을 다시 한 번 외우면서 그 멜로디에 맞춰 몸을 살랑살랑 흔들고 난 다음, 그가 다시 나에게 말하였다. "우리가 무척 부러운 처지에 있음을 당신도 아실 것이오. 걱정 마시오, 당신의 첫 등장이 성공적일 것이오. 예외적으로 화려한 관람객들이 모일 것이오." 그러더니 브리쇼 쪽으로 고개를 돌리면서 이렇게 덧붙였다. "안주인 마님께서 펄펄 뛰시겠소. 우리가 도와드리기 위하여 급히 서둘러야겠소." 베르뒤랭 부인은 라 라스쁠리에르에 온 후, 그녀는 정말 신도들 앞에서 그 성 소유주 내외를 적어도 한 번은 초대해야 한다는 의무감과 절망적인 근심에 휩싸인 체하곤 하였다. 그녀가 말하기를, 그렇게 함으로써 다음 해에는 더 좋은 조건에 성을 빌릴 수 있으니, 그들을 초대하는 것이 오직 그러한 이득 때문이라고 하였다. 그러나 작은 동아리에 속하지 않는 사람들과 함께하는 그 괴물과 같은 만찬이 하도 두려워, 초대를 항상 뒤로 미루었다고 힘주어 말하곤 하였다. 그녀가 내색하지 않는 편을 택한 겉멋 취향[75) 때문에 그러한 만찬이 한편으로는 그녀를 황홀하게 하였으되, 다른 한편으로는 그녀가 표방한, 비록 과장되긴 하였지만, 이유들로 인해 그것이 조금은 그녀를 두렵게 하였다. 따라서 그녀가 반쯤은 솔직했다고 할 수 있으니, 그녀는 그 작은 동아리가 이 세상에 단 하나밖에 없는 유일한 무엇 그리고 그것과 유사한 집단 하나가 형성되려면 여러 세기가 필요하리라 믿고 있었던지라, 『사부작』[76]과 『명인들』[77]을 모르고 총체적인 대화라는 협주에서 자기네의 부분을 감당할 수 없어, 그들이 자기의 만찬에 참석함으로써, 단 하나의 불협화음으로도 산산조각 내기에 충분한 베네치아산 유리공예품 같은, 비할 데 없고 깨지기 쉬운 걸작품인 그 소문난 수요회를 파괴할 수도 있을 촌사람들을, 그 만찬에 참석시킨다는 생각만 하여도 두려움에 전율하였다. "게다가 그들은 가장 '적대적'이고 군국주의적인 사람들임에 틀림없을 거요." 베르뒤랭 씨가 말하였다. ─"아! 하지만 그것은 상관없어요, 사람들이 그 사건을 가지고 입씨름하기 시작한 지 너무 오래되었어요." 진정한 드레퓌스파로서 그런 말을 하면서도 자기의 드레퓌스파적인 응접실의 지배적 성격 덕분에 사교계로부터의 보상을 원하였을 베르뒤랭 부인이 대꾸하였다. 그런데 드레퓌스 지지 운동이 정계에서는 승리를 거두고 있었지만, 사교계에서는 그러지 못하였다. 라보리, 라이나하, 삐까르, 졸라 등이,[78] 사교계 인사들이 보기에는, 그들[79]을 (베르뒤랭 내외의)[80] 그 '작은 핵'으로부터 멀어지게 할 수밖에 없을 반역자 부류로 남아 있었다. 그리하여 베르뒤랭 부인은, 그러한 정치 분야로의 외도 후 예술 분야로 되돌아가려고 하였다. 하지만 앵디와 드뷔씨는 드레퓌스 사건과 관련하여 '잘못'을 저지르고 있지 않았던가?[81] "드레퓌스 사건과 관련해서는, 우리가 그 두 사람을 브리쇼 옆에 앉히면 그만이에요." 그녀가 말하였다(신도들 중 그 대학교수가 군부의 편을 드는 유일한 사람이었던지라 그렇게 말한 것이었고, 그러한 사실로 인해 그는 베르뒤랭 부인에 의해 훨씬 저평가되었다). "우리가 언제까지나 드레퓌스 사건 이야기만 해야 할 의무는 없어요. 아니에요,

절박한 진실은, 깡브르메르 가문 사람들이 저를 난처하게 만든다는 사실이에요." 깡브르메르 가문 사람들을 받아들이는 것이 난처하다고 말하던 베르뒤랭 부인의 가장된 근심에 쉽게 속아 넘어가는 것 못지않게, 그 가문 사람들과 교분 맺고 싶은 갈망에 들떠 있던 신도들에 관해 말하거니와, 그들은 날마다 그녀와 한담을 나누면서, 그녀 자신이 그 초청이 실현되도록 내세우는 꼴불견의 논거들을 거듭 제기하였으며, 그 논거들을 거역할 수 없는 것으로 만들려고 애를 썼다. "부인께서 딱 잘라 결단을 내리십시오." 꼬따르가 거듭 말하였다. "그러시면 임대료 관련 양보를 얻어내실 수 있고, 그들이 정원사의 급료를 지불할 것이며, 풀밭을 이용하실 수 있을 것입니다. 그 모든 것을 위해서라면 하루 저녁쯤 지루하게 보낼 가치가 있습니다. 저는 오직 부인을 위하여 드리는 말씀입니다." 언젠가 한번, 베르뒤랭 부인의 마차를 타고 가던 중 깡브르메르 노부인의 마차와 길에서 마주쳤을 때 그리고 특히 역에서 우연히 후작 곁에 있게 된 순간, 철도 회사 고용원들 눈에 자신이 왜소하게 보였으리라고 느꼈을 때, 자신의 가슴이 심하게 두근거렸건만, 그 마지막 한마디를 덧붙였다. 한편 깡브르메르 가문 사람들은 사교계의 추이와는 너무나 동떨어져 살아, 몇몇 우아한 귀부인들조차 베르뒤랭 부인에 대해 말할 때 상당한 예의를 갖춘다는 사실은 짐작조차 하지 못하였던지라, 그녀가 기껏 떠돌이들밖에 사귈 수 없고, 아마 합법적으로 결혼도 하지 않았을 것이며, 근지 있는 사람들이라고는 오직 자기들밖에 만날 수 없을 것이라고 상상하였다. 그들이 마지못해 그녀의 만찬에 참석하기로 한 것은, 장차 많은 휴가철마다 다시 와주기를 기대하던, 특히 그녀가 전달에 수백만 프랑의 유산을 받았다는 사실을 알게 된 이후로 더욱 기대가 커진, 그 임차인과 원만한 관계를 유지하기 위해서였다. 그들은 묵묵히 그리고 실없는 농담을 흘리지 않고 그 숙명적인 날에 대비하고 있었다. 신도들은 그러한 날이 언젠가는 오리라고 더 이상 기대하지 않았으니, 베르뒤랭 부인이 만찬 날짜를 잡았다가 변경하기를 하도 여러 차례 반복하였기 때문이다. 그 반복되던 거짓 결정은, 그 만찬이 자기에게 안겨주는 지겨움을 과장하기 위해서뿐만 아니라, 인근에 거처를 정하였으며 가끔 이탈하려는 성향을 보이던 '작은 집단'의 구성원들을 조마조마하게 만들 목적도 가지고 있었다. 그것은 물론, 그 '기념할 날'이 신도들에게도 자신에게와 못지않게 즐거울 것임을 '안주인'께서 알아차렸기 때문이 아니라, 그 만찬이 자기에게는 가장 무시무시한 강제 노역이라고 그들로 하여금 믿게 한 터라, 그녀가 그들의 헌신에 호소할 수 있었기 때문이다. "제가 그 중국인들과 홀로 마주 앉게 내버려두지 마세요! 그 지겨움을 감당하기 위해서는 반대로 우리의 수가 많아야 해요. 물론 우리의 관심사에 대한 이야기는 나눌 수 없을 거예요. 망친 수요회가 되겠으나 어찌하겠어요!"

"사실, 매우 이지적이시고 자신의 수요회를 매우 우아하게 꾸미시는 베르뒤랭 부인께서, 명문 출신이지만 아무 기지 없는 그 시골 귀족들을 별로 초대하고 싶어하지 않으셨소." 브리쇼가 나에게 말하였다. "그녀가 늙은 후작 부인을 초대할 결단은 내리지 못하셨으나, 아들과 며느리는 어쩔 수 없이 초대하시기로 하셨소."—"아! 그러면 우리가 깡브르메르 후작 부인을 보게 되겠소?" 꼬따르가 미소를 지으면서 말하였는데, 깡브르메르 부인이 예쁜지 그렇지 않은지 모르고 있었건만, 그는 자신의 미소에 음탕함과 섬세하게 멋을 부린 어투를 곁들여야 한다고 믿는 것 같았다. 그러나 후작 부인이라는 작위가 그의 내면에 매혹적이고 바람기 가득한 영상을 일깨웠던 모양이다.—"아! 제가 그녀를 잘 압니다." 언젠가 한

번 베르뒤랭 부인과 산책하다가 그녀와 우연히 마주친 적이 있는 스키가 말하였다.—"그녀를 『구약』에서 사용되는 의미로 '알지는' 못하시오?"[82] 코안경 밑으로 음험한 시선을 굴리면서 의사가 말하였고, 그것이 그가 즐겨 하던 농담들 중 하나였다.—"그녀는 총명합니다." 스키가 나에게 말하였다. 그러나 내가 아무 대꾸도 하지 않자 미소를 지으면서 각 단어에 힘을 주어 다시 말하였다. "물론 그녀는 총명하지만 또한 그렇지 못합니다. 그녀는 교육을 제대로 받지 못하였습니다. 또한 경박하지만 예쁜 것들에 대한 감식력을 가지고 있습니다. 그녀는 입을 다물지언정 멍청한 말은 결코 하지 않을 것입니다. 또한 혈색이 아름답습니다. 그녀의 초상화를 그리면 재미있을 것입니다." 자기 앞에서 포즈를 취하고 있는 그녀를 응시하기라도 하듯 눈을 반쯤 감으면서 마지막 한마디를 덧붙였다. 스키가 그토록 미묘한 여운을 곁들여 묘사하고 있던 것에 대해 나는 정반대의 생각을 하고 있었던지라, 그녀가 뛰어난 기술자인 르그랑댕 씨의 누이라는 말을 하는 것으로 그쳤다.—"좋아요! 보시다시피 당신은 예쁜 여인에게 소개될 것이오." 브리쇼가 나에게 말하였다. "그러면 그것이 어떤 일로 귀결될지 아무도 알 수 없소. 클레오파트라는 귀부인 축에도 들지 못하는 미천한 여인, 우리의 메약이 만들어낸 지각없고 무시무시한 여인이었지만,[83] 그 멍청한 안토니우스에게뿐만 아니라 고대 세계 전체에 초래한 결과들을 보시오."—"저는 이미 깡브르메르 부인에게 소개된 적이 있습니다." 내가 그의 말에 대꾸하였다.—"아! 그러면 당신은 친숙한 고장에 처하시게 되겠구려."—"꽁브레의 옛 주임 사제가 이 지역 지명들에 관해 지은 책 한 권을 그녀가 저에게 약속한 바 있고, 따라서 제가 그녀에게 그 약속을 상기시킬 수 있게 되어 그만큼 더 기쁩니다. 저는 그 사제와 그가 설명하는 어원들에 대해서도 관심을 가지고 있습니다." – "그의 설명을 너무 믿지 마시오." 브리쇼가 내 말에 대꾸하였다. "라 라스쁠리에르에 있는, 그래서 내가 재미 삼아 뒤적거려 본 그 책 속에는 그럴싸한 것이 거의 없고, 오류들투성이라오. 당신에게 예를 하나 들어 보이겠소. 브리끄(bricq)라는 말이 이 인근에 있는 숱한 지명들 속에 들어가 있소. 그 착하신 사제께서는, 그 말이 '고지대'나 '요새'를 뜻하는 브리가(briga)에서 왔으리라는, 상당히 괴이한 생각을 하셨소. 그는 라토브리즈(Latobriges)나 네메토브리즈(Nemetobriges) 등 켈트의 소부족들 명칭 속에서뿐만 아니라, 심지어 브리앙(Briand)이나 브리옹(Brion) 등과 같은 명칭들 속에서도 그 말을 발견하오. 우리가 지금 당신과 함께 즐겁게 통과하고 있는 고장에 대해 다시 말하거니와, 그의 주장대로라면, 브리끄보스끄(Bricquebosc)가 '고지대의 숲'을, 브리끄빌(Bricqueville)은 '고지대의 주거지'를, 멘느빌에 도착하기 전에 우리가 잠시 멈출 곳 브리끄백(Briquebec)은 '냇가의 고지대'를 뜻해야 마땅하오. 그런데 전혀 그렇지 않으니, '브리끄'가 단지 '교량(다리)'을 뜻하는 고대 스칸디나비아어이기 때문이오. 마찬가지로, 깡브르메르 부인의 후원을 받은 이가 온갖 노력을 기울여, 때로는 스칸디나비아어 플로이(floi)나 플로(flo) 등에 연관시키다가, 또 어떤 때는 아일랜드어 아에(ae)와 아에르(aer) 등에 연관시키는 플뢰르(fleur)는, 반대로, 또한 의심할 여지 없이, 덴마크인들의 휘오르드(fiord)이며 '항구'를 의미하오. 마찬가지로 그 탁월하신 사제께서는, 라 라스쁠리에르에 인접해 있는 쌩-마르땡-르-베뛰(Saint-Marti-le-Vêtu)가 쌩-마르땡-르-비으(Saint-Martin-le-Vieux)를('-비으'는 곧 '베투스'요)[84] 의미한다고 생각하시오. 비으(vieux)라는 말이 이 지역의 대체적인 지명에서 큰 역할을 한 것은 분명하오. '비으'가 일반적으로는 바둠(vadum)[85]

에서 유래하였으며, 레 비으(Les Vieux)라는 곳처럼 하나의 도섭장을 의미하오. 그것은 잉글랜드인들이 포드(ford)라고 부르던 (Oxford, Hereford) 바로 그것이오. 그러나 어떤 특이한 경우에는 '비으'가 '베투스'에서 유래한 것이 아니라, 황폐하여 헐벗은 장소를 뜻하는 라틴어 바스타투스(vastatus)에서 유래하였소. 이 근처에도 '쎄톨드의 바스트'를 의미하는 쏘뜨바스뜨(Sottevast)와 '베롤드의 바스트'를 의미하는 브리유바스뜨(Brillevast)라는 곳이 있소. '쌩-마르땡-르-비으'가 전에는 쌩-마르땡-뒤-가스뜨(Saint-Martin-du-Gast) 그리고 심지어 쌩-마르땡-드-떼르가뜨(Saint-Martin-de-Terregate)라고 불렸다는 사실을 보건대, 그 주임 사제가 오류를 범하고 있음을 더욱 확신할 수 있소. 그런데 'v'와 'g'가 그 말들 속에서는 같은 철자로 혼용되었소. 우리가 데바스떼(dévaster)[86]라고 말하지만 가쉐(gâcher)[87]라고도 하오. 쟈쉐르(jachères)와 가띤느(gâtines)라는 (고대 게르만어 '바스티나(wastinna)'에서 온) 말들도 같은 뜻을 가지고 있소.[88] 따라서 떼르가뜨(terregate)는 곧 테라 바스타(terra vasta)[89]라오. 옛날에 쌩-메르드(Saint-Merd, 이 단어의 발음을 듣고 못된 생각을 하는 이에게 치욕이 돌아갈지어다!)[90]라고 하던 쌩-마르스(Saint-Mars)에 관해 말하자면, 그것은 곳에 따라 쌩-메다르(Saint-Médard), 쌩-마르(Saint-Mard), 쌩-마르크(Saint-Marc), 쌩-마르스(Cing-Mars), 심지어 다마스(Dammas)라고까지 불리는 쌩-메다르두스(Saint-Medardus)라오. 뿐만 아니라 이 인근에 있으며 같은 마르스(Mars)라는 명칭을 간직하고 있는 곳들이, 아직도 이 고장에 생생히 존속하되 그 사제가 인정하기를 거부하는 이교도적 근원(즉, 전쟁의 신 마르스)을 증명할 뿐이라는 사실을 잊어서는 아니 되오. 유피테르의 동산처럼 (즈몽, Jeumont이 그 한 예라오)[91] 신들에게 헌정된 고지대가 매우 많소. 당신의 관심을 끄는 그 주임 사제는 그러한 것들은 아예 외면하고, 예수교가 사방에 남긴 흔적들조차 포착하지 못하오. 그가 야만적인 명칭이라고 하면서 이야기를 록뛰디(Loctudy)까지 확장하였는데, '록뛰디'는 곧 로쿠스 쌍크티 투데니(Locus sancti Tudeni)이며,[92] 마찬가지로 그는 싸마르꼴(Sammarcoles)이라는 지명에서 쌍크투스 마르티알리스(Sanctus Martialis)를 찾아내지 못하였소.[93] 당신이 말하는 그 교구사제는," 내가 자신의 말에 관심을 표하는 것을 보고 브리쇼가 계속하였다. "옹(hon)이나 옴므(home)나 올름(holm) 등이 들어가 있는 단어들이 '동산'을 뜻하는 단어 홀(hall, 즉 hullus)[94]에서 왔다고 하지만, 실은 그것들이 스칸디나비아어이며 '섬'을 의미하는 홀름(holm)에서 왔으며, 스톡홀름(Stockholm)이 당신도 잘 아시다시피 그 좋은 예이거니와, 그러한 유형의 지명들이 이 고장에 지극히 흔한 바, 울름므(Houlme), 앙고옴므(Engohomme), 따움므(Tahoume), 로브옴므(Robehomme), 네옴므(Néhomme), 껫뚜(Quettehou) 등이[95] 그 예라오." 그러한 명칭들이 문득, 언젠가 알베르띤느가 앙프르빌-라-비고[96](그곳을 이어서 다스리던 두 영주의 이름[97]으로 이루어진 지명이라고 브리쇼가 나에게 말해 주었다)에 가고 싶다고 하였으며, 그곳에서 그녀가 로브옴므에 가 함께 저녁을 먹자고 제안하던 날을 나에게 상기시켰다. 한편 몽마르땡의 경우, 우리 일행이 잠시 후에 그곳을 지나게 되어 있었다. "네옴므가 까르끄뛰이와 끌리뚜르 근처에 있지 않습니까?" 내가 물었다. ―"옳은 말씀이오, 네옴므는 그 유명한 니젤 자작의 '올름', 즉 섬 혹은 작은 반도이며, 그 명칭이 네빌(Néville)[98]이라는 지명 속에도 남아 있소. 당신이 말씀하시는 까르끄뛰이와 끌리뚜르가 깡브르메르 부인의 후원을 받는 그 사제에게는 또 다른 오류를 범하는 계기를 제공하였소. 의심할 여지 없이 그는, 까르끄(carque)가 도이칠란트인들의 키르허(Kirche), 즉 교회당을 의미한다고 생각하는 모양이오. 덩께르끄는 제쳐두고라도, 게르끄빌과 까르끄뷔를 당신도 아실 것이오. 그러시다면, 켈트인들에게는 고지대를 의미했던 그 특이한 말 덩(dun)에 대해 잠시 생각해 보는 것이 좋을 듯하오. 그러면 그 말을 프랑스 전역에서 발견하실 수 있을 것이오. 당신이 말씀하시는 그 사제는 뒨느빌(Duneville) 앞에서 넋을 잃곤 하오. 하지만 그가 시도만 하였다면, 외르-에-루와르 지역에서 샤또덩(Châteaudun)을, 쉐르 지역에서 덩-르-루와(Dun-le-Roi)를, 싸르뜨 지역에서 뒤노(Duneau)를, 아리에주 지역에서 덩(Dun)을, 니에브르 지역에서 뒨느-레-쁠라쓰(Dune-les-Places) 등을 발견하였을 거요. 그 덩(dun)이, 우리가 기차에서 내릴 그리고 베르뒤랭 부인께서 보내신 편안한 마차들이 기다리고 있을 곳인 두빌(Douville)과 관련하여, 그가 매우 기이한 오류 하나를 범하게 하고 있소. 그가 말하기를, 두빌이 라틴어로는 돈빌라(donvilla)라는 것이오. 실제로 두빌은 상당히 높은 고지대의 발치에 있소. 당신의 그 사제가 모든 것을 알지만, 자신이 오류 하나를 범하였음을 알아차렸소. 그가 실은 옛 교회 토지대장에서 돔빌라 (Domvilla)를 읽은 것이오. 그러자 자신이 전에 한 말을 취소한 다음, 두빌이 몽-쌩-미셸 수도원 원장의 봉토, 즉 도미노 아바티(domino abbati)라는 것이오. 그는 그러면서 기뻐하고 있는데, 쌩-끌레르-쒸르-엡뜨 조약[99]이 체결된 이후 사람들이 몽-쌩-미셸 수도원에서 영위한 수치스러운 생활을 생각하면 그것이 상당히 괴이한 일이며, 그 지역에서 크리스토스보다는 오딘[100]을 훨씬 더 숭배하도록 하였다는, 그 연안 전체를 지배하던 덴마크의 왕을[101] 직접 목격한다 하더라도 사제의 그러한 태도보다는 더 놀랍지 않을 것이오. 다른 한편으로는 'n'이 'u'

로 변하였으리라는 추측이 나에게 놀라움을 안겨주지 않고, 역시 둔(dun)에서 유래한 (Lugdunum) 매우 정확한 리용(Lyon)보다는 적은 왜곡을 요구하오.[102] 그러나 결국 사제는 오류를 범하고 있소. 두빌(Douville)이 동빌(Donville)로 지칭된 적은 없었고 오직 도빌(Doville)로만 불렸으니, 그것은 곧 에우도니스 빌라(Eudonis Villa), 즉 외드(Eudes)의 마을이라는 뜻이오. 두빌이 옛날에는 에스깔끌리프(Escalecliffe)라 불렸고, '경사지의 계단'을 뜻하오. 에스깔끌리프의 영주이며 왕실의 주류 감독관이었던 외드가 1233년경에 (예루살렘) 성지로 떠났는데, 출발하기에 앞서 그가 교회당을 블랑슈랑드 수도원[103]에 넘겼소. 서로에게 이로운 점잖은 교환이었으니, 마을이 그의 이름을 갖게 되었고, 그 이름에서 오늘날의 '두빌'이라는 명칭이 유래한 것이오. 그러나 덧붙여 말하거니와, 그 분야에서는 나 역시 문외한인 지명학이라는 것이 정밀 과학은 아니며, 따라서 역사적 증언들을 우리가 듣지 못하였다면 '두빌'이라는 명칭이 우빌(Ouville)에서, 즉 물(Eaux, 온천장)에서 비롯되었다고도 추측할 수 있을 것이오. 아쿠아(aqua, 물)에서 유래한 'ai'라는 형태가 (Aigues-Mortes 등) 'eu'나 'ou' 형태로 변하는 경우가 빈번하오. 그런데 두빌 아주 가까이에 명성 높던 온천장들이 있었소. 위르살 성자, 고프루와 성자, 바르사노르 성자, 로랑 드 브레브당 성자 등이[104] 그 지역을 개종시키려고 차례로 시도하다가, 로랑 성자가 결국에는 포기하고 그 과업을 보백[105]의 수도사들에게 넘겼을 만큼, 그 지역에 복음을 전하기가 상당히 어려웠던 것처럼 보임에도 불구하고, 당신도 짐작하시다시피, 사제는 그곳에서 예수교의 흔적을 약간 발견하고 지나치게 만족스러워하는 것 같소. 그러나 뛰이(tuit)와 관련해서는 그 책의 저자가 잘못 알고 있는 바, 그는 크리끄또(Criquetot)나 엑또(Ectot)나 이브또(Yvetot)

등의 명칭 속에서 오막살이를 의미하는 또프트(toft)라는 형태를 발견하기 때문이오. 그런데 '뛰이'가 실은 브라끄뛰이(Braquetuit) 나 르 뛰이(Le Thuit), 렌뉴뛰이(Regnetuit) 등의 명칭들 속에서처럼 개간지를 의미하는 뜨베이(thveit)와 같소. 마찬가지로, 그가 끌리뚜르(Clitourps)라는 명칭 속에서 '마을'이라는 의미를 가진 노르망디어 또르(thorps)는 발견하면서도, 반면 그 지명의 첫 부분이 암석을 의미하는 노르망디어 클리프(cliff)에서 유래하건만, 그것이 언덕을 의미하는 라틴어 클리부스(clivus)에서 유래한다고 주장하고 있소. 하지만 그가 범하는 그 어처구니없는 오류들이 그의 무식함보다는 그의 선입견에 기인하오. 아무리 애국적인 프랑스인이라 할지라도, 명백함을 부인하면서까지 쌩-로랑-앙-브레(Saint-Laurent-en-Bray)가 엄연히 더블린의 대주교였던 로우렌스 오툴 성자(saint Lawrence O'Tool)와 관련되어 있건만, 그 명칭을 그토록 잘 알려진 옛 로마 사제의 이름으로 간주해야겠소?[106] 그러나 애국심보다는 종교적 편견이 당신의 친구로 하여금 그 상스러운 오류들을 범하게 하였소. 예를 들자면, 우리를 초대하신 분들이 계신 라 라스쁠리에르로부터 멀지 않은 곳에 몽마르땡이라는 명칭을 가진 지역 둘이 있는데, 하나는 몽마르땡-쒸르-메르(Montmartin-sur-Mer)이고 다른 하나는 몽마르땡-앙-그렌뉴(Montmartin-en-Graignes)라오. 그렌뉴(Graignes)와 관련해서는 그 선량한 사제가 오류를 범하지 않고, 라틴어로는 그라니아(grania)이며 그리스어로는 크레네(crêné)인 그 말이 연못이나 늪지대를 의미한다는 것을 정확히 간파하였소. 크레메(Cresmay), 크로앙(Croen), 그렌느빌(Grenneville), 랑그론느(Lengronne) 등, 이루 다 열거할 수 없는 지명들이 얼마나 많소? 그러나 몽마르땡에 관해서는, 당신이 말씀하시는 그 자칭 언어학자께서 주장하시기를, 그 명칭이 마르땡 성자[107]에게 헌정된 교구를 가리킨다 하고 있소. 그는 그 성자가 그 두 곳의 수호 성자라는 사실을 들어 그러한 주장을 펴지만, 반면 그 지명들이 생긴 훨씬 후에나 그 성자가 그 두 곳의 수호 성자로 추존되었다는 사실은 깨닫지 못하오. 아니 그보다는 이교도에 대한 증오심 때문에 눈이 멀어, 만약 그 명칭이 마르땡 성자와 관련이 있다면 흔히들 '몽-쌩-미쉘' 이라는 형태로 말하듯 '몽-쌩-마르땡' 이라고 하였을 것이라는 점을 그리고 한편, '몽마르땡' 이라는 명칭이 훨씬 더 이교도적 방식으로 전쟁의 신 마르스에 봉헌된 신전들에 부여되는 것이 보통이고, 그러한 신전들의 유적이 우리 앞에 남아 있지 않음은 사실이나, 이 인근에 널리 산재해 있는 누구도 부인할 수 없는 로마군의 병영 터들이, 의심에 종지부를 찍어주는 '몽마르땡' 이라는 명칭이 없다 하더라도, 그러한 신전들이 있었으리라는 개연성을 더 높여준다는 점을 시인하려 하지 않소.[108] 당신이 라 라스쁠리에르에서 접하시게 될 그 소책자가 보시다시피 썩 훌륭하지는 않소." 나는 그 사제가 꽁브레에서 일찍이 우리들에게 흥미로운 어원들을 가르쳐주었다고 하면서 그에게 이의를 제기하였다. "그가 아마 자기의 활동 지역에서는 나았을 것이나, 노르망디 지방으로의 여행이 그를 어리둥절하게 만들었을 것이오."—"또한 그 여행이 그를 치유하지 못하였을 것입니다." 내가 덧붙였다. "왜냐하면 그가 신경쇠약증에 걸린 상태로 이곳에 왔다가 류머티스에 걸려 돌아갔으니 말입니다."—"아! 그것이 신경쇠약증 탓이군요. 나의 착하신 뽀끌랭 사부님께서 말씀하셨을 것처럼, 그가 신경쇠약증에 걸렸다가 언어 연구 중세에 걸렸군요.[109] 이보시오, 꼬따르, 당신이 보시기에, 신경쇠약증이 언어 연구에 해로운 영향을 끼치고, 언어 연구가 신경쇠약중세를 가라앉히며, 신경쇠약중의 치유가 류머티스로 이어질 수 있을 것 같소?"―"물론이오, 류머티스와 신경쇠약증은 신경성 관절염 체질의 대상성(代償性) 두 형태입니다. 그 둘 중 하나의 증세가 전이(轉移) 작용에 의해 다른 증세로 변할 수 있소."―"걸출하신 교수께서," 브리쇼가 말하였다. "이렇게 말해서는 아니 되겠지만, 몰리에르적 기억력을 동원하시어, 뿌르공 씨 못지않게 라틴어와 그리스어를 한껏 섞은 프랑스어로[110] 자신의 생각을 표하시는군! 도와주세요, 나의 아저씨,[111] 우리의 국민적인 싸르쎄를 말하는 것이오…" 하지만 그는 자기의 말을 마칠 수 없었다. 교수가 소스라치면서 울부짖듯 소리쳤기 때문이다. "젠장, 우리가 멘느빌을 그냥 지나쳤소(이런! 이런!) 그리고 렌느빌까지도." 그가 이윽고 알아들을 수 있는 언어로 말하였다. 기차가 이제 막 쌩-마르-르-비으 역에 멈추는 것을 알아차렸고, 대부분의 승객들이 그곳에서 내리고 있었다. "그들이 정차하지 않고 그대로 지나쳤을 리는 없소. 우리가 깡브르메르 댁 사람들 이야기를 하느라고 주의를 게을리한 것이오…. 내 말 들어보시오, 스키, 기다리시오, 내가 당신에게 '좋은 것 하나' 알려드리겠소." 의료계 일부에서 자주 사용되는 그 표현을 좋아하게 된 꼬따르가 말하였다. "대공 부인께서 틀림없이 이 기차를 타셨을 것이나, 우리들을 미처 발견하시지 못하여 다른 객차에 계실 것이오. 그분을 찾으러 갑시다. 이 일로 인해 소동이 벌어지지 않으면 좋으련만!" 그러더니 그가 우리 모두를 데리고 쉐르바또프 대공 부인을 찾아 나섰다. 그가 마침내 텅 빈 객차 한 구석에서 잡지 〈두 세계〉를 읽고 있던 그녀를 발견하였다. 그녀는 여러 해 전부터, 매정하게 거절당하는 것이 두려워, 일상생활에서나 기차 안에서나 자신의 자리를 지키면서 자기의 구석에 머물러 있다가, 자기에게 먼저 인사를 건네는 사람에게 손을 내밀 순간을 기다리는 버릇을 가지고 있었다. 나는 그녀를 즉각 알아보았다. 자신의 지위를 상실하였을 수 있으되 그럼에도 불구하고 명문가 출신의 풍모가 퇴색하지 않았고, 여하튼 베르뒤랭 댁의 것과 같은 응접실의 진주였던 그 여인은, 내가 이틀 전 같은 기차 안에서, 어느 매춘 업소 여주인일 수 있다고 생각한 그 여인이었다. 어떤 수수께끼 앞에서 고심하던 끝에, 모호한 상태에 있던 모든 것을 명료하게 밝혀주는 단어를 (인물들의 경우 그 단어는 곧 이름이다) 드디어 발견할 때처럼, 내가 그녀의 이름을 알게 되기 무섭게, 그토록 불확실했던 그녀의 사회적 인격이 내 앞에 즉시 명료하게 드러났다. 옆 좌석에 앉아 있던 사람이 사회의 어느 계층에 속하는지 모르는 채 함께 기차를 타고 여행하였는데, 이틀 후, 그 사람이 어떤 인물인지 알게 되는 것은, 어느 잡지의 신간호에서 전 호에 실렸던 수수께끼의 해답을 읽는 것보다도 훨씬 더 재미있는 뜻밖의 선물이다. 화려한 식당들, 카지노들, 굴곡 심한 시골 철로를 달리는 '협궤 열차들'은, 그러한 사회적 수수께끼들을 간직하고 있는 가문들의 박물관이다. "대공 부인, 저희들이 멘느빌에서 부인을 발견하지 못하였습니다! 저희들이 부인의 칸에 앉아도 되겠습니까?" — "하지만 어쩌다, 어서 앉으세요." 꼬따르가 자기에게 말하는 것을 듣고서야 잡지로부터 눈을 뗀 대공 부인이 그렇게 대꾸하였는데, 그녀의 눈은, 비록 더 부드럽긴 했지만, 샤를뤼스 씨의 눈처럼, 자기가 곁에 와 있는 것을 알아차리지 못한 척하던 사람들을 훤히 보고 있었다. 꼬따르는 내가 깡브르메르 가문 사람들과 함께 초대받았다는 사실 자체가 충분한 추천장이라고 숙고한 끝에, 잠시 후 나를 대공 부인에게 소개하기로 결단을 내렸고, 그녀가 지극히 정중하게 나를 향해 예를 표하였으나, 나의 이름은 처음 듣는다는 듯한 기색을 보였다. "젠장!" 의사가 갑자기 언성을 높였다. "저의 아내가, 저의 백색 조끼에 단추들 갈아 달도록 분부하기를 잊었어요.

아! 여인들이라니, 도무지 아무 생각도 아니해요. 결혼은 절대 하지 마시오, 아시겠지요." 나에게 하는 말이었다. 아무 할 말이 없을 때에는, 그것이 그가 적절하다고 여기는 농담들 중 하나였던지라, 그 말을 한 다음, 그는 대공 부인과 다른 신도들을 곁눈질로 살폈으며, 그들은 그가 대학교수이고 학술원 회원이었던지라, 그의 좋은 성정과 오만하지 않음을 찬양하면서 미소를 지었다. 대공 부인이 우리에게 바이올린 연주가가 다시 나타났다는 소식을 알렸다. 그가 전날에는 두통 때문에 누워 있었으나, 그날 저녁에는 올 것이며, 동씨에르에서 우연히 다시 만난, 자기 선친의 옛 친구 하나를 데려오겠다고 하였다는 것이다. 그녀는 그 소식을 함께 점심을 먹은 베르뒤랭 부인을 통해 알게 되었다고 하였는데, 러시아적 특유 억양의 구르는 듯한 'r' 음이, 그녀의 목구멍 깊숙이에서 'r'이 아니라 'l' 처럼 웅얼거렸다. "아! 오늘 그분과 함께 점심을 드셨군요." 꼬따르가 대공 부인에게 그러나 나를 쳐다보면서 말하였다. 그러한 말을 한 목적이 대공 부인과 '안주인 마님'이 얼마나 친한지를 나에게 보여주는 데 있었기 때문이다. "부인께서는 진정한 결같으십니다!"—"저는, 이지적이고, 유쾌하고, 심성 나쁘지 않고, 지극히 소박하고, 겉멋 부리지 않으며, 모두들 손톱 끝까지 기지로 넘치는, 이 작은 동아리를 좋아해요."—"젠장, 제가 기차표를 분실한 모양입니다. 감쪽같이 없어졌습니다." 꼬따르가 언성을 높였다. 하지만 심하게 근심하는 빛은 보이지 않았다. 그는 란다우[112] 두 대가 우리들을 기다리고 있을 두빌 역에서, 역무원이 자기를 기차표가 없어도 통과시킬 것이며, 그렇기 때문에 오히려 더욱 공손하게 자기를 대할 것임을—그러한 공손함으로 역무원이, 자기가 관대한 조치를 취하는 이유를 설명하기 위함이었으니, 그 이유란 꼬따르가 베르뒤랭 댁에 자주 드나드는 사람임을 알아보았다는 사실이다—잘 알고 있었다. "기차표가 없다고 해서 나를 경찰서 유치장에 처박지는 않을 겁니다." 의사가 스스로 결론을 내렸다.—"이 근처에 유명한 온천장들이 있었다고 말씀하셨는데, 그것을 어찌 알 수 있습니까?" 내가 브리쇼에게 물었다.—"다른 많은 증언들 중에서도 다음 역의 명칭이 특히 그러한 사실을 증언해 주고 있소. 그 역의 이름은 훼르바슈라오."—"저는 그 명칭이 무엇을 의미하는지 모르겠어요." 대공 부인이 웅얼거리듯 말하였는데, 그 어조가 마치 나에게 이렇게 말하는 듯하였다. "그가 우리를 따분하게 만들어요, 그렇지 않나요?"—"대공 부인, 그것의 의미는 훼르비다이 아쿠아이(fervidæ aquæ), 즉 '뜨거운 물' 입니다…. 마침 젊은 바이올린 연주가 이야기가 나와서 말씀드리오만," 브리쇼가 말을 계속하였다. "꼬따르, 내가 당신에게 중대한 소식 알리는 것을 잊고 있었소. 옛날 베르뒤랭 부인이 아끼시던 피아니스트였던 우리의 친구 드샹브르가 얼마 전에 타계하였다는 것을 알고 계셨소? 끔찍한 일이오."—"그가 아직 젊지만," 꼬따르가 대꾸하였다. "간 쪽에 무슨 문제가 있었음에, 그쪽에 어떤 더러운 것이 숨어 있었음에 틀림없고, 최근 얼마 전부터는 얼굴이 끝장난 사람 같았소."—"하지만 그가 그리 젊지는 않았소." 브리쇼가 말하였다. "엘스띠르와 스완이 베르뒤랭 댁에 드나들던 시절에도 드샹브르는 벌써 빠리에서 명성을 얻었고, 찬탄할 만한 것은, 그가 외국에서는 성공의 영세조차 받지 못하였음에도 그랬다는 점이오. 아! 그는 바넘 성자의 「복음」[113]을 신봉하는 사람이 아니었소."—"당신이 혼동하시는 것이오, 그 시절에는 그가 베르뒤랭 부인 댁에 갈 수 없었소, 그는 아직 젖먹이였소."—"하지만 나의 노쇠한 기억이 배신하지 않는 한, 고급 클럽에 드나들던 스완이, 자기가 언젠가는 왕족이 평민으로 변하듯 탈바꿈하여, 우리 모두의 국민적 오데뜨의 부군 나리가 되리라고는 짐작조차 못하던 시절에, 드샹브르가 그를 위하여 뱅뙤이유의 쏘나따를 연주하곤 하였던 것 같소."―"불가능한 일이오, 뱅뙤이유의 쏘나따가 베르뒤랭 부인 댁에서 연주된 것은 스완이 그 댁에 발을 끊은 지 오랜 후라오." 일을 많이 하고, 유익할 것이라 나름대로 상상하는 많은 것들을 착념해 두어야 한다고 믿으며 다른 많은 것들은 망각하는지라, 아무 할 일 없는 사람들의 기억력 앞에서 경탄하는 이들처럼 의사가 말하였다.[114] "아직 노망기도 들지 않았는데, 당신이 잘못 알고 계시오." 의사가 미소를 지으면서 말하였다. 브리쇼는 자기의 착각을 인정하였다. 기차가 멈추었다. 라 쏘뉴 역이었다. 그 명칭이 나의 궁금증을 자극하였다. "이 모든 명칭들이 뜻하는 바를 정말 알고 싶습니다." 내가 꼬따르에게 말하였다.―"브리쇼 씨에게 물어보시오, 그는 아마 알 것이오."―"라 쏘뉴는 곧 씨꼬뉴, 즉 '황새'를 뜻하는 씨코니아(Siconia)에서 온 말이오." 브리쇼가 대꾸하였고, 나는 다른 명칭들에 대해서도 그에게 묻고 싶어 몸이 달았다.

자신이 자기의 '구석'[115]에 애착한다는 사실조차 잊은 채, 쉐르바또르 부인이, 내가 브리쇼와 더 편안히 대화할 수 있도록 하기 위하여, 친절하게도 나와 자리를 바꾸자고 제안하였고, 나는 나의 관심을 끄는 다른 어원들에 대하여 브리쇼에게 더 묻고 싶었는데, 그녀가 자기는 앞에 앉거나 뒤에 앉거나 혹은 선 채로 여행하여도 상관없다고 하였다. 그녀는 새로 등장한 사람들의 생각을 모르는 동안에는 방어적인 태도를 취하지만, 그들의 생각이 친절함을 알아차리면 그들 모두를 기쁘게 해줄 온갖 방도를 모색하였다. 기차가 드디어 두빌―훼떼른느 역에서 멈추었고, 그 역이 훼떼른느 마을과 두빌 마을로부터 거의 같은 거리에 있었던지라, 그러한 특수성으로 인하여, 두 명칭으로 이루어진 명칭을 얻게 되었다. "제기랄," 기차표를 회수하는 개찰구의 살문 앞에 우리 일행이 도착하였을 때 그리고 그 순간에야 알아차린 듯한 시늉을 하면서, 의사 꼬따르가 소리쳤다. "나의 기차표를 찾지 못하겠어, 분실한 모양이야." 그러나 역무원이 모자를 벗어 인사를 하면서, 별문제가 되지 않는다고 그를 안심시킨 후 정중하게 미소를 지었다. 대공 부인이 (베르뒤랭 부인의—그녀는 깡브르메르 가문 사람들 때문에 역에 올 수 없었고, 게다가 그러는 경우도 매우 드물었다—시녀 격인 여인이 그랬을 것처럼, 마부에게 이것저것 분부하면서) 나와 브리쇼를 데리고 마차들 중 하나에 올랐다. 나머지 다른 마차에는 의사와 싸니에뜨 그리고 스키가 탔다.

내가 탄 마차를 몰던 마부는 아직 나이 어림에도 불구하고 베르뒤랭 댁의 수석 마부였으며, 진정한 자격을 가진 유일한 마부였다. 그는 모든 길들을 잘 알고 있었던지라, 낮에는 두 내외의 산책을 전담하였고, 저녁에는 '신도들'을 모시러 가고 그들을 다시 데려다 주었다. 그는 필요할 경우에 대비하여 (자신이 직접 선발한) 보조 마부들을 대동하였다. 그 마부는 절도 있고 솜씨 좋은 탁월한 젊은이였으나, 별것 아닌 일에도 근심에 잠기거나 심지어 음울한 생각을 품는 사람의 지나치게 고정된 시선이 돋보이는, 우수 가득한 얼굴들 중 하나를 연상시켰다. 하지만 내가 마차에 오르던 그 순간에는 그의 기색이 매우 즐거워 보였는데, 그가 자기의 형제 하나를, 역시 탁월한 부류에 속하는 그 사람을, 베르뒤랭 댁에서 일하도록 하는 데 성공하였기 때문이다. 우리는 처음에는 두빌 시가지를 가로질렀다. 그곳으로부터 풀이 무성한 젖꼭지 모양의 구릉들이 자연 방목지를 이루면서 바다에까지 내리 이어졌고, 습기와 소금기를 흠뻑 머금은 방목지는 무성함과 부드러움과 극도로 싱싱한 색조를 띠고 있었다. 발백에보다 그곳에 훨씬 더 인접해 있던 리브벨의 들쭉날쭉한 해안선들과 작은 섬들이, 바다의 그 부분에, 나의 눈에는 기복(起伏)까지 나타낸 모형 지도의 새로운 면모를 부여하고 있었다. 우리는 거의 모두가 화가들에게 임대된 별장들 앞을 지나갔고, 그런 다음 어느 오솔길로 접어들었는데, 우리의 말들 못지않게 놀란, 풀어놓은 암소들이 우리의 통행을 10여 분 동안이나 막았으며, 그다음 우리는 절벽 위의 좁은 길로 들어섰다. "하지만 불멸의 신들에게 맹세하고 여쭙거니와, 그 가엾은 드샹브르에 관한 이야기인데, 베르뒤랭 부인이 그 사실을 아신다고 생각하십니까? 그분에게 그 사실을 말씀드렸습니까?" 브리쇼가 불쑥 물었다.[116] 베르뒤랭 부인은 사교계의 거의 모든 사람들처럼 다른 사람들과 어울리고 싶은 욕구를 가지고 있었기 때문에, 타계하여 더 이상 자기의 수요회나 토요회에 참석할 수 없고 실내용 드레스 차림으로 만찬에 참석할 수 없게 된 사람들은, 단 하루도 뇌리에 떠올리지 않았다. 또한 누구든 죽기 무섭게 그가 아예 존재한 적도 없는 사람처럼 된다는 이유로—그 면에서는 다른 모든 응접실과 같은 모습이었던—그 '작은 동아리'가, 산 사람보다 더 많은 죽은 이들로 구성되어 있었다고는 말할 수 없었다. 그러나 죽은 이들에 대한 이야기를 해야 하는, 더 나아가, 어떤 이의 죽음으로 인해 만찬들을 보류하는—안주인 마님이 보기에는 불가능한 일이었다—난처함을 피하기 위하여, 베르뒤랭 씨는 신도들의 죽음이 자기의 아내에게 어찌나 큰 충격을 주는지, 그녀의 건강을 위하여 그런 이야기는 꺼내지 말아야 한다고 생각하는 척하였다. 게다가, 그리고 아마 다른 이들의 죽음이 그에게는 하도 결정적이고 평범한 사건으로 보인다는 바로 그 이유 때문에, 자신의 죽음에 대한 사념이 그에게 혐오감을 주었고, 따라서 그가 죽음과 관련된 일체의 생각으로부터 도망을 치고 있었을 것이다. 브리쇼의 경우, 그가 매우 선량한 사람이었고 베르뒤랭 씨가 자기의 아내에 대해 하던 말에 완전히 속았던지라, 그는 자기의 친구인 그 여인을 생각하여, 그러한 슬픔이 초래할 격정을 염려하였다. "그래요, 그녀가 오늘 아침 이후 모든 사실을 알게 되었어요, 그녀에게 감출 수가 없었어요." 대공 부인이 말하였다. ─ "아! 빌어먹을!" 브리쇼가 언성을 높였다. "아! 무시무시한 충격이었겠군, 이십오 년간 사귄 친구인데! 그는 우리 중 하나였소!" ─ "물론이오, 물론이오, 그러나 어쩌겠소." 꼬따르가 말하였다. "그러한 정황들은 언제나 고통스럽소만, 베르뒤랭 부인은 강한 여인이며, 감성적이기보다는 이지적이오." ─ "저는 의사 선생의 견해에 전적으로는 동의하지 않아요." 대공 부인이 말하였는데, 그녀 특유의 빠른 말과 웅얼거리는 억양이 그녀에게 토라진 듯하고 반항하는 듯한 기색을 드리워주었다. "베르뒤랭 부인은 차가운 외양 밑에 보석들과 같은 감수성을 숨기고 있어요. 베르뒤랭 씨가 나에게 말하기를, 장례식에 참석하기 위하여 빠리에 가겠다는 그녀를 만류하느라고 큰 어려움을 겪었으며, 하는 수 없이 그 모든 의식이 시골에서 치러질 것이라고 거짓말을 하였다는군요." ─ "아! 젠장 그녀가 빠리에 가려고 하였다니! 하지만 저는 그녀가 다정한, 아마 지나치게 다정한 여인이라는 사실을 잘 압니다. 가엾은 드샹브르! 불과 두 달 전에도 베르뒤랭 부인이 이렇게 말씀하셨습니다. '그의 곁에 놓으면, 쁠랑떼[117]도, 빠데레프스키[118]도, 리슬레르[119]도, 그 누구도 버티지 못해요.' 아! 도이칠란트의 학자들[120]조차 속아 넘어가게 한, 그 허풍꾼 네로가 하였다는 다음 말을 그가 하였다면 더 적절했을 것입니다. '쿠알리스 아르티휙스 페레오!'[121] 그러나 적어도 드샹브르만은 베토벤을 숭배하는 사람으로서 성스러운 천직을 수행하며 또한 용감하게, 저는 추호도 의심하지 않습니다, 죽었음에 틀림없으며, 도이칠란트 음악을 집전하는[122] 그 사제는 당연히 〈D장조 미사곡〉[123]을 찬양하면서 저세상으로 갈 자격을 얻었을 것입니다. 하지만 그러한 순간에도, 그 흉측한 죽음의 신[124]을 장식음 트릴로 맞았을 사람이었으니, 그 천재적인 연주가가 때로는 일찍이 샹빠뉴 지방에서 빠리로 이주한 자기 선조들 속에서, 옛 왕실 친위대원의 씩씩함과 우아함을 되찾곤 하였기 때문입니다."

우리가 이미 도달해 있던 고지대에서 보니, 바다는 더 이상 발백에서 볼 때처럼 솟아오른 산들의 일렁임들처럼 보이지 않았고, 그와는 반대로 어느 산의 정상이나 그 산을 우회하는 길에서 볼 때처럼, 더 낮은 고도에 위치한 하나의 빙하 혹은 눈부시게 하는 들판처럼 보였다. 그곳에서는 소용돌이들의 찢김이 정지되어 자기들의 동심원들을 영원한 상태로 그려놓은 듯했고, 감지될 수 없을 만큼 서서히 그 색이 변하고 있던 에나멜질 바다는, 하구 하나가 파인 내포 안쪽으로 갈수록 어떤 우유의 하늘색 감도는 백색을 띠고 있었는데, 그곳에는 움직이지 않는 작고 검은 나룻배들이 파리들처럼 꼼짝하지 못하는 상태로 들러붙어 있는 것 같았다. 이 세상 그 어느 곳에서도 더 광막한 화폭은 발견할 수 없을 것 같았다. 그러나 모퉁이 하나를 돌 때마다 새로운 부분 하나가 그 화폭에 덧붙여졌고, 우리가 두빌의 입시세관(入市稅關) 터에 도착하였을 때, 그때까지 우리 눈에 보이지 않도록 내포의 절반을 가리고 있던 절벽의 돌출부가 뒤로 물러섰으며, 그러자 문득 나의 왼편에, 그때까지 내 앞에 보이던 것만큼 깊숙한 내포 하나가 나타나, 먼저 보이기 시작하였던 포구의 규모에 변화를 주면서 그 아름다움을 배로 증대시켰다. 그 고지대의 대기가 하도 청량하고 순수하여 나는 그것에 도취되었다. 나의 내면에 베르뒤랭 내외를 좋아하는 정이 태동하였고, 그들이 우리에게 마차 한 대를 보낸 것이 감동적인 선량함에서 비롯된 것처럼 여겨졌다. 나는 대공 부인을 와락 껴안고 싶은 충동을 느꼈다. 나는 그녀에게 일찍이 그토록 아름다운 것을 본 적이 없다고 하였다. 그녀 역시 그 고장을 다른 어느 곳보다 좋아한다고 솔직히 말하였다. 하지만 나는, 베르뒤랭 내외에게처럼 그녀에게도, 가장 중요한 일은 관광객으로서 그 고장을 관조하는 것이 아니라, 그 고장의 아름다움을 첨예한 관심의 대상으로 삼기보다는 자신들을 수동적으로 그 속에 잠기도록 내버려두면서, 그 속에서 좋은 식사를 하고, 마음에 드는 사람들을 초대하고, 편지를 쓰고, 책을 읽는 등, 간단히 말해, 그 속에서 일상생활을 영위하는 것이었음을 직감하였다.

마차가 잠시 바다로부터 어찌나 높은 지점에 멈추었던지, 입시세관 터로부터 내려다보니, 마치 어느 산정에서 내려다볼 때처럼 푸르스름한 심연이 나에게 현기증 같은 것을 안겨주었고, 나는 마차의 유리창을 열었으며, 선명하게 들려오던 물결 부서지는 소리 하나하나의 부드러움과 선명함 속에는 숭고한 무엇이 있었다. 그 물결 부서지는 소리는, 우리가 일상적으로 느끼는 인상들을 뒤엎으면서, 평소 우리의 오성(悟性)이 자신에게 표상하는 거리들과는 반대로, 수직적 거리가 수평적 거리와 일치될 수 있음을[125] 우리에게 보여주고, 그렇게 하늘[126]을 우리와 근접시켜 줌으로써 그 거리가 멀지 않음을 입증해 줄 뿐만 아니라, 작은 물결들의 소리가 그러고 있었던 것처럼, 그 간격을 건너뛰는 소리에게는, 그러느라고 통과해야 하는 매체가 더 순수하기 때문에 그 거리가 훨씬 덜 멀다는 것을 시사해 주는, 일종의 측정 지수[127]와 같은 것이 아니었을까? 또한 실제로 입시세관 터로부터 2미터만 뒤로 물러서도 더 이상 그 물결 소리를 분별할 수 없었는데, 그 직전에는 절벽의 200미터 높이도 물결 소리의 섬세하고 조밀하며 부드러운 명확성을 제거하지 못하였다. 나는 나의 할머니께서도 그 물결 소리에 감탄하셨을 것이라 생각하였고, 그러한 감탄은, 자연이나 예술의 모든 표현들이, 그것들의 단순함 속에서 우리가 위대함을 읽어낼 경우, 할머니의 내면에 자아내곤 하던 감탄이었다. 나의 열광이 절정에 달해 있었고, 내 주위에 있던 모든 것이 들뜨게 하였다.[128] 나는 베르뒤랭 내외가 우리를 맞기 위해 역에 마차를 보낸 사실에 감격하였다. 나는 대공 부인에게 그 이야기를 하였고, 그녀는 그토록 작은 예의를 내가 지나치게 과장한다고 여기는 듯했다. 그녀가 후에 꼬따르에게, 내가 쉽게 열광하는 것 같다고 말한 사실과, 꼬따르가 그녀의 말에, 내가 지나치게 격정적이어서 나에게는 진정제와 뜨개질[129]이 필요할 것이라고 대꾸하였다는 사실도 나는 알고 있다. 나는 대공 부인에게, 나무 한 그루, 장미꽃에 뒤덮여 쓰러져가는 집 한 채 등, 무엇이든 닥치는 대로 가리키며 그것들을 찬미하게 하였고, 그러면서 심지어 그녀까지 나의 가슴팍으로 끌어당겨 꼭 껴안고 싶었다. 그녀가 나에게 말하기를, 자기가 보기에는 내가 미술에 재능이 있고, 따라서 그림을 그려야 할 것 같으며, 아무도 나에게 아직까지 그러기를 권하지 않은 것이 놀랍다고 하였다. 그러고 나서 그 고장이 정말 그림처럼 아기자기하다고 자기의 소회를 털어놓았다. 우리가 고지대에 올라앉아 있는 작은 마을 앙글레끄빌[130]('엔글레베르티 빌라'라고 브리쇼가 우리들에게 말하였다)을 가로질렀다. "하지만 대공 부인, 드샹브르의 죽음에도 불구하고 오늘 저녁에 만찬 모임이 이루어지리라 확신하십니까?" 우리가 타고 가는 마차들을 역에 보냈다는 사실 자체가 그 질문에 대한 답변임을 미처 생각하지 못한 채 브리쇼가 덧붙였다. ―"그래요," 대공 부인이 말하였다. "베르뒤랭 씨께서는, 자기의 아내가 '생각'에 잠기지 못하도록 하기 위하여, 만찬이 훗날로 미루어지지 않도록 하셨어요. 게다가 그토록 여러 해 전부터 수요일에 손님 초대하기를 거른 적이 없었던지라, 그러한 습관의 변화가 그녀에게 충격을 줄 수도 있을 거예요. 그녀가 근래에는 매우 예민해졌어요. 베르뒤랭 씨께서는 오늘 저녁 댁들께서 만찬에 참석하시는 것에 무척 기뻐 하시는데, 그것이 베르뒤랭 부인에게는 커다란 기분 전환이 될 것이기 때문이에요." 그 말을 하는 순간, 대공 부인은 자신이 나에 대한 이야기를 일찍이 듣지 못한 척하였다는 사실을 잊은 것 같았다.[131] "제 생각으로는, 댁들께서 베르뒤랭 부인 앞에서 아무 말씀 하시지 않는 것이 좋을 듯해요." 대공 부인이 덧붙였다. ─ "아! 저에게 그 말씀 해주시기를 잘하셨습니다." 브리쇼가 순진하게 대꾸하였다. "그 당부의 말씀을 꼬따르에게도 전하겠습니다." 마차가 잠시 멈추었다. 그랬다가 다시 출발하였으나, 마을을 가로지르는 동안 요란했던 바퀴 소리가 그쳤다. 우리가 라 라스쁠리에르의 사유지 오솔길로 접어들었기 때문이며, 베르뒤랭 씨가 현관 앞 낮은 층계에서 우리들을 기다리고 있었다. "내가 약식 야회복 입기를 잘 하였습니다." 신도들이 모두 자기들의 것을 갖춰 입은 사실에 흐뭇해진 그가 말하였다. "이토록 멋진 신사분들이 오셨으니 말입니다." 그리고 내가 평상복 차림이어서 죄송하다고 하자 이렇게 말하였다. "천만에요, 완벽하십니다. 동료들끼리의 만찬입니다. 저의 약식 야회복들 중 하나를 빌려드리겠다고 당신께 제안하고 싶으나, 그것이 당신의 몸에 맞지 않을 것입니다." 현관으로 들어가면서 브리쇼가 피아니스트의 죽음을 애도하는 뜻으로 내민 격정 가득한 손을 잡아 악수를 하면서도, 주인은 아무 말도 하지 않았다. 내가 그에게 그 고장을 찬미한다고 말하였다. "아! 그것 잘 되었군요, 그러나 아직은 아무것도 보시지 못한 바나 다름없으니, 우리가 구경시켜 드리겠어요. 이곳에 오셔서 몇 주 동안 머무시지 않을 이유도 없지 않습니까? 이곳 공기가 참으로 좋습니다." 브리쇼는 자기가 청한 악수의 뜻이 이해되지 않았을까 하여 마음을 졸였다. "그래요, 결국! 그 가엾은 드샹브르!" 혹시 베르뒤랭 부인이 가까이에 있지 않을까 저어하여 그가 나지막하게 말하였다. ─"끔찍한 일이오." 베르뒤랭 씨가 태평스럽게 대꾸하였다. ─"그토록 젊은 나이에…" 브리쇼가 다시 말하였다. 그 쓸데없는 이야기를 계속하는 것이 성가셨던지, 베르뒤랭 씨가 다급한 어조로, 또한 날카롭지만 괴로움 때문이 아니라 성마른 초조함 때문에 터져 나오는 신음 소리를 내면서 이렇게 대꾸하였다. "그렇소, 하지만 어찌하겠소, 우리가 할 수 있는 일은 아무것도 없소. 우리가 나누는 말이 그를 부활시키지는 않을 것이오, 그렇지 않소?" 그러더니 그가 쾌활함과 함께 부드러움을 되찾았다. "자, 나의 선량하신 브리쇼, 어서 당신의 물건들을 내려놓으시오. 우리에게는 기다려주지 않는 부이야베쓰[132)]가 있소. 무엇보다도, 제발, 베르뒤랭 부인에게 드샹브르에 관한 이야기는 하지 마시오! 당신도 아시다시피, 그녀가 자기의 감정을 많이 감추지만, 그녀의 감수성은 정말 병적이오. 당신에게 맹세코 사실대로 말하거니와, 그녀가 드샹브르의 타계 소식을 듣고는 거의 울상이 되었다오." 베르뒤랭 씨가 몹시 빈정거리는 투로 말하였다. 그의 말을 들으면 누구든, 삼십 년 지기의 죽음을 슬퍼하려면 일종의 광기가 필요하다고 하였을 것이며, 다른 한편으로는 베르뒤랭 씨와 그의 아내 간에 이루어진 항구적인 연합에서, 베르뒤랭 씨가 항상 아내를 평가하고 그녀가 남편의 비위를 자주 건드린다는 사실을 간파할 수 있었다. "만약 당신이 그녀에게 그 이야기를 하시면, 그녀가 다시 몸져누울 것이오. 기관지염을 앓은 지 삼 주밖에 아니 되었는데, 만약 그런다면 개탄할 일이오. 그러면 나는 간병인 역할을 맡아야 하오. 나는 이제 겨우 그 일에서 벗어났소. 드샹브르의 운명을 슬퍼하시려면, 가슴속에서나 마음껏 그러시오. 그것에 대해 생각은 하시되 말씀은 하지 마시오. 나 역시 드샹브르를 진실로 좋아하였으나, 내가 나의 아내를 더 좋아한다 하여 당신이 나를 나무랄 수는 없소. 보시오, 마침 저기 꼬따르가 오니, 곧 그에게 물어보실 수 있을 것이오." 그런데 정말 꼬따르는, 하나의 가족 주치의가, 예를 들어 슬퍼하지 말아야 한다는 처방을 내리는 등, 많은 도움을 줄 수 있다는 것을 알고 있었다.

고분고분한 꼬따르는 일찍이 '안주인 마님'에게 이렇게 말한 적이 있었다. "그렇게 극도로 슬퍼하시면, 부인께서 내일 '저를 위해' 신열 39도를 만드실 것입니다." 그 말은 마치 요리 담당 하녀에게 그가 하였을 이러한 말과 같았다. "내일 나에게 송아지 가슴살 요리를 해주시오." 의학이, 치료 능력이 없어, 동사들과 대명사들의 의미나 변경시키는 일로 소일한다.[133]

베르뒤랭 씨는 싸니에뜨가 이틀 전에 받은 냉대에도 불구하고 '작은 핵'을 이탈하지 않았음을 알고 기뻐하였다. 사실 베르뒤랭 부인과 그녀의 남편은 일찍이 한가함 속에서 잔인한 본능을 얻었고, 그것을 충족시킬 좋은 계기들이 너무 드물어 충분하지 못했다. 물론 일찍이 오데뜨와 스완 사이에, 혹은 브리쇼와 그의 정부 사이에 성공적으로 불화를 야기시킬 수 있었다. 그 내외가 다른 사람들을 상대로 다시 그 짓을 시작할 것이라는 것은 말할 필요도 없다. 그러나 계기가 날마다 찾아오지는 않았다. 반면 그의 예민한 감수성 및 겁 많고 쉽게 놀라는 소심함 덕분에, 싸니에뜨는 그들 내외의 일용할 놀림감이 되었다. 또한 그리하여 혹시 그가 이탈하지 않을까 저어한 나머지, 고등학교에서 나이 많은 유급생이나 병영에서 고참병들이, 어느 신참이 더 이상 자기네들의 손아귀를 벗어나지 못하게 되면 그를 들볶고 박대할 목적으로만 그를 좋은 말로 구슬리듯, 친절하고 안심시키는 말로 그를 정성껏 초대하곤 하였다. "특히 베르뒤랭 부인 앞에서는 입을 꽉 다무시오!" 베르뒤랭 씨가 한 말을 듣지 못한 꼬따르가 브리쇼에게 상기시켜 주었다.—"염려하지 마시오, 오! 꼬따르, 당신 앞에 있는 사람은 현명하다오." 브리쇼가 테오크리토스처럼 말하였다.[134] "게다가 베르뒤랭 씨의 말씀이 옳으니, 우리의 탄식이 무슨 소용 있겠소?" 그가 다시 그렇게 덧붙였는데, 언어의 형태들과 자기의 내면에 그것들이 가져다주는 사념들을 일치시킬 능력은 있으나 통찰력이 없어,[135] 베르뒤랭 씨가 한 말 속에서 가장 용기 있는 스토아적 체념을 발견하고 그것을 찬미하였기 때문이다. "여하튼 하나의 위대한 재능이 사라진 것이오."—"아니, 당신들 아직까지 드샹브르에 대해 이야기하고 계시오?" 우리 앞에서 가다가, 우리가 자기를 따라가지 않음을 알아차리고 우리 곁으로 되돌아온 베르뒤랭 씨가 말하였다. "내 말 들어보시오." 그가 브리쇼에게 말하였다. "어떤 일에서든 과장을 해서는 아니되오. 그가 죽었다 하여 천재가 아니었던 그를 천재로 둔갑시킬 이유는 되지 못하오. 그가 연주를 잘하였던 것은 물론이며, 특히 우리들과는 잘 어울렸으나, 다른 곳으로 이동하면 더 이상 존재하지도 않았소. 나의 아내가 그에게 심취하여 그의 명성을 만들어준 것이오. 그녀가 어떤 사람인지 당신들도 잘 아시오. 한마디 더 하겠소만, 그의 명성을 위해서는 그가 적시에 그리고 기대하거니와 (사방에서 바람이 들이치는 이 요새에서 당신들이 한없이 탄식을 계속하지 않는다면) 빵삐유[136]의 비할 데 없는 조리법에 따라 구워진 '깡의 아가씨들'[137]만큼이나 알맞게 죽었소. 아무리 그렇더라도, 드샹브르가 죽었기 때문에, 게다가 한 해 전부터, 연주를 한 번 하려면, 잠시 동안이나마, 아주 짧은 동안이나마, 유연성을 되찾기 위하여 음계를 연습해야 할 처지였던 그가 죽었기 때문에, 우리 모두가 지쳐서 죽기를 원하는 것은 아니겠지요. 게다가 당신들은 오늘 저녁에 드샹브르와는 다른, 나의 아내가 (일찍이 드샹브르와 빠데레프스키 및 다른 사람들을 발견해 내었듯이) 새로 발견한 어린 음악가의 연주를 듣거나, 적어도―그 경비견 녀석이 저녁 식사 후에 카드놀이 때문에 예술을 등한시하는 경우가 잦기 때문이오―그를 만날 것이며, 그의 이름은 모렐이라 하오. 그 녀석이 아직은 도착하지 않았소. 마지막 기차 시간에 맞춰 역에 마차 한 대를 보낼 수밖에 없게 되었소. 그는 우연히 다시 만났고 그를 죽도록 지겹게 만드는, 자기 가문의 오래된 친구와 함께 오겠다고 하였는데, 그러지 않으면, 자기 부친의 나무람을 받지 않기 위하여, 동씨에르에 머물러 그와 함께 지내야 한다고 하였으며, 그가 데리고 올 인물은 샤를뤼스 남작이오." 신도들이 안으로 들어갔다. 내가 소지품들을 내려놓는 동안 나와 함께 뒤에 처져 있던 베르뒤랭 씨가, 어떤 만찬 모임에서 우리가 식탁까지 안내할 여인이 없을 경우 집주인이 보통 그렇듯, 농담조로 나의 팔짱을 끼면서 나에게 물었다. "그래, 여행은 즐거웠소?"―"그렇습니다, 브리쇼 씨께서 저의 큰 관심을 불러일으키는 것들을 저에게 말씀해 주셨습니다." 어원들을 생각하면서, 또한 베르뒤랭 내외가 브리쇼를 높이 평가한다는 말을 일찍이 들었던지라 내가 그렇게 대꾸하였다.―"그가 당신에게 아무것도 가르쳐주지 않았다면 내가 놀랐을 것이오." 베르뒤랭 씨가 나에게 말하였다. "좀처럼 나서지 않으며, 자신이 아는 것을 거의 말하지 않는 사람이니까요." 그러한 칭찬은 별로 합당해 보이지 않았다.―"매력적인 분 같습니다." 내가 말하였다.―"그윽하고, 감미롭고, 추호도 학자연하지 않고, 환상에 사로잡혔고, 경박하고, 나의 아내가 그를 애지중지하고, 나도 그런다오!" 베르뒤랭 씨가 과장하는 어조로, 또한 학교에서 배운 것을 암송하는 듯한 어조로 나의 말에 대꾸하였다. 나는 그제야 브리쇼에 대해 그가 앞서 나에게 한 말이 빈정거림이었음을 깨달았다. 또한 일찍이 사람들로부터 들은 바 있던 그 먼 옛날[138] 이후, 베르뒤랭 씨가 아직도 자기 아내의 지배를 떨쳐버리지 못하였다는 사실을 의아하게 생각하였다.

조각가는 베르뒤랭 내외가 샤를뤼스 씨를 선선히 초대한 것에 몹시 놀랐다. 샤를뤼스 씨가 그토록 잘 알려진 쌩-제르맹 구역에서는 사람들이 그의 품행에 관한 말을 결코 입에 올리지 않았건만 (대부분의 사람들은 그것을 전혀 몰랐고, 그것이 열광한 그러나 플라톤적 우정이나 경솔함쯤이라고 생각하던 사람들에게는 의혹거리였으며, 그것을 잘 알고 있었던 극소수 사람들은, 갈라르동 부인 같은 악의적인 사람이 감히 암시라도 할 경우, 어이없다는 기색으로 어깨를 으쓱하면서 시치미를 떼곤 하였다), 그와 친밀한 몇몇 사람들에게만 겨우 알려진 그 품행은, 그가 살고 있던 곳으로부터 오히려 먼 곳에서, 마치 어떤 대포 소리가 고요한 지대를 사이에 두고 그 너머에서만 들리듯, 날마다 요란한 비난의 대상이 되고 있었다. 게다가 루마니아 사람들 사이에 롱사르의 시 작품은 전혀 알려져 있지 않은 반면, 그의 이름은 지체 높은 나리의 이름으로 알려지게 한 어떤 현상과 유사한 현상으로 인해, 그가 성도착증의 화신으로 알려진 중산층 및 예술가들 사이에서는, 그가 상류 사교계에서 누리던 지위나 그의 고매한 혈통이 전혀 알려지지 않았다. 더구나 롱사르가 귀족이라는 소문이 루마니아에서 마치 진실처럼 유포된 것은 오류에 기인한 것이다.[139] 마찬가지로 샤를뤼스 씨에 대한 악소문이 화가들이나 배우들 세계에 유포되어 있었던 것은, 그와 아무 혈족 관계가 없던, 혹은 있었다 하더라도 지극히 먼촌이었던 그리고 아직도 사람들 입에 오르내릴 만큼 떠들썩했던 경찰의 불시 단속 때, 아마 착오로 인해 체포되었던 르블루와 드 샤를뤼스라는 어느 백작을 사람들이 그와 혼동한 데 기인했다. 요컨대 사람들이 샤를뤼스 씨에 관해 하던 이야기들은 모두 그 가짜 샤를뤼스와 관련되어 있었다. 많은 상습범들[140]이, 그 가짜 샤를뤼스가 진짜인 줄로 철석같이 믿고, 샤를뤼스 씨와 자주 관계를 가졌노라 진술하였으며, 그 가짜는, 한편으로는 아마 자신이 귀족임을 과시하기 위하여 그리고 다른 한편으로는 악벽을 감추기 위하여 그러한 혼동을 아마 조장하였을 것인데, 그 혼동이 오랜 세월 동안 진짜에게 (우리가 아는 그 남작에게) 해를 끼쳤으나, 그 이후 그가 내리막길에서 미끄러졌을 때에는[141] 그에게도 편리한 수단으로 변하였으니, 그 혼동이 그에게도 다음과 같이 말할 수 있게 해주었기 때문이다. "그것은 내가 아니오." 마찬가지로, 베르뒤랭 댁에서 하던 말들은 사실 그에 관한 이야기가 아니었다. 여하튼 하나의 사실(남작의 취향)에 대한 언급의 오류에 덧붙여지던 것은, 그가 연극계에서 무슨 이유 때문인지는 모르나 부당하게 그러한 평판에 휩쓸려 있던 어느 작가와, 일찍이 친밀하고 완벽하게 순결한 교분을 맺은 바 있다는 것이었다. 그 두 사람이 어떤 작품의 초연일에 함께 나타나면, 그들을 본 사람들이 옆 사람에게 말하곤 하였다. "아시겠지요." 마찬가지로 사람들이 생각하기를, 게르망뜨 공작 부인이 빠르마 대공 부인과 부도덕한 관계를 맺고 있을 것이라고 하였는데, 그 터무니없는 전설은 도저히 파괴될 수 없었으니, 그것이, 그러한 전설을 유포시키던 사람들은—기껏 극장에서 오페라 글라스를 통해 그 두 지체 높은 귀부인을 바라보거나 옆 좌석에 있는 사람에게 그녀들을 헐뜯는 말이나 할 뿐—아마 영영 다가갈 수 없을, 그녀들의 주위에서밖에 사그러들지 않기 때문이다. 조각가 또한 샤를뤼스 씨의 품행에 대하여, 자기가 샤를뤼스 씨의 가문이나 그의 작위 및 그의 이름에 관해 전혀 모르는 것만큼이나 그가 사교계에서 형편없는 지위를 가지고 있으리라 추측하여, 그만큼 주저하지 않고 결론을 내리곤 하였다. 의학박사라는 학위가 아무것도 아닌 반면, 병원에 배속된 수련의는 가치 있는 무엇이라는 사실을 모든 사람들이 알고 있으리라 생각하던 꼬따르처럼, 사교계 인사들은 자기들 이름의 사회적 중요성에 대하여 모든 사람들이 자신들 및 자기들 계층에 속하는 인물들과 같은 개념을 가지고 있으리라 상상하는 오류를 범한다.

아그리젠또 대공조차, 그에게 25루이를 빌려준 클럽의 정복 입은 시종의 눈에는 일개 허풍꾼 외국인쯤으로밖에 보이지 않았고, 공작 부인들이었던 자기의 세 누이가 살고 있던 쌩-제르맹 구역에서만 자기의 위세를 되찾았는데, 지체 높은 귀족이 어떤 영향력을 행사하는 것은, 그를 하찮게 여기는 평민들을 상대할 경우가 아니라, 그의 진가를 잘 아는 화려한 상류층 사람들을 상대할 경우이기 때문이다. 게다가 샤를뤼스 씨는 그곳에 도착하던 첫 날부터, 그 집 바깥주인이 공작 가문들에 대해 별로 정확한 개념을 가지고 있지 못함을 간파하게 되어 있었다. 베르뒤랭 내외가 그토록 '정선된 사람들로 이루어진' 응접실에 타락한 자가 끼어들도록 내버려두어 장차 큰 과오를 범하게 될 것이라고 확신한 조각가는, 자기가 '안주인 마님'에게 그러한 사실을 넌지시 귀띔해 드리는 것이 자기의 도리라고 생각하였다. "터무니없는 말씀이에요. 게다가 저는 그러한 것들이 존재하리라고 믿지도 않으려니와, 설혹 그것이 사실일지라도, 분명히 말씀드리는데, 그것이 저에게는 아무 해가 되지 않을 거예요!" 베르뒤랭 부인이 맹렬한 기세로 그의 말에 대꾸하였는데, 모렐이 그 시절 수요회의 가장 중요한 요소였던지라, 무엇보다도 그의 심기를 불편하게 하지 않는 것을 가장 중요하게 생각하였기 때문이다. 꼬따르에 관해 말하자면, 그는 어떤 견해도 개진할 수 없었으니, 이미 앞서 훌륭한 은둔처(buen retiro)에 들어가 '작은 일을 처리한' 다음, 어느 환자에게 보내야 할 매우 급한 편지를 베르뒤랭 씨 방에서 쓰기 위하여 위층으로 올라갔기 때문이다.

그 댁을 방문하였고 또 사람들이 돌아가지 말라고 하면서 자기를 붙잡을 것이라 생각하였던, 빠리의 어느 유명한 출판업자 하나가, 자신이 그 작은 동아리에 어울릴 만큼 충분히 우아하지 못하다고 여겼음인지, 불쑥 그리고 신속히 그곳을 떠났다. 체구 건장하고 짙은 갈색 모발에, 근면하고 단호한 면이 있는 사람이었다. 그에게는 흑단으로 깎은 종이칼 같은 기색이 있었다.

그날 채취한 화본과 식물들과 개양귀비 및 기타 야생화 등, 그 전리품 같은 치장물들이, 두 세기 전 어느 취향 탁월한 화가에 의해 그려진 단색화들의 모티프와 차례로 섞여 있던 자기의 커다란 응접실에서, 어느 옛 친구와 카드놀이를 하다가 우리를 맞기 위하여 잠시 일어섰던 베르뒤랭 부인이, 우리와 이야기를 나누는 한편, 잠시 후 놀이를 끝낼 터이니 허락해 달라고 우리에게 요청하였다. 하지만 내가 받은 인상들에 관한 이야기가 그녀에게 별로 즐거움을 주지 못하였다.[143] 우선 나는 그녀와 그녀의 남편이, 그 절벽에서 보면 그리고 특히 라 라스쁠리에르의 노대(露臺)에서 보면 그토록 아름답다고 알려진, 그리하여 그것을 보기 위해서라면 내가 아무리 먼 거리라도 마다하지 않았을 일몰 시각 훨씬 전에 날마다 집으로 들어가는 것에 불쾌하게 놀랐다.[144] "그래요, 비할 데 없지요." 유리창 끼운 출입문처럼 보이는 거대한 창문들을 한번 슬쩍 바라보고 나서, 베르뒤랭 부인이 경박한 어조로 말하였다. "우리가 항상 그것을 보아도, 그것에 싫증을 느끼지 않아요." 그러더니

다시 자기의 카드들 위로 시선을 던졌다. 그런데 나의 열광 자체가 나를 지나치게 요구 많은 사람으로 변화시키고 있었다. 나는 일찍이 엘스띠르가 나에게 그 시각이면 숱한 색깔들을 굴절시키는지라 찬탄할 만하다고 말한 바 있는, 다른느딸의 암석들을 그 응접실로부터 바라볼 수 없어 아쉽다고 하였다. "아! 그것들이 여기에서는 보이지 않으니, 정원 끝에 있는 '포구 전망대'까지 가야 해요. 그곳에 있는 벤치에 앉으면 파노라마 전체가 한눈에 들어와요. 하지만 당신이 혼자서는 그곳에 가실 수 없어요. 길을 잃으실 거예요. 원하신다면 제가 당신을 그곳까지 안내하겠어요." 그녀가 나른한 어조로 덧붙였다. — "아니 될 말씀이오. 일전에 겪은 괴로움만으로는 충분치 못해 그것을 추가하시려는 것이오? 신사분께서는 다시 오셔서, 다른 기회에 포구의 경치를 보시면 될 거요." 나는 더 이상 고집스럽게 간청하지 않았고, 베르뒤랭 내외에게는 그 석양이—하지만 그들이 별로 자주 바라보지 않는—멋진 그림 한 폭처럼 혹은 진귀한 일본산 칠보처럼 그들의 응접실이나 식당 안에까지 들어와서, 살림살이 갖추어진 라 라스쁠리에르 성을 빌리기 위하여 지불한 비싼 가격을 정당화시켜 준다는 점을 아는 것이면 충분했고, 그곳에서 그들이 중시하였던 일은, 즐겁게 생활하고, 소풍을 나가고, 잘 먹고, 한담 나누고, 유쾌한 친구들을 초대하여 재미있는 당구 놀이와, 좋은 음식과, 즐거운 오후 다과회 등을 베푸는 것이라는 사실을 깨달았다. 하지만 나는 훗날, 그들이 손님들에게 들려주던 음악만큼이나 '전례 없는' 소풍 기회를 그들에게 제공함으로써, 자신들이 얼마나 지혜롭게 그 고장을 알기에 이르렀는지를 간파하게 되었다. 라 라스쁠리에르의 꽃들과 해안을 따라 뚫린 길들, 오래된 집들, 미지의 교회당들이 베르뒤랭 씨의 그곳 생활 속에서 수행하던 역할이 어찌나 컸던지, 그를 오직 빠리에서만 보던, 그리하여 해변과 전원에서 영위하던 그의 생활을 도시의 사치스러운 생활과 혼동하던 이들은, 그가 자신의 그곳 생활에 대하여 가지고 있던 생각이나 그가 그곳에서 느끼던 기쁨이 그의 눈에 얼마나 중요하게 보였는지를 겨우 짐작할 수 있을 정도였다. 그러한 중요성은, 자기들이 아예 매입할 생각을 하고 있던 라 라스쁠리에르 성이, 이 세상에 단 하나밖에 없는 사유지일 것이라는 베르뒤랭 내외의 확신으로 인해 더욱 증대되었다. 자존심에 이끌려 그들이 라 라스쁠리에르에 부여하던 그 우월성으로 인해, 그들이 보기에도 나의 열광이 당연해 보였으며, 만약 그렇지 않았다면, 그 열광은, 그것에 수반되었던 그리고 내가 그들에게 솔직히 털어놓았던 환멸(옛날 베르마의 공연이 나에게 안겨주었던 것과 같은) 때문에, 그들의 심기를 조금은 불편하게 만들었을 것이다.

"돌아오는 마차 소리가 들려요. 마차가 그들을 발견하였으면 좋으련만." 안주인 마님이 문득 중얼거렸다. 베르뒤랭 부인이, 나이로 인한 불가피한 변화와는 상관없이, 스완과 오데뜨가 그녀의 집에서 (뱅뙤이유의) 소악절을 듣곤 하던 시절의 그녀를 더 이상 닮지 않았다는 말은 해두자. 그 소악절을 연주하여도 이제는, 그녀가 옛날에 얼굴에 드러내곤 하던 찬탄 때문에 기진한 듯한 기색을 더 이상 의무적으로 드러낼 필요가 없게 되었으니, 그러한 기색이 곧 그녀의 얼굴로 변해 버렸기 때문이다. 바하, 바그너, 뱅뙤이유, 드뷔씨 등의 음악이 그녀에게 야기시킨 무수한 '신경통들'[145]의 작용으로 인해, 베르뒤랭 부인의 이마는, 류머티스로 인해 결국 기형으로 변하고 마는 사지들처럼 엄청난 크기로 변하였다. 이글거리는 천체의 아름다운 두 영역처럼 통증에 시달리고 젖빛인 그리고 그 위로 '하모니'가 끊임없이 흐르는 그녀의 관자놀이들이, 양쪽에서 은빛 머리꼭지들을 뒤로 젖히고 있었으며, 그렇게 안주인 마님을 위하여, 즉 그녀가 구태여 입을 열지 않아도 이렇게 선포하고 있었다. "저는 오늘 저녁 무엇이 저를 기다리고 있는지 알아요."[146] 그녀의 용모는 지나치게 강한 미학적 인상들을 더 이상 시시각각 연속적으로 표현하는 수고를 감당하지 않았으니, 용모 자체가, 이미 황폐해졌으되 당당한 얼굴에 자리 잡은, 항시적인 표현들 같았기 때문이다. '미(美)'에 의해 무자비하게 가해지는 항상 임박한 고통[147] 앞에서 체념하고, 마지막 쏘나따가 안겨준 강력한 인상에서 겨우 벗어나기 무섭게 드레스를 차려입는 그 용기 있는 태도가, 베르뒤랭 부인으로 하여금 가장 잔인한[148] 음악을 듣기 위해서조차, 무시하는 듯 흔들림 없는 얼굴을 유지하고, 심지어 아스피린 두어 숟가락을 삼키기 위하여 잠시 자취를 감출 수 있게 해 주었다.[149]

"아! 그래, 그들이 도착하였군." 문이 열리자 샤를뤼스 씨를 뒤따르게 하고 나타난 모렐을 보면서, 안도하는 어조로 베르뒤랭 씨가 말하였다. 베르뒤랭 댁 만찬에 참석하는 것을 사교장에 가는 것이 아니라 좋지 않은 장소에 가는 것으로 여겼던 샤를뤼스 씨는, 매춘 업소에 처음 들어가 포주에게 극진한 예의를 표하는 중학생처럼 소심해졌다. 그리하여 샤를뤼스가 습관적으로 가지고 있던, 남성적이고 냉정하게 보이려는 욕구는 (열린 문으로 그가 모습을 드러냈을 때), 소심함이 억지로 꾸며낸 태도를 파괴하면서 무의식의 잠재력에 지원을 요청하기 무섭게 고개를 쳐드는 전통적인 예절 개념에 의해 제압당하였다. 낯선 사람들에게로 향하는 본능적이고 격세유전인 그러한 예절 감정이, 귀족이건 평민이건 상관없이 샤를뤼스 같은 사람 속에서 작용할 경우, 그를 어느 새로운 응접실 안으로 인도해 들어가고, 그가 안주인 앞에 도달할 때까지 그의 태도를 주물러 다시 빚어내는 주체는, 항상 어느 여신처럼 그를 구제하거나 하나의 분신처럼 그의 속에 강생한 여성 혈족의 영혼이다. 가령 고결한 청교도적 친척 여인 손에서 자란 젊은 화가는, 염소처럼 떨리는 머리를 비스듬히 돌려 눈은 하늘을 향한 채 두 손을 보이지 않는 토시 속에 꺾쇠로 고정시킨 상태로 들어갈 것이며, 그렇게 되살린 그 여인의 모습과 그를 수호하는 그녀의 생생한 임재(臨在)가 소심해진 그 예술가로 하여금 대기실로부터 (안주인이 있는)[150] 작은 응접실까지 이어지는 깊게 파인 심연을, 아고라[151] 공포증을 느끼지 않고 건너가도록 도울 것이다. 그렇게—오늘날에도 그 추억이 젊은 예술가를 인도하는—그 경건했던 친척 여인이, 아주 여러 해 전에 그리고 하도 구슬픈 기색으로 들어섰던지라, 모두들 그녀가 어떤 불행한 소식을 전하러 왔을까 하는 의구심에 사로잡히는 순간, 그녀가 하던 말의 첫마디를 듣고, 오늘날 화가의 말을 듣고 그러듯이, 그녀의 방문이 평범한 그리고 의례적인 답방임을 깨닫곤 하였을[152] 것이다. 아직 완수되지 않은 행위를 위하여, 가장 존경스럽고 때로는 가장 신성하며 또 가끔은 가장 순진무구한 과거의 유증분(遺贈分)을 끊임없는 타락 과정에서 착취하여 이용하고 변질시키기를 요구하는 삶의 그와 같은 법칙에 의해 그리고 비록 그럴 경우 삶이 하나의 다른 면모를 태동시킨다 해도, 꼬따르 부인의 조카들 중 여성화된 행태와 특이한 교분들로 가문 사람들의 마음을 아프게 하던 젊은이 하나는,[153] 마치 사람들에게 뜻하지 않은 선물을 주거나 큰 유산을 받았다는 소식을 전하러 오기라도 하는 듯, 항상 어떤 행복의 조명을 받아 환하게 빛나는 모습으로 등장하곤 하였으나, 유전적 특징과 전위(轉位)된 성(性)과 연관된 그 행복의 원인을 누가 그에게 물었다 해도 헛일, 그는 대답할 수 없었을 것이다. 그는 발끝으로 조심스럽게 걷곤 하였고, 자신의 손에 명함첩 하나가 들려 있지 않은 것에 아마 자신도 놀랐을 것이며, 자기의 숙모가 그러는 것을 일찍이 보았던지라 입을 하트 모양으로 배시시 열면서 손을 내밀어 악수를 청하는가 하면, 그의 불안한 시선은, 비록 자기가 모자를 쓰고 있지 않았건만, 어느 날 꼬따르 부인이 스완에게 물었듯이,[154] 자기의 모자가 비뚤어지지 않았는지 확인하기 원하는 듯, 오직 거울만을 향하곤 하였다. 샤를 뤼스 씨에 대해 말하자면, 그가 속해 있던 최상류층 사회가 그와 같은 까다로운 순간에도 친절이라는 것의 다양한 예들을, 즉 다른 유형의 아기자기한 우아함을 그리고 심지어 특정 상황에서는 평범한 중산층 사람들을 위해서도, 가장 진귀하여 평소에는 따로 떼어 간직하고 있던 자기의 우아함들을 드러내어 이용할 줄 알게 해 주는 실천적 규범을 그에게 제공하였던지라, 그가 안절부절못하는 자세로 태깔을 부리면서, 또한 그것에 못지않게―치마를 입혀 확장시켰을 듯한 그리고 그 일기죽거림을 거북하게 하였을 듯한― 한껏 자신을 부풀린 자세로 베르뒤랭 부인을 향해 다가갔고, 그 순간 그의 기색이 어찌나 만족스러웠던지, 누구든 그 모습을 보았다면, 그녀의 집에 소개된다는 것이 그에게는 하나의 절대적인 호의라고 생각하였을 것이다. 만족감과 품위가 자리다툼을 하고 있던 그의 반쯤 숙인 얼굴에는, 상냥함의 징후인 잔주름들이 잡히고 있었다. 누구든 마르상뜨 부인[155]이 걸어 들어오는 것을 본다고 믿을 지경이었으니, 샤를뤼스 씨의 몸뚱이 속에 자연이 실수로 놓아둔 여인이 그 순간 그토록 두드러져 나타났기 때문이다. 남작이 그 실수를 감추고 남성적인 외양으로 자신을 감싸기 위하여 물론 몹시 애를 쓴 것은 분명하다. 하지만 그러기에 겨우 성공하기 무섭게, 그렇게 애를 쓰는 동안에도 같은 취향은 간직하고 있었던지라, 여성으로서 느끼던 그 습관이 그에게 또 하나의 새로운 여성적 외양을 부여하고 있었으며, 그러한 외양은 유전적 특질이 아니라 개체의 생활에서 태동하였다. 또한 그가 사회적인 일들조차 차츰 여성의 입장에서 생각하기에 이르렀고, 그러면서도 그 사실을 지각하지 못하였던지라—자신이 거짓말한다는 사실을 지각하기를 멈추는 것이, 다른 이들에게 거듭 거짓말을 하는 데서뿐만 아니라, 자신에게 거짓말을 거듭함에서도 비롯되기 때문이다—그가 비록 자기의 몸뚱이에게 (베르뒤랭 댁에 들어서던 순간) 지체 높은 나리에 걸맞은 모든 정중함을 한껏 드러내라고 요청하였음에도 불구하고, 샤를뤼스 씨가 진실로 원하기를 이미 멈춘 것을 일찍이 파악하고 있던 그 몸뚱이는, 남작이 '숙녀답다'는 수식어를 얻기에 손색없을 만큼 귀부인의 모든 매력들을 과시하였다. 여하튼 아버지를 전적으로 닮지 않은 아들들이, 성도착자들이 아니며 또 여인들을 추구하면서도, 자신들의 얼굴에서 자기들의 어머니에 대한 모독을 완성시킨다는 사실로부터, 우리가 샤를뤼스 씨의 면모를 완전히 분리시킬 수 있을까?[156] 하지만 〈모독된 어머니들〉이라는 별도의 한 장(章)을 할애할 가치가 있을 그 이야기는 이쯤에서 그만두자.

비록 다른 여러 요인들이 샤를뤼스 씨의 그러한 변형을 주재하고, 순전히 물질적인 발효 요인들이 그의 몸속에서 질료가 '작용을 일으키게' 하여, 그의 몸뚱이를 조금씩 여인의 몸뚱이들 범주로 들어가게 하였다 해도, 반면 우리가 여기에서 언급하는 변화는 정신적인 원인에 기인하였다. 자신이 환자라고 생각하다 보면 정말 환자가 되어 야위어지고, 더 이상 일어설 기운도 없으며, 나아가 신경성 장염(腸炎)에 시달리게 된다. 남자들에 대하여 다정한 상념을 품으면 우리가 여인으로 변하고, 가짜 드레스가 우리의 걸음걸이를 제약한다. 고정관념이 (다른 경우에 건강을 변화시키듯) 그러한 사람들 속의 성(性)을 변화시킬 수 있다. 샤를뤼스의 뒤에 있던 모렐이 나에게로 와서 인사를 하였다. 그 순간부터 그에게서 발생한 이중의 변화로 인하여 그는 나에게 (애석하게도 내가 그것을 충분히 일찍 깨닫지 못하였다!) 좋지 않은 인상을 남겼다. 그 곡절은 이러하다. 모렐이 자기 부친의 하인 신분으로부터 탈피한 이후에는,[157] 대개의 경우, 몹시 건방질 만큼 무람없이 처신하기 좋아한다는 말을 내가 이미 하였다. 그가 나에게 사진들을 가져왔던 날, 그는 나를 몹시 얕잡아 보면서, 나와 이야기를 나누는 동안 단 한 번도 '도련님(나리)'이라는 단어를 사용하지 않았다. 그런데 베르뒤랭 부인 댁에서 그가 내 앞에 이르러, 오직 내 앞에서만 허리를 깊숙이 굽히는 것을 보았을 때 그리고 그가 다른 말을 하기도 전에 나에게로 향한 지극히 정중한 언사들을—그의 붓끝 밑에서도 입술 위에서도 도저히 발견할 수 없을 것이라고 내가 생각하던 그 언사들을—들었을 때, 나의 놀라움이 얼마나 컸던가! 나는 즉시 그가 나에게 요청할 것이 있으리라는 인상을 받았다. 잠시 후 그가 나를 한 길체로 데리고 가더니, 이번에는 나를 아예 삼인칭으로 높여 부르면서 이렇게 말하였다. "저의 아버지가 도련님의 숙부님[158] 댁에서 하시던 일이 무엇인지, 베르뒤랭 부인과 초대된 손님들에게 그것을 감쪽같이 숨겨주시면, 도련님께서 저에게 큰 도움을 주시게 될 것입니다. 저의 아버지가 도련님 댁에서 하도 광막한 사유지를 관리하는 집사이셨던지라, 그분의 지위가 도련님의 양친께서 누리시던 것과 거의 비슷했다고 말씀해 주시면 좋겠습니다." 모렐의 그러한 요청이 나에게는 한없이 난처하였으니, 그의 아버지가 맡았던 직책을—나에게는 아무래도 상관없었던—치켜세워야 했다는 점 때문이 아니라, 외견상으로나마 내 아버지의 재산을 과장하는 꼴이 되었고, 그러한 짓이 우스꽝스럽게 여겨졌기 때문이다. 하지만 그의 기색이 하도 불쌍하고 절박해 보였던지라, 나는 그의 요청을 거절하지 않았다. 그가 애걸하는 어조로 다시 말하였다. "뒤로 미루지 마시고, 만찬이 시작되기 전에, 도련님께서 무슨 핑계를 대서든지, 베르뒤랭 부인을 따로 뵙고 말씀드리실 수 있을 것입니다." 나는 정말 그의 요청대로 하였고, 모렐의 아버지가 찬연해 보이도록 최선을 다하되, 내 부모님의 '형편'이나 '재산'을 지나치게 과장하지 않았다. 나의 할아버지를 어렴풋이나마 알고 있던 베르뒤랭 부인이 비록 놀라기는 하였으나, 그 일은 우체통에 편지 들어가듯 쉽게 이루어졌다. 하지만 그녀에게 기민한 재치가 없는 데다, 그녀가 가문이라는 것을 (자기의 작은 '핵'을 와해시키는 그 용해제를) 증오하였던지라, 자기가 옛날에 나의 증조부를 먼 발치에서 뵌 적이 있다고 하더니, 또한 그분에 대하여 자기의 '작은 동아리'를 전혀 이해하지 못하고 그 일원도 아니었던 거의 백치에 가까운 어떤 사람인 듯 말한 다음, 그녀가 나에게 다시 말하였다. "게다가 가문이란 하도 귀찮은 것이어서, 누구든 그것으로부터 벗어나기만을 열망하지요." 그러더니 이내 다시 나에게 내 할아버지의 부친 이야기를 꺼내더니, 비록 내가 집에서 그분의 유례 드문 인색함을 짐작하곤 하였으되 (그분을 내가 뵌 적은 없으나 집안 사람들이 그분 이야기를 많이 하였다) 내가 까맣게 모르던, 다음과 같은 특징을 이야기해 주었다. "당신의 조부님들께서 그토록 멋진 집사를 부리셨다는 점만 보아도, 어느 가문에건 온갖 색깔의 사람들이 있음이 증명되어요. 당신의 증조부께서는 어찌나 인색하셨던지, 말년에는 거의 노망이 드셨건만—우리끼리 하는 말이지만, 그분은 당신처럼 총명하지 않으셨고, 따라서 당신이 그분의 명예를 회복해 드리고 있어요—승합마차 요금 3쑤를 선뜻 지불하시지 못하였어요. 그리하여 항상 어떤 사람으로 하여금 그의 뒤를 따라가, 승합마차 마부에게 슬쩍 요금을 지불한 다음, 그 늙은 노랭이에게는, 그의 친구이며 국무 장관인 뻬르시니[159] 씨가 그만은 승합마차들을 무료로 이용하도록 주선하였다고 믿도록 하였어요. 여하튼 '우리들이 좋아하는' 모렐의 부친이 그토록 멋진 분이었다는 사실이 저는 기뻐요. 저는 그가 고등학교 선생이었다고 알고 있었지만, 상관없어요, 제가 잘못 알았던 거예요. 하지만 그런 것들은 별로 중요하지 않아요. 왜냐하면 솔직히 말씀드리거니와, 여기에서는 우리가 각 개인의 품성 자체만을, 즉 개인적인 공헌만을, 제가 '참여'라고 부르는 그것만을 높이 평가하기 때문이에요. 누구든 '조합원'[160]이기만 하면, 한마디로 '평신도회'에 속하기만 하면, 나머지는 중요하지 않아요." 모렐이 그 '평신도회'의 일원이 된 방법은—내가 알아낼 수 있었던 바에 의하면—그가 여인들과 남자들을 모두 좋아하였던지라, 그들을 상대하며 쌓은 경험의 도움을 받아 여성과 남성 모두의 환심을 샀다는 것이며, 그 내막은 우리가 후에 차차 알게 될 것이다. 하지만 여기에서 이야기해 두어야 할 중요한 점은, 내가 자기의 요청에 따라 베르뒤랭 부인에게 말하겠노라 약속하기 무섭게, 특히 그 약속을 이행하여 더 이상 돌이킬 수 없게 되기 무섭게, 나에게로 향하던 모렐의 '공손함'이 마치 요술을 부리듯 증발해 버렸고, 공손한 언사도 자취를 감추었으며, 심지어 한동안은 나를 무시하는 듯한 기색을 꾸며 드러내면서 나를 피하였던지라, 베르뒤랭 부인의 뜻에 따라 내가 그에게 무슨 말을 하거나 어떤 곡을 연주해 달라고 요청하면, 그가 다른 어느 '신도'와 이야기를 계속하거나, 내가 다가갈 경우, 자리를 피해 버리기도 하였다는 사실이다. 결국 내가 자기에게 무슨 말을 하였다는 사실을 다른 사람들이 그에게 일깨워 줄 수밖에 없었고, 그제야 그가 어색한 기색으로 간략하게 내 말에 대꾸하였으나, 우리가 단둘이서만 있을 경우에는 전혀 달랐다. 그러한 경우에는 그가 즉시 외향적으로 변해 우호적이었는데, 그의 성격에 매력적인 부분들이 있었기 때문이다. 그럼에도 불구하고 그 첫 야연이 끝난 후, 나는 그의 천성이 비루함에 틀림없고, 필요할 경우에는 그가 어떠한 천한 짓도 서슴지 않을 것이며, 감사할 줄 전혀 모른다는 결론을 내리지 않을 수 없었다. 그러한 면에서는 그가 대다수 사람들을 닮았다. 그러나 나의 내면에 나의 할머니에게서 물려받은 천성이 조금 있어, 사람들의 다양성 앞에서, 그들로부터 무엇을 기대하거나 그들을 원망하지 않고 그저 즐거워하였던지라, 나는 그의 비천함에 개의치 않고, 그가 즐거워하면 그의 명랑함을, 심지어 그가 표하는 진실한 우정이라고 내가 믿던 그것조차도 좋아하였는데, 바로 그러한 순간에, 인간의 천성에 대한 자기의 그릇된 지식을 속속들이 알게 되었던지라, 자기를 대하는 나의 부드러움에 사심이 없고, 나의 너그러움이 예지의 결여 때문이 아니라 그가 선량함이라 지칭하던 그것에서 비롯되었으며 그리고 특히, 찬탄할 만한 기교에 불과했으되 나로 하여금 (이 단어의 지적인 의미로 그가 진정한 '음악가'는 아니지만) 그토록 아름다운 음악을 다시 듣게 해주거나 처음으로 접하게 해주던 그의 기예에 내가 황홀해한다는 사실 등을 그가 (이따금씩 그랬으니, 그에게는 원초적이고 맹목적인 야만성으로 퇴행하는 습성이 있었기 때문이다)[161] 알아차렸다. 더구나 매니저 하나가, 즉 최고의 수준이되 자기의 진정한 우월성과 관련해서는 겸손했던 샤를뤼스 씨가 (젊은 시절에 그의 전혀 달랐던 모습을 잘 아는 게르망뜨 부인이, 그가 자기를 위하여 쏘나따를 작곡하였고 자기의 부채에 그림을 그려주었노라 자랑스럽게 말하였음에도 불구하고, 나는 그가 그 분야의 재능을 가지고 있었음은 까맣게 몰랐다), 그 기교를 하나의 복합적인 예술적 감각에 성공적으로 이용하게 하여 그것을 열 배로 증대시켰다. 디아길레프[162] 씨에 의해 훈련되고 그로부터 가르침을 받아 모든 방향으로 한껏 개화한, 단지 능란한 재주만 가지고 있던 러시아 발레단의 어느 단원을 상상해 보라.

모렐이 부탁한 바를 그대로 베르뒤랭 부인에게 이야기한 다음, 내가 샤를뤼스 씨와 더불어 쌩-루에 관한 이야기를 나누고 있는데, 마치 화재라도 발생한 듯 황급히 응접실로 들어서면서 꼬따르가 깡브르메르 댁 사람들의 도착을 알렸다. 베르뒤랭 부인은 샤를뤼스 씨나 (그는 아직 꼬따르의 눈에 띄지 않았다) 나와 같은 신참들 앞에서 깡브르메르 가문 사람들의 도착에 그토록 큰 중요성을 부여하는 듯한 기색을 보이지 않기 위하여 꼼짝도 하지 않았고, 그 소식을 전하는 말에 대꾸조차 하지 않았으며, 단지 우아하게 부채질을 하면서 그리고 떼아트르-프랑세 극단의 어느 후작 부인처럼[163] 억지로 꾸민 어조로, 의사에게 이렇게 말하는 것으로 만족하였다. "남작이 마침 우리에게 그 이야기를 하던 중이었어요…." 꼬따르에게는 감당하기 벅찬 이야기였다! 그동안 쌓은 학문과 높은 사회적 지위가 그의 어조를 늦추었기 때문에 전보다 덜 격정적이긴 했으나, 그가 베르뒤랭 댁에만 오면 되찾곤 하던 특유의 감동을 억제하지 못한 채, 도저히 믿지 못하겠다는 듯 놀라는 표정으로 눈을 두리번거리면서 언성을 높였다. "남작이라니요! 그 남작이 어디 있습니까? 어디 있습니까, 그 남작이?" 하인이 손님들 앞에서 값비싼 유리잔 하나를 깨뜨렸을 때 주인마님이 억지로 드러내는 무심함으로 가장한 채 그리고 뒤마(아들)의 작품[164]을 공연하는 국립고등연극학교 수석 졸업생의 인위적이고 한껏 높은 억양으로, 베르뒤랭 부인이 손에 들고 있던 부채로 모렐의 후견인을 가리키면서 이렇게 대꾸하였다. "꼬따르 교수님… 샤를뤼스 남작이에요, 제가 당신을 그분에게 소개하겠어요." 게다가 귀부인 행세할 계기를 얻은 것이 베르뒤랭 부인에게도 별로 불쾌하지 않았다.[165] 샤를뤼스 씨가 손가락 둘을 내밀었고, 교수는 '과학의 군주'답게 호의적인 미소를 지으면서 그것들을 잡았다. 하지만 깡브르메르 댁 사람들이 들어서는 것을 보고는 문득 그 동작을 멈추었고, 그동안 샤를뤼스 씨는 나에게 무슨 말을 하겠다면서 나를 한구석으로 데리고 갔는데, 그러면서 나의 근육들을 만지작거리기를 잊지 않았다. 그것은 도이칠란트식 예절이었다.[166] 깡브르메르 씨는 늙은 후작 부인을 별로 닮지 않았다. 그는 그녀가 다정한 어조로 말하곤 하던 바와 같이, '자기 아빠를 쏙 빼 닮았다'. 그에 대한, 혹은 활기 넘치고 문장들이 적절하게 다듬어진 그의 편지들에 대한 이야기만을 들은 사람에게는 그의 용모가 놀라움을 안겨주었을 것이다. 물론 누구든 그 용모에 익숙해졌을 것이다. 하지만 그의 코가 아마 그의 입 위쪽에 와서 비스듬히 자리를 잡기 위해, 다른 숱한 윤곽선들 중에서, 아무도 그 얼굴 위에 그릴 생각을 하지 않았을, 그리고 사과의 붉은색 같은 노르망디 혈색이[167] 어우러져 더욱 심화된 상스러운 멍청함을 의미하는, 그 유일하게 비스듬한 선을 택하였을 것이다. 깡브르메르 씨의 두 눈이, 햇빛 밝은 찬연한 날이면 그토록 안온해지는 꼬땅땡[168] 지역 하늘을 조금은 눈꺼풀들 사이에 간직할 수도 있을 것이며, 그러한 날에는 산책하던 사람이 도로변에 멈추어 서 있는 수백여 미루나무 그늘들을 바라보고 그것들을 헤아리며 즐거워하겠지만, 그 무겁고 눈꼽 낀 그리고 가지런히 내려지지 않은 눈꺼풀들은 지성조차 통과하지 못하도록 막았을 것이다. 그리하여 그 하늘색 시선의 가냘픔에 당황한 나머지, 사람들이 그의 비스듬히 놓인 커다란 코를 참조하곤 하였다. 깡브르메르 씨는 감각기능을 이동시켜 눈 대신 코로 사람들을 바라보곤 하였다. 깡브르메르 씨의 그 코는 추하기보다는 오히려 조금 지나치게 아름답고 강렬했으며, 자신의 중요성을 지나치게 자랑스러워했다. 매부리처럼 휘어 있고 광택제를 바른 듯 번쩍이며 갓 빚어낸 듯 빛나는 그 코는, 시선의 지적인 결핍을 벌충해 줄 준비를 갖추고 있었으나, 불행하게도, 눈들이 때로는 지성으로 하여금 자신을 드러내게 해주는 신체 기관임에 반해, 코는 (이목구비 간에 아무리 친밀한 유대 관계가 성립되어 있고, 그것들이 서로에게 아무리 뜻밖의 영향을 끼친다 해도) 일반적으로 멍청함이 가장 용이하게 그곳에 자리를 잡는 신체 기관이다.

깡브르메르 씨가 항상 (심지어 오전에도) 입던 어두운 색 의복의 단정함이, 낯선 외지인들이 입던 해변용 의상의 무례한 화려함에 놀라고 짜증이 난 이들을 안심시켰어도 소용없었건만, 깡 지방 법원장의 아내가 왜, 알랑쑹[169)]의 상류 사교계를 누구보다도 잘 안다고 자처하면서, 깡브르메르 씨 앞에 서면 누구든, 심지어 그가 누구인지 알기 전에도, 자신이 기품 고결하고 완벽한 가정교육을 받아 발벡의 풍속을 변화시키던, 그리하여 그 곁에만 가도 숨통이 열리는, 그러한 사람과 함께 있음을 즉시 느낄 수 있다고, 통찰력과 권위 넘치는 기색으로 선언하듯 말하곤 하던 이유를 사람들은 도무지 이해할 수 없었다. 발벡에 몰려든 그리고 그녀의 세계를 모르는 그 많은 관광객들로 인해 질식 상태에 있던 그녀에게는, 그가 곧 각성제 담긴 작은 유리병이라고 하였다. 하지만 내가 보기에 그는 오히려 나의 할머니께서 즉각 '매우 불손하다'고 여기셨을 사람들 축에 속할 것 같았고, 할머니께서는 겉멋이라는 것 자체를 모르셨던지라,[170)] 오라비가 그토록 '예절 바르니' 우아함에 있어서는 매우 까다로웠을 르그랑댕 아씨와 그가 결혼하는 데 성공한 사실에 몹시 놀라셨을 것이다. 깡브르메르 씨의 상스럽게 추한 용모에 대해, 그것이 조금은 그 고장의 특색이며 그것 속에 지역적이고 유구한 무엇이 있다고 말할 수 있었던 것이 고작이었으나, 그의 결함 많은, 그리하여 교정해 주고 싶었을 그 용모 앞에 서면, 누구든 노르망디 지방에 산재한 작은 도시[171]들의 명칭을 뇌리에 떠올리지 않을 수 없었는데, 그 명칭들의 어원에 대하여 꽁브레의 사제가 오류를 범하였던 것은, 그 지방 촌사람들이 그 도시들을 지칭하는 노르망디어나 라틴어를 잘못 발음하거나 엉뚱한 의미로 이해함으로써, 결국에는 이미 수도원이나 교회당의 재산 대장에서도 발견되는 부정확한 어법이다, 브리쇼가 '반대의 의미' 혹은 '발음상의 못된 버릇'이라고 하였을 것을 정착시켰기 때문이다. 그 작은 옛 도시들에서의 삶이 여하튼 쾌적하게 영위될 수 있으며, 깡브르메르 씨에게도 틀림없이 장점들이 있었으리니, 왜냐하면 늙은 후작 부인이 자기의 며느리보다 아들을 더 좋아한 것이야 어머니의 자연스러운 정이라 할 수 있겠으나, 반면 여러 자식들을 둔 그녀가, 그들 중 적어도 둘은 재질이 없다 할 수 없건만, 후작인 아들이 자기 생각으로는 집안에서 가장 뛰어난 인물이라고 자주 말하였기 때문이다. 그가 군대에서 보낸 얼마 아니 되는 세월 동안, 그의 동료들이 '깡브르메르'를 발음하기 거추장스럽다 여겨, 그에게 '깡깡'이라는 별명을 지어주었으나, 어떠한 면에서도 그가 그러한 별명을 얻어야 할 이유는 없었다.[172] 그는 어느 만찬에 초대받았을 경우, 생선이 나오는 순간 (그것이 비록 썩었다 할지라도) 혹은 전식(前食)이 나올 때, 이러한 말로 그 만찬을 장식할 줄도 알았다. "아니 이런, 제가 보기에는 아름다운 짐승 같습니다!" 또한 그의 아내는, 그 가문에 들어오면서, 그 계층의 생활양식에 속할 것이라 생각한 모든 것을 수용하였던지라, 자신을 남편의 친구들과 동일 선상에 놓았고, 아마 정부처럼 그의 호감을 사려 하였음인지, 자기가 마치 옛날에 그의 총각 생활에 섞이기라도 하였다는 듯, 그에 대하여 그의 친구 장교들에게 쾌활한 기색으로 이렇게 말하곤 하였다. "깡깡을 만나실 수 있을 거예요. 그가 발백에 갔으나 오늘 저녁에 돌아올 거예요." 그녀는 그날 저녁, 베르뒤랭 내외와 어울려 자신의 평판을 위험에 처하게 한다고 생각하여 맹렬히 노하였으나, 시어머니와 남편의, 임대계약을 위해서라는 간곡한 설득에 마지못해 그 만찬에 참석하게 되었다. 하지만 시어머니와 남편보다 가정교육을 제대로 받지 못하였던지라, 그녀는 그 만찬에 참석하게 된 동기를 감추지 못하고, 보름 전부터 자기의 친구 여인들에게 그 만찬에 대하여 목구멍에 불이 나도록 수다를 떨었다. "우리의 성을 빌린 사람들과 함께 저녁 식사를 할 거예요. 그로 인해 임대료가 인상될 거예요. 사실 저는 그들이 우리의 가엾은 라 라스쁠리에르 성을 어떤 꼴로 만들어놓았는지 궁금했어요 (마치 자기가 그 성에서 태어나기라도 한 듯, 그리하여 그곳에서 자기 가족들의 온갖 추억을 되찾기라도 하는 듯한 어투였다). 우리의 늙은 경비원이 어제도 저에게 말하기를, 더 이상 옛 모습을 찾아볼 수 없을 지경이라고 하더군요. 그 속에서 벌어지고 있을 모든 일을 감히 상상조차 못하겠어요. 우리가 다시 그곳에 들어가 살려면 먼저 소독을 하는 것이 좋을 것 같아요." 그녀는 전쟁 끝에 자기의 성이 적군에 의해 점령당하였으되, 그럼에도 불구하고 자신이 자기의 집에 들어선다고 느끼며, 정복자들에게 그들이 기껏 침입자들에 불과하다는 점을 보여주려는 성주 부인의 오만하며 침울한 기색을 띠고 당도하였다. 깡브르메르 부인은 처음에는 나를 발견할 수 없었다. 내가 샤를뤼스 씨와 함께 측면 퇴창의 굴곡부에 있었기 때문인데, 그는 모렐의 부친이 우리 가문에서 일찍이 집사로 일하였음을 모렐에게서 들어 알게 되었노라 하였고, 샤를뤼스라는 자신과 같은 사람이 나의 지성과 고결함(그와 스완이 공통적으로 사용하던 어휘였다)을 충분히 믿는 바, 상스럽고 어린 멍청이들이 (내가 경고를 받은 격이었다) 나와 같은 위치에 있을 경우, 우리를 초대한 사람들에게 한 사람을 왜소하게 만들어 품위를 손상시킨다고 그들이 믿을 수 있을 자질구레한 사실들을 기회를 놓칠세라 폭로하면서 맛볼, 비열하고 쩨쩨한 즐거움은 내가 틀림없이 거부할 것이라고 말하였다. "내가 그에 대한 관심을 가지고 있어 그에게 나의 보호막을 드리운다는 사실 자체에 월등한 무엇이 있으며, 그 사실이 과거를 지워버리오." 남작이 그렇게 말을 마쳤다. 그의 말에 귀를 기울이면서도, 또한 비록 내가 그 대가로 이지적이며 고결한 사람 취급을 받으리라는 가망이 없어도 침묵을 지키겠노라 그에게 약속하면서, 나는 깡브르메르 부인을 유심히 바라보았다. 그러나 조약돌처럼 단단하여 '신도들'이 깨물려 하여도 허사였을, 이제 나의 눈앞에 다시 나타난 그 노르망디 지방 과자 속에서는, 앞서 발백호텔의 테라스에서 오후 다과회 시각에 내 곁에 있던, 입에 넣으면 녹을 것 같았고 풍미 가득했던 그것을 발견하기 어려웠다. 자기의 남편이 모친으로부터 물려받은 그리고 남편에게 '신도들'을 소개할 때 그로 하여금 영광스러워하는 기색을 띠게 할, 남편의 호인다운 서글서글한 측면에 미리부터 화가 났으되, 그러면서도 사교계 여인의 역할을 충실히 이행하고 싶었음인지, 그녀에게 브리쇼를 소개하였을 때, 자기보다 더 우아한 친구 여인들이 그러는 것을 일찍이 보았던지라, 그녀는 자기의 남편을 그에게 소개하려 하였고, 그러나 맹렬한 노기 혹은 오만이 예의범절을 과시하려던 욕구보다 더 강했던지라, 그녀가 당연히 '당신에게 저의 남편 소개하는 것을 허락해 주세요'라고 말해야 했건만, 그러지 않고, '당신에게 저의 남편을 소개해요'라고 하였으며, 그렇게 깡브르메르 가문 사람들의 뜻에도 불구하고—그녀가 예상하였던 것처럼 후작이 브리쇼 앞에서 허리를 깊숙이 숙였으니 말이다—깡브르메르 가문의 깃발을 드높이 치켜올렸다. 하지만 깡브르메르 부인의 그 모든 심기가, 안면만 있던 샤를뤼스 씨를 보는 순간 문득 변하였다. 그녀는 심지어 자기가 스완과 관계를 갖던 시절에도[173] 그를 소개받는 데 성공하지 못하였다. 게르망뜨 씨의 정부들에 맞서 자기 형수의 편을 든다든가, 아직 결혼을 하지 않은 상태였지만 스완과 오랜 관계를 맺은 오데뜨의 편을 들어 그에게 접근하는 새로운 여인들에 맞서는 등, 항상 아내들[174]의 편에 있던 샤를뤼스 씨가, 윤리의 엄격한 수호자로서 또한 부부 관계의 충직한 옹호자로서 일찍이 오데뜨에게 약속하기를—그리고 그 약속을 이행하였다—누가 자신을 깡브르메르 부인에게 소개하는 것은 결코 허용하지 않겠노라 하였기 때문이다. 깡브르메르 부인은 자기가 결국 그 접근하기 어려운 남자와 베르뒤랭 댁에서 마주치게 되리라고는 상상조차 하지 못하였을 것이다. 깡브르메르 씨는 그러한 만남이 자기의 아내에게 커다란 기쁨이라는 사실을 알고 있었던지라 그 자신도 감동하였으며, 그녀를 응시하는 그의 기색에는 이러한 의미가 담겨 있는 것 같았다. "이곳에 오기로 결단 내리신 것에 만족하시지요, 그렇지 않소?" 자신이 자기보다 월등한 여인을 아내로 맞아들였음을 아는지라, 그는 거의 말을 하지 않았다. "나는 자격이 없어." 그는 수시로 자신에게 그러한 말을 하였고, 자신이 보기에 자기의 무식함에 적용되리리라 여겨지고, 다른 한편으로는 그로 하여금 거만한 아첨의 형태를 빌려, 죠키 클럽 회원이 아닌 학자들에게, 자기가 사냥이나 즐기지만 우화들도 읽을 수 있음을 과시할 수 있게 해 주는 라 퐁뗀느의 우화 한 편과 플로리앙[175]의 우화 한 편을 즐겨 인용하곤 하였다. 유감스러웠던 점은 그가 우화를 겨우 두 편밖에 몰랐다는 것이다. 그리하여 그 두 편이 자주 반복적으로 인용되었다. 깡브르메르 부인은 멍청하지는 않았지만, 그녀에게는 몹시 짜증 나게 하는 다양한 버릇들이 있었다. 그녀가 어떤 이름들을 변형시킬 경우, 그 의도에 귀족적 건방짐은 전혀 없었다.[176] 게르망뜨 공작 부인(그녀는 혈통 덕분에 깡브르메르 부인보다는 조롱거리가 될 위험이 적었을 것이다)과는 달리, 그녀가 '쥘리앵 드 몽샤또'라는 별로 우아하지 못한 이름(그것이 이제는 가장 접근하기 어려운 여인들 중 하나의 이름이지만)을 모르는 척하기 위하여 '어느 미미한 부인… 삐꼬 델라 미란돌라'라고는 하지 않았을 것이다.[177] 결코 그렇지 않으니, 깡브르메르 부인이 어떤 이름을 잘못 인용할 때에는 호의로 그런 것이었고, 즉 무엇을 아는 척하지 않기 위해서였고, 한편 그녀가 솔직하게 어떤 사실을 고백할 경우에는, 명찰을 떼어버림으로써 그 이름을 아예 감춘다고 생각하였기 때문이다. 예를 들어 그녀가 어떤 여인을 옹호할 경우, 진실을 말해 달라고 간곡히 요청하는 사람에게 거짓말을 하지 않으려 하면서도, 그녀는 아무개 부인이 실제로 쓀뱅 레비 씨의 정부였다는 사실을 숨기려 하였고, 따라서 이렇게 말하곤 하였다. "몰라요… 그녀에 대해서는 전혀 몰라요. 칸인지, 콘인지, 쿤인가 하는, 여하튼 저는 이름조차 모르는 어느 신사분의 연정을 태동시켰다고, 그 여인을 사람들이 비난하였던 모양이에요. 게다가 그 신사분은 아주 오래전에 타계하셨고, 두 사람 사이에는 아무 일도 없었다고 생각해요." 그것은, 자신들이 저지른 짓들을 정부나 친구에게 이야기할 때, 자기들의 행위를 왜곡하면서, 자기들의 입에서 나온 구절이 (칸이나 콘이나 쿤이 그렇듯) 가필하듯 임의로 끼워 넣은 것이고, 대화를 구성하는 것들과는 종류가 다르며, 거짓에 근거한 것임을 자기의 정부나 친구가 알아차리지 못할 것이라고 상상하는 거짓말쟁이들의 것과 유사한―그리고 그들의 것과는 정반대의―화법이다.

　베르뒤랭 부인이 남편의 귀에다 속삭였다. "제가 샤를뤼스 남작에게 팔을 맡길까요? 당신의 오른쪽 팔에 깡브르메르 부인이 의지할 것이니, 그렇게 예의를 교환하는 격이 될 거예요."―"아니오, 다른 사람의 관등이 더 높으니(깡브르메르 씨가 후작이라는 뜻이었다), 샤를뤼스 씨는 결국 그의 하급자요.[178]" 베르뒤랭 씨가 말하였다.―"그러면 좋아요! 제가 그를 대공 부인 옆에 세우겠어요." 그러더니 베르뒤랭 부인이 샤를뤼스 씨에게 쉐르바토프 부인을 소개하였고, 두 사람은 서로에 대하여 잘 안다는 듯 그리고 서로 비밀을 지키자고 약속하는 듯한 기색으로, 묵묵히 서로를 향해 상체를 숙였다. 베르뒤랭 씨가 나를 깡브르메르 씨에게 소개하였다. 그의 힘차고 조금 더듬거리는 음성으로 그가 나에게 말을 건네기도 전에, 그의 큰 체구와 혈색 좋은 얼굴이 저절로 흔들거리면서, 우리를 안심시키려 하며 우리에게 다음과 같이 말하는, 어느 지휘관의 군대식 습관 짙은 머뭇거림을 드러냈다. "다른 사람들이 나에게 이미 말하였으니, 그 문제를 우리가 해결하겠소. 내가 당신으로 하여금 처벌을 면하게 해주겠소. 우리가 흡혈귀는 아니니 모든 것이 잘될 것이오." 그러더니 나와 악수를 하면서 다시 나에게 말하였다. "나는 당신이 나의 어머님을 아신다고 생각하오." '생각한다'는 동사가, 그가 보기에는 첫 대면의 삼감에 적합하되 어떤 의혹은 전혀 표현하지 않는 것으로 여겨졌던 모양이었으니, 그가 이렇게 덧붙였기 때문이다. "게다가 나의 어머니께서 당신에게 보내시는 편지를 내가 가지고 있소." 깡브르메르 씨는 자신이 그토록 오랫동안 살았던 곳을 다시 보게 되어 천진스럽게 기뻐하였다. "저 자신을 재발견합니다." 그가 베르뒤랭 부인에게 말하였으며, 그러는 동안 그의 시선은 출입문들 위쪽 벽의 장식용 꽃 그림들과 높은 받침돌 위에 놓인 대리석 흉상들을 반갑게 알아보며 경이로움에 잠겼다. 그러면서도 한편 그는 낯선 곳에 와 있음을 느꼈으니, 베르뒤랭 부인이 자기 소유의 아름다운 옛 물건들을 잔뜩 가져다 놓았기 때문이다. 그러한 관점에서 보면, 깡브르메르 가문 사람들의 눈에는 베르뒤랭 부인이 모든 것을 뒤엎는 것처럼 여겨지되, 그녀는 혁명적이지 않았고, 오히려 그 사람들이 이해하지 못하는 의미에서 현명한 보수주의자였다. 그들은 또한 그녀가 그 유서깊은 거처를 싫어하여 보풀 있는 천 대신 단순한 직물들을 사용하여[179] 그곳을 훼손한다고 그녀를 부당하게 나무랐는데, 그것은 마치 어느 무식한 교구사제가 내버려진 옛 목공예품들을 원래의 위치에 되돌려 놓으려는 교구 전속 건축가를, 그것들 대신 쌩-쒈삐스 광장[180]에서 구입한 치장물을 사용하지 않는다고 나무라는 것과 같았다.[181] 그리고 드디어 '주임 사제의 정원'[182] 하나가, 깡브르메르 가문 사람들뿐만 아니라 그들이 부리는 정원사의 자랑거리였던 성 전면의 화단들 자리를 차지하기 시작하였다. 깡브르메르 가문 사람들만을 자기의 상전들로 여기던, 그리하여 베르뒤랭 댁 사람들의 지배하에 마치 영지가 어느 침략자 및 난폭하고 상스러운 그의 군대에 의해 점령당한 듯 괴로워하던 정원사가, 영지를 빼앗긴 주인을 은밀히 찾아가 하소연하는가 하면, 자신이 키우던 아라우까리아[183]산 관상용 삼나무들과 베고니아와 유피테르의 수염[184]들과 겹꽃 달리아들이 무시당하고, 그토록 풍요로운 거처에서 감히 안테미스[185]와 베누스의 머리카락[186]과 같은 평범한 꽃들이 자라게 된 것에 분개하였다. 베르뒤랭 부인은 그 은밀한 저항을 감지하였고, 따라서 자기가 라 라스쁠리에르 성을 장기 임차하거나 매입할 경우, 그 정원사를 해고한다는 조건을 덧붙이기로 작정하였으나, 소유주인 노부인은 반대로 그에게 몹시 애착하였다. 어렵던 시절에는 그가 아무 대가도 바라지 않고 그녀에게 봉사하였고 그녀를 숭배하였으되, 가장 깊은 윤리적 멸시가 가장 열렬한 존경심에 끼어들어 섞이고, 그 존경심이 다시 완전히 없어지지 못한 원한과 겹치기도 하는, 일반 평민들 속에서 일어나는 견해의 그 기이한 분열 현상으로 인해, 1870년 전쟁 때, 프랑스 동부 지방에 있는 자기의 성에서 불시에 침공을 당하여, 한 달 동안 프로이센 군사들과의 접촉을 감내할 수밖에 없었던 깡브르메르 부인에 대하여 그가 자주 이렇게 말하곤 하였다. "사람들이 후작 부인을 심하게 비난한 것은, 전쟁 동안에 프로이센인들의 편에 섰고, 심지어 그들을 자기의 성에 유숙시켰다는 사실 때문이에요. 다른 때에 그러셨다면 나도 이해하였을 것이나, 전쟁 시절에는 그러지 말았어야 해요. 그것은 옳지 않아요." 그리하여 그는 그녀에게 죽을 때까지 충직했고, 그녀의 호의로 인해 그녀를 숭배하였건만, 그러면서도 그녀가 반역죄를 범하였다는 소문을 퍼뜨렸다. 베르뒤랭 부인은 깡브르메르 씨가 라 라스쁠리에르 성이 친숙하게 느껴진다면서 반가워하는 것에 마음이 상하였다. 그녀가 그의 말에 이렇게 대꾸하였다. "하지만 얼마간의 변화를 발견하실 거예요. 제가 우선 바르브디엔느[187]가 주조한 마귀 같은 청동제 조각상들과 보풀 있는 천을 씌운 불쾌한 의자들을 서둘러 헛간으로 치워버렸는데, 그 물건들을 넣어두기에는 헛간도 아까워요." 깡브르메르 씨에게 그 신랄한 반격을 가한 후, 식탁으로 가기 위하여 그녀가 그에게 팔을 내밀었다. 그가 잠시 머뭇거리면서 생각하였다. '하지만 내가 샤를뤼스 씨보다 앞설 수는 없지.' 그러나 샤를뤼스 씨를 위한 상석이 마련되지 않은 것을 보고서는, 그가 그 가문의 오랜 친구일 것이라 생각하면서, 자기에게 내민 팔을 잡기로 작정하였고, 자신이 그 케나쿨룸[188]('작은 핵'을 그는 그렇게 칭하였고, 그 어휘를 안다는 만족감에 조금 웃기도 하였다)에 받아들여진 것에 대하여 커다란 자긍심을 느낀다고 베르뒤랭 부인에게 말하였다. 샤를뤼스 씨 옆에 앉아 있던 꼬따르는, 그와 인사를 나누고 서먹서먹함을 깨뜨리기 위하여, 옛날보다 더 고집스러우며 소심함 때문에 중단되지도 않은 눈길을 보내면서, 코안경을 통해 그를 응시하였다. 그리하여 미소로 인해 확장된 적극적인 시선이, 더 이상 안경알 안에 머물지 않고 사방으로 넘쳐흘렀다. 어디에서나 자신과 유사한 사람들을 쉽게 발견하던 남작은, 꼬따르가 그런 부류 중의 하나이며 자기에게 추파를 던진다고 믿었다. 그리고 즉시, 자기들의 마음에 드는 사람에게 서둘러 열렬함 표하는 것 못지않게 자기들을 향해 호감 품은 이들에게 멸시하는 기색을 드러내는, 성도착자들 특유의 냉혹함을 교수에게 보였다. 비록 모든 사람들이, 숙명적으로 항상 거부되는, 사랑받는 달콤함에 대해 거짓말을 하지만, 우리가 사랑하지 않건만 우리를 사랑하는 존재가 우리에게 견딜 수 없는 존재로 보이는 것은 하나의 보편적인 법칙이며, 그 법칙이 오직 샤를뤼스 같은 이들만을 지배하지 않는다는 것은 의심의 여지가 없다. 우리는 우리를 사랑한다고도 할 수 없는, 즉 우리를 꺾쇠로 조이듯 들러붙는 그 존재, 그 여인보다는, 차라리 매력도 인기도 기지도 없는 다른 아무 여인과 어울리는 편을 택한다. 그녀가 그것들을 되찾으려면 우리 사랑하기를 멈춰야 한다. 그러한 의미에서는, 좋아하지 않건만 끈질기게 따라붙는 어떤 남자가 성도착자의 내면에 야기시키는 노여움을, 그 보편적인 법칙이 우스꽝스러운 형태로 전치(轉置)되는 것으로밖에 볼 수 없을 것이다. 그러나 성도착자가 느끼는 노여움은 훨씬 더 격렬하다. 그리하여 성도착자가 아닌 평범한 사람은 노여움을 느끼면서도 그것을 감추려 하는 반면, 성도착자는, 예를 들어 샤를뤼스 씨가 자기에게로 향하던 게르망뜨 대공 부인의 연정을 귀찮아하면서도 그것에 우쭐하면서 아무 내색 하지 않았듯이,[189] 한 여인에게는 자기의 노여움을 드러내지 않으면서도, 그것을 유발시키는 남자에게는 무자비하게 그것을 드러낸다. 그러나 성도착자들에게 어떤 다른 남자가 특이한 취향을 드러내 보일 경우, 그것을 보는 순간, 그것이 자기들의 취향과 같은 것임을 이해하지 못하여서인지, 혹은 자신들이 그것을 느낄 때에는 미화되는 그 취향이 하나의 악벽으로 간주된다는 사실이 불쾌하게 뇌리에 되살아나서인지, 혹은 상당한 대가를 치르지 않아도 좋은 상황에서 폭발하듯 화를 내어[190] 자신의 명예를 회복하고 싶은 욕구 때문인지, 혹은 욕정이 자신들의 눈을 멀게 하여 자신들을 마구 이끌어가지 않을 때마다 문득 다시 느끼던 혹시 발각되지 않을까 하는 두려움 때문인지, 혹은 어떤 다른 남자가 자신들의 마음에 들 때에는 자신들의 수상한 태도가 그에게 피해를 주건 말건 괘념치 않으면서도 그 남자의 수상한 태도로 인하여 자기들이 감수해야 할 피해 때문에 격분해서인지―어떤 젊은이를 멀리까지 따라간다든가, 친구들과 함께 극장에 왔건만, 그들 사이에 불화를 야기시킬 위험 따위는 아랑곳하지 않고 그에게서 눈을 떼지 못하는 그들이지만―자기들의 마음에 들지 않는 어떤 남자가 자기들을 쳐다보기만 해도, 그들이 이렇게 말하는 것을 들을 수 있다. "신사 양반, 도대체 나를 어떤 사람으로 취급하는 것이오? (단지 자기들을 있는 그대로 보았을 뿐인데 그런 말을 한다) 당신의 뜻을 모르겠소, 고집해도 소용없소. 잘못 짚으셨소." 때로는 그 사람의 따귀를 때리는 경우도 생기며, 그 신중하지 못한 사람을 아는 사람이 곁에 있으면 이렇게 덧붙인다. "아니, 당신이 이 추물과 아는 사이란 말씀이오? 사람들을 쳐다보는 꼴이라니…! 이 태도 좀 보시오!" 샤를뤼스 씨가 그토록 심한 반응까지는 보이지 않았으나, 사람들이 자신들을 행실 가벼운 여자들이라고 여기는 기색을 보이면, 그렇지 않은 여인들이, 특히 정말 그런 여자들이 그러듯, 모욕당한 그리고 차가운 기색을 드러냈다. 게다가 다른 성도착자를 앞에 둔 성도착자는, 생명이 전혀 없어 자기의 자존심이나 기껏 괴롭히는 자신의 불쾌한 영상뿐만 아니라, 살아 있어서 자기와 같은 방향으로 움직이며 따라서 자기의 사랑에 고통을 줄 수 있는 또 다른 하나의 자신을 발견한다. 그리하여 그 잠재적 경쟁자에 대해 험담할 때에는, 그 경쟁자에게 해를 입힐 수 있는 사람들을 상대로 하건(그러면 1번 성도착자가 자신의 경우를 잘 알고 있을 사람들 앞에서 2번 성도착자를 그토록 심하게 규탄하여도, 그는 자신이 거짓말쟁이로 간주될 염려를 하지 않는다), 혹은 자기가 '유인'하였으되 아마 자기로부터 누가 유괴할지도 모를, 그리하여 같은 짓들이라도 자기와 하면 지극히 유익하되 다른 자의 뜻에 따르면 평생의 불행을 초래하게 될 것이라고 설득해야 할 그 젊은이를 상대로 하건, 그는 생존 본능을 따르게 된다. 그 꼬따르의 출현으로 인하여―그의 미소를 엉뚱하게 이해한 탓이다―모렐이 혹시 감수하게 될지도 모를 위험들(순전히 상상적인)을 아마 생각하고 있었을 샤를뤼스 씨에게는, 자기의 마음에 들지 않는 하나의 성도착자가 자신의 우스꽝스러운 풍자화였을 뿐만 아니라 하나의 지목된 경쟁자이기도 했다. 희귀한 품목들을 취급하며 어느 지방 도시에 평생 살 생각으로 정착했건만, 같은 광장 맞은편에 같은 품목을 취급하는 경쟁자의 상점이 있음을 알아차린 상인이라도, 자기의 사랑을 어느 조용한 지역에 가서 감추려 하였으되, 그곳에 도착하는 날, 외모나 태도로 보아 성도착자임이 의심의 여지가 없는 그곳 시골 귀족이나 이발사를 알아차리는 하나의 샤를뤼스보다 더 당황하지는 않을 것이다. 새로 정착한 상인은 경쟁자에 대하여 자주 증오심을 품고, 그 증오심이 때로는 우울증으로 변질되는지라, 투자한 유산이 조금만 손실을 입어도[191] 상인은 광증의 초기 증세를 보이며, 사람들이 그를 설득하여 '영업권'을 매각한 다음 그 고장을 떠날 결단을 내리게 해야만 그 증세가 치유된다. 성도착자의 광증은 그보다 더 심하다. 그는 도착하던 첫 순간부터 그 시골 귀족과 이발사가 자기의 젊은 반려자에 대해 욕정을 품은 사실을 알아차렸다. 그가 하루에 백번 이상 자기의 반려자에게, 이발사와 시골 귀족이, 가까이하면 그의 명예를 실추시킬 도적들이라고 반복해 말하여도 허사, 그는 아르빠공[192]처럼 자기의 보물을 감시할 수밖에 없어, 밤마다 잠자리에서 일어나 누가 그것을 훔쳐 가지 않을까 살핀다. 또한 성도착자로 하여금 신속하게 그리고 거의 실수 없이 확실하게 다른 성도착자를 찾아내게 하는 것은 의심할 나위 없이 ─ 욕망이나 보편적인 습관의 편의보다는 그리고 유일한 진실인 자신의 경험에 거의 버금가는 ─ 바로 그러한 거조이다. 그가 잠시 잘못 짚을 수는 있으나 신속한 예지가 그를 다시 진실 가까이로 이끌어 온다. 그리하여 샤를뤼스 씨의 오류가 오래가지는 않았다. 탁월한 분별력이 잠시 후 그에게, 꼬따르가 그와 같은 부류에 속하지 않음을, 따라서 꼬따르의 은근한 수작을 그 자신을 위해서건(그를 기껏 성가시게 할 뿐이었으니), 모렐을 위해서건(그에게는 더 중대하게 보였겠으나), 염려할 필요가 없음을 입증해 주었다. 그가 안정을 되찾았고, 아직도 남녀양성(兩性)의 베누스가 지나가면서 남긴 영향을 받고 있었던지라,[193] 입술까지 여는 수고는 거부한 채, 입 한쪽 귀퉁이의 주름살만을 펴면서, 베르뒤랭 내외에게 이따금씩 엷은 미소를 보내곤 하였고, 남성적인 것을 그토록 좋아하건만, 자기의 형수 게르망뜨 공작 부인이 그랬을 것처럼 아주 짧은 순간 동안 두 눈을 상냥하게 반짝였다. "사냥을 자주 하시나요?" 베르뒤랭 부인이 경멸적인 어조로 깡브르메르 씨에게 물었다. ─ "우리들이 멋진 일을 겪었다는 이야기를 스키가 부인께 해드렸습니까?" 꼬따르가 '안주인 마님'에게 물었다. ─ "저는 특히 샹뜨뻬 숲에서 사냥을 합니다." 깡브르메르 씨가 대답하였다. ─ "아니오, 아무 말씀도 드리지 않았소." 스키가 말하였다. ─ "그 숲이 그러한 명칭에 어울립니까?"[194] 나를 곁눈질로 한 번 바라본 후 브리쇼가 깡브르메르 씨에게 물었는데, 왜냐하면 그가 나에게 꽁브레의 주임 사제가 이야기한 어원들이 자기의 내면에 유발시킨 경멸감을 깡브르메르 가문 사람들에게 내색하지 말라고 요청하면서, 어원들 이야기를 해주겠노라고 앞서 약속하였기 때문이다. "의심할 나위 없이 제가 이해력 부족하여 그렇겠습니다만, 질문의 뜻을 모르겠습니다." 깡브르메르 씨가 말하였다. ─ "제가 여쭙고자 하는 말씀은, 그 숲에서 많은 까치들이 노래를 부르느냐는 것입니다." 브리쇼가 대꾸하였다. 그러는 동안 꼬따르는 자기들이 하마터면 기차를 놓칠 뻔하였다는 사실을 베르뒤랭 부인이 모른다는 사실에 괴로워하였다. "이봐요, 어서요, 당신의 오뒷세이아[195]를 이야기하세요." 꼬따르 부인이 격려하듯 남편에게 말하였다. ─ "사실이지 이례적인 사건입니다." 이야기를 시작하면서 의사가 말하였다. "기차가 역으로 들어오는 것을 보았을 때, 저는 하도 놀라 온몸이 돌처럼 굳어버렸습니다. 그 모든 일이 스키의 잘못에서 비롯되었습니다. 나의 다정한 벗이여, 당신이 알고 있던 것이 참으로 기괴하오! 게다가 브리쇼는 역에서 우리들을 기다리고 있는데!" ─ "당신들이 그랭꾸르에서 지체한 것은 혹시 어떤 소요학파 철학자 여인[196]과 우연히 만났기 때문일 것이라 생각하였소." 대학교수가 시선을 주위로 한껏 던지면서 그리고 얇은 입술에 미소를 띠면서 말하였다. ─ "그만 그 입 닥치지 않겠소? 만약 나의 아내가 당신의 말을 듣는 날에는!" 의사가 말하였다.

"내 아내가 질투덩이라오."[197]—"아! 브리쇼 이 양반, 항상 변함이 없으시군." 그 대학교수가 장난 심한 악동이었던 시절이 정말 있었는지는 사실 몰랐건만, 외설스러운 농담에 음탕한 쾌활함이 꿈틀거렸던지, 스키가 그렇게 소리쳤다. 그러더니 그 신성한[198] 말에 합당한 의전례적 동작을 곁들이기 위하여, 브리쇼의 다리를 꼬집지 않고는 못 배기겠다는 시늉을 해 보였다. "이 호탕하신 분께서는 도무지 변할 줄 모르시는군." 스키가 계속 떠들었고, 대학교수의 반실명 상태가 자신이 한 다음 말에 가미하던 슬프면서도 희극적인 점을 생각하지 못한 채 이렇게 덧붙였다. "여자들만 보면 여전히 실눈을 뜨시는군."—"학자를 뵙는다는 것이 어떤 뜻인지 모두들 아실 것입니다." 깡브르메르 씨가 말하였다. "제가 샹뜨삐 숲에서 사냥을 시작한 것이 십오 년 전인데, 저는 이제껏 숲의 명칭이 무엇을 뜻하는지 단 한 번도 생각해 본 적이 없습니다." 깡브르메르 부인이 자기의 남편에게 냉엄한 시선을 던졌다. 그가 브리쇼 앞에서 그렇게 겸손해지는 것을 원하지 않았기 때문이다. 그녀는 깡깡이 '상투적인' 표현들을 사용할 때마다, 일찍이 그것들을 열심히 공부해 둔 꼬따르가 후작에게—후작은 자기의 멍청함을 매번 고백하곤 하였다—그 표현들에 아무 의미도 없음을 입증해 보여주는 것에 더욱 화가 치밀었다. "도대체 왜 '양배추처럼 멍청하다'[199]고 하지요? 귀하께서는 양배추들이 다른 것보다 더 멍청하다고 생각하십니까? '같은 것을 서른여섯 번 반복한다'[200]고 말씀하시는데, 왜 특별히 서른여섯입니까? '말뚝처럼 잔다'[201]고 하시는데, 왜 하필 말뚝입니까? 또한 왜 '브레스트의 천둥'[202]입니까? 왜 '사백 번 저지른다'[203]고 합니까?" 그러자 브리쇼가 깡브르메르 씨의 편을 들어 각 관용구의 유래를 설명하였다. 그러나 깡브르메르 부인은 특히 베르뒤랭 내외가 라 라스쁠리에르 성에 가져온 변화들에 관심을 쏟고 있었는데, 우선 그것들을 비판하기 위해서였고, 아울러 훼떼른느 성에도 그것들과는 다른 혹은 같은 변화를 주기 위해서였다. "저 삐딱하게 걸려 있는 샹들리에가 어찌 된 영문인지 모르겠군요. 저의 유서 깊은 라 라스쁠리에르 성을 더 이상 알아볼 수 없을 지경이에요." 어느 하인에 대하여, 그의 나이를 가리키기보다는 자신이 그곳에서 태어나는 것을 그가 보았노라고 주장하듯 그의 이야기를 하는 양, 스스럼없는 귀족 티를 내면서 그렇게 덧붙였다. 또한 그녀의 어법이 조금은 책에서 얻은 것이라,[204] 다시 나지막한 음성으로 이렇게 덧붙였다. "하지만 제가 다른 이들의 거처에 머문다면, 이렇게 모든 것을 바꾸면서 다소간의 '수치심'을 느낄 거예요."-"두 분께서 다른 사람들과 함께 오시지 못한 것은 유감스러운 일이에요." 샤를뤼스 씨를 '다시 만날 계기가 있으리라' 기대하면서, 또한 그럴 경우 그가 모두들 같은 기차로 함께 오는 규범을 따르리라 기대하면서, 베르뒤랭 부인이 샤를뤼스 씨와 모렐에게 말하였다. "쇼쇼뜨,[205] 샹뜨삐라는 명칭이 '까치가 노래한다'는 뜻이라고 확신하세요?" 품위 있는 안주인답게 모든 대화에 빠짐없이 참여한다는 것을 과시하기 위하여 그녀가 다시 덧붙였다. "저에게 저 바이올린 연주가에 관한 이야기를 좀 해주세요." 깡브르메르 부인이 나에게 말하였다. "저는 저 사람에 대해 관심이 있어요. 저는 음악을 무척 좋아하며, 저 사람에 관한 이야기를 들은 것 같아요. 저에게 더 많은 이야기를 해주세요." 모렐이 샤를뤼스 씨와 함께 왔다는 사실을 이미 알게 되었던지라, 그녀는 모렐을 내세워 샤를뤼스 씨에게 다가가고자 하였던 것이다. 하지만 내가 그러한 의도를 알아차리지 못하도록 하기 위하여 다시 이렇게 덧붙였다. "저는 브리쇼 씨에게도 관심이 있어요." (그녀가 샤를뤼스 씨에게 다가가고자 하였던 이유는)[206] 비록 그녀의 교양이 풍부했건만, 선천적으로 비만증 체질인 사람들이 음식을 거의 섭취하지 않고 온종일 걷기만 해도 눈에 띄게 뚱뚱해지는 것처럼, 깡브르메르 부인이, 특히 훼떼른느에서, 점점 더 비의적(秘義的)인 철학[207]과 점점 더 난해한 음악을 천착하였어도[208] 소용없었으니, 그녀가 그러한 연구들 끝에 한 일이란, 자기가 젊은 시절에 맺었던 평민들과의 우정을 '끊어버리고', 처음에는 시댁 사람들의 계층에 속한다고 믿었으나 훨씬 높고 먼 곳에 있음을 이내 깨닫게 된 사람들과 관계를 맺도록 해줄 간계를 꾸미는 짓뿐이었기 때문이다. 그녀에게는 충분히 현대적으로 보이지 않던 철학자 라이프니쯔가 말하기를, 지성으로부터 심정에 이르는 도정은 길다고 하였다. 깡브르메르 부인이 그 도정을 주파함에 있어서는 자기의 오라비보다 나을 바 없었다.[209] 스튜어트 밀의 작품들을 읽다가 라슐리에의 작품으로 옮겨 간 것이 고작이었던지라, 그녀가 외부 세계의 실재(實在)를 점점 덜 믿게 되었건만, 오히려 그럴수록 그녀는 죽기 전에 그 세계에서 좋은 자리를 마련하려 악착같이 애를 썼다. 사실주의 예술에 혹해 있었던지라, 그녀가 보기에는 아무리 보잘것없는 사물이라도 화가나 문인이 모델로 삼지 못할 것은 없을 것 같았다. 사교계를 그린 세속적인 그림이나 소설이 그녀에게 구역질을 일으켰을 것이로되, 똘스또이의 작품에 등장하는 러시아 농민이나 밀레가 그린 농부를, 그녀는 예술가가 결코 넘지 말아야 할 마지막 경계선으로 여겼다. 하지만 자신의 사회적 관계들을 한정하고 있던 경계선을 돌파하여 공작 부인들과의 교분에 이르는 것이 그녀가 기울이던 모든 노력의 목표였던지라, 그녀가 걸작품 연구라는 방법으로 자신에게 가하고 있던 정신적 치료는, 그녀의 내면에서 더욱 악화되고 있던 태생적이고 병적인 태부림 앞에서는 아무 효험도 없었다. 그 태부림은 심지어 소녀 시절에 그녀가 가지고 있던 인색함이나 간통 쪽으로 기우는 성향까지 치유해 주었는데, 그러한 면에서는, 감염된 사람들에게 여타 다른 질병들에 대한 면역력을 길러주는 그 기이하고 지속적인 병리 현상과 유사하다. 게다가 나는 그녀가 하는 말을 들으면서 하등의 즐거움은 느끼지 못하였지만, 그녀가 사용하는 표현들의 세련됨을 인정하지 않을 수 없었다. 그것들은 어느 특정 시절에 같은 지적 능력을 갖춘 사람들이 사용하는, 그리하여 그 세련된 표현이 즉각 원의 호(弧)처럼 원주(圓周) 전체를 그리고 한정시킬 수단을 제공하는, 그런 표현들이었다. 그리하여 그 표현들은, 그것들을 사용하는 사람들이 이미 잘 알려져 나에게 권태감을 주되, 또한 뛰어난 사람들로 간주되어, 감미로우나 진가를 인정받지 못한 이웃으로 나에게 자주 제공되는 결과를 낳는다.[210] "많은 숲 지역들의 명칭이 그 숲에 서식하는 동물들의 명칭에서 유래한다는 사실을 부인께서도 모르시지는 않을 것입니다. 샹뜨뻬 숲 옆에 샹뜨렌느 숲이 있습니다." — "어떤 왕비[211]와 관련되었는지는 모르겠으나, 공께서 그녀를 정중하게 대하시지는 않는군요."[212] 깡브르메르 씨가 말하였다. — "그만하세요,[213] 쇼쇼뜨." 베르뒤랭 부인이 말하였다. "그건 그렇고, 여행은 즐거웠나요?" — "저희들이 만난 것은 기차를 가득 채우고 있던 모호한 군상뿐이었습니다. 하지만 깡브르메르 씨의 질문에 답변드리겠습니다. 이 명칭의 경우, 렌느(reine)는 왕의 아내가 아니고 개구리입니다.[214] 렌느빌(Reineville) 형태로 표기해야 마땅한 레느빌(Renneville) 역이 입증해 주는 바와 같이, 그것은 이 고장에서 오랫동안 지명으로 사용되었습니다." — "부인께서 멋진 짐승 하나를 가지고 계신 듯합니다." 깡브르메르 씨가 생선 한 마리를 가리키면서 베르뒤랭 부인에게 말하였다. 바로 그 말이, 그가 늘어놓곤 하던 그리고 그것들로 식사비를 치르기에 충분할 뿐만 아니라 예의까지 표한다고 생각하던 찬사들 중의 하나였다. ("그들을 초대할 필요는 없소." 자기의 이러저러한 친구들에 관해 그가 아내에게 자주 그렇게 말하였다. "우리가 자기들의 초대에 응해 준 것에 그들은 황홀해졌소. 나에게 고마움을 표한 사람들은 그들이오.") "하지만 공께 말씀드리지 않을 수 없는 바, 제가 여러 해 전부터 거의 매일 렌느빌에 갑니다만, 다른 곳에서보다 더 많은 개구리를 그곳에서 발견하지는 못하였습니다. 깡브르메르 부인이 자기의 많은 재산이 있는 교구의 주임 사제를 일찍이 이곳에 초대한 적이 있는데, 제가 보기에 그 사제 역시 공과 같은 성향을 가지고 있는 것 같습니다. 그가 책 한 권을 저술하였습니다." — "저도 그렇게 생각합니다. 제가 그 책을 아주 재미있게 읽었습니다." 브리쇼가 위선적인 어투로 대꾸하였다. 그의 오만이 그러한 대꾸로부터 간접적으로 만족감을 얻었던지, 깡브르메르 씨가 길게 웃었다. "아! 그래요, 그 지리책인지 고어사전인지를 지은 저자께서, 옛날 저희 가문이, 이런 말이 가당키나 한지 모르나, 영주였던 작은 지역의 명칭에 대하여, 뽕-아-꿀뢰브르(Point-à-Couleuvre)²¹⁵)라 합니다만, 장황하게 설명하고 있습니다. 그런데 물론 그 학문의 샘 곁에 놓으면 저 따위는 일개 상스러운 무식쟁이에 불과합니다만, 그 사제가 단 한 번 그곳에 갔던 반면 저는 수천 번 갔어도 그 보기 흉한 독사를—착하신 라 퐁덴느께서 그것을 칭찬하심에도 불구하고 보기 흉하다고 말할 수밖에 없습니다만(〈인간과 율모기〉²¹⁶)가 그가 알고 있던 두 우화들 중 하나였다)—젠장 저는 단 한 마리도 보지 못하였습니다." — "그것을 한 마리도 발견하시지 못하였다니 공께서 정확히 보신 것입니다." 브리쇼가 대꾸하였다. "물론 공께서 말씀하시는 필자는 주제를 깊이 알고 있으며, 괄목할 만한 책을 저술하였습니다." — "게다가!" 깡브르메르 부인이 탄성을 질렀다.

"그 책은 그야말로 진정한 베네딕투스파 수도사의 작품이에요."217)—"의심할 나위 없이 그가 몇몇 지역 교회 재산 대장을 (각 주교구나 대주교구의 세습재산 및 주임 사제 교구 대장을 뜻합니다) 참조하였을 것이고, 그것에서 평신도 후원자들과 교회의 재산 헌납자들의 이름을 알게 되었을 것입니다. 하지만 다른 출처들도 있습니다. 저의 학식 풍부한 친구들 중 하나는 그 다른 출처를 탐구하였습니다. 그는 공께서 말씀하시는 그곳의 명칭이 뽕-아-낄뢰브르(Pont-à-Quileuvre)였다는 사실을 발견하였습니다. 그 괴이한 명칭에 자극을 받은 그가 더 먼 옛날로 거슬러 올라갔고, 어느 라틴어 문서에, 공의 친구께서 율모기들이 우글거렸을 것이라 생각하던 다리가 폰스 쿠이 아페리트 (pons cui aperit)라고, 즉 '합당한 요금을 지불해야만 열리는 다리' 라고 표기된 것을 발견하였습니다."—"공께서 개구리에 대해 이야기하셨습니다. 저의 경우, 이토록 학식 도저하신 분들 가운데 와 있으니, 제가 마치 아레이오스 파고스218) 앞에 나타난 개구리와 같다는 생각이 듭니다." 그 농담을 큰 소리로 웃으면서 자주 하던 깡깡이 말하였는데(그가 알고 있던 두 번째 우화였다)219), 그는 그 농담 덕분에 자기가 겸허하게 또 계제에 맞게 무식함을 공언하면서 아울러 지식 자랑을 할 수 있다고 생각하였다. 꼬따르는 한편, 샤를뤼스 씨의 고집스러운 침묵에 막혀 다른 쪽에서 활로를 찾으려던 끝에, 나를 향해 고개를 돌린 다음 질문 하나를 던졌는데, 그것은 증상을 정확히 짚었을 경우 환자들에게 강한 인상을 주어, 마치 그가 그들의 몸속에 들어가기라도 한 듯한 믿음을 주고, 반대로 정확히 짚지 못하였을 경우, 그로 하여금 몇몇 이론들을 수정하고 종전의 관점들을 확장하도록 해주는 질문들 중 하나였다. "지금 우리가 와 있는 이곳처럼 상대적으로 높은 지점에 도달할 때마다, 혹시 호흡곤란 증세가 심해지는 것을 느끼시오?" 자신이 찬탄의 대상이 되거나 자기의 지식을 보강할 수 있으리라는 확신을 가지고 그가 나에게 물었다. 깡브르메르 씨가 그 질문을 듣고 미소를 지었다. "당신에게 호흡곤란 증세가 있다는 말을 들으니 그것이 얼마나 재미있는지 모르겠습니다." 깡브르메르 씨가 식탁 건너편에서 그렇게 한마디 던졌다. 나의 호흡곤란 증세가 자기에게 즐거움을 준다고―비록 그것이 사실일지라도―말하고자 하였던 것은 물론 아니다. 왜냐하면 다른 이의 불행에 대한 이야기를 듣는 순간 그 선량한 사람이 느끼지 않을 수 없었던 만족감과 터뜨리던 경련성 폭소는 착한 심정에서 비롯된 연민으로 신속하게 대체되곤 하였으니 말이다. 그의 말이 다른 하나의 의미를 내포하고 있었으며, 뒤따른 다음 말이 그 의미를 분명하게 해주었다. "공교롭게 저의 누이도 호흡곤란에 시달리기 때문에 그것이 재미있다는 것입니다." 그가 나에게 한 말이다. 요컨대 그의 집을 자주 드나드는 내 친구들 중 하나가 나의 이름을 입에 올렸을 때처럼, 그 사실을 알게 된 것이 재미있다는 뜻이었다. '세상이 좁기도 해라!' 꼬다르가 나에게 호흡곤란 증세에 관한 말을 하는 순간, 깡브르메르 씨의 뇌리에서 형성되어 그의 미소 띤 얼굴에 새겨진 생각이었고, 내가 그것을 보았다. 또한 그날의 만찬 이후, 호흡곤란 증세가 그와 나를 연결시켜 주는 일종의 연결 고리 역할을 하였고, 깡브르메르 씨는 나를 만나면, 자기의 누이에게 이야기해 주기 위해서라도, 잊지 않고 나의 증세에 대해 묻곤 하였다.

그의 아내가 모렐에 대해 나에게 묻는 말에 답변하면서, 나는 그날 오후 내가 어머니와 나눈 대화를 뇌리에 떠올렸다. 베르뒤랭 댁에 가는 것이 나의 무료함을 달래준다면 그것을 만류하지는 않겠다고 하시면서도, 어머니는 할아버지께서 별로 기꺼워하시지 않앉을 사람들임을 나에게 상기시키면서, 할아버지께서 아마 이렇게 소리치셨을 것이라고 하셨다. "조심해라!" 그리고 다시 덧붙이셨다. "내 말 들어보아라, 뚜뢰이유 씨[220]와 그의 아내가 나에게 말하기를 자기들이 봉땅 부인과 오찬을 함께하였다는구나. 그들이 나에게 아무것도 묻지는 않았다. 하지만 그들의 말을 들어보니, 알베르띤느를 너와 혼인시키는 것이 그 아이의 숙모가 품고 있는 꿈인 것 같다. 너희들이 혼인하기를 바라는 진정한 이유는 그들 모두 너를 매우 좋아하기 때문인 것 같다. 하지만 네가 그 아이에게 확보해 줄 수 있으리라고 그들이 생각하는 사치스러운 생활과, 사람들에게 어느 정도 알려진 우리의 교분 등, 그 모든 것들이, 비록 부수적이긴 하지만, 그 꿈과 무관하지는 않은 것 같다. 내가 그 일을 중시하지 않는지라 너에게 그 이야기를 하지 않을까 생각하였다만, 다른 사람들이 너에게 그 이야기를 꺼낼 것이라 생각하여, 내가 먼저 말하는 것이 나으리라 판단하였다." — "하지만 어머니는 그녀를 어떻게 생각하세요?" 내가 어머니에게 여쭈었다. — "하지만 그녀와 혼인할 사람은 내가 아니잖니. 네가 물론 수천 배나 나은 혼인을 할 수 있을 것이다. 하지만 할머니께서는 누가 너에게 영향 끼치는 것을 좋아하시지 않았을 것이다. 현재로서는 내가 알베르띤느에 대하여 어떻게 생각하는지 너에게 말해 줄 수 없구나. 아무 생각도 없기 때문이다. 다만 내가 너에게 쎄비녜 부인처럼은 말할 수 있을 듯하구나. '그녀에게 적어도 장점들은 있으리라 생각한다. 그러나 지금은 초기이니 부정(否定)의 형태로밖에 그녀를 칭찬할 수 없구나. 그녀는 이런 사람이 아니고, 그녀에게 렌느 지역 억양이 없다는 등과 같이. 세월이 더 흐르면 내가 아마 이렇게 말할 수 있을 것이다. 〈그녀는 그런 사람이야.〉'[221] 그리고 그녀가 너를 행복하게 해준다면 나는 언제나 그녀를 좋은 사람으로 생각할 것이다." 하지만 나의 행복을 좌우할 권한을 나의 손에 맡기는 그러한 말씀으로, 어머니는 나로 하여금, 아버지께서 일찍이 『화이드라』 공연을 보러 가도록 허락하셨을 때 그리고 특히 내가 문인의 길을 택하여도 좋다고 하셨을 때 나를 사로잡았던 것과 같은 회의에 빠져들게 하셨는데, 그 옛날 나는, 과중한 책임감과, 아버지에게 괴로움을 안겨드리지 않을까 하는 두려움과, 그날그날 우리에게 미래를 감추어주던 명령들에 복종하기를 멈추고 우리가 드디어 어른처럼 우리의 삶을, 우리 각자의 재량권에 맡겨진 유일한 삶을 정말 영위하기 시작하였다고 깨닫는 순간 우리를 엄습하는 그 특이한 우수 등을 문득 절감한 바 있었다.

조금 더 기다리고 알베르띤느를 전처럼 가끔 만나, 내가 그녀를 진실로 사랑하는지를 확인하려 노력하는 편이 아마 최선일 것이라는 생각을 하였다. 또한 내가 그녀를 베르뒤랭 댁에 데리고 가, 그녀로 하여금 무료함을 달랠 수 있게 해줄 수도 있으리라는 생각도 하였는데, 그러한 생각이 나에게, 그날 저녁 내가 그곳에 간 것이 오직, 쀠뜨뷔스 부인이 그곳에 머물고 있는지 혹은 그곳에 곧 올 것인지 여부를 알아보기 위해서였다는 사실을 나에게 상기시켜 주었다. "당신의 친구 쌩-루에 관한 이야기인데요," 그녀의 사념 속에, 그녀가 한 말 자체가 짐작케 하는 것보다 더 큰 일관성이 있음을 드러내는 표현을 그렇게 사용하면서—그녀가 나에게 비록 음악에 관한 이야기를 하고 있었으나 그녀의 생각은 게르망뜨 가문 사람들에게 가 있었으니 말이다—깡브르메르 부인이 나에게 말하였다. "아시다시피 그가 게르망뜨 대공 부인의 질녀와 결혼한다는 소문이 떠돌아요. 솔직히 말씀드리지만, 저는 그러한 사교계의 수다에 추호도 관심이 없어요." 나는 기지가 보잘것없는 만큼 성격이 난폭하며, 그 독창성 또한 가식에 불과한 그 아가씨에 대하여, 내가 로베르 앞에서 호의적이지 못한 투로 이야기한 것이 문득 염려되었다. 우리에게 들려오는 소식들 중, 우리로 하여금 우리가 한 말에 대해 후회하게 하지 않는 것은 하나도 없다. 나는 깡브르메르 부인에게 그 일에 관해 아는 바가 없다고—그것은 사실이었다—또한 약혼녀가 아직은 매우 어린 것 같다고 대꾸하였다. "아마 그러한 이유 때문에 그 일이 아직 공표되지 않은 모양이지만, 여하튼 소문이 자자해요."—"부인께 미리 말씀드리는 편을 택하겠어요." 깡브르메르 부인이 나에게 모렐에 관해 이야기하는 것을 들었고, 그녀가 쌩-루의 약혼에 관해 이야기하기 위하여 음성을 낮추자, 여전히 나에게 모렐에 관한 이야기를 하는 것으로 믿었던지, 베르뒤랭 부인이 냉랭한 어조로 그녀에게 말하였다. "여기에서 연주하는 것은 가벼운 음악이 아니에요. 예술에 있어서는, 부인께서 아실지 모르겠으나, 저의 수요회 단골들께서, 저는 그들을 저의 아이들이라 부릅니다만, 그들이 어찌나 진보적인지 무서울 지경이에요." 자부심 감도는 두려움의 기색을 띠면서 그녀가 덧붙였다. "저는 그들에게 가끔 이렇게 말해요. '나의 어린 착한 이들이여, 당신들은 어떠한 과감성도 결코 두려워하지 않는 것으로 알려진 당신들의 이 안주인 마님보다도 더 빨리 전진해요.' 매년 조금씩 더 전진하며, 따라서 머지않아 그들이 바그너와 앵디를 향해 나아가지 않을 날이 제 눈에 벌써 보이는 듯해요."—"하지만 앞섰다는 것은 매우 좋은 일이며, 아무리 앞서도 결코 충분하지 않아요." 식당의 모든 구석들을 유심히 살피면서, 또한 자기의 시어머니가 남겨둔 것들과 베르뒤랭 부인이 가져온 것들을 확인하고 구별하여 베르뒤랭 부인의 취향이 저지른 잘못의 현장을 찾으려 하면서, 깡브르메르 부인이 말하였다. 그러는 동안에도 다른 한편으로는, 그녀가 자기의 관심을 끄는 주제, 즉 샤를뤼스 씨에 대하여 나에게 말을 건넬 기회를 엿보았다. 그녀는 샤를뤼스 씨가 바이올린 연주자를 후원하는 것이 감동적이라고 하였다. "그는 이지적인 것 같아요."—"이미 어느 정도 나이 든 사람치고는 극도로 열정적이기도 하지요." 내가 말하였다.—"늙었다니요? 하지만 전혀 그렇게 보이지 않아요, 잘 보세요, 머리카락은 여전히 젊어요." (서너 해 전부터 문학적 유행을 퍼뜨리는 무명 인사들 중 하나에 의해 '머리카락'이 단수 형태로 사용되었고, 따라서 깡브르메르 부인의 지적 수준[222])에 있던 사람들은, 억지 미소를 곁들이며 그 단어를 단수 형태로 사용하곤 하였다. 현재에도 사람들이 그 형태를 사용하지만, 단수의 과용으로부터 언젠가는 복수 형태가 부활할 것이다.)[223] "제가 특히 샤를뤼스 씨에게서 발견하는 흥미로운 것은, 그에게서 천부적 재능을 느낄 수 있다는 점이에요. 솔직히 말씀드리거니와, 저는 지식은 중요하게 여기지 않아요. 배워서 아는 것은 저의 관심 대상이 아니에요." 그러한 말은, 정말 모방하고 터득한 깡브르메르 부인의 특별한 재능과 모순되지 않는다.[224] 그러나 바로 그 순간에 우리가 알았어야 하는 것들 중 하나는, 지식이라는 것이 아무것도 아니며, 독창성에 비하면 지푸라기 한 가닥만큼도 중요하지 않다는 점이다. 깡브르메르 부인은 일찍이 나머지 다른 것들과 마찬가지로, 아무것도 배우지 말아야 한다는 것을 배워 알아두었다.[225] "그러한 이유 때문에, 나름대로 흥미로운 측면을 가지고 있지만—제가 감미로운 특정 박식함은 무시하지 않기 때문이에요—브리쇼에 대한 저의 관심이 훨씬 적어요." 그녀가 나에게 말하였다. 그러나 브리쇼는 그 순간 하나의 일에만 골몰해 있었으니, 사람들이 음악에 대하여 이야기하는 것을 듣자, 그는 그러한 화제가 혹시 베르뒤랭 부인에게 드샹브르의 죽음을 상기시키지는 않을까 두려워하고 있었다. 그는 그 음산한 추억을 멀찍감치 밀어내기 위하여 다른 것에 대한 이야기를 하고 싶었다. 깡브르메르 씨가 다음과 같은 질문을 던져 그에게 계기를 제공하였다. "그렇다면 숲들은 모두 동물들의 명칭을 가지고 있습니까?"—"천만에요," 그토록 많은 신참들 앞에서 자기의 지식을 과시하게 되어 즐거워진 브리쇼가 대꾸하였고, 앞서 나는 그에게 신참들 중 적어도 하나는 그의 말에 관심을 가질 것이 틀림없다고 말한 바 있었다. "사람들의 이름들 속에도, 석탄 덩어리에 남아 있는 고사리 흔적처럼 나무 하나가 보존되어 있는 것을 보시면 알 것입니다. 우리 상원 의원들 중 한 분의 이름은 쏠쓰 드 프레씨네인데, 그것은, 제가 혹시 잘못 알고 있지 않다면, 버드나무(쏠, saule)와 물푸레나무(프렌느, frênes)들을 심은 곳, 즉 쌀릭스 에트 프락시네툼(salix et fraxinetum)[226]을 의미하며, 그의 조카분은 그보다도 더 많은 나무들을 모아 가지고 계신 바, 그 이름이 씰바(sylva)[227]에서 유래한 쎌브이기 때문입니다." 싸니에뜨는 대화가 활기를 띠자 즐거워하였다. 브리쇼가 쉬지 않고 말을 하는지라 그는 침묵을 지킬 수 있었고, 그러한 침묵 덕분에 그가 베르뒤랭 씨 내외의 놀림감이 되는 것을 면할 수 있었다. 또한 해방되었다는 기쁨에 감수성이 더욱 예민해져, 베르뒤랭 씨가, 그러한 만찬의 엄숙함에도 불구하고, 다른 것은 마시지 않는 싸니에뜨 씨 곁에 물병 하나를 놓으라고 주방장에게 말하는 것을 듣고 새삼 감동하였다. (많은 병사들을 죽음으로 내모는 장군들일수록 병사들에게 잘 먹이는 것을 중시한다.)[228] 베르뒤랭 부인도 모처럼 싸니에뜨에게 미소를 지어 보였다. 틀림없이 선량한 사람들이었다. 그가 더 이상 괴롭힘을 당하지는 않을 것 같았다. 그 순간, 내가 언급하기를 잊었던 손님 하나에 의해 식사가 중단되었는데, 그 손님은 저명한 노르웨이 철학자였고, 그는 프랑스어를 훌륭하게 구사하였지만 두 가지 이유 때문에 말이 느렸다. 그 첫 번째 이유는, 프랑스어를 배운 지 얼마 아니 되었으되 오류를 범하지 않으려고 (하지만 몇몇 오류가 발견되었다) 단어 하나를 사용할 때마다 그가 일종의 내면적 사전을 참조하곤 하였기 때문이며, 다른 또 하나의 이유는, 그가 형이상학자였던지라 자신이 말을 하는 동안 내내 말하고자 하는 바를 다시 생각하였기 때문이었는데, 그것은 프랑스인에게도 말이 느려지게 되는 원인으로 작용한다. 또한 한 가지 점을 제외하고는 다른 많은 사람들과 표면적으로 유사했음에도 불구하고 매력적인 사람이었다. 그토록 말이 느린 그 사람이 (각 단어와 단어 사이에 침묵의 간격이 있었다) 작별 인사를 하고 난 다음에는 현기증을 일으킬 정도로 신속히 자리를 뜨곤 하였다. 그의 서두는 모습을 처음 보면, 그가 복통에 시달리거나 그것보다 더 다급한 용무에 쫓긴다고 생각할 수밖에 없었다.[229]

 "나의 귀하신… 동업자시여," '동업자' 가 합당한 어휘인지 속으로 심사숙고한 후 그가 브리쇼에게 말하였다. "저는 당신네의 아름다운… 프랑스어… 라틴어… 노르망디어 분류법 속에… 다른 나무들도 있는지 알고 싶은… 일종의 욕구를 가지고 있습니다. 부인께서 (그가 비록 그녀를 감히 쳐다보지는 못하였지만 베르뒤랭 부인을 가리키는 말이었다) 저에게 말씀하시기를, 당신은 모든 것을 아신다고 합니다. 지금이 바로 이야기를 해주실 순간 아닙니까?"—"아녜요, 먹어야 할 순간이에요." 만찬이 한없이 계속될 것 같다고 생각한 베르뒤랭 부인이 그의 말을 끊었다. "아! 그렇군요." 구슬프고 체념한 듯한 미소를 지은 다음, 얼굴을 자기의 접시 위로 숙이면서 그 스칸디나비아 사람이 대꾸하였다. "그러나 제가 이 설문서를… 죄송합니다, 이 '께스따씨옹'[230]을 던진 것은… 제가 '뚜르 다르장' 인지 혹은 '뫼리쓰 호텔' 인지에서 만찬에 참석하기 위하여 내일 빠리로 돌아가야 하기 때문임을 부인께 환기시켜 드려야겠습니다. 저의… 프랑스 동료인… 부트루[231] 씨가 그곳에서 우리에게 자기가 주관한 원탁 교령술[232]… 죄송합니다, 강신술에 대해 이야기하기로 되어 있습니다." — "뚜르 다르장의 음식이 사람들이 말하는 것만큼 그리 좋지는 않아요. 제가 그곳에서 실제로 형편없는 저녁 식사를 한 적이 있어요." 베르뒤랭 부인이 짜증난 듯한 기색으로 말하였다. — "하지만 제가 잘못 알고 있나요? 부인 댁에서 먹는 음식이 가장 세련된 프랑스 요리 아닙니까?" — "맙소사, 그것이 실제로 나쁘지는 않아요." 다시 누그러진 베르뒤랭 부인이 대꾸하였다. "그리고 다음 수요일에 오시면 음식이 더 나을 거예요." — "하지만 제가 월요일에는 알제로 떠나고, 그곳에서 다시 희망봉으로 떠납니다. 그리고 일단 희망봉에 가면 제가 더 이상 저의 저명한 동업자를… 죄송합니다, 저의 동료를 만날 수 없을 것입니다." 그러더니 그 뒤늦은 변명을 늘어놓은 다음, 복종이라도 하는 듯, 현기증 나는 속도로 먹기 시작하였다. 그러나 브리쇼는 식물들과 관련된 다른 어원들을 설명할 수 있게 된 것에 매우 만족스러워했고, 그의 대꾸가 노르웨이 사람의 관심을 하도 고조시켜 그 철학자가 먹기를 다시 멈추었으며, 그러나 이번에는 자기의 접시를 치우고 다음 요리로 넘어가도 좋다는 의사를 표시하였다. 브리쇼가 말을 시작하였다. "사십 인들[233] 중 하나는 우쎄이라는 이름을 가지고 있는데, 그 이름은 '호랑가시나무(houx) 심은 곳'이라는 뜻이고, 오르메쏭이라는 세련된 외교관의 이름 속에서는 느릅나무(orme)를 발견하실 수 있는데, 그것이 라틴어로는 울무스(ulmus)이고 비르길리우스가 귀하게 여겼으며 울름(ulm)[234]이라는 도시 명칭의 근원이기도 합니다. 그와 같은 직업에 종사하는 사람들의 이름 속에서도, 가령 라 불레이 씨 속에서는 자작나무(bouleau)를, 오네 씨 속에서는 오리나무(aulne)를, 뷔씨에르 씨 속에서는 회양나무(buis)를, 알바레 씨 속에서는 버드나무(aubier)를 (나는 그 이야기를 쎌레스뜨에게 해주어야겠다고 생각하였다)²³⁵⁾, 쑬레 씨 속에서는 양배추(chou)를 그리고 우리가 언젠가 그 강연을 들은 뽐므레이 씨 속에서는 사과나무(pommier)를 발견할 수 있는데, 싸니에뜨, 그 착한 뽀렐이 이 세상 끝에 있는 오데오니²³⁶⁾의 총독으로 보내졌던 그 시절을 기억하시는가?" 브리쇼의 입에서 싸니에뜨의 이름이 나오자 베르뒤랭 씨가 자기의 아내와 꼬따르에게 빈정거리는 시선을 보냈고, 그 시선에 그 소심한 사람이 당황하였다. "말씀하시기를, '쑬레'가 양배추(chou)에서 비롯되었다고 하셨습니다." 내가 브리쇼에게 말하였다. "그러면 동씨에르에 이르기 전에 제가 지나간 역의 명칭 쌩-프리슈(Saint-Frichou) 또한 양배추(슈, chou)에서 비롯되었습니까?"―"아니오, 쌩프리슈는 곧 싼크투스 프룩투오수스(Sanctus Fructuosus)이며, 싼크투스 훼레올루스(Sanctus Ferreolus)에서 쌩-화르죠(Saint-Fargeau)가 비롯된 것과 마찬가지이지만, 노르망디어와는 전혀 상관이 없소."―"그는 너무 많은 것들을 알기 때문에 우리들을 따분하게 만들어요." 대공 부인이 조용히 웃으며 말하였다.―"저의 관심을 끄는 다른 많은 명칭들이 있지만, 그것들에 관해 한꺼번에 질문을 드릴 수가 없습니다." 그렇게 말한 다음 내가 꼬따르 쪽으로 얼굴을 돌리면서 그에게 물었다. "쀠뜨뷔스 부인이 이곳에 와 계십니까?"―"다행히도 이곳에 오지 않았어요." 나의 질문을 들은 베르뒤랭 부인이 대꾸하였다. "그녀의 휴양지 방향을 베네치아 쪽으로 돌리도록 제가 애를 썼고, 따라서 금년에는 우리가 짐을 덜게 되었어요."―"저 역시 두 그루 나무에 대해 권리를 행사할 수 있게 되었습니다." 샤를뤼스 씨가 말하였다. "쌩-마르땡-뒤-쉔느(Saint-Martin-du-Chêne)와 쌩-뻬에르-데-이프(Saint-Pierre-des-Ifs)

사이에 작은 집 한 채를 거의 예약해 두었으니 말입니다."[237]—"이 곳으로부터 아주 가까운 곳이에요, 샤를리 모렐과 함께 자주 오시기를 기대해요. 우리의 작은 '집단'과 기차 시간만 합의를 보시면 되고, 그곳은 동씨에르에서 두어 걸음밖에 아니 되어요." 자기가 역에 마차를 보내는 시각에 맞춰 모두들 같은 기차로 오지 않으면 몹시 싫어하던 베르뒤랭 부인이 말하였다. 그녀는 훼떼른느 뒤로 돌아 좁은 길들을 따라, 반 시간이나 지체하면서 라 라스쁠리에르에 올라오는 것이 얼마나 어려운지를 잘 알았고, 따로 무리를 지어 오는 사람들이 자기들을 태워다 줄 마차를 발견하지 못할까 염려하곤 하였으며, 혹은 심지어 실제로는 자기들 집에 머물러 있었으면서도, 두빌-훼떼른느에서 마차를 발견하지 못하였고, 걸어서 올라올 엄두를 내지 못하였다는 핑계를 대지 않을까 불안해하기도 하였다. 그러한 초대에 샤를뤼스 씨는 묵묵히 고개를 까딱하는 것으로 답례하였다. "그가 항상 편안하지만은 않은 것 같소. 꼬집힌 사람의 기색이니 말이오." 비록 겉으로는 오만한 척하여도 여전히 매우 순박해서, 샤를뤼스가 자기를 깔본다는 사실을 감추려 하지 않던 의사가 스키에게 속삭였다. "그는 틀림없이 모든 해안 휴양지 도시에서, 심지어 빠리의 모든 병원에서도, 나를 '위대한 우두머리'로 여기는 의사들이, 그곳에 와 전전긍긍하는 모든 귀족들에게 나를 소개하면서 영광으로 생각한다는 사실을 까맣게 모를 것이오. 그리하여 해수욕장에서 머무는 것조차 나에게는 상당히 유쾌하오." 그가 경박한 기색을 지으면서 그렇게 덧붙였다. "심지어 동씨에르에서도, 연대장 담당 의사인 군의관이 나를 오찬에 초대하면서, 내가 장군과도 함께 저녁 식사를 할 위치에 있다고 하였소. 그리고 그 장군은 성씨에 드(de)가 붙은 아무개 씨라 하였소. 나는 그의 귀족 칭호가 여기에 와 있는 저 남작의 것보다 다소간이

나마 유서 깊은지는 모르겠소." — "환상 품지 마시오, 매우 보잘것 없는 작위에 불과하오." 스키가 나지막한 음성으로 대꾸한 다음 어떤 동사 하나가 섞인 불분명한 말을 하였는데, 브리쇼가 샤를뤼스 씨에게 하던 말에 귀를 기울이고 있던 나에게는, 그 동사의 마지막 음절들인 '-아르데(-arder)'[238]만 선명히 들렸다. "아마 그렇지 않을 것입니다. 공께 이런 말씀 드리는 것이 유감입니다만, 공에게는 나무가 한 그루뿐입니다. 왜냐하면 쌩-마르땡-뒤-쉔느가 의심할 나위 없이 '싼크투스 마르티누스 육스타 쿠에르쿰'[239]인 반면, 이프(if)라는 단어는 단지 아베롱(Aveyron)이나 로데브(Lodève)나 이베뜨(Yvette) 등과 같은 지명에, 또 우리네의 부엌 개수대를 가리키는 에비에(éviers) 같은 단어에 존속하고 있는 그리고 '축축하다'는 의미를 가지고 있는, 아브(ave)나 에브(eve)와 다름없는 어근(語根)일 뿐입니다. 그것은 '물'을 가리키며, 브르따뉴어에서는 그것 대신 스테르(Ster)[240]라고 하여, 스테르마리아(Stermaria), 스테르라에르(Sterlaer), 스테르부에스트(Sterbouest), 스테르-엔-드로이헨(Ster-en-Dreuchen)과 같은 명칭들이 생겼습니다." 나는 그가 하던 말의 마지막 부분을 듣지 못하였다. '스테르마리아'라는 이름을 다시 듣는 것이 아무리 즐거웠어도, 내 곁에 있던 꼬따르가 스키에게 아주 나지막한 음성으로 하던 다음 말이 들렸기 때문이다. "아! 하지만 나는 전혀 모르고 있었소. 그렇다면 매사에 잘 적응하는[241] 신사분이군. 아니! 그가 조합원이라니![242] 하지만 그의 두 눈 가장자리에 햄을 두르지 않았소.[243] 식탁 밑에 놓인 나의 두 발을 조심해야겠소. 그가 그것들을 꼬집어 나에게 수작을 걸 수 있으니 말이오. 여하튼 나에게는 별로 놀라운 일이 아니오. 내가 샤워장에서 아담의 복장을 한[244] 귀족들 여럿을 보았는데, 그들 모두 상당히 퇴화된[245] 상태였소. 나는 그들에게 말을 건네지 않는데, 여하튼 내가 공무원이기 때문이고, 그럴 경우 나에게 해가 돌아올 것이오. 하지만 그들은 내가 누구인지[246] 잘 알고 있소." 브리쇼가 자기를 부르는 바람에 두려움에 사로잡혀 있던 싸니에뜨가, 뇌우를 무서워하는 사람이 번개 뒤에 천둥이 뒤따르지 않음을 보고 그렇듯 안도의 한숨을 지으려는데, 바로 그 순간, 말을 하는 동안에는 그 가엾은 사람을 놓아주지 않아 그를 즉시 혼비백산케 하여 정신을 차리지 못하게 하는 시선을 그에게 고정시키면서, 베르뒤랭 씨가 던지는 질문이 그에게 들려왔다. "그런데 싸니에뜨, 당신이 오데옹 극장의 오후 공연을 관람하러 다니면서, 그 사실을 우리에게 감추었지요?" 병사들 들볶는 중사 앞에 온 신병처럼 벌벌 떨면서 싸니에뜨가 그 말에 대꾸하는데, 그는 자기의 말을 최소한 짧게 줄여 공격을 피하려 하였다. "단 한 번, 『찾는 여인』을." — "도대체 무슨 말이지?" 명료하지 않은 무엇을 이해하기 위해서는 주의를 온통 집중하여도 충분하지 않다는 듯 눈썹을 잔뜩 찡그리면서, 베르뒤랭 씨가 역겨워하면서 동시에 격노하는 듯한 기색으로 울부짖듯 고함을 쳤다. "우선, 당신이 하는 말을 이해할 수 없는데, 입속에 무엇을 가지고 있소?" 점점 더 난폭해지던 베르뒤랭 씨가 싸느에뜨의 불완전한 발음을 그런 식으로 비꼬면서 물었다. "가엾은 싸니에뜨, 저는 당신이 저 양반을 불만스럽게 만드시는 것을 원치 않아요." 베르뒤랭 부인이 거짓 연민 섞인 어조로, 또한 자기 남편의 불손한 의중을 모르는 이가 없도록 하기 위하여 그렇게 말하였다. "저는 쉐…" — "쉐, 쉐, 쉐, 더 분명히 말해 보시오,[247] 당신의 말이 들리지도 않소." 베르뒤랭 씨가 말하였다. 신도들 중 거의 아무도 터져 나오는 폭소를 억제하지 않았고, 그들 모두 어느 백인이 상처를 입자 문득 피에 대한 욕구를 느낀 일단의 식인종들 같았다. 모방본능과 용기의 결여가 군중을 지배하듯 모든 사회집단을 지배하기 때문이다. 그리하여 누가 어떤 사람을 조롱하면, 십 년 후 그 사람이 찬양받는 집단에서 그에게 경배하는 한이 있더라도, 모든 사람들이 그를 비웃는다. 백성들이 왕들을 축출하거나 환호하는 것도 같은 식이다. "이것 보세요, 그것은 그의 잘못이 아니에요." 베르뒤랭 부인이 말하였다. ─"나의 잘못도 아니오. 더 이상 말을 제대로 할 수 없으면 밖에 나와 저녁 식사를 하는 법이 아니오."─"나는 화바르의 『유령을 찾는 여인』[248] 공연을 보러 갔었소."─"뭐라고요? 당신이 『찾는 여인』이라고 한 것이 『유령을 찾는 여인』이란 말이오? 아! 정말 굉장하군, 내가 백 년 동안 찾았어도 알아내지 못하였을 것이오." 하지만 어떤 사람이 특정 작품들의 제목을 완전한 형태로 인용하는 것을 들었다면, 즉시 교양이 없다든가 혹은 예술가가 아니라든가, 여하튼 '자기들 축에 들지 못할 사람' 이라고 단정하였을 베르뒤랭 씨가 언성을 높였다. 예를 들어 『환자』 혹은 『평민』이라 말해야 하며, 그것들에다 '제물에 앓는' 이라든가 '귀족' 이라는 말을 덧붙이는 사람은,[249] '몽떼스끼우 씨' 라 하지 않고 '몽떼스끼우-프장싹 씨' 라 하는 이들이 사교계 인사가 아니듯, 자기의 '상점'[250]에 속하지 않음을 증명한다고 하였다.─"하지만 내가 한 말이 그다지 이상하지는 않아요." 격정 때문에 숨이 가빠졌지만 내키지 않는 미소를 지으면서 싸니에뜨가 말하였다.─"오! 정말 이상해요." 베르뒤랭 부인이 조소하듯 언성을 높였다. "그것이 『유령을 찾는 여인』일 것이라고 짐작할 수 있는 사람이 이 세상에 없을 것이라는 점에 승복하세요." 베르뒤랭 씨가 부드러운 음성으로, 싸니에뜨와 브리쇼를 동시에 바라보면서 다시 말하였다. "여하튼 『유령을 찾는 여인』은 아름다운 작품이에요." 진지한 어조로 한 그리고 어떤 악의도 어른거리지 않는 그 단순한 말 한마디가, 싸니에뜨에게 어느 친절함 못지않게 편안함을 느끼게 하였고, 그의 내면에 감사의 정을 불러일으켰다. 그는 단 한 마디 말도 감히 하지 못한 채 행복한 침묵을 고수하였다. 브리쇼는 더 수다스러웠다. 그가 베르뒤랭 씨의 말에 이렇게 대꾸하였다. "옳은 말씀입니다. 또한 그것을 싸르마티아[251]나 스칸디나비아의 어떤 작가가 썼다고 가정한다면, 걸작품이라는 공석 중인 지위에 『유령을 찾는 여인』을 후보로 추천할 수도 있을 것입니다. 그러나 친절하신 화바르의 망혼에게 결례가 되지 않게 말하거니와, 그는 입쎈과 같은 기질의 소유자가 아니었습니다.[252] (곁에 노르웨이 철학자가 있음을 상기하였음인지, 그의 얼굴이 즉시 귀까지 빨개졌고, 한편 철학자는 조금 전 브리쇼가 뷔씨에르라는 인명과 관련시켜 말한 회양목이 어떤 식물인지 알아내지 못하여 불만스러운 기색을 띠고 있었다.) 여하튼 뽀렐의 싸트라피아[253]를 현재 철두철미한 똘스또이주의자인 공무원이 점령하고 있기 때문에, 우리가 오데옹의 대들보 밑에서 볼 수 있을 것은 『안나 까레니나』나 『부활』[254]일 것입니다." — "저는 공께서 말씀하시고자 하는 화바르라는 사람의 초상화가 있음을 압니다." 샤를뤼스 씨가 말하였다. "시험적으로 인쇄한 매우 아름다운 판화 한 폭을 몰레 백작 부인(comtesse Molé) 댁에서 본 적이 있습니다." 몰레 백작 부인이라는 이름이 베르뒤랭 부인에게 강한 인상을 주었다. "아! 몰레 부인(Mme de Molé)[255] 댁에 드나드시는군요." 그녀가 흥분된 어조로 말하였다. 그녀는 사람들이 단지 약칭으로 — 또한 로앙 가문 사람들(les Rohan)[256]이라고 말하는 것을 들었던지라 — 몰레 백작 부인(la comtesse Molé) 혹은 몰레 부인(madame Molé)이라 말하거나, 혹은 자신이 라 트레무이유 부인(madame la Trémoille)이라고 그랬던 것처럼 얕잡아 보아[257] 그렇게 말하는 것으로 생각하였다. 그녀는 몰레 백작 부인이 그리스의 왕비 및 까쁘라롤라 대공 부인 등과 교분을 맺고 있었던지라, 그 누구보다도 귀족 성씨 앞에 붙는 전치사(de)를 사용할 권리를 가지고 있으리라는 것을 전혀 의심하지 않았고, 그토록 화려하되 자기를 그토록 친절하게 대하던 그 사람 이름에, 모처럼 그 전치사를 부여하기로 작정하였던 것이다. 그리하여 자기가 의도적으로 그렇게 말하였으며, 백작 부인에게는 그 전치사 드(de) 가지고 인색하게 굴지 않는다는 것을 과시하기 위하여, 그녀가 다시 말하였다. "하지만 저는 당신과 몰레 부인(madame de Molé) 사이에 교분이 있다는 사실을 전혀 몰랐어요!" 샤를뤼스 씨와 그 귀부인 사이에 교분이 있다는 사실과 베르뒤랭 부인이 그 사실을 모르고 있었다는 것이 마치 이중으로 놀랍다는 어투였다. 그런데 사교계란, 적어도 샤를뤼스 씨가 그렇게 칭하며 인정하는 사교계란, 비교적 동질로 이루어졌으며 폐쇄된 하나의 전체를 형성한다. 따라서 평민 계층이라는 광대하고 잡다한 집단 속에서는, 가령 어느 변호사가 자기의 옛 중등학교 시절 학우 하나와 친분이 있다고 하는 사람에게, '도대체 젠장 당신이 어떻게 그를 안다는 말씀이오?'라고 말하면서 놀라는 것은 이해할 수 있으되, 반면 어느 프랑스인이 땅뺄(temple)이나 포레(forêt)라는 단어들258)의 의미를 안다는 사실에 놀라는 것도, 샤를뤼스 씨와 몰레 백작 부인을 맺어줄 수 있었던 우연에 놀라워하는 것만큼은 이상하지 않을 것이다. 게다가 그러한 교분이 비록 사교계의 법칙에서 지극히 자연스럽게 유래하지 않았다 할지라도, 따라서 그것이 우연의 사물이었다 할지라도, 베르뒤랭 부인은 샤를뤼스 씨를 그날 처음 만났고, 사실대로 말하자면 그에 대해 아무것도 모르는지라, 몰레 부인과 그의 관계라는 것이, 그녀가 그에 대해 모르는 유일한 것일 턱이 없는데, 그녀가 그 관계를 모르고 있었다는 사실이 도대체 어떻게 이상할 수 있단 말인가? "나의 가엾은 싸니에뜨, 그 '유령을 찾는 여인' 역은 어떤 물건이 맡았는가?" 베르뒤랭 씨가 물었다. 비록 폭풍우가 지나갔다고 느끼긴 하였으나, 옛 고문서 보관소 직원이 대답하기를 주저하였다. 그러자 베르뒤랭 부인이 말하였다. "그러나 여전히 당신이 그를 주눅 들게 하고, 그가 무슨 말을 하든 조롱하시면서, 그가 당신 말씀에 대꾸하기를 바라시는군요. 어서, 누가 그 역을 맡았는지 말해 보세요. 가지고 가실 편육을 드리겠어요." 자기의 친구들 중 하나를 파산으로부터 구출하려다 싸니에뜨 자신이 파산한 사실을 악의적으로 암시하면서, 베르뒤랭 부인이 마지막 말을 덧붙였다. "저는 단지 제르빈느[259] 역을 맡은 사람이 싸마리[260] 부인이었다는 것만 기억해요." 싸니에뜨가 말하였다. ― "제르빈느? 그것이 도대체 무엇이오?" 집에 불이라도 난 듯 베르뒤랭 씨가 소리를 질렀다. ― "그것은, 예를 들어 『까삐뗀느 프라까쓰』에 등장하는 '트랑슈-몽따뉴'[261]나 '뻬당'[262]과 같은, 옛 연극의 전형적인 역할을 맡은 인물이에요." ― "아! 뻬당은 바로 당신이오. 제르빈느라니! 아니오, 이 양반 머리가 돌았군." 베르뒤랭 씨가 언성을 높였다. 베르뒤랭 부인이, 마치 싸느에뜨를 변호하기 위해 그러는 듯 웃으면서 손님들을 바라본 후 이렇게 말하였다. "그는 제르빈느가 무엇인지 모든 사람들이 즉시 알아듣는다고 생각해요. 당신은 롱쥬삐에르 씨 같은데, 그는 제가 아는 사람들 중 가장 멍청하며, 일전에는 그가 우리들에게 '바나트'라는 말을 대수롭지 않게 하였어요. 그가 무엇에 관해 말하는지 아무도 몰랐어요. 그리고 나중에 그것이 쎄르비아의 어느 지방 명칭임을 알게 되었어요." 그 자신보다는 나에게 더 괴로웠던 싸니에뜨의 고초에 종지부를 찍기 위하여, 내가 브리쇼에게 '발백'이라는 지명의 의미를 아느냐고 물었다. "발백은 아마 '달백'의 변형들 중 하나일 것입니다." 그가 나에게 말하였다.

"노르망디의 봉건 군주이기도 했던 잉글랜드 왕들의 여러 칙령들을 참조할 수 있으면 좋은데, 발백이 도버[263] 남작령에 속하였었기 때문이며, 그러한 이유로 흔히들 '바다 건너 발백' 혹은 '대륙에 있는 발백'이라고도 하였습니다. 그러나 도버의 백작령 자체가 바이으[264] 주교구에 속해 있었던지라, 예루살렘 총대주교이며 바이으의 주교였던 루이 다르꾸르[265] 시절부터 그 수도원에 대하여 성당 기사단이 일시적으로 행사하였던 각종 권리에도 불구하고, 발백의 성직록 수여권자들은 그 교구의 주교들이었습니다. 이것이, 대머리에 입심 좋고 공상에 사로잡혀 있으며 식도락가인, 따라서 브리야-싸바랭[266]에 복종하며 사는 남자인 도빌의 수석 사제가 저에게 설명하였고, 저에게 그 찬탄할 만한 감자튀김을 먹게 하면서, 불확실한 교수법에 속하는 약간 알쏭달쏭한 어휘들로 저에게 늘 어놓은 것입니다." 그토록 잡다한 것들을 결합시키고, 평범한 것들을 위하여 그토록 반어적으로 고상한 언어를 사용하는 것이 얼마나 재치 있는지를 과시하기 위하여 브리쇼가 미소를 짓고 있는 동안, 싸니에뜨는 조금 전 자신이 무너지듯 처박혔던 소심증에서 자기를 다시 추슬러줄 수 있을 어떤 재치 있는 표현을 내놓으려 애를 쓰고 있었다. 재치 있는 표현이란, 흔히 '근사치'라고 부르던, '동음이의어에 입각한 신소리'였지만, 일찍이 그 형태가 변하였으니, 말장난에도 다른 것들로 대체되어 자취를 감추는 문에 유형이나 전염병처럼 일종의 진화가 있기 때문이다. 옛날에는 '신소리'의 형태가 '절정'이었다. 하지만 그것이 효력을 상실하여 더 이상 아무도 그것을 사용하지 않으며, 오직 꼬따르만이 가끔 카드놀이 도중에 이렇게 말하기 위하여 그 표현을 사용하곤 하였다. "방심의 '절정'이 무엇인지 아시오? 낭뜨칙령을 어떤 잉글랜드 여인이라 생각하는 것이오."[267] '절정'은 일찍이 '별명들'로 대체되었다.

실제로는 여전히 옛날의 '근사치'가 그대로 남아 있었으나, '별명'이 유행하였던지라 사람들이 그 사실을 감지하지 못하였다.[268] 싸니에뜨에게는 불운하게도, 그 '신소리'들을 그가 고안해 내지 않았고, 그것들이 평소 그 '작은 집단'에게 낯설 경우, 그가 그것들을 어찌나 조심스럽게 발설하였던지, 그것들의 해학적 성격을 드러내기 위하여 뒤따르게 하던 그의 웃음에도 불구하고 아무도 그것들을 이해하지 못하였다. 그리고 반대로 그 신소리가 그의 것일 경우에는, 그가 대개 '신도들' 중 하나와 이야기를 나누던 중 뇌리에 떠올렸던지라, 그 신도가 그것을 자기의 것인 양 다른 사람들에게 전파하였고, 그 신소리가 알려지긴 했어도 싸니에뜨의 것으로는 간주되지 않았다. 그리하여 그가 그것들 중 하나를 대화 중에 끼워 넣으면, 사람들이 그것을 알아보곤 하였으되, 그것의 고안자가 그였던지라, 그를 표절자로 몰아세우곤 하였다. "그런데," 브리쇼가 말을 계속하였다. "백(bec)이 노르망디어에서는 곧 개천을 가리키며, 예를 들면 백 수도원(làbbaye de Bec)이라든가, 늪지의 개천이라는 뜻을 가진 모백(Mobec)이라든가(mor나 mer는 늪지를 가리키는데, Morville이나 Bricquemer, Alvimare, Cambremer 등과 같은 지명에서 그렇습니다), 브리끄백(Bricquebec) 등이 있는데, 브리끄백은 '고지대의 개천'을 뜻하며, 브리끄빌(Briqueville)이나 브리끄보스끄(Briquesbosc), 르 브릭(Le Bric), 브리앙(Briand) 등에서처럼 '요새'를 뜻하는 브리가(briga)에서, 혹은 도이칠란트어로 브루크(Bruck)라 하고 (Innsbruck가 좋은 예입니다) 잉글랜드어로는 숱한 지명의 (Cambridge 등처럼) 끝부분을 이루는 브리즈(bridge)처럼 '교량'을 뜻하는 브리쓰(brice)에서 유래하였습니다. 노르망디에는 그 외에도 다른 많은 지명들에 백(bec)이 포함되어 있습니다. 꼬드백(Caudebec), 볼백(Bolbec), 르 로백(Le Robec),

르 백-엘루앵(Le Bec-Helllouin), 백끄렐(Becquerel) 등이 그 예입니다. 그것은 오펜바하(Offenbach)나 안스파하(Anspach) 등과 같은 게르만어 바하(bach)[269]의 노르망디어 형태입니다. 바라그백(Varaguebec)은 '영주 전용의 수렵장이나 숲, 연못' 등을 뜻하는 고어 바렌뉴(varaigne)에서 온 것입니다. 한편 달(dal)은 '골짜기'를 의미하는 딸(Thal)의 다른 형태이며, 다른느딸(Darnetal), 로장달(Rosendal) 그리고 루비에 근처에 있는 백달(Becdal) 등이 그 예입니다. 달백(Dalbec)이라는 지명을 탄생시킨 개천은 게다가 매력적이기도 합니다. 해변의 어느 절벽 위에서 바라보면 ('절벽'을 도이칠란트어로는 Fels라고 하는데, 이곳으로부터 그리 멀지 않은 고지대에 Falaise[270]라는 아름다운 도시도 있습니다) 그 개천이, 실제로는 상당히 멀리 있는, 교회당의 뾰족탑들과 이웃하고 있는 것처럼 보이고, 심지어 그것들이 개천 수면에 어른거리는 듯합니다." — "제가 생각하기로는 그것이 엘스띠르가 매우 좋아하는 인상들 중의 하나입니다." 내가 말하였다. "그분 댁에서 그 인상을 그린 초벌 그림 여러 폭을 본 적이 있습니다." — "엘스띠르라니! 당신이 띠슈[271]를 아시나요?" 베르뒤랭 부인이 놀라서 소리쳤다. "아실지 모르겠으나 제가 한때는 그와 절친한 사이였어요. 다행히 지금은 제가 그를 더 이상 만나지 않아요. 하지만 꼬따르에게, 브리쇼에게 물어보세요, 그가 전에는 우리 집 식탁에 고정 좌석을 가지고 있었으며, 날마다 왔지요. 그 사람이 바로 우리의 '작은 핵'을 떠나 성공하지 못한 사람이라고들 말할 수 있어요. 잠시 후, 그가 저를 위하여 그린 꽃들을 당신에게 보여드리겠어요. 그가 요즈음에 그리는 것들 그리고 제가 결코 좋아하지 않는 그것들과 얼마나 다른지 차이를 발견하실 수 있을 거예요! 하지만 어찌 그럴 수 있단 말이에요! 그가 저의 모습을 가지고 저질렀던 모든 짓들을 개의치 않고, 제가 그에게 꼬따르의 초상화를 그리게 하였어요." —"그런데 그가 교수님의 모발을 연보라색으로 그려놓았어요." 그 시절에는 자기의 남편이 대학교수 자격시험에 합격도 하지 못하였던 사실을 잊은 채,[272] 꼬따르 부인이 말하였다. "신사분께서도 혹시 제 남편의 모발이 연보라색이라고 생각하시는지 모르겠어요." —"상관할 것 없어요." 꼬따르 부인을 무시하고 자기가 이야기하던 화가를 찬미하는 듯한 기색으로 턱을 쳐들면서 베르뒤랭 부인이 말하였다. "그 초상화는 자긍심 강한 채색공의, 잘생긴 화가의 작품이에요. 반면," 그녀가 다시 나를 바라보면서 덧붙였다. "그가 우리 집에 발길을 끊은 이후에 전시하는 그 거창한 마녀 같은 구조물들, 그 거대한 기계들을 가리켜, 당신은 그림이라고 하시는지 모르겠어요. 하지만 저는 그 따위들을 가리켜 지저분한 얼룩 혹은 상투적인 낙서라고 하고 싶어요. 게다가 두드러진 점도 개성도 없어요. 모든 것이 뒤섞인 잡탕이에요." —"그는 18세기의 우아함을 그러나 현대적인 그 우아함을, 복구하고 있습니다." 나의 친절에 활기를 얻고 안정을 되찾은 싸니에뜨가 서두르듯 그렇게 말하더니 다시 한마디 덧붙였다. "하지만 저는 엘르를 더 좋아합니다." —"엘르와는 아무 상관이 없어요." 베르뒤랭 부인이 말하였다. —"천만에, 확실히 관계가 있습니다. 엘르는 열에 들뜬 18세기입니다. 그는 증기기관으로 움직이는 바또입니다."[273] 그 말을 마치며 그가 웃기 시작하였다. —"오! 듣고 또 들은 소리요, 내 귀에다 그따위 소리를 바치기 시작한 지 여러 해 되었소." 이미 오래전에 스키가 자신의 작품인 양[274] 이야기하는 것을 들은 바 있는 베르뒤랭 씨가 말하였다. "모처럼 상당히 우스운 말을 알아듣게 지껄였으나, 그것이 당신의 작품이 아니니 운이 없으시군." —"그 일이 애석해요." 베르뒤랭 부인이 다시 말하였다. "그에게 재능이 있건만 그 아름다운 기질을 헛되이 날려버렸기 때문이에요. 아! 그가 우리 곁에 머물렀다면! 틀림없이 우리 시대 제일의 풍경 화가로 변신했을 거예요. 그런데 여인 하나가 그를 그토록 천한 바닥으로 인도하였어요! 하지만 저에게는 놀라운 일이 아니에요. 남자가 매력적이지만 상스러웠으니까요. 실은 변변찮은 사람이었어요. 솔직히 말씀드리지만, 저는 그러한 점을 첫눈에 감지하였어요. 내심으로는 그를 탐탁지 않게 여겼어요. 저는 그를 친구처럼 좋아하였을 뿐이에요. 우선 그는 불결했어요! 결코 몸을 씻지 않는 그러한 사람들을 댁들은 좋아하시나요?"—"지금 우리가 먹고 있는 이 귀여운 색조를 띤 것은 무엇입니까?" 스키가 물었다.—"딸기 거품 크림이라고 하는 것이에요." 베르뒤랭 부인이 대답하였다.—"정말 고-혹-적입니다. 샤또-마르고, 샤또-라휘뜨,[275] 뽀르또[276] 등 포도주 병들의 마개를 열라고 해야겠습니다."—"얼마나 재미있는 분인지 몰라요, 저러면서도 실은 물만 마신답니다." 그러한 낭비를 해야 한다는 생각이 자신의 내면에 야기시킨 두려움을, 그 엉뚱한 생각이 재미있다고 하면서 감추려고 하던 베르뒤랭 부인이 말하였다.—"하지만 마시려는 것이 아닙니다." 스키가 다시 말하였다. "부인께서 우리 모두의 잔에 포도주를 가득 부으신 다음, 그 경이로운 복숭아들을, 그 커다란 천도복숭아들을, 이미 진 해와 마주할 수 있도록 저쪽에 가져다 놓게 하시면, 베로네세의 어느 아름다운 화폭[277]만큼이나 풍요로워 보일 것입니다."—"거의 못지않는 비용이 들겠군." 베르뒤랭 부인이 중얼거렸다.—"하지만 색조가 그토록 추한 치즈는 치워버리십시오." 그가 주인 영감의 접시를 빼앗으려 애쓰면서 그렇게 말하였고, 주인 영감은 온 힘을 기울여 자기의 그뤼에르 치즈를 방어하였다. "이해하시겠지만 저는 엘스띠르가 떠난 것을 아쉬워하지 않아요." 베르뒤랭 부인이 나에게 말하였다. "이 사람[278]

은 다른 식으로 재능을 타고났어요. 엘스띠르는 곧 작업 그 자체이고, 자기가 원할 때에는 그림 그리는 일을 놓지 못하는 사람이에요. 그는 착실한 학생이며 시험 준비에 전념하는 공부벌레에요. 반면 스키 그 사람은 자기의 환상밖에 몰라요. 그가 만찬 중도에 담배를 피워 무는 것을 보실 수 있을 거예요."―"그런데 저는 부인께서 왜 그의 아내 받아들이기를 원하지 않으셨는지 모르겠습니다." 꼬따르가 말하였다. "그가 전처럼 이곳에 머물렀을 것입니다."―"보세요, 예의를 지켜주시겠어요? 저는 경박하고 방탕한 여인들은 받아들이지 않아요, 교수님." 말과는 반대로 엘스띠르가, 심지어 아내와 함께라도 다시 돌아오게 하기 위하여 온갖 수단을 동원한 바 있는 베르뒤랭 부인이 말하였다. 하지만 그 두 사람이 결혼하기 전에는 그녀가 그들 사이에 불화를 획책하면서 엘스띠르에게 말하기를, 그가 사랑하는 여인이 멍청하고 불결하며 경박한 데다 도벽까지 가지고 있다고 하였다. 그녀는 모처럼 절교시키는 데 성공하지 못하였다. 엘스띠르가 절교를 선언한 것은 베르뒤랭 내외의 응접실을 향해서였고, 그는 자기들을 은둔지로 처박아 구원의 길을 발견하게 해준 질병이나 역경에 감사하는 개종자들처럼 그 일을 기뻐하였다. "굉장하시군요, 교수님,"[279] 그녀가 말하였다. "차라리 저의 응접실이 은밀한 만남의 집이라고 선포하세요. 하지만 사람들은 당신이 엘스띠르 부인의 정체를 모른다고 할 거예요. 저는 차라리 가장 천한 거리의 여자들을 받아들이겠어요! 아! 아니에요, 저는 그따위 빵으로 연명하지 않아요. 게다가 그 남편이 더 이상 저의 관심을 끌지 못하는 이상, 그 아내를 용인한다면 제가 그만큼 더 멍청한 짓을 저지르는 꼴이 될 것이며, 그러한 일은 구식이며 더 이상 생기지도 않을 거예요."―"그러한 지성을 갖춘 사람인데, 놀라운 일입니다." 꼬따르가 말하였다.―"오! 아니에요," 베르뒤랭 부인이 대꾸하였다. "그에게 재능이 있던 시절에도—그 거렁뱅이가 그것은 남아돌 만큼 가지고 있었으니까요—그가 가장 짜증 나게 하던 점은, 그에게 지성이 전혀 없다는 사실이에요." 베르뒤랭 부인은 그들 사이에 불화가 생기기 전에도 그리고 자기가 그의 그림을 더 이상 좋아하지 않게 되기 전에도, 엘스띠르를 그렇게 평가하였다고 하였다. 다시 말해, 그가 그 작은 집단에 속해 있던 시절에도, 자기의 판단이 옳았는지 혹은 틀렸는지 모르지만 여하튼 '몟도요'[280] 같은 이런 혹은 저런 여인과 여러 날을 함께 보내는 일이 있었다 하였고, 자기의 견해로는 그것이 이지적인 사람의 처신이 아니라고 하였다. "결코 아니에요," 그녀가 한껏 공평한 사람의 기색을 띠며 덧붙였다. "그의 아내와 그가 잘 어울린다고 생각해요. 제가 아는 한 이 지상에 그녀보다 더 짜증 나게 하는 계집은 없으며, 만약 제가 그녀와 두 시간만 함께 보내야 할 처지에 놓여도 제가 미쳐버릴 것임은 신께서 아십니다. 하지만 그가 그녀를 매우 이지적이라고 생각한다고들 하는군요. 우리의 '띠슈'가 '극도로 멍청했다'는 사실을 시인해야 한다는 말이에요! 댁들께서는 상상조차 하실 수 없는 사람들, 즉 우리의 작은 동아리에 결코 받아들이려 하지 않았을 터놓은 멍청이 여인들 앞에서, 그가 넋을 잃는 것을 보았어요. 그러더니! 그가, 엘스띠르가, 그녀들에게 편지를 보내는가 하면 그녀들과 어울려 토론까지 하더군요! 그렇다 하여 매력적인 측면들이 없는 것은 아니에요, 아! 매력적이에요, 매력적이고 물론 감미롭게 어처구니없어요." (베르뒤랭 부인이 그 마지막 말을 덧붙인 것은,)[281] 진정 괄목할 만한 남자들은 수천 가지 미친 짓들을 서슴지 않는다고 확신하였기 때문이다. 틀린 생각이지만 그 속에 약간의 진실은 있다. 물론 다른 이들의 '미친 짓들'을 견디기는 어렵다. 그러나 우리가 뒤늦게야 발견하는 불균형은,

한 인간의 뇌수 속으로 섬세함들이 들어간 결과인데, 일반적으로 그 뇌수는 그러한 섬세함들에 적합하게 만들어져 있지 않다. 그리하여 매력적인 사람들의 기이함은 다른 이들의 감정을 자극하지만, 기이하지 않으면서 매력적인 사람은 거의 없다. "보세요, 이제 당신에게 그가 그린 꽃들을 보여드릴 수 있겠군요." 이제 그만 식탁에서 일어서도 좋다고 하는 남편의 신호를 보고 그녀가 나에게 말하였다. 그런 다음 그녀가 다시 깡브르메르 씨의 팔을 잡았다. 베르뒤랭 씨는 깡브르메르 부인 곁을 떠나기 무섭게, 자신이 그녀 곁에 있었다는 사실을 샤를뤼스 씨에게 사과하고 그 이유를 설명하고자 하였으며, 특히, 합당하다고 판단한 좌석을 그에게 지정해 준 이들의 것보다 일시적으로 하급인 작위[282]를 가진 사람과 사교적인 섬세한 차이에 관한 이야기를 나누는 즐거움을 위해서였다. 하지만 그는 우선, 자기가 샤를뤼스 씨의 지성을 하도 높이 평가하는지라 그가 그 하찮은 일들은 마음에 두지 않을 것이라 생각한다는 점을 그에게 보여주려 하였다. "당신에게 이 아무것도 아닌 이야기를 하는 것을 용서해 주십시오." 그가 허두를 그렇게 열었다. "당신이 이런 것들은 대수롭지 않게 여길 것이라 짐작하기 때문입니다. 도시 중산층의 사고방식을 가진 사람들은 그러한 것들에 신경을 쓰지만, 다른 이들은, 예술가들은, 진정 '그러한 이들은' 아랑곳하지 않습니다. 그런데 우리가 첫마디 말을 나누는 순간부터 저는 당신이 '그러한 이들'에 속함을 깨달았습니다!" '그러한 이들'이라는 표현에 전혀 다른 의미를 부여하던 샤를뤼스 씨가 그 말을 듣고 몸을 움찔하였다. 의사의 눈짓을 본 후에는, 주인 영감의 그 모욕적인 노골성이 그를 아연실색케 하였다. "아니라는 겸양의 말씀은 하지 마십시오, 당신은 그러한 분이십니다, 태양처럼 명백한 일입니다." 베르뒤랭 씨가 거듭 말하였다. "저는 당신이 실제로 어떤 예술에 종사하시는지 여부도 모릅니다만, 그것이 불가결한 것은 아니며 또한 그런다고 항상 충분한 것은 아닙니다. 얼마 전에 타계한 드샹브르가 가장 튼튼한 기교로 완벽하게 연주하곤 하였지만 '그러한 이들'에게는 속하지 못하였고, 누구든 그것을 즉각 직감할 수 있었습니다. 브리쇼는 '그러한 이들' 축에 들지 못합니다. 모렐이 '그러한 이들' 중 하나이고 저의 아내도 그러하며, 저는 당신도 그러함을 직감합니다…" — "저에게 무슨 말씀을 하시려던 참이었습니까?" 베르뒤랭 씨가 하려던 말의 의미에 안심하기 시작하였으되, 이중의 의미[283]를 가지고 있는 그 말을 그가 덜 큰 음성으로 떠들어댔으면 좋겠다고 생각한 샤를뤼스 씨가 그의 말을 끊었다. — "저희들이 당신을 왼쪽에[284] 앉힐 수밖에 없었습니다." 베르뒤랭 씨가 대꾸하였다. 그러자 샤를뤼스 씨가 이해심 깊고 서글서글하며 방약무인한 미소를 지으면서 대꾸하였다. — "하지만 이보시오! '이곳'[285]에서는 그런 것이 전혀 중요하지 않습니다!" 그리고 나서 그 특유의 나지막한 웃음을 터뜨렸는데, 그 웃음은 아마 바이예른이나 로렌느 태생인 어느 할머니로부터 물려받았을 것이고, 그 할머니 또한 그것을 거의 같은 형태로 어느 선대 할머니로부터 물려받았으니, 따라서 그 웃음이 수세기 전부터 유럽의 여러 작은 유서 깊은 궁정에서 변하지 않은 형태로 그렇게 울렸을 것이고, 그 웃음이 내포하고 있는 진귀한 특질을 마치 극도로 희귀해진 옛 악기의 특질인 양 사람들이 음미하였을 것이다. 어떤 사람을 완벽하게 그려내기 위해서는 음성적 모방이 언어적 묘사와 결합되어야 할 순간들이 있으며, 샤를뤼스 씨라는 인물의 묘사가 그토록 섬세하고 가벼우며 나지막한 웃음의 결여로 인하여 불완전할 위험이 있으니, 그것은 마치 바하가 이런 혹은 저런 부분 연주에 배당한 특이한 음을 가진 '소형 트럼펫들'[286]이 없어서, 오케스트라들이 그의 모음곡들 중 몇몇은 결코 정확하게 연주하지 못하는 것과 같다. — "그러나 의도적으로 그런 것이었습니다." 자존심 상한 베르뒤랭 씨가 곡절을 설명하였다. "저는 귀족의 작위에 하등의 중요성도 부여하지 않습니다." 나와 알고 지내던 많은 사람들이, 나의 할머니나 어머니와는 반대로, 자기들이 소유하지 못한 모든 것들 때문에, 그것들을 가지고 있는 사람들 앞에서, 그렇게 하면 그들이 그것들의 도움을 얻어 우쭐거리지 못할 것이라 생각하여 짓곤 하던, 바로 그 경멸적인 미소를 지으면서 그렇게 덧붙였다. "하지만 여하튼 마침 깡브르메르 씨가 오셨고, 그가 후작이신데 당신은 기껏 남작일 뿐이시니…" — "미안합니다만," 샤를뤼스 씨가 거만한 기색으로 대꾸하였고, 베르뒤랭 씨는 놀라움을 감추지 못하였다. "저 또한 브라방 공작이고, 몽따르지의 예비 기사이고, 올레롱 대공이고, 까랑씨 대공이고, 비아레쪼오 대공이고, 튄느의 대공입니다. 하지만 그런 것들은 추호도 중요하지 않습니다. 괴로워하지 마십시오." 그가 특유의 섬세한 미소를 다시 지으면서 다음 말을 덧붙였는데, 그 미소가 그의 말 위에서 활짝 피어났다. "저는 귀하께서 익숙하지 않음을[287] 즉각 간파하였습니다."

엘스띠르가 그린 꽃들을 나에게 보여주겠다고 하면서 베르뒤랭 부인이 나에게로 다가왔다. 이미 오래전부터 나에게는 시들해진, 다른 이들 댁 만찬에 참석하는 그 행위가, 해안을 따라가다 해발 200미터 고지까지 마차를 타고 올라가는 여정의 형태로 완전히 새롭게 재현되어, 오히려 나에게 일종의 도취감을 안겨주었고, 그 도취감은 라 라스쁠리에르에 도착한 후에도 소멸되지 않았다. "여기 이것 좀 보세요." 안주인 마님이 엘스띠르가 그린 꽃송이 실하고 화려한 장미꽃들을 가리키면서 나에게 말하였으나, 그것들의 윤기 도는 진홍색과 거품 같은 백색이, 꽃들이 놓인 화분대 위로 조금 지나치게 크림질 섞인 돌기처럼 솟아오르고 있었다. "그가 아직도 저렇게 묘사할 손재주를 가지고 있으리라 생각하세요? 뛰어난 솜씨예요! 게다가 소재 또한 아름다워, 만지작거리기에 재미있을 거예요. 그가 저것들을 그리는 것을 바라보는 일이 얼마나 재미있었는지 당신에게 이루 다 말할 수 없어요. 저러한 효과를 찾는 것이 그의 관심사였음을 누구나 느꼈어요." 그다음 순간 안주인 마님의 시선이 예술가의 그 선물 위에 꿈꾸듯 멈추었고, 그 선물 위에는 그의 위대한 재능뿐만 아니라 그들의 긴 우정이—그가 그녀에게 남긴 그 추억거리들 속에만 존속하는—요약되어 있었던지라, 지난날 그녀를 위하여 그가 손수 꺾었던 그 꽃들 뒤에, 어느 아침나절, 싱싱한 상태로 그것들을 그리던 아름다운 손이 다시 나타난 듯 그녀 앞에 어찌나 생생하게 어른거렸던지, 식당 안의 탁자 위에 놓인 꽃들과 안락의자에 기대어놓은 그 선물이, 안주인 마님이 주최하는 오찬 모임을 위하여, 서로 마주 보면서, 아직 살아 있는 꽃들과 그것들을 반쯤 닮은 그것들의 초상화를 상징할 수 있었다. 반쯤만 닮을 수밖에 없었으니, 엘스띠르가 어떤 꽃을 우선 우리가 항상 머물러 있을 수밖에 없는 내면의 정원에 옮겨 심으면서야 바라볼 수 있었기 때문이다.[288] 그는 자기가 발견한, 따라서 그가 없었다면 사람들이 영영 몰랐을 장미꽃들의 출현을 그 수채화를 통해 보여주었고, 따라서 그것이 하나의 새로운 품종, 창의적인 원예가처럼 그 화가가 장미과 식물군을 더 풍요롭게 만드는 데 이바지한 품종이라 말할 수 있다. "그가 우리의 작은 핵을 떠난 날부터 그는 끝장난 사람이었어요. 제가 베풀던 만찬들이 그로 하여금 시간을 허비하게 하였고, 제가 그의 '천부적 재능' 발휘를 저해하였던 모양이에요." 그녀가 빈정거리는 어조로 말하였다. "나와 같은 여인과의 교류가 예술가에게 유익할 수 없다는 듯!" 그녀가 오만한 충동에 이끌려 언성을 높였다. 우리들 바로 곁에서, 이미 자리를 잡고 있던 깡브르메르 씨가, 아직 서 있던 샤를뤼스 씨를 발견하고, 다시 일어나 그에게 의자를 양보하려는 듯한 몸짓을 취하였다. 그러한 제안이 아마 후작의 사념 속에서는 단순히 예의를 차리려는 의도에 상응하였을 뿐일지도 모른다. 샤를뤼스 씨는 그 제안에, 일개 평범한 귀족이 왕족에게 표해야 할 경의가 담겨 있다는 의미를 부여하는 편을 택하였고, 그 제안을 사양하는 것이 그 상석권을 확보하는 가장 확실한 방법이라 생각하였다. 그리하여 그가 호들갑스럽게 말하였다. "어찌 이럴 수가! 제발! 천만의 말씀이오!" 그렇게 사양하는 말속에 있는 교활하게 격렬한 어조 속에서 벌써 지극히 '게르망뜨적인' 무엇이 어른거렸고, 그것이 아직 일어서지도 않은 깡브르메르 씨의 양쪽 어깨를, 마치 그가 일어서지 못하게 하려는 듯 두 손으로 짓누르는 샤를뤼스 씨의 명령적이고 불필요하며 스스럼없는 동작 속에서 더욱 눈에 띄었다. "아! 이보시오, 친구," 남작이 극구 만류하였다. "정말 가관이시군! 그러실 필요 없소! 우리 시대에는 왕족들이나 그러는 것이오." 그들의 저택에 대한 나의 열광에 깡브르메르 씨 내외도 베르뒤랭 부인보다 더 감동하지는 않았다. 그 두 내외가 나에게 가리키던 아름다움에 냉담한 채, 내가 모호하게 되살아나는 어렴풋한 추억들에만 열광했기 때문이며, 심지어 그 깡브르메르라는 명칭이 나로 하여금 일찍이 상상하게 하던 무엇을 발견하지 못하여 느낀 환멸을 그들에게 이따금씩 고백하였기 때문이다. 그곳이 더욱 전원적일 것이라 생각하였노라고 말하여, 내가 깡브르메르 부인을 분개하게 하였다. 반면 나는 출입문 틈으로 들어오는 외풍의 냄새에 코를 벌름거리면서 황홀감에 사로잡히곤 하였다. "당신은 외풍을 좋아하시는군요." 그들이 나에게 말하였다. 깨어진 유리창 하나를 막고 있던 초록색 비단 한 조각에게로 보낸 나의 찬사도 더 큰 성공을 거두지는 못하였다. "하지만 보기에 혐오스러워요!" 후작 부인이 짜증을 내었다. 내가 다음과 같이 말하자 그녀의 불쾌감이 절정에 달하였다. "제가 가장 즐거웠던 것은 이곳에 도착하였을 때입니다. 저의 발자국 소리가 회랑에 울려 퍼지는 것을 듣는 순간, 저는 면 지역 지도가 걸려 있는 어느 면사무소에 들어온 느낌이었습니다."[289] 이번에는 깡브르메르 부인이 나에게로 단호하게 등을 돌렸다. "이 모든 것들이 너무 엉망으로 배치되었다고 생각하지 않으시오?" 자기의 아내가 어느 서글픈 의식을 어떻게 감내하였는지를 보고받기라도 한 듯, 측은히 여기는 듯한 염려를 섞어 남편이 그녀에게 물었다. "아름다운 물건들도 있소이다." 그러나 확실한 취향의 흔들림 없는 규범들이 불가피한 한계를 강요하지 않을 경우, 적대감이란 대신 들어와 차지하고 있는 사람들이건 그들의 집이건, 모든 것에서 나무랄 것을 찾아내는 법이다. ― "그래요, 그것들이 각자의 자리에 놓여 있지 않아요. 또한 그것들이 정말 아름다운가요?" ― "이곳 응접실에 올이 드러나도록 닳은 쥬이산 천들과 기타 낡은 물건들이 있음을 당신도 보셨을 거요!" 어떤 단호함이 억제하고 있던 슬픔을 드러내면서 깡브르메르 씨가 말하였다. ― "그리고 촌 아낙들의 침대보처럼 커다란 장미꽃 문양 그려진 천 조각도요." 모방 일색인 교양이 온통 이상주의 철학과 인상주의 회화 및 드뷔씨의 음악에만 경도되어 있던 깡브르메르 부인이 말하였다. 또한 사치의 이름으로뿐만 아니라 취향의 이름으로도 나무라기 위하여 이렇게 덧붙였다. "게다가 바람막이 커튼[290]도 걸어놓았어요! 정말 품격도 없어요! 그 사람들, 배운 것이 없으니 그럴 수밖에요, 그들이 어디에서 배웠겠어요? 은퇴한 도매업자들임이 틀림없어요. 그들로서는 이만한 것도 괜찮은 거예요." ― "내가 보기에 샹들리에들은 아름다운 것 같았소." 사람들이 샤르트르, 랭스, 아미앵 등의 주교좌 대교회당들이건 발백의 교회당이건 어느 교회당에 관해서건 이야기할 때마다, 그가 어김없이 항상 찬탄할 만하다면서 그곳들의 '오르간 케이스와 설교단과 사제석 옆 돌출부'[291] 등을 서둘러 예로 들곤 하였듯이, 그 연유는 아무도 모르나, 후작이 샹들리에들 만은 예외로 삼았다. —"정원에 관해서는 아예 이야기를 하지 맙시다." 깡브르메르 부인이 말하였다. "학살이 이루어졌어요. 멋대로 어지럽게 뻗어나간 오솔길들이라니!"

나는 베르뒤랭 부인이 손님들에게 커피를 대접하는 틈을 이용하여, 깡브르메르 씨가 앞서 나에게 건네준 편지를 얼른 훑어보았고, 그 편지를 통해 그의 모친은 나를 만찬에 초대하였다. 그 필적이, 그 얼마 아니 되는 잉크를 이용하여, 독창적인 세계관을 표현하는 데 구태여 희귀하고 신비한 기술로 제조된 물감이 화가에게 필요하지 않듯, 추측하건대 특별한 펜의 도움을 받지 않고도, 차후로는 내가 다른 모든 이들 속에서도 즉각 알아볼 수 있을 하나의 독특한 개성을 표출하고 있었다. 발병 후 글자를 읽을 수 없게 되어 글자들을 해독할 수 없고, 그것들을 하나의 초벌 그림인 양 바라보는 처지에 놓인 중풍 환자라 할지라도, 깡브르메르 노부인이 문학 및 예술 교육에서 비롯된 귀족적 전통의 흔적을 간직한, 유서 깊은 가문 출신임을 알아차렸을 것이다. 그는 또한 대략 어느 시대에 후작 부인이 글쓰기와 쇼팽의 작품 연주법을 동시에 배웠을지를 간파하였을 것이다. 그것은 가정교육 잘 받은 이들이, 친절 규범과 소위 '세 형용사' 규범을 철저히 준수하던 시대였다. 깡브르메르 노부인은 그 두 규범을 훌륭하게 조합하였다. 단 하나만의 찬양성 형용사로는 만족하지 못하여, 그 형용사 뒤에 (짧은 연결선을 그은 다음) 두 번째 형용사가 따르게 한 후 (두 번째 짧은 연결선에 이어) 세 번째 형용사가 뒤따르게 하였다. 그러나 그녀에게서 발견되던 특이점은, 그녀가 내심 생각하던 사회적 혹은 문학적 목적과는 반대로, 세 형용사의 연속이 그녀의 편지 속에서는 점증적인 양상이 아니라 '디미누엔도'[292)]의 양상을 띠고 있었다. 깡브르메르 부인은 그녀가 나에게 보낸 그 첫 편지에서, 자기가 쌩-루를 만났는데, 과거 어느 때보다도 그의 '유례없고—드물며—현저한' 장점들을 높이 평가하게 되었고, 그가 자기의 친구들 중 하나와 (자기의 며느리를 좋아하는 바로 그 친구와) 함께 그녀의 집에 다시 오게 되어 있으며, 내가 그들과 함께 혹은 별도로 훼떼른느에 온다면 자기가 '황홀할 것이고—행복할 것이며—만족스러울 것'이라고 하였다. 그 귀부인께서 연속적으로 탄성 세 번을 쏟아내는 것을 중시하면서도, 두 번째 것과 세 번째 것에 첫 번째 것의 여운밖에 부여하지 못한 것은 아마, 상상력의 비옥함과 어휘의 풍부함이 친절을 표하려는 욕망에 부응하지 못하였기 때문일 것이다. 따라서 만약 네 번째 형용사가 등장하였다면, 그것 속에는 최초 형용사 속에 있던 친절이 아예 자취를 감추었을 것이다. 그리고 가문 사람들뿐만 아니라 기타 교분 깊은 이들에게도 상당한 인상을 남길 수밖에 없었을 특정 형태의 세련된 순박함에 이끌려, 깡브르메르 부인은 일찍이, 결국 거짓이라는 인상을 줄 수도 있을 '충정 어린'이라는 단어를 '진실한'이라는 단어로 대체하는 습관을 터득하였다. 따라서 정말 '충정 어린' 무엇임을 확연히 보여주기 위하여, '진실한'이라는 단어는 명사 앞에 놓아야 한다는 합의된 결합법칙을 파괴하면서, 그것을 명사 뒤에 당당히 놓곤 하였다.[293)] 그 결과, 그녀의 편지들은 다음과 같은 인사말들로 끝나곤 하였다. "저의 '진실한' 우정을 가납하소서(Croyez à mon amitié 'vraie')." "저의 '진실한' 호의를 가납하소서(Croyez à ma sympathie 'vraie')." 불행하게도 그것이 하도 관례적인 표현으로 변하는 바람에, 그러한 솔직성의 간절한 추구가, 그 의미에 대해서는 우리가 더 이상 생각조차 하지 않게 된 고풍스러운 관례적 표현들보다 오히려 더 거짓 예절이라는 인상을 주게 되었다. 게다가 나는 더욱 높아진 샤를뤼스 씨의 음성이 지배하고 있던 대화의 어수선한 소음 때문에 편지를 제대로 읽을 수 없었고, 샤를뤼스 씨는 대화 주제를 놓아버리지 않은 채, 깡브르메르 씨에게 말을 계속하고 있었다.[294] "공께서는 저에게 좌석을 양보하심으로써, 저로 하여금, 오늘 아침 '샤를뤼스 남작 전하께'라는 수신자 이름으로 저에게 편지를 보낸 어느 신사분을 뇌리에 떠올리게 하였는데, 그 편지는 '각하'라는 호칭으로 시작되었습니다."—"정말이지 공께 편지를 보낸 분께서 다소 과장하셨습니다." 속으로 조심스럽게 재미있어하면서 깡브르메르 씨가 대꾸하였다. 샤를뤼스 씨에 기인된 현상이었으나, 그는 정작 재미있어하지 않았다.—"그러나 사실, 벗님이시여, 작위와 관련시켜 말하자면, 그 신사께서 하신 말씀이 옳았음을 주목하시오." 샤를뤼스 씨가 말하였다. "공께서도 짐작하시겠지만, 저는 그것을 개인적인 사안으로 취급하지 않습니다. 저는 그 일이 마치 다른 사람과 관련된 것처럼 그것에 관해 말하는 것입니다. 그러나 어찌하겠소, 역사는 역사인지라, 우리는 역사 앞에서 속수무책이며 우리가 그것을 다시 만들 수도 없습니다. 키엘에서 저를 끊임없이 '각하'라는 호칭으로 부르시던 빌헬름 황제의 경우를 구태여 예로 들고 싶지 않습니다. 저는 그분이 모든 프랑스 공작들을 그렇게 부르시는 것을 들었는데, 그것이 적절하지 못하지만 또한, 단지 우리들을 넘어 프랑스를 겨냥하는 섬세한 관심일 수도 있습니다."—"섬세하고 다소간이나마 솔직한 관심이겠지요." 깡브르메르 씨가 말하였다.—"아 저는 공의 견해에 동의하지 않습니다. 개인적인 소회입니다만, 그 호헨쫄러른[295] 같은, 게다가 개신교도인 그리고 하노버의 왕[296]인 저의 사촌으로부터 모든 것을 탈취한, 그 최하급 군주는 저의 마음에 들지 않습니다." 알자스-로렌느[297] 지역보다 하노버에 더 애착하고 있는 듯한 샤를뤼스 씨가 그렇게 덧붙였다. "그러나 황제[298]가 우리들에게 보내는 호의는 본심에서 우러나온 것이라 생각합니다. 멍청이들은 그가 연극적인 황제라고 말할 것입니다. 하지만 반대로 그는 경이로울 만큼 이지적입니다. 그가 미술에 정통하지는 못하지만, 츄디[299] 씨에게 명령하여 엘스띠르의 작품들을 국립미술관에서 치워버렸습니다. 하지만 루이 14세도 홀랜드의 거장들을 좋아하지 않았고, 역시 과시하기를 좋아하였으나, 결국 위대한 군주였습니다. 또한 빌헬름 2세가 루이 14세와는 달리 자국의 육군과 해군력을 증강시켰으나, 그의 치세가 흔히들 진부한 표현으로 '태양왕'이라 부르는 그 사람의 치세 말기를 어둡게 하던 역경은 겪지 않을 것으로 기대합니다.[300] 제 견해로는, 우리 공화국[301]이, 그 호헨쫄러른 가문 사람의 호의를 외면함으로써, 혹은 그 호의에 찔끔찔끔 인색하게 답례함으로써 커다란 잘못을 저지르고 있습니다. 그 자신이 그러한 사실을 명확히 간파하고 있으며, 그의 타고난 언변으로 그것을 이렇게 지적하고 있습니다. '내가 원하는 것은 뜨거운 악수이지 의례적인 인사가 아니오.'[302] 하나의 인간으로서는 그가 비열하다고 할 수 있으니, 친구들의 침묵이 위대한 만큼 자신의 침묵이 가긍스러울 상황에서, 그가 그들을 버려 적들에게 내맡겼고 부정하였기 때문입니다." 오일런부르크[303] 사건 쪽으로 어쩔 수 없이 미끄러져 들어가, 가장 높은 고위직에 있던 인사 하나가 자기에게 한 다음 말을 뇌리에 떠올리면서 샤를뤼스 씨가 계속하였다. '그따위 재판을 감히 윤허하시다니, 우리의 세심함을 황제께서 정말 신뢰하시는군! 하지만 그러시면 우리의 신중함을 믿으시는 것이 잘못 짚으신 것은 아니야. 비록 단두대 위에서라도 우리들은 입을 다물 것이니까.'" "여하튼 그 모든 것들이 제가 말하려던 것과는 아무 상관이 없는 바, 도이칠란트에서는 우리들이 격하된 왕족 '두르쉬라우흐트'[304]인 반면, 프랑스에서는 전하라는 우리의 지위가 공인되었소. 쌩-씨몽은 우리가 그 호칭을 불법적으로 취하였다고 주장하지만, 전혀 잘못 알고 있는 것입니다. 그러한 주장의 근거로 그가 제시하는 것은―다시 말해 루이 14세가 우리에게 자신을 '지극히 독실한 왕'이라 부르는 것을 금지시켰고, 단순히 '왕'이라 부르라 명령하였다는 사실은―다만 우리가 그의 지배하에 있음을 증명할 뿐, 우리가 왕족의 신분이 아님을 증명하지는 않습니다. 그렇지 않다면, 로렌느 공작과 기타 숱한 공작들의 신분도 부정해야 할 것입니다! 게다가 우리의 여러 작위들은, 꼬메르씨 지역 영주의 따님이셨던 저의 증조모님 떼레즈 데삐누와를 통해 로렌느 왕가로부터 유래하였습니다." 모렐이 자기의 말을 유심히 듣고 있음을 간파한 샤를뤼스 씨가, 자기 주장의 근거를 더욱 장황하게 늘어놓았다. "저는 저의 형님에게, 우리 가문에 대한 소개가, 〈고타 연감〉의 1부에는 혹시 아닐지라도, 3부가 아닌 2부에 수록되어 있어야 한다고[305] 말씀드렸습니다." 〈고타 연감〉이라는 것이 무엇인지 모렐이 전혀 모른다는 사실을 깨닫지 못한 채 그가 말하였다. "하지만 그가 우리 가문의 수장이니 그것은 그의 일이고, 그대로 좋다고 여기면 그 상태로 내버려둘 것이며, 그럴 경우 저는 못 본 체할 수밖에 없습니다."―"브리쇼 씨가 저의 큰 관심을 불러일으켰습니다." 베르뒤랭 부인이 나에게 다가왔을 때, 깡브르메르 노부인의 편지를 호주머니에 넣으면서 내가 그녀에게 말하였다. "교양이 풍부하고 성품 좋은 사람이에요." 그녀가 내 말에 냉랭하게 대꾸하였다. "물론 그에게 독창성과 멋진 취향이 결여된 것은 분명하지만, 그에게는 엄청난 기억력이 있어요. 오늘 저녁 여기에 오신 분들의 '선조들', 즉 망명자들에 대하여, 그들이 아무것도 망각하지 않았다고들 이야기하곤 하였어요. 하지만 그들에게는," 일찍이 스완이 하였던 말을 자기의 것으로 둔갑시켜 그녀가 말하였다. "아무것도 배우지 못하였다는 변명거리가 있어요.[306] 반면 브리쇼는 모든 것을 알고 있어, 만찬 도중에 우리들의 머리 위로 사전들을 무더기로 쏟아놓아요. 이제 덕분에 당신도 이런 도시 혹은 저런 마을의 명칭이 무엇을 의미하는지, 더 이상 모르시는 것이 없으리라 생각해요." 베르뒤랭 부인이 그렇게 말하고 있는 동안 나는 앞서 내가 그녀에게 무엇인가에 대해 질문하기로 작정하였다는 생각을 하고 있었으나, 그것이 무엇이었는지 기억해 낼 수가 없었다. — "제가 확신하건대 부인께서는 브리쇼에 대한 이야기를 하고 계십니다." 스키가 말하였다. "샹뜨뻬, 프레씨네, 그렇지 않은가요, 그가 부인께 모조리 말씀드렸지요. 저의 사랑스러운 주인마님, 제가 부인을 유심히 바라보았습니다."[307] — "저도 당신을 분명히 보았어요. 제가 하마터면 웃음을 터뜨릴 뻔하였어요."

오늘날에 이르러, 그날 저녁 베르뒤랭 부인의 의상이 어떠했는지 내가 정확히 기억해 이야기할 수는 없을 것 같다.[308] 아마 그날 저녁에도 내가 더 정확히 알지 못하였으리니, 나에게는 관찰력이 없기 때문이다. 그러나 여하튼 그녀의 치장이 검소하지 못하다고 느끼면서, 내가 그녀에게 친절할 뿐만 아니라 심지어 찬탄하는 듯한 무슨 말을 하였다. 그녀 역시 거의 모든 여인들과 다름없었으니, 여인들은 자신들에게 누가 보내는 찬사가 진실의 엄밀한 표현이며, 그 누구와도 관련이 없는 어느 예술품에 대해 그러듯 아무 편견 없이 또 가차 없이 내리는 평가라고 생각한다. 그리하여 그러한 상황에서는 항상 여일한, 다음과 같은 자부심 가득하고 순진한 질문을 나에게 던지는 순간, 그녀의 진지함이 나로 하여금 나의 위선 때문에 얼굴을 붉히게 하였다. "마음에 드세요?" — "지금 샹뜨뻬에 관해 이야기들 하는 중이지요." 베르뒤랭 씨가 우리 두 사람에게로 다가오며 말하였다. 나의 관심을 끌던 그 초록색 천과 숲에서 발산되던 냄새에 관해 생각하고 있었던지라,[309] 브리쇼가 어원들을 장황하게 늘어놓으면서 사람들로 하여금 자신을 비웃게 하였다는 사실을 간파하지 못한 사람은 오직 나 하나뿐이었다.[310] 또한 내가 보기에는 사물들에게 그것들의 가치를 부여하는 인상들이, 다른 이들은 느끼지 못하거나 그것들을 생각해 보지도 않고 무의미한 것인 양 떨쳐버리는 것들이었던지라, 또한 따라서 내가 비록 그것들을 누구에게 말할 수 있었다 할지라도 그것들이 이해되지 않거나 무시당하였을 것인지라, 그 인상들이 나에게 전혀 소용없는 것들이었을 뿐만 아니라, 더 나아가, 내가 아르빠종 부인 댁에서 즐거워하였을 때 게르망뜨 부인에게 그렇게 보였듯이,[311] 내가 브리쇼의 말을 '삼키듯이 덮어놓고 믿는다'고 여기던 베르뒤랭 부인의 눈에 내가 멍청한 사람으로 보이게 하는 부정적인 측면도 가지고 있었다. 하지만 브리쇼에게는 다른 이유 하나가 있었다. 나 또한 그 '작은 동아리'의 일원이 아니었다. 그런데 어떠한 동아리에서건, 그것이 사교적이건 정치적이건 문학적이건, 사람들은 하나의 대화에서, 어느 연설에서, 한 편의 소설에서, 하나의 쏘네또[312]에서, 정직한 독자라면 그 속에서는 발견할 수 있으리라 꿈도 꾸지 못하였을 것을 발견하는 사악한 용이함을 얻는다. 달변이며 나이 지긋한 어느 학술원 회원이 능란하게 엮은 단편 하나를 상당히 감동 깊게 읽으면서, 블록이나 게르망뜨 부인에게 '정말 아름답군!'이라고 말하려던 찰나, 내가 미처 입을 열기도 전에 그들이 각자 서로 다른 언어로 이렇게 소리치던 일이 얼마나 자주 발생하였던 가! "즐거운 한때를 보내시고자 한다면, ✽✽✽의 단편소설을 읽으세요. 인간의 멍청함이 일찍이 그 지경에까지 이른 적은 없어요." 블록이 표하던 멸시는 특히 문체의 특정 효과가 비록 유쾌하긴 해도 조금 퇴색했다는 데서 비롯되었고, 게르망뜨 부인이 표하던 멸시는, 나라면 결코 생각조차 하지 못하였을, 그러나 그녀가 기발하게 추론한 사실 때문에, 그 단편소설이 작가가 말하려던 것의 정반대 되는 것을 입증한다는 데서 비롯되었다. 나는 브리쇼에게로 향한 베르뒤랭 씨 내외의 표면적인 친절 밑에 감추어진 빈정거림을 보면서, 며칠 후 훼떼른느에서 내가 라 라스쁠리에르에 대하여 열광적인 찬사를 아끼지 않자 깡브르메르 가문 사람들이 나에게 한 다음 말을 들을 때만큼이나 놀랐다. "그들이 그곳을 그 꼴로 만들어 놓은 것을 목격하셨으니, 당신의 찬사가 진지할 수는 없어요." 식기들이 아름다웠다고 그들이 고백한 것은 사실이다. 그러나 충격적이었다는 '바람막이 커튼'과 마찬가지로, 나는 식기들이 아름답다는 것도 알아차리지 못하였다. "드디어 이제, 발백에 돌아가시면, 발백이 무엇을 의미하는지 아시게 되었습니다그려." 베르뒤랭 씨가 빈정거리듯 나에게 말하였다. 나의 관심을 끌던 것은 브리쇼가 나에게 알려준 바로 그것들이었다. 그의 기지라고 그 내외가 지칭하던 것에 대해 말하거니와, 그것은 일찍이 그 작은 동아리 내에서 그토록 높이 평가하던 것과 정확히 같은 것이었다. 그는 전과 다름없이 자극적일 만큼 유연하게 말하였으나, 그의 말이 더 이상 힘차게 지탱하지 못하였고, 적대적인 침묵이나 불쾌한 반향을 극복해야 하였으니, 변한 것은 그가 말하던 내용이 아니라 응접실의 음향효과와 청중의 기분이었다. "조심하세요!" 베르뒤랭 부인이 브리쇼를 가리키면서 나지막하게 말하였다. 브리쇼가 시각보다 더 날카로운 청각을 간직하고 있었던지라, '안주인 마님'에게 근시안의 그리고 철학자의 시선을 한 번 던진 다음 서둘러 고개를 돌렸다. 그의 눈이 부실했던 반면, 지성의 눈은 사물들 위로 조금 더 광범위한 시선을 던지고 있었다. 그는 인간적 자애로움으로부터 기대할 것이 거의 없음을 깨달았던지라 아예 체념하고 있었다. 물론 그러면서 괴로워하였다. 평소 자기에게 호의를 보이던 사람들 사이에서, 어느 날 저녁, 그들이 자신을 지나치게 경박하다고 여기거나 혹은 지나치게 현학적이고 지나치게 서투르며 지나치게 무례하다고 여긴다는 사실을 짐작한 사람이 서글픈 심정으로 집에 돌아오는 경우도 있다. 대개의 경우, 어떤 견해들이나 학설의 문제 때문에, 그가 다른 이들의 눈에 어처구니없거나 구식처럼 보인다. 대개의 경우, 그는 그 다른 이들이 자기보다 열등함을 정확히 안다. 그들이 자신을 암암리에 단죄하면서 내세운 궤변들을 세밀하게 해부할 수도 있을 것이고, 따라서 그들을 방문하거나 그들에게 편지를 보낼 충동을 느끼지만, 현명한 그는 아무 조치도 취하지 않고 다음 주의 초청을 기다린다. 때로는 그러한 불운이 하루 저녁에 끝나는 대신 여러 달 동안 지속되기도 한다. 그러한 불운들이 사교계의 변덕스러운 평가에 기인된지라, 그것들이 다시 사교계의 변덕을 증대시킨다. 왜냐하면 X 부인이 자기를 멸시한다는 사실을 알게 된 남자가 Y 부인 댁에서 자기를 높게 평가함을 느낄 경우, 그는 그녀가 훨씬 우월하다고 공언하면서 그녀의 응접실로 옮겨가기 때문이다. 그러나 사교계 생활에 어울리지 않을 만큼 탁월한 자질을 가졌으되 그러한 생활 테두리 밖에서는 자신을 실현하지 못한 채,[313] 초대받는 것에 행복해하고 인정받지 못해 마음이 상했다가, 자기들이 예찬하던 댁 안주인의 결점들과 일찍이 그 진가를 미처 가늠하지 못하였던 여인의 천부적 재능을 새삼 발견하는, 그리하여 두 번째 사랑들 역시 가지고 있는 부정적인 측면들로 인해 고통을 받은 후 그리고 첫 번째 사랑들의 부정적인 측면들이 조금 잊혀진 후, 자기들의 첫 번째 사랑 쪽으로 되돌아오는, 그러한 남자들을 여기에서 묘사할 계제는 아니다. 브리쇼가 마지막 사랑이라 여기고 있던 그녀가 그에게 야기시킨 슬픔이 어떠했을지, 그 짧은 불운에 입각해 누구든 판단할 수 있을 것이다. 그는 베르뒤랭 부인이 자기를 가끔 공공연히, 심지어 자기의 신체적 결함까지 비웃는다는 사실을 모르지 않았으나, 인간의 애정으로부터 기대할 것이 별로 없다는 것을 알고 그러한 현상에 순응하였던지라, 그로 인해 '안주인 마님'을 자기의 가장 친한 벗으로 여기는 마음이 약화되지는 않았다. 그러나 대학교수의 얼굴을 뒤덮는 홍조를 본 베르뒤랭 부인은, 자기의 말이 그에게 들렸음을 깨달았고, 나머지 저녁 시간 동안에는 그에게 친절히 굴어야겠다고 스스로 다짐하였다. 나는 그녀가 싸니에뜨를 너무 홀대한다는 말을 그녀에게 하지 않을 수 없었다. "아니, 홀대하다니요! 하지만 그는 저희 두 사람을 매우 좋아하며, 당신은 그에게 저희들이 어떤 존재인지 모르시는 모양이군요! 저의 남편이 때로는 그의 멍청함 때문에 짜증을 좀 내고, 솔직히 말하자면 그럴 만한 이유나 있지만, 그럴 때마다 땅바닥에 납작 엎드리는 비굴한 개의 기색을 띠는 대신, 왜 더 강력하게 반발하지 않지요? 그것은 솔직하지 못한 처사예요. 저는 그러한 태도를 좋아하지 않아요. 그럼에도 불구하고 저는 항상 저의 남편의 성질을 누그러뜨리려 애를 써요. 그가 만약 도를 넘으면 싸니에뜨가 다시 오지 말아야 할 처지에 놓일 것이기 때문인데, 저는 그런 일은 원치 않아요. 그에게 돈이 한 푼도 없어, 저녁 끼니를 때울 방도가 없기 때문이에요. 하지만 여하튼 그가 기분이 상하여 다시 오지 않는다 해도 그것은 제가 상관할 일이 아니며, 다른 사람들의 도움이 필요한 처지에 놓일 경우에는 그토록 멍청하지 않으려고 노력하는 법이에요."―"오말 공작령[314]이 프랑스 왕실로 귀속되기 전에는 오랜 세월 동안 우리 가문 소유였습니다." 경악을 금치 못하는 모렐 앞에서 샤를뤼스 씨가 깡브르메르 씨에게 설명하였는데, 사실대로 말하자면, 그 장광설을 모렐을 향하여 늘어놓지는 않았지만, 적어도 그것이 그에게 전달되기를 바랐을 것이다. "우리 가문은 모든 외국 종친들보다 우선권을 누렸으며, 공께 그러한 예를 무수히 보여드릴 수 있습니다. 국왕의 형님 장례식장에서 크로이[315] 공작 부인이 나의 고조모님 다음에 무릎을 꿇으려 하자, 나의 고조모님께서 그녀에게 그럴 권리가 없다고 가혹하게 지적하시고, 의전관으로 하여금 그녀의 방석을 치워버리게 하신 다음,[316] 그 일을 국왕께 아뢰사, 국왕께서 크로이 부인에게 하명하시기를, 나의 고조모님이신 게르망뜨 부인 댁에 가서 사죄하라 하였습니다. 또한 부르고뉴 공작이 권장(權杖)을 세워 든 의전관들을 앞세우고 우리 가문을 방문하였던지라, 우리가 국왕께 상주하여, 차후로는 권장을 세워 들지 말라는 국왕의 하명이 있었습니다.[317] 자기 혈족들의 무용담을 이야기하는 것이 꼴볼견임은 저도 압니다. 그러나 우리 가문 사람들이 위험한 때에 항상 앞장섰다는 것은 잘 알려진 사실입니다. 우리가 브라방 공작들의 군호를 버린 후에는 '전진!'[318]이라는 군호를 택하였습니다. 따라서 우리 가문이 그토록 여러 세기 동안 전쟁터에서 또 어디에서나 요구하던 선봉에 설 권한을 그 이후 궁정에서도 얻은 것은, 요컨대 상당히 합법적입니다. 또한 그 권한은 궁정에서 항상 인정되었습니다. 그 중거로 바덴 대공 부인과 관련된 일화를 공께 들려드리겠습니다. 그녀가 자신의 서열을 망각한 채, 제가 조금 전 말씀드린 게르망뜨 공작 부인을 상대로 다툼을 벌이면서, 저의 선조 할머니께서 잠시 머뭇거리셨던지(그러실 이유가 없었건만), 그 틈을 이용하여 알현실에 먼저 들어가려 하였는데, 국왕께서 이렇게 소리치셨습니다. '들어오시오, 들어와요, 나의 사촌 누이여, 바덴 부인께서는 자신이 누이를 어떻게 대하여야 할지 잘 알고 계시오.' 또한 그녀 자신의 모계 혈통만 보아도, 폴란드 왕비와 헝가리 왕비 그리고 팔라티나트 선거 후, 싸부와 대공 싸부와—까리냥, 하노버 대공, 게다가 잉글랜드 국왕 등의 질녀라는 고귀한 혈통이시지만, 게르망뜨 공작 부인이라는 지위만으로도 그만한 자격을 가지고 계셨습니다." — "마이케나스 아타비스 에디테 레기부스!"[319] 브리쇼가 샤를뤼스 씨에게 말하였고, 그 정중한 인사에 그가 고개를 가볍게 숙여 답례하였다. — "지금 무슨 말씀을 하신 거예요?" 자기가 조금 전에 한 말이 마음에 걸려, 그 잘못을 조금이나마 시정하려는 뜻으로 베르뒤랭 부인이 브리쇼에게 물었다. — "감히 말씀드리건대, 누룽지[320]의 꽃이었던 어느 우쭐대던 겉멋쟁이에 대해(베르뒤랭 부인이 그 말에 눈살을 찌푸렸다), 아우구스투스 세기에 살았던(그 누룽지가 먼 옛날에 살았다는 사실에 다시 안심한 베르뒤랭 부인이 평온한 기색을 되찾았다), 비르길리우스와 호라티우스의 친구이며, 그 두 사람이 그의 귀족 이상인 왕족 선조들을 들먹이면서 그의 면전에다 아첨하는 말을 마구 쏟아냈던, 다시 말해, 그 마이케나스에 대해, 호라티우스와 비르길리우스와 아우구스투스의 친구였던 그 도서관의 쥐[321]에 대해 말한 것입니다. 저는 샤를뤼스 씨가 모든 관점에서 마이케나스가 어떤 사람이었는지 잘 아시리라 확신합니다." 베르뒤랭 부인이 모렐에게 이틀 후에 또 오라고 하는 말을 들었던지라, 그러나 자기는 초대받지 못할까 염려하였던지라, 그녀를 곁눈질로 우아하게 바라보면서 샤를뤼스 씨가 얼른 이렇게 말하였다. "제 생각으로는 마이케나스가 고대 로마 시절의 베르뒤랭 같은 무엇이었던 것 같습니다." 베르뒤랭 부인은 만족스러운 미소를 완전히 억제할 수 없었다. 그녀가 모렐에게로 다가가서 그에게 말하였다. "당신 부모님의 친구분이 마음에 들어요. 유식하고 가정교육 잘 받은 사람임에 틀림없어요. 우리의 '작은 핵'에 유용하겠어요. 그런데 그가 빠리의 어느 구역에 사나요?" 모렐은 거만한 침묵으로 일관하였고, 카드놀이 한 판 하자고 요청할 뿐이었다. 베르뒤랭 부인은 그러기 전에 바이올린을 조금 연주해 달라고 하였다. 자신이 가지고 있던 뛰어난 재능에 대해 결코 이야기한 적이 없던 샤를뤼스 씨가, 놀랍게도, 포레의 〈피아노와 바이올린을 위한 쏘나따〉[322]의 마지막 소곡 (불안하고 기복 심하며 슈만풍이지만, 여하튼 프랑크의 쏘나따 이전에 작곡된) 연주 순간 피아노 앞에 앉아, 가장 순수한 스타일로 반주를 맡았다. 나는 그가 음과 기교에 있어 경이로운 재능을 타고난 모렐에게, 그에게 결여된 바로 그것들을, 즉 교양과 스타일을 줄 수 있으리라 직감하였다. 그러나 나는 같은 한 남자 속에서 하나의 생리적 결점과 정신적 재능을 결합시키는 것이 무엇일지 호기심에 사로잡혀 생각해 보았다. 샤를뤼스 씨는 그의 형인 게르망뜨 공작과 크게 다르지는 않았다. 심지어 조금 전 (또한 드문 일이었다), 그는 자기의 형 못지않게 부정확한 프랑스어를 사용하였다. 자기를 방문하지 않았다고 나를 나무라길래 (의심할 나위 없이 나로 하여금 베르뒤랭 부인에게 모렐에 대하여 따뜻한 어투로 말하도록 하기 위해서였을 것이다) 나는 신중함 때문이라고 하였으며, 그러자 그가 이렇게 대꾸하였다. "하지만 그것을 당신에게 요청하는 사람은 나이니, '그 일로 인해 화가 날 수 있을'[323] 사람은 나밖에 없소." 게르망뜨 공작이 그런 식으로 말할 수 있었을 것이다. 결국 샤를뤼스 씨는 게르망뜨 가문 사람에 불과했다. 하지만 그가 자기의 형인 공작이 그랬을 것처럼 어떤 여인을 택하는 대신 비르길리우스의 목동이나 플라톤의 제자를[324] 택하도록 하기 위하여, 자연은 그의 신경 체계에 불균형을 야기시키는 것으로 충분했고, 그러자 게르망뜨 공작에게는 없으며 흔히 그 불균형과 연관된 미지의 특질이, 샤를뤼스 씨를 하나의 감미로운 피아니스트로, 취향이 결여되지 않은 하나의 화가로, 하나의 웅변가로 만들어놓았다.[325] 샤를뤼스 씨가 포레의 쏘나따 중 슈만풍의 소곡을 연주하며 동원한 빠르고 초조해하는 듯하며 매력적인 그 스타일, 샤를뤼스 씨의 전적으로 육체적인 부분들 속에, 신경성 결함들 속에, 그 스타일에 상응하는 존재가—감히 그 스타일의 원인이라고는 하지 못하거니와—있음을 누가 감지할 수 있었겠는가? 우리는 '신경성 결함'이라는 말에 대해 그리고 어떤 이유 때문에 쏘크라테스 시절의 그리스 남자와 아우구스투스 시절의 로마 남자[326]가, 오늘날 우리의 눈에 흔히 띄는 '남자 탈을 쓴 여자들'[327]이 아닌, 완벽한 남자로 머물면서 우리가 아는 그러한 부류일 수 있었는지, 뒤에[328] 설명을 시도할 것이다. 끝내 결실을 보지 못한 진정한 예술적 소질을 가지고 있었을 뿐만 아니라, 샤를뤼스 씨는 자기의 형인 공작보다 어머니를 훨씬 더 사랑하였고, 자기의 아내를 사랑하였으며, 그리하여 여러 해가 지난 후에도 누가 그녀들 이야기를 꺼내면 눈물을 흘리곤 하였으나, 그 눈물은 지나치게 비대한 사람의 이마를 걸핏하면 축축하게 적시는 땀만큼이나 피상적이었다. 사람들은 비대한 이들에게 '무척 더우시군요!'라고 말하는 반면, 다른 이들의 눈물은 못 본 체한다. '사람들'이란 곧 사회를 가리키는 바, 그 평범한 사람들은 흐느낌이 출혈[329]보다 더 심각한 증세이기라도 한 듯, 누가 울면 더 불안해하기 때문이다. 아내의 죽음에 뒤따른 슬픔도, 거짓말 습관 덕분에, 샤를뤼스 씨로부터 합당하지 못한 생활을 배제시키지는 못하였다. 또한 심지어 장례식이 거행되는 동안에도, 성가대 소년에게 이름과 주소를 묻는 추태를 부렸다고도 한다. 그리고 그 소문이 아마 사실일 것이다.

소곡 연주가 끝났을 때 내가 용기를 내어 프랑크의 곡을 연주해 달라고 하였으나, 그 곡이 깡브르메르 부인에게 하도 괴로움을 주는 듯하여 더 이상 간청하지는 않았다. "그것을 좋아하실 수 없을 거예요." 그녀가 나에게 말하였다. 그녀가 대신 드뷔씨의 〈축제〉330)를 연주해 달라고 하였고, 첫 음이 들리기 무섭게 탄성이 터져 나왔다. "아! 숭고해요!" 그러나 자신이 그 곡의 첫 소절밖에 모른다는 사실을 깨달은 모렐이, 장난기에 이끌려, 속일 의도는 추호도 없이, 메이어비어의 행진곡 하나를 연주하기 시작하였다. 불행하게도 그가 두 곡 사이의 간격을 거의 두지 않았고, 다른 곡임을 알리지도 않았던지라, 그가 아직도 드뷔씨의 곡을 연주한다고 모든 사람들이 생각하면서 계속 탄성을 질렀다. "숭고해!" 모렐이 연주하고 있는 곡을 지은 사람이 『뻴레아스』를 작곡한 이가 아니라 『마귀 로베르』331)의 작곡자라고 밝혀 분위기가 조금 냉랭해졌다. 깡브르메르 부인만은 그 냉랭함을 느낄 겨를조차 없었으니, 그녀가 이제 막 스까를라띠의 악보 하나를 발견하고 히스테리 환자처럼 충동적으로 그것에 들러붙었기 때문이다. "오! 이것을 연주해요, 받으세요, 이것을, 신성해요." 그녀가 소리쳤다. 하지만 그토록 오랜 세월 동안 무시당하다가 최근에야 영광의 정점에 오른332) 그 작곡가의 작품들 중 그녀가 열에 들뜬 듯 조바심하며 고른 것은, 사람들의 수면을 자주 방해하던 그리고 바로 위층에 사는 무자비한 여학생이 한없이 반복 연주하는, 그 저주받은 소곡333)이었다. 그러나 모렐이 더 이상 연주를 하지 않겠다고 하며 카드놀이에 집착하는지라, 샤를뤼스 씨 역시 놀이에 참여하고 싶어 휘스트334) 한 판을 제안하였다. "그가 조금 전 주인어른께 말하기를, 자신이 왕족이라 하였지만, 그것은 사실이 아닙니다." 스키가 베르뒤랭 부인에게 말하였다. "그는 건축업에 종사하는 미미한 도시 중산층 가문 출신입니다." — "당신이 마이케나스에 관하여 하시던 말씀이 무엇인지 알고 싶어요. 그것이 재미있어요, 정말이에요!" 베르뒤랭 부인이 브리쇼에게 거듭 말하는데, 그녀의 상냥함이 그를 열광시켰다. 그리하여 '안주인 마님'의 눈에 그리고 아마 나의 눈에도 돋보이기 위하여 그가 이렇게 대꾸하였다. "하지만 사실대로 말씀드리자면 부인, 마이케나스가 저의 관심을 끄는 것은 특히 그가 오늘날 프랑스에서 브라마나 크리스토스보다도 더 많은 신봉자를 거느리고 있는 그 중국의 신, 매우 강력한 '즈–망–푸'[335]라는 신의 탁월한 첫 번째 사도이기 때문입니다." 그러한 경우, 베르뒤랭 부인은 얼굴을 두 손으로 감싸는 것만으로는 만족하지 않았다. 그녀는 흔히들 하루살이라고 부르는 곤충들처럼 급작스럽게 쉐르바또프 대공 부인에게로 달려들곤 하였고, 대공 부인이 가까이에 있으면, 그녀의 겨드랑이에 들러붙어 자기의 손톱들을 그 속에 처박은 다음, 숨바꼭질하는 아이처럼 잠시 동안 그 속에 얼굴을 감추었다. 그러한 보호막에 가려져, 누구든 그녀가 눈물이 나도록 웃고 있으리라 생각하였으나, 아울러 조금 긴 기도를 하는 동안 얼굴을 두 손으로 감싸는 현명한 예방 조치를 취하는 사람들처럼, 전혀 아무 생각도 하지 않을 수 있었다. 베르뒤랭 부인은 베토벤의 사중주곡들을 들으면서도 기도하는 사람들을 모방하곤 하였는데, 그것은 자기가 그 곡들을 기도로 간주함을 사람들에게 보이기 위해서였고, 아울러 그것들을 듣다가 잠드는 모습을 보이지 않기 위해서였다. "저는 매우 진지하게 말하는 것입니다, 부인." 브리쇼가 계속하였다. "제가 생각하기로는, 오늘날 자기의 배꼽이 세계의 중심인 듯 그것을 들여다보며 세월 보내는 이들이 너무 많은 것 같습니다. 그것이 좋은 교리이니, 저는 우리들을 거대한 전체[336] (그것은 뮌헨이나 옥스퍼드처럼, 아니 에르나 부와-꼴롱브보다도 빠리에 훨씬 더 인접해 있습니다)[337] 속에 용해시키려는 경향을 띤 니르바나[338]라고 하는 것을 배척할 하등의 이유도 가지고 있지 않습니다만, 일본인들이 아마 우리의 비잔티움 성문에 이미 도착해 있을지도 모르는 판국에,[339] 집단화된 반군국주의자들이 자유시(自由詩)의 중추적인 덕목들에 대하여 엄숙하게 토론하는 것은, 좋은 프랑스인의, 아니 좋은 유럽인의 거조가 아닙니다." 베르뒤랭 부인은 이제 자신 때문에 타박상을 입었을 대공 부인의 어깨를 놓아주어도 좋을 것이라 생각하였음인지, 그녀의 겨드랑이에 처박았던 얼굴을 다시 쳐들었고, 그러면서 눈물 닦는 척하는 것과 두세 번 한숨 돌리는 것만은 잊지 않았다. 그러나 브리쇼는 나 역시 내 몫의 향연 즐기기를 원하였고, 이 세상 그 누구보다도 능숙하게 자기가 주재하던 숱한 학위논문 심사회를 거치면서 젊은이의 환심을 사기에는 그를 훈계하는 한편, 그를 중요한 인물로 여기는 척하며 아울러 그로 하여금 자기를 반동적 인물로 여기게 하는 것만큼 효과적인 것이 없다는 사실을 유념해 두었던지라, 어떤 연사가 청중 속에 있는 그리고 자신이 그 이름을 언급한 특정인에게 몰래 보내는 그 은밀한 시선을 나에게 던지면서 이렇게 말하였다. "저는 젊음의 신들에게 불경죄를 저지르고 싶지 않습니다. 저는 우리의 새로운 친구가, 같은 또래의 모든 이들처럼, 그 속에서 최소한 성가대 소년 자격으로 비의적 미사를 올렸을 그리고 스스로 퇴폐파나 '장미-십자가파'[340]의 일원임을 과시하였을, 말라르메 예배당 안에서 이단이나 다시 이단에 빠진 자로 단죄되기를 원치 않습니다. 그러나 정말이지 우리들은, 대문자 A로 시작되는 예술(Art)을 숭배하며, 졸라(Zola)라는 알코올에 중독되는 것으로 충분하지 못하여 자신들의 혈관에 베를렌느를 주사하는 그 특이한 지성인들을 너무 많이 목격하였습니다. 보들레르에 대한 신앙으로 인해 에테르 중독자로 변한 그들은, 아편 흡연이라는 상징주의의, 그 불결한 악취의, 뜨겁고 자극적이며 무거운 공기 속에서 위대한 문학적 신경증에 의해 마비된지라, 조국이 언제곤 그들에게 요구할 수 있을 남자다운 씩씩한 노고를 더 이상 감당할 수 없을 것입니다."[341] 브리쇼의 그 어이없고 잡탕인 풍자적 객설에 추호나마 찬탄하는 척할 능력이 없던 나는 스키에게로 얼굴을 돌린 다음, 그가 샤를뤼스 씨의 가문에 대해 전적으로 잘못 알고 있다고 단언하였으며, 그러자 그가 대꾸하기를, 자기는 그렇게 확신한다고 하면서, 내가 심지어 자기에게 그의 실제 이름이 '강댕' 혹은 '르 강댕'이라고 하였다는 말도 덧붙였다. "저는 당신에게 깡브르메르 부인이 엔지니어인 르 그랑댕 씨의 누이라고 하였습니다." 내가 그의 말에 대꾸하였다. "저는 당신에게 샤를뤼스 씨에 관한 이야기는 아예 한 적이 없습니다. 그와 깡브르메르 부인 간의 출신상의 관계는, 그랑 꽁데와 라씬느 간의 관계와 다름없습니다."[342] — "아! 저는 믿었지요…" 몇 시간 전, 자기들로 하여금 자칫 기차를 놓치게 할 뻔했던 그 실수를 저질렀을 때와 마찬가지로, 전혀 무안한 기색 없이 스키가 경박하게 말하였다. "이 해안에 오랫동안 머무실 예정인가요?" 샤를뤼스 씨에게서 하나의 '신도'를 예감한, 그리하여 혹시 그가 너무 일찍 빠리로 돌아가지 않을까 근심하던 베르뒤랭 부인이 물었다. — "이런! 어찌 알겠습니까만, 9월 말까지 머물고 싶습니다." 샤를뤼스 씨가 콧소리를 내며 느릿느릿 대꾸하였다. — "잘 생각하셨어요." 베르뒤랭 부인이 말하였다. "멋진 폭풍우의 계절이에요." — "사실대로 솔직히 말씀드리자면, 그것이 저로 하여금 결단을 내리게 하지는 않을 것입니다. 제가 얼마 전부터는 저의 수호성자이신

대천사 성 미카엘에 대해 지나치게 등한했던지라, 그분의 축일인 9월 29일까지 몽 수도원343)에 머물러 그간의 잘못을 벌충할 생각입니다."—"그러한 일들에 큰 관심을 가지고 계신가요?" 그토록 먼 곳까지 다녀오려면, 바이올린 연주가와 남작이 48시간 동안 자기들을 '놓아버리지' 않을까 하는 염려를 하지 않았다면, 아마 상처받은 자기의 반교권주의로 하여금 입을 다물게 하는데 성공하였을 베르뒤랭 부인이 물었다.—"부인께서 혹시 간헐적인 청각 장애에 시달리시는지 모르겠습니다." 샤를뤼스 씨가 방자한 어투로 대꾸하였다. "제가 부인께 말씀드리기를, 미카엘 성자가 저의 영광스러운 수호자들 중 하나라고 하였습니다." 그러더니 호의적인 황홀함이 감도는 미소를 지으면서 눈을 멀리 고정한 채, 내가 보기에는 미학적이기보다 종교적인 열광에 들뜬 음성으로 다시 말하였다. "미카엘이 봉헌식 때 하얀 법의 차림에 신에게까지 그 냄새가 올라갈 만큼 향료 가득 담은 황금 향로를 들고 주제단 옆에 서 있는 모습은344) 정말 아름답습니다!"—"우리 모두 함께 그곳에 갈 수도 있을 거예요." 빵모자345)에게로 향한 혐오감에도 불구하고 베르뒤랭 부인이 넌지시 제안하였다.—"그 순간에는, 봉헌식이 시작되기 무섭게, 우리의 젊은 친구가 바하의 아리아 한 곡과 격투를 벌이면서 연주해 내는 것을 보면 황홀할 것입니다." 그 이유는 다르나, 의회의 뛰어난 연사와 같은 태도로, 중간에 누가 하는 말에 결코 응대하지 않고 못 들은 척하는 샤를뤼스 씨가 다시 말하기 시작하였다. "그 착한 수도원장도 기뻐서 미칠 지경이 될 것이며, 제가 저의 성스러운 수호자에게 바칠 수 있는 가장 큰 찬양, 적어도 가장 큰 공개적인 찬양이 될 것입니다. 다른 신도들에게는 얼마나 큰 감화를 주겠습니까! 잠시 후에 성 미카엘처럼 역시 군인인 젊은 음악적 안젤리꼬346)에게 그 이야기를 해야겠습니다."

게임은 하지 않더라도 패를 받으라고[347] 싸니에뜨를 불렀으나, 자기는 휘스트 게임을 모른다고 하면서 응하지 않았다. 그러자 기차 시각까지 많은 시간이 남지 않았음을 간파한 꼬따르가, 모렐을 상대로 즉시 에까르떼[348] 한 판을 시작하였다. 미칠 듯 화가 난 베르뒤랭 씨가 무시무시한 기색으로 싸니에뜨를 향해 다가가더니 버럭 소리를 질렀다. "당신은 아무 놀이도 할 줄 모르는군!" 휘스트 한 판 즐길 계기를 놓친 것에 미칠 듯 화가 났기 때문이며, 아울러 지난날의 고문서 보관소 직원을 욕보일 기회를 만난 것이 황홀했기 때문이다. 두려움에 사로잡힌 경황에도 싸니에뜨가 제법 재치 있는 기색을 띠면서 이렇게 대꾸하였다. "천만에, 피아노 놀이는 알아요."[349] 꼬따르와 모렐은 이미 마주 앉아 있었다. "카드를 잡으시지요!" 꼬따르가 말하였다.─"카드놀이 탁자 곁으로 조금 다가갑시다." 바이올린 연주자가 꼬따르와 함께 있는 것을 보고 불안해진 샤를뤼스 씨가 깡브르메르 씨에게 말하였다. "그 예의범절이라는 문제들이 우리 시대에는 별 의미가 없다는 점 또한 흥미롭습니다. 우리들에게 남은 유일한 왕들은, 적어도 프랑스에서는, 카드놀이의 왕들뿐이고 그들이 젊은 명연주가의 수중으로 몰려드는 것 같습니다." 카드놀이에 임하는 모렐의 태도에까지 감탄하였음인지, 또한 모렐의 환심을 사기 위하여 그리고 아울러 바이올린 연주가의 어깨 위로 자신의 몸을 숙이던 그 동작을 변명하기 위하여, 그가 얼른 그렇게 덧붙였다.─"제가 패를 떼겠소!" 어느 수상쩍은 이방인의 억양을 흉내 내면서 꼬따르가 말하였는데,[350] 그 명의께서 심지어 중환자의 침상 앞에서도, 간질 환자처럼 표정 변화 없이 자기가 습관적으로 사용하는 상스러운 신소리 하나를 그렇게 툭 던질 때마다, 그의 제자들이나 진료실 책임자가 그러듯, 그의 아이들이[351] 웃음을 터뜨리곤 하였다.─"어떤 패를 써야 좋을지 모르겠습니다." 모렐이 깡브르메르 씨의 견해를 물으며 말하였다. ―"뜻대로 하시오, 어떻게 하든 당신이 질 것이니, 이것이건 저것이건 마찬가지요." ―"에갈이라[352]… 갈리-마리에[353] 말씀입니까?" 무엇을 암시하는 듯하며 호의적인 시선을 깡브르메르 씨 쪽으로 한 번 굴리면서 의사가 말하였다. "우리가 진정한 디바[354]라고 부르는 그러한 것이었지요, 꿈이었지요, 다시는 볼 수 없는 까르멘이었습니다. 그 역을 맡기 위해 태어난 여인이었습니다. 저는 그곳[355]에서 엔갈리-마리에[356]의 공연을 듣는 것도 좋아하였습니다." 후작이 꼬따르의 그 말을 들더니, 초대된 다른 손님들이 교분을 맺을 수 있을만한 사람들인지 확신하지 못하는 기색을 보임으로써 자신을 초대한 집주인을 모욕한다는 사실을 깨닫지 못할 뿐만 아니라, 그들을 무시하는 표현들을 사용하면서 그러한 자신들의 태도가 잉글랜드적 습관[357] 탓이라고 변명하는, 좋은 가문 사람들 특유의 모욕적인 상스러움을 보이면서 벌떡 일어나 말하였다. "카드놀이 하는 저 신사분은 어떤 사람입니까? 그의 생업이 무엇입니까? 무엇을 '판매' 합니까? 저와 함께 있는 사람이 누구인지 제가 상당히 알고 싶어하는 이유는, 아무하고나 함부로 관계를 맺고 싶지 않기 때문입니다. 그런데 주인장께서 영광스럽게도 저를 그에게 소개하실 때, 저는 그의 이름을 듣지 못하였습니다." 만약 베르뒤랭 씨가 그 말의 마지막 부분을 구실로 삼아 실제로 깡브르메르 씨를 다른 초대 손님들에게 소개하였다면, 깡브르메르 씨는 그것이 매우 잘못된 처사라 여겼을 것이다.[358] 그러나 실제로 발생한 일은 그 반대였음을 아는지라, 그는 온후하고 겸손한 기색을 띠는 것이 우아하고 또 위험도 없을 것이라 생각하였다.[359] 베르뒤랭 씨가 꼬따르와의 친분에 대하여 느끼고 있던 자부심은, 그 의사가 하나의 저명한 교수로 변한 이후 더욱 커졌다. 또한[360] 그 자부심은 더 이상 지난날의 순진한 형태로 표현되지 않았다. 전에는, 즉 꼬따르가 겨우 알려졌던 시절에는, 혹시 누가 베르뒤랭 씨에게 그의 아내가 앓고 있던 안면신경통에 관한 이야기를 하면, 자기들이 알고 있는 것이 저명하며 자기들의 딸에게 노래를 가르치는 선생을 모든 사람들이 알 것이라고 생각하는 사람들의 순진한 자존심에 이끌려, 그가 이렇게 말하곤 하였다. "어쩔 수 없지요." (그러나 그가 저명해진 후에는 그의 말이 이렇게 변하였다.)361) "그녀를 돌보는 의사가 만약 이류 의사라면 다른 치유책을 물색할 수도 있겠지만, 그 의사의 이름이 꼬따르일 경우에는 (그는 그것이 마치 부샤르나 샤르꼬이기라도 한 듯 그 이름을 발음하였다)362) 사다리를 거둘 수밖에 없지요."363) 그러나 이번에는, 깡브르메르 씨가 틀림없이 그 유명한 꼬따르 교수에 관한 이야기를 들었으리라는 것을 아는지라, 이전과는 반대로 조금 모자라는 사람의 기색을 지으면서 이렇게 말하였다. "우리 집 가정의인데, 우리가 지극히 아끼는 심성 착한 사람이고, 우리를 위해서라면 몸이 네 쪽으로 잘리는 것도 마다하지 않을 것입니다. 그러니 의사라기보다는 친구라고 하는 편이 옳겠지요. 아마 그의 이름을 들으신 적이 없을 것이고, 제가 말씀드린다 해도 낯선 이름일 것입니다. 여하튼 우리에게는 그저 일개 착한 사람의 그리고 지극히 소중한 친구의 이름일 뿐이며, 꼬따르라고 합니다." 겸허한 기색으로 그렇게 중얼거린 이름을 듣고 깡브르메르 씨는 그 이름이 다른 인물과 관련되지 않았을까 생각하였다. ―"꼬따르요? 혹시 꼬따르 교수 말씀하시는 것 아닌가요?" 공교롭게도 바로 그 순간, 상대방이 내놓은 카드를 보고 당황한 그 교수가, 자기의 카드들을 펼쳐 든 채 이렇게 말하는 소리가 들렸다. "이제 난관이 시작되는군." ―"아! 그래요, 그 사람이 교수예요." 베르뒤랭 씨가 말하였다. ―"아니! 꼬따르 교수라니! 잘못 아시는 것 아니겠지요! 같은 사람이라고 확신하시나요! 박(Bac) 로에 사시는 그 교수와!" — "맞습니다, 그 사람이 박 로 43번지에 삽니다. 그를 아시나요?" — "꼬따르 교수라면 누구나 알지요. 정상급 인물이니까요! 그렇게 물으심은, 저에게 부프 드 쌩-블레즈나 꾸르뚜와-쒸휘364)를 아느냐고 물으시는 것과 같습니다. 그의 말을 들으면서 저는 그가 범상한 사람이 아님을 즉시 간파하였고, 제가 감히 질문을 드린 것은 그러한 이유 때문입니다." — "어디 좀 보자, 어떤 패를 내야 하나? 으뜸패를?" 꼬따르가 그렇게 묻고 있었다. 그러더니 불쑥, 어떤 병사가 죽음을 초개같이 여기면서 사용하는 속된 표현이 필요할 영웅적인 상황에서조차 짜증 나게 할, 그러나 카드놀이라는 전혀 위험하지 않은 오락에서는 두 배로 멍청해 보이는 상스러움을 드러내면서, 꼬따르는 으뜸패를 내기로 결단을 내리고 '뇌수가 불에 탄'365) 사람의 침울한 기색을 짓더니, 목숨을 거는 사람들을 연상시키면서 마치 그것이 자기의 생명인 양 다음과 같이 소리치며 으뜸패를 던졌다. "여하튼 될 대로 되라지!" 그가 내놓지 말아야 할 패였으나, 그 순간 위안거리 하나가 그의 눈에 띄었다. 응접실 중앙에 있는 커다란 안락의자에서 꼬따르 부인이, 그녀로서는 항거할 수 없는 식곤증에 굴복하여, 헛되이 애를 쓴 후, 가벼우나 거대한 졸음의 엄습에 제압되어 있었다. 자신의 그런 꼴을 비웃으려는 듯, 혹은 누가 자기에게 하였을 친절한 말에 혹시 대답을 하지 못하는 일이 있을까 두려운 듯, 그녀가 이따금씩 미소를 짓기 위하여 얼굴을 다시 꼿꼿이 세우려 하여도 헛일, 무자비하면서 동시에 감미로운 그 괴로움이, 그녀의 노력에도 불구하고 그녀를 번번이 다시 수중에 넣고 있었다. 그녀를 그렇게 단 한 순간 동안만 깨어나게 하던 것은, 어떤 소음이 아니라 하나의 시선이었으니(같은 장면이 매일 저녁 연출되어, 그것이 마치 기상해야 할 시각처럼 그녀의 졸음을 점령하고 있었던지라, 그녀가 애정에 이끌려 눈을 감고도 볼 수 있었고 예견할 수도 있던 시선이었다), 교수는 그 시선으로 그곳에 있던 사람들에게 자기 아내가 잠들었음을 알리곤 하였다. 그가 처음에는 그녀를 응시하고 미소 짓는 것으로 그쳤으니, 그가 의사로서 그러한 식사 직후의 졸음을 나무랐던 반면(그는 야회의 끝 무렵에 화를 내기 위하여 그러한 과학적 이유를 내세우곤 하였으나, 그것에 대한 견해가 다양하니 그것이 결정적인지는 확실하지 않다), 절대적이고 짓궂은 남편으로서, 자기의 아내를 놀리거나, 처음에는 그녀를 반쯤만 깨웠다가 그녀가 다시 잠든 후 그녀를 또 깨우면서 몹시 즐거워하였기 때문이다.

이제 꼬따르 부인이 완전히 잠들었다. 그러자 교수가 그녀에게 소리쳤다. "이런! 레옹띤느, 당신 아예 주무시는군!" — "나의 벗님, 지금 스완 부인이 하는 말을 듣고 있는 중이에요." 꼬따르 부인이 가냘픈 소리로 대꾸한 다음 다시 혼수상태에 빠졌다. — "터무니없는 소리야," 꼬따르가 언성을 높였다. "잠시 후에는 자기가 잠들지 않았다고 우리에게 단언할 거예요. 진찰을 받으러 가서 자기들은 결코 잠들지 않는다고 주장하는 환자들과 같아요." — "아마 정말 그런다고 상상하는 모양입니다." 깡브르메르 씨가 웃으면서 말하였다. 그러나 의사는 짓궂은 말 하는 것 못지않게 반박하기를 좋아하였고, 특히 문외한이 감히 자기에게 의학에 관해 이야기하는 것을 용납하지 않았다. "자기가 잠들지 않았다고 상상하는 경우는 없습니다." 그가 교조적인 어조로 공표하였다.[366] — "아!" 지난날 꼬따르가 그랬을 것처럼 후작이 정중하게 상체를 숙이면서 대꾸하였다. — "당신이 저처럼 트리오날[367] 2그램까지 투약하고서도 수면을 취하는 데 실패한 경험이 없음을 쉽게 알 수 있습니다." 꼬따르가 말하였다. ─ "사실이지, 사실이지, 저는 트리오날도, 또한 얼마 아니 되어 더 이상 효력은 없이 위장 장애만 일으키는 유사한 마약도, 결코 투약해 본 적이 없습니다." 후작이 거만한 기색으로 웃으면서 대꾸하였다. "저처럼 밤새도록 샹뜨뻬 숲에서 사냥을 하고 나면, 장담하거니와, 잠드는 데 트리오날이 필요하지는 않습니다." ─ "그러한 말을 하는 이들은 무지한 사람들입니다." 교수가 대꾸하였다. "트리오날이 때로는 신경의 흥분성을 현저하게 고조시킵니다. 트리오날에 대해 말씀하시는데, 그것이 무엇인지나 아십니까?" ─ "하지만… 제가 들은 바에 의하면 잠자는 데 유용한 의약품이라 합니다." ─ "그것은 저의 질문에 대한 답변이 아닙니다." 대학에서 매주 세 번 시험관 노릇 하는 교수가 현학적인 어조로 반박하였다. "저는 그것이 수면을 촉진하는지 여부를 묻는 것이 아니라, 그것의 정체가 무엇인지를 묻는 것입니다. 그것 속에 있는 아밀과 에틸의[368] 함유량이 얼마인지 저에게 말씀해 주실 수 있습니까?" ─ "모릅니다." 깡브르메르 씨가 당황하여 대꾸하였다. "저는 차라리 좋은 꼬냑[369]이나 '뽀르또 345'[370] 한 잔 마시는 편을 택합니다." ─ "그것들이 열 배는 더 중독성이 강하지요." 교수가 그의 말을 끊었다. ─ "트리오날에 관해서라면," 깡브르메르 씨가 무심히 말하였다. "저의 아내가 그런 것들을 아예 정기적으로 구입하니, 그녀와 이야기하시는 편이 나을 것입니다." ─ "그것에 대하여 대략 당신만큼 아시는 분이겠지요. 여하튼 댁의 부인께서 주무시기 위하여 트리오날을 드시는 반면, 보시다시피 저의 아내에게는 그것이 필요치 않습니다. 이보시오, 레옹띤느, 좀 움직여봐요, 당신의 몸이 마비되겠소, 내가 저녁 식사 직후에 잠을 자던가요? 벌써부터 노파처럼 잠에 골아떨어지면, 나이 육십에 이르면 어찌 되겠소? 몸이 비만해지고 혈액순환 장애를 겪을 것이오…. 나의 말을 아예 듣지도 못하는군." ―"저녁 식사 후의 선잠이 건강에 해롭지요, 그렇지 않습니까 의사 선생?" 꼬따르를 상대로 체면을 회복하기 위하여 깡브르메르 씨가 말하였다. "잘 먹은 다음에는 운동을 해야지요." ―"근거 없는 낭설일 뿐입니다!" 의사가 대꾸하였다. "식사 후에 움직이지 않은 개와 일정 거리를 질주한 개의 위장에서 같은 양의 음식을 채취해 보니, 움직이지 않은 개에게서 소화가 더 진척되었습니다." ―"그렇다면 수면이 소화를 중단시킵니까?" ―"소화가 식도, 위장, 창자 중 어디에서 진행되느냐에 따라 다른데, 의학을 공부하시지 않아서 이해하시지 못할 것이니, 설명을 드리는 것이 부질없을 듯합니다. 이보시오, 레옹띤느, 앞으로… 전진! 떠나야 할 때가 되었소." 그 말은 사실이 아니었으니, 의사가 태연히 카드놀이를 계속하려 하였기 때문이며, 그러나 벙어리처럼, 자기의 가장 교묘한 격려에도 아무 대꾸 없던 그녀의 잠을 더 급작스럽게 중단시키기를 기대하였기 때문이다. 졸음에 저항하려는 의지가 그렇게 잠든 상태에서도 조금이나마 꼬따르 부인에게 존속해 있었음인지, 혹은 안락의자가 그녀의 머리에 지지대를 제공하지 못하였음인지, 그녀의 머리가 왼쪽에서 오른쪽으로 그리고 다시 아래로부터 위로, 마치 생명 없는 물건처럼 허공 속에서 기계적으로 꺼떡거렸으며, 그렇게 머리가 흔들거리는 꼬따르 부인을 보니, 어느 순간에는 그녀가 음악에 귀를 기울이고 있는 것 같기도 했고, 어떤 순간에는 임종의 마지막 단계에 돌입한 것 같기도 하였다. 남편의 점점 격렬해지던 질책이 실패로 끝나는 순간, 자신이 멍청하다고 느낀 그녀의 감정이 성공을 거두었다. "목욕물의 온도는 딱 알맞은데," 그녀가 웅얼거렸다. "사전의 깃털 장식들은…" 그녀가 자세를 꼿꼿이 바로잡으면서 소스라치듯 말하였다. "오! 맙소사! 내가 멍청하기도 하지! 내가 무슨 말을 하는 거지? 내

모자 생각을 하고 있었는데, 내가 멍청한 말을 하였음에 틀림없어, 자칫 잠들 뻔했어, 저 몹쓸 불 때문이야." 모든 사람들이 웃기 시작하였다. 불이 없었기 때문이다.

"모두들 저를 놀리시는군요." 최면술사의 날렵함과 자신의 머리채를 매만지는 여인의 능숙함을 동원하여 이마에 남아 있던 잠의 마지막 흔적들을 손으로 지워버린 꼬따르 부인이 웃으면서 말하였다. "저는 다정하신 베르뒤랭 부인께 정중히 사과드리며 아울러 사실에 관한 말씀을 듣기 원해요." 하지만 그녀의 미소가 순식간에 슬픈 기색으로 변하였으니, 자신의 아내가 자기의 마음에 들려 애를 쓰는 나머지 그러지 못할까 두려워함을 잘 알고 있던 교수가 이렇게 소리쳤기 때문이다. "거울을 좀 보시오, 마치 발진(發疹)이 한꺼번에 분출한 듯 얼굴이 붉어, 당신 모습이 어느 늙은 촌여인 같소." — "모두들 아시다시피 그는 매력적이고, 빈정거리는 듯한 선량함이라는 멋진 측면도 가지고 있어요." 베르뒤랭 부인이 말하였다. "게다가 의과대학 전체가 가망이 없다면서 사형선고를 내렸을 때, 그가 저의 남편을 무덤 입구에서 다시 데려왔어요. 그때 그는 저의 남편 곁에서 사흘 밤을 꼬박 지새웠어요. 따라서 꼬따르가 저에게는, 모두들 아시겠지만," 마치 우리가 의사를 만지려 하기라도 하였다는 듯, 자기의 머리 타래 하얀 두 음악적 관자놀이[371] 근처 영역으로 손을 가져가면서, 엄숙하고 거의 위협적인 어조로 이렇게 덧붙였다, "신성해요! 따라서 그는 자기가 원하는 것이라면 무엇이든 요구할 수 있을 거예요. 게다가 저는 그를 '의사 꼬따르'라 부르지 않고 '의사 신(神)'이라고 불러요! 그런데 제가 그렇게 신이라고 부름으로써 그를 비방하는 꼴이 되어요. 왜냐하면 여기에 계신 그가, 즉 그 '의사 신께서', 다른 신에게 책임을 돌려야 할 불행들 중 일부를 가능한 한 바로잡으시니 말이에요." —

"으뜸패를 내시오." 샤를뤼스 씨가 만족스러운 기색으로 모렐에게 말하였다. ─ "으뜸패를 써야겠군, 어찌 되나 보아야지." 바이올린 연주가가 말하였다. ─ "먼저 당신의 킹 카드를 내놓아야 했소, 방심하신 것 같소, 그러나 게임을 정말 잘하시오!" ─ "킹 카드가 저에게 있습니다." 모렐이 말하였다. ─ "멋지게 생긴 남자군요." 교수가 대꾸하였다. ─ "저 말뚝들로 이루어진 어수선한 물건은 무엇이에요?" 벽난로 위에 조각된 멋진 방패꼴 가문(家紋)을 가리키면서 베르뒤랭 부인이 깡브르메르 씨에게 물었다. "댁의 '문장(紋章)'인가요?" 그녀가 빈정거리듯 덧붙였다. ─ "아닙니다, 저희 집안의 문장이 아닙니다." 깡브르메르 씨가 대답하였다. "저희 집안의 것은, 양쪽 끝에 각각 황금색 클로버가 그려져 있는 그리고 붉은색 총안구(銃眼口)들 다섯이 배치된 황금빛 띠 셋으로 이루어져 있습니다. 아닙니다, 저것들은, 저희들 가계가 아니지만 저희들에게 이 저택을 물려준 아라슈뻴 집안의 문장이며, 일찍이 저희 집안 사람들 중 아무도 그것에 손을 대려 하지 않았습니다. 아라슈뻴 집안은 (사람들 말에 의하면 옛날에는 뻴빌랭이라 하였답니다)[372] 황금빛 바탕에 끝이 붉은 막대 다섯으로 이루어진 문장을 사용하였습니다. 그들이 훼떼른느 집안과 결합되었을 때 그들의 방패꼴 문장이 바뀌기는 하였으나, 오른쪽에 비상하는 담비[373] 무늬와 함께, 매우 작은 황금빛 막대들[374] 끝에 더 작은 십자가들이 매달린 십자가들 스무 개로 여전히 장식된 채 남아 있었습니다." ─ "그만 하세요." 깡브르메르 부인이 아주 나지막하게 말하였다. ─ "저의 증조모님은 아라슈뻴, 혹은 라슈 집안 출신이셨는데, 옛 문서에서는 그 두 명칭이 혼용된지라 어떻게 말해도 상관없습니다." 깡브르메르 씨가 문득 얼굴을 붉히면서 말을 계속하였는데, 자기의 아내로 인하여 그가 몹시 혐오하던 생각이[375] 그 순간에야 뇌리에 떠올랐고,

또한 베르뒤랭 부인을 겨냥한 말이 아니건만 그녀가 혹시 곡해하지 않을까 염려하였기 때문이다. "전하는 이야기에 의하면, '뻴빌랭'이라는 별명을 가지고 있던, 그리하여 '아라슈뻴' 집안의 그루터기 조상인 마쎄라는 분이, 포위 작전에서 방어용 말뚝들을 뽑는 데 특이한 능란함을 보이셨다고 합니다. 그러한 연유로 그분이 귀족 작위를 받으실 때 '아라슈뻴'이라는 별호를 얻으셨고, 보시다시피 여러 세기가 흐르는 동안에도 방패꼴 문장 속에 말뚝들이 존속하였던 것입니다. 적이 요새에 접근하지 못하도록 주위의 땅에 세우던, 표현이 좀 그렇습니다만, 처박던 그리고 함께 엮어놓던 말뚝들을 가리킵니다. 사람들이 아주 적절하게 '꼬챙이'라고 부르며, 착하신 라 퐁뗀느의 작품에 등장하는 '떠다니는 통나무들'[376]과는 아무 상관없는 그 말뚝들입니다. 그것들이 하나의 군사기지를 난공불락의 요새로 만들기 때문입니다. 물론 현대의 포병대를 뇌리에 떠올리면서 모두들 미소를 지을 것입니다. 그러나 11세기의 이야기라는 점을 상기해야 할 것입니다." — "시사성이 결여된 이야기군요, 하지만 작은 종탑[377]은 나름대로 특징이 있군요." 베르뒤랭 부인이 말하였다. — "…의 행운이, '뛰를뤼뛰뛰'의 행운이 당신을 따르는구려." 꼬따르가 모렐에게 말하였는데, 그는 평소에 몰리에르가 사용하던 그 단어를 피하기 위하여 '뛰를뤼뛰뛰'를 즐겨 사용하곤 하였다.[378] "다이아몬드 킹이 왜 퇴역 조치 되었는지 아시오?" — "제가 대신 그 처지에 놓이면 좋겠습니다." 군 복무에 싫증을 느끼고 있던 모렐이 말하였다. — "아! 못된 시민이군." 샤를뤼스 씨가 그렇게 말하면서 스스로를 억제하지 못하고 모렐의 귀를 살짝 꼬집듯이 어루만졌다. — "다이아몬드 킹이 왜 퇴역 조치를 당하였는지 당신은 모르지요?" 자기의 농담에 집착하고 있던 꼬따르가 다시 물었다. "그에게 눈이 하나밖에 없기 때문이오."[379] —

"강적을 만나셨소, 의사 선생." 그가 누구인지 안다는 것을 보여주기 위하여 깡브르메르 씨가 꼬따르에게 말하였다.380)—"이 젊은이가 참으로 놀랍습니다." 샤를뤼스 씨가 모렐을 가리키면서 천진스러운 어투로 끼어들었다. "카드놀이 솜씨가 신의 경지에 달하였습니다." 그러한 논평이 의사에게 별로 기껍지 않았던지, 그가 이렇게 대꾸하였다. "두고 보시면 알 것입니다. 교활함 위에 반쯤 더 큰 교활함이 있는 법입니다."—"퀸 에이스입니다." 운이 좋았던지, 모렐이 의기양양하게 선언하였다. 그 행운을 부인할 수 없다는 듯, 의사가 고개를 떨구고 마치 홀린 사람처럼 중얼거렸다. "멋지군."—"저희들은 샤를뤼스 씨와 함께 식사를 하게 되어 매우 만족스러웠습니다." 깡브르메르 부인이 베르뒤랭 부인에게 말하였다.—"전에는 그와 교분이 없었나요? 상당히 호감 가며 특이한 분이며 '한 시대의' 전형적인 분이에요(어떤 시대냐고 누가 물었다면 그녀가 몹시 당황하였을 것이다)." 베르뒤랭 부인이 예술 애호가의, 판관의 그리고 안주인의 만족스러운 미소를 지으면서 대꾸하였다. 깡브르메르 부인이 나에게 쌩-루와 함께 훼떼른느에 올 생각이냐고 물었다. 그 순간 나는 성으로부터 치솟아 있는 떡갈나무들 위에 오렌지색 초롱불처럼 매달려 있던 달을 보고 찬탄을 금할 수가 없었다. "저것은 아직 아무것도 아니에요. 잠시 후 달이 더 높아져, 계곡 전체가 달빛을 받으면 천배는 더 아름다울 거예요. 저것이 부인께서 훼떼른느에서는 보실 수 없는 거예요!" 베르뒤랭 부인이 거만한 어조로 깡브르메르 부인에게 말하였고, 자기의 소유지를, 특히 임차인들 면전에서 낮게 평가하고 싶지 않았던지라 깡브르메르 부인은 아무 대꾸도 하지 못하였다.—"부인, 이 지역에 아직 한동안 머무실 예정입니까?" 깡브르메르 씨가 꼬따르 부인에게 물었는데, 그 질문이 그녀를 초대하겠다는 하나의 막연한 의도로 간주될 수 있었음과 동시에, 현재로서는 더 구체적인 약속을 유보할 수 있게 해주었다. ─ "오! 물론이에요, 저는 아이들을 위해서 이러한 연례 '대탈출'을 아주 중요하게 생각해요. 누가 뭐라해도 아이들에게는 대기가 필요해요. 그러한 면에서는 제가 혹시 너무 원시적일지도 모르겠으나, 비록 사람들이 'A 더하기 B로' 그 반대 주장을 저에게 증명해 보인다 해도, 저는 좋은 공기가 그 어떠한 '치유책'보다도 아이들에게 좋다고 생각해요. '의과대학' 측에서는 저를 비쉬에 보내고자 하였으나, 그곳에 가면 '질식할 것 같고', 또한 저의 위장은 그 엄장 큰 녀석들이 조금 더 자란 후에나 돌볼 생각이에요.[381] 게다가 '교수께서', 학생들에게 부과하는 각종 시험 이외에 항상 과중한 업무에 시달리시고, 게다가 더위까지 그분을 지치게 만들어요. 그분처럼 일 년 내내 '임전 태세'에 계실 경우, 한 번의 '탁 터놓은 긴장 완화'가 필요하다고 생각해요. 여하튼 저희들은 아직도 한 달 동안 더 머물 예정이에요."[382] ─ "아! 그러면 우리가 다시 만날 수 있겠습니다." ─ "게다가 저의 남편이 싸부와 지역 순방길에 올라야 하기 때문에도 제가 이곳에 머물러 있어야 하고, 그가 이곳에 '정착하려면' 보름쯤 지나야 할 거예요." ─ "저는 그래도 바다 쪽보다 계곡 쪽이 더 좋아요." 베르뒤랭 부인이 다시 말하였다. "돌아가실 때에도 날씨가 찬연할 거예요." ─ "마차들이 준비되었는지 보아야겠소. 당신이 발백으로 돌아가시겠다고 할 경우에 대비하기 위해서인데, 저는 그러실 필요가 없다고 생각하오." 베르뒤랭 씨가 말하였다. "내일 아침에 사람을 시켜 당신을 마차로 모셔다 드리도록 하겠소. 틀림없이 날씨가 좋을 것이오. 길들 또한 찬탄할 만하오." 나는 그럴 수 없다고 하였다. ─ "하지만 여하튼 아직은 떠나실 시각이 아니에요." '안주인 마님'이 이의를 제기하였다. "시간은 충분하니 손님들을 편안히 내버려두세요. 지금들 출발하면 한 시간 앞서 역에 도착할 거예요. 차라리 이곳에들 있는 것이 나아요. 그리고 당신, 나의 어린 모차르트, 오늘 밤 이곳에서 묵고 싶지 않아요?" 그녀가 감히 샤를뤼스 씨에게는 직접 제안하지 못하고 모렐에게 말하였다. "바다 쪽으로 창문이 난 아름다운 방들이 있어요."—"하지만 그는 그럴 수가 없습니다." 카드놀이에 열중해 그녀의 말을 듣지 못한 젊은이를 위하여 샤를뤼스 씨가 대신 대꾸하였다. "그는 자정까지만 외출 허가를 얻었습니다. 그리하여 명령에 순종하는 현명한 아이답게 병영에 돌아가 자야 합니다." 그 순결한 비유를 사용하고 아울러 지나는 길에 자기의 음성을 모렐과 관련된 것에 지그시 기대며, 손으로는 그럴 수 없어, 마치 그를 더듬고 있는 듯하던 말로 그를 만지는 것에서 어떤 싸딕한 쾌락을 발견하는 듯, 호의적이고 거드름 가득하며 고집스러운 음성으로 그가 덧붙였다.

브리쇼가 앞서 나에게 펼친 강론에서 깡브르메르 씨는 내가 드레퓌스파라는 결론을 이끌어냈다.[383] 그가 나름대로는 반드레퓌스파였던지라, 적에 대한 예의에 이끌려, 자기의 쉐브르니 가문 사촌을 항상 공정하게 대하고 그 사촌의 자질에 합당하게 진급도 시킨, 어느 유대인 대령에 대한 찬사를 나에게 늘어놓기 시작하였다. "그렇건만 저의 사촌은 이념에 있어서 그와 정반대편에 있었습니다." 깡브르메르 씨가 그 이념 자체에 대해서는 그 위로 미끄러져 지나가듯 대충 설명하면서 나에게 말하였다. 하지만 나는 그 이념이라는 것이, 그의 얼굴만큼이나 구닥다리이고 부실하게 형성되었으며, 특정 소도시들의 몇몇 가문들이 오래전부터 간직하고 있었던 것들임을 직감하였다. "그래요! 아시다시피 저는 그것이 매우 아름답다고 생각합니다!" 깡브르메르 씨가 결론을 내리듯 말하였다. 그가 '아름답다'는 말을 미학적 의미로는—그의 모친이나 아내의 경우, 그 단어가 다양한 그러나 예술적인 작품들을 가리켰던 반면—별로 사용하지 않았던 것이 사실이다. 깡브르메르 씨는 오히려, 예를 들어 살이 조금 오른 허약한 사람에게 축하한다는 말을 하면서 그 수식어를 사용하곤 하였다. "단 두 달 동안에 체중이 3킬로그램이나 증가하다니, 어찌 된 일이오? 아시겠소, 매우 아름다운 일이오!" 탁자 위에 음료수들을 늘어놓았다. 베르뒤랭 부인이 마음에 드는 음료수를 직접 가서 고르라고 신사들에게 권하였다. 샤를뤼스 씨는 탁자로 다가가 자기의 잔을 비운 후 얼른 카드놀이용 탁자 곁으로 되돌아와 더 이상 꼼짝도 하지 않았다. 베르뒤랭 부인이 그에게 물었다. "저의 오랑쟈드를 들어보셨어요?" 그러자 샤를뤼스 씨가 우아한 미소를 지으면서 그에게서 좀처럼 듣기 어려운 수정처럼 투명한 음성으로, 또한 무수한 형태로 입을 삐죽거리면서 그리고 허리를 비꼬면서 대꾸하였다. "아닙니다. 저는 그 옆에 있던 것을 선택하였고, 그것이 딸기 주스인 것 같은데 아주 감미롭습니다." 특정 부류의 은밀한 행위들이, 가시적 결과로, 그 행위들을 폭로하는 특이한 화법이나 몸짓을 초래한다는 것은 기이한 일이다. 어떤 신사가 마리아의 무염시태나 드레퓌스의 결백이나 세계의 다수성 등을 믿거나 혹은 믿지 않을 경우 그리고 그런 것들에 대해 함구할 경우, 우리는 그의 음성에서도, 걸음걸이에서도, 그의 생각을 간파하게 해줄 그 무엇도 발견하지 못할 것이다. 그러나 샤를뤼스 씨가 그 특유의 날카로운 음성으로, 특이한 미소와 팔짓을 곁들여 '아닙니다, 저는 그 곁에 있는 딸기 주스를 선택하였습니다'라고 말하는 것을 들으면서 우리는 이렇게 말할 수 있을 것이다. "저런, 그가 남성을 좋아하는군." 그리고 그 순간 우리의 확신은, 자백하지 않은 범인을 단죄할 수 있게 해주는 판관의 확신이나, 환자 자신조차 자기의 질환을 모르건만, 특정 발음이

어설픈 것을 보고 그가 마비성 치매 환자임을 알아챈 후, 삼 년 이내에 사망할 것이라 추단하는 어느 의사의 확신 등과 같다. '아닙니다, 저는 그 곁에 있는 딸기 주스를 선택하였습니다'라고 말하는 태도에서 소위 자연에 반(反)하는 사랑 하나를 결론으로 이끌어내는 사람들에게 판관이나 의사에게 있는 그러한 지식까지 필요하지는 않을 것이다. 이 경우에는 하나의 징후와 그것이 드러내는 비밀 사이의 관계가 더 직접적이기 때문이다. 구체적으로 그렇다고 생각하지는 못하면서도, 우리는 그렇게 대답하고 태를 부리는 사람이 부드럽게 미소 짓는 귀부인임을 직감하는데, 그 귀부인이 남자라 자처하건만, 그렇게 태를 부리는 남자들을 우리가 일상적으로 만나지 못하기 때문이다. 또한 오랜 세월 전부터, 상당히 많은 천사 같은 여인들이 실수로 인해 남성 속에 내포되었고,[384] 그 속으로 추방된 신세로, 자기들에게서 육체적인 혐오감만을 느끼는 남자들을 향해 그녀들이 헛되이 날갯짓을 하면서 응접실을 능숙하게 정돈하고 '실내'를 꾸민다는 생각을 하면, 그 모습이 아마 더욱 우아할[385] 것이다. 샤를뤼스 씨는 베르뒤랭 부인이 자기 곁에 서 있다는 것에 개의치 않은 채, 모렐과 더 근접한 상태를 유지하기 위하여 안락의자에 편안히 앉아 있었다. "자기의 바이올린으로 우리들을 황홀하게 해줄 수 있을 사람이 카드놀이 탁자에만 들러붙어 있는 것이 범죄가 아니라고 생각하시나요?" 베르뒤랭 부인이 남작에게 물었다. "게다가 바이올린 연주 솜씨가 그토록 탁월하건만!"—"그는 카드놀이도 잘합니다, 모든 것을 잘합니다, 그는 매우 영리합니다." 모렐에게 조언을 해주기 위하여 카드놀이를 유심히 바라보면서 샤를뤼스 씨가 말하였다. 하지만 베르뒤랭 부인이 자기 앞에 서 있음에도 그가 안락의자에서 일어나지 않은 이유가 그것만은 아니었다. 그는 지체 높은 귀족이면서 동시에 예술 애호가로서 가지고 있던 사회적 개념들로 자기가 손수 빚은 기이한 혼합체를 간직하고 있었던지라, 자기의 계층에 속하는 사람들과 같은 식으로 예절을 지키는 대신, 쌩-씨몽이 전하는 이야기를 본받아 자신을 여러 종류의 살아 있는 화폭으로 만들곤 하였던지라, 그가 그 순간 프랑스 대원수 윅셀을 상상하며 즐거워하였을 것인바, 그 대원수가 다른 측면에서도 그의 관심을 끌었을 것이니, 쌩-씨몽의 이야기에 의하면, 윅셀은 궁정에서 가장 기품 있는 사람이 자기 앞에 와도 게으른 기색을 지으며 자리에서 일어서지 않을 만큼 거만하였다고 한다.[386] "말씀해 보세요, 샤를뤼스," 친숙해지기 시작한 베르뒤랭 부인이 말하였다. "혹시 당신이 사시는 쌩-제르맹 구역에, 저를 위해 수위로 일할 늙고 파산한 귀족 한 사람 없을까요?"—"물론 있습니다… 있기야 하지만…" 샤를뤼스 씨가 순진한 사람의 기색으로 미소를 지으면서 대꾸하였다. "그러나 저는 부인께 권할 생각이 없습니다."—"무슨 이유 때문인가요?"—"부인을 생각해 제가 염려하는 바는, 우아한 방문객들이 혹시 수위실에서 발길을 돌리지 않을까 하는 것입니다." 그것이 그들 두 사람 간의 첫 실전이었다. 베르뒤랭 부인은 겨우 방어 태세를 취하였다. 불행하게도 다른 설전들이 빠리에서 또 벌어지게 되어 있었다. 샤를뤼스 씨는 여전히 자기의 안락의자에서 일어서지 않았다. 그는 게다가 베르뒤랭 부인으로부터 그토록 쉽사리 얻은 굴복이, 귀족 계급의 위세와 평민들의 비겁함에 대한 자기의 지론을 얼마나 확인시켜 주는지를 간파하면서, 보이지 않는 미소를 금하지 못하였다. 한편 '안주인 마님'은 남작이 취하고 있던 자세에 전혀 놀라지 않는 기색이었고, 따라서 그녀가 잠시 후 그의 곁을 떠났던 것은 오직 깡브르메르 씨가 나에게 다시 들러붙는 것을 보고 불안해졌기 때문이었다. 그러나 먼저 그녀는 샤를뤼스 씨와 몰레 백작 부인간의 관계를 더 명확히 알고 싶어하였다. "저에게 말씀하시기를 몰레 부인과 교분이 있다고 하셨는데, 그녀 댁에도 가시나요?" '그녀 댁에 간다' 는 말에, '그녀의 초대를 받는다' 는, 즉 '그녀를 보러 가도 좋다는 허락을 받았다' 는 의미를 부여하면서 그녀가 물었다. 샤를뤼스 씨가 하찮은 일이라는 듯한 억양으로, 짐짓 정확하게 말하는 듯 그리고 단조로운 어조로 대꾸하였다. "하지만 가끔." 그 '가끔' 이라는 말이 베르뒤랭 부인에게 의혹을 안겨주었고, 따라서 그녀가 다시 물었다. "그녀의 집에서 혹시 게르망뜨 공작을 만나셨나요?" ㅡ "아! 그런 기억이 없습니다." ㅡ "아! 게르망뜨 공작을 모르시나요?" 베르뒤랭 부인이 말하였다. ㅡ "하지만 어찌 제가 그를 모르겠습니까?" 샤를뤼스 씨가 대꾸하였고, 그 순간 지은 미소로 인해 그의 입이 물결처럼 구불거렸다. 그 미소가 냉소적이었으나, 자기의 금니 하나가 드러나는 것이 싫어 남작이 입술 한 자락으로 그것을 가렸고, 그로 인해 생긴 구불거림으로 말미암아 그 미소가 호의적으로 변하였다. ㅡ "지금 '어찌 제가 그를 모르겠느냐' 고 하셨는데, 왜 그런 말씀을 하시나요?" ㅡ "그가 저의 형님이니 당연하지요." 자기가 초대한 손님이 자기를 놀리는 것인지, 또한 그가 혼외 자식인지 혹은 이복형제인지 알 수 없어 아연실색한 베르뒤랭을 그대로 내버려둔 채, 샤를뤼스 씨가 건성으로 대꾸하였다. 게르망뜨 공작과 형제지간인 사람을 샤를뤼스 남작이라고 부른다는 사실이 그녀의 뇌리에는 선뜻 떠오르지 않았다. (…)[387] 그녀가 나에게로 다가왔다. "조금 전에 깡브르메르 씨가 당신을 만찬에 초대하는 말을 들었어요. 저에게는, 당신도 이해하시겠지만, 어떻든 상관없어요. 하지만 당신을 위해 드리는 말씀인데, 그 댁에 가시지 않기를 바라요. 우선 그곳에는 따분한 사람들이 들끓어요. 아! 만약 당신이 아무도 모르는 시골 백작들이나 후작들과 어울려 만찬

즐기기를 좋아하신다면, 아마 원하시는 만큼 대접받으실 거예요." — "제가 그곳에 어쩔 수 없이 한두 번은 가야 할 것 같습니다. 게다가 저는 별로 자유롭지 못한 처지인데, 저에게는 홀로 내버려 둘 수 없는 어린 사촌 누이가 있습니다(나는 그 거짓 혈족 관계가 알베르띤느와 함께 외출하는 것을 용이하게 해준다고 생각하였다). 하지만 깡브르메르 댁 분들의 경우, 제가 그녀를 이미 그분들에게 소개하였던지라…" — "당신의 뜻대로 하세요. 제가 당신에게 드릴 수 있는 말씀은, 그곳이 건강에 몹시 해롭다는 것인데, 자칫 폐렴이나 그 흔한 류머티스라도 얻어 걸리신다면 당신에게는 심각한 일 아니겠어요?" — "하지만 그곳 풍치가 매우 빼어나지 않습니까?" — "그-그-그렇지요…. 굳이 말하자면. 저의 경우, 솔직하게 고백하자면, 이곳에서 바라보는 계곡 풍경을 백배는 더 좋아해요. 우선, 비록 누가 저희들 대신 임대료를 지불한다 해도, 바닷바람이 베르뒤랭 씨에게는 치명적인지라 저는 그 저택에 머물지 않을 거예요. 당신의 사촌 누이가 조금이라도 신경질적으로 예민하면… 하지만 게다가 당신도 예민하다고 생각하는데요…. 호흡곤란 증세에 시달리실 거예요. 좋아요! 두고 보세요. 그곳에 한 번 가시면 여드레 동안은 잠을 이루시지 못할 거예요. 아니에요, 당신이 가실 곳은 아니에요." 그러더니 자기가 이미 한 말과 그것이 어긋난다는 점은 생각하지 않고 이렇게 말하였다. "아름답다고 하면 지나친 말이고, 그저 괜찮은, 여하튼 고풍스러운 해자(垓字) 및 도개교(跳開橋) 등이 있어 흥미로운 그 저택을 구경하시는 것이 재미있으시다면, 제가 어차피 결단을 내려 그곳에 한 번 가서 저녁 식사를 해야 하니, 좋아요! 그날 그곳으로 오세요, 제가 저의 작은 동아리 전원을 데리고 가도록 할 것이고, 그러면 멋질 거예요. 모레 우리는 마차 편으로 아랑부빌에 갈 예정이에요. 그곳까지의 길

풍경이 멋지고, 그곳에는 감미로운 사과주가 있어요. 그러니 오세요. 브리쇼, 당신도 오셔야 해요. 그리고 스키, 당신도. 저의 남편이 미리 준비해 두었을, 멋진 소풍이 될 거예요. 그가 어떤 분을 초대하였는지는 잘 모르겠어요. 샤를뤼스 씨, 당신도 그들 중 한 분이신가요?" 질문의 마지막 부분만 들었고, 따라서 아랑부빌에 소풍 가는 건에 관한 이야기를 하는 중이라는 사실을 모르던 남작이 움찔하더니, 빈정거리는 어조로 '별 해괴한 질문을 다 하는군!' 이라고 중얼거렸으며,[388] 그 말에 베르뒤랭 부인의 기분이 상하였다. "하지만," 그녀가 나에게 말하였다. "깡브르메르 댁 만찬에 참석하기 전이라도 당신의 사촌 누이를 여기에 데려오실 수 있지 않나요? 그녀 역시 대화나 지성인들을 좋아하나요? 그녀 또한 매력적인가요? 그렇겠지요, 그렇다면 아주 좋아요! 그녀와 함께 오세요. 이 세상에 깡브르메르 댁 사람들만 있는 것은 아니에요. 그들이 그녀를 초대하며 기뻐하는 것은 이해하겠어요. 그들이 다른 그 누구도 초대할 수 없기 때문이에요. 이곳에 오면 그녀가 언제라도 좋은 공기와 지성인들을 접할 수 있을 거예요. 여하튼 다음 주 수요일에 당신이 저를 '놓아버리지' 않을 것이라 믿겠어요. 그리고 샤를뤼스 씨, 듣자니 리브벨에서 댁의 사촌 누이와 함께 오후 다과회를 즐기셨다는데, 다른 누가 더 함께 있었는지 저는 몰라요. 그 모든 것을 이곳으로 옮겨놓도록 계획을 세우셔야겠어요. 무리를 지어 들이닥치면 멋있을 거예요. 교통도 더할 나위 없이 편리하고, 길들이 매혹적인데, 필요할 경우에는 사람을 시켜 모시러 가도록 하겠어요. 게다가 저는 당신이 무엇에 이끌려 리브벨에 가시는지 모르겠어요. 그곳에는 모기떼가 우글거려요. 당신이 혹시 그곳 과자의 명성을 믿는지 모르겠어요. 저의 집 요리사는 그것을 다른 식으로 훌륭하게 굽지요. 제가 당신에게 진정한 노르망디 과자를, 싸블레들을 맛보시게 해드리겠어요. 그 말씀만 드리겠어요. 아! 만약 당신이 리브벨에서 내놓는 그 더러운 것에 집착하신다면 모르려니와, 하지만 저는 그러고 싶지 않아요, 저는 손님들을 그따위 음식으로 괴롭히지 않거니와, 비록 제가 그런 짓을 저지르려 해도, 저의 집 요리사가 차마 입에 담지 못할 그런 짓은 원치 않을 것이고, 그러느니 차라리 이 집을 떠날 거예요. 그곳의 과자들은 무슨 재료를 써서 만드는지조차 알 수 없어요. 저는 그곳 과자를 먹고 복막염에 걸려 사흘 만에 세상을 뜬 가엾은 아가씨가 있었음을 잘 알아요. 그녀의 나이 겨우 열일곱이었어요. 그녀의 가엾은 모친에게는 슬픈 일이에요." 경험과 슬픔 가득 실린 양쪽 관자놀이 아래로 우수 어린 기색을 드리우면서 베르뒤랭 부인이 그렇게 덧붙였다. "하지만 여하튼 미각에 불쾌감을 느끼고 창문 밖으로 헛되이 돈을 뿌리는 것이 재미있으면 리브벨에 가서 오후 다과회를 즐기세요. 다만 당부하거니와, 이것은 제가 당신에게 믿고 맡기는 사명이니, 오후 6시가 되면 함께 갔던 사람들을 모두 데리고 이곳으로 오실 것이며, 그들이 지리멸렬 흩어져 각자의 집으로 돌아가게 내버려두지 마세요. 원하시면 누구든 데려오세요. 제가 이런 말을 아무에게나 하지는 않아요. 저는 당신의 친구들이 매력적이라고 확신하며, 우리들이 서로를 이해한다는 것을 즉시 알겠어요. 수요일에는 우리의 '작은 핵'에 속하는 이들 이외에도 매우 호감 가는 사람들이 이곳에 와요. 혹시 그 귀여운 롱뽕 부인을 모르시나요? 그녀는 고혹적이고 재치 넘치며 겉멋을 전혀 부리지 않아요. 당신 마음에 썩 들거예요. 게다가 그녀 역시 친구들 한 무리를 몽땅 데리고 올 거예요." 그것이 좋은 행동 방식임을 나에게 보여주고 그러한 본보기로 나 역시 그러라고 격려하기 위하여 베르뒤랭 부인이 그렇게 덧붙였다. "바르브 드 롱뽕과 당신 중 누가 더 큰 영향력을 발휘하여 더 많은 사람들을 데려오는지 알게 될 거예요. 게다가 제 생각에는 사람들이 베르고뜨도 데려오게 되어 있어요." 그날 아침 그 위대한 문인의 건강 상태가 매우 우려스럽다는 여러 신문들의 짧은 기사 때문에, 그 유명 인사의 그러한 협조가 너무 개연성 없다고 여겼음인지, 그녀가 모호한 기색을 보이면서 그 말을 덧붙였다. "여하튼 저의 가장 성공적인 수요회들 중 하나일 것임을 아시게 될 것이며, 저는 따분한 여인들은 원하지 않아요. 하지만 오늘 저녁의 모임을 근거로 삼아 평가하지는 말아요, 완전히 망친 모임이니까. 이의는 제기하지 마세요, 당신이 저보다는 더 지루하실 수 없었을 것이니, 저에게는 죽을 지경으로 지긋지긋했어요. 하지만 항상 오늘 저녁 같지는 않을 거예요! 게다가 저는 지금 그 견디기 어려운 깡브르메르 가문 사람들에 대해 말하는 것이 아니에요. 매력적이라고 알려진 사교계 사람들과도 알고 지냈지만, 홍! 저의 작은 '핵'과 비교하면 그들은 아무것도 아니에요. 저는 당신이 스완을 이지적인 사람으로 여긴다고 말씀하시는 것을 들었어요. 우선, 당신의 말씀이 매우 과장되었다는 것이 저의 견해이지만, 제가 항상 근본적으로 불쾌하고 음험하며 위선적이라고 생각하던 그의 인간성에 대해서는 언급조차 하지 않은 채, 제가 그를 수요일 만찬에 자주 초대하였어요. 그래요! 다른 이들에게 물어보셔도 좋아요, 하나의 참수리[389]와는 거리가 먼, 중등학교 교사이지만 제가 프랑스 학사원에 들어가게 주선한 브리쇼와 비교해도, 스완은 아무것도 아니었어요. 그는 하찮은 부류였어요!" 그리고 내가 정반대의 견해를 개진하자 이렇게 말하였다. "실상은 그래요. 그가 당신의 친구였으니, 저는 당신에게 그에 대하여 어떠한 부정적인 말도 하고 싶지 않아요. 게다가 그가 당신을 매우 좋아하였더군요. 그가 저에게 당신에 대하여 매우 감미로운 어조로 이야기를 하였어요. 그러나 그가 우리의 만찬에 참석하여 단 한 번이라도 흥미로운 이야기를 한 적이 있는지, 여기에 있는 사람들에게 물어보세요. 하지만 그것은 시금석이에요. 그래요! 이유는 모르겠으나, 스완이 우리 집에 드나들면서 아무것도 끼친 바 없고, 아무 도움도 주지 않았어요. 게다가 그에게 있는 하잘것없는 것조차 여기에서 얻었어요." 나는 그가 매우 이지적이라고 단언하였다. "아니에요, 저보다 짧은 세월 동안 그와 교제하셨기 때문에 그렇게 생각하시는 것뿐이에요. 사실 얼마 아니 되어 모두들 그를 속속들이 알게 되었어요. 저의 경우, 그가 저를 죽을 지경으로 괴롭혀요. (그녀의 마지막 구절을 번역하면 이러했다. '그는 라 트레무이유 가문과 게르망뜨 가문을 드나들었으며, 제가 그들 곁에 다가가지 못함을 알고 있었어요.') 하지만 저는 따분함만 제외하고 모든 것을 견딜 수 있어요. 아! 그것만은 견딜 수 없어요!" 따분함에 대한 혐오감이 이제 베르뒤랭 부인에게는, 그녀의 소집단이 어떻게 구성되었는지를 설명하는 책무를 맡은 이유가 되어 있었다. 그녀가 아직 공작 부인들을 초대하지 않은 것은, 뱃멀미 때문에 해양 유람길에 오르지 않는 것처럼, 따분함을 견딜 능력이 없기 때문이라고 하였다. [나는 베르뒤랭 부인이 하는 말이 전적으로 거짓은 아닐 것이라 생각하였으며, 게르망뜨 가문 사람들이 선언하기를 브리쇼는 자기들이 일찍이 만났을 그 누구보다도 멍청하다고 하였을 것이라 추측하면서, 실은 그가, 스완보다는 그렇지 못할지언정, 적어도 게르망뜨 가문 사람들의 사고방식을 가졌고, 그의 현학적인 익살들을 멀리하는 좋은 취향과 그런 익살들을 들으면 얼굴을 붉히는 수치심을 간직하고 있을 사람들보다는 우월하다고 생각하였으며,390) 그러는 동안 마치 지성의 본질이, 그 순간 내가 나 자신에게 제시할 답변에 의해 어느 정도까지는 밝혀질 수 있을 것처럼, 신의 은총에 대한 문제를 자신에게 제기하는 뽀르-루와얄 수도원[391]의 영향을 받은 어느 예수교도만큼이나 진지하게 그 질문을 나에게 던졌다.]"[392] "사교계 사람들을 진정 현명한 사람들과 함께, 즉 우리 계층에 속하는 사람들과 함께—여기에서 그 사람들을 보아야 해요—초대하면, 소경들의 왕국에서 가장 재치 있는 사교계 인사가 여기에서는 애꾸에 불과함을 아실 수 있을 거예요. 더구나 그러한 사교계 인사는, 그로 인해 더 이상 안도하지 못하는 다른 이들을 얼어붙게 만들어요. 그리하여 저는 심지어, 모든 것을 망치는 잡다한 혼융을 시도하는 대신, 저의 '작은 핵'을 한껏 즐기기 위해서라도, 오직 따분한 사람들로만 이루어진 부류를 별도로 초대해야 하지 않을까 하는 생각도 해요. 여하튼 결론을 내리지요. 당신의 사촌 누이와 함께 오세요. 약속된 거예요. 좋아요. 적어도 여기에는 두 분 모두 잡수실 것이나마 있어요. 훼떼른느에서 두 분을 기다리는 것은 시장기와 갈증뿐입니다. 아! 가령 쥐들을 좋아하시면 즉시 그곳으로 가세요. 푸짐하게 대접받으실 거예요. 그리고 당신이 원하시면 얼마든지 유숙시켜 드릴 거예요. 제가 드리는 말씀의 뜻은, 당신이 그곳에서 굶어 돌아가실 것이라는 거예요. 여하튼 혹시 제가 그곳에 간다면 저는 떠나기 전에 먼저 저녁을 먹을 거예요. 또한 그것이 더욱 즐겁도록, 당신이 저를 데리러 오서야 할 거예요. 떠나기 전에 오후 간식을 든든히 먹어두고, 이곳에 돌아와서는 밤참을 함께 즐기도록 해요. 사과파이를 좋아하시나요? 그렇다면 좋아요! 우리 주방장이 그것을 그 누구보다도 잘 만들어요. 당신이 이곳에 사시기 위하여 태어나셨다고 말하는 제가 옳음을 깨달으셨을 거예요. 그러니 여기 와서 묵으세요. 이곳에 겉보기보다는 훨씬 많은 공간이 있어요. 따분한 사람들이 몰려드는 것이 싫어 제가 그 말을 하지 않는 거예요. 당신의 사촌 누이를 데리고 오셔서 이곳에 기거하도록 하서도 좋아요. 그녀가 여기에서는 발벡의 것과 다른 공기를 호흡하게 될 거예요. 감히 주장하거니와, 이곳 공기로는 불치병도 고칠 수 있어요. 제 말씀은, 제가 그랬다는 뜻이며, 그것이 최근의 일은 아니에요. 제가 전에 이곳으로부터 아주 가까이에 있는 것 하나를 찾아내어 빵 한 조각 값에 빌려 머문 적이 있는데, 그들의 라 스쁠리에르와는 성격이 달랐어요. 우리가 함께 산책할 기회가 생기면 그것을 당신에게 보여드리겠어요. 그렇지만 여기에만 있어도 대기가 정말 활력을 주어요. 하지만 저는 그곳에 대하여 지나치게 이야기하고 싶지 않아요. 빠리에서 온 친구들은 저의 이 작은 구석을 좋아하기 시작하는 것으로 족하니까요. 저는 항상 운이 좋았어요. 여하튼 당신의 사촌 누이에게 이야기해 주세요. 당신들에게 계곡 쪽으로 창이 난 예쁜 방 둘을 드리겠어요. 아침이면 안개 속으로 치솟는 태양이 얼마나 멋있는지 보시게 될 거예요! 그리고 당신이 말씀하시던 그 로베르 드 쌩-루는 어떤 사람인가요?" 내가 그를 만나러 동씨에르에 가야 한다는 말을 들었던지라, 그리하여 그로 인해 내가 자기를 '놓아버리지' 않을까 염려하였던지라, 그녀가 불안한 기색으로 물었다. "그가 따분한 사람이 아니면 차라리 그를 이곳으로 데려오세요. 모렐이 그에 대해 말하는 것을 들었는데, 그의 절친한 친구들 중 하나인 모양이에요." 베르뒤랭 부인의 그 말은 완전한 거짓이었으니, 쌩-루와 모렐은 서로가 존재한다는 사실조차 몰랐기 때문이다. 하지만 쌩-루가 샤를뤼스 씨를 잘 안다는 말을 들었던지라, 그녀는 쌩-루가 바이올린 연주가를 통해 그를 알게 되었으리 생각하였고, 따라서 그들의 관계를 잘 아는 척하였던 것이다. "그가 혹시 의학이나 문학을 공부하지 않나요? 아시겠어요, 시험에 대비해 추천장이 필요하시면, 꼬따르가 무엇이든 할 수 있고, 꼬따르는 제 뜻대로 움직일 수 있어요. 한편 그가 아직은 그 나이에 이르지 않았겠지만, 더 훗날 학술원과 관련시켜 말씀드리자면, 제가 여러 표를 확보하고 있어요. 당신의 친구께서 이곳에 오시면 낯익은 고장처럼 느낄 것이고, 이 저택을 보시면 즐거워할 거예요. 동씨에르는 별로 재미있는 곳이 아니에요. 여하튼 뜻대로 하시고, 그러면 모든 것이 잘될 거예요." 귀족과 사귀려고 하는 듯한 기색을 보이지 않기 위하여 그리고 '신도들'을 지배하고 있던 자기의 체제가, 즉 전제적 체제가 자유주의라 호칭되어야 한다는 평소의 주장 때문에, 그녀는 더 이상 강조하지 않고 그렇게 결론을 내렸다. "이보세요, 무슨 일이에요?" 격노하여 호흡곤란을 느끼고 신선한 공기가 필요하게 된 사람처럼, 계곡 쪽으로 설치된 판자 테라스 위로 안절부절못하면서 나가는 베르뒤랭 씨를 보고 그녀가 말하였다. "당신을 짜증 나게 한 사람이 이번에도 싸니에뜨예요? 하지만 그가 백치인 것을 당신이 잘 아시니, 그러려니 하고 받아들이시고, 그렇게 화를 내지 말아요…" 그러더니 그녀가 나에게 다시 말하였다. "저는 저러시는 것이 싫어요, 그의 건강에 해롭기 때문인데, 저러실 때마다 심하게 충혈되어요. 하지만 싸니에뜨를 용인하려면 가끔 천사의 인내심이 필요하고, 특히 그를 받아들이는 것도 하나의 자비라는 것을 상기해야 한다는 말씀도 드려야겠어요. 저의 경우는, 솔직히 말씀드려, 그가 저지르는 멍청이 짓의 찬연함이 오히려 저에게 즐거움을 주어요. 식사 후에 그가 이렇게 말하는 것을 당신도 들으셨을 거예요. '제가 휘스트 놀이는 할 줄 모르지만 피아노 놀이는 할 줄 알아요.' 상당히 멋진 말 아니에요! 엄청난 말이지만 거짓말이에요. 그가 그 둘 모두 할 줄 모르니까요. 하지만 겉보기에는 우락부락한 저의 남편이 매우 인정 많고 선량한데, 자신의 언행이 촉발할 효과에만 골몰하는 싸니에뜨의 그 특이한 이기주의가 저의 남편은 미칠 지경으로 만들곤 해요…." 그녀가 다시 남편을 향하여 이렇게 말하였다. "보세요, 나의 사랑스러운 이여, 진정하세요, 그러시면 간장에 해롭다고 꼬따르가 말한 것 당신도 잘 아시잖아요. 그러면 모든 것을 제가 떠안게 되어요." 베르뒤랭 부인이 다시 나에게 말을 시작하였다. "내일이면 싸니에뜨가 다시 와서 잠시 히스테리 증상을 보이고 눈물을 흘릴 거예요. 가엾은 남자! 그의 병세가 위중해요. 하지만 그것이 다른 사람들을 죽일 이유는 될 수 없어요. 게다가 그가 심하게 고통스러워하는 순간에도, 그리하여 모두들 그를 딱하게 여기는 순간에조차, 그의 멍청이 짓이 사람들의 연민을 말끔히 지워버려요…." 베르뒤랭 부인이 다시 남편에게 속삭였다. "그는 너무 멍청한 것뿐이에요. 당신이 그에게 이러한 일이 두 사람 모두를 병들게 하니 다시는 오지 말라고 점잖게 말씀하세요. 그가 가장 두려워하는 것이 그 말이니, 그의 신경에 진정제 역할을 할 거예요."

오른쪽 창문을 통해서는 바다가 겨우 보일 정도였다. 그러나 반대편 창문들은 달빛이 이제 눈처럼 내려 덮은 계곡을 보여주고 있었다. 가끔 모렐과 꼬따르의 음성이 들렸다. "상수패를 가지고 계십니까?"—"예스(Yes)."—"아! 당신도 좋은 것들을 드셨군요." 모렐의 질문에 대한 답변으로 깡브르메르 씨가 그렇게 말하였는데, 의사의 손에 상수패들이 가득한 것을 보았기 때문이다.—"여기 다이아몬드 여인[393]이 있소." 의사가 말하였다. "이것이 상수패가 되오, 아시겠소? 상수패를 내놓고, 이제 카드를 받겠소… 하지만 더 이상 쏘르본느는 없소… 이제 빠리 대학교밖에 없소.[394]" 의사가 깡브르메르 씨에게 말하였다. 깡브르메르 씨가 솔직히 털어놓기를, 의사가 왜 자기에게 그 마지막 말을 하여 일깨워 주었는지 전혀 곡절을 모르겠다고 하였다.—"저는 공께서 쏘르본느에 대하여 말씀하신다고 생각하였습니다." 의사가 말을 계속하였다. "공께서 이렇게 말씀하시는 것이 들렸습니다. '자네가 좋은 패를 꺼내는군(tu nous la sors bonne)'.³⁹⁵)" 그것이 하나의 재담이라고 과시하려는 듯, 그가 눈을 찔끔하면서 그렇게 덧붙였다. "기다리시오," 놀이 상대를 가리키면서 그가 다시 말하였다. "제가 그를 위하여 뜨라팔가르³⁹⁶)의 일격을 준비하고 있습니다." 그리고 그 일격이 의사에게 매우 유리했음에 틀림없었으니, 그가 기쁨에 겨운 나머지 큰 소리로 웃으면서 양쪽 어깨를 들썩거리기 시작하였기 때문인데, 그러한 동작은 꼬따르와 같은 부류나 유형에서 발견되는, 만족감을 드러낼 때 짐승들이 보이는 거의 동물학적인 특징이다. 그의 전 세대에서는³⁹⁷) 비누칠을 하듯 두 손을 서로 부비는 동작이 그러한 동작에 병행되곤 하였다. 꼬따르 자신도 초기에는 그 이중의 몸짓을 보였으나, 어느 날부터인가 문득, 아내의 간섭 덕분인지 혹은 관료적 체면 때문이었는지 손을 부비는 행동이 자취를 감추었다. 의사는 도미노 놀이에서도 자기의 파트너를 시켜 패를 뽑아 쌍륙(雙六)을 가져오게 하면—그에게는 가장 큰 기쁨이었다—그러한 어깨 동작으로 만족하곤 하였다. 그리고 매우 드문 일이긴 하지만, 자기의 고향에 가서 며칠 머무는 동안 사촌을 만나 아직도 두 손을 마주 부비는 것을 보고 돌아오면, 그가 꼬따르 부인에게 말하곤 하였다. "내가 보자니 그 가엾은 르네가 매우 천하오." 그가 모렐을 쳐다보면서 이렇게 물었다. "괜찮은 것 가지고 계시오? 없소? 그렇다면 이 늙은 다윗³⁹⁸)을 내놓겠소."—"그러면 다섯을 채우셨고, 당신이 이기셨습니다!"—"멋진 승리군요, 의사 선생." 후작이 말하였다.—"퓌로스 식의 승리³⁹⁹)입니다." 후작 쪽으로 고개를 돌리면서 그리고 자기의 그 '재담' 이 야기시킨 결과를 가늠하기 위하여 코안경 너머로 유심히 살피면서 꼬따르가 말하였다. "아직 시간이 남았으면 당신에게 설욕전의 기회를 드리겠소." 그가 모렐에게 말하였다. "이번에는 내가… 아! 아니 되겠소, 마차들이 당도하였소, 금요일로 미루어야겠소. 그리고 내가 당신에게 예사롭지 않은 수법 하나를 보여드리겠소." 베르뒤랭 씨 내외가 우리를 밖으로 안내하였다. '안주인 마님'은 싸니에뜨에게 각별히 상냥했는데, 그가 다음 날에도 틀림없이 오도록 하기 위함이었다. "그런데 나의 어린 친구여, 내가 보기에는 옷을 부실하게 입으신 것 같소." 고령인지라 선뜻 나를 부정(父情) 어린 호칭으로 부르면서 베르뒤랭 씨가 말하였다. "날씨가 변한 것 같소." 그의 말에 의해 자연 속에 부여된 오묘한 생명이, 즉 다양한 조합들의 급작스러운 분출이, 마치 다른 변화들을 예고하게 되어 있었던 것처럼 그리고 그 변화들이 나의 삶 속에서 발생할 것인지라, 그 속에 새로운 가능성들을 만들어내게 되어 있었던 것처럼, 그의 말이 나를 기쁨으로 가득 채웠다. 떠나기에 앞서, 정원 쪽 출입문을 열기만 해도 전혀 다른 '날씨'가 잠시 전부터 무대를 점령하고 있음을 느낄 수 있었고, 여름 밤 특유의 관능인 시원한 바람결들이 (옛날 깡브르메르 부인이 그 속에서 쇼뺑에 대한 몽상에 잠기던) 전나무 숲에서 일어나, 거의 감지되지 않게, 애무하는 듯한 무수한 굴곡들과 변덕스러운 일렁임으로, 자기들의 가벼운 야상곡 연주를 시작하고 있었다. 알베르띤느가 그곳에 오게 된 그 이후 저녁이면, 추위를 막기 위해서보다 은밀한 쾌락을 위해 내가 수락하게 되어 있던 무릎 덮개를, 그날 저녁에는 사양하였다. 노르웨이 철학자가 보이지 않아 그를 찾았으나 허사였다. 복통에 시달렸던 것일까? 기차를 놓칠까 두려워했던 것일까? 비행기가 그를 데리러 왔던 것일까? 승천했던 것일까? 여하튼 아무도 눈치채지 못하는 사이에 그가 어떤 신처럼 사라진 것은 사실이었다. "무릎 덮개를 사양하심은 잘못이오." 깡브르메르 씨가 나에게 말하였다. "오리 사냥철만큼이나 춥소."―"왜 오리의⁴⁰⁰⁾ 추위입니까?' 의사가 물었다. — "호흡곤란 증세에 조심하시오." 후작이 말하였다. "저의 누이는 그래서 저녁에는 결코 외출을 하지 않습니다. 더구나 그녀는 현재 몸이 상당히 불편합니다. 여하튼 그렇게 민머리로 계시지 말고 얼른 모자를 쓰시오." — "그런 것들은 '냉기에 기인한' 호흡곤란이 아닙니다." 꼬따르가 판결을 내리는 듯한 어조로 말하였다. — "아! 그러면," 깡브르메르 씨가 고개를 숙여 예의를 표하면서 말하였다. "그것이 당신의 견해이니…" — "독자를 위한 견해이지요!"⁴⁰¹⁾ 미소를 지어 보여주기 위하여 의사가 자기의 코안경 밖으로 시선을 흘려 보내면서 말하였다. 깡브르메르 씨가 그 말을 듣고 웃었으나, 자신이 옳다고 확신하였던지라 물러서지 않았다. 그리고 이렇게 말하였다. "하지만 저녁에 외출하기만 하면 매번 심한 증세를 보입니다." — "구차한 궤변 늘어놓으실 필요 없습니다." 자기가 범하는 무례를 깨닫지 못하고 의사가 그렇게 대꾸하였다. "게다가, 왕진 요청을 받는 경우 이외에는, 제가 해변에서 의료행위를 하지 않습니다. 저는 이곳에서 휴가를 보내는 중입니다." 그는 사실 그가 원하였을 것보다도 아마 더 한가한 휴가를 보내고 있었을 것이다.⁴⁰²⁾ 깡브르메르 씨가 그와 함께 마차에 오르면서 그에게 말하였다. "저희들 집과 그토록 가까이에 (공께서 머무시는 연안이 아닌 그 건너편에, 그러나 내포가 그 지점에서는 아주 좁아집니다) 의료계의 또다른 명사인 불봉 의사가 계시다는 것이 저희들에게는 행운입니다." 평소에는 '의사의 직업적 윤리' 때문에 자기의 동업자들 비판하기를 삼가던 꼬따르였건만, 깡브르메르 씨의 말을 듣더니 나에게는 그토록 치명적이었던 날⁴⁰³⁾ 그와 내가 함께 작은 카지노에 들어갔을 때처럼, 자신을 억제하지 못하고 언성을 높였다. "하지만 그 작자는 의사가 아니오. 그는 문학적 의료 행위를 자행하고 있는데, 그것은 몽상적

치료이며, 돌팔이 짓에 불과해요. 하지만 우리 두 사람의 관계는 원만하오. 내가 어쩔 수 없이 자리를 비워야 하는 처지에서 벗어나면,[404] 그를 한번 보러 가기 위하여 나룻배를 탈 생각이오." 그러나 깡브르메르 씨에게 불봉에 대하여 말하기 위하여 꼬따르가 띤 기색을 보는 순간 나는, 불봉을 기꺼이 만나러 가기 위하여 그가 이용할 나룻배가, 또 다른 '문학적 의사'였던 비르길리우스에 의해 발견된 온천을 파괴하러 가기 위하여 쌀레르노의 의사들이 (비르길리우스가 그들의 고객들을 몽땅 빼앗아 간 것은 사실이다) 빌렸고, 그러나 항해 도중에 그 의사들과 함께 수장된, 그 선박과 매우 흡사할 것이라고 직감하였다.[405] "잘 가요, 나의 다정한 싸니에뜨, 내일 오시는 것 잊지 말아요, 당신도 아시다시피 저의 남편이 당신을 무척 좋아해요. 그 양반이 당신의 재치와 당신의 지성을 좋아하면서도, 당신도 잘 아시다시피, 퉁명스러운 기색을 즐겨 드러내시고, 그러시면서도 당신이 눈에 띄지 않으면 견디시지 못해요. 그 양반이 저에게 던지시는 첫 질문은 항상 이래요. '싸니에뜨가 오게 되어 있소? 그가 보고 싶소!'"―"나는 결코 그런 말을 한 적이 없소." '안주인 마님'이 한 말과 자기가 싸니에뜨를 대하던 방식을 완벽하게 양립시키는 듯 보이는 가장된 솔직성을 내세우며 베르뒤랭 씨가 말하였다. 그런 다음 회중시계를 꺼내 들여다보면서, 의심할 나위 없이 습한 밤 공기 속에서의 작별 인사가 길어지지 않도록 하기 위하여, 그가 마부들에게 도중에 지체하지는 말되 내리막길을 조심하라고 당부한 후, 우리가 기차보다 먼저 역에 도착할 것이라고 우리들을 안심시켰다. 기차는 '신도들'을 이 역 혹은 저 역에 하나씩 내려놓게 되어 있었는데, 깡브르메르 내외로부터 시작하여 나를 발백 역에 내려놓는 것으로 끝맺음하게 되어 있었다. 다른 아무도 발백만큼 먼 곳까지 가지 않았기 때문이다. 깡브르메르 내외는, 자기네 말들이 밤에 라 라스쁠리에르에까지 올라오지 않도록 하기 위하여, 우리와 함께 두빌-훼떼른느에서 기차를 탔다. 그들의 집으로부터 가장 가까운 역은 정말 그들의 마을에서도 조금 멀고, 그들의 성으로부터는 더욱 먼, 두빌-훼떼른느 역이 아니라 라 쏘뉴 역이었다. 두빌-훼떼른느 역에 도착하였을 때, 깡브르메르 씨가 잊지 않고 베르뒤랭 댁 마부에게 (인정 많고 우수에 잠기곤 하는 바로 그 마부였다) 프랑수와즈가 '팁'이라고 하는 것을 주었는데, 그가 너그러웠기 때문이며, 그러한 면에서는 '그의 모친 편'에 더 가까웠다. 그러나 그의 '부친 편'이 그 순간 개입하였음인지, 그것을 주면서 그는 혹시 오류가 발생하지 않을까 하는 불안감을 느꼈는데—잘 보이지 않아 1프랑 대신 1쑤를 줄지도 모를 자기에 의해 저질러질 오류나 그것의 가치를 제대로 알아차리지 못할 받는 사람에 의해 저질러질 오류가 그것이었다. 그리하여 그가 마부로 하여금 그 팁의 가치를 명확히 알아차리게 하였다. "내가 당신에게 주는 것이 틀림없이 1프랑이지요?" 주화를 빛 속에서 반짝이게 하면서 그가 마부에게 말하였고, 그것은 또한 '신도들'이 베르뒤랭 내외에게 그 이야기를 하도록 하기 위함이었다. "그렇지 않아요? 틀림없이 20쑤예요. 짧은 여정에 불과했기 때문이에요." 그와 깡브르메르 부인은 라 쏘뉴에서 우리들과 작별하였다. 그가 나에게 다시 말하였다. "당신이 호흡곤란에 시달리신다는 이야기를 저의 누이에게 해주겠어요. 틀림없이 그녀가 관심을 가질 거예요." 나는 그가 '기뻐할 것'이라는 뜻으로 한 말로 이해하였다. 한편 그의 아내는 나에게 작별 인사를 하면서, 비록 편지에 썼다 할지라도 나에게 충격을 주던, 그러나 사람들이 그 시절 이후에는 익숙해진, 하지만 구어로 사용될 경우 나에게는 아직도, 심지어 오늘날에도, 그것들 특유의 의도된 등한함과 계산된 격의 없음 속에 용납할 수 없을 만큼 현학적인 무엇을 가지고 있는 듯한, 다음의 두 단축형 인사말을 사용하였다. "당신과 함께 저녁 시간 보낸 것에 만족하며," 그러더니 다시 이렇게 말하였다. "저의 우정을 쌩-루에게, 그를 만나시면."[406] 그러한 말을 하면서 깡브르메르 부인은 쌩-루쁘(Saint-Loupe)라 발음하였다. 누가 그녀 앞에서 그렇게 발음하였는지, 혹은 무엇이 그녀로 하여금 그렇게 발음해야 한다고 믿게 하였는지, 나는 영영 알아내지 못하였다. 어쨌든 몇 주 동안 그녀가 쌩-루쁘라 발음하였고, 그녀를 무한히 찬미하여 그녀와 일체를 이루던 남자 하나도 그랬던 것은 사실이다. 다른 이들이 쌩-루라고 하면, 그 두사람이 더욱 강조하여 쌩-루쁘라고 하였는데, 그것은 다른 이들에게 간접적으로 정확한 발음을 가르쳐주기 위해서거나, 혹은 자신들을 두드러지게 드러내기 위해서였을 것이다. 그러나 의심할 나위 없이, 깡브르메르 부인보다 더 명석한 여인들이, 그렇게 발음하지 말아야 하며, 그녀가 독창성이라고 여기는 그것이 사람들로 하여금 그녀가 사교계 물정에 어둡다는 것을 믿게 할 뿐이라고 그녀에게 말하였거나 간접적으로 이해시켰을 것이니, 왜냐하면 얼마 지나지 않아 깡브르메르 부인이 다시 '쌩-루'라 발음하였고 그녀의 찬미자 역시 일체의 저항을 멈추었기 때문인데, 그녀가 그의 발음을 지적하여 고쳐주었거나, 혹은 그 스스로 그녀가 마지막 자음[407]을 더 이상 발음하지 않는 것을 간파하고, 그토록 재능 있고 힘차며 야심만만한 여인이 물러섰다면 그만한 그리고 합당한 사유가 있을 것이라 생각하였기 때문일 것이다. 그녀를 찬미하던 이들 중 가장 못된 사람은 그녀의 남편이었다. 깡브르메르 부인은 남편 아닌 다른 사람들에게 짓궂은 말 하기를 좋아하였고, 그 말들이 대개는 몹시 무례하였다. 그녀가 나 혹은 다른 사람을 그렇게 놀려대기 무섭게, 깡브르메르 씨는 웃으면서 희생물을 유심히 바라보기 시작하였다. 후작의 눈이 사팔뜨기였던지라—그것은 멍청이들의 쾌활함에도 기지가 있는 것 같은 인상을 준다—그 웃음이, 그러지 않으면 완전히 백색인 흰자위 위로 약간의 동공을 이끌어 오는 결과를 낳곤 하였다. 잠시 갠 하늘이 그렇게 구름 가득 채워진 하늘에 약간의 푸르름을 옮겨놓는다. 게다가 그의 외알박이 안경이 진귀한 화폭 위에 놓인 유리처럼, 그 예민한 수술(手術)을 보호하곤 하였다. 웃음의 의도 자체는 정확히 알 수 없었다. 그것이 친절하여 이러한 뜻을 내포하고 있었을 수도 있다. "아! 불한당! 당신이 다른 사람들의 부러움을 살 만하다고 생각할 수 있어. 재치 넘치는 여인의 각별한 호의에 감싸여 있으니 말이야." 혹은 늙다리 나귀처럼 악의적이어서 이러한 의미일 수도 있었다. "그래, 좋아! 신사 양반, 한번 혼이 나셔야지 그리고 율모기들을 잔뜩 삼키시게."[408] 혹은 언제든 도움을 주겠다는 뜻일 수도 있다. "아시다시피, 내가 현장에 있지만, 그것이 순전한 농담인지라 나는 웃어넘긴다오. 그러나 당신을 학대하게 내버려두지는 않겠소." 혹은 그 웃음이 가혹한 공모자의 것으로, 이러한 의미를 내포할 수도 있다. "내가 소금을 칠[409] 생각은 없으나, 당신 보시다시피, 그녀가 당신에게 잔뜩 안겨주는 공공연한 모욕에 내가 포복절도할 지경이오. 내가 꼽추처럼 허리를 잡고 웃으니, 남편인 내 입장에서도 동의하는 것이오. 따라서 반격할 망상을 떨쳐버리실 수 없다면, 나의 어린 신사분, 당신의 요구에 응할 사람이 항상 대기하고 있소. 내가 우선 당신에게 잘 다듬어진 따귀 한 쌍을 안긴 다음,[410] 함께 샹뜨삐 숲으로 가서 검으로 겨루면 될 것이오."

남편이 보인 그 쾌활함에 대한 다양한 해석들 중 어느 것이 맞는지는 모르겠으나, 여인의 일시적인 변덕들은 신속히 끝나곤 하였다. 그러면 깡브르메르 씨가 웃기를 멈추었고, 잠시 나타났던 동공이 자취를 감추었으며, 몇 분 전부터 잠시 동안이나마 완전히 하얀 눈만 보던 습관을 잃었던지라, 그러한 눈이 안색 붉은 그 노르망디 사내에게 창백하면서 동시에 황홀한 무엇을 부여하여, 마치 후작이 이제 막 수술을 받은 것 같기도 하였고, 혹은 자기의 외알박이 안경을 통하여 하늘을 응시하면서 순교의 월계관을 간원하는 것 같기도 하였다.

3장

　나는 엄습하는 졸음을 주체하지 못하였다. 나는 승강기에 실려 나의 방이 있는 층까지 올려졌는데, 그 일을 맡은 사람은 승강기 담당 종업원이 아니라 정복 입은 사팔뜨기 심부름꾼이었고, 그가 나에게 말을 건네더니, 자기의 누이가 아직도 그 부유한 신사와 함께 살고, 언젠가는 그녀가 얌전히 신사 곁에 머무는 대신 집에 돌아가고 싶은 욕구를 이기지 못하였던지라, 그 신사께서 '사팔뜨기 종업원과 그보다 더 운수 좋은 자식들을 둔 어머니를'[1] 찾아갔으며, 그리하여 그 어머니가 분별력 없는 딸을 신속히 연인의 집으로 다시 데려갔다는 등의 이야기를 나에게 들려주었다. "아실지 모르지만 나리, 저의 누이는 귀부인입니다. 그녀는 피아노도 건드리고 에스빠냐 말도 지껄입니다. 또한 믿으실 수 없겠지만, 승강기에 나리를 태우고 오르내리는 종업원의 누이 주제에, 그녀는 아무것도 마다하지 않습니다. 그 귀부인께서는 침모까지 부리며, 그녀가 장차 자기 전용 마차를 갖는다 해도 저는 놀라지 않을 것입니다. 그녀는 매우 예쁘며, 보시면 아시겠지만, 조금 지나치게 오만하지만, 젠장, 이해할 만합니다. 그녀는 재치가 넘칩니다. 그녀는 옷장이나 서랍장에다 용변을 보지 않고는 어떤 호텔을 떠나지 않는데, 그 방을 청소할 여자에게 작은 기념품을 남기기 위해서입니다. 때로는 심지어 마차에서도 그러한 짓을 하는데, 삯을 지불한 후 길모퉁이에 숨어서, 마차를 청소하고 다시 씻어내야 하는 마부가 투덜거리는 것을 보고 웃기 위해서입니다. 저의 아버지도 운이 좋아, 전에 알고 지내시던 그 인도 왕자를 다시 만났고, 저의 남자 동생을 그 댁으로 보내셨습니다. 물론 다른 종류의 일입니다. 그러나 지위는 어마어마합니다. 잦은 여행만 아니라면 꿈같은 자리입니다. 지금까지 타일 바닥에 들러붙어 있는 사람은 저뿐입니다. 그러나 아무도 모르는 일입니다. 행운이 저의 가정에 들어왔으니, 제가 언젠가는 공화국의 대통령이 되지 않을지 누가 압니까? 하지만 제가 나리로 하여금 재잘거리게 만들고 있습니다. (나는 단 한 마디 말도 하지 않았고 그의 말을 들으면서 잠들기 시작하던 참이었다.) 안녕히 주무십시오, 나리. 오! 감사합니다, 나리. 만약 모든 사람들이 나리처럼 선량한 마음을 가졌다면, 더 이상 불행한 사람들은 없을 것입니다. 그러나 저의 누이가 말하는 것처럼 불행한 사람들은 항상 있어야 하며, 그래야만 제가 부유해졌을 때 그들을 조금이나마 무시할 수 있을 것입니다. 실례의 말씀 용서하십시오. 안녕히 주무십시오, 나리."

[아마 매일 저녁 우리들은, 잠을 자면서, 우리가 무의식 상태라고 믿는 수면이 지속되는 동안에 느껴질 것이기 때문에 '아예 없고 발생하지도 않았다고' 간주하는 괴로움들 겪는 위험을, 선선히 받아들일지도 모른다.[2)]

실제로[3)] 라 라스쁠리에르에 갔다가 늦게 돌아오는 날 저녁에는 매번 졸음이 나를 심하게 엄습하였다. 그러나 날씨가 선선해지기 시작한 이후에는 내가 즉각 잠들 수 없었으니, 벽난로의 불이 마치 램프를 켜놓은 것처럼 실내를 밝히곤 하였기 때문이다. 다만 그 불이 잠시 지속되는 한 가닥 화염에 불과했던지라—램프의 불빛이나 저녁나절의 태양처럼—그것의 지나치게 강렬한 빛이 이내 약해지곤 하였고, 그러면 내가 수면 세계 속으로 들어가곤 하였는데, 그 잠의 세계는, 우리가 가지고 있는 그리하여 우리가 일상 사용하는 아파트를 내버려둔 채 가끔 자러 가는, 제2의 아파트와 유사하다. 그 아파트에도 특유의 초인종들이 갖추어져 있어, 우리는 가끔 그곳에서, 아무도 초인종을 누르지 않았건만 우리의 귀에 완벽하게 들려온 음색의 소음 때문에 소스라치며 깨어나기도 한다. 그 아파트에도 나름대로의 하인들이 있고, 함께 외출하자고 우리를 데리러 오는 특유의 방문객들이 있는지라, 우리는 자리에서 일어날 준비를 갖추는데, 바로 그 순간, 우리가 다른 아파트로, 즉 생시의 아파트로 거의 즉각 윤회하는지라, 우리는 우리가 누워 있는 방이 비어 있고 아무도 오지 않았음을 확인할 수밖에 없다. 그 제2의 아파트에 사는 종족은 최초의 인간들처럼 자웅동체이다. 그곳에서는 어떤 남자든 잠시 후에는 여인의 모습으로 나타난다. 그곳에서는 사물들이 사람들로 변하고, 그 사람들이 친구들로 혹은 적들로 변할 능력을 얻는다. 그러한 수면이 지속되는 동안 잠자는 사람이 느끼는 시간의 흐름은, 깨어 있는 사람의 삶이 실현되는 동안 흐르는 시간과 완전히 다르다. 어떤 경우에는 그 흐름이 훨씬 빨라서 15분이 하루 같고, 또 어떤 경우에는 훨씬 더 느려서, 우리가 온종일 잤건만 가볍게 한숨 잔 것으로 믿게 된다. 그러한 경우, 우리는 잠이라는 수레에 올라 추억이 더 이상 따라올 수 없는 심연으로 내려가고, 우리의 오성(悟性)은 그 심연 문턱에서 발길을 돌릴 수밖에 없다. 태양의 마차를 닮은 그 수면의 마차는 어떠한 저항으로도 더 이상 그것을 멈추게 할 수 없는 대기 속으로 어찌나 거침없이 나아가는지, 그 흔들림 없는 수면의 진행을 (그러지 않으면 멈출 하등의 이유가 없어, 같은 동작으로 몇 세기 동안이건 지속될) 명중시켜, 그 마차로 하여금 급작스럽게 선회하여, 중간 역참들을 건너뛰고, 생명의 인근 지역을 통과하면서 현실로 돌아와―그 지역에서 들려오는, 아직은 거의 모호하지만, 비록 변형되었어도 벌써 인지할 수 있는 몽몽한 소리가, 잠든 사람의 귀에 이를 것이다―깨어남에 급작스럽게 착륙하도록 하기 위해서는, 우리에게 낯선 (어떤 '미지의 존재'에 의해 창공으로부터 세차게 던져진) 어느 작은 운석(隕石)이 필요하다.[4] 그러면 우리가 누구인지조차 모르는 채, 아무도 아닌 상태로, 그때까지 우리의 삶이었던 그 과거가 우리의 뇌수로부터 말끔히 제거된 상태인지라 모든 것에 임할 준비를 갖추고, 우리는 하나의 여명 속에서 그 깊은 잠으로부터 깨어난다. 또한 아마 깨어남이라는 착륙이 급작스럽게 이루어져, 수면 속에서 우리가 가지고 있던 사념들이 망각의 덮개에 의해 감추어지는 바람에, 잠이 멈추기 전에 점진적으로 돌아올 시간을 얻지 못한다는 점에서 그것이 더 아름다울 것이다. 그러면 우리가 통과한 듯 보이는 검은 폭풍우로부터 (하지만 우리에게는 아직 '우리'라는 사념조차 없다) 우리가 아무 사념 없이, 꼼짝 않고 누워 있는 상태로 나오며, 그러한 '우리'에게는 아무 내용물도 없을 것이다. 그 존재 혹은 그 사물이 어떤 망치의 가격을 받았길래, 기억이라는 것이 달려와 의식 혹은 인격을 돌려줄 때까지는 아무것도 모르고 얼이 빠진 상태에 머문다는 말인가? 또한 그 두 유형의 깨어남을 위해서는, 비록 그것이 깊다 할지라도, 습관의 법칙에 이끌려 잠들지 말아야 한다. 왜냐하면 습관이란 자기의 그물망 속에 움켜쥐고 있는 모든 것을 감시하기 때문이며, 따라서 그것으로부터 도망쳐야 하고, 잠자는 것과는 전혀 다른 짓을 한다고 믿는 순간에 잠들어야 한다. 다시 말해, 성찰을 (그것이 감추어져 있다 할지라도) 동반하고 예견의 보호하에 머물러 있지 않은 잠을 낚아채야 한다.

적어도, 내가 이제 막 묘사한 것과 같은 그러한 깨어남들 그리고 전날 저녁에 라 라스쁠리에르에서 식사를 하였을 경우에는 대부분 내가 겪은 그러한 깨어남들 속에서는, 모든 것이 정말 그런 것처럼 발생하였고, 내가, 죽음이 해방시켜 주기를 기다리면서 덧창을 닫고 살며, 세상 물정 전혀 모르며, 한 마리 부엉이처럼 꼼짝하지 않으며, 또한 그 부엉이처럼 오직 암흑 속에서만 조금 밝게 보는 기이한 인간인 내가 그것을 증언할 수 있다. 모든 것이 정말 그런 것처럼 발생하지만, 천 부스러기로 이루어진 켜5) 하나가, 잠자는 사람의 귀에 추억들 간의 내면적 대화 및 수면 세계의 끊임없는 수다가 들리지 않도록 아마 방해하였을 것이다. 왜냐하면(게다가 더 광막하고 더 신비하며 더 천체들의 세계와 같은 첫 번째 체계 속에서도 설명될 수 있는 것이지만), 깨어남이 발생하는 순간, 잠자는 사람은 자기에게 말하는 내면의 음성 하나를 듣기 때문이다. "다정한 벗이여, 오늘 저녁의 그 만찬에 참석하시겠소? 그러신다면 얼마나 즐거울까!" 그다음 순간 그는 이런 생각에 잠긴다. "그래요, 얼마나 즐거울까, 참석하겠소." 그러다가 더욱 완연히 깨어나면서 그가 문득 상기한다. "의사가 단언하기를 할머니께서 단 몇 주밖에 못 사신다고 하였어." 그가 초인종을 누르고, 그의 부름에 응하여 올 사람이 전처럼 자기의 할머니, 죽어가는 그 할머니가 아니라, 무심한 침실 담당 심부름꾼일 것이라는 생각에 눈물을 흘린다. 게다가 잠이 그를 추억과 사념이 거주하는 세계로부터, 그가 홀로 있던, 아니 우리가 자신을 그 속에서 인지하는 그 동료6)조차 없기 때문에 홀로 이상의 상태에 있던 창공을 건너 어찌나 멀리 데려갔던지, 그는 시간과 그것의 측정 단위 밖에 있었다. 벌써 침실 담당 심부름꾼이 들어서지만, 그는 감히 몇 시냐고 묻지조차 못하는데, 자기가 잠을 자기나 한 것인지, 또 몇 시간 동안이나 잤는지 전혀 모르기 때문이다(오래 걸리지 않았을 리 없는 너무나 먼 여행에서 돌아온 것처럼, 몸뚱이가 기진맥진해지고 오성이 휴식을 취하였으며 심정이 그리움에 잠겨 돌아온지라, 자신이 몇 날 동안이나 잤느냐고 물어야 하지 않을까 하는 의구심에 사로잡힌다). 물론 우리가 하루라고 생각하였던 것이 15분에 불과하다는 것을 확인한 것이 벽시계를 바라보면서였다는 하찮은 이유를 내세워, 단 하나의 시간밖에 없다고 주장할 수도 있다. 그러나 그러한 사실을 확인하는 순간에는, 우리가 깨어 있는 사람들의 시간 속에 잠겨 있는, 즉 깨어난 사람이고, 이미 다른 시간을 떨쳐버렸다. 그것은 아마 다른 시간 이상의 것, 다른 하나의 생일지도 모른다. 잠을 자는 동안에 맛본 쾌락들, 우리는 그것들을 우리의 일상생활에서 맛본 쾌락들의 계정에 포함시키지 않는다. 모든 쾌락들 중 가장 상스럽게 육감적인 것을 암시적으로 예로 들거니와, 우리 중 잠에서 깨어나면서, 너무 지치지 않으려면 일단 깨어난 후에는 더 이상 그날에 한없이 반복할 수 없는 쾌락을, 자는 동안에 맛보았다는 이유 때문에 다소간의 역정을 느끼지 않은 이 있겠는가?[7] 그것은 분실한 재산과 같다. 우리가 현생이 아닌 다른 생에서 그 쾌락을 맛본 것이다. 꿈속에서 맛보는 고통과 쾌락을 (대개 깨어나는 순간에 신속히 자취를 감추는) 우리가 만약 어느 장부에 기재한다면, 그 장부가 현생의 것은 아닐 것이다.

내가 두 종류의 시간이라 말하였으나 아마 단 하나밖에 없을지도 모르며, 그 말은, 깨어 있는 사람의 시간이 잠자는 사람에게도 적용된다는 뜻이 아니라, 우리가 자는 동안 영위하는 삶이 아마—

그것의 깊숙한 부분에서는—시간의 범주 아래 놓여 있지 않을 것이라는 뜻이다. 내가 그러한 상상을 한 것은, 라 라스쁠리에르에서의 만찬 다음 날 내가 깊이 잠들었을 때였다. 그러한 상상을 한 이유는 이러하다. 내가 초인종을 열 번이나 눌렀건만 침실 담당 심부름꾼이 오지 않을 것을 알아차리고, 잠에서 깨어나는 순간 나는 절망감에 사로잡히기 시작하였다. 열한 번째 누르자 그가 내 방으로 들어왔다. 실은 그것이 첫 번째 초인종이었다. 다른 열 번의 것은, 아직도 지속되고 있던 나의 수면 상태 속에서 시도되던 예비 동작들에 불과했다. 마비되었던 나의 두 손은 그동안 미동조차 하지 않았다. 그런데 그와 유사한 아침마다(또한 그것이 나로 하여금 수면의 세계는 아마 시간의 법칙을 전혀 모를 것이라는 말을 하도록 한다), 잠에서 깨어나려는 나의 노력은, 내가 이제 막 겪은 수면 세계의 규정되지 않은 모호한 덩어리를 시간의 틀 속에 들어가게 하려는 노력으로 집약되곤 하였다. 그것은 쉬운 일이 아니니, 우리가 두 시간을 잤는지 혹은 이틀을 잤는지 모르는 수면의 세계는 우리에게 어떤 지표도 제공할 수 없기 때문이다. 그리하여 우리가 수면 세계 밖에서 그 지표 하나를 발견하지 못하면, 시간 속으로 복귀하는 데 성공하지 못하고 다시 잠들며, 그것이 겨우 5분 동안이건만 우리에게는 세 시간으로 여겨진다.

가장 강력한 최면제는 잠이라고 내가 항상 말하였고, 경험을 통해 입증하였다. 두 시간 동안 깊은 잠에 빠져 무수한 거인들을 상대로 싸움을 벌이고, 숱한 사람들과 영원한 우정을 다짐한 후에는, 수면제 베로날 여러 그램을 섭취하고 잠들었을 때보다도 깨어나기가 더 어렵다. 또한 이런 혹은 저런 생각을 하다가, 노르웨이 철학자로부터—자기의 '탁월한 동업자, 아니 동료'인 부트루 씨에게서 들었다는—베르그송 씨가 수면제들에 기인한 기억력의 특이한 변질에 대하여 생각하는 바를 알게 되어 매우 놀랐다. 노르웨이 철학자가 나에게 알려준 바에 의하면, 베르그송 씨는 이렇게 말하였던 모양이다. "물론 가끔 적당량씩 섭취한 수면제가 우리들 속에 안정적으로 자리 잡은 일상생활의 그 튼튼한 기억에 영향을 끼치지는 않습니다. 그러나 더 고차원적이고 따라서 더 불안정한 기억들도 있습니다. 저의 동료 교수들 중 하나는 고대 역사 강의를 맡고 있습니다. 그가 저에게 말하기를, 전날 밤에 수면제 한 정을 복용하고 잠들었을 경우, 다음 날 강의 도중에, 필요한 그리스 문헌을 인용하는 데 어려움을 겪는다고 하였습니다. 그에게 그 수면제를 처방해 준 의사가 그에게 단언하기를, 그것이 기억에는 아무 영향도 끼치지 않는다고 하였습니다. '그것은 아마 당신이 그리스 문헌을 인용할 일이 없기 때문일 것이오.' 역사학자가 빈정거림이 감도는 오만을 감추지 않고 그렇게 대꾸하였습니다."

베르그송 씨와 부트루 씨가 주고받았다는 그 대화가 정확히 그랬는지 나는 모른다. 하지만 그토록 생각이 심오하고 명석하며 그토록 열정적으로 관심을 쏟는 그 노르웨이 철학자가 잘못 이해하였을 수도 있다. 나의 개인적인 경험은 나에게 정반대의 결과를 남겼다. 특정 마취제들을 섭취한 다음 날 발생하는 망각의 순간들은, 자연스럽게 깊이 잠든 밤을 지배하는 망각과 부분적일 뿐이지만 충격적인 유사성을 가지고 있다. 그런데 그 두 경우에 내가 망각하는 것은, 오히려 나를 '팀파논[8] 소리처럼' 피곤하게 하는 편인 보들레르의 특정 구절도, 인용된 철학자들 중 하나의 특정 개념도 아니고, 나를 둘러싸고 있는—그리고 내가 잠들었을 경우—그것을 인지하지 못하여 내가 미친 사람이 되게 하는 통속적인 사물들의 실재성 그 자체이며 그리고—내가 깨어나 인위적인 잠에서 빠져나올 경우—그것은 내가 다른 날과 못지않게 토론 주제로 삼을 수 있는 포르퓌리오스나 플로티노스의 철학 체계가 아니라,[9] 어느 초대에 대해 내가 주기로 한, 그러나 그 초대받았다는 기억을 온전한 공백이 대체한 답변이다. 고상한 사상은 그 자리에 그대로 머물러 있었고, 최면제가 기능을 정지시킨 것은, 자질구레한 일들에서, 즉 일상생활과 관련된 특정 추억을 적시에 다시 포착하여 움켜잡기 위한 활력이 요구되는 모든 분야에서 활동할 수 있는 바로 그 능력이었다. 뇌수의 파괴 후에도 계속된다는 존속에 대하여 사람들이 무슨 말을 하든, 나는 뇌수가 변질될 때마다 그것에 죽음의 편린 하나가 상응한다는 점을 지적하고자 한다. 우리의 모든 추억들을, 비록 그것들을 회상할 능력은 없어도, 우리가 몽땅 간직하고 있다고, 베르그송의 주장을 빌려 그 저명한 노르웨이 철학자가 말하였다. 이야기를 지체시키지 않기 위하여, '그것들을 회상할 능력'이라는 표현을 제외한 그 철학자의 말을 여기에 그대로 옮기지는 않는다. 하지만 회상할 수 없는 추억이 도대체 무엇이란 말인가? 아니 질문을 더 확대시켜 보자. 우리가 지난 삼십 년의 추억들을 일일이 회상하지는 못하지만 그것들이 몽땅 우리를 적시고 있는데, 그렇다면 왜 삼십 년에 멈춘단 말인가? 그 전생을 왜 우리의 출생 이전으로까지 연장하지 않는단 말인가? 나의 뒤에 남겨진 추억들 중 한 부분 전체를 내가 모르는데, 그것들이 나의 눈에 보이지 않는데, 그것들을 나에게로 다시 부를 능력을 내가 가지고 있지 않은데, 나라는 이 미지의 덩어리 속에, 내가 인간의 형태로 생명을 얻기 훨씬 이전으로까지 거슬러 올라가는 추억들이 없다고 누가 감히 나에게 단언하겠는가? 나의 안에 그리고 나의 둘레에, 내가 회상하지 못하는 그토록 많은 추억들을 내가 간직할 수 있다면, 그 망각은 (적어도 사실상의 망각이리니, 내가 아무것도 볼 능력이 없기 때문이다) 내가 다른 어떤 사람의 몸뚱이 속에서 영위하였던,

심지어 다른 어느 천체에서 영위하였던 삶과 연계될 수 있을 것이다. 그와 같은 단 하나의 망각이 모든 것을 말끔히 지워버린다. 하지만 그렇다면 노르웨이 철학자가 그 실체를 단언한 영혼의 불멸성이란 무엇을 의미한다는 말인가? 죽음 후에 다시 태어날 내가 현생의 나를 회상할 이유가 없을 것은, 현생의 나에게 전생의 나를 회상할 이유가 없는 것과 다르지 않다.

침실 담당 심부름꾼이 들어왔다. 나는 그에게 내가 여러 차례 초인종을 눌렀다는 말을 하지 않았다. 내가 그때까지 초인종 누르는 꿈을 꾸었을 뿐이라는 사실을 깨달았기 때문이다. 하지만 나는 그 꿈에 인지의 명료함이 있다는 생각을 하면서 몹시 놀랐다. 인지 또한 마찬가지로 꿈의 비현실성을 가지고 있을까?

한편 나는, 그날 밤 누가 그토록 여러 차례 초인종을 눌렀느냐고 그에게 물었다. 그가 나에게 말하기를 '아무도' 초인종을 누르지 않았으며, 그것을 확인시켜 줄 수 있다고도 하였는데, 만약 정말 그랬다면 초인종 '기록부'에 적혀 있을 것이기 때문이라고 하였다. 하지만 나에게는 거의 맹렬한 기세로 반복되는 종소리가 들렸고, 그것이 아직도 나의 귓속에서 진동하였으며, 여러 날 동안 들리는 상태로 남아 있게 되어 있었다. 그러나 잠이 그렇게, 깨어 있는 삶 속에, 자기와 함께 소멸되지 않는 추억들을 던져놓는 일은 드물다. 그러한 운석들은 헤아릴 수 있을 정도이다. 그것이 만약 잠이 주조해 낸 하나의 사념일 경우, 그 사념은 지극히 미세하여 다시 찾을 수 없는 편린들로 분해된다. 그러나 이번 경우에는 잠이 소리들을 만들어냈다. (사념보다) 더 질료적이고 더 단순하지만, 그것들은 더 오래 존속하였다.[10]

나는 침실 담당 심부름꾼이 나에게 일러준 시각이 상대적으로 이른 것에 놀랐다. 이른 시각이라는 사실 때문에 나의 휴식이 미흡하게 여겨졌던 것은 아니다. 오래 지속되는 것은 가벼운 잠인데, 그것은 깨어 있는 상태와 수면 상태의 중간 상태인지라, 깨어 있는 상태의 조금 지워졌으되 지속적인 특성을 간직하고 있어, 우리가 휴식을 취하려면 아주 짧을 수 있는 깊은 잠보다 무한히 더 많은 시간을 요하기 때문이다. 나는 다른 또 하나의 이유 때문에 아주 편안함을 느꼈다. 자신의 피로를 고통스럽게 느끼려면 자신이 지쳤다는 사실을 상기하는 것으로 족한 반면, '내가 잘 쉬었다' 하는 생각은 휴식을 만들어내기에 충분하기 때문이다. 그런데 내가, 샤를뤼스 씨의 나이 일백십 세에 이르렀고, 그의 생모인 베르뒤랭 부인이 제비꽃 한 묶음을 50억 프랑에 샀다는 이유로, 그가 그녀에게 따귀 한 쌍을 먹이는 꿈을 꾸었던지라, 내가 깊이 잠들었었고, 깨어 있는 상태 및 일상생활 속에서의 모든 가능성과는 정반대 방향으로 꿈이 진행되었다고 확신할 수 있었으며, 내가 완전한 휴식을 취하였다고 느끼기 위해서는 그것으로 충분했다.]¹¹¹⁾[111]

샤를뤼스 씨가 누구와 함께 (알베르띤느가 뜻밖의 선물에 놀라게 하려고 그녀에게 전혀 내색하지 않고 그녀의 빵모자를 주문하였던 바로 그날) 발백의 그랜드-호텔 특별실에 저녁을 먹으러 왔었는지, 내가 만약 어머니에게 그 이야기를 해드렸다면, 베르뒤랭 내외를 왜 그토록 열심히 방문하는지, 샤를뤼스 씨의 행동을 이해하실 수 없었던 어머니께서 매우 놀라셨을 것이다. 샤를뤼스 씨가 초대한 사람이 기껏 깡브르메르 씨의 사촌 누이가 부리는 심부름꾼 시종이었기 때문이다. 그 시종의 옷차림이 매우 화려했고, 그가 남작과 함께 호텔 로비를 가로지를 때에는, 관광객들의 눈에, 쌩-루의 표현대로, '사교계 인사'처럼 보였다. 마침 교대 시간이었던 그 순간 '신전'의 계단을 무리 지어 내려오고 있던 '레위족 수도사들' 조차,¹²⁾ 즉 정복 입은 어린 종업원들조차, 도착하는 그 두 사람에게 별 관심을 보이지 않았고, 그 두 사람 중 하나인 샤를뤼스 씨 또한 눈을 내리깔면서 그들에게 무관심한 척하려 하였다. 그는 종업원들 사이로 길을 뚫으려는 기색이었다. "번창하라, 신성한 민족의 소중한 희망이여."¹³⁾ 라씬느의 구절을 전혀 다른 의미로 인용하여 그가 중얼거렸다. "무슨 말씀이죠?" 고전 작품에 문외한이었던 시종이 물었다. 샤를뤼스 씨는 아무 대꾸도 하지 않았는데, 다른 사람의 질문들을 무시하고, 호텔의 다른 고객들이 아예 없는 듯 그리고 마치 이 세상에 샤를뤼스 남작인 자기만이 존재하는 듯, 곧장 앞만 바라보고 걷는 것을 상당히 자랑스럽게 여겼기 때문이다. 그러나 요사벳이 하던 말("오라, 어서 오라, 나의 딸들이여")을 계속 읊조리다 비위가 상하였던지, 그녀의 말("그녀들을 불러야 해")을 덧붙이지 않았는데,¹⁴⁾ 그 어린아이들¹⁵⁾이 아직 성적 특성이 완전하게 형성되어 샤를뤼스 씨의 마음에 흡족해질 나이에 이르지 못하였기 때문이다.

게다가 쉐브르니 부인¹⁶⁾이 부리던 심부름꾼 시종에게 그가 앞서 편지를 보냈던 것은, 그의 고분고분함을 의심치 않았기 때문이고, 그가 더 남성다울 것이라 기대하였기 때문이다. 그가 그를 만나서 보니 자기가 원하던 것보다 더 여성화되어 있었다. 그가 시종에게 말하기를, 자기가 다른 사람을 만난 것 같다고 하면서, 자기가 먼발치에서 본 사람은 쉐브르니 부인의 다른 시종이었고, 실제로 그를 마차를 타고 지나가면서 보았다고 하였다. 하지만 그 인물은, 자기의 태를 부린 우아함을 상당한 우월성이라 평가하고, 샤를뤼스 씨를 매료하였을 것이 사교계 인사들에게 있는 그러한 장점들이었을 것이라 믿어 의심치 않았던지라, 남작이 누구에 대해 이야기하려 하였는지조차 전혀 깨닫지 못한 시종과는 정반대의 유형으로, 몹시 상스러운 일종의 촌녀석이었다. 시종이 남작에게 말하였다. "저에게는 동료가 하나밖에 없는데, 끔찍하게 생겼고 상스러운 촌놈처럼 보여, 곁눈질로 탐을 내셨을 리 없습니다." 그러면서도 남작의 눈에 띈 녀석이 아마 그 촌놈일 것이라는 생각에, 그는 자존심에 가벼운 상처를 입었다. 남작이 눈치를 채고 탐색 범위를 넓히면서 이렇게 말하였다. "하지만 내가 쉐브르니 부인 댁 사람들과만 사귀겠다고 맹세한 것은 아니오. 여기에서, 혹은 머지않아 떠나실 테니 빠리에서, 이런 혹은 저런 댁에서 일하는 당신의 동료들을 나에게 여럿 소개해 줄 수 없겠소?" - "오! 어렵습니다!" 시종이 대꾸하였다. "저는 저의 계층 사람 사람들 중 그 누구와도 사귀지 않습니다. 제가 그들에게 말을 건네는 것은 오직 일을 할 때뿐입니다. 하지만 제가 당신에게 소개할 수 있을 매우 좋은 사람 하나가 있습니다." - "그것이 누구요?" 남작이 물었다. - "게르망뜨 대공입니다." 샤를뤼스 씨는 자기에게 그 나이에 이른 사람밖에 제안하지 않았다는 사실에 마음이 상하였고, 게다가 그 사람이라면 일개 심부름꾼 시종의 추천 따위는 필요하지 않았다. 그리하여 냉랭한 어조로 제안을 사양하였으나, 하인 녀석이 사교계를 기웃거리는 것에 개의치 않고, 그에게 자기가 원하는, 마부도 상관없다고 하면서, 부류와 유형을 다시 설명하기 시작하였다. 그 순간 자기 곁으로 지나가던 공증인이 혹시 자기의 말을 듣지 않았을까 염려한 나머지, 그는 자기가 사람들이 생각할 수 있었을 것과 전혀 다른 것에 대해 이야기하고 있었음을 과시하는 것이 능란한 처사라 믿었고, 따라서 힘주어 또 아무에게나 떠들듯 말하였으나, 그러면서도 대화를 자연스럽게 계속하는 척하였다. "그렇소, 이 나이에 이르렀음에도 불구하고 골동품 수집 취미를, 골동품들에 대한 취향을 간직하고 있어, 어느 고대 청동 제품이나 옛 샹들리에를 구입하기 위하여 미친 짓들을 저지르기도 하오. 나는 미를 숭배하오." 그러나 자기가 그토록 재빨리 단행한 대화 주제의 변경을 시종에게 이해시키기 위하여, 샤를뤼스 씨가 각 단어 하나하나에 어찌나 힘을 주었던지, 게다가 공증인에게 들리도록 모든 단어들을 어찌나 고함치듯 세게 외쳐댔던지, 그 모든 연극이, 그 법원 소속 관리의 귀보다 물정에 더 밝은 귀들에게 그가 감추려던 것을 누설하기에 충분했을 것이다. 공증인도, 호텔의 손님들 중 그 누구도 전혀 짐작조차 못하였고, 그들 모두, 그토록 잘 차려입은 시종 속에서 하나의 우아한 외국인을 발견하였을 뿐이다. 반면, 사교계 사람들이 잘못 짚어 그를 멋쟁이 아메리카 사람이라고 여겼던 것과는 달리, 그가 호텔 종업원들 앞에 나타나기 무섭게 그들에 의해 그의 정체가 발각되었고, 그것은 마치 탈옥한 도형수가 다른 도형수를 식별하는 것과 같았고, 특정 짐승들이 멀리서도 어떤 짐승의 냄새를 맡는 것보다도 더 신속했다. 테이블 책임자들이 문득 눈을 쳐들었다. 에메가 의혹 가득한 시선을 던졌다. 포도주 담당 종업원이 어깨를 으쓱해 보이면서, 그러는 것이 예의라 믿었던지 손으로 입을 가리고 무례한 말 한마디를 하였으며, 그것이 모든 사람에게 들렸다. 또한 시력이 약해지고 있었으며, 마침 그 순간, '시종들의 방'에 저녁을 먹으러 가기 위하여 층계 밑을 지나던 우리의 늙은 프랑수와즈조차 문득 얼굴을 쳐들더니, 호텔 식당 손님들은 짐작도 하지 못하던 인물에게서—늙은 유모 에우뤼클레이아가 연회석상에 앉아 있던 구혼자들보다 훨씬 먼저 오뒷세우스를 알아보듯[17]—하인 하나를 알아보았고, 샤를뤼스 씨가 그와 함께 친숙하게 걷는 것을 보고는, 자기가 일찍이 들었으되 믿지 않던 험담들이 문득 자기의 눈에 그럼직하게 보이기 시작하기라도 한 듯, 낙담한 표정을 지었다. 그 사건에 대하여 그녀가 나에게는 물론 다른 어느 누구에게도 결코 이야기하지 않았으나, 그것이 그녀의 뇌수로 하여금 상당한 노역에 시달리게 하였음이 틀림없었으니, 훗날 빠리에서 그녀가 '쥘리앵'[18]을 만날 때마다, 그때까지는 그를 그토록 좋아하였건만, 전과 다름없이 정중히 대하였으되, 그 정중함이 차가워졌고 그것에 상당량의 신중함이 추가되어 있었다. 그 사건이 반대로 다른 사람에게는 나에게 속내 이야기를 털어놓을 계기가 되었으니, 그 사람은 에메였다. 내가 샤를뤼스 씨와 마주쳤을 때, 나와 그렇게 만나리라고는 미처 생각하지 못하였던 그가 손을 쳐들면서, 또한 자기에게는 모든 것이 허용되어 있다고 믿으며 피하는 기색을 보이지 않는 것이 더욱 능란한 거조라 생각하는 지체 높은 귀족의 표면적이나마 무심한 태도를 보이면서, 그가 나를 향해 소리쳤다. "안녕하시오!" 그런데 마침 그 순간 경계하는 눈초리로 그를 관찰하고 있다가, 자신이 틀림없이 일개 하인이라고 생각하는 사람과 동행하던 그에게 내가 인사하는 것을 본 에메가, 그날 저녁 나에게 그가 누구냐고 물었다. 왜냐하면 얼마 전부터 에메가 나와 더불어 한담 나누기를, 혹은 그보다는 한담에 그 나름대로 철학적 성격을 부여하기 위하여 그가 지칭하던 것처럼, 나와 '토론하기'를 좋아하였기 때문이다. 그리고 내가 식사를 하는 동안 그 역시 함께 앉아 음식을 나눌 수 있는 대신 줄곧 서 있는 것이 내게 거북하다고 자주 말하자, 그는 '그토록 공정한 사고방식'을 가진 손님을 일찍이 본 적 없다고 선언하듯 말하곤 하였다. 샤를뤼스 씨가 지나가던 순간 에메는 종업원 두 사람과 한담을 나누고 있었다. 그 두 종업원이 나에게 인사를 하였으나 나는 영문을 몰랐고, 그들의 대화 중 나에게는 낯설지 않은 것 같은 웅얼거림이 있었으나, 내가 모르는 얼굴들이었다. 에메는 도저히 동의할 수 없는 약혼을 하였다고 하며 두 사람 모두를 나무라고 있었다. 그가 나를 증인으로 삼았으나, 나는 그 두 사람을 모르는지라 어떠한 견해도 피력할 수 없다고 하였다. 두 사람이 나에게 자기들의 이름을 상기시켜 주었고, 자기들이 리브벨에서 자주 나의 시중을 들었노라고 하였다. 하지만 한 사람은 콧수염이 자라도록 내버려두었고, 다른 사람은 그것에 면도질을 하고 머리도 짧게 깎았던지라, 그들의 어깨 위에 얹혀 있던 머리통이 비록 이전의 그것이었으되(노트르-담므 교회당의 잘못된 복원 작업에서처럼 다른 머리통을 가져다 놓지 않았으되)[19], 그들의 예전 머리통이 나에게는, 가장 치밀한 수색의 눈길에서 벗어나 벽난로 위에 아무렇게나 굴러다니건만 아무도 알아차리지 못하는 물건들만큼이나 보이지 않았다. 나는 그들의 이름을 알게 되자, 그들의 음성이 지니고 있던 불확실한 음악성을 정확히 분별하였고, 그것은 그 음성을 규정짓던 그들의 옛 얼굴을 내가 다시 비로소 보게 되었기 때문이다. "그들이 결혼을 하기 원하는데, 그들은 영어조차 구사할 줄 모릅니다." 내가 호텔업에 문외한이고, 외국어를 모르면 일자리를 기대할 수 없다는 점을 이해하지 못한다는 사실을 상상조차 못하던 에메가 나에게 말하였다.

저녁 식사를 하러 온 그 손님이 샤를뤼스 씨임을 그가 어렵지 않게 알 것이라 생각하였고, 내가 처음 발백에 체류하던 시절 남작이 빌르빠리지 부인을 뵈러 왔을 때 식당에서 그의 시중을 들었던지라 그를 기억할 것이라 생각하던 나는 에메에게 그의 이름을 말해 주었다. 그런데 에메는 샤를뤼스 남작을 기억하지 못하였을 뿐만 아니라, 그 이름이 그에게 깊은 인상을 야기시키는 것처럼 보였다. 그가 나에게 말하기를, 다음 날 자기의 물건들 속에서 편지 한 통을 찾아낼 생각이며, 내가 자기에게 그 편지에 대해 아마 설명해 줄 수 있을 것이라 하였다. 나는, 발백에 처음 체류하던 해에 나에게 베르고뜨의 책 한 권을 주겠다고 하면서 샤를뤼스 씨가 심부름을 시키기 위하여 특별히 에메를 불러 오라고 어린 종업원에게 지시하였던지라[20] 그리고 쌩-루 및 그의 연인과 함께 내가 점심을 먹은, 또한 우리들의 동정을 살피기 위하여 샤를뤼스 씨가 몸소 찾아왔던 빠리의 식당에서[21] 그가 틀림없이 에메를 다시 만났을 것인지라, 그만큼 더욱 놀랐다. 첫 번째의 경우, 이미 잠자리에 들었기 때문에 그리고 두 번째 빠리의 식당에서는 다른 손님들 시중을 들고 있었기 때문에, 에메가 직접 그러한 심부름을 할 수 없었던 것은 사실이다. 하지만 그가 샤를뤼스 씨를 모른다고 말하였을 때, 나는 그의 진실성에 대해 커다란 의구심을 품었다. 우선 그가 남작의 취향에 맞았을 것임에 틀림없다. 발백 호텔의 각 층계 책임자들처럼, 게르망뜨 대공 댁의 여러 심부름꾼 시종들처럼, 에메는 대공이 속해 있는 종족보다 더 유구한, 따라서 더 고결한 종족에 속해 있었다.[22] 호텔이나 식당의 특별실을 요청하여 들어가는 처음 순간, 우리는 그곳에 있는 사람이 우리뿐이라고 생각한다. 그러나 이내 식탁 준비실에 모발이 적갈색인 에트루리아인 부류의 조각상[23] 같은 수석 웨이터가 있음을 발견하는데, 에메는 샹빠뉴 포도주 과음으로 인해 조금 늙었고, 따라서 꽁트렉세빌[24] 지역 광천수가 필요해질 때에 가까워진, 그런 사람의 전형이었다. 모든 고객들이 그들에게 시중드는 것만을 요구하지는 않았다. 젊고 양심적이며 항상 바쁜 그리고 시내에서 정부 하나가 기다리는 종업원들은 모두 빠져나가곤 하였다. 그리하여 에메가 그들을 진지하지 못하다고 나무라곤 하였다. 그에게 그럴 권리가 있었다. 진지하기로 말하자면 그가 전형적이었다. 그에게 아내와 아이들이 있었고, 그들을 위하여 야심도 가지고 있었다. 그리하여 어느 낯선 여인이나 남자의 제안을 물리치지 않았고, 비록 밤새도록 머물러야 한다 해도 그랬다. 그 무엇보다 일이 우선이었기 때문이다. 그에게 샤를뤼스 씨의 마음에 들 특징들이 하도 많았던지라, 그가 나에게 샤를뤼스 씨를 모른다고 하였을 때 나는 그가 거짓말을 하는 것이라고 의심하였다. 내가 잘못 짚었다. 에메가 잠자리에 들었다고 (혹은 외출하였다고) 어린 종업원이 남작에게 한 말은 (에메가 다음 날 그를 심하게 꾸짖었다)[25] 전부 진실이었고, 훗날 빠리의 식당 종업원이 남작에게 그가 손님들 시중들기에 바쁘다고 한 말도 진실이었다.[26] 그러나 상상력이란 사실 저 너머의 것을 추측하는 법이다. 그리하여 어린 종업원의 당혹스러워하던 태도가 아마 그가 한 말의 진실성에 대한 의심을 샤를뤼스 씨의 내면에 야기시켰고, 그 의심이 에메는 상상조차 하지 못하던 그의 감정에 상처를 주었을 것이다. 또한 우리는 쌩-루가 샤를뤼스 씨의 마차로 가려고 하던 에메를 만류하는 것을 이미 보았거니와, 어떻게 그랬는지는 모르되 그 수석 웨이터의 새로운 근무지를 알아낸 샤를뤼스 씨가 다시 한 번 실망을 맛보았을 것이다. 그를 직접 목격하지 못하였던 에메는, 쌩-루 및 그의 연인과 함께 내가 점심 식사를 한 날 저녁, 게르망뜨 가문의 문장(紋章)을 새긴 인장으로 봉인한 편지 한 통을 받고 몹시 놀랐다고 하였는데, 그 편지의 몇 구절을, 분별력 있는 멍청이에게 한 영리한 사람의 말속에 내포된 일방적인 광기의 예로 여기에 제시한다. "공이시여, 나의 초대를 받거나 나로부터 인사를 받기 위하여 헛되이 노력하는 많은 사람들에게 놀라움을 안겨줄 수도 있을 숱한 노력에도 불구하고, 나는, 당신이 비록 나에게 요구하지는 않았으나 당신에게 해드리는 것이 나의 품위에 그리고 당신의 품위에 합당하다고 생각하던 몇 가지 설명을 당신이 경청하도록 하는 데 성공할 수 없었소. 따라서 당신에게 직접 말씀드렸으면 더 편리하였을 것을 여기에다 글로 쓰려 하오. 나는 발백에서 처음 당신을 보았을 때 당신의 낯짝이 내가 보기에 솔직히 말씀드려 불쾌하였다는 점을 감추지 않겠소." 그리고 샤를뤼스 씨가 커다란 애정을 쏟았다는 그의 작고한 친구와의 유사성에―이틀째 되는 날에야 간파하였다는―관한 긴 이야기가 이어졌다. "그때 나는, 당신이 당신의 직무에 하등의 누를 끼치지 않고도 나에게로 와서, 나와 함께 카드놀이를 함으로써 (그는 카드놀이를 하는 동안 특유의 명랑함으로 나의 슬픔을 해소시켜 주곤 하였소) 그가 죽지 않았다는 환상을 나에게 줄 수 있으리라는 생각을 잠시 품었소. 당신이 필시 뇌리에 떠올렸을 상당히 멍청한 추측들의 본질이 어떠했건, 또한 그토록 고결한 감정에 대한 이해가 비록 일개 봉사자와는 (봉사하기를 원하지 않았으니 그런 명칭에 어울리지도 않으려니와) 거리가 멀다 해도, 내가 사람을 보내어 당신으로 하여금 책 한 권을 가져오도록 분부하였을 때, 내가 누구이며 또 어떤 사람인지 모른 채, 잠자리에 이미 들었노라는 답변을 하도록 하면서, 당신은 아마 그렇게 자신을 돋보이게 한다고 생각하였을 것이오. 그런데 불손함이 혹시 우아함을 증대시켜 주리라 생각하는 것은 오류이며, 게다가 당신에게는 우아함이라는 것이 전혀 없소. 다음 날 아침 내가 만약 우연히 당신에게 말을 건넬 수 없었다면 아마 모든 것을 파괴해 버렸을 것이오. 그런데 당신의 모습이, 툭 튀어나온 턱의 그 참을 수 없는 형태에도 불구하고, 나의 가엾은 옛 친구와 어찌나 닮았던지, 나는 그 순간 당신으로 하여금 나를 다시 붙잡고, 당신에게 제공된 둘도 없는 기회를 당신이 놓치지 않도록 하기 위하여, 그 작고한 친구가 당신에게 그토록 착한 표정을 빌려주었음을 깨달았소. 사실 그 모든 일이 더 이상 대상도 없고, 이 생애 동안에는 내가 더 이상 당신을 만날 기회가 없을 것이라, 그 모든 것에 상스러운 이권 문제들을 비록 뒤섞고 싶지는 않지만, 고인의 염원에 따르는 것이(내가 성자들과의 교분과 산 사람들의 운명에 개입하려는 그들의 의향을 믿기 때문이오), 자신의 마차와 하인들을 가지고 있었으며, 내가 그를 아들처럼 사랑하였던지라 그에게 내 수입의 큰 부분을 바치는 것이 지극히 자연스러운, 그러한 친구를 대하듯 당신을 대하는 것이, 나에게는 비할 데 없이 큰 행복이었을 것이오. 그런데 당신이 운명을 바꾸어놓았소. 나에게 책 한 권을 가져다 달라는 나의 요청에, 당신은 사람을 시켜 외출해야 한다는 답변을 보냈소. 그리고 오늘 오전, 나의 마차로 와달라고 사람을 시켜 요청하였을 때, 나의 이 말이 불경스러울지 모르지만,[27] 당신이 세 번째로 나를 부인하였소. 내가 발백에서 당신에게 주려 하였던, 하지만 잠시 동안이나마 나의 모든 것을 함께 나눌 수 있으리라 생각하였던 사람에게 주자니 몹시 괴로운, 상당한 금액에 달하는 팁을 이 편지와 동봉하지 못함을 양해하시오. 최소한, 내가 당신이 일하는 식당에서 네 번째의 부질없는 시도를 하는 것만은—나의 인내가 그 단계까지 이르지 못하겠지만—면하게 해주실 수 있을 것이오. (그 부분에 샤를뤼스 씨가 자기의 주소와 자기를 만날 수 있는 시각 등을 적어놓았다.) 공이시여, 신의 가호를 비오. 내가 잃은 친구와 하도 닮아, 당신이 전적으로 멍청하다고는 생각하지 않는지라—그렇지 않다면 관상학이 엉터리 학문일 것이오—내가 확신하거니와, 훗날 언제인가 이 사건을 다시 회상하시면 약간의 회한과 가책감을 느끼시지 않을 수 없을 것이오. 나로 말할 것 같으면, 진실로 말씀드리거니와, 이 사건으로 인한 쓰라린 감정은 간직하고 있지 않소. 우리가 그 세 번째의 헛된 시도 같은 추억보다 덜 나쁜 추억을 간직한 채 헤어진다면 더 좋을 것 같소. 하지만 그 시도는 신속히 망각될 것이오. 우리는, 당신이 발백에서 가끔 보셨을 잠시 엇갈려 지나가는 선박들 같은데, 엇갈리는 순간 일시적으로나마 정지하였다면 두 선박 각각에게 이득이 있었으련만, 한 척이 다르게 판단하였던지라, 그것들이 이내 수평선에도 보이지 않고 그 만남은 지워지나, 그 영원한 이별에 앞서 각자 서로에게 인사를 하는 법, 당신의 행운을 희원하면서 내가 여기에서 하려는 것은, 공이시여, 그 인사라오. 샤를뤼스 남작."

 에메는, 도무지 이해할 수도 없고, 또 어떤 속임수가 있지 않을까 하여, 그 편지를 끝까지 읽지도 않았다고 하였다. 남작이 누구인지 내가 설명을 하자 그가 약간은 몽상에 잠기는 것처럼 보였고, 샤를뤼스 씨가 그에게 예언한 회한을 느끼는 듯하였다. 또한 나는 친구들에게 선선히 마차를 주는 한 남자에게 사과하기 위하여 그가 편지를 쓰지 않았다고 단언할 수도 없었을 것이다. 하지만 그사이 샤를뤼스 씨가 모렐과 사귀게 되었다. 모렐과의 관계가 아마 고작해야 플라톤적 관계였던지라, 샤를뤼스 씨가 가끔 하루 저녁을 함께 보내기 위하여 내가 호텔 로비에서 우연히 본 것과 같은 동반자를 구하곤 하였을 것이다. 그러나 그가 격렬한 감정을 더 이상 모렐로부터 떼어놓을 수 없게 되었는데, 그러한 감정은, 몇 해 전까지만 해도 자유로운 상태였던지라, 기껏 에메에게 가서 머물기를 요구하거나, 그 수석 웨이터가 나에게 보여주어 샤를뤼스 씨를 생각하며 내가 민망스러워하도록 한 편지를 쓰게 하는 것이 고작이었다. 그러한 편지는, 샤를뤼스 씨의 것과 같은 반사회적인 사랑에 기인된 열정의 흐름들이 가지고 있는 지각할 수 없으되 강력한 힘의 놀라운 예이며, 그러한 흐름들로 인하여, 연정에 사로잡힌 사람은, 헤엄을 치다 자신도 모르게 조류에 이끌려 가는 사람처럼, 순식간에 육지가 시야에서 사라지는 처지에 놓인다. 물론 정상적인 사람의 사랑 역시, 연정에 사로잡힌 사람이 욕정과 회한과 실망과 온갖 계획들의 연속적인 개입 때문에, 자기가 모르는 여인 위에다 소설 하나를 축조할 때에는, 컴퍼스의 두 다리 사이에 괄목할 만한 간격이 벌어지는 것을 허용할 수 있다. 하지만 그러한 간격이 일반적인 동의를 얻지 못한 연정의 성격 및 샤를뤼스 씨와 에메의 신분적 차이에 의해 기이하게 넓어졌다.

나는 매일 알베르띤느와 함께 외출하였다. 그녀가 다시 그림을 그리기로 작정하고, 작업을 하기 위하여, 아무도 더 이상 찾지 않으며 극히 적은 사람들에게만 알려졌고, 길을 알려줄 사람 찾기도 어렵고, 안내자 없이는 찾기 불가능하고, 외진 곳에 있어 가려면 오래 걸리고, 에프르빌 역에서도 반 시간 이상 걸리며, 껫똘름프 마을의 마지막 집들로부터도 한참을 더 가야 있는, 쌩-쟝-들-라-에즈 교회당을 우선 선택하였다. 에프르빌이라는 명칭에 대해서는 주임 사제의 책과 브리쇼의 설명이 일치하지 않았다. 한 사람에 의하면 에프르빌이 곧 옛날의 스프레빌라(Sprevilla)였고, 다른 사람은 그것의 어원이 아프리빌라(Aprivilla)라 하였다. 그곳에 처음 갔을 때에는 우리가 훼떼른느 반대 방향으로 가는, 즉 그라뜨바스뜨 방향으로 가는 협궤 열차를 탔다. 하지만 혹서기였고, 따라서 점심 식사 직후에 출발하는 것 자체가 벌써 끔찍했다. 나는 그렇게 이른 시각에 외출하지 않는 편을 택하였으리니, 반짝이며 모든 것을 태울 듯한 대기로 인하여 무기력증과 시원한 것에 대한 갈망에 휩싸이곤 하였기 때문이다. 그러한 대기가 내 방과 어머니의 방을, 그것들의 향(向)에 따라, 온천 탕치장(湯治場)의 방들처럼 균일하지 않은 온도로 가득 채우곤 하였다. 태양에 의해 '눈부시고 모리타니아적인 백색'[28]으로 축제장처럼 치장된 엄마의 화장실은, 그것을 둘러싼 회반죽 바른 네 벽들로 인해 어느 우물 밑바닥에 가라앉아 있는 것 같았고, 한편 저 꼭대기의 텅 빈 정방형 속에 있던 하늘로부터는 부드러운 물결들이 포개진 채 미끄러져 들어오고 있는데, 그 하늘이, 우리가 품고 있던 욕망 때문에, 테라스 위에 놓인

(혹은 창문에 걸어놓은 어느 거울 속에 거꾸로 보이는), 그리고 목욕을 하기 위해 저장해 둔 물 가득한 하나의 수영장처럼 보이곤 하였다.[29] 그 타는 듯한 더위에도 불구하고 우리는 1시 기차를 타러 갔다. 그러나 알베르띤느가 열차 칸 안에서 심한 더위에 시달렸고, 걸어서 간 먼 길에서는 더욱 그랬던지라, 햇볕이 닿지 않는 습한 구석에서 움직이지 않고 오랫동안 머물다가 혹시 감기라도 걸리지 않을까 내가 염려하였다. 한편, 엘스띠르의 화실을 처음 방문하였을 때부터, 그녀가 사치뿐만 아니라 돈이 없어 누릴 수 없었던 편리함을 좋아한다는 것을 간파하였던지라, 나는 발백의 임대업자와 합의하여, 마차가 날마다 우리를 태우러 오도록 주선하였다. 그리고 열기를 피하기 위하여 우리는 샹뜨삐 숲길을 따라가곤 하였다. 우리 바로 곁 나무들 속에서 서로 화답하고 있던 그리고 더러는 가끔 바다에서도 서식하는,[30] 무수한 새들이 보이지 않아 우리가 눈을 감고 있을 때와 같은 편안함을 느끼게 하였다. 알베르띤느 옆에서, 마차의 깊숙한 안쪽에서, 그녀의 두 팔에 묶인 채, 나는 그 오케아니스들의 노래에 귀를 기울이곤 하였다.[31] 그리고 그 음악가들 중 하나가 이 나뭇잎으로부터 다른 나뭇잎 밑으로 건너가는 것이 우연히 내 눈에 띌 경우, 그와 그의 노래들 사이에 가시적인 연관이 어찌나 적어 보이던지, 그 톡톡 튀고 소박하며 놀란 그러나 시선조차 없는 그 작은 몸뚱이 속에, 노래들의 원천이 있으리라고는 도저히 믿을 수 없었다. 마차는 우리를 교회당까지 태워다 줄 수 없었다. 내가 껫뚈름므 마을 어귀에서 마차를 멈추게 한 다음 알베르띤느에게 뒤에 다시 만나자고 하였다. 그녀가 그 교회당에 관한 이야기를 하면서, 특정 화폭들 속에 있는 다른 건축물들에 관해 이야기할 때처럼, 이런 말을 하여 나를 놀라게 하였기 때문이다. "그것을 당신과 함께 보면 얼마나 큰 기쁨을 느낄까!" 나는 내

가 그러한 기쁨을 누구에게 줄 수 있을 것 같지 않았다. 나는 내가 홀로 있을 때에만 아름다운 것들 앞에서 기쁨을 느꼈고, 그렇지 않을 경우에는 느끼는 척하거나 아예 입을 다물곤 하였다. 하지만 그렇게 전달되지 않는 예술적 느낌을 내 덕분에 맛볼 수 있으리라고 그녀가 일찍이 생각하였던지라, 그녀 곁을 떠났다가 저녁나절에 데리러 오겠노라 그녀에게 말하는 것이, 그러나 그때까지, 마차를 타고 돌아가 베르뒤랭 부인이나 깡브르메르 씨 댁을 방문하거나, 발백에 돌아가 엄마와 함께 한 시간쯤 머물되, 더 멀리는 가지 않겠다고 하는 것이 더 신중하다고 생각하였다. 적어도 초기에는 그렇게 하였다. 그런데 무슨 생각을 하였는지, 어느 날 알베르띤느가 나에게 이런 말을 하였다. "자연이 사물들을 하도 잘못 만들어, 쌩-쟝-들-라-에즈는 이쪽에 그리고 라 라스쁠리에르는 다른 쪽에 가져다 놓는 바람에, 우리가 한번 선택한 곳에 온종일 갇혀 있어야 한다는 것이 속상해요." 주문해 두었던 빵모자와 베일을 받기 무섭게, 나는 불운하게도 쌩-화르죠(주임 사제의 책에 의하면 싼크투스 훼레올루스이다)에 가서 자동차 한 대를 예약하였다. 내가 아무 말 하지 않아 전혀 모르고 있던 그리고 나를 찾으러 왔던 알베르띤느는 호텔 앞에서 모터의 부르릉거리는 소리에 깜짝 놀랐고, 그 자동차가 우리를 위해 와 있다는 사실을 알고는 아예 매료되었다. 나는 잠시 그녀를 데리고 나의 방으로 올라갔다. 그녀가 기뻐서 깡충깡충 뛰었다. "우리 베르뒤랭 댁에 갈 거예요?"—"그래요, 하지만 이러한 차림으로 가지 않는 것이 나아요. 당신의 자동차를 타고 가실 거니까요. 받아요, 이러한 차림이 나을 거예요." 그렇게 말한 다음 내가 숨겨두었던 빵모자와 베일을 꺼냈다. "이것들을 저에게 주시는 거예요? 오! 당신 정말 친절하시군요!" 그녀가 나의 목을 얼싸안으면서 소리쳤다. 층계에서 우리와 마주친 에메가, 알베르띤느의 우아함과 우리의 새로운 교통수단에 으쓱해져(그러한 자동차가 발백에는 상당히 드물었기 때문이다), 우리의 뒤를 따라 내려오면서 기뻐하였다. 자기의 새로운 치장을 조금 자랑하고 싶어진 알베르띤느가, 자동차의 덮개를 조금 걷게 해 달라고 나에게 요청하면서, 그랬다가 우리가 더욱 자유롭게 단둘이서만 있을 수 있도록 이내 그것을 다시 내리자고 하였다. "서두르게!" 서로 아는 사이가 아님에도 에메가 운전사에게 말하였고, 운전사는 그 말을 듣고도 움직일 생각을 하지 않았다. "자동차의 덮개를 쳐들라고 하는 말 들리지 않는가?" 에메가 그러한 투로 말을 하였던 것은, 이미 높은 지위를 쟁취한 호텔업에 종사하며 영악스러워진 그가, 프랑수와즈를 '귀부인'으로 여기는 삯마차 마부처럼 소심하지 않아, 사전에 서로 인사를 나눈 적 없어도, 일찍이 만난 적 없는 서민들에게는, 그것이 나름대로의 귀족적 거만함을 드러내는 것이었는지 혹은 민중적 유대감의 표출이었는지는 모르되, 말을 터놓고 하곤 하였기 때문이다. "제 마음대로 할 수 없습니다." 내가 누구인지 모르던 운전사가 대꾸하였다. "저는 씨모네 아가씨를 모시기로 되어 있습니다. 이 신사분을 태울 수는 없습니다." 에메가 웃음을 터뜨리더니 운전사에게 말하였다. "이보게, 얼띤 친구, 이 숙녀분이 바로 씨모네 아가씨이시고, 포장을 쳐들라고 지시하신 신사분이 자네가 모셔야 할 주인이시라네." 그러더니 비록 개인적으로는 알베르띤느에게 호감을 느끼지 못함에도 불구하고, 나로 말미암아 그녀의 옷차림에 자부심을 느낀 에메가 운전사에게 한마디를 흘렸다. "어떤가! 저런 공주님을 날마다 자네의 자동차로 모시면 행복하겠지!" 그 첫날에는, 다른 날들에 알베르띤느가 그림을 그리는 동안 그랬던 것처럼 나 홀로 라 라스쁠리에르에 갈 수 없었으니, 그녀가 나와 함께 가기를 원하였기 때문이다.

그녀는 우리가 중도에 이곳 혹은 저곳에서 멈출 수 있으리라고는 생각하였으나, 먼저 쌩-쟝-들-라-에즈 쪽으로 가는 것으로, 다시 말해 라 라스쁠리에르와 다른 쪽으로 가는 것으로 시작하였다가, 다른 날에야 갈 수 있는 것으로 보였던 쪽으로 산책하는 것은 불가능하리라고 생각하였다. 그런데 그녀의 생각과는 반대로, 20분이면 도달할 수 있는 쌩-쟝까지 간 다음, 우리가 원하면 여러 시간 동안 그곳에 머물다가 훨씬 더 멀리까지도 갈 수 있다는 사실을 그녀가 운전사로부터 알게 되었는데, 그가 그녀에게 말하기를, 껫똘름프로부터 라 라스쁠리에르까지 35분 이상 걸리지 않을 것이라고 하였다. 우리는, 자동차가 돌진하면서 단 한 번의 도약으로 준마의 이십 보 거리를 뛰어넘는 순간, 운전사의 말을 이해하였다. 거리의 멀고 가까움이란 공간에 대한 시간의 비율에 불과하고, 따라서 시간과 함께 변화한다. 어떤 지점에 갈 때 봉착하는 어려움을 우리는 리으나 킬로미터 단위 체계로 표현하지만, 어려움이 축소되는 순간 그 체계는 부정확해진다. 그로 인해 '예술'도 변화되는데, 어떤 마을과는 전혀 다른 세계에 있는 것처럼 보이던 마을이, 규모가 변한 '풍경' 속에서는 그 마을의 이웃 마을로 변한다.[32] 여하튼 2에 2를 더하면 5가 되고, 한 지점과 다른 지점 사이의 가장 짧은 길이 직선로가 아닌 그런 세계가 아마 존재할지도 모른다는 말을 들었다 해도, 알베르띤느가 하루 오후에 쌩-쟝과 라 라스쁠리에르에 가는 것이 쉽다고 한 운전사의 말을 들었을 때보다는 훨씬 덜 놀랐을 것이다. 두빌과 껫똘름프, 쌩-마르-르-비으와 쌩-마르-르-베뛰, 구르빌과 발백-르-비으, 뚜르빌과 훼떼른느 등, 그때까지는 옛날 메제글리즈와 게르망뜨에 못지않게[33] 서로 다른 날이라는 감옥에 완벽하게 갇혀 있어, 한 사람의 시선이 같은 날 오후에 두 곳 모두의 위에 내려앉을 수 없었던 그 수감자들이, 이제 한 걸음에 7리으씩 걷는 장화 신은 거인에 의해 해방되어, 우리의 오후 간식 시각 주위에 와서 자기들의 종루들과 탑들과 인접한 숲들이 서둘러 노출시키는 고풍스러운 정원 등을 집결시켰다.

벼랑길 발치에 도달한 자동차가, 칼 가는 지속적인 소리를 내면서 단숨에 그 길을 치달았고, 그러는 동안 문득 낮아진 바다는 우리 밑에서 넓게 펼쳐지고 있었다. 몽쒸르방 마을의 옛 전원풍 집들이 각자의 포도 넝쿨과 장미나무를 단단히 끌어안은 채 우리를 향해 달려오고, 저녁 바람이 일 때보다 더 동요된 라 라스쁠리에르의 전나무들이 우리를 피하려고 사방으로 질주하는데, 내가 일찍이 본 적 없는 하인 하나가 현관 앞 층계에 나와 출입문을 열었고, 그러는 동안 정원사의 아들은, 조숙한 재능을 드러내면서, 운전석을 눈으로 삼킬 듯 주시하고 있었다. 월요일이 아니었던지라 베르뒤랭 부인을 만날 수 있을지 알 수 없었으니, 그녀가 방문객들을 맞는 월요일을 제외하고는, 예고 없이 그녀를 보러 가는 것이 신중하지 못했기 때문이다. 의심할 나위 없이 그녀가 '원칙적으로' 집에 머물러 있었을 것이지만, 스완 부인이, 자기도 자신만의 작은 동아리를 만들려고 집을 떠나지 않은 채 (대개의 경우 자기가 외출 비용을 부담하지 않음에도 불구하고) 손님들을 끌어들이려 하던 시절에 사용하곤 하던 그리고 그녀가[34] '원칙에 따라서'라고 잘못 번역하곤 하던 그 표현은, 단지 '대개의 경우'라는, 다시 말해 무수한 예외들이 수반된 '규칙'이라는 의미만을 가지고 있었다. 왜냐하면 베르뒤랭 부인은 외출하기를 좋아하였을 뿐만 아니라 안주인의 의무를 한껏 이행하곤 하여, 사람들을 오찬에 초대하였을 경우, 커피와 증류주와 담배 등을 대접한 즉시(열기와 소화작용에 기인한 무기력감 때문에 사람들이 모두 테라스의 나뭇가지들 사이를 통하여, 저지 섬[35]으로 가는 정기 여객선들이 에나멜 같은 바다 위로 지나가는 것이나 바라보기를 원하였을 것임에도 불구하고), 그녀의 프로그램에는 일련의 소풍들이 포함되어 있었고, 그것들이 진행되는 동안 억지로 마차에 오를 수밖에 없는 초대 손님들은, 자신들의 뜻에 상관없이, 두빌 주위에 무수히 흩어져 있는 전망 좋은 지점들 중 이곳 혹은 저곳으로 이끌려 가곤 하였다. 연회의 그 후반부가 그러나(자리에서 일어나 마차에 오르는 노고가 이미 끝난지라), 감미로운 음식과 고급 포도주와 거품 풍성한 사과주 등에 의해 미풍의 순수함과 경관의 장엄함에 쉽게 도취될 준비가 되어 있던 초대 손님들에게는, 못지않게 즐거웠다. 베르뒤랭 부인은 외지에서 온 손님들로 하여금, 그 지역들을 마치 자기 소유지의 (다소 멀리 떨어져 있는) 부속지인 양, 따라서 그녀의 오찬에 초대 받은 이상 방문하지 않을 수 없는 곳인 양, 그리고 반대로 '안주인 마님' 댁에 초대받지 못하였다면 볼 수 없었을 곳들인 양 방문하게 하였다. 모렐이나 지난날의 드샹브르가 하던 연주에 대해서처럼 그러한 소풍들에 대해 자신만이 권리를 가지고 있다고 하며, 그 경관들을 자기의 작은 동아리에 억지로 귀속시키던 그녀의 주장은, 그러나 처음 우리가 느끼는 것만큼 터무니없는 것은 아니었다. 베르뒤랭 부인은 라 라스쁠리에르 성의 실내장식 및 정원의 정돈에서뿐만 아니라, 깡브르메르 가문 사람들이 인근 지역에서 자신들이 하거나 손님들에게 시키는 소풍에서도 드러내던 취향의 결여를 비웃곤 하였다. 그녀의 말에 의하면, 라 라스쁠리에르 성이 '작은 동아리'의 피신처가 된 이후에야 자기의 합당한 모습을 되찾기 시작하였다는데, 마찬가지로 그녀가 단언하기를, 깡브르메르 가문 사람들은 자기들의 그 접이식 덮개를 씌운 사륜마차만을 타고 해변의 철로 곁으로 뚫린, 인근에서 가장 꼴불견일 길을 따라 변함없이 오가던 나머지, 일상의 그 고장에서 살 뿐, 그 고장을 전혀 모른다고 하였다. 그러한 주장에는 상당한 진실이 있었다. 타성과, 상상력의 결여와, 이웃에 있기 때문에 진부해 보이는 어떤 지역에 대한 호기심의 부재 등으로 인해, 깡브르메르 가문 사람들이 집을 나서는 것은, 같은 길을 따라 항상 같은 곳에 가기 위해서였다. 물론 자기들에게 자신들의 고장을 알게 해주겠다고 하던 베르뒤랭 내외의 어처구니없는 말에 그들은 웃곤 하였다. 그러나 앞이 가로막힌 어느 지점에 이르렀을 경우, 그들은 물론 그들의 마부조차, 베르뒤랭 씨가, 어떤 곳에 이르러서는 버려진, 따라서 다른 이들이 발을 들여놓을 엄두도 내지 못하는 어느 사유지의 가로장을 쳐들어 그리고 또 다른 곳에서는 마차가 다닐 수 없는 어느 오솔길을 따라 걷기 위하여 마차에서 내려, 그러나 경이로운 풍경이라는 보상을 얻으리라는 확신을 가지고 그 모든 일을 감수하며 우리를 안내하는, 조금 은밀하며 찬연한 장소로 우리를 데려갈 수는 없었을 것이다. 덧붙여 말해두거니와, 라 라스쁠리에르 성의 정원이 어떤 의미에서는 주위 수 킬로미터까지 이어지는 산책로들의 축약된 모형이었다. 그것은 우선, 한쪽으로는 계곡이 보이고 다른 쪽으로는 바다가 보이는 정원의 높은 위치 때문이었고, 더 나아가, 예를 들어 바다가 보이는 단 한쪽만의 경우를 보더라도, 한 지점에서 어느 수평선이 한눈에 보이는가 하면, 다른 지점에서는 또 다른 수평선이 시야에 펼쳐지게끔 나무들 사이에 통로들이 뚫려 있기 때문이었다. 그 각 전망 좋은 지점에는 벤치 하나씩이 놓여 있어, 발백이나 빠르빌이나 두빌이 보이는 각각 다른 벤치에 사람들이 옮겨 앉아보곤 하였다. 단 하나의 방향으로도, 절벽 위에 조금 수직으로, 또 약간 쑥 들어간 지점에 벤치 하나씩이 놓여 있기도 했다. 그러한 벤치들로부터는 녹지로 이루어진 전경(前景)과 더 이상 광막할 수 없을 것 같은 수평선이 보였지만, 좁은 오솔길을 따라 바다라는 원형경기장 전체가 시야에 들어오는 다음 벤치까지 올라가면, 그 수평선이 무한히 확장되곤 하였다. 그곳에서는, 물결들이 보이기는 하나 아무 소리도 들리지 않는 정원의 더 움푹 들어간 구역들까지 도달하지 않던 물결 소리를, 반대로 명료하게 포착할 수 있었다. 그러한 휴식 장소들을 라 라스쁠리에르에서는 '풍경들'이라 불렀다. 또한 실제로 그 장소들이, 하드리아누스가 일찍이 다양한 지역의 가장 유명한 기념물들의 축소 모형들을 자기의 별장에 집결시켰듯이,[36] 원거리로 인해 매우 작아진 상태로 보이던 이웃 고장들과 해안들과 숲들의 가장 아름다운 '풍경들'을 성 둘레에 집결시키고 있었다. '풍경'이라는 단어와 결합되던 명칭은 이쪽 해안의 어느 지명에만 한정되지 않았고, 내포의 건너편 연안 지명들도, 원거리에도 불구하고 일정한 뚜렷함을 가지고 있을 경우 함께 사용되었다. 베르뒤랭 씨의 서가에서 책 한 권을 뽑아 들고 '발백 풍경'에 가서 한 시간쯤 읽곤 하듯, 날씨가 청명할 경우, '리브벨 풍경'에 가서 증류주들을 마시기도 하였으나, 바람이 너무 심하지 않아야 한다는 조건이 선행되었으니, 양쪽에 심은 나무들에도 불구하고 대기가 격렬했기 때문이다. 베르뒤랭 부인이 주선하여 마차를 타고 떠나곤 하던 오후의 소풍에 대한 이야기로 되돌아오거니와, 그 '안주인 마님'께서 돌아와 그 '해안 지역을 지나간' 어느 사교계 인사가 놓고 간 명함들을 발견할 경우, 그녀가 황홀해진 척하였으나, 실은 방문하였던 사람을 만나지 못한 것에 낙담하였으며, 따라서 (그 사람이 그저 '집'이나 구경하기 위하여, 혹은 빠리에, 유명하지만 드나들 만한 가치 없는, 예술적 응접실을 가지고 있는 어느 여인을 잠시 만나기 위하여 왔었다 할지라도) 베르뒤랭 씨를 시켜 그 사람을 다음 수요회에 서둘러 초대하도록 하곤 하였다. 하지만 그 여행객이 그 이전에 떠나야 하는 경우가 잦았기 때문에, 혹은 그가 너무 늦게 다시 오지 않을까 저어한 나머지, 베르뒤랭 부인은 토요일[37)]에도 자기가 오후 다과회 시각에는 집에 있겠노라 하였다. 그러한 오후 다과회가 특별히 빈번했던 것도 아니고, 나는 그보다 화려한 다과회를 빠리에서 일찍이 게르망뜨 대공 부인이나 갈리훼 부인 혹은 아르빠종 부인 등의 초대를 받아 경험하였다. 그러나 그곳은 더 이상 빠리가 아니었고, 따라서 그곳 환경이 발산하던 매력이 나에게는, 모임의 즐거움뿐만 아니라 초대 손님들의 질에까지 영향을 미쳤다. 이러저러한 사교계 인사를 빠리에서 우연히 만났다면 그것이 나에게 하등의 기쁨을 주지 않았겠으나, 그가 훼떼른느를 거쳐 혹은 샹뜨삐 숲을 통과하여 도달한 라 라스쁠리에르 성에서 그러한 만남이 이루어질 경우, 그 만남의 성격과 중요성이 변하여 하나의 유쾌한 사건이 되곤 하였다. 때로는 그러한 인사가 내가 완벽히 아는 사람이었던지라, 스완 댁에서 그를 다시 만나기 위해서라면 단 한 걸음 옮겨놓는 수고도 마다하였을 것이다. 그러나 우리가 극장에서 자주 듣거나 광고지에 인쇄된 어느 배우의 이름이, 어느 특별 공연이나 축하 공연에서는 예측하지 못한 상황으로 인해 그의 명성이 문득 높아지는지라, 다른 음색을 띠고 들려오듯이, 그 해안 절벽 위에서는 그 인사의 이름이 다르게 들리곤 하였다. 시골에서는 모두들 허물없이 지내는지라, 그 사교계 인사가 자기를 유숙시켜 주는 친구들을 자기 멋대로 데리고 와서, 자신이 그들 집에 묵는지라 그들을 떼어놓을 수 없었노라고 베르뒤랭 부인에게 나지막하게 변명처럼 늘어놓곤 하였으며, 한편 자기의 친구들에게는, 단조로운 해변 생활에 필요한 파적거리를 그들에게 제공하고, 그들로 하여금 하나의 정신적 요람에 가서 화려한 거처를 방문하면서 멋진 다과회에 참석할 수 있도록 해주는, 일종의 예의를 베푸는 척하였다. 그리하여

머지않아 여러 얼치기 인물들로 이루어진 하나의 모임이 구성되었고, 나무 몇 그루 심은 작은 정원 한 끄트머리가 시골에서는 하찮게 여겨지되 가브리엘 대로나 몽쏘 로 구역에서는[38]—그곳에서는 오직 대부호들만이 그것을 가질 수 있다—엄청난 매력을 얻는 것과는 정반대로, 빠리의 어느 야회에서는 뒷전에 물러나 있었을 나리들이, 라 라스쁠리에르 성의 월요일 오후 다과회에서는 자기들의 가치를 한껏 뽐내곤 하였다. 단조로운 색 칠한 창 사이 벽 아래에 놓인, 붉은색 수를 놓은 식탁보 덮은 탁자 주위에 손님들이 둘러앉기 무섭게, 갈레뜨[39]와, 노르망디 훼이유떼[40]와, 산호 구슬 같은 버찌 가득 채운 나룻배 모양의 파이와, '디쁠로마뜨'[41] 등을 그들 앞에 내놓았고, 그러면 즉시, 창문들을 통해 보이는, 따라서 그 음식들과 동시에 보일 수밖에 없는 깊은 쪽빛 반구형 잔이 그들에게 성큼 다가와, 그로 인하여 그들까지도 더 진귀한 무엇으로 바꾸어놓는 일종의 변질을, 일종의 깊은 변성을 겪곤 하였다. 게다가, 그것들을 보기 전에도, 월요일에 베르뒤랭 부인 댁에 올 때에는, 빠리에서 화려한 저택 앞에 멈추어 서 있는 우아한 마차들을 일상적으로 바라보느라고 눈이 피곤했던 사람들은, 라 라스쁠리에르 성 앞 커다란 전나무들 밑에 멈추어 서 있는 초라한 이륜마차 두세 대를 보는 순간, 자기들의 가슴이 두근거리는 것을 느끼곤 하였다. 물론 전원적인 배경이 달랐기 때문이고, 사교계의 인상이 그러한 전환 덕분에 다시 신선해졌기 때문이었을 것이다. 또한 베르뒤랭 부인을 보러 가기 위하여 누가 빌렸을 그 초라한 마차가, 하나의 아름다운 산책을 그리고 일당으로 '상당한 액수'를 요구하였을 어느 마부와 체결하였을 비싼 '계약'을 상기시켰기 때문이기도 할 것이다. 그러나 아직은 누구인지 분별하기 불가능한, 그곳으로 오는 사람들에 대하여 가볍게 야기된 호기심은, 누구든 자신에게

던지는 이러한 질문에서도 비롯되곤 하였다. "그것이 누구일까?" 깡브르메르 씨 댁이나 혹은 다른 댁에 와서 여드레쯤 묵을 사람이 누구인지 모르는지라 답변하기 어려운, 그렇건만 오랫동안 만나지 못한 사람과의 우연한 마주침이나 모르는 사람에게 소개되는 것 등이, 빠리 생활에서와는 달리, 더 이상 진절머리 나는 것이기를 멈출 뿐만 아니라, 우체부가 지나가는 시각조차 즐거워질 정도로 지나치게 고립된 생활의 텅 빈 공간을 감미롭게 중단시켜 주는, 전원적이고 고독한 생활 속에서는 누구나 항상 즐겨 던지는 질문이다. 그리하여 우리가 자동차를 타고 라 라스쁠리에르에 갔던 날, 그날이 월요일이 아니었던지라, 베르뒤랭 씨 내외는, 모든 남자들과 여자들의 마음을 뒤흔들고, 격리 치료를 위하여 가족들로부터 멀리 유폐된 환자로 하여금 창문을 통해 투신하고픈 충동까지 느끼게 하는 사람들을 만나고 싶은 그 욕구에 사로잡혀 있었음에 틀림없었다. 왜냐하면 다른 하인들보다 걸음 빠른 그리고 그곳에서 사용되던 표현들에 벌써 익숙해진 새로 온 하인이 우리에게, 마님께서 외출하시지 않았다면 '두빌 풍경'에 계실 것이니 가보겠다고 한 직후, 그가 우리에게 돌아와 그녀가 곧 우리들을 맞으러 올 것이라 하였으니 말이다. 우리가 보자니 그녀의 머리가 조금 헝크러진 상태였는데, 그녀가 공작새들과 닭들에게 모이를 주고, 식탁 위에 정원의 오솔길을 축소된 형태로 재현시킬 '식탁 위의 길'[42]을 만들기 위하여 계란들을 모으고 과일들과 꽃들을 채취하러 갔던, 정원과 가금 사육장과 채마밭에서 돌아오는 길이었기 때문이다. 그러나 식탁 위에서는 그 '길'이 식탁으로 하여금 유익하고 먹을 수 있는 것들만을 떠받들게 하였으니, 배들이나 눈처럼 하얗게 부풀려 조리한 계란 등, 정원이 준 그 다른 선물들 주위로, 율모기풀,[43] 패랭이, 장미, 기생초(妓生草) 등의 키 높은 줄기들이 치솟아 있었고, 꽃들 만발한 이정표들 같은 그 줄기들 사이로, 난바다에서 이동하는 선박들이 유리창을 통해 보였기 때문이다.[44] 하인이 통보한 방문객들을 맞기 위하여 꽃들 정돈하기를 중단하면서, 그 방문객들이 고작 다른 이들이 아닌 알베르띤느와 나라는 사실을 깨닫고 베르뒤랭 씨 내외가 드러낸 놀라움을 보는 순간,[45] 나는 그 새로 온 하인이 열성적이긴 하나 아직 나의 이름을 잘 알지 못하여 그것을 잘못 말하였으리라는 것과, 베르뒤랭 부인은, 모르는 손님의 이름을 들었건만, 그 누구라도 만나고 싶은 욕구 때문에 들여보내라고[46] 하인에게 말하였을 것임을 간파하였다. 그리고 새로 온 하인은 우리가 그 댁에서 맡고 있던 역할을 이해하기 위하여, 출입문에서 그 광경[47]을 응시하였다. 그런 다음 성큼성큼 달음박질하듯 물러갔는데, 그가 바로 전날에야 고용되었기 때문이다.[48] 알베르띤느가 자기의 빵모자와 베일을 베르뒤랭 씨 내외에게 충분히 보여 준 다음,[49] 우리가 하고자 갈망하던 것을 할 시간이 우리 앞에 별로 없다는 것을 나에게 상기시키기 위하여 나를 한 번 힐끔 쳐다보았다. 베르뒤랭 부인은 우리가 오후 다과회를 기다리기를 원하였으나 우리는 거절하였고, 그때 문득, 알베르띤느와의 산책에서 내가 기대하고 있었던 모든 즐거움을 무산시킬 수 있었을 계획 하나가 출현하였는데, 그 계획이란, '안주인 마님'께서 우리와 차마 헤어질 수 없어, 혹은 아마 새로운 파적거리 하나를 놓치고 싶지 않아, 우리와 동행하겠다고 한 것이었다. 오래전부터 자신이 하는 그러한 종류의 제안들이 다른 이들에게 기쁨을 주지 못한다는 것에 익숙해졌고, 따라서 이번 제안도 아마 우리에게 기쁨을 주리라고는 확신할 수 없었던지라, 그녀는 그러한 제안을 하면서 지나친 자신감 밑에 자신이 느끼고 있던 소심함을 감추었으며, 더 나아가, 우리의 답변에 불확실함이 있을 수 있다는 추측을 하는 듯한 기색조차 보이지 않으면서, 우리에게 한마디 묻지도 않고 자기의 남편에게, 알베르띤느와 나를 가리키며 마치 우리에게 호의를 베풀기라도 하듯 이렇게 말하였다. "내가 저 사람들을 데려다주겠어요!" 동시에 그녀 특유의 것이 아닌 미소 한 가닥이 그녀의 입에 들러붙었는데, 내가 일찍이 베르고뜨에게 '당신의 책을 구입하였습니다, 굉장하더군요'라고 말하면서 세련된 기색을 보이던 몇몇 사람들에게서 이미 본 적 있던 미소였고, 평범한 사람들이―기차나 이사용 마차를 이용하듯―필요할 때 빌려서 사용하는(스완이나 샤를뤼스 씨처럼 매우 세련된 사람들은 예외였으니, 그들의 입술에 그러한 미소가 어리는 것을 나는 결코 본 적이 없다), 집단적이고 널리 퍼진 그 미소들 중 하나였다. 그 순간부터 나의 방문이 망가졌다. 나는 베르뒤랭 부인의 말을 이해하지 못한 척하였다. 잠시 후에는 베르뒤랭 씨까지 끼어들 것이 명백해졌다. "하지만 베르뒤랭 씨에게는 너무 먼 여정이 될 것입니다." 내가 말하였다.―"천만에요," 친절하고 즐거워진 기색으로 베르뒤랭 부인이 내 말에 대꾸하였다. "저 양반이 말씀하시기를, 옛날에 자기가 그토록 숱하게 다니던 길을 이러한 젊은이들과 함께 가면 재미있을 것이라 하셨고, 필요하다면 당신께서 운전사 옆 좌석에 앉으셔도 두렵지 않을 것이며, 그런 다음 우리 두 사람은 좋은 부부답게 기차를 타고 얌전히 돌아올 것이라 하셨어요. 저 양반 좀 보세요, 황홀해지신 기색이에요." 그녀는 자기의 손자들을 웃기기 위하여 그림들에 아무렇게나 붓질을 하여 망쳐놓는 것에서 기쁨을 찾는, 젊은이들보다 더 젊은, 순박함 가득한 어느 유명한 노화가에 대한 이야기를 하는 기색이었다. 나의 음울함을 더욱 증대시키던 것은, 알베르띤느가 나와 동감하지 않는 것 같았고, 베르뒤랭 씨 내외와 함께 그렇게 어울려 그 고장을 쏘다니는 것을 재미있어하는 것 같았다는 사실이었다. 나의 경우, 내가 그녀와 함께 맛보기로 작정한 기쁨이 어찌나 절대적이었던지, 나는 '안주인 마님'이 그것을 망치는 것을 용납하려 하지 않았고, 따라서 베르뒤랭 부인의 그 짜증 나게 하는 위협에 비추어보면 충분히 양해될 수 있는 거짓말을 지어냈건만, 애석하게도 알베르띤느가 반박하며 나섰다. "하지만 저희들에게는 방문할 곳이 또 있습니다." — "어떤 방문이오?" 나의 말에 알베르띤느가 그렇게 대꾸하였다. — "내가 당신에게 설명해 드리겠소, 불가결한 방문이오." — "좋아요! 어서 해보세요, 기다리겠어요." 모든 것을 받아들이겠다는 태도로 베르뒤랭 부인이 말하였다. 마지막 순간에, 그토록 갈망하던 행복을 빼앗긴다는 극심한 괴로움이, 나에게 결례를 범할 용기를 주었다. 알베르띤느가 일찍이 겪었고, 그것에 대하여 나의 견해를 듣고 싶어하는 슬픔 때문에, 내가 반드시 그녀와 단둘이서만 있어야 한다고 베르뒤랭 부인의 귀에다 대고 소곤거리면서, 그녀의 요청을 분명하게 거절하였다. '안주인 마님'이 몹시 노한 기색을 띠더니, 노기로 인해 떨리는 음성으로 대꾸하였다. "좋아요, 우리는 가지 않겠어요." 그녀가 하도 노한 것 같아, 조금 양보하는 듯한 기색을 보이기 위하여 내가 다시 한마디 하려 하였다. "하지만 괜찮으시다면…" — "아니에요," 그녀가 더욱 맹렬해진 기세로 대꾸하였다. "제가 아니라면 아닌 거예요." 나는 그녀와 불화한 것으로 생각하였으나, 그녀가 건물 출입문 앞에서 우리를 다시 부르더니, 다음 수요일에 자기를 '놓아버리지' 말라고, 또 밤에는 위험하니 그 기괴한 물건을 타고 오지 말고, 작은 동아리 전원과 함께 기차로 오라고 당부하고 나서, 정원의 비탈진 오솔길에서 이미 움직이기 시작한 자동차를 세웠는데, 그녀가 미리 포장해 두었던 파이 한 덩이와 싸블레를 새로 온 하인이 잊고 자동차에 싣지 않았기 때문이다. 우리는 자기들의 꽃들을 거느리고 황급히 마중 나온 작은 집들의 호위를 잠시 받으면서 다시 출발하였다. 그 고장의 모습이 완전히 변한 것 같았는데, 우리가 각 고장에 대하여 만들어 간직하는 지형학적 영상에서 공간의 개념이 가장 큰 역할을 맡고 있는 것은 아니기 때문이다. 우리는 앞에서 시간의 개념이 고장들을 더욱 격리시킨다고 말하였다. 하지만 시간의 개념만이 그러는 것은 아니다. 우리의 눈에 항상 고립된 상태로 보이는 특정 고장들은, 우리 생애의 특별한 시기에, 가령 병영 생활 기간이나 유년 시절에 사귀었던, 그리하여 우리가 아무것에도 연관시키지 않는 그러한 사람들처럼, 나머지 다른 고장들과는 공통의 척도를 가지고 있지 않으며, 거의 세상 밖에 있는 것처럼 여겨진다. 내가 발백에 체류하던 첫해에, 그곳에서는 오직 물과 숲만이 보이기 때문에 빌르빠리지 부인이 즐겨 우리들을 데리고 가던, 보퐁이라고 하는 고지대 하나가 있었다. 그곳에 가기 위하여 그녀가 마부로 하여금 접어들게 하던 그리고 수령이 오래된 나무들로 인해 그녀가 가장 아름답다고 하던 길이 계속 오르막이었던지라, 마차가 느리게 갈 수밖에 없었고, 따라서 그곳에 가려면 매우 오랜 시간이 걸렸다. 그 고지대에 도달하면, 우리는 마차에서 내려 잠시 산책을 한 다음 마차에 다시 올라 같은 길을 따라 돌아오곤 하였는데, 그러는 도중에 어떤 마을도, 어떤 성도 만나지 못하였다. 나는 보퐁이 매우 신기하고 매우 멀리 있으며 매우 높은 무엇임은 알고 있었으나, 다른 곳에 갈 때에는 보퐁으로 이어지는 그 길로 접어든 적이 결코 없었던지라, 그곳이 어느 방향에 있었는지 전혀 짐작조차 하지 못하였다. 게다가 마차를 타고 그곳에 가려면 매우 긴 시간이 필요했다. 그 지점이 분명 발백과 같은 행정구역 안에 (혹은 같은 지방에) 있었건만, 나에게는 마치 전혀 다른 도면 속에 있는 것처럼 여겨졌기 때문에, 그곳은 일종의 치외법권적 특혜를 누리고 있었다. 그러나 자동차는 어떠한 신비도 존중하지 않는다. 그 집들이 아직 내 시야에서 사라지지 않은 앵까르빌을 지나, 우리가 빠르빌(파테르니 빌라)로 이어지는 해안 지름길을 따라 내려가고 있을 때, 우리가 도달한 어느 평지에서 바다를 발견한 내가 운전사에게 그곳 지명을 물었고, 운전사가 미처 대답하기도 전에 내가 그곳이 보몽임을 알아차렸으며, 나는 협궤 열차를 탈 때마다, 그곳이 빠르빌로부터 겨우 2분 거리에 있었던지라, 그 옆을 지나가곤 하였으되 그 사실을 전혀 몰랐다. 나에게는 특별한 존재로, 명문 출신이라고 하기에는 지나치게 친절하고 소박한 사람으로, 하지만 평범한 가문 출신이라고 하기에는 이미 너무 멀리 있고 신비한 사람으로 보였을, 그러나 내가 시내에서 더불어 저녁 식사를 하던 이런 혹은 저런 인사들의 처남(매제)이거나 사촌임을 알게 되었을, 내가 복무한 연대의 어느 장교처럼, 보몽 역시 그렇게, 내가 그토록 다르다고 생각하던 장소들과 문득 연결되어, 나로 하여금 보바리 부인과 싼세베리나[51] 역시, 내가 그녀들을 한 소설의 닫힌 분위기가 아닌 다른 곳에서 만났다면 그녀들 역시 다른 평범한 사람들처럼 보였을 것이라고 공포감에 휩싸여[52] 생각하게 하면서 자기의 신비를 상실하였고, 동시에 그 지역에서 비로소 자신의 자리를 확보하였다. 열차를 이용하는 환상적인 여행에 대한 나의 사랑이, 비록 환자라도 그가 원하는 곳까지 데려다주고, 따라서—내가 이제까지 그랬던 것처럼—여행지를 개별적인 독특한 징후로, 즉 변할 수 없는 아름다움들의 대용품 없는 정수로 간주하는 것을 더 이상 허용하지 않는 자동차 앞에서, 알베르띤느가 보이던 경탄에 틀림없이 내가 동감하지 못하게 하였을 것으로 보일 수도 있다. 또한 의심할 나위 없이 자동차는 그 여행지를, 옛날 내가 빠리를 떠나 발백에 왔을 때 기차가 그렇게 해주었던 것과는 달리, 출발할 때에 거의 이상적으로 여겨지고 도착 순간에도, 즉 아무도 살지 않고 다만 도시의 명칭만을 정면에 달고 있는 그리고 마치 자기가 도시를 구현하기라도 하는 듯 도시로의 진입을 담보한다는 기색을 띤 역에 도착하는 순간에도 이상적인 상태로 계속 남아 있는지라, 평범한 생활의 우발성으로부터 벗어난, 그러한 목적지로 변환시키지는 못하였다. 결코 그러지 못하였으니, 명칭이 요약하고 있는 도시의 전체 모습을 처음에는 극장에 와 있는 관객처럼 환상에 휩싸여 바라보던 우리를, 자동차는 그렇게 요정들의 나라로 데려가지 않았다. 자동차는 우리를 무대 뒤편과 같은 도시의 길들로 들어서게 한 다음, 그곳의 어느 주민에게 이것저것을 묻기 위해 멈추곤 하였다. 그러나 그토록 친숙한 전진에 대한 보상처럼, 우리는 길을 잘 몰라 자동차를 되돌리곤 하는 운전사의 멈칫거림, 어느 성으로 하여금, 비록 그것이 여러 세기 된 나뭇가지들 밑에 헛되이 웅크리고 있음에도 불구하고, 우리가 다가가는 동안, 동산 하나와 교회당 하나와 바다 등과 숨바꼭질을 하게 만드는 전망의 연속적인 엇갈림, 자동차를 피하기 위하여 무엇에 홀린 듯 사방으로 도망치지만 결국 자동차가 곧장 수직으로 내닫는 바람에 계곡 구석 땅바닥에 지쳐 쓰러진 도시의 둘레에 그것이 그리는 점점 좁아지는 원 등을 구경할 수 있으며, 그리하여 급행열차에서 보던 신비를 자동차가 벗겨버린 듯한 유일한 지점, 즉 그 여행지를 우리가 직접 발견하고, 하나의 컴퍼스를 이용하여 그곳을 측정하고, 더욱 애정 어린 탐험에 임하는 손으로, 더욱 섬세한 정확성으로, 진정한 기하학을, 즉 아름다운 '토지측량'[53]을 느끼도록 돕는 듯한 인상을 준다.

내가 불행하게도 그 시기에는 전혀 몰랐다가 두 해 후에야 알게 된 것은, 그 자동차 운전사의 단골 고객들 중 하나가 샤를뤼스 씨였고, 운전사에게 요금 지불하는 일을 맡아 금전의 일부를 횡령한

(운전사로 하여금 주행거리를 서너 배로 부풀리게 하는 방법으로) 모렐이 운전사와 매우 가까워져(사람들 앞에서는 그가 운전사를 모르는 척하였다), 원거리를 가야 할 때 그의 자동차를 이용하곤 하였다는 사실 등이었다. 내가 만약 그 시기에 그러한 사실을 알았다면, 그리고 그 운전사에 대한 베르뒤랭 씨 내외의 신속한 신뢰가 그들도 모르는 사이에 그러한 사실에서 비롯되었다는 것을 알았다면, 다음 해에 빠리 생활에서 내가 겪은 많은 괴로움들과 알베르띤느와 관련되었던 많은 불행들을 아마 피할 수 있었으련만, 나는 그러한 사실들을 전혀 짐작조차 못하였다. 샤를뤼스 씨가 모렐과 함께 자동차를 타고 하던 산책들 자체는 나의 직접적인 관심 대상이 아니었다. 게다가 그것들이 고작 해안에 있는 어느 음식점에서의 점심 식사나 저녁 식사에 국한되었고, 그곳에서는 샤를뤼스 씨를 무일푼의 늙은 하인으로, 음식값 지불하는 임무를 맡고 있던 모렐은 지나치게 선량한 귀족으로 취급하였다. 다른 식사들이 어떠했을지 대략이나마 짐작할 수 있게 해줄 그러한 식사와 관련된 일화 하나를 여기에 소개한다. 쌩-마르-르-베뛰에 있는 장방형 식당에서 있었던 일이다. "이것을 치워버릴 수 없을까?" 종업원들에게 직접 말을 건네지 않기 위하여, 마치 어느 중개인에게 그러듯, 샤를뤼스 씨가 모렐에게 말하였다. 그가 '이것'이라는 말로 가리킨 것은 시든 장미 세 송이였고, 수석 웨이터 하나가 선의에 이끌려 그것들로 식탁을 장식해야겠다고 생각하였던 모양이다. "물론 치울 수 있습니다…." 거북해진 모렐이 대꾸하였다. "장미꽃을 좋아하시지 않습니까?" — "이곳에 장미꽃들이 없으니(모렐이 놀라는 것 같았다), 내가 그것들을 좋아한다는 사실을 나의 조금 전 요구가 입증할 수 있을 것이나, 실제로는 내가 그것들을 썩 좋아하지 않소. 내가 명칭들에 상당히 민감한데, 어떤 장미꽃이 조금 아름다

운가 싶으면, 그것의 명칭이 '로췰트 남작 부인'이나 '니일 대원수 부인'[54]이라는 사실을 곧 알게 되고, 그러면 홍이 깨지오. 명칭들을 좋아하시오? 연주할 작은 곡들을 위해 예쁜 제목들을 찾아내셨소?" — "그것들 중 '슬픈 시'라고 하는 것 하나가 있습니다." — "끔찍하군!" 샤를뤼스 씨가 따귀 때리는 소리처럼 날카롭고 격한 음성으로 말하였다. "내가 샴페인을 주문하지 않았소?" 두 손님 앞에 거품 이는 적포도주 가득한 잔 둘을 놓으면서 샴페인을 가져왔다고 믿은 수석 웨이터에게 한 말이다. — "하지만 손님…" — "가장 저질인 샴페인만도 못한 이 구역질 나는 것을 치우시오. 이것은 일반적으로 식초와 소다수의 혼합물 속에 썩은 딸기 세 개쯤 아무렇게나 담근, 소위 '컵'[55]이라고 하는 토사제요…. 그래요," 모렐 쪽으로 고개를 돌리면서 그가 말을 계속하였다. "당신은 제목이라는 것이 무엇인지 전혀 모르는 것 같소. 그리하여 당신이 가장 능숙하게 연주하는 곡의 해석에 있어서조차, 그것의 영매적(靈媒的)인 측면을 간파하지 못하는 것 같소."[56] — "무슨 말씀이시죠?" 남작이 한 말을 전혀 이해하지 못하였던지라, 어느 오찬에의 초대와 같은 유용한 소식을 놓치지 않을까 염려하던 모렐이 물었다. 모렐이 한 말을 샤를뤼스 씨가 하나의 질문으로 간주하기를 등한히 하였던지라, 아무 대답도 듣지 못한 모렐은 대화를 관능적인 방향으로 돌려야겠다고 생각하였다. "보십시오, 당신이 좋아하시지 않는다는 그 꽃들을 파는 저 어린 금발 아가씨를 그리고 또 틀림없이 소녀 하나를 연인으로 두고 있는 또 다른 아가씨를. 그리고 저 안쪽 식탁에서 저녁을 먹고 있는 노파 또한 그런 여자입니다." — "하지만 그 모든 것을 자네가 어찌 아나?"[57] 모렐의 통찰력에 경이로움을 느낀 샤를뤼스 씨가 물었다. — "오! 저는 순식간에 그런 여인들을 분별해 냅니다. 우리 두 사람이 함께 군중 속을 거니는 일이 있으면, 제가 두 번 잘못 짚는 법이 없음을 아시게 될 것입니다." 또한 그 순간, 남성다운 아름다움 한가운데서 소녀의 기색을 띠고 있는 모렐을 보았다면, 누구든, 특정 여인들을 그의 눈에 띄게 하는 것 못지않게 그를 그녀들의 눈에 띄게 하는, 그 불가사의한 예지력을 이해하였을 것이다. 그는 쥐삐앵을 밀어내고 대신 그의 자리를 차지하고 싶어하였는데, 조끼 재단사가 남작으로부터 뜯어낼 것이라고 믿고 있던 수입을 자기의 '고정 수입'에 보태고 싶은 은근한 욕망을 품고 있었기 때문이다. "그리고 면수(面首)들은[58] 제가 더욱 정확히 분별할 수 있기 때문에, 조금도 잘못 짚으시는 일이 없도록 해드리겠습니다. 머지않아 발백에 장이 설 터인데, 우리가 많은 것들을 발견할 수 있을 것입니다. 그리고 빠리에서는 어떻겠습니까! 보시면 아시겠지만, 무척 재미있을 것입니다." 그러나 유전적인 하인의 신중성이 그로 하여금 그가 이미 시작하고 있던 말의 방향을 바꾸게 하였다. 그리하여 샤를뤼스 씨는 그가 계속 아가씨들에 관해 이야기하는 것으로 생각하고 있었다. "아시겠지만," 판단하기에 자신의 평판에 덜 해로운 방법으로 (실제로는 더 외설적이었음에도 불구하고) 남작의 감각을 자극하고 싶어진 모렐이 말하였다. "저의 꿈은, 아주 순결한 아가씨 하나를 만나 저에 대해 연정을 품게 한 다음, 그녀의 처녀성을 빼앗는 것입니다." 샤를뤼스 씨가 자신을 더 이상 억제하지 못하여 모렐의 귀를 다정하게 꼬집었으나 이렇게 한마디 하였다. "그것이 자네에게 무슨 유익함이 되겠는가? 그녀의 처녀성을 빼앗으면 그녀와 결혼해야 할 처지에 놓이게 될 걸세." — "결혼을 하다니요?" 남작이 자기의 말에 도취한 것을 직감하였거나, 혹은 자기가 생각하고 있던 것보다 실은 더 양심적인 대화 상대자는 조금도 유념하지 않던 모렐이 의외라는 듯이 언성을 높였다. "결혼을 하다니요? 어림도 없습니다! 그러마고 약속은 하겠지만, 그 작은 작전이 성공적으로 완료되는 즉시, 그날 저녁으로 즉각 차버릴 것입니다." 샤를뤼스 씨는 어떤 허구적인 이야기가 자기에게 일시적인 관능적 쾌락을 야기시킬 경우, 잠시 후 그 쾌락이 소진되었을 때 그것을 완전히 철회하는 한이 있어도, 우선은 그것에 동의하는 습관을 가지고 있었다. "자네가 정말 그럴 수 있겠는가?" 그가 웃으면서 그리고 모렐을 더 가까이 끌어당겨 자기의 몸에 밀착시키면서 말하였다. ─ "그러지 못할 이유가 없습니다!" 실제로 자기의 절실한 욕망들 중 하나였던 것을 계속 진지하게 설명하여도 그것이 남작의 마음에 거슬리지 않음을 간파하고 모렐이 그렇게 대꾸하였다. ─ "그것은 위험한 짓이라네." 샤를뤼스 씨가 말하였다. ─ "보따리를 미리 싸두었다가 주소도 남기지 않고 꺼져버리겠습니다." ─ "그러면 나는?" 샤를뤼스 씨가 물었다. ─ "물론 당신은 데리고 가겠습니다." 남작은 자기의 두 번째 관심 대상이었던지라, 그가 어찌 되건 생각조차 해본 적 없던 모렐이 서둘러 그렇게 대꾸하였다. "제 말씀 들어보세요, 그러한 짓을 함에 있어서 저의 마음에 썩 들 만한 계집아이 하나가 있는데, 공작님의 저택에 자기의 점포를 가지고 있는 양재사예요." ─ "쥐삐앵의 딸[59]일세!" 그가 놀라 소리치는데 마침 종업원이 들어왔다. "오! 절대 아니 되네!" 제삼자의 출현이 그를 다시 차갑게 만들었음인지, 혹은 평소에는 가장 신성한 것들도 즐겨 모독하던 그 마귀들의 미사 같은 놀음에 빠져 있으면서도, 자기의 우정이 향하고 있는 사람들은 차마 끌어들일 수 없었음인지, 그가 그렇게 덧붙였다. "쥐삐앵은 선량한 사람이고, 그 어린것은 매력적인데, 그런 사람들에게 슬픔을 안겨준다는 것은 끔찍한 짓이라네." 자기가 지나쳤음을 직감하고 모렐이 즉시 입을 다물었으나, 그의 시선은 허공을 향한 채 그 소녀 위에 머물기를 계속하였는데, 그는 언젠가 그녀 앞에서 내가 자기를 '위대한 예술가님' 이라 부르기를 원하였고, 그녀에게 조끼 한 벌을 주문하였다. 한편, 매우 근면하여 그 소녀는 휴가를 떠나지 않았으나, 내가 훗날 알게 된 바에 의하면, 그 바이올린 연주자가 발벡 근처에 머무는 동안, 그녀는 모렐이 나와 함께 있었다는 사실 때문에 귀족적으로 보이던 그의 수려한 얼굴을 끊임없이 뇌리에 떠올렸고, 그를 진정한 '신사'로 여겼다.

"나는 쇼팽이 연주하는 것을 들어본 적이 없소." 남작이 말하였다. "하지만 들을 수도 있었소. 그 시절 내가 스타마티[60]로부터 교습을 받았는데, 나의 쉬메 숙모님 댁에 가서 '야상곡들'을 작곡한 대가의 연주를 듣는 것을 그가 금지시켰소." ― "그가 멍청이 짓을 저질렀군요!" 모렐이 격하게 말하였다. ― "그 반대요." 샤를뤼스 씨가 날카로운 음성으로 대꾸하였다. "그가 자기의 통찰력을 입증한 것이오. 그는 내가 '특별한 기질'의 소유자임을 간파하였고, 따라서 쇼팽의 영향을 받을 것이라 판단한 것이오. 하지만 내가 아주 젊은 나이에 다른 모든 것과 마찬가지로 음악을 포기하였으니 상관없소. 게다가 우리는 조금이나마 상상을 할 수 있소." 그가 느리고 단조로운 콧소리로 덧붙였다. "또한 연주를 들은 사람들이 항상 있기 마련이며, 그들이 우리에게 그것에 관한 이야기를 대략적으로나마 해줄 수 있소. 그러나 결국 쇼팽 이야기는 당신이 등한히 하는 영매적 측면으로 되돌아오기 위한 핑계에 불과했소."[61]

상스러운 언어가 잠시 끼어든 후, 샤를뤼스 씨의 언어가, 평소에 그랬던 것처럼, 별안간 다시 섬세하고 거만해졌음을 누구나 알아차릴 것이다. 겁간당한 소녀를 가책감 없이 '차버리겠다'는 모렐의 생각 덕분에 그가 문득 완벽한 쾌락을 맛보았기 때문이다. 그 순간부터 그의 감각기관들이 일시적이나마 평온을 되찾았고, 한동안 샤를뤼스 씨를 대신하고 있던 가학성 변태성욕자가 (그가 진정한 영매적인 존재였다) 도망을 치면서, 예술적 세련됨과 감수성과 선량함 가득한 진정한 샤를뤼스 씨에게 발언권을 되돌려주었다. "일전에 당신은 피아노를 위해 편곡한 〈사중주곡〉 작품 15번을 연주하였는데, 우선 그 자체가 어처구니없는 일이었으니, 그것이 피아노를 위한 편곡이 전혀 아니었기 때문이오.[62] 그러한 편곡이 이루어진 것은, 영광스러운 '귀머거리'[63]의 지나치게 팽배된 현악기들 소리를 들으면 귀에 통증을 느끼는 사람들을 위해서였소. 그런데 진정 신의 작품처럼 보이게 하는 것은 거의 날카롭기까지 한 바로 그 신비주의요.[64] 여하튼 당신은 모든 템포들을 바꿈으로써 매우 형편없는 연주를 하였소. 그 작품은 마치 당신이 그것을 손수 작곡하듯 연주해야 하니, 가령 일시적인 청각 장애와 재능의 결여에 절망한 젊은 모렐이 잠시 부동의 상태에 머물다가, 그러던 중 신성한 광기에 사로잡혀 첫 소절들을 연주하고 작곡하는데, 마법을 걸려는 그 엄청난 노력 때문에 기진하여 무너지되, 베르뒤랭 부인의 마음에 들도록 귀여운 머리카락 한 꼭지를 늘어뜨리고, 더 나아가, 퓌타아적 표현[65]을 위하여 채취한 엄청난 양의 회색질(灰色質)[66]을 복구하기 위한 시간을 벌며, 그러면 새롭고 월등한 영감에 휩싸여 자기의 힘을 되찾은지라, 베를린의 명연주가가 (샤를뤼스 씨가 멘델스존을 가리켰을 것이라 생각한다) 지칠 줄 모르고 모방하였을 때 그 고갈될 수 없는 숭고한 악절을 향해 그가 돌진하게 되오. 진정 초월적이고 생기를 주는 오직 하나뿐인 이러한 방법으로, 내가 당신으로 하여금 빠리에서 연주하도록 할 생각이오." 샤를뤼스 씨가 그러한 조언을 하고 있을 때, 모렐은 수석 웨이터가 무시당한 장미꽃들과 '컵'을 다시 가져가는 것을 보고 놀란 것보다 훨씬 더 두려움에 사로잡혔으니, 그렇게 연주할 경우, '바이올린 교습실'에 어떤 인상을 줄까 근심스럽게 자문하고 있었기 때문이다. 하지만 그는 그러한 생각에 머물 수 없었으니, 샤를뤼스 씨가 그에게 위압적으로 지시하였기 때문이다. "수석 웨이터에게 혹시 '봉 크레띠앵'을 가지고 있는지 물어보시게." – "봉 크레띠앵이요? 무슨 말씀인지 알아듣지 못하겠습니다." – "잘 아시다시피 우리가 이제 과일을 먹을 차례요, 내가 말하는 것은 배의 일종이오. 깡브르메르 부인이 틀림없이 그것을 집에 가지고 있을 것이오. 왜냐하면 그녀와 다름없는 에스까르바냐스 백작 부인이 그것을 가지고 있었기 때문이오.[67] 띠보디에 씨가 그 배를 그녀에게 보내자 그녀가 이렇게 말하오. '아주 멋진 봉 크레띠앵이군.'[68]" – "저는 전혀 모르고 있었습니다." – "당신이 아무것도 모른다는 사실을 알겠소. 몰리에르조차 읽지 않았다면… 좋소, 다른 것은 물론, 주문조차 하실 줄 모르니, 마침 이 근처에서 생산되는 '루이즈-본느 다브랑슈'나 달라고 하시오." – "무엇이라고요…?" – "기다리시오, 당신이 이다지도 서투니, 내가 직접 좋아하는 다른 것들을 주문하겠소. 수석 웨이터, '두와이예네 데 꼬미쓰'를 가지고 계시오? 샤를리, 이 배에 대하여 에밀리 드 끌레르몽-또네르 공작 부인이 쓴 매혹적인 글을 꼭 읽어보셔야 할 것이오." – "아뇨, 손님, 그것은 없습니다." – "그러면 '트리옹프 드 죠두완뉴'는 가지고 계시오?" – "없습니다, 손님." – "그러면 '브리지니-달레'나 '빠쓰-꼴마르'는? 그것도 없소? 좋아요, 당신이 아무것도 가지고 있지 않으니 우리는 그만 이곳을 떠나겠소. '뒤셰쓰 당굴렘'은 아직 익지 않았을 것이고, 자, 샤를리, 나갑시다."

　샤를뤼스 씨에게는 불행하게도, 분별력의 결여 및 그가 모렐과 맺고 있던 관계의 순결함이 아마, 그 시기부터 그로 하여금 모렐에게 기이한 호의를 한껏 베풀려 애를 쓰게 하였고, 모렐은 그 호의들을 이해할 수 없었을 뿐만 아니라 나름대로 광기를 띠긴 했으나 배은망덕하고 쩨쩨한 그의 천성이, 일종의 냉랭함 혹은 끊임없이 점증되는 난폭함으로 그 호의에 보답하여, 그것들이 샤를뤼스 씨를—옛날에는 그토록 도도했건만 이제는 몹시 소심해진 그를—진정한 절망의 발작 증세 속으로 처박곤 하였다. 우리는, 자신이 수천 배나 더 중요한 하나의 샤를뤼스 씨가 된 것으로 믿고 있던 모렐이, 귀족에 관련된 남작의 자긍심 가득한 가르침들을 액면 그대로 받아들여 얼마나 엉뚱하게 이해하였는지를, 가장 하찮은 일들을 통해 보게 될 것이다. 알베르띤느가 쌩-쟝-들-라-에즈에서 나를 기다리고 있는 지금으로서는, 모렐이 고결한 귀족 위에 놓았을 것 하나가 혹시 있었다면(또한 그것이 그의 원칙 속에서는, 특히 운전사와 함께—'누구의 눈에 띄지도 알려지지도 않게'—소녀들 찾으러 가는 것을 기쁨으로 여기는 사람의 원칙 속에서는 상당히 고결했다), 그것은 자신의 예술적 명성과 바이올린 교습실에서 자기에 대해 사람들이 생각할 수 있었을 것이었다는 점만을 말해 두자. 샤를뤼스 씨가 몽땅 자기의 수중에 들어왔음을 직감하였기 때문에, 자기의 아버지가 나의 종조부님 댁에서 맡고 있던 직무를 비밀에 부치겠다고 내가 약속하기 무섭게 나를 깔보던 식으로, 샤를뤼스 씨를 부정하고 조롱하는 듯한 기색을 띠었다는 것은 의심할 나위 없이 추하다. 그러나 한편, 국립음악원 졸업 증명서를 가진 예술가의 이름인 '모렐'이, 그에게는 어느 귀족 가문의 '성씨'보다도 우월해 보였다. 그리하여 플라톤적 애정의 꿈에 사로잡힌 샤를뤼스 씨가 자기 가문의 작위 하나를 그에게 주려 하였을 때, 모렐은 그것을 단호히 거절하였다.

알베르띤느가 그림을 그리기 위하여 쌩-쟝-들-라-에즈에 남아 있는 것이 현명하겠다고 말하면, 나는 자동차를 타고 그곳을 떠났으며, 그녀를 데리러 그곳으로 돌아오기 전에 내가 갈 수 있었던 곳은, 구르빌과 훼떼른느뿐만 아니라 쌩-마르-르-비으 그리고 크리끄또까지였다. 그녀 이외의 다른 일에 몰두하고 다른 즐거움들을 위하여 그녀를 내버려둘 수밖에 없는 척하면서도, 나는 오직 그녀만을 생각하였다. 대개의 경우 나는 구르빌이 내려다보이는 넓은 평지보다 더 멀리는 가지 않았고, 그 평지가 꽁브레 바로 위에서 메제글리즈 방향으로 펼쳐지기 시작하는 그 평지를 조금 닮은지라, 비록 알베르띤느로부터 상당히 먼 거리에서도, 나의 시선이 그녀에게까지 이르지 못하는 반면, 내 옆을 지나던 그 힘차되 부드러운 바다의 미풍은 나의 시선보다 멀리까지 이르는지라, 껫똘름므까지 그 무엇에 의해서도 저지당하지 않고 단숨에 내려가, 내 벗님의 얼굴을 애무하면서, 자기들의 잎들로 쌩-쟝-들-라-에즈 교회당을 뒤덮고 있는 나뭇가지들을 흔들어, 두 아이가 이따금씩 서로의 음성도 들리지 않고 서로의 모습도 보이지 않는 처지에 놓이지만 서로 멀리 있으면서도 함께 있게 되는 놀이에서처럼, 무한히 확장되었으되 아무 위험 없는 그 은둔지에, 그녀로부터 나에게로 이어지는 이중의 연결선을 틀림없이 그렇게 던질 것이라고 생각하면서 기뻐하곤 하였다. 또한 바다가 가끔 보이는 길들을 따라 돌아오곤 하였는데, 전에는 내가 바로 그 길들에서, 나뭇가지들 사이로 바다가 나타나기 전에, 나의 눈에 이제 보일 것이 틀림없이 대지의 불평꾼 선조 할머니일 것이라고 명료하게 생각하기 위하여 눈을 감곤 하였고,[69] 그러면서 아직 생명체들이 존재하지 않던 시기에 그랬을 것처럼, 그녀의 광증 어린 태고의 출렁거림을 뒤쫓곤 하였다. 이제 그 길들이 나에게는 알베르띤느와 다시 합류하러 가는 데 필요한 수단에 불과했고, 그것들이 어디까지 곧장 내달으며 어디에서 방향을 바꾸는지 아는 등, 그것들 모두가 비슷하다는 사실을 알아차리는 순간, 나는 내가 일찍이 스떼르마리아 아씨를 생각하면서 그 길들을 따라간 적이 있었음을, 또한 지금 알베르띤느와 다시 합류하러 가며 그러듯, 빠리에서도 역시 게르망뜨 부인이 지나다니는 길들을 따라 내려가면서 같은 식으로 허둥거렸다는 사실을 상기하곤 하였는데, 그러자 내가 보기에, 그 길들이 깊은 단조로움을, 즉 나의 성격이 따라가던 일종의 선이 드러내는 윤리적 의미를 띠는 것 같았다. 그것은 자연스러운 일이었으되, 그렇다 하여 무심히 넘길 사안이 아니었으니, 그 길들이 나에게, 유령들만을, 그 실체의 상당 부분이 나의 상상 속에 있던 그 존재들만을 뒤쫓는 것이 나의 운명임을 상기시켜 주었기 때문인데, 재산이라든가 성공 및 높은 지위 등 타인들에 의해 확인될 수 있고 확정된 가치를 가지고 있는 모든 것을 하찮게 여기는—또한 그것이 젊은 시절부터 나의 경우였다—사람들이 실제로 있으며, 그들에게 필요한 것은 유령들이다. 그들은 특정 유령을 만나기 위해 모든 것을 희생시키고, 모든 것을 동원하며, 모든 것을 이용한다. 그러나 그 유령이 머지않아 자취를 감추고, 그러면 다른 유령의 뒤를 따라 내닫는데, 비록 후에 첫 유령에게로 돌아오는 한이 있어도 그런다. 첫해에 바다를 배경으로 나타났던 소녀인 알베르띤느와 사귀려 하였던 것이 나의 첫 시도는 아니었다. 내가 처음 사랑하였던 알베르띤느와 이제 거의 그 곁을 떠나지 않게 된 알베르띤느 사이에 다른 여인들이 삽입되었던 것은 사실이며, 그 다른 여인들 중 특히 게르망뜨 공작 부인이 그러했다. 하지만 이제 게르망뜨 부인의 벗이 된지라 그녀에 대해서는 더 이상 생각하지 않고, 오직 알베르띤느에 대해서만 생각하려는 유일한 목적에서라면, 질베르뜨와 관련하여 왜 그 깊은 근심에 사로잡히며, 게르망뜨 부인을 위하여 왜 그 숱한 노고를 감당하느냐고, 누구든 의문을 제기할 것이다. 유령들의 애호가였던 스완이라면, 죽기 전에 그 질문에 대답할 수 있었을 것이다. 그가 애호하였던, 즉 추적하다가 잊고 다시 추적하던, 때로는 단 한 번의 상면을 위해, 즉시 도망쳐 자취를 감추는 비현실적인 생활에 이르기 위해 그러기도 했던, 그러한 유령들이 발벡의 길들에 가득했다. 배나무, 사과나무, 위성류 등, 발벡의 길들에서 보이던 그 모든 나무들이 내가 죽은 후에도 살아남을 것이라는 생각을 하는 순간, 영원한 안식의 시각을 알리는 종이 울리기 전에 마침내 작업에 임하라는 조언이 그것들로부터 들려오는 것 같았다.

   나는 껫똘름므에 이르러 자동차에서 내린 다음, 움푹 파인 경사로를 따라 달려 내려가 널빤지 걸쳐놓은 개울을 건너, 교회당 앞에서 그림을 그리고 있는 알베르띤느를 발견하였으며, 장식용 소형 첨탑들로 뒤덮여 가시 돋친 듯 보이고 붉은색이었던 교회당은 꽃 만발한 한 그루 장미나무 같았다. 정면 현관의 상방(上枋)과 홍예틀 사이 공간만 매끈하여, 그 부분의 명랑한 석재 표면 위로, 우리 20세기의 남녀 한 쌍 앞에서 촛불들을 손에 들고, 13세기의 의식을 여전히 집전하고 있는 천사들이 나타났다. 알베르띤느가 자기의 준비된 화포 위에 옮겨놓으려 하던 것은 그들의 모습이었으며, 따라서 엘스띠르를 본받아, 그 대가의 말에 의하면 그가 알고 있는 다른 모든 것들과 그 천사들을 확연히 다르게 보이도록 해주는 고아한 리듬에 순응하려 애쓰면서, 그녀는 열심히 붓질을 하고 있었다. 그런 다음 그녀가 물건들을 다시 챙겼다. 우리는 그 작은 교회당이 우리를 아예 못 본 척, 태연하게 끊임없는 개울물 소리에 귀를 기울이도록 내버려둔 채, 서로에게 몸을 의지하며 비탈길을 다시 올라왔다. 자동차가 곧 질주하기 시작하였고, 갈 때와는 다른 길로 접어들었다. 우리는 마르꾸빌-로르궤이으즈 마을 앞을 지나고 있었다. 반은 새로 지었고 반은 복원된 그 마을 교회당 위로, 뉘엿뉘엿 지는 해가 수세기에 걸쳐 쌓인 것 못지않게 아름다운 고색

(古色)을 펼치고 있었다. 그 고색을 통해 보이는 커다란 저부조들은, 유동적이기도 하고 액상이기도 하며 반짝이기도 하는 채색 밑에 놓인 것 같아, 성 처녀와 엘리자벳 성녀와 요아킴 성자 등이 아직도, 거의 건조한 수면 혹은 태양 빛 속에 있는 촉지할 수 없는 소용돌이 속에서 헤엄을 치고 있었다. 현대적인 조각상들 여러 개가 뜨거운 먼지⁷⁰⁾ 속으로 돌출하더니, 석양의 황금빛 너울들 반 높이까지 이르는 원주들 위에 우뚝 일어섰다. 커다란 향나무 한 그루가 마치 신성한 땅에 심어진 듯 교회당 앞에 서 있었다.⁷¹⁾ 그것을 더 자세히 보기 위하여 잠시 자동차에서 내려 몇 걸음 걸었다. 알베르띤느는 자기의 이딸리아산 밀짚 빵모자 및 비단 스카프를 자신의 수족만큼이나 직접적으로 의식하고 있었으며(그녀에게는 그것들이 무시하지 못할 편안함의 원천이었다), 교회당을 둘러보는 동안에도 그것들로부터 다른 종류의 충동을 받고 있었는데, 그 충동이 하나의 무기력한 만족감으로 표출되었으나 나는 그 만족감에서 얼마간의 우아함을 발견하였으니, 스카프와 빵모자가, 내 벗님의 최근에 덧붙여진 부수적인 한 부분에 불과했으되 나에게는 이미 사랑스러워져, 내가 저녁 대기 속에서 향나무를 따라 비상하는 그것들의 자취를 눈으로 따라가고 있었기 때문이다. 그녀에게는 그 자취가 보이지 않았겠으나 그러한 우아함이 멋있으리라 짐작은 하고 있었으니, 그녀가 자기의 머리 모양을 완성시키던 모자와 얼굴의 자세를 조화시키면서 나에게 미소를 지었으니 말이다. "이 교회당은 저의 마음에 들지 않아요. 복원된 것이에요." 나에게 교회당을 가리키면서, 또한 고색창연한 돌들의 소중하고 모방할 수 없는 아름다움에 대하여 엘스띠르가 자기에게 한 말들을 뇌리에 떠올리면서 그녀가 말하였다. 알베르띤느는 복원된 것을 즉각 식별할 줄 알았다. 음악에 관해 간직하고 있던 개탄할 만한 취향과는

달리, 그녀가 건축에 있어 이미 가지고 있던 취향의 확실성에 대해서는 누구든 놀랄 수밖에 없었다. 나 또한 엘스띠르만큼이나 그 교회당을 좋아하지 않았고, 햇볕 받은 그것의 정면이 나의 시야에 들어왔을 때 내가 아무 기쁨도 느끼지 못하였으되, 그것을 보기 위하여 자동차에서 내렸던 것은 오직 알베르띤느에게 친절을 베풀기 위해서였다. 또한 하지만 나는 그 유명한 인상파 화가가 자가당착적이라는 생각을 하였으니, 도대체 왜 석양 속에서 이루어지는 교회당의 변형 현상은 고려하지 않고, 객관적인 건축적 가치만을 맹목적으로 숭배한단 말인가? "정말이지 저는 그 교회당을 좋아하지 않아요." 알베르띤느가 나에게 말하였다. "반면 '오르꿰이으즈'[72]라는 명칭은 좋아해요. 하지만 우리가 잊지 않고 브리쇼에게 물어야 할 것은, '쌩-마르'가 왜 '베뛰'[73]라고 불리느냐 하는 것이에요. 다음에 그곳에 갈 거지요, 그렇지 않아요?" 그녀의 검은 눈으로 나를 빤히 바라보며 그렇게 말하였는데, 그 눈 위로 전에 그녀의 작은 폴로 모자가 그랬듯이 빵모자가 지그시 눌려 있었다. 그녀의 스카프가 바람에 펄럭였다. 우리가 다음 날 함께 쌩-마르에 가야 한다는 것에 행복해져, 나는 그녀와 함께 자동차에 올랐고, 쌩-마르의, 연한 장미색이고 마름모꼴 기와로 지붕을 이었으며 가볍게 굽어 팔딱거리는 것처럼 보이는 오래된 두 종루가, 해수욕만이 생각나게 하는 뜨거운 날에는, 전혀 움직이는 기색 없이 투명하고 푸른 물속에서 솟아오르는, 이끼 낀 적갈색 비늘들 뒤덮인 늙은 뾰족 물고기들처럼 보였다. 마르꾸빌을 떠난 후, 우리는 여정을 단축하기 위하여 여러 길들이 교차하는 어느 지점에서 방향을 바꾸었고, 근처에 농가 하나가 있었다. 가끔 알베르띤느가 그곳에 차를 멈추게 한 다음, 차 안에서 마시겠다고 하면서 나를 시켜 깔바도스나 부드러운 사과주를 사 오게 하였으며, 사과주에서 거품이 일지 않는다고 장담하는 말을 그대로 믿었다가, 우리가 거품을 흠뻑 뒤집어쓰기도 하였다. 우리 두 사람은 서로에게 한껏 밀착되어 있었다. 농가 사람들에게는 덮개를 내린 자동차 속에 있던 알베르띤느가 겨우 보일 정도였고, 나는 그들에게 병들을 돌려준 다음, 우리 둘만의 삶을 계속하려는 듯 다시 출발하였으며, 우리가 영위하고 있으리라 그들이 추측할 수 있었을 그 연인들의 생활 중, 마시기 위하여 멈추었던 동안은 무의미한 한순간에 불과했으며, 알베르띤느가 사과주 병을 비운 후에 그들이 우리 두 사람을 보았다면 그들의 추측이 더욱 사실임 직하였으리니, 그녀가 평소에는 아무렇지도 않게 여기던 자기와 나 사이의 간격을 이제는 더 이상 견딜 수 없게 되었다는 듯, 그녀의 치마 속 두 다리가 내 다리에 와서 밀착되었고, 그녀가, 창백하고 뜨거워졌으며 광대뼈 부분이 붉어진 그리고 도시 변두리의 거리 여자들에게 있는 열렬하되 시들어버린 무엇이 느껴지는 자기의 볼을 나의 두 볼에 접근시키고 있었다. 그러한 순간에는 그녀의 인품 못지않게 음성도 신속히 변하여, 그녀가 자기의 음성을 잃고, 대신 쉰 듯하고 과감하며 거의 방탕한 음성을 갖곤 하였다. 어둠이 내려앉고 있었다. 그녀의 스카프 및 빵모자와 함께 나에게 밀착되어 있는 그녀를, 서로 사랑하는 이들이 항상 그러한 상태였다는 사실을 뇌리에 떠올리면서 느끼는 즐거움이 얼마나 컸던가! 내가 아마 알베르띤느에게로 향한 사랑을 품고 있었을지 모르나, 그것을 감히 그녀에게 드러내지 못하였고, 따라서 그것이 나의 내면에 존재하였다 할지라도, 경험을 통하여 통제할 수 있을 때까지는 아무 가치가 없는 어떤 진실의 형태를 띨 수밖에 없었는데, 그러한 일이 나에게는 실현 불가능해 보였고, 삶의 도면 밖에 있는 것 같았다. 나의 질투에 관해 말하거니와, 내가 그녀와 영영 헤어져야만 그것이 치유되리라는 것을 알고 있었음에도 불구하고, 그것이 나로 하여금 알베르띤느의 곁을 가급적 떠나지 않도록 강요하였다. 나는 심지어 그녀 곁에서도 질투를 느끼곤 하였으나, 그러한 경우, 나의 내면에 그것을 일깨운 상황이 반복되지 않도록 조치를 취하곤 하였다. 어느 청명한 날 우리가 리브벨에 점심을 먹으러 갔을 때 그러한 일이 발생하였다. 식당과 차 마시는 데 사용되는 복도 형태의 홀로 통하는 커다란 출입문들이, 햇볕을 받아 황금빛을 띠고 반짝이는 거대한 음식점 전체가 그 일부를 이루는 듯 보이는 잔디밭과 같은 평면을 이루게 하며 열려 있었다. 안색이 발그레하고 검은 머리카락이 불꽃처럼 곱슬곱슬한 그 종업원[74]이, 이제는 더 이상 단순한 주방 요원이 아니고 테이블 한 열의 책임자인지라, 전처럼 빠르게는 아니지만 그 넓은 음식점 전체를 누비고 있었는데, 그럼에도 불구하고 때로는 멀리 식당 안에서, 때로는 정원에서 식사하는 편을 택한 손님들 시중을 들면서 밖에서 그가 펼치던 자연스러운 움직임 때문에, 그의 모습이 이곳에 나타나는가 하면 이내 저쪽에서 보였으며, 그리하여 마치 어느 젊은 신의 연속적인 조각상들이 어떤 것들은 초록색 잔디밭 형태로 연장된 어느 거처의 조명 밝은 안쪽에, 다른 것들은 바깥 생활이 영위되는 환한 공간, 즉 나뭇가지들 밑에 가 있는 것 같았다. 그가 우리 곁에 잠시 머물기도 하였다. 그러면 내가 하는 말에 알베르띤느가 건성으로 대꾸하였다. 그녀가 더 커진 눈으로 그를 바라보았다. 나는 사랑하는 사람 가까이에 있을 수 있으되 그 사람을 자기의 것으로 누릴 수 없는 경우도 있다는 감회에 잠시 사로잡혔다. 두 사람은 나로 인해 중단된 신비한 밀담 중이었던 것 같았고, 그것이 아마 내가 모르는 지난날의 밀회 결과였거나, 단지 그가 그녀에게 던진, 하지만 나로 인해 거북해져 감추고 싶은 시선의 결과였을지 모른다. 주인이 맹렬한 기세로 부르는 바람에 그가 우리로부터 멀리 가버린 후였건만, 알베르띤느는 태연히 식사를 계속하면서도 식당과 정원을, 머리카락 검은 그 질주꾼 신[75]이 여기저기 다양한 치장물들을 배경 삼아 출현하던, 빛 가득한 경기장으로만 간주하는 듯한 기색이었다. 그녀가 그를 따라가기 위하여 혹시 나를 식탁에 홀로 내버려두지 않을까, 내가 잠시 나 자신에게 묻기도 하였다. 그러나 그 이후에는 내가 그 괴로운 인상을 영영 잊기 시작하였으니, 다시는 리브벨에 가지 않기로 작정하였기 때문이며, 그곳에는 처음 갔다고 나에게 단언한 알베르띤느로부터 그곳에 영영 다시 가지 않겠다는 약속을 받았기 때문이다. 또한 그 걸음 날렵한 종업원의 눈이 오직 그녀에게만 가 있었다는 말은 하지 않았으니, 나와의 동행이 자기의 즐거움을 빼앗지 않았을까 하는 생각을 그녀가 하지 않도록 하기 위함이었다. 하지만 가끔 내가, 그러나 홀로, 리브벨에 가서 전에 이미 그랬듯이 과음하는 일이 생겼다. 마지막 잔을 비우면서 하얀 벽에 있는 원형의 장미꽃 문양을 응시하다가, 내가 느끼고 있던 즐거움을 그 위로 옮기곤 하였다.[76] 나에게는 이 세상에 오직 그것밖에 존재하지 않는 것 같았고, 나는 도망치려 하는 나의 시선으로 그것을 추적하여 그것에 도달했다가 잃기를 번갈아 하였으며, 앉아 있는 나비 주위를 선회하다가 그것과 함께 최후의 관능 행위 도중에 생을 마감하는 어느 나비처럼, 나의 그 장미꽃 문양에 만족한 나머지, 미래에 대해서 무심해지곤[77] 하였다. 그런데 나는 하나의 질환이 비록 가벼운 형태로나마 내 속에 자리 잡도록 내버려두는 것은 위험한 짓이라 생각하곤 하였고, 그 질환은, 사람들이 경계하지 않되 그것에 닥칠 수도 있는 예측할 수 없고 불가피한 지극히 작은 사고만 돌발하여도 증상을 극도로 위중하게 돌변시키기에 충분한 일상의 병적인 상태들을 닮았다.[78] 하나의 여인을 포기하기 위한 순간이 아마 특별히 잘 선택되었으며, 내가 아무리 최근의 그리고 아무리 심한 고통에 시달리너라도, 고통을 유발시킨 여인들만이 가지고 있는 진통제를 그 여인에게 요구할 수는 없었다.[79] 나는 그러한 산책들 자체 덕분에 평온을 찾았는데, 산책하는 순간에는 그것을 내가 하나의 다음 날에 대한 기대에 불과하다고 여겼음에도 불구하고, 또한 그다음 날이라는 것 자체가 그것이 나에게 불어넣던 욕망에도 불구하고 전날과 다르지 않을 것이 뻔했건만, 그 산책들은, 그때까지 알베르띤느가 있었으되 나는 그녀와 함께 있지 않던 곳들로부터, 가령 그녀의 숙모댁이나 그녀의 친구들 집으로부터 그녀를 이끌어낸다는 매력을 가지고 있었다. 그것이 실질적인 기쁨에서 비롯되지 않고 단지 하나의 근심이 진정된다는 것에서 말미암았을 뿐이지만, 매우 큰 매력이었다. 왜냐하면 며칠 후, 우리가 그 앞에서 사과주를 마신 농가를, 혹은 단지 우리가 쌩-마르-르-베뀌 앞에서 함께 한 몇 걸음 산보를 생각하면서 알베르띤느가 자기의 빵모자를 쓰고 내 옆에서 걷고 있었다는 사실을 상기하는 순간, 그녀가 곁에 있다는 느낌이 문득 어찌나 강력한 효력을 새로 지은 교회당의 평범한 영상에 덧붙여주었던지, 교회당의 햇볕 받은 정면이 그렇게 스스로 나의 추억 속에 와서 자리를 잡는 순간, 그것이 마치 누가 나의 가슴에 부착시켜 주었을 커다란 진정제 습포(濕布) 같았기 때문이다. 나는 알베르띤느를 빠르빌에 내려주곤 하였지만, 그것은 저녁에 그녀를 다시 만나 모래톱에 가서 어둠 속에서 그녀 곁에 눕기 위해서였다. 물론 내가 그녀를 날마다 만나지는 않았으나, 그럼에도 불구하고 내가 이러한 생각에 잠길 수 있을 정도였다. '그녀가 만약 자기의 일과에 대해 누구에게 이야기를 한다면, 그 이야기 속에서 가장 큰 자리를 차지할 사람은 그래도 나일 거야.' 또한 나의 나날들 속에 일종의 도취 상태를 일으키는 연속적인 긴 시간을 우리가 함께 보내곤 하였고, 그 도취 상태가 어찌나 달콤했던지, 빠르빌에 이르러 내가 그녀에게 한 시간 후에 다시 보내기로 되어 있던 자동차에서 그녀가 깡충 뛰어내릴 때에도, 나는 (그녀가 내리기 전에 그 속에 꽃들을 내버려두었을 경우보다) 더 외로움을 느끼지는 않았다. 나는 그녀를 날마다 만나지 않고도 지낼 수 있을 것 같았고, 행복해진 상태로 그녀와 헤어질 찰나였으며, 그러한 행복의 진정 효과가 여러 날 동안 연장될 수 있을 것이라 느끼고 있었다. 그러나 알베르띤느가 내 곁을 떠나면서 자기의 숙모인지 혹은 어느 친구 아가씨인지 모를 사람에게 하는 말이 내 귀에 들렸다.[81] "그러면 내일 8시 반에 만나요. 늦으면 안 돼요, 그들은 8시 15분에 이미 준비가 되어 있을 거예요." 우리가 사랑하는 여인의 대화는 위험한 지하수를 덮고 있는 흙을 닮았는지라, 우리는 매 순간, 단어들 뒤에 보이지 않는 지하수층이 있음을 그리고 그것의 뼛속까지 파고드는 차가움을 느끼며, 여기저기에서 그것이 배신적으로 스며나옴을 간파하지만, 지하수 자체는 감추어진 상태에 있다. 알베르띤느가 한 말을 들은 직후 나의 평온이 파괴되었다. 나는 그녀에게 다음 날 아침에 만나자고 요청하려 하였으며, 그것은 내 앞에서 넌지시 우회적으로 말하던 그 8시 반의 정체 모를 회동에 그녀가 참석하는 것을 막기 위해서였다. 그녀가 초기에는 틀림없이, 자기의 계획들을 포기하는 것을 아쉬워하면서도 나의 뜻을 따랐을 것이고, 그러다가 그것들을 방해하고자 하는 나의 끊임없는 욕구를 알아차렸을 것이며, 결국 나는 그 앞에서 누구든 모든 것을 함구하게 될 그런 사람이 되었을 것이다. 또한 게다가 내가 배제된 그 '잔치'가 아마 지극히 하찮을 수도 있었을 것이며, 내가 배제되었던 것은, 초대된 어느 여인 하나가 내가 보기에 너무 상스럽거나 따분하지 않을까 하는 염려 때문이었을 것이다. 알베르띤느의 생활과 그토록 밀접하게 뒤섞인 나의 그러한 생활이 불행하게도 나에게만 긍정적인 영향을 끼쳐, 그것이 나에게는 평온을 주었으나 나의 어머니에게는 근심을 드렸고, 그 근심의 토로가 나의 평온을 깨뜨렸다. 그 끝이 오직 나의 의지에만 달려 있는 생활을 조만간에 청산하기로 작정하고 만족스러워져 돌아오던 나에게, 운전사로 하여금 저녁 식사 후에 알베르띤느를 데려오게 하라는, 종업원에게 하던 나의 말을 들으신 어머니가 말씀하셨다. "금전 낭비가 심하구나!" (프랑수와즈는 그녀 특유의 소박하고 표현력 강한 언어로 이렇게 말하곤 하였다. '돈이 도망을 치는군!') 어머니가 말씀을 계속하셨다. "샤를르 드 쎄비녜처럼 되지 않도록 노력하거라. 그의 모친께서 그에 대해 자주 이런 말씀을 하셨지. '그의 손은 그 속에서 돈이 녹아버리는 도가니란다.'[82] 게다가 나는 네가 알베르띤느와 정말 지나치게 어울린다고 생각한다. 너에게 단언하거니와, 너의 행동이 지나치고, 그녀가 보기에도 우스꽝스러울 수 있다. 그것이 너의 무료함을 달래주어 매우 기뻤고, 따라서 그녀를 더 이상 만나지 말라고 하는 말은 아니지만, 요는 너희들이 각자 홀로 있는 것을 아무도 볼 수 없도록까지는 처신하지 말라는 뜻이다." 내가 알베르띤느와 어울려 영위하던 큰 기쁨 결여된—적어도 나에 의해 인지된 큰 기쁨을 말한다—생활이, 나의 심정이 평온해진 시각을 골라 조만간 바꾸려 생각하고 있던 그 생활이, 엄마의 말씀 때문에 위협받는 순간, 문득 나에게는 한동안 더 필요한 것으로 다시 변하였다. 내가 어머니에게, 당신의 말씀이 요구하시는 그리고 그 말씀이 없었더라면 한 주간이 흐르기 전에 내려졌을지도 모를 결단이, 당신의 말씀으로 인해 이제 두 달 이상 지체되었다고 말씀드렸다. 엄마가 당신의 조언이 즉각 유발시킨 결과 때문에 (나를 슬프게 하지 않으시려는 뜻이었을 것이다) 크게 소리 내어 웃으셨고,

나의 그 훌륭한 의도가 다시 태동하는 것을 방해하지 않기 위해서라도, 그 말씀은 다시 하시지 않겠노라 나에게 약속하시었다. 그러나 할머니의 타계 이후, 엄마가 마지못해 웃으실 때마다, 잠시나마 잊으실 수 있었다는 가책감 때문이었는지, 혹은 그토록 짧은 잊음이 매개체로 삼아 엄마의 그 가혹한 편집증을 다시 생생하게 살려 놓곤 하던 재발 현상 때문이었는지, 막 시작된 웃음이 문득 멈추었다가 거의 흐느낌에 가까운 괴로움의 표출로 끝나곤 하였다. 하지만 내 어머니 속에 하나의 고정관념처럼 자리 잡은 할머니에 대한 추억이 당신에게 야기시키곤 하던 편집증에, 이번에는 나와 관련된, 다시 말해 나와 알베르띤느와의 친밀함이 초래할 그리고 어머니가 염려하시던 것과 관련된 것이 덧붙여지고 있었음을 내가 직감하였으며, 어머니는 내가 한 말 때문에 그 친밀함에 감히 족쇄를 채우시지 못하였다. 그러나 어머니는 내가 잘못 생각하지 않았다고 확신하시는 기색이 아니었다. 어머니께서는, 할머니와 당신이 얼마나 여러 해 동안, 내가 착수해야 할 작업과, 건강에 더 이로운 생활 규칙에 대해, 더 이상 나에게 말씀하시지 않았는지를 기억하고 계셨으며, 돌이켜 생각해 보거니와, 나는 두 분의 그러한 격려에 기인한 심적 동요가 그러한 생활의 시작을 방해하는 유일한 장애물이라고 말하곤 하였으며, 하지만 두 분의 순종적인 침묵에도 불구하고 나는 그 생활 규칙을 실천에 옮기지 않았다.

저녁 식사 후에 자동차가 알베르띤느를 다시 데려왔고, 날이 아직 조금 밝았으며, 대기의 열기가 수그러들긴 하였으나 타는 듯한 하루를 보냈던지라, 우리들은 두 사람 모두 미지의 시원함을 꿈꾸곤 하였으며, 그럴 즈음 열에 들뜬 우리의 눈앞에, 처음에는 (내가 처음으로 게르망뜨 대공 부인 댁에 갔었고 알베르띤느가 나에게 전화하였던 그날 저녁의 달처럼) 가볍고 얇은 껍질 모양으로, 그러다가 보이지 않는 칼이 하늘에서 껍질을 빗기기 시작한 어떤 과일의 싱싱한 조각 모양으로, 몹시 좁은 달이 나타났다. 또한 어떤 때에는 조금 늦게 나의 벗님을 찾으러 간 사람이 나였고, 그럴 경우에는 그녀가 멘느빌의 장터 아케이드들 앞에서 나를 기다리게 되어 있었다. 첫 순간에는 내가 그녀를 분별해 내지 못하여, 그녀가 오지 않았을 것이라, 그녀가 잘못 알아들었을 것이라, 미리부터 근심기도 하였다. 그러는 순간 하늘색 물방울무늬가 찍힌 흰색 블라우스를 입은 그녀가 보이더니, 소녀라기보다는 어린 짐승처럼 가볍게 훌쩍 뛰어 자동차의 내 옆자리에 앉았다. 그런 다음 한 마리 암캐처럼 나를 끊임없이 애무하기 시작하였다. 날이 완전히 어두워져, 호텔 지배인이 나에게 하곤 하던 말처럼 하늘이 온통 별들로 '양피지처럼 가공되면'[83], 우리가 샴페인 한 병을 들고 숲속으로 산책을 떠나지 않을 경우에는, 조명이 희미한 방파제 위에서 아직까지 어슬렁거리고 있으되 까맣게 어두워진 모래밭 위에 있는 것은 불과 두 걸음 밖에서도 알아볼 수 없는 산책꾼들 걱정 없이, 우리는 모래언덕 아래에 나란히 누웠고, 그 유연함 속에 수평선을 배경으로 지나가는 것을 처음으로 본 그 소녀들의 여성적이고 바다의 특성 가득하며 스포츠적인 우아함이 몽땅 살아 있는 몸뚱이를, 파르르 떨리는 달빛에 의해 분할된 바다 아주 가까이에서 내가 같은 덮개[84]에 감싸인 상태로 나의 몸뚱이에 밀착시켰고, 그러한 상태에서 우리 두 사람은, 썰물이 멈추었다고 믿을 만큼 상당히 오랫동안 정지된 호흡을 바다가 억제할 때건, 기다리던 그리고 지체된 웅얼거림을 드디어 우리들의 발치에 내뿜을 때건, 지칠 줄 모르고 또한 시종 같은 쾌락에 잠겨 바다의 소리에 귀를 기울였다. 그러다가 결국 내가 알베르띤느를 빠르빌에 다시 데려다주곤 하였다. 그녀의 집 앞에 이르러서는, 누가 우리를 보지 않을까 저어하여 우리의 입맞춤을 중단해야 했고, 아직 잠자리에 들고 싶지 않다고 하면서 그녀가 발백까지 나와 동행하였으며, 그곳으로부터 내가 마지막으로 그녀를 빠르빌에 데려다주곤 하였는데, 자동차가 처음 등장했던 초기 시절의 운전사들은 아무 시각에나 잠자리에 드는 사람들이었다. 그리하여 사실상 나는 새벽이슬에 덮여 홀로 발백에 돌아오곤 하였지만, 여전히 내 벗님의 존재에 감싸인 상태였고, 나는 소진하려면 오래 걸릴 비축된 입맞춤으로 가득 채워져 있었다. 나의 탁자 위에는 전보 한 통과 우편엽서 한 장이 놓여 있었다. 그것들 또한 알베르띤느가 보낸 것들이었다! 내가 홀로 자동차를 타고 떠난 사이에 그녀가 껫똘름므에서 내 생각을 하고 있다는 말을 하기 위하여 그것들을 썼다. 나는 그것들을 다시 읽으면서 침대에 누웠다. 그러다가 커튼 상단에서 환한 햇살을 발견하였고, 나는 서로 포옹하느라고 밤을 지새운 것을 보니 여하튼 우리가 틀림없이 서로를 사랑하는 모양이라고 생각하였다. 다음 날 아침 방파제 위에서 알베르띤느를 만날 때면, 그날은 여가를 낼 수 없어 함께 산책 나가자는 나의 요청을 수락할 수 없다고 그녀가 대답하지 않을까 어찌나 두려웠던지, 나는 그녀에게 그 말을 하는 것을 최대한 뒤로 미루었다. 나는 그녀의 기색이 냉랭하거나 무엇에 몰두해 있는 것 같으면 그만큼 더 불안했고, 그러는 동안에도 그녀를 아는 사람들이 우리 곁을 지나갔으며, 틀림없이 그녀가 나는 배제된 그날 오후 계획을 이미 세워두었을 것 같았다. 나는 나의 정면에, 그녀의 의도가 무엇일까 하는 수수께끼를, 즉 내 오후의 행복 혹은 불행을 좌우할 미지의 결정을 설정해 놓으면서, 그녀를, 그 매력적인 몸뚱이를, 알베르띤느의 그 발그레한 얼굴을 응시하였다. 그것은 내 앞에서 어느 아가씨의 우의적이고 숙명적인 형태를 취한 하나의 총체적인 영혼 상태, 즉 한 존재의 총체적인 미래였다. 그리고 내가 마침내 결단을 내려, 가능한 한 가장 무심한 기색으로 '오늘 오후와 저녁에 함께 산책하겠느냐'고 물었을 때, 그녀가 '기꺼이 그러겠다'고 대꾸하면, 하나의 감미로운 심정적 평온에 의한 나의 그 길던 불안의 급작스러운 대체가, 나에게 항상 편안함과 폭풍우가 지난 후에 맛보는 평온을 공급하는 그 발그레한 얼굴의 형태를 더욱 소중해 보이게 하였다. 나는 도취경에 말미암은 것보다 덜 풍요롭고, 우정에 말미암은 것보다는 약간 더 깊으며, 그러나 사교계 생활에 말미암은 것보다는 매우 월등한 일종의 열광에 사로잡혀 이렇게 생각하곤 하였다. '친절하기도 해라, 얼마나 사랑스러운 존재인가!' 우리는 베르뒤랭 댁 만찬에 참석하는 날과, 알베르띤느가 나와 함께 외출할 여가를 낼 수 없어 내가 그 기회를 이용하여 나를 만나고자 하던 사람들에게 발백에 머물겠다고 통보한 날들에만 자동차 예약을 취소하였다. 그러한 날들이면 내가 쌩-루에게 나를 보러 와도 좋다 하였고, 그러나 오직 그러한 날들에만 그랬다. 왜냐하면 언젠가 한번 그가 불시에 들이닥쳤을 때, 나는 그와 알베르띤느가 마주치는 위험을 초래하느니, 얼마 전부터 내가 찾은 행복한 평온 상태가 위험에 처하게 하느니 그리고 나의 질투가 다시 시작되게 하느니, 차라리 알베르띤느 만나는 것을 포기하였기 때문이다. 그리고 쌩-루가 돌아간 후에야 안심을 하였다. 그리하여 아쉬움과 가책감을 느끼면서, 내가 부르지 않으면 그가 결코 발백에 오지 않으려 자신을 억제하였다. 옛날에는 게르망뜨 부인이 그와 함께 보낼 시각들을 부러워하고 뇌리에 떠올리면서, 그를 만나는 것에 내가 얼마나 큰 가치를 부여하였던가! 뭇 존재들은 우리와의 관계에 있어서 위치 바꾸기를 멈추지 않는다. 세계의 무심하고 영원한 진행 속에서 우리가 그것들을 보는 순간에는 그것들이 움직이지 않는 것처럼 여기는데, 그것들을 이끌어가는 움직임이 인지되기에는 그 순간이 너무 짧기 때문이다. 그러나 그것들 자체가 감지될 만큼 변화하기에는 너무 인접해 있는 두 순간에, 그것들의 두 영상을 각각 포착해 보면, 그 두 영상 간의 차이가, 그것들이 우리로부터 얼마나 이동하였는지를 헤아릴 수 있게 해준다. 그는 나에게 베르뒤랭 내외에 관한 이야기를 하면서 나를 끔찍한 불안 속에 처박았는데, 자신이 그 댁에 초대받게 해달라고 요구하지 않을까 두려웠기 때문이며, 그렇게 될 경우, 내가 그 댁에서 끊임없이 느낄 질투 때문에, 알베르띤느와 그곳에서 맛보던 모든 즐거움이 훼손되기에 충분했을 것이다. 그러나 다행스럽게도 로베르가 나에게 털어놓기를, 내 우려와는 정반대로, 그들과는 결코 교분을 맺고 싶지 않다고 하였다. "싫다네," 그가 나에게 말하였다. "나는 그러한 종류의 계층들을, 짜증 나게 하는 사제 집단으로 여긴다네." 내가 처음에는 베르뒤랭 댁 사람들에게 부여된 '사제 집단'이라는 말을 이해하지 못하였으나, 쌩-루가 한 말의 끝부분이, 그의 생각을 그리고 지성인들조차 수용하는 것을 보고 우리가 자주 놀라곤 하는 언어적 유행에 대한 그의 양보를, 내가 납득할 수 있게 해주었다. 그가 다시 말하였다. "모두들 각자의 부족과 신도회와 개신교도 같은 패거리나 만드는 곳들이라네. 그것들이 하찮은 사교 집단이 아니라는 말은 나에게 하지 마시게. 자기네 집단에 속하는 자들에게는 꿀처럼 달콤하게 굴고, 그것에 속하지 않는 이들에게는 퍼부을 멸시가 부족할 지경이라네. 문제는 햄릿의 경우처럼 존재하느냐 존재하지 않느냐가 아니라,[85] 그 일원이냐 혹은 아니냐이네. 자네는 그 집단의 일원이고, 나의 샤를뤼스 숙부님도 그 일원이네. 어찌하겠나? 나는 그것을 결코 좋아하지 않았고, 그것이 내 잘못은 아니라네."

물론 내가 부를 때에만 나를 보러 오라고 쌩-루에게 강요한 그 규칙을, 라 라스쁠리에르와 훼떼른느와 몽쒸르방 및 기타 다른 곳에서 차츰 교분을 맺게 된 모든 사람들에게 철저히 적용하였던지라, 빠르빌 절벽의 굴곡부에서 초록색 비탈의 허리 부분에 걸려 오랫동안 머물곤 하던 안정된 자기의 도가머리를 남기곤 하던 세 시 기차의 연기를 호텔에서 발견할 때마다, 나를 방문하여 나와 함께 다과를 즐길, 그러나 아직은 어느 신처럼 그 작은 구름덩이 밑에 숨겨져 있던 사람이 누구일지 짐작하는 데 조금도 망설이지 않았다.[86] 이제 어쩔 수 없이 고백하거니와, 나에게 와도 좋다는 허락을 미리 받은 그러한 방문객이 싸니에뜨였던 경우는 거의 전혀 없었으며, 따라서 내가 자주 나 자신을 나무라곤 하였다. 그러나 싸니에뜨 자신이 다른 이들에게 따분함을 안겨준다는 사실을 의식하고 있었기 때문에(물론 어떤 이야기를 하면서보다는 누구를 방문하면서 더 심하게), 그가 비록 다른 많은 사람들보다 교양이 더 풍부하고 더 이지적이며 인품이 더 좋음에도 불구하고, 그의 곁에서는 어떤 즐거움도 느낄 수 없을 뿐만 아니라, 우리의 오후를 몽땅 망치는 거의 견딜 수 없는 음울함 이외의 다른 어떤 것도 맛볼 수 없을 것 같았다.[87] 만약 싸니에뜨가 자신이 야기시킬까 염려하던 그 따분함을 일찍이 툭 터놓고 고백하였다면, 사람들이 그의 방문을 아마 꺼리지 않았을 것이다. 따분함이란 우리가 감당해야 할 가장 가벼운 괴로움들 중 하나이고, 그가 야기시키는 따분함[88]이란 아마 다른 이들의 상상 속에만 존재하였거나, 혹은 다른 이들에 의해 주도된 일종의 암시 작용 때문에[89] 그에게 감염되었을 것인데, 그러한 암시 작용이 실마리를 얻은 것은 그의 매력적인 겸손함에서였을 것이다. 하지만 그는 자기가 환대받지 못한다는 사실을 드러내지 않는 것에 하도 집착하였던지라, 자신이 감히 먼저 나서지 못하였다. 물론, 공공장소에서 모자를 벗어 누구에게 인사하는 것이 하도 만족스러워, 우리를 오랫동안 만나지 못하였는데 마침 자기들이 모르는 화려한 사람들과 함께 극장의 칸막이 특별석에 있는 우리를 발견한지라, 우리를 보게 되어, 또한 우리가 지난 시절의 즐거움을 되찾았고 우리의 안색이 좋은 것을 확인하게 되어 자기들이 느낀 기쁨과 감동 때문에 그런다면서, 신속하고 요란한 인사말을 던지는, 그러한 사람들을 그가 흉내 내지 않았던 것은 옳았다. 하지만 그들과 정반대로, 싸니에뜨에게는 과감성이 지나치게 없었다. 그가 만약 나에게 방해되는 것을 염려하지 않았다면, 베르뒤랭 부인 댁이나 협궤 열차 속에서, 발백으로 나를 만나러 오는 것이 커다란 기쁨일 것이라고 나에게 말할 수 있었을 것이다. 그러한 제안에 나 또한 겁내지 않았을 것이다. 그런데 반대로 그는 아무 제안도 하지 않았고, 다만 고문당한 사람의 얼굴과 불에 구운 에나멜만큼이나 부서질 수 없는 시선을 보이면서, 하지만 그 시선의 구성 속에 우리를 만나고자 하는 숨 막힐 듯 절박할 갈망과 함께—더 흥미 있는[90] 다른 사람을 그가 발견하였다면 모르려니와—그 열망을 드러내지 않으려는 의지가 함께 들어가 있는 그러한 시선을 보이면서, 그가 대수롭지 않게 여긴다는 기색으로 나에게 말하곤 하였다. "그 무렵에 무슨 일을 하실지 모르시겠지요? 제가 틀림없이 발백 근처에 갈 것이기 때문입니다. 하지만 아닙니다, 괜찮습니다, 그냥 우연히 여쭈어본 것입니다." 그러한 기색은 속이는 법이 없으며, 우리의 감정을 정반대의 말로 표현할 때 우리가 동원하는 전도된 징후들이란 어찌나 명료하게 판독될 수 있는 것들인지, 예를 들어 자기들이 초대받지 못하였다는 사실을 감추기 위하여 이렇게 말하는 사람들이 도대체 어떻게 아직까지도 존재할 수 있는지 누구든 자문하게 된다. "하도 많은 초대를 받아 어느 쪽으로 고개를 돌려야 할지 모르겠어요." 하지만 게다가 그 대수롭지 않게 여기는 듯한 기색은, 아마 그 혼돈스러운 구성 속에 포함되는 것 때문에, 따분함을 야기시키지 않을까 하는 두려움이나 우리를 만나고자 하는 열망의 솔직한 고백 등은 결코 야기시킬 수 없었을 것을, 다시 말해 일종의 불편함 내지 혐오감을 우리의 내면에 야기시키며, 그러한 기색은, 단순한 사회적 의례 관계 차원에서 보건대, 애정 관계에서 어느 귀부인을 일방적으로 연모하는 사람이 그것에 집착하는 것은 아니라고 하면서도 다음 날 만나자고 하는 가장된 제안과 같거나, 혹은 그러한 제안조차도 아니고 거짓 냉랭함의 탈을 쓴 하나의 태도일 뿐이다. 그러한 말을 한 직후 싸니에뜨의 용모에서 무엇인지 모를 것이 발산되었고, 그것으로 인해 누구든 이 세상에서 가장 다정한 기색으로 이렇게 대꾸할 수밖에 없었다. "아니 되겠습니다, 불행하게도 이번 주에는, 나중에 설명드리겠습니다만…" 그런 다음 나는, 그 대신, 인품에 있어 그보다 훨씬 모자라지만 그의 우수 가득한 시선도, 이런 혹은 저런 사람들을 방문하고 싶은 욕구를 그들에게 함구한 채 그것에 기인한 회한 때문에 일그러진 그의 입도 가지고 있지 않은 사람들이 나를 만나러 오게 내버려두었다. 불행하게도 나를 만나러 오던 사람을 싸니에뜨가 협궤 열차에서 우연히 만나지 않는 경우는 극히 드물었으며, 심지어 그 사람이 베르뒤랭 댁에서 이렇게 말하지 않은 경우 역시 드물었다. "제가 목요일에 당신을 뵈러 갈 테니 잊지 마십시오." 목요일은 내가 싸니에뜨에게 여가를 낼 수 없다고 한 그날이었다. 그리하여 마침내 그는 삶이라는 것이 자기에게 적대적이지는 않되 자기 모르게 계획된 오락들로 가득한 것처럼 상상하게 되었다. 그리고 한편, 인간이 결코 시종일관 여일할 수는 없는지라, 그 지나치게 삼가는 사람이 병적으로 경솔하기도 했다. 나의 뜻과는 상관없이 그가 단 한 번 우연히 나를 만나러 왔을 때, 누가 보낸 것이었는지 지금은 모르겠으나, 편지 한 통이 탁자 위에 아무렇게나 놓여 있었다. 잠시 후 나는 그가 나의 말을 건성으로 듣고 있음을 깨달았다. 누구에게서 온 것인지조차 까맣게 모르는 그 편지에 그가 넋을 빼앗기고 있었으며, 그리하여 나는, 에나멜 씌운 그의 두 눈동자가 금방이라도 눈구멍을 떠나, 그의 호기심으로 인해 자성(磁性)을 띠게 된 그 하찮은 편지에게로 가서 합류하지 않을까 생각하였다. 독사에게로 숙명적으로 달려들 한 마리 새를 보는 것 같았다. 마침내 그가 더 이상 견딜 수 없었던지, 마치 내 방을 정돈해 주려는 듯 우선 편지를 조금 옮겨놓았다. 하지만 그것만으로는 충분치 못했던지, 편지를 집어 들더니, 마치 기계적으로 그러듯 그것의 양면을 번갈아 들여다보았다. 그가 드러낸 무례함의 또 다른 형태 하나는, 어떤 집에 가서 일단 못 박힌 듯 들러붙으면 그가 도저히 떠날 수 없었다는 점이다. 그가 나를 만나러 왔던 날 몸이 불편하여, 내가 그에게 다음 기차를 타라고 하면서 반 시간 후에 떠나라고 부탁하였다. 내 몸이 불편함을 그가 의심치 않았으나 그가 내 말에 이렇게 대꾸하였다. "한 시간 십오 분 더 있다가 그다음에 떠나겠습니다." 그 이후 나는, 그럴 수 있을 때마다 매번, 그에게 오라고 하지 않은 것 때문에 괴로워하였다. 누가 알겠는가? 내가 아마 그의 액운을 쫓아주었을 것이고, 다른 이들이 그를 초대하여 그들에게 가느라고 그가 즉시 놓아버렸을 것이며, 결국 나의 초대가 그에게 기쁨을 돌려주고 아울러 나로부터 그를 떨쳐버리는 두 가지 이점을 얻는 결과를 초래하였을지도 모른다.[91]

방문객들을 접견한 이후의 날들에는 물론 내가 손님들을 기다릴 필요가 없었고, 자동차가 알베르띤느와 나를 태우러 다시 오곤 하였다. 그리고 우리가 산책에서 돌아올 때면, 호텔 입구의 첫 계단에 나와 있던 에메가, 열렬하고 호기심 가득하며 게걸스러운 눈으로, 내가 운전사에게 팁을 얼마나 주는지 유심히 바라보지 않고는 못 배겼다. 내가 손을 오므려 주화나 지폐를 감추어도 소용없으니, 에메의 시선이 나의 손가락들을 벌리곤 하였기 때문이다. 그는 이내 고개를 다른 쪽으로 돌리곤 하였는데, 그가 사려 깊고 가정교육 잘 받았으며 상대적으로 적은 부수입에도 만족했기 때문이다. 그러나 다른 사람이 받는 돈이 그의 내면에 억누를 수 없는 호기심을 불러일으켰고 그의 입안에 침이 고이게 하였다. 그 짧은 동안에는 그가, 쥘르 베른느[92]의 소설을 읽는 어느 아이의, 혹은 어느 음식점에서 우리로부터 멀지 않은 식탁에 앉아 자신은 주문할 수 없거나 그러기를 원하지 않는 꿩고기를 우리에게 저며 주는 것을 바라보면서 사랑과 부러움이 미소 짓게 하는 시선을 그 새고기에 고정시키기 위하여 자기의 중요한 사념들을 잠시 내버려두는 어느 저녁 식사 손님의, 주의 깊고 열에 들뜬 기색을 띠곤 하였다.

그렇게 날마다 자동차 소풍이 이어졌다. 그런데 어느 날, 내가 승강기를 타고 다시 올라가려는 순간, 승강기 담당 종업원이 나에게 말하였다. "그 신사분이 다녀가셨는데 손님께 전하라는 말씀을 저에게 남기셨습니다." 종업원이 완전히 쉰 음성으로, 또한 나의 얼굴을 향해 기침을 하고 침을 튀기면서 그 말을 하였다. "제가 몹쓸 감기에 걸렸습니다!" 내가 그것을 알아차릴 능력이 없기라도 한 듯 그렇게 덧붙였다. "의사가 말하기를 백일해라고 합니다." 그러더니 나를 향해 다시 기침을 하면서 침을 뱉기 시작하였다. "힘든데 아무 말 하지 말아요." 나는 선의 어린 기색으로 그렇게 말하였으나, 그것은 가식이었다. 내가 백일해에 걸릴까 염려하였기 때문이며, 그것이 나의 호흡곤란 증세와 겹치면 나에게는 몹시 고통스러웠을 것이다. 하지만 그는 자신의 불편한 몸이 부축받는 것을 원하지 않는 어느 명연주가처럼, 계속 말을 하고 침이 튀게 하는 것에 자기의 영광을 걸고 있었다. "아닙니다, 괜찮습니다." 그가 말하였다. ('당신에게는 혹시 괜찮을지 모르나 나에게는 그렇지 않소.') 나의 생각이었다. "게다가 저는 곧 빠리로 돌아갈 것입니다 (그전에 백일해를 나에게 옮겨주지 않는다면 잘된 일이었다). 빠리는 매우 화려한 모양입니다. 정복 차림 심부름꾼 종업원들이, 심지어 손님들도, 철마다 몬떼-까를로에 가는 수석 웨이터들까지, 빠리가 몬떼-까를로보다 덜 화려하다고 저에게 자주 말하였지만, 그곳이 이곳이나 몬떼-까를로보다 더 화려한 것 같습니다. 그들이 아마 잘못 알고 있었을 것입니다. 하지만 수석 웨이터가 되려면 멍청하지 않아야 합니다. 모든 주문들을 받고 각 식탁들을 기억하려면 머리가 좋아야 합니다! 사람들이 저에게 말하기를, 극작품이나 책들 쓰는 것보다 더 어렵다고 합니다." 나의 방이 있는 층에 거의 도달하였을 때 종업원이 나를 바닥 층까지 다시 내려다 놓았는데, 그가 보기에 승강기의 누름단추가 제대로 작동하는 것 같지 않았기 때문이며, 그는 눈 깜짝할 사이에 그것을 재정비하였다. 내가 그에게 걸어서 다시 올라가는 편을 택하겠다 하였고, 그 말은 백일해에 걸리지 않는 편을 택하겠다는 숨겨진 뜻을 가지고 있었다. 그러나 친절하고 전염성 강한 기침을 발작적으로 터뜨리면서 종업원이 나를 다시 승강기 속으로 던져 넣었다. "이제 더 이상 위험하지 않습니다. 제가 누름단추를 고쳤습니다." 그가 말을 멈추지 않는 것을 보고, 발백과 빠리와 몬떼-까를로의 아름다움을 비교하는 말을 듣기보다는, 방문객의 이름과 그가 맡긴 심부름을 아는 편을 택하여 내가 그에게 (방쟈맹 고다르[93])의 작품을 가지고 우리를 지치게 만드는 어느 테너 가수에게 '그것보다는 차라리 드뷔씨의 작품을 불러주시오'라고 하듯) 말하였다. "그런데 누가 나를 보러 왔었나요?" — "어제 손님과 함께 나가신 그 신사분입니다. 저의 수위

사무실에 있는 그의 명함을 가져오겠습니다." 전날 내가 알베르띤느를 데리러 가기에 앞서 로베르 드 쌩-루를 동씨에르 역에 내려주었던지라, 나는 승강기 담당 종업원이 쌩-루 이야기를 하는 것으로 생각하였으나, 그가 말하던 사람은 자동차 운전사였다. 또한 운전사를 '손님과 함께 나가신 그 신사'라고 지칭함으로써, 그가 나에게 그 기회를 이용하여 하나의 노동자도 사교계 남자 못지않게 하나의 신사라는 것을 가르쳐주었다. 하지만 단지 어휘 교습일 뿐이었다. 왜냐하면 어휘가 가리키는 것 자체에 있어서는, 내가 전에도 결코 계층들을 구별하지 않았기 때문이다. 또한 내가 작위를 받은 지 불과 여드레밖에 되지 않은 X 백작에게 '백작 부인께서 피곤해 보이신다'고 말하여, 그로 하여금 누구 이야기를 하는 것인지 보기 위하여 고개를 돌리게 한, 그 백작이 겪은 것과 같은 놀라움을 운전사를 가리켜 신사라고 하는 말을 들으면서 겪었다면, 그것은 단지 그 어휘를 사용하는 습관의 결여에 기인했던 것이니, 나는 일찍이 노동자들과 중산층들과 귀족들을 결코 분별하지 않았으며, 그들을 하등의 차별 없이 친구로 삼았을 것이지만, 그러나 노동자들을 그리고 그들 다음으로 귀족들을 약간 더 선호하였을 것인 바, 그것은 귀족에 대한 취향 때문이 아니라, 지체 높은 귀족들은 중산층 사람들처럼 노동자들을 멸시하지 않는지라, 혹은 그들이 행복감에 젖어 있는 예쁜 여인들이 누구든 기쁘게 받아들일 것을 잘 알고 미소를 보내는 예의를 표하듯, 누구에게나 기꺼이 예의를 지키는지라, 중산층들로부터는 얻지 못하는, 노동자들에게로 향한 예의를 그들에게 더 많이 요구할 수 있음을 알기 때문이다. 내가 평민들과 사교계 사람들을 대등하게 대한 태도가 사교계 사람들에 의해 기꺼이 용인되었음에도 불구하고, 그것이 나의 어머니를 전적으로 만족시켜 드렸을지 여부는 장담할 수 없다. 어머니가 인간적인 차원에서 사람들을 어떤 식으로나마 차별하셨다는 말은 아니니, 프랑수와즈가 혹시 슬퍼하거나 몸이 아플 경우, 엄마는 그녀의 가장 가까운 친구 못지않게 다정하게 또 정성껏 그녀를 위로하고 간호해 주시곤 하였다. 그러나 어머니가 사회적으로 카스트제도를 받아들이시지 않기에는 너무나 내 외조부님의 따님이셨다. 꽁브레 지역 사람들이 심성 착하고 인정 많으며 인간의 평등에 관한 아름다운 이론들을 배웠어도 소용없었으니, 나의 어머니께서는, 어느 심부름꾼 하인 하나가 언젠가 한번 나를 '당신'이라는 이인칭 대명사로 직칭(直稱)하면서 삼인칭 대명사로 간칭(間稱)하기를 슬그머니 그만두는 방종함을 보였을 때, 그러한 '찬탈 행위'에 대하여, 어느 나리 하나가 그럴 권리가 없음에도 불구하고 이런 혹은 저런 구실을 내세워 어떤 공증서(公證書)에 '전하'라는 호칭을 사용하거나, 혹은 어느 공작에게 마땅히 표해야 할 경의를 차츰 등한히 하다가 아예 그만둘 때마다 쌩−시몽의『회고록』에서 터지는 것과 같은[94] 불만을 품으셨다. 어찌나 완강한 '꽁브레의 기질' 하나가 있었던지, 그것을 용해시키기에 도달하려면 수세기의 선량함과 (내 어머니의 선량함은 무한대였다) 평등론이 필요했다. 물론, 나의 어머니 속에 그러한 기질의 용해될 수 없는 부스러기들이 남아 있지 않았다고 내가 말할 수는 없다. 어머니께서 심부름꾼 하인에게 10프랑을 선뜻 주시던 것과는 달리 그에게 악수를 청하시기란 매우 어려웠을 것이다(물론 10프랑이 그에게 더 큰 기쁨을 주었을 것이다). 어머니에게는, 당신께서 그러한 생각을 고백하시건 그러시지 않건, 주인들은 주인들이었고 하인들은 부엌에서 식사하는 사람들이었다. 자동차 운전사 하나가 호텔 식당에서 나와 함께 저녁 식사 하는 것을 보셨을 때, 어머니는 못마땅하게 여기시고 나에게 말씀하셨다. "네가 일개 운전사보다는 나은 진구를 둘 수도 있었을 것 같구나." 결혼과 관련하여 이렇게 말씀하셨을 것과 같았다. "네가 더 나은 상대를 만날 수도 있을 것이다." 운전사가 나를 보러 왔던 것은(다행히[95] 내가 그를 초대할 생각은 단 한 번도 하지 않았다), 휴가철 동안에 그를 발백에 파견하였던 자동차 회사로부터 다음 날 당장 빠리로 복귀하라는 지시가 내려왔다는 말을 하기 위해서였다. 운전사가 매력적이었고 언사가 하도 소박하여 그의 말을 모두들 항상 「복음서」의 말씀이라고 하였던 만큼, 그 이유가 우리에게는 틀림없이 사실에 부합할 것처럼 보였다.[96] 하지만 그 이유는 반만 그러했다. 사실 발백에는 더 이상 아무 할 일이 없었다. 그리하여 자기의 봉헌식 바퀴[97]에 기대어 서 있는 젊은 복음서 저자[98]의 진실성을 반쯤만 신뢰하는 회사는, 여하튼 그가 최대한 신속히 빠리로 돌아오기를 원하였다. 또한 사실 그 젊은 사도가 샤를뤼스 씨에게 주행거리를 제시할 때에는 그것을 여러 배로 부풀리는 데 기적과 같은 솜씨를 발휘하였던 반면, 자기의 회사에 보고할 때에는 자기가 번 것은 육분의 일로 줄였다. 그 결과, 계절을 감안하건대 발백에서는 아무도 더 이상 자동차 산책을 하지 않으리라 생각하였던지, 혹은 회사가 횡령당한다고 생각하였음인지, 여하튼 어떤 추정이 맞는다 할지라도, 그를 빠리로 다시 부르는 것이 최선이라 여겼지만, 실은 빠리에도 별로 할 일이 없었다. 운전사의 열망은 가능하다면 휴가철의 종말을 피하는 것이었다.[99] 내가 이미 말하기를—당시에는 내가 까맣게 몰랐고 그것을 알았다면 내가 많은 괴로움을 모면하였을—그가 (다른 이들 앞에서는 두 사람이 서로 아는 사이임을 전혀 내색하지 않았지만) 모렐과 아주 가까운 사이라고 하였다.[100] 떠나지 않을 방법이 아직 있다는 사실을 모르는 채 그가 빠리로 불려 간 날부터는, 우리의 산책을 위하여 마차를 빌리거나, 혹은 가끔 알베르띤느의 무료함을 달래주기 위하여 또한 그녀가 승마를 좋아하였던지라, 승마용 말들을 빌리기도 하였다. 마차들의 상태는 좋지 않았다. "심한 고물이군!" 알베르띤느가 중얼거리곤 하였다. 여하튼 나는 마차에 내가 홀로 있으면 좋겠다는 생각을 자주 하였다. 나로 하여금 쾌락만큼은 아니더라도 작업을 포기하게 한다고 내가 나무라던 그 생활이, 비록 나 자신에게 그 날짜를 정해 주지는 않았어도, 마감되기를 나는 은근히 희원하고 있었다. 하지만 나를 얽매고 있던 습관들이 문득 파괴되는 일도 생겼고, 대개의 경우, 환희를 느끼면서 살고자 하는 열망이 가득했던 옛날의 어느 자아 하나가 현재의 자아를 잠시 동안 대체할 때였다. 나는 특히, 어느 날 알베르띤느를 그녀의 숙모 댁에 내버려둔 채 말을 타고 베르뒤랭 내외를 방문하였던 날, 그들이 나에게 그 아름다움을 자랑하던 숲속의 험한 길로 접어들었을 때, 그러한 탈출의 열망을 절실하게 느꼈다. 절벽의 형태에 자신을 일치시키면서 그것을 감돌아 올라가다가 밀집된 나무들로 이루어진 꽃다발 모양의 숲들 사이에서 한껏 조여지던 길이, 어느 순간 험한 협곡 속으로 처박히듯 이어졌다. 나를 둘러싸고 있던 암석들과, 그것들의 찢어진 듯한 틈 사이로 보이던 바다가, 잠시 내 눈앞에서 어느 다른 세계의 편린들처럼 부유하였는데, 나는 일찍이 게르망뜨 공작 부인 댁에서 본 적이 있는, 「무사(뮤즈)와 마주친 시인」과 「어느 켄타우로스와 마주친 젊은이」라는 찬탄할 만한 두 수채화의 배경으로 엘스띠르가 사용한, 바로 그 산악 및 바다 풍경을 알아보았다.[101] 그 화폭들의 추억이 내가 있던 곳을 어찌나 현세 밖으로 멀리 옮겨놓았던지, 엘스띠르가 그린 선사시대의 어느 젊은이처럼 내가 산책 도중에 신화적 인물 하나와 마주쳤다 해도 전혀 놀라지 않았을 것이다. 내가 탄 말이 별안간 맹렬하게 뒷발로 일어섰다. 말이 기이한 소음을 들었기 때문이었는데, 말을 진정시켜 낙마하지 않으려 애를 쓴 다음, 그 소음이 들리는 쪽으로 나의 눈물 가득한 두 눈을 돌리자, 나로부터 50여 미터 위 하늘에, 햇볕에 감싸여 자기를 실어 가는 눈부신 커다란 두 강철 날개 사이에 있는 사람 하나가 보였고, 거의 분별할 수 없던 얼굴은 남자의 얼굴 같았다. 나는 어느 옛 그리스인이 처음으로 반신반인과 마주치며 그럴 수 있었을 것 못지않게 감격하였다. 내가 눈물을 흘렸던 것은 또한, 소음이 나의 머리 위에서 들려옴을 알아챈 순간부터—그 시절에는 비행기가 아직 드물었다—내가 생전 처음으로 보게 될 것이 비행기라는 생각에, 울음이 북받쳐 있었기 때문이다.[102] 그 순간에는 우리가 신문을 읽던 중 감동적인 구절이 나타날 것을 직감할 때처럼, 내가 비행기를 보기만 해도 눈물을 펑펑 흘릴 상태에 있었다. 그러는 동안 비행사는 진로를 선택하느라 머뭇거리는 것 같았는데, 나는 그의 앞에—일상적인 습관이 나를 포로 상태로 만들지 않았다면 나의 앞에도—창공의 그리고 인생의, 모든 길이 열려 있음을 느꼈으며, 그가 더 멀리 나아가 바다 위를 선회하더니 별안간 결단을 내린 듯, 중력과 반대 방향의 어떤 인력에 자신을 맡기는 듯, 또 자신의 조국으로 돌아가려는 듯, 자기의 황금빛 날개들을 가볍게 움직이면서 하늘로 곧장 치솟았다.

이제 자동차 운전사의 이야기로 되돌아오거니와, 그가 모렐에게 베르뒤랭 내외로 하여금 그들의 사륜마차 브레이크를 자동차로 대체하게 하라고 요청하였을 뿐만 아니라(신도들에게로 향한 베르뒤랭 내외의 후한 인심을 고려하건대 상대적으로 용이한 일이었다), 더 어려운 일이긴 하지만, 감수성 예민하고 우울한 상념에 잠기곤 하는 젊은이였던 그 댁의 주임 마부를 운전사인 자기로 대신하게 해달라고 하였다. 그 일이 단 며칠 만에 다음과 같은 식으로 이루어졌다. 모렐이 우선 사람을 시켜 말을 마차에 매는 데 필요한 것들은 무엇이든 마부로부터 훔쳐내게 하였다. 어떤 날에는 재갈이 없어지고, 또 다른 날에는 재갈 사슬이 없어졌다. 그리고 다른 때에는 그의 좌석 방석이 사라지는가 하면, 심지어 그의 채찍, 덮개, 말의 가슴걸이, 해면 스펀지, 무두질한 양가죽까지도 자취를 감추었다. 하지만 마부는 그럴 때마다 이웃 사람들의 도움을 받아 그럭저럭 해결하곤 하였다. 다만 그로 인해 그가 늦게 도착하였고, 그것이 베르뒤랭 씨로 하여금 그에게 짜증을 내게 하였으며, 그를 슬픔과 우울증에 처박곤 하였다. 그 댁에 들어가고 싶어 조바심이 난 운전사가 빠리로 다시 돌아가겠다고 모렐에게 선언하듯 말하였다. 따라서 거센 일격을 가해야 했다. 모렐이 베르뒤랭 씨의 하인들에게 그럴듯하게 말하기를, 그 젊은 마부가 그들 모두를 함정에 빠뜨리겠으며 그들 여섯을 능히 상대하여 이길 수 있노라 큰소리쳤다고 하면서, 그들에게 조언하기를 그들이 그것을 묵과해서는 아니 된다고 하였다. 하지만 자기는 그 일에 개입할 수 없는지라, 그들이 선수를 치도록 미리 알려주는 것이라 하였다. 그리하여 베르뒤랭 씨 내외와 친구들이 산책을 나간 사이에, 그 젊은이를 외양간에서 덮치기로 약속을 하였다. 그것이 비록 장차 발생할 일의 계기에 불과했으나 관련된 인물들이 훗날 나의 관심을 끌었던지라, 그날 베르뒤랭 댁에서 휴가를 보내고 있던 그리고 그날 저녁으로 예정되어 있던 그의 출발 전에 함께 걸어서 산책을 나갔던, 그 내외의 친구 하나가 있었음을 이야기해 두고자 한다.

산책길에 올랐을 때 나를 크게 놀라게 한 것은, 그날 걸어서 하는 산책에 우리와 동행하여 나무들 밑에서 바이올린을 연주하게 되어 있던 모렐이 나에게 이런 말을 하였다는 사실이다. "보세요, 제가 팔이 아픈데 베르뒤랭 부인에게 직접 말씀드리기 싫으니, 저

대신, 하인 한 사람을, 가령 하우슬러[103]를 시켜 저의 악기를 가져가게 해달라고 말씀해 주십시오."―"제 생각에는 다른 하인을 고르시는 것이 나을 것입니다." 내가 대꾸하였다. "저녁 식사 준비를 하려면 그 사람이 필요합니다." 모렐의 얼굴에 노기가 스쳐 지나갔다.―"천만에요, 저는 아무 사람에게나 저의 악기를 맡기고 싶지 않습니다." 나는 훨씬 후에나 그러한 선택의 이유를 깨달았다. 하우슬러는 젊은 마부가 매우 좋아하는 그의 형이었고, 따라서 그가 집에 남아 있었다면 마부를 도울 수 있었을 것이다. 산책 도중에, 모렐이 형 하우슬러의 귀에 들리지 않을 만큼 나지막한 음성으로 나에게 말하였다. "착한 녀석입니다. 그의 동생도 그렇습니다. 그에게 술 마시는 그 치명적인 버릇만 없다면…"―"어찌 그런 일이, 술을 마셔요?" 술 마시는 마부를 두었다는 생각에 얼굴이 창백해진 베르뒤랭 부인이 말하였다.―"부인께서 알아차리시지 못하였을 뿐입니다. 저는 항상 그가 부인을 모시고 다니는 동안에 사고가 발생하지 않은 것은 기적이라고 생각하였습니다."―"그렇다면 그가 다른 사람들도 태우고 다니나요?"―"그가 몇 번이나 마차를 전복시켰는지 확인해 보시면 아실 것이고, 오늘은 그의 얼굴이 타박상투성이입니다. 그가 어떻게 죽지 않고 살아났는지 모르겠으며, 양쪽 끌채가 모두 부러졌습니다."―"오늘은 제가 그를 보지 못하였어요." 자신에게 닥칠 수도 있었을 일을 생각하며 베르뒤랭 부인이 겁에 질려 말하였다. "당신의 말씀이 저를 절망감에 처박는군요." 그녀가 산책을 짧게 줄이고 돌아가려 하였으나, 그것을 연장시키기 위하여 모렐은 변주곡이 무한히 많은 바하의 곡 하나를 골랐다. 집에 돌아오기 무섭게 그녀가 차고에 가보니, 끌채는 멀쩡하고 마부만 피투성이가 되어 있었다. 그녀가 그를 조금도 나무라지 않고 더 이상 마부가 필요없다고 말한 다음 그에게 돈을 좀 주려 하였으나, 자기에게로 향한 적대감으로 보아 날마다 마구들을 훔쳐 가던 장본인들이 자기의 동료들임을 뒤늦게 깨달았으되 그들을 규탄하고 싶지 않았고, 또한 자기의 인내심이 자기가 죽어 타일 바닥에 쓰러지는 것으로밖에 귀결되지 않을 것이 뻔한지라, 그가 스스로 떠나겠노라 하였으며, 그리하여 모든 일이 마무리되었다. 자동차 운전사가 다음 날로 베르뒤랭 댁에 들어갔고, 베르뒤랭 부인이 훗날(다른 마부를 채용할 수밖에 없게 되었을 때), 그에 대해 어찌나 만족스러워했던지, 그를 절대적으로 신뢰할 수 있는 사람이라고 하면서 나에게 추천하였다. 그 모든 일들을 까맣게 모르던 나는 후에 그를 빠리에서 일당으로 고용하였다. 하지만 나의 이야기가 지나치게 미리 앞당겨졌으니, 그 모든 이야기가 알베르띤느에 관한 이야기에 다시 나타날 것이다. 현재는 우리가 라 라스쁠리에르에 있으며, 내가 처음으로 나의 벗님과 함께 그 댁 만찬에 참석한 것인데, 그 자리에는 샤를뤼스 씨도, 매년 3만 프랑을 고정적으로 벌며, 마차 한 대를 소유하고 있으며, 많은 하급 시종장들과 정원사들과 재산 관리인들과 소작인들을 거느리고 있다는 어느 '집사'의 아들이라고 알려진 모렐과 함께 와 있다. 그러나 내가 이야기를 하도 앞당겨 하였던지라, 모렐이 저질렀을 악행이 남긴 인상에 혹시 사로잡히셨을지도 모를 독자를 그러한 상태로 방치하고 싶지는 않다. 그는 악하다기보다 모순 가득한 사람이었으며, 어떤 날에는 진정한 호의도 베풀 줄 알았다.

　마부가 해고되었다는 말을 듣고 나는 당연히[104] 매우 놀랐고, 그를 대신하게 된 마부가, 다른 사람이 아닌 알베르띤느와 나를 태우고 다니던 그 운전사임을 알고는 더욱 놀랐다. 하지만 그가 나에게 복잡한 이야기 하나를 늘어놓았고, 그 이야기에 의하면, 그가 먼저 빠리에 돌아갔었으며, 그곳에서 그를 베르뒤랭 씨 댁으로 보낸 것으로 추정되었는데, 나는 단 한순간도 그 말을 의심하지 않았다. 마부의 해고가 모렐이 나와 잠시 이야기를 나눈 동기였는데, 그 착한 녀석의 떠남과 관련하여 자기가 느꼈다는 슬픔을 나에게 표하기 위해서였다. 뿐만 아니라, 내가 홀로 있어 그가 그야말로 기뻐하며 나에게로 경둥거리듯 다가오곤 하던 순간들 이외에도, 라 라 스쁠리에르에서 모든 사람들이 나를 환대하는 것을 보았던지라, 또한 자기에게 아무 위험이 되지 않는 사람과의 친근한 관계로부터—그가 나로 하여금 그와의 모든 관계를 끊게 하였고, 내가 그에게로 향한 후견인의 기색을 드러낼 가능성을 몽땅 없애버린지라 (하지만 나는 그러한 기색을 보일 생각이 전혀 없었다)—자기 스스로 이탈하고 있음을 직감하였던지라, 그가 나를 멀리하기를 멈추었다. 나는 그의 그러한 태도 변화가 샤를뤼스 씨의 영향에 기인하였을 것이라 여겼는데, 그 영향이 실제로 특정 방면에서는 그를 덜 편협하게 또 더 예술가답게 변화시켰으되, 그가 자기 상전의 웅변적이고 거짓 가득하며 게다가 일시적이었던 금언들을 글자 그대로 적용한 다른 분야에서는 그를 더욱 심한 멍청이로 만들어놓았다. 샤를뤼스 씨가 그에게 말할 수 있었을 것은 사실 내가 짐작하던 단 한 가지 일이었다. 훗날에야 사람들이 나에게 말해 준 것을(그리고 내가 결코 확신할 수 없었던 것을, 가령 알베르띤느와 관련된 모든 것에 대한 앙드레의 단언들이, 특히 후에는 그녀가 나의 벗님을 진정으로 좋아하지 않고 질투하였던지라 항상 의심스럽게 보였던 것처럼), 그리고 여하튼 그것이 사실이었다면 두 사람이 나에게 기막히게 감추었던 것, 즉 알베르띤느가 모렐을 잘 알고 있었다는 것을, 그 당시 내가 무슨 수로 짐작할 수 있었겠는가? 마부가 해고될 무렵 모렐이 나에 대하여 취하게 된 새로운 태도로 말미암아, 나는 그에 대한 견해를 바꾸게 되었다. 나는 그 젊은이가 나를 필요로 할 때 드러냈던 비천함과, 나로부터 도움을 얻어내기 무섭게 나를 못 본 척할 정도로 무시하는 듯한 태도 등이 나로 하여금 품게 한, 그의 성격에 관한 고약한 생각을 간직하고 있었다. 또한 그것에다 샤를뤼스 씨와의 금전에 좌우되던 관계는 물론, 충족되지 않을 경우 (그러한 일이 실제로 생길 경우) 혹은 어려움들이 초래될 경우 그의 슬픔을 야기시키던 일관성 없는 짐승의 본능도 추가될 수 있었으되, 그러한 성격이 일률적으로 추했던 것은 아니고 모순으로 가득했을 뿐이다. 오류들과 어처구니없는 전설들과 음탕함으로 가득한 중세의 어느 책을 닮은 그의 성격은 기이하게 복합적이었다.[105] 나는 처음에는 그를 진정한 거장으로 통하게 해준 그의 예술이, 그에게 단순한 연주가의 솜씨를 능가하는 우월성을 가져다주었을 것이라 생각하였다. 언젠가 내가 나의 작업에 착수하고픈 욕망을 토로하자 그가 나에게 말하였다. "열심히 일하시어 저명해지십시오."[106] — "그것이 누구의 말이지요?" 내가 그에게 물었다. — "퐁딴느가 샤또브리앙에게." 그는 또한 나뽈레옹의 연서들을 모은 서한집 하나도 알고 있었다. '그래, 교양이 있군.' 나는 그러한 생각에 잠겼다. 하지만 그가 어디에서 읽었는지 모를 그 구절이 고금의 모든 문학에서 얻어들은 유일한 구절이었으리니, 그가 매일 저녁 나에게 그 구절을 반복적으로 들려주었으니 말이다. 내가 자기에 대하여 다른 누구에게도 아무 말 하지 못하도록 하기 위하여 더 자주 반복하던 말은, 그가 역시 문학적이라고 믿었으나 겨우 프랑스어 흉내만 낸, 혹은 무엇이든 숨기는 버릇을 가진 어느 하인 이외의 다른 사람들에게는 하등의 의미도 없는, 이러한 구절이었다. "의심 많은 사람들을 경계합시다." 사실상, 그 멍청한 금언부터 샤또브리앙에게 보낸 편지에 퐁딴느가 쓴 구절까지를 일관하고 있는 것은, 모렐의 성격을 형성하고 있던 다양하되 보기와는 달리 덜 모순적인 부분 전체였다. 금전이 조금이라도 생긴다면 무슨 짓이건 저질렀을, 또한 그것도 아무 가책감 느끼지 않고ㅡ신경질적인 과도한 흥분 상태로까지 이어지는 괴이한 난처함마저 느끼지 않았던 것은 아마 아닐지 모르되, 그러한 종류의 난처함이 가책감이라는 이름에는 어울리지 않을 것이다ㅡ저질렀을 그리고 자기의 이권이 걸렸다면 여러 가정을 고통 속에, 심지어 비탄 속에라도 처박았을 그 젊은이가, 금전을 이 세상의 그 무엇보다도, 그리하여 선량함이라는 것은 고사하고 가장 자연스러운 소박한 인정보다도 더 중요시하던 그 젊은이가, 그럼에도 불구하고 자기의 빠리 국립 음악원 일등 졸업 증서 및 플루트나 대위법 강의하는 교실에서 자기에 대해 누가 추호라도 무례한 말 할 수 없게 하는 것만은 금전보다 더 중요시하였다.[107] 그리하여 그의 가장 심한 노기와 그의 가장 음울하고 언짢은 기분의 설명될 수 없는 폭발은, 그가 (의심할 나위 없이 자기가 악의적인 사람들과 우연히 마주쳤던 몇몇 특별한 경우들을 일반적인 것처럼 간주하면서) 보편적인 음험함이라 칭하던 것에 기인하곤 하였다. 그는 결코 그 누구에 대해 아무 말 하지 않고, 자신의 카드들을 감추며, 모든 사람들을 의심함으로써, 그 보편적인 음흉함으로부터 무사히 피신하였다고 자부하곤 하였다. (나의 빠리 귀환 후 그것으로부터 초래되게 되어 있던 것 때문에 나에게는 불행하게도, 그의 의심이 발백의 자동차 운전사를 향해서는 '작용하지' 않았고, 운전사에게서 틀림없이 자기와 비슷한 존재를, 즉 정직한 사람들 앞에서는 고집스럽게 침묵을 지키다가 악당과는 즉시 공모 관계를 맺는 의심꾼을, 그 단어의 정확한 의미에 부합하는 진정한 의심꾼 하나를, 자기의 신조에 거슬러 찾아내었다.) 그가 보기에는ㅡ그러한 생각이 전적으로 틀리지는 않았다ㅡ그러한 의심이 그로 하여금 어떤 일에서 항상 시의

적절하게 손을 떼게 하고, 가장 위험한 사건들 사이를 비집고 잡힐 수 없는 상태로 미끄러져 돌아다니게 해주며, 그러더라도 베르제르 로에 있는 교육기관에서[108] 그를 상대로 어떤 문제를—입증하는 것은 차치하고—제기조차 하지 못하도록 해줄 것 같았다. 또한 일에 매진할 것이고, 따라서 저명해질 것이며, 언젠가는 아마 그 유명한 국립 음악원의 선발 시험에서, 흠절 없는 관록 가진 바이올린 분야 심사위원장직을 수행할 것이다.

그러나 모렐의 모순들을 하나씩 차례대로 끄집어내려 하는 것은 아마 그의 뇌수에 지나친 논리를 부여하는 꼴이 될 것이다. 실제로 그의 천성은 무수한 주름들이 사방으로 잡혀 있는 종이 같아서, 도무지 종잡을 수가 없었다. 그에게는 상당히 고결한 원칙들이 있는 것 같았고, 그래서인지 터무니없는 철자법의 오류들로 인해 외관이 상한 화려한 글씨체로, 자기의 형에게는 누이들의 오라비이며 버팀목이면서 그녀들에게 소홀했다고, 또 누이들에게는 자신에 대하여 그녀들이 합당치 못한 짓을 저질렀다고 나무라는 편지들을 쓰느라고 여러 시간을 보내곤 하였다.

이윽고 여름이 끝나감에 따라, 두빌에 도착하여 기차에서 내리면, 안개로 인해 광채가 약해진 태양은 벌써, 균일하게 연보라색으로 변한 하늘에 떠 있는 하나의 붉은 덩어리에 불과했다. 저녁이면 무성하고 소금기 머금은 목초지 위로 조용히 내려앉으며, 일찍이 많은 빠리 사람들에게 (대부분은 화가들이었다) 두빌에 가서 휴양하라고 권하였던 커다란 평온함에, 그들로 하여금 아직 이른 시각에 각자의 별장으로 돌아가게 한 습습함이 더해지고 있었다. 별장들 중 여럿은 벌써 안에 램프를 밝혔다. 몇 마리 젖소들만이 밖에 남아 울부짖으면서 바다를 바라보고 있는데, 그러는 동안 인간사에 더 관심이 많은 다른 젖소들은 우리의 마차 쪽으로 주의를 돌리고 있었다. 능선 좁은 언덕 위에 자기의 화포 받침대를 세워놓은 어느 화가만이 그 커다란 고요와 그 안온해진 빛을 재현하려 애를 쓰고 있었다. 젖소들이 아마 무의식적으로 또 자발적으로 그에게 모델 역할을 해줄 것인즉, 관조하는 듯한 그것들의 기색과 인간들이 집으로 돌아가 더욱 외로워 보이는 그것들의 모습이, 저녁이 발산하는 휴식의 강력한 인상에 자기들 특유의 방식으로 공헌하고 있었으니 말이다. 그리고 몇 주가 더 지난 다음에도, 가을이 다가오고 해가 완연히 짧아져 어둠을 뚫고 나들이를 해야 했어도, 이동이 못지않게 유쾌했다. 내가 혹시 오후에 잠시 바람을 쐬러 나갔을 경우, 늦어도 5시까지는 옷을 갈아입으러 돌아와야 했고, 이제 그 시각이면 옛날 내가 그토록 싫어하던 비스듬히 놓인 거울 한가운데에 둥글고 붉은 태양이 이미 내려와, 어떤 그리스 화약[109]처럼 내 책장들의 모든 유리창 속에서 바다를 온통 불더미로 만들곤 하였다. 내가 약식 야회복을 입는 동안, 어떤 주술적인 동작이, 옛날 쌩-루와 함께 리브벨에 저녁을 먹으러 갈 때의 그리고 불론뉴 숲에 있는 호수의 섬에서 저녁 식사를 하기 위해 스떼르마리아 아씨를 데리고 갈 수 있을 것이라 믿었을 때의 민활하고 경솔한 '나'를 되살려놓았던지라, 나는 무의식중에 그 시절에 부르던 노래와 같은 곡을 흥얼거렸고, 잠적하였다가 그렇게 간헐적으로 나타나 노래를 부르는 그 존재를 내가 알아보게 된 것은 오직 그 노래 덕분이었고, 실제로 그 존재는 그 노래밖에 모르고 있었다. 내가 처음 그 노래를 불렀을 때 알베르띤느를 좋아하기 시작하였으나, 그녀와 영영 사귈 수 없을 것이라고 생각하였다. 그리고 훨씬 후 빠리에서, 내가 그녀 좋아하기를 그쳤을 때, 그러나 며칠 후 그녀와 처음으로 상관하였을 때, 그 노래를 불렀다. 그리고 이제는 그녀를 다시 좋아하면서, 또 그녀와 함께 만찬에 참석하러 갈 순간에—내가 필경에는 아예 라 라스쁠리에르에 기거하고 자기의 호텔을 저버릴 것이라 생각하던 그리고 인근 르 백 지역 늪지대의 '웅크린'[110] 물 때문에 말라리아가 그곳에 창궐한다는 말을 들었다고 단언하던 지배인에게 커다란 아쉬움을 안겨주면서—그 노래를 불렀다. 나는 나의 삶 속에서 그렇게 세 도면 위에 펼쳐져 내 눈에 보이던 그 다양성에 기뻐하였는데, 우리가 잠시 옛날의 '나'로 되돌아갈 때, 즉 이미 오래전부터 유지되어 온 우리와는 다른 사람으로 되돌아갈 때, 옛날의 감수성이 그동안의 일상적인 습관에 의해 약화되지 않은지라, 지극히 미약한 충격에도 어찌나 생생한 인상을 받는지, 그 인상들이 이전의 모든 것들을 창백하게 만들며, 그 인상들의 강렬함 때문에 우리는 술에 만취한 사람처럼 일시적인 열광에 휩싸여 그것들에 집착한다. 기차를 탈 수 있도록 우리를 역까지 데려다줄 승합마차나 삯마차에 우리가 오를 때에는 벌써 어두워지곤 하였다. 그러면 호텔 로비에서 깡 지방법원 재판장이 우리에게 말하였다. "아! 라 라스쁠리에르에 가시는군! 젠장, 저녁을 먹기 위해 어둠 속에서 한 시간 동안이나 당신들로 하여금 기차를 타게 하다니, 베르뒤랭 부인이 참으로 뻔뻔스럽군. 게다가 밤 10시에 모든 마귀들이 일으키는 바람을 뚫고 그 여정을 다시 시작하다니. 당신들에게 할 일이 없음을 누구든 잘 알겠소." 자신의 손을 마주 부비면서 그가 덧붙였다. 그는 의심할 나위 없이, 초대받지 못한 것이 불만스러워서, 또한 '바쁘다는'—비록 가장 멍청한 일 때문에라도—사람들이 우리가 하는 일을 할 '시간이 없는 것'에서 얻는 만족감 때문에,[111] 그렇게 말하였을 것이다.

물론 보고서들을 작성하고, 각종 비용을 계산하며, 사업상의 편지들에 일일이 답장함은 물론, 주식시세의 변동 상황도 점검해야 하는 사람이, 비웃으면서 우리에게 다음과 같이 말하는 순간 기분 좋은 우월감을 느끼는 것은 당연하다. "아무 할 일 없는 당신에게는 합당한 일이지요." 그러나 우리의 파적거리가 『햄릿』 같은 작품을 쓰거나 단순히 읽는 것일 때에도 그 우월감이 못지않게, 심지어 더 심하게 (소위 바쁜 사람도 시내에서 저녁 식사를 하기 때문에) 경멸성을 띤다. 그러한 면에서는 '바쁜 사람들'에게 성찰력이 결여되어 있다. 왜냐하면 어떤 이가 그것에 전념할 때, 뜻밖에 우연히 그것을 접하고, 한가한 자들의 우스꽝스러운 소일거리라고 그들이 치부하던, 어떤 이권과도 무관한 그 문화적 행위가 바로 그들의 직업 세계에서조차 그것에 전념하던 이들을 발탁되게 한다는 사실을 생각해야 하기 때문이고, 그렇게 발탁된 사람들이 혹시 그들보다 뛰어난 사법관이나 행정관이 아닐지도 모르되, 그러한 이들의 빠른 승진 앞에서 그들은 예의를 표하면서 이렇게 말한다. "학식이 풍부한 매우 뛰어난 사람 같소." 그러나 특히 깡 지방법원장은, 라 라스쁠리에르에서의 그 만찬들이 반복되는 동안 나에게 기쁨을 주던 것이, 비록 비판 조였으되 자기가 정확히 말하였듯이, 만찬들 각개가 '하나의 진정한 여행을 의미하였다'는 바로 그 사실이었음을 깨닫지 못하였는데, 그 여행이란, 여행 자체가 목적이 아니었던 만큼 그리고 우리가 그 여행에서 즐거움을 (모두가 향해 가곤 하던 그리고 주위의 어떤 분위기에 의해서도 크게 변경되지 않던 그 모임에 전적으로 맡겨졌던지라) 전혀 찾으려 하지 않았던 만큼, 그 매력이 나에게는 그만큼 더 강렬해 보였던 여행이었다.[112] 내가 호텔의 따스함을—나의 집으로 변한 호텔이다—알베르띤느와 함께 탄 객차와 교환하였을 때에는[113] 이미 어두워지고 있었으며, 그 객차 안에서는, 숨 가쁜 듯한 협궤 열차가 멈출 때마다, 유리창에 반사되는 등불들이 우리가 어느 역에 도착하였음을 알려주곤 하였다. 꼬따르가 혹시 우리들을 발견하지 못하는 일이 없도록 하기 위하여 그리고 어느 역이라고 외치는 소리를 미처 듣지 못하였던지라, 기차가 멈추기 무섭게 나는 객차의 출입문을 열곤 하였으나, 그 순간 객차 안으로 서둘러 밀려든 것은 신도들이 아니라 바람과 빗물과 차가움이었다. 어둠 속에 펼쳐진 밭들이 보였고, 바다의 물결 소리가 들렸으며, 그것에 미루어보건대 우리는 평원을 달리고 있었다. 우리가 '작은 핵'과 합류하기 전에, 알베르띤느가 항상 지니고 다니던 황금제 용품 상자에서 꺼낸 작은 거울을 잠시 들여다보았다. 실은 초기에 베르뒤랭 부인이, 그녀로 하여금 만찬이 시작되기 전에 매무새를 가다듬도록 하기 위하여 자기의 화장실로 그녀를 올려 보냈던지라, 층계 발치에서 알베르띤느를 올라가게 내버려두는 순간, 얼마 전부터 내가 누리던 깊은 평온 속에서 꿈틀거리는 작은 불안과 질투를 느꼈고, 응접실에서 그녀 없이 '작은 동아리'에 둘러싸여 나의 벗님이 위에서 무엇을 하고 있을까 궁금해하는 동안 내가 어찌나 불안했던지, 그다음 날, 보석상 까르띠에의 상점에서 무엇을 가장 우아하게 만드는지 샤를뤼스 씨에게 설명을 요청한 다음, 그 용품 상자를 속달 소포 편으로 주문하였으며, 그 이후부터 그것이 알베르띤느의 기쁨이었으며 동시에 나의 기쁨이기도 했다. 그것이 나에게는 마음의 평온뿐만 아니라 나에게로 향한 내 벗님의 정성도 약속해 주는 담보물이었다. 왜냐하면 베르뒤랭 부인 댁에서 자기가 내 곁 떠나는 것을 내가 좋아하지 않음을 틀림없이 알아챘고, 따라서 객차 안에서 만찬 전에 필요한 얼굴 단장을 그녀가 마치게 되었으니 말이다.

베르뒤랭 부인의 '단골들' 중에 속하며, 모든 단골들중 가장 한결같은 '신도'로, 몇 달 전부터 이제 샤를뤼스 씨를 꼽게 되었다. 동씨에르 서부역의 대합실이나 승강장에 모여 있던 승객들의 눈에, 머리 희끗희끗하고 콧수염 검으며 연지를 발라 입술 붉은, 그 뚱뚱한 남자가 매주 세 번 정기적으로 지나가는 것이 보이곤 하였는데, 그의 입술에 바른 연지가 휴가철 끝 무렵에는, 환한 햇빛 때문에 그것이 야해 보이고 열기 때문에 반쯤 액화되었던 여름철보다 사람들 시선을 덜 끌었다. 협궤 열차를 향해 가면서도 그는 노동자들이나 젊은 군인들, 테니스복 차림의 젊은이들에게, 종교재판관의 것 같으면서 동시에 겁먹은 듯한 은밀한 시선을 던지지 않을 수 없었으며(단지 감식가의 버릇에 이끌려 그랬을 뿐이니, 그가 이제는 그를 정숙하게 만들거나 혹은 적어도 대부분의 경우 그를 한결같은 사람으로 만드는 감정을 간직하고 있었기 때문이다), 그런 다음, 묵주신공 바치는 어느 사제처럼 경건하게, 자신의 유일한 사랑에게 헌신적인 어느 아내처럼, 혹은 가정교육 잘 받은 어느 아가씨처럼, 그가 즉시 거의 감긴 자기의 눈 위로 눈꺼풀을 내리곤 하였다. 그가 자기와 함께 있는 것이 드러나는 것에 사람들이 만족스러워할지 여부를 까맣게 모르고, 원하면 자기에게 오든지 말든지 하라는 선택권을 그들에게 맡기는 사람답게, 그들이 있던 것과 다른 객실[114]로 들어가면(쉐르바또프 대공 부인 역시 자주 그랬다), '신도들'은 그가 자신들을 발견하지 못하였으리라고 그만큼 더 확신하곤 하였다.[115] 초기에는, 우리가 그를 자기의 객실에 내버려두기를 바라던 의사가 그에게 갈 욕구를 느끼지 못하였다. 의료계에서 높은 지위를 확보한 이후에는 자신의 머뭇거리는 성격을 하나의 미덕으로 삼았던지라, 그가 악의에 이끌려 혹은 '동무들'의 견해를 넌지시 떠보려고, 미소를 지으면서 뒤로 상체를 젖힌 다음, 코안경 너머로 스키를 유심히 살피며 이렇게 말하였다. "이해하시겠지만 내가 결혼하지 않은 홀몸이라면… 하지만 나의 아내 때문에, 당신이 나에게 한 말을 듣고도 내가 그를 우리와 동행하도록 내버려둘 수 있는지, 나 자신에게 묻고 있소." 의사가 그 말을 속삭이듯 하였다. — "무슨 말씀 하시는 거예요?" 꼬따르 부인이 물었다. — "아무것도 아니오, 당신과는 상관없는 일이며, 여인들이 참견할 바 아니오." 자기의 학생들이나 환자들 앞에서 보이곤 하던, 시치미를 떼고 농담하는 기색과, 지난날 베르뒤랭 댁에서 자기가 던지던 '재담'에 수반되던 불안의 중간을 견지하고 있던 의사가, 자신에 대해 크게 만족하는 듯, 눈을 한 번 찡긋하면서 대꾸하였다. 그리고 나서 그가 아주 나지막하게 말을 계속하였다. 꼬따르 부인의 귀에는 '조합'[116]이나 '라켓 모양의 융단 두드리개'[117] 같은 단어들만 들렸고, 의사의 언어 속에서는 첫 단어가 '유대족'을 그리고 두 번째 단어가 '잘 매달린 혀'[118]를 가리키곤 하였던지라, 그녀는 샤를뤼스 씨가 '수다스러운 유대인'임에 틀림없다는 결론을 내렸다. 그녀는 그러한 이유로 남작을 멀리 떼어놓는 것을 납득할 수 없었고, 그를 홀로 내버려두지 말라고 요구하는 것이 동아리의 선임자가 마땅히 해야 할 의무라 여겼으며, 따라서 우리 모두, 아직도 난감해하는 꼬따르의 안내를 받으며 샤를뤼스 씨의 객실로 몰려갔다. 발작의 책 한 권을 읽고 있던 객실 한구석으로부터, 샤를뤼스 씨가 우리들의 그러한 머뭇거림을 인지하였으나, 그럼에도 불구하고 책에서 눈을 떼지 않았다. 그러나 귀먹은 벙어리들이 다른 이들에게는 느껴지지 않는 공기의 흐름만으로도 자기들 뒤로 누가 다가오는 것을 알아채는 것처럼, 그에게는 진정한 감각적 초과민성이 있어, 자기에게로 향한 다른 이들의 냉랭함을 즉각 감지하였다. 그러한 초과민성이, 모든 다른 분야에서도 일상적으로 그러듯, 일찍이 샤를뤼스 씨 속에 가상의 괴로움들을 태동시켰다. 한 가닥 가벼운 선선함만 느껴도, 위층에 열린 창문 하나가 있으리라는 결론을 내리고 화를 펄펄 내면서 재채기를 해대기 시작하는 신경 질환에 걸린 사람처럼 샤를뤼스 씨는, 혹시 어떤 사람이 자기 앞에서 근심에 사로잡힌 기색을 보일 경우, 자기가 그 사람에 대해 일찍이 한 말을 사람들이 그에게 그대로 전하였으리라는 결론을 내리곤 하였다. 하지만 구태여 누가, 방심한 기색이건, 음울한 기색이건, 혹은 웃는 기색이건 드러낼 필요조차 없었으니, 그가 스스로 그것들을 고안해 내곤 하였기 때문이다. 반면 다정함은, 그가 듣지 못한 그에 대한 험담들을 감쪽같이 은폐시켜 주었다. 처음 꼬따르의 멈칫거림을 알아챈 그가, 그 책을 읽던 사람의 눈에 자기들이 아직 보이지 않았으리라고 믿던 '신도들'을 놀라게 하면서, 그들이 적당한 거리까지 다가왔을 때 그들에게 손을 내밀어 악수를 청했던 것과는 달리, 꼬따르를 대함에 있어서는, 의사가 자기에게 내민 손을 자기의 '스웨덴 가죽 장갑 낀'[119] 손으로 잡지 않고, 상체를 잔뜩 숙였다가 즉시 힘차게 꼿꼿이 다시 세우는 것으로 만족하였다. "저희들은, 선생님과 여정을 반드시 함께 하고, 이렇게 한구석에 홀로 계시도록 하지 않기로 하였어요. 그것이 저희들에게는 커다란 기쁨이에요." 꼬따르 부인이 남작에게 친절을 다하여 말하였다. — "저에게는 커다란 영광입니다." 차가운 기색으로 고개를 까딱하여 예의를 표하며 남작이 건성으로 대꾸하였다. — "마침내 이 고장을 선택하셨다는 소식을 듣고 무척 기뻤으며, 여기에 댁의 따베르…" 그녀가 '따베르나끌'[120]이라는 말을 하려 하였으나, 그 단어가 그녀에게는 히브리적으로 보였고, 따라서 그 단어에서 어떤 암시를 발견할 수도 있을 유대인에게는 무례한 말로 여겨질 수도 있을 것 같았다. 그리하여 자기에게 친숙한, 다시 말해 거창한[121] 표현들 중 다른 하나를 고르기 위하여 그녀가 다시 이렇게 고쳐 말하였다. "제가 하려던 말은, 여기에 '댁의 페나테스들을' 정착시키기 위하여[122]… (그 신들 역시 예수교에 속하지 않고, 오래전에 종말을 맞아 누가 기분을 상하게 할 수 있을 신도들도 더 이상 없는 어느 종교에 속하는 것은 사실이다.) 저희들은 불행하게도, 개강과 의사 선생의 병원 근무 때문에 같은 장소에 오랫동안 결코 머물 수 없어요." 그러더니 그에게 상자 하나를 보이면서 이렇게 덧붙였다. "게다가 우리 여자들이 남자들에 비해 얼마나 운이 없는지 좀 보세요. 우리들의 친구인 베르뒤랭 댁처럼 가까운 곳에 가기 위해서도, 우리 여인네들은 이 거추장스러운 '행군 장비'[123] 일습을 지참할 수밖에 없어요." 그러는 동안 나는 남작이 손에 들고 있던 발쟉의 작품을 유심히 바라보았다. 그것은 내가 처음 발백에 머물던 첫해에 그가 나에게 빌려주었던 베르고뜨의 작품처럼, 우연히 구입한 가제본된 책이 아니었다. 그것은 그의 서재에서 가져온 그리고 가령 '나는 남작에게 귀속된다'와 같은 명구(銘句)가 새겨진 판본이었고, 그 명구가 때로는 게르망뜨 가문 사람들의 학구적인 취향을 과시하기 위하여, '인 프로일리이스 논 쎔페르'[124] 혹은 '논 씨네 라보레'[125] 등과 같은 금언으로 대체되기도 하였다. 그러나 얼마 아니 되어 그것들이 모렐의 환심을 얻기 위하여 다른 것들로 대체되었음을 보게 될 것이다. 잠시 후 꼬따르 부인이, 자기가 생각하기에 남작과 개인적으로 관련되었다고 여겨지는 화제를 꺼내더니, 그에게 말하였다. "저와 같은 생각이실지는 모르지만, 저는 이념적으로 매우 관대하며, 따라서 저의 견해에 의하면 모든 종교가, 사람들이 진실하게 그것들의 신조를 실천할 경우, 다 좋은 것 같아요. 저는 어떤… 개신교도의 관점으로 인해 광견병 환자로 변한 사람들 같지는 않아요."[126] ─ "사람들이 저에게 가르쳐주기를 저의 종교가 진정한 종교라고[127] 하였습니다." 샤를뤼스 씨가 대꾸하였다. 그 말을 듣고 꼬따르 부인이 이렇게 생각하였다. '광신도군! 스완조차도 생애 마지막 시기를 제외하면 다른 종교에 더 관대했고, 그가 개종한 것도 사실이야.' 그런데 그녀가 생각하던 것과는 반대로, 모두들 알다시피, 남작은 예수교도였을 뿐만 아니라 중세인들처럼 경건한 신도였다. 그에게는 13세기의 조각가들에게처럼, 예수교 교회당이 의심할 여지 없이 실존하였던 무수한 존재들로 가득한 것 같았고, 그 존재들이란, 출입구에 빽빽하게 돋을새김 형식으로 조각되어 있거나 내부 신도석들을 가득 채우고 있는 군중을 닮은, 인간의 모습으로 강림한 '말씀'[128] 및 그의 모친 그리고 그녀의 부군인 영원한 '아버지'를 둘러싸고 있는 예언자들, 사도들, 천사들, 온갖 종류의 성자들 그리고 모든 순교자들과 신학자들이었다. 그 모든 존재들 중, 샤를뤼스 씨는 미카엘과 가브리엘 및 라파엘 등 대천사들을 일찍이 자기를 위해 중재해 줄 수호성자로 선택하였고, 그들과 자주 대화를 나누어, 영원한 아버지의 옥좌 앞에 시립하고 있는 그들이 자기의 탄원들을 그 아버지에게 전하도록 하였다. 그리하여 꼬따르 부인의 오해가 나에게는 매우 재미있었다.

종교적인 화제로부터 벗어나기 위해서거니와, 농촌 여자인 모친으로부터 받은 조언의 빈약한 보따리만을 가지고 빠리에 와, 의료계에서의 경륜 쌓기를 원하는 이들이라면 여러 해 동안의 노력을 바쳐야 하는 거의 물질계에 한정된 공부에만 전념한 나머지, 의사는 전혀 교양을 쌓지 못하였고, 따라서 권위는 얻었으되 경험이 부족했던지라, 샤를뤼스 씨가 '영광'이라고 한 말을 글자 그대로 받아들여, 자만심 강한 사람이었던지라 만족스러워했고, 아울러 착한 성품이었던지라 마음 아파하였다는 점을 이야기해 두자. "그 가엾은 샤를뤼스가 나에게 우리와 함께 여행하게 되어 영광이라고 말하였을 때, 나의 가슴이 아팠소." 그날 저녁 그가 자기의 아내에게 말하였다. "그 가엾은 마귀[129]가 유력 인사들과의 교분도 없고, 따라서 겸허하게 처신함을 느낄 수 있소."

 그러나 얼마 아니 되어, 자비로운 꼬따르 부인에 의해 안내될 필요를 느끼지 않고도, '신도들'은 자기들이 초기에 샤를뤼스 씨 곁에서 다소나마 느끼던 거북함을 제어하는 데 성공하였다. 물론, 그가 자기들 곁에 있는 동안에는, 스키가 폭로한 것의 추억 및 자기들의 여행 동무 속에 내포된 성적 기이함이라는 개념이 그들의 뇌리에 끊임없이 어른거렸다. 하지만 그 기이함 자체가 그들에게 일종의 매력으로 작용하였다. 그들이 보기에는 그 기이함이 남작의 대화에, 게다가 그들이 별로 이해하지 못하는 부분들에서는 매우 괄목할 만한 그의 대화에, 그것에 비하면 가장 관심 끄는 이들의 대화나 심지어 브리쇼의 대화조차도 조금은 무미건조하게 보이게 하는, 일종의 풍미를 주는 것 같았다. 게다가 초기부터 그가 무척 이지적임을 간파하고 모두들 기뻐하였다. "천재적 재능이란 광증의 이웃일 수 있습니다." 의사가 선언하듯 한마디 하였고, 혹시 배움에 게걸스러운 대공 부인이 설명을 요청하면, 그 격언이 천재적 재능에 대하여 사람들이 한 것들 중 그가 알고 있던 유일한 것이었고, 게다가 그 격언이 장티푸스나 관절염에 연관이 있는 것들처럼 증명되지도 않았던지라, 그것에 대해서는 더 이상 아무 말도 하지 않았다. 하지만 그가 오만해진 데다가 버릇 없이 자란 것은 옛날 그대로였던지라, 이렇게 말하였다. "대공 부인, 저에게 묻지 마십시오, 질문은 사양하겠습니다. 저는 휴식을 취하기 위하여 바닷가에 와 있습니다. 게다가 부인께서는 저의 말을 이해하시지 못할 것입니다. 의학을 전혀 모르시니 말씀입니다." 그러면, 꼬따르가 매력적인 사람이라 생각하고 또한 저명한 사람들을 항상 가까이 하기 쉬운 것 아님을 깨달은 듯, 대공 부인이 미안하다고 하면서 입을 다물곤 하였다. 그리하여 그 초기에는 모든 사람들이, 그의 악벽(혹은 사람들이 일반적으로 그렇게 칭하던 것)에도 불구하고, 샤를뤼스 씨가 이지적이라고 여기게 되었다. 그리하여 이제는 그 악벽 때문에, 모두들 무의식적으로 그가 다른 사람들보다 더 이지적이라 여겼다. 대학교수나 조각가에 의해 교묘하게 자극된 샤를뤼스 씨가 사랑이나 질투 및 아름다움 등에 대하여 던지곤 하던 가장 단순한 격언들조차, 그에게 그것들을 퍼 올릴 수 있게 해준 기이하고 은밀하며 세련되다 못해 괴물 같기도 한 그의 경험으로 인해, '신도들'이 보기에는 하나의 심리 묘사가—우리의 극 문예가 먼 옛날부터 우리에게 제공하던 것과 유사한—러시아나 일본의 어느 극작품 (그것이 그 지역 배우들에 의해 공연될 경우) 속에서 얻는 것과 같은 이국적인 매력을 띠곤 하였다. 또한 그에게 들리지 않을 때에는 저속한 농담도 감히 마다하지 않았다. "오!" 인도 무희의 긴 속눈썹을 가진 젊은 철도 회사 직원을 샤를뤼스 씨가 유심히 바라보지 않고는 못 배길 경우, 조각가가 속삭이곤 하였다. "만약 남작이 검표원에게 추파를 던지기 시작하면 우리가 영영 도착하지 못할 것이니, 기차가 뒷걸음질을 할 것이기 때문입니다. 그가 검표원을 바라보는 태도를 좀 보십시오. 우리가 타고 있는 것이 더 이상 협궤 열차가 아니라 케이블 열차입니다." 그러나 사실은, 샤를뤼스 씨가 동행하지 않을 경우, 다른 모든 이들처럼 평범한 사람들끼리만 여행하게 되어, 따라서 맛을 보아야겠다는 생각만 하여도 구역질 일으키는 과일들의 이상한 냄새를 풍기는, 이국에서 온 듯하고 수상한 어느 궤짝과 유사한, 울긋불긋하게 채색되고 배 불룩하며 불가사의한 그 인물이 곁에 없어, 모두들 거의 실망할 지경이 되곤 하였다. 그러한 관점에서 본다면, 샤를뤼스 씨가 기차에 오르는 쌩-마르땡-뒤-쉔느 역과 모렐이 일행과 합류하는 동씨에르 역 사이의 짧은 여정 동안, 남자 '신도들'이 더 강렬한 만족감을 느끼곤 하였다. 왜냐하면 바이올린 연주가가 함께 있지 않는 한(그리고 부인들과 알베르띤느가 남자들의 대화를 방해하지 않으려 멀리 떨어져 모여 있을 경우), 샤를뤼스 씨가 특정 화제들을 회피하려는 듯한 기색을 보이지 않고, '못된 품행이라고 지칭하기로 사람들이 합의한 것'에 대하여 거리낌 없이 말하곤 하였기 때문이다. 알베르띤느가 그에게는 아무 방해도 되지 않았으니, 자신으로 인해 대화의 자유가 위축되는 것을 원하지 않는 젊은 아가씨 특유의 친절에 이끌려, 그녀가 항상 부인들과 함께 있었기 때문이다.[130] 그런데 나는 그녀가 같은 객차에 있기만 하면, 그녀를 내 곁에 두지 않아도 어려움 없이 견디었다.[131] 왜냐하면 그녀에 대해 더 이상 질투도 사랑도 별로 느끼지 않던 내가, 그녀를 만나지 않는 날에는 그녀가 무슨 짓을 하고 있는지조차 생각하지 않았던 반면, 그녀와 함께 있을 때에는, 엄밀히 말해 어떤 배신행위를 감추어줄 수 있을 단순한 격벽 하나도 내가 견디지 못하였기 때문이며, 따라서 그녀가 부인들과 함께 옆 객실로 갈 경우, 잠시 후에는 더 이상 자리에 머물 수 없어, 브리쇼건 꼬따르건 혹은 샤를뤼스건, 말을 하고 있던 사람의 기분을 상하게 할 위험을 무릅쓰고, 또 그에게 그러한 도주의 이유를 설명하지도 못한 채, 나는 자리에서 일어나 그들을 내버려두고 혹시 비정상적인 일이 벌어지지 않나 보기 위하여 옆 객실로 건너가곤 하였다. 그리고 샤를뤼스 씨는 동씨에르 역에 이르기까지, 누구에게 충격 줄 염려 없이, 때로는 매우 노골적으로, 자기로서는 좋지도 나쁘지도 않게 여긴다고 선언하던 그 습관들에 대해 말하곤 하였다. 그가 능란하게, 또 자기 생각의 아량을 과시하기 위하여 그러한 말을 하였으니, 자기의 습관들이 '신도들'의 뇌리에 어떤 의혹을 별로 일깨우지 않으리라 확신하였기 때문이다. 그는 이 세상에, 그가 훗날 자주 사용하게 된 표현을 빌어 지칭하게 된, '자기의 계정에 정착한' 몇몇 사람이 있으리라 신실로 생각한다고 말하곤 하였다. 하지만 자기가 상상하기로는 그러한 사람들이 서넛을 넘지 못하며, 노르망디 해안에는 단 하나도 없을 것이라 하였다. 그러한 착각이 그토록 예리하고 경계심 많은 사람에게서 발견된다는 것이 놀라운 일이다. 그가 생각하기에 진실을 상당히 알고 있을 것 같은 사람들을 상대할 때조차, 그는 그들이 그저 막연한 소문 정도를 들었을 것이라는 환상을 품었고, 그리하여 자기가 그들에게 이런 혹은 저런 이야기를 함으로써 자기 대화 상대자의 추측에서 특정인을 쉽게 배제시킬 수 있으리라 자만하였으며, 그의 대화 상대자는 예의상 그가 하는 말을 믿는 척하였다. 그는 심지어 내가 자기에 대하여 알거나 추측할 수 있으리라 짐작하면서도, 내가 자기에 대하여 가지고 있을 (그러나 실제 그런 것보다 훨씬 오래된 것이라고 자기가 생각하던) 견해가 지극히 일반적인 것이며, 따라서 자기가 이런 혹은 저런 세부 사항을 부인하기만 하면 누구든 자기의 말을 믿을 것이라 상상하였으나, 그의 생각과는 반대로, 전체를 아는 것이 세부 사항을 아는 것에 선행되지만, 전체에 대한 지식이 세부 사항 조사를 무한히 쉽게 해주고 불가시성의 위력을 이미 파괴해 버린지라, 감추고자 하는 사람이 자기가 좋아하는 것을 더 이상 감추지 못하게 한다. 물론, 어느 '신도' 나 '신도들'의 친구로부터 만찬에 초대받은 샤를뤼스 씨가, 짐짓 늘어놓은 열 사람의 이름들 사이에다 모렐이라는 이름을 끼워 넣기 위하여 가장 복잡한 우회로를 택할 때마다, 자기가 그와 함께 초대되면 그날 저녁 기쁠 것이다 혹은 편리할 것이다 하는 등 매번 제시하던 다양한 이유들을, 만찬 베푸는 사람들이 그의 말을 전적으로 믿는 척하면서도, 항상 여일하며 또 그들이 까맣게 모르리라 그가 믿고 있던 하나의 이유로 대체하곤 하였다는 것은 거의 짐작조차 하지 못하였으니, 그 이유란 그가 모렐을 사랑하고 있었다는 사실이었다. 마찬가지로 베르뒤랭 부인 또한 샤를뤼스 씨가 자기에게 천명하곤 하던 모렐에 대한 관심의, 반은 예술적이고 반은 인도주의적인 동기들을 항상 전적으로 인정하는 척하면서, 그가 바이올린 연주가에게 베푸는 그야말로 감동적인 선의에 대하여, 남작에게 격정적인 어조로 감사 표하기를 그치지 않았다. 그런데 어느 날, 모렐과 그가 역에 늦게 도착하여 기차 편으로 오지 못하였을 때, '안주인 마님'께서 한 다음 말을 샤를뤼스 씨가 들었다면 얼마나 놀랐겠는가! "이제 우리가 기다릴 사람은 그 두 아가씨뿐이에요." 남작이 라 라스쁠리에르 성을 별로 떠나지 않고 그곳 전속 사제 내지 레퍼토리 담당 사제[132] 역할을 하고, 가끔 (모렐이 48시간 동안의 외박 허가를 얻을 경우) 그곳에서 이틀 밤을 연속 유숙하였던지라, 그 말을 들었다면 그가 그만큼 더 아연실색하였을 것이다. 그럴 때면 베르뒤랭 부인이 서로 통하는 방 둘을 그들에게 주면서, 그들의 마음을 편안하게 해주기 위하여 이렇게 말하곤 하였다. "음악을 연주하고[133] 싶으면 조금도 거북해하지 마세요. 벽들이 요새의 벽들 같고, 그 층에는 아무도 없으며, 저의 남편은 납덩이처럼 깊게 자니까요." 그러한 날이면 샤를뤼스 씨가 대공 부인과 교대하여 역으로 새로 온 손님들을 맞으러 가곤 하였고,[134] 건강 상태 때문에 마중 나오지 못한 베르뒤랭 부인을 위해 극구 변명하곤 하였는데, 그가 건강 상태를 어찌나 생생하게 묘사하였던지, 정황에 어울리는 엄숙한 표정으로 들어서던 손님들이, 깃이 반쯤 튼 드레스 차림으로 서 있는 생기발랄한 '안주인 마님'을 발견하고 놀라움의 탄성을 지르곤 하였다.

  샤를뤼스 씨가 그랬던 것은, 일시적으로나마 그가 베르뒤랭 부인에게는 신도들 중의 신도로 변하였고, 제2의 쉐르바또프 대공 부인이었기 때문이다. 사교계에서 그가 누리고 있던 지위에 대해서는 그녀가 대공 부인의 지위보다 훨씬 덜 신뢰하였는데, 대공 부인이 오직 '작은 핵'만 만나려 하던 것이, 다른 사람들에 대한 멸시와 '작은 핵'에 대한 편애에 말미암았을 것이라고 상상하였기 때문이다. 그러한 거짓이, 자기들이 가까이할 수 없는 모든 이들을 따분한 사람들 취급하던 베르뒤랭 내외의 고유한 속성이었던지라, '안주인 마님'께서 대공 부인이 상류 사교계를 싫어하는 강철 영혼의 소유자라고 생각할 수 있었으리라는 것은 믿을 수 없는 일이다. 하지만 그녀는 자기의 그러한 생각을 굽히지 않았을 뿐만 아니라, 지체 높은 귀부인의 경우 역시, 따분한 사람들과 교제하지 않는 것은 진지함과 지성에 대한 취향 때문이라고 확신하였다. 그러나 여하튼 베르뒤랭 내외에게 따분해 보이는 이들의 수효가 감소하고 있었다. 해변에서 휴가를 즐기던 생활이었던지라, 어떤 이를 누구에게 소개하더라도, 빠리에서는 염려할 수 있었을 장차 초래될 결과들을 꺼려하지 않았다. 아내를 대동하지 않고—그러한 사실이 모든 것을 용이하게 만들었다—발백에 온 화려한 인사들이 라 라스쁠리에르 성에 은근히 접근하였고, 그 결과 그 '따분한 사람들'이 감미로운 사람들로 변하였다. 그것이 게르망뜨 대공의 경우였는데, 하지만 드레퓌스 지지 운동이라는 자석이 하도 강력하여, 그로 하여금 불운하게도 '안주인 마님'이 외출한 날, 라 라스쁠리에르로 이어지는 언덕길을 단숨에 오르게 하지 못하였다면, 비록 대공 부인이 없었다 하더라도 그가 '독신' 상태로 베르뒤랭 댁에 갈 결단은 내리지 않았을 것이다. 여하튼 베르뒤랭 부인은 그와 샤를뤼스 씨가 같은 계층 사람들인지 확신할 수 없었다. 남작이 일찍이 말하기를 게르망뜨 공작이 자기의 형이라고 하였지만, 그것이 일개 협잡꾼의 거짓말일 수도 있었다. 그가 베르뒤랭 내외에게 아무리 우아하고 친절하며 '한결같아' 보였다 하더라도, '안주인 마님'은 게르망뜨 대공과 그를 선뜻 함께 초대하지 못하고 주저하였다. 그녀가 스끼와 브리쇼에게 견해를 물었다. "남작과 게르망뜨 대공이 어울릴까요?" — "맙소사, 부인, 그들 두 사람 중 하나에 대해서는 제가 분명히 말씀드릴 수 있거니와…" — "하지만 두 사람 중 하나가 어떻든 그것이 저에게 뭐 그리 중요하겠어요?" 베르뒤랭 부인이 신경질 섞인 어조로 대꾸하였다. "제가 여쭙는 것은 두 사람이 어울리겠느냐 하는 거예요." — "아! 부인, 그거야말로 정말 알기 어려운 일들입니다." 베르뒤랭 부인의 질문에는 어떤 악의도 내포되어 있지 않았다. 그녀가 남작의 악벽을 잘 알고 있었으나, 잘 어울리겠느냐는 표현을 사용하여 물을 때에는 그 점을 전혀 뇌리에 떠올리지 않았으며, 단지 대공과 샤를뤼스 씨를 함께 초대하여도 좋을지 그리고 그것이 합당할지 여부를 알고 싶었을 뿐이다. 그 상투적인 그리고 예술적 '소집단들'이 즐겨 사용하는 그러한 표현들 속에 그녀는 어떤 악의적인 의도도 내포시키지 않았다. 자신을 게르망뜨 씨로 치장하기 위하여, 그녀는 오찬을 마친 다음 오후에, 그 연안 지역 선원들이 출항 준비 장면을 공연하게 되어 있던 자선 축제에 그를 데려가고자 하였다. 하지만 모든 일을 손수 관장할 시간이 없어, 그녀가 자기의 역할들을 신도들 중의 신도인 남작에게 위임하였고, 그러면서 이렇게 말하였다. "이해하시겠지만, 선원들이 홍합들처럼 꼼짝하지 않고 우두커니 머물러 있으면 아니 되고, 그들이 끊임없이 바쁘게 오가야 하며, 제가 그 모든 일의 명칭은 모르지만 무엇을 하는 척하며 소란을 피워야 해요. 하지만 당신은 자주 발백-쁠라주의 항구에 가시니, 별로 지치시지 않고 연습을 시키실 수 있을 거예요. 어린 선원들을 부리심에 있어서는, 샤를뤼스 씨, 당신이 저보다 틀림없이 능숙하실 거예요. 여하튼 우리가 세르망뜨 씨를 위하여 많은 노고를 마다하지 않네요. 그가 아마 죠키 클럽에 속한 멍청이인 모양이에요. 오! 맙소사, 제가 죠키 클럽에 대해 험담을 하고 있군요. 당신도 그 클럽의 일원이라는 말을 들은 것 같은데. 이보세요! 남작 나리, 아예 대꾸를 하시지 않네요, 당신도 그 일원이신가요? 우리와 함께 나가고 싶지 않으세요? 받으세요, 여기 제가 받은 책 한 권이 있는데, 당신의 관심을 끌 수 있을 것이라 생각해요. 루종이 쓴 책이에요. 제목이 멋있는데, 『남자들 사이에서』라는 책이에요.[135]"

한편 나로서는, 지극히 평범하되 동시에 심오하기도 한 이유로 인해 쉐르바또프 대공 부인과 불편한 관계에 있었던지라, 샤를뤼스 씨가 상당히 자주 그녀를 대신한다는 것이 그만큼 더 다행스러웠다. 어느 날 내가 협궤 열차 안에서 여느 때와 마찬가지로 쉐르바또프 대공 부인에게 한껏 친절을 베풀고 있는데, 빌르빠리지 부인이 그 객차에 오르는 것이 보였다. 사실 그녀가 뤽상부르 대공 부인 댁에 와서 몇 주 동안 유숙하고 있었건만, 알베르띤느를 날마다 만나고 싶은 그 어찌할 수 없던 욕구에 얽매여 있었던 터라, 후작 부인과 그녀를 대접하던 왕족 여인의 거듭되던 초대에 내가 단 한 번도 응하지 못하던 터였다. 할머니의 친구분을 뵙는 순간 내가 깊은 가책감을 느꼈고, 따라서 순전한 의무감에 이끌려(하지만 쉐르바또프 대공 부인 곁을 떠나지 않은 채), 상당히 오랫동안 그녀와 대화를 나누었다. 게다가 나는 빌르빠리지 부인께서 내 옆에 앉아 있던 여인이 누구인지를 잘 알면서도 그녀와 인사 나누기를 원하지 않았다는 사실을 까맣게 모르고 있었다. 다음 역에서 빌르빠리지 부인이 기차에서 내리셨고, 나는 그분이 내리시는 것을 도와 드리지 못하여 나 자신을 나무랐으며, 그러면서 다시 대공 부인 곁에 돌아와 앉았다. 그러나 어떤 급격한 변화가—지위가 탄탄하지 못한 사람들에게서, 그리하여 혹시 자기들에 대하여 험담하는 것을 누가 듣지 않았을까, 자기들을 누가 멸시하지 않을까 두려워하는 사람들에게서 자주 발견되는 지각변동과 같은 변화이다—그녀에게 일어난 것 같았다. 쉐르바또프 부인이 손에 들고 있던 잡지 〈두 세계〉에 시선을 고정한 채, 나의 질문에 입술을 우물거리면서 겨우 대꾸하였고, 결국에는 나로 인해 두통을 느낀다고 하였다. 나는 내가 무슨 잘못을 저질렀는지 도무지 영문을 알 수가 없었다. 내가 대공 부인에게 작별 인사를 하였을 때, 평소의 미소가 그녀의 얼굴에 환하게 어리지도 않았고, 건조한 인사 한마디를 하느라고 그녀의 턱이 아래로 조금 처졌으며, 그녀는 나에게 악수조차 청하지 않았는데, 그 이후로는 나에게 말을 건네지도 않았다. 하지만 그녀가 베르뒤랭 내외에게 무슨 말을 하였음에—그러나 어떤 화제였는지 나는 모른다—틀림없었으니, 쉐르바또프 대공 부인에게 내가 한 번 예의를 표하는 것이 좋지 않겠느냐고 두 내외에게 묻기 무섭게, 그들이 서둘러 나에게 이구동성으로 이렇게 말하였으니 말이다. "아네요! 아네요! 아네요! 특히 그러지 말아요! 그녀는 사람들의 친절을 좋아하지 않아요!" 그들이 나에게 그런 말을 한 것은 나와 그녀 사이에 불화를 조장하기 위해서가 아니라, 그녀가 그들로 하여금, 자기는 사람들의 친절에 무심하며, 이 세상의 헛된 것들에 초연한 영혼이라고 믿도록 하였기 때문이다. 강경한 이들이란 아무도 환영하지 않는 나약한 이들이고, 진정 강한 이들은 누가 자기를 원하건 원하지 않건 별로 신경 쓰지 않는지라, 오직 그들만이, 상스러운 이들의 눈에는 나약함으로 보이는 특유의 부드러움을 가지고 있다는 것이 인간 세상의 변함없는 법칙임을—물론 예외적인 것들도 내포하고 있겠으나—이해하기 위해서는, 권력을 잡은 후에는 가장 타협 모르고 완강하며 접근할 수 없는 인물로 통하는 정치인을 한번 보아야 하고, 그가 실각하였을 때 연정에 빠진 사람처럼 환한 미소를 지으면서 어느 하찮은 기자의 오만한 인사를 머뭇거리며 구걸하는 꼴을 보아야 하고, 꼬따르가 뻣뻣하게 상체 일으켜 세우는 것을 (그를 처음 본 환자들은 따라서 그의 몸뚱이를 하나의 무쇠 막대기로 여겼다) 보아야 하고, 쉐르바또프 대공 부인의 널리 알려진 표면적인 오만함과 반스노비즘이 각각, 어떤 유형의 앙앙불락하는 연정과 스노비즘의 어떤 실패들로 구성되었는지 알아야 한다.

그러나 내가 쉐르바또프 대공 부인을 가혹하게 판단해서는 아니 될 것 같다. 그러한 경우가 얼마나 빈번한가! 어느 날 게르망뜨 가문의 장례식에 참여하였을 때, 내 옆자리에 있던 괄목할 만한 사람 하나가, 키 늘씬하고 얼굴 잘생긴 신사를 가리키며 나에게 말하였다. "게르망뜨 가문의 모든 사람들 중 저 양반이 가장 놀랍고 기이한 인물입니다. 공작과 형제지간인 사람입니다." 내가 그에게 잘못 아셨다고 경솔하게 즉각 대꾸하면서, 그 신사는 게르망뜨 가문과 아무 혈연관계도 없는 푸르니에-싸를로베즈라는 사람이라고 하였다. 그 괄목할 만한 사람이 나에게 즉시 등을 돌렸고, 그 이후로는 나에게 다시는 인사를 하지 않았다.

프랑스 학사원 회원이고 고위직 관리이며 스키와 교분이 있던 유명한 음악가 한 사람이, 자기의 질녀가 있던 아랑부빌에 들렀다가 베르뒤랭 댁의 어느 수요회에 참석하였다. 샤를뤼스 씨가 (모렐의 요청에 따라) 그에게 각별한 친절을 보였고, 특히 무엇보다도 빠리에 돌아간 후 그 학술원 회원이 바이올린 연주가의 비공개 연주나 리허설에 참석하는 것을 자기에게 허락하도록 하기 위해서였다. 학술원 회원이 만족스러워져, 게다가 매력적인 사람이었던지라, 그렇게 약속하였고 또 그 약속을 이행하였다. 남작은 그 명사가 (게다가 그로 말할 것 같으면 오직 여인들만 진실로 사랑하건만) 자기에게 보여준 모든 친절, 문외한들은 입장할 수 없는 공식적인 장소에서 모렐을 볼 수 있도록 자기에게 제공한 모든 편의, 재능이 비슷한 다른 젊은이들이 있건만 기량이 뛰어난 그 젊은이를 큰 반향을 일으킬 독주회를 위해 지명함으로써, 그 젊은이가 기량을 발휘하고 유명해질 수 있도록 그 유명한 예술가가 마련해 준 계기 등에 크게 감동하였다. 그러나 샤를뤼스 씨는, 그 저명한 인사가 젊은 바이올린 연주가와 그의 지체 높은 후견인 간의 관계를 샅샅이 알고 있었으며—두 배로 찬양할 만한 혹은 보는 이에 따라서는 두 배로 지탄받을 일이지만—따라서 자기가 그로부터 입은 은덕이 그만큼 더 크다는 사실은 짐작조차 하지 못하였다. 물론 그는 자기의 모든 음악에 영감을 불어넣은 여인에 대한 사랑 이외의 다른 사랑은 이해할 수 없었으니, 샤를뤼스와 모렐의 관계에 대한 공감 때문에 그들에게 은혜를 베푼 것이 아님은 분명하며, 단지 윤리적 무관심과 직업적인 단순한 호의 및 헌신성, 사교적 친절, 스노비즘 등에 이끌려서였을 것이다. 그러한 관계들의 성격에 대한 그의 회의적인 견해에 대해 말하자면, 그가 그러한 관계를 어찌나 의심하지 않았던지, 라 라스쁠리에르의 만찬에 처음 참석하던 날 저녁부터, 샤를뤼스 씨와 모렐에 대하여 마치 어떤 남자와 그가 사랑하는 여인에 대하여 말하듯, 스키에게 이렇게 물었다. "두 사람이 만난 지 오래되었습니까?" 그러나 자기의 그러한 생각을 당사자들에게 추호라도 드러내기에는 지나치게 사교적인 사람으로서, 혹시 모렐의 동료들 사이에 어떤 쑥덕공론[136)]이 생길 경우 그것들을 잠재우는 한편, 모렐에게는 '오늘날엔 모든 사람들에 대해 그러한 말들을 한다'고 부정(父情) 어린 말로 다독여줄 준비가 되어 있던 그가 남작에게 친절 베풀기를 그치지 않았고, 그 저명한 대가에게 그토록 많은 '악벽 혹은 미덕'[157]이 있으리라 짐작할 능력이 없던 남작은, 그러한 친절이 매력적이지만 당연하다고 여겼다. 남작이 그렇게 여겼던 것은, 샤를뤼스 씨가 없을 때 나눈 재담이나 모렐에 관한 '실없는 말들'을 그에게 고자질할 만큼 천한 영혼을 가진 사람이 아무도 없었기 때문이다. 하지만 '쑥덕공론'이라고 하는, 어디에서나 비난받고 옹호하는 이 없는 그것조차도, 그것이 우리 자신을 표적으로 삼은지라 우리에게 특별히 불쾌한 것으로 변하건, 어느 제삼자에 대하여 우리가 까맣게 모르고 있던 것을 우리에게 알려주건, 그것이 나름대로의 정신적 가치를 가지고 있다는 것을, 그 단순한 상황이 우리에게 보여주기에는 충분하다. 그 '쑥덕공론'은, 우리의 오성(悟性)이 사물들의 외양에 불과한 인위적인 모습에 안주하여 잠드는 것을 막아준다. 그것은 이상주의적 철학자의 마법과 같은 솜씨로 그 외양을 뒤집어, 피륙 이면의 짐작조차 하지 못하였던 한구석을 우리 앞에 신속하게 드러낸다. 자기의 어느 다정한 친척 여인 하나가 한 이러한 말을 샤를뤼스 씨가 상상이나 할 수 있었겠는가? "메메가 어찌 저에게 연정을 느낄 수 있겠어요? 제가 여자라는 사실을 잊고 하시는 말씀이에요!" 하지만 그녀는 샤를뤼스 씨에 대하여 진실하고 깊은 애착을 가지고 있었다. 그러니 그에게 어떤 애정이나 선의도 담보해 줄 수 없는 베르뒤랭 내외의 경우, 그로부터 멀리 있을 때 그 내외가 하던 말들이 (또한 후에 알게 되겠지만 단지 말뿐이 아니었다) 그가 상상하던 것과, 다시 말해 그가 그들과 함께 있을 때 듣던 단순한 말의 여운과 그토록 다르다 한들, 그것이 어찌 놀랄 일인가? 그가 상상하던 말들만이, 샤를뤼스 씨가 가끔 홀로 와서 몽상에 잠기면서, 베르뒤랭 내외가 자기에 대해 가지고 있던 생각에 자기의 상상을 잠시 도입시킬 때 머물곤 하던, 그 작은 정자를 다정한 명구(銘句)들로 치장해

주곤 하였다. 그 정자 안의 분위기가 어찌나 호의적이고 다정한지, 그곳에서의 휴식이 어찌나 원기를 회복시켜 주는지, 샤를뤼스 씨가 잠들기 전에 잠시 그곳에 와서 수심을 달랠 때마다, 그곳에서 나오며 미소를 짓지 않는 경우는 결코 없었다. 그러나 우리들 누구에게나 그러한 유형의 정자는 이중적이니, 우리가 유일하다고 믿고 있던 정자 정면에, 평소 우리에게 보이지 않던 진실하고, 우리가 알고 있는 것과 대칭 관계를 이루며, 그러나 전혀 다른 그리고 우리가 접하리라고 기대하던 것들은 전혀 없는 치장물들이, 마치 뜻하지 않던 적대감의 소름 끼치는 상징들로 구성된 듯, 우리에게 두려움을 안겨주는 다른 정자가 있다. 불만 품은 상인들이나 해고된 하인들이 아파트들 출입문에 목탄으로 마구 긁적거려 놓은 외설적인 낙서들이 즐비한 하인 전용 층계를 통해 들어가듯, 특정 '쑥덕공론' 덕분에[138] 그 적대적인 정자들 중 하나 속으로 진입하게 되었을 때, 샤를뤼스 씨의 놀라움이 얼마나 컸겠는가! 그러나 특정 새들이 가지고 있는 방향감각이 우리에게 없는 것처럼, 거리 감각 및 가시 감각 또한 결여되어 있어, 우리는 우리를 단 한 번도 뇌리에 떠올리지 않는 사람들이 우리에게 밀접한 관심을 쏟고 있으리라 상상하면서도, 그러는 동안에 정작 다른 이들에게는 우리가 유일한 근심 대상이라는 사실은 짐작조차 하지 못한다. 그렇게 샤를뤼스 씨는, 자기가 잠겨 헤엄치고 있는 물이 자기에게 그 물의 그림자를 보여주는 수족관의 유리창 너머까지 연장되었다고 믿는 물고기처럼 속은 상태에서 살고 있었으니, 물고기는 그러는 동안, 자기 바로 옆 그늘 속에서 자기의 퍼덕임을 재미있다는 듯 구경하는 어느 산책 나온 사람이나, 예상하지 못한 그리하여 숙명적인 순간에—남작과 (빠리에서는 베르뒤랭 부인이 양어장 주인으로 변할 것이다) 관련된 그 순간은 아직 뒤로 미루어져 있었다—자기가 즐겁게 살던 그 환경으로부터 사기를 무자비하게 꺼내어 다른 환경 속으로 던져 넣을 절대권을 가진 양어장 주인이 곁에 있음을 깨닫지 못한다. 더 나아가, 물고기뿐만 아니라 숱한 민족들도, 그것들이 개체들로 이루어진 집단에 불과한지라, 그 뿌리 깊고 집요하며 우리를 당황케 하는 실명 상태의, 더 대대적이되 각 부분에서는 유사한 예들을 제공할 수 있다.[139] 이제까지는 그러한 실명 상태가 비록 샤를뤼스 씨로 하여금 그 '작은 동아리' 속에서, 부질없는 능란함이나 사람들의 비웃음을 사는 과감성 넘치는 말들을 늘어놓게 하는 원인이기는 했어도, 그것이 아직은 그에게 심각한 위험을 초래한 적이 없었고, 또 발백에서도 그런 일이 발생하지는 않게 되어 있었다. 약간의 단백질이나, 당이나, 심장 부정맥은 그것들을 감지조차 하지 못하는 당사자의 정상적인 생활을 방해하지 못하지만, 오직 의사만은 그것들에서 대재앙의 예언을 발견한다. 현재로서는 모렐에 대한 샤를뤼스 씨의 애정이—그것이 플라톤적이건 아니건—단지 남작으로 하여금 모렐이 함께 있지 않을 때, 그의 용모가 매우 수려하다고 선뜻 말할 충동을 느끼게 할 뿐이었고, 그러한 충동을 느끼는 순간 그는, 자기의 말을 사람들이 순진무구하게 여길 것이라 생각하였으며, 따라서 그 말을 함에 있어서 그가, 어느 재판정에 호출되어 겉보기에는 자신에게 불리할 것 같으나 바로 그러한 이유 때문에 무대 위 피고인[140]의 틀에 박힌 항변보다 더 큰 자연스러움과 더 적은 상스러움을 띠게 되는 세부 사항들을 진술하기를 두려워하지 않는, 빈틈없이 영리한 사람처럼 처신하곤 하였다. 또한 동씨에르 서부역으로부터 쌩-마르땡-뒤-쉔느 역까지 가는 동안—혹은 돌아올 때에는 반대쪽으로 가는 동안—샤를뤼스 씨가 못지않은 자유로움을 보이면서, 기이한 습성을 가진 듯한 사람들에 대하여 기꺼이 이야기하곤 하였고, 심지어 이렇게 덧붙이기도 하였다. "여하튼 제가 기이하다고 말하면서도 그 이유는 저도 모르거니와, 그것에 기이한 점이 전혀 없기 때문입니다." 그렇게 말한 것은, 자신의 말을 듣는 사람들을 자기가 얼마나 편안한 마음으로 대하는지 자신에게 과시하기 위해서였다. 또한 실제로 그러한 일에 있어서 자기가 주도권을 쥐고 있어, 고지식함이나 교양 때문에 마음 누그러진 청중이 아무 말 없이 미소 짓는 것을 알 경우, 그의 마음이 편안해졌다.

샤를뤼스 씨가 모렐의 용모적 아름다움을 향해 자신이 품고 있던 찬미의 정에 관한 이야기를 하지 않을 때에는, 그 찬미의 정이 흔히들 '악벽'이라고 부르는 취향과 아무 관계가 없다는 듯, 그가 그 악벽에 관해 논하곤 하였으나, 그것이 마치 자기의 악벽은 전혀 아니라는 투였다. 때로는 심지어 그가 그 악벽을 명시적으로 지칭하는 것도 서슴지 않았다. 그가 손에 들고 있던 발쟉의 아름답게 제본된 작품을 바라보다가, 『인간 희극』[141] 중 어느 작품을 특히 좋아하느냐고 내가 묻자, 그가 자기의 생각을 하나의 고정관념쪽으로 이끌어가면서 이렇게 대꾸하였다. "「뚜르의 교구사제」및 「버림받은 여인」등과 같은 작은 세밀화들 아니면 연작소설 「잃어버린 환상들」[142]과 같은 거대한 벽화들이지요. 아니! 「잃어버린 환상들」을 모르나요? 자기의 사륜마차가 어느 성 앞을 지나갈 때 까를로스 에레라[143]가 성의 이름을 묻는 순간이 참으로 아름답거니와, 그것은 자기가 옛날 사랑하던 젊은이의 거처인 라스띠냑 성이오. 또한 그 순간 사제[144]가 깊은 몽상에 잠기는데, 스완이 일찍이 그 장면을 가리켜 소년애에서 비롯된 〈올림피오의 슬픔〉[145]이라 하였고, 정말 기지 넘치는 지적이었소. 그리고 뤼씨앵의 그 죽음! 그 취향 고결한 사람이 누구인지 더 이상 기억할 수는 없소만, 누가 그에게 그의 생애에서 가장 슬펐던 사건이 무엇이냐고 묻자 그가[146]

이렇게 대답하였다고 하오. 「화류계 여인들의 영화와 비참」에 등장하는 뤼씨앵 드 뤼방프레의 죽음이라오.'"—"금년에는, 작년에 비관주의가 그랬듯이, 발쟉이 매우 유행함을 제가 알고 있습니다." 브리쇼가 그의 말을 가로챘다. "그러나 발쟉에 대한 깊은 존경심 가득한 영혼들에게 슬픔을 안겨줄 각오를 하고, 하지만 문학을 감시하는 치안관을 자처하거나, 그러면 신께서 저에게 저주를 내리실 것이니, 문법적 오류들에 대한 위반 조서를 작성하려는 것은 아니되, 솔직히 고백하거니와, 공께서 기이하게도 그 놀랄 만한 노고를 과대평가하시는 듯 보이는, 푸짐하게 써대던 그 즉흥적 문인이 저에게는 항상 충분히 면밀하지 못한 필사 담당 서기처럼 보였습니다.[147] 남작 양반, 지금 공께서 우리들에게 말씀하시는 그 「잃어버린 환상」을, 처음 입문한 사람의 열성에 도달하기 위하여 저 자신에게 고초를 가하면서 읽었습니다만, 지극히 어수룩한 영혼으로 고백하거니와, 감동적인 표현들과, 작가도 독자도 그리고 아무도 이해하지 못할 말로 서둘러 써 갈긴 그 신문 연재소설들이 (〈행복한 에스테르〉, 〈못된 길들은 어디로 향하는가〉, 〈얼마를 지불해야 늙은이들에게 사랑이 돌아오는가〉), 설명될 수 없는 호의에 의해 걸작이라는 덧없는 지위에 올랐던 로깡볼[149]의 신비가 저에게 남긴 것과 같은 인상을 항상 느끼게 하였습니다."—"그러한 말씀을 하시는 것은 당신이 생이라는 것이 무엇인지 모르시기 때문이오." 남작이 더욱 짜증 난 듯 말하였는데, 브리쇼가 자기의 예술가적 그리고 다른 종류의 견해들을 이해하지 못할 것임을 직감하였기 때문이다.—"공께서 프랑수와 라블레 사부님의 말씀처럼, 제가 '쏘르본느에 심하게 중독되고', '쏘르본느의 벙거지를 썼으며', '심한 쏘르본느 태부림증에 걸렸다'고[150] 말씀하시려는 것을 잘 알겠습니다. 하지만 저의 동료들 못지않게 저 또한 하나의 책이 진실함과 삶의 인상 주는 것을 좋아하며, 따라서 저는…" — "라블레의 15분[151]이지요." 의구심 어린 기색이 아니라 자신만만한 재치를 뽐내면서 의사가 말꼬리를 잡았다. — "…고전학자들의 엄밀한 규범에 의하면, 허세의 대가이신 샤또브리앙 자작님에게 순종하는 마음으로 아베이-오-부와[152]의 규칙을 따르면서 문학에 서원(誓願) 한 그 사제 같은 학자들 중 일원이 아닙니다…" — "사과 곁들인 샤또브리앙[153]인가요?" 꼬따르 의사가 다시 끼어들었다. — "그가 그 조합의 우두머리입니다." 의사의 농담에 전혀 대꾸하지 않고 브리쇼가 말을 계속하였는데, 반면 대학교수의 말에 몹시 놀란 의사는 불안한 기색으로 샤를뤼스 씨를 유심히 바라보았다.[154] 꼬따르가 보기에는 브리쇼에게 재치가 부족한 것 같았으니, 자기의 그 신소리가 쉐르바또프 대공 부인의 입술에는 섬세한 미소 한 가닥을 야기시켰기 때문이다. — "교수와 함께할 경우, 완벽한 회의주의자의 깨무는 듯한 빈정거림이 결코 그 권리를 잃는 법이 없어요."[155] 친절한 마음에 이끌려, 또한 의사의 그 '재담'을 자기가 놓치지 않고 들었음을 보이기 위하여 그녀가 말하였다. — "현자는 회의주의자일 수밖에 없습니다." 의사가 그녀의 말에 대꾸하였다. "제가 무엇을 알겠습니까?[156] '그노띠 쎄아우똔'[157]이라고 쏘크라테스가 말하곤 하였습니다. 지당한 말입니다, 어떤 일에서나 지나침은 하나의 결점입니다. 하지만 그 한마디가 쏘크라테스의 이름이 우리 시대에까지 존속하게 하기에 충분했다는 것을 생각할 때마다, 저는 갓 입대한 신병처럼 어안이 벙벙합니다. 그 철학 속에 무엇이 있습니까? 따져보면 별것이 없습니다. 샤르꼬[158]와 기타 다른 이들이, 수천 배나 더 괄목할 만하고 적어도 구체적인 어떤 것에 입각하여, 가령 전신 마비의 증후군으로 나타나는 동공반사의 억제 현상 같은 것에 입각하여 많은 연구 업적을 남겼건만, 그들이 거의 잊었다는 사실을 생각해 보십시오! 요컨대 쏘크라테스라는 사람은 별것 아닙니다. 아무 할 일 없어 온종일 어슬렁거리면서 시시콜콜 입씨름만 벌이던 자들 중 하나일 뿐입니다. 구세주 예수와 같은 사람입니다. '서로 사랑하시오.'[159] 매우 멋진 말입니다." — "나의 벗님…" 꼬따르 부인이 애걸하듯 만류하였다. — "물론 저의 아내는 항변합니다만, 그러한 여인들은 모두 신경쇠약증 환자들입니다." — "하지만 나의 사랑스러운 의사 선생님, 저는 신경쇠약증 환자가 아니에요." 꼬따르 부인이 나지막하게 중얼거렸다. — "신경쇠약증 환자가 아니라고? 아들의 몸이 조금이라도 아프기만 하면 불면증에 걸려 난리를 치면서. 하지만 여하튼 저는 쏘크라테스와 기타 비슷한 사람들이, 하나의 상위 교양을 위해서, 또 설명하는 재능을 얻기 위해서 필요하다는 것은 시인합니다. 저는 항상 첫 강의를 시작하기 전에 '그노띠 쎄아우톤'이라는 말을 인용합니다. 그 사실을 알게 된 부샤르[160] 영감님께서 저에게 찬사를 보내셨습니다." — "저는 형태를 위한 형태의 지지자가 아니며, 그것은 제가 시에서 백만장자의 운을 쌓아두지[161] 않는 것과 같습니다." 브리쇼가 다시 말을 계속하였다. "하지만 그렇더라도 『인간 희극』은—지극히 인간적이지 못합니다만—그 착한 늙다리 말[162] 오비디우스가 지적한, '기예가 내용을 초과하고 있는' 작품들과 너무나 정반대의 작품입니다.[163] 또한 르네가 일체의 관용 없이 교황의 의무를 장엄하게 수행하고 있던 발레-오-루[164] 및 집달리들의 등쌀에 시달리면서 오노레 드 발쟉이 어느 폴란드 여인[165]을 위해서 알아들을 수 없는 말의 열렬한 사도답게 저질 문체로 글을 써대고 있던 쟈르디[166]와 등거리를 유지하면서, 뫼동의 소교구[167] 혹은 훼르네[168]의 은거지로 이어지는 산 중턱의 오솔길을 택하는 것이[169] 누구에게나 허용되어 있습니다." — "샤또브리앙은 당신이 말씀하시는 것보다 훨씬 더 널리 알려져 있으며, 발자크는 누가 뭐라 해도 위대한 문인이오." 스완의 취향에 너무 물들어 있었던지라 브리쇼의 말을 듣고 신경질이 날 수밖에 없던 샤를뤼스 씨가 대꾸하였다. "그리고 발자크는, 모든 사람들이 모르거나 오직 비난하기 위해서만 연구하는 그 정염(情炎)들까지 경험하였소. 불후의 명작인 「잃어버린 환상들」은 말할 것도 없이,「싸라진느」,「황금빛 눈의 아가씨」,「사막에서의 어떤 사랑」, 심지어 상당히 수수께끼 같은 「거짓 정부」 등도 내 말을 뒷받침해 주고 있소.[170] 내가 스완에게 발자크의 '자연에 어긋난' 그 측면에 관해 이야기하자, 그가 나에게 말하였소. '멘느와 같은 견해를 가지고 계시군.' 나는 멘느 씨와 교분을 맺는 영광을 누리지는 못하였소." 샤를뤼스 씨가 덧붙였다(그러면서 사교계 사람들이 가지고 있는 그 불필요한 존칭(Monsieur) 붙이는 짜증 나게 하는 버릇을 드러냈는데, 그들은 마치 어느 유명한 문인에게 그 존칭을 붙임으로써, 그에게 일정한 거리를 두며, 자기들이 그와 친분 맺지 않았음을 분명히 알린다고 믿는 것 같았다). "나는 멘느 씨와 교분은 없었으나, 그와 같은 견해를 가지고 있다는 것을 명예롭게 여기고 있었소." 그 우스꽝스러운 사교계의 버릇에도 불구하고 샤를뤼스 씨가 매우 이지적이었던지라, 만약 먼 옛날에 어떤 혼인으로 그의 가문과 발자크의 가문이 혈연관계를 맺었다면 그가 (발자크 못지않게) 일종의 만족감을 느꼈을 것이며, 그것에 대하여 하나의 찬탄할 만한 친절의 표시인 양 자랑스러워하지 않을 수 없었을 것이다.

가끔 쌩-마르땡-뒤-쉔느 다음 역에서 젊은이들이 기차에 오르곤 하였다. 샤를뤼스 씨가 그들을 바라보기를 억제하지 못하였으나, 그들에게 기울이던 관심을 단축시켜 감추었던지라, 그 관심이 실제의 것보다도 더 특별한 어떤 비밀을 숨기고 있는 것 같아 보였으며, 따라서 누가 그 모습을 보았다면, 그가 그 젊은이들을 잘 알며, 우리들 쪽으로 다시 고개를 돌리기 전에 그러는 희생을 받아들인 후 자신도 모르게 그러한 사실을 노출시켰을 것이라 말하였을 것이며, 그것은 마치 부모들 간의 불화 이후 동무들에게 인사하는 것조차 금지당한 아이들이 그들과 우연히 마주쳤을 때, 가정교사의 엄격한 감독하에 다시 들어가기 전에 그들 쪽으로 얼굴을 돌리지 않고는 못 배기는 것과 같았다.

샤를뤼스 씨가 발쟉에 관한 이야기를 하면서 「화류계 여인들의 영화와 비참」 속의 〈올림피오의 슬픔〉[171]과 다름없다고 하며 곁들여 사용한, 그리스어에서 유래한 그 단어[172]를 듣는 순간, 스키와 브리쇼와 꼬따르가 아마 빈정거림보다는 만족감이 더 어렸을 미소를 지으면서 서로를 바라보았으며, 그러한 만족감은 드레퓌스로 하여금 직접 그 사건에 대하여 이야기하게 하거나 황후[173]로 하여금 자기의 치세에 대해 이야기하게 하는 데 성공한 사람들이 만찬석상에서 맛보았을 것과 같았을 것이다. 모두들 그로 하여금 그 주제에 대하여 조금 더 말하도록 할 수 있으리라 기대하였으나, 어느덧 모렐이 우리와 합류하곤 하던 동씨에르에 이르렀다. 모렐 앞에서는 샤를뤼스 씨가 자기의 대화를 세심하게 감시하였고, 스키가 그를 뤼씨앵 드 뤼방프레에 대한 까를로스 에레라의 사랑 이야기로 다시 유도하려 하자, 남작이 거북하고 불가사의한 기색을 짓더니, 마침내 (아무도 자기의 뜻을 따르지 않는 것을 보더니) 자기의 딸 앞에서 함부로 외설스러운 소리를 늘어놓는 것을 들은 어느 아버지의 엄하고 판관 같은 기색을 띠게 되었다. 스키가 그 이야기를 계속하자고 조금 고집을 부리자, 샤를뤼스 씨가 퉁방울눈을 해 가지고 알베르띤느를 가리키면서―하지만 그녀는 꼬따르 부인 및 쉐르바또프 대공 부인과 이야기하는 데 여념이 없어 우리들이 하는 말을 들을 수 없었다―의미심장한 어조로 또한 가정교육 잘 받지 못한 사람들에게 훈계하고자 하는 사람의 애매한 어조로, 이렇게 말하였다. "제 생각으로는 이제 저 아가씨의 관심을 끌 수 있을 이야기를 해야 할 것 같습니다." 하지만 나는 그에게 '아가씨'란 알베르띤느가 아니라 모렐이었음을 깨달았고, 게다가 후에 그는 모렐 앞에서 더 이상 그런 대화를 하지 말자고 요청하면서 자신이 사용한 표현들로 나의 그러한 해석이 정확했음을 스스로 증언하였다. 그가 바이올린 연주가에 대해 나에게 이렇게 말하였다. "잘 아시겠지만, 그는 당신이 생각하실 수 있을 그런 사람이 아니며, 항상 얌전하며 언제나 착실한, 매우 정직한 어린것이라오." 그런데 우리는 그러한 말에서, 샤를뤼스 씨가 성도착중세를, 젊은이들에게는 여인들에게 매춘이 그런 것만큼이나 위협적인 위험이라고 여긴다는 사실을 직감하였고, 또한 그가 모렐에 대해 말하기 위하여 '착실하다'는 수식어를 사용한 것은, 그 수식어가 어린 여직공에게 적용될 때 얻는 의미로였음도 느낄 수 있었다. 그러자 브리쇼가 화제를 바꾸기 위하여, 아직도 오랫동안 앵까르빌에 머물 생각이냐고 나에게 물었다. 내가 앵까르빌이 아니라 발백에 머물고 있음을 여러 차례 그에게 상기시켰어도 헛일, 그가 여전히 잘못 알고 있었으며, 그것은 그 해안 지역을 앵까르빌이나 발백-앵까르빌이라는 명칭으로 부르던 그의 습관 때문이었다. 그렇게, 우리와 같은 것들을 이야기하면서 조금 다른 명칭으로 그것들을 가리키는 사람들이 있다. 쌩-제르맹 구역의 어느 귀부인은, 게르망뜨 공작 부인 이야기를 꺼내고자 할 때마다, 내가 제나이드[174]를, 혹은 오리안느-제나이드를, 만난 지 오래되었느냐고 항상 물어, 나는 처음에는 그 말을 이해하지 못하였다. 아마 게르망뜨 부인의 어느 친척 여인의 이름이 오리안느였던 때가 있었던지라, 혼동을 피하기 위하여 사람들이 그 여인을 오리안느-제나이드라 불렀을지도 모른다. 마찬가지로, 처음에는 앵까르빌에만 역이 있었고, 그곳으로부터 발백까지 가려면 마차를 이용하였을지 모른다. "도대체 무슨 이야기를 하고들 계셨어요?" 조금 전 샤를뤼스 씨가 한 말의 어조에 어리던 한 아버지의 엄숙함에 놀라 알베르띤느가 물었다. "발쟉에 관해 이야기하고 있었소." 남작이 서둘러 대꾸하였다. "그런데 공교롭게도 오늘 저녁 당신의 옷차림이 까디냥 대공 부인의 옷차림을, 만찬에서 처음 만났을 때의 옷차림이 아닌 두 번째 만났을 때의[175] 그 옷차림을 닮았소." 그 우연한 일치는, 알베르띤느의 의상을 고름에 있어 내가 엘스띠르 덕분에 형성된 그녀의 취향에 의해 영감을 얻은 데서 비롯되었는데, 엘스띠르는 더 많은 부드러움과 프랑스적 나른함이 결합되지 않았다면 브리튼적이라고 부를 수도 있을 수수함을 매우 높게 평가하였다. 대개의 경우 그가 선택하던 드레스들은 보는 이들의 눈에 디안느 드 까디냥의 그것처럼,[176] 회색의 조화로운 배합을 제공하였다. 알베르띤느의 의상이 가지고 있던 진정한 가치를 음미할 줄 아는 사람은 샤를뤼스 씨 이외에 거의 아무도 없었으니, 그의 눈은 그 의상의 희귀함과 가치를 즉각 알아보았으며, 그가 피륙의 명칭을 혼동하지 않았음은 물론 그 제조인까지 알아차렸을 것이다. 다만 그는—여인들의 의상일 경우—엘스띠르가 허용하던 것보다 더 많은 화사함과 색채를 부여하는 편을 택한다고 하였다. 그리하여 알베르띤느는 그날 저녁 미소와 불안감이 반씩 섞인 미소를 나에게 던지면서, 암코양이의 작은 분홍색 코를 찡긋거렸다. 실제로 그녀의 회색 차이나 크레이프로 지은 스커트 위로 체비엇[177]산 회색 모직 재킷 자락이 겹쳐져, 알베르띤느가 온통 회색으로 보였다. 그러나 자기의 부풀어 오른 소매를 평평하게 하기 위해서였는지 혹은 치켜올리기 위해서였는지, 또한 재킷의 자락을 더 여미기 위해서였는지 혹은 아예 그것을 벗기 위해서였는지, 그녀가 나에게 자기를 도와달라고 눈짓을 보내더니 이내 재킷을 벗었고, 그 소매들이, 매우 부드러운 분홍색, 엷은 하늘색, 엷은 초록색, 비둘기 목털빛 등으로 이루어진 스코틀랜드 격자무늬 천으로 마름질되었던지라, 마치 회색 하늘에 무지개 하나가 형성된 것 같았다. 그러고 나서 그녀는 그것이 샤를뤼스 씨의 마음에 들지 궁금해하였다. "아!" 샤를뤼스 씨가 황홀해져 소리쳤다. "그야말로 한 가닥 햇살, 다양한 색깔을 만들어내는 프리즘이요. 저의 모든 찬사를 보내오." ─ "오직 저 신사분만이 그런 찬사를 받을 자격을 가지고 계세요." 나를 가리키면서 알베르띤느가 다정하게 말하였고, 그것은 나로 말미암은 것을 자랑하기를 그녀가 좋아하였기 때문이다. ─ "옷을 제대로 입을 줄 모르는 여인들만이 색깔을 두려워합니다." 샤를뤼스 씨가 다시 말을 계속하였다. "상스럽지 않고도 화려할 수 있으며, 무미건조하지 않으면서 수수할 수 있습니다. 게다가 아가씨에게는 삶에 초연한 것처럼 보이고자 하였던 까디냥 부인이 가지고 있던 이유가 없는 바, 그녀가 회색 의상을 이용하여 아르떼즈에게 주입하고자 하였던 사념이 그것이었기 때문입니다." 옷들의 소리 없는 언어에 관심을 갖게 된 알베르띤느가 『까디냥 대공 부인』[178]에 대해 샤를뤼스 씨에게 물었다. "오! 아주 세련되고 멋진 짧은 소설이에요."[179] 남작이 몽상에 잠긴 듯한 어조로 말하였다. "디안느 드 까디냥이 에스빠르 부인과 함께 거닐곤 하던 그 작은 정원을 제가 알아요. 그것은 저의 사촌 자매들 중 한 사람의 정원이에요." ─ "자기 사촌 누이의 정원이라든지, 자기의 족보 등, 그 모든 문제들이, 탁월하신 남작에게는 어떤 가치를 가질 수 있을 거요." 브리쇼가 꼬따르에게 중얼거리듯 말하였다. "하지만 그곳에서 거니는 특전도 누리지 못하고,

그 귀부인도 모르며, 귀족 작위도 없는 우리에게 그것이 무슨 상관이란 말이오?" 누구든, 어떤 드레스나 정원에 대해서도 하나의 예술품에 대해서 그러듯 관심을 가질 수 있으며, 샤를뤼스가 발작의 입장에서 까디냥 부인의 오솔길들을 자신의 시야에 다시 떠올리고 있었다는 사실 등을 브리쇼는 짐작조차 하지 못하였기 때문이다. 남작이 이야기를 계속하였다. "하지만 당신도 그녀를 알 거요." 그 사촌 자매에 대해 말하면서, 또한 자기가 보기에는 비록 자기의 계층에 속하지는 않지만 그 계층과 교분이 두터운, 그러나 그 '작은 동아리' 속에 유배된 인물에게 그러듯, 나에게 그렇게 말함으로써 나의 비위를 맞추기 위하여 그가 나를 향해 말하였다. "여하튼 당신이 빌르빠리지 부인 댁에서 그녀를 틀림없이 만났을 거요."ㅡ"보크르 성의 소유주인 빌르빠리지 부인 말씀입니까?" 브리쇼가 매혹된 기색으로 물었다.ㅡ"그렇소, 그녀를 아시오?" 샤를뤼스 씨가 냉랭하게 물었다.ㅡ"전혀 교분이 없습니다." 브리쇼가 대답하였다. "하지만 우리의 동료 노르뿌와가 매년 휴가의 일정 기간을 보크르에서 보냅니다. 그곳에 가 있던 그에게 제가 편지를 보낼 계기가 한 번 있었습니다." 나는 모렐에게, 그의 관심을 끌 수 있으리라 생각하면서, 노르뿌와 씨가 내 아버지의 친구였다고 말하였다. 하지만 그의 얼굴에는 나의 말을 들었다는 기미조차 보이지 않았다. 그가 나의 부모님을 하찮은, 그리하여 자기의 아버지가 심부름꾼 하인으로 그 댁에서 일하면서 모시던 그리고 더 나아가 가문의 나머지 다른 사람들과는 반대로 '허세 부리기' 좋아하시어 하인들에게 눈부시게 하는 추억들을 남기신, 나의 종조부님 근처에도 가지 못하는 사람들로 여겼기 때문이다. "빌르빠리지 부인이 매우 탁월한 여인 같은데, 저는 초대받은 적이 없으며, 제가 판단하건대 저의 동료들 또한 그런 것 같습니다. 학사원에서는 그토록 정중하고 친절한 노르뿌와가 우리들 중 그 누구도 후작 부인에게 소개하지 않았기 때문입니다. 제가 알기로는 가문들 간에 인연이 오래된 우리의 친구 뛰로-당쟁[180]이 그녀의 초대를 받았고, 그녀의 특별한 관심을 끈 연구로 인해 그녀가 만나기를 갈망하던 가스똥 부와씨에[181] 또한 그랬을 것입니다. 그가 그녀의 만찬에 한 번 참석한 후 매혹되어 돌아왔습니다. 그러나 부와씨에 부인은 초대받지 못하였습니다." 그 이름들을 들으며 모렐이 감동한 듯 미소를 지었다. 그러더니 노르뿌와 후작과 내 아버지에 대한 이야기를 들을 때 무심했던 것과는 달리, 큰 관심을 드러내며 나에게 말하였다.[182] "뛰로-당쟁은 당신의 종조부님과 단짝 친구였습니다. 어느 귀부인이 한림원 입회식 때 중앙 좌석 하나를 원한다고 하자 당신의 종조부께서 이렇게 말씀하셨습니다. '제가 뛰로-당쟁에게 편지를 쓰겠습니다.' 물론 좌석이 즉각 배정되었습니다. 이해하시겠지만 뛰로-당쟁 씨가 요청을 거절하는 위험은 감수하지 않았을 것이니, 당신의 종조부께서 불시에 보복할 것이 틀림없었기 때문입니다. 부와씨에[183]라는 이름 또한 저에게는 재미있는데, 당신의 종조부께서 귀부인들을 위하여 새해 선물을 장만하실 때마다 사람을 그곳으로 보내어 물건들을 구입하게 하셨기 때문입니다. 제가 그 사실을 잘 아는 것은 그 심부름을 맡았던 사람을 잘 알기 때문입니다." 그가 그 심부름꾼을 그저 알기만 한 것이 아니었으니, 그 인물이 곧 그의 아버지였기 때문이다. 모렐이 내 종조부님의 추억들 중 몇몇을 애정 어린 어투로 일깨운 것은, 할머니의 건강 때문에 이사 와서 살던 게르망뜨 댁 저택에 우리가 무한정 눌러앉지 않기로 한 것과 관련이 있었다. 우리가 이사할 것이라는 이야기가 가끔 나왔다. 그런데 이사와 관련하여 샤를르 모렐이 나에게 해준 조언을 이해하려면, 나의 종조부께서 전에 말제르브 대로 두 번째 40

번지[184]에 사셨다는 사실을 알아야 한다. 따라서 우리 가문에서는, 내가 부모님께 분홍색 드레스 입은 귀부인 이야기를 하여 아돌프 숙부님과 부모님 사이에 불화를 야기시킨 그 운명적인 날까지 우리 식구가 자주 숙부님 댁에 드나들었던지라, '당신들의 숙부님 댁'이라고 하는 대신 '두 번째 40번지'라고들 하였다. 엄마의 사촌 자매들은 엄마에게 지극히 자연스러운 어투로 이렇게 말하곤 하였다. "아! 이번 일요일에는 그 댁 식구들을 모시지 못하겠군요, 댁들이 모두 두 번째 40번지에서 저녁 식사를 하시니까요." 또한 내가 혹시 (신년 인사를 드리기 위하여)[185] 어느 친척 여자분 댁에 가려고 할 때마다, 모두들 나에게 먼저 '두 번째 40번지'에 가라고 권하셨는데, 우리가 새해 인사를 당신에게 먼저 드리지 않았다고 종조부께서 불쾌하게 여기시지 않을까 저어하였기 때문이다. 종조부께서 건물의 소유주이셨는데, 사실대로 말하거니와, 세입자들의 선택에 무척 까다로우셔서, 결국 그들이 친구들이거나 당신의 친구가 되어야 했다. 대령이었던 바트리 남작은, 집수리를 받는 혜택을 누리기 위하여, 날마다 찾아와 종조부님과 함께 엽궐련 한 개비를 피우곤 하였다. 마차가 드나드는 정문은 항상 닫혀 있었다. 만약 건물의 어떤 창문에 빨래나 융단이 내걸려 있는 것이 눈에 띄면 종조부께서 격노하셨고, 오늘날 경찰들이 그랬을 것보다 더 신속히 그것들을 다시 거두어들이도록 하셨다. 하지만 그러시면서도 당신께서 사용하는 것이라야 기껏 건물의 두 층과 외양간뿐이었던지라 세입자들을 줄이시지 못하였다. 그럼에도 불구하고 건물의 보수 및 유지 상태가 좋다고 치하해야 기뻐하시는 것을 잘 아는지라, 우리는 종조부님께서 마치 그 건물의 유일한 거주자인 양 그 '작은 저택'의 안락함을 칭송하곤 하였고, 종조부께서는 당연히 부인하셔야 했건만, 그렇게 칭송하도록 내버려두셨다. 그 '작은 저택'이 지내기에 안락했던 것은 사실이다(종조부께서 그 시절에 발명된 모든 것들을 건물에 비치하셨기 때문이다). 하지만 그 '작은 저택'이 특이할 것도 없었다. 오직 종조부님만이, 안락함이나 호화로움이나 쾌적함에 있어 그 '작은 저택'에 비할 만한 것이 빠리에는 존재하지 않는다고 확신하셨으며, 사실이야 어떻든 그러한 생각을 당신의 심부름꾼 시종과 그의 아내 및 마부, 요리 담당 하녀 등에게 주입시키셨다. 샤를르 모렐은 그러한 믿음 속에서 자랐다. 또한 그 믿음 속에 머물러 있었다. 그리하여 비록 그가 나와 이야기를 하지 않던 날에도, 혹시 내가 어떤 사람에게 이사를 할지도 모른다고 하면, 그가 즉시 나를 향해 미소를 지었고, 잘 알겠다는 기색으로 눈을 찡긋하면서 이렇게 말하곤 하였다. "아! 당신에게 필요한 것은 '두 번째 40번지'와 같은 종류의 무엇입니다! 그런 곳이라야 편안하실 것입니다! 당신의 종조부님께서 그 방면에는 정통하셨다고 말할 수 있을 것입니다. 빠리 전체를 뒤져도 '두 번째 40번지' 같은 것은 없다고 확신합니다."

　샤를뤼스 씨가 「까디냥 대공 부인」에 대해 이야기하는 동안 그의 얼굴에 어린 우수를 보는 순간, 나는 그 짧은 소설이 그의 뇌리에 떠오르게 한 것이 그에게 별것 아닌 그 사촌 누이의 작은 정원만이 아님을 직감하였다. 그는 깊은 몽상에 잠겼고, 혼잣말처럼 탄식하였다. "「까디냥 대공 부인의 비밀들」! 얼마나 뛰어난 걸작인가! 얼마나 심오하며, 얼마나 괴로운가! 자신이 사랑하는 남자가 혹시 알게 되지 않을까 그토록 노심초사하는 디안느에 관해 유포된 그 좋지 않은 소문! 영원한 진리이며, 겉보기보다 훨씬 더 보편적인 진리야! 얼마나 심원한가!" 샤를뤼스 씨가 그러한 말들을 구슬프게 중얼거렸으되, 그러면서도 그 슬픔에서 약간의 매력을 느끼고 있음을 누구나 감지할 수 있었다. 물론 샤를뤼스 씨는 자신의 행실이 어느 정도까지 알려졌는지 혹은 아예 알려지지 않았는지 정확히 알지 못하였던지라, 빠리에 돌아가 모렐와 어울리는 것이 사람들 눈에 띄어, 혹시 모렐의 가문 사람들이 개입하게 되고, 자신의 행복이 위험에 봉착하지 않을까 얼마 전부터 두려워하고 있었던 것은 사실이다. 그러한 우발성이 이제까지는 그에게 몹시 불쾌하고 괴로운 무엇으로밖에 아마 보이지 않았을 것이다. 그러나 남작은 예술적 성향이 매우 큰 사람이었다. 그리하여 얼마 전부터 그가 자신의 처지와 발자에 의해 묘사된 까디냥 대공 부인의 처지를 혼동하게 된 이후부터는, 그가 어떤 면에서 그 짧은 소설 속으로 도피하였고, 따라서 그를 아마 위협하고 있었을 그리고 여하튼 그에게 끊임없이 두려움을 주었을 불운에 직면하여서도, 자신이 겪던 그 불안 속에서 스완이나 쌩-루가 '매우 발자적'이라고 하였을 무엇을 발견하는 그 특이한 위안을 얻었다. 자신을 그렇게 까디냥 대공 부인과 동일시하는 작업이 샤를뤼스 씨에게는 쉬워졌을 것인 바, 그것은 이미 그에게 습관화되어 일찍이 다양한 예들을 보여준 정신적 치환 작용 덕분이었을 것이다. 게다가 그 치환 작용은 사랑의 대상으로서 여인을 한 젊은이로 대체하는 것만으로 그 젊은이 주위에, 정상적인 관계 주위에 펼쳐지는 사회적 관계의 복잡한 뒤얽힘 일체를 야기시키기에 충분했다. 어떠한 이유 때문이건, 달력이나 일정표에 일단 변화 하나를 확정적으로 도입하였을 때, 한 해가 비록 몇 주 늦게 시작되도록 하거나 자정을 알리는 종소리가 15분 일찍 들리게 한다 해도, 모든 날들이 그럼에도 불구하고 24시간으로, 또한 모든 달들이 30일로 구성된 것인지라, 시간의 측정에서 비롯되는 모든 것은 전과 같은 상태로 남을 것이다. 모든 것이 바뀔 수 있다 할지라도 하등의 혼란도 초래되지 않을 것이니, 숫자들 간의 관계는 항상 유사할 것이기 때문이다. '중부 유럽의 시간'을 채택하는 생활이나 동방의 책력을 채택하는 생활이 유사한 것과 마찬가지이다. 심지어 여배우 하나를 은밀히 거느리며 느끼는 자존심도 그러한 관계에서 하나의 역할을 수행하는 것 같다. 모렐이 어떤 존재인지 샤를뤼스 씨가 두루 알아보던 초기부터 그의 출신이 미천하다는 사실을 알았음에 틀림없으나, 우리가 사랑하는 일개 화류계 여자도, 가난한 이들의 딸이기 때문에 우리 곁에서 누리는 특전을 상실하지는 않는다. 한편, 그로부터 서면 질문을 받은 유명한 음악가들은—스완을 오데뜨에게 소개하면서 그녀를 사실보다 더 까다롭고 인기 좋은 여자인 듯 묘사한 친구들의 경우처럼 사리사욕에 이끌리지도 않았건만—유명인들의 단순한 상투적 습성에 이끌려, 일개 초입자를 과대평가하면서 남작에게 이러한 답신을 보냈다. "아! 위대한 재능이며, 물론 아직 젊으니 대단한 입지를 누리는 것은 물론, 전문가들이 매우 높이 평가하는 전도양양한 사람입니다." 또한 동성애라는 것을 까맣게 모르는 사람들이 남성적 아름다움에 대하여 말하는 버릇에 따라 이렇게 답하기도 하였다. "게다가 연주하는 모습이 보기에 귀엽고, 합주할 때에는 그 누구보다도 뛰어나며, 머리카락이 예쁘고, 태도가 우아하며, 표정이 매력적이어서 초상화 속의 바이올린 연주가 같습니다." 그리하여 샤를뤼스 씨가, 게다가 자신이 얼마나 많은 제안들을 받는지 그가 모르도록 내버려두지 않던 모렐에 의해 극도로 흥분되었던지라, 그를 데리고 다니는 것에, 또한 자주 들를 비둘기집[186] 하나를 그에게 지어주는 것에 흡족해하였다. 나머지 시간에는 모렐이 자유롭기를 바랐기 때문인데, 아무리 많은 금전을 그에게 주어야 한다 하더라도 샤를뤼스 씨가 갈망하던 경륜을 그가 계속 쌓는 데 그러한 자유가 필요했고, 남작이 그것을 갈망하게 된 것은, 남자라면 무엇인가를 이루어야 하고, 누구든 오직 자기의 재능으로만 가치를 드러내며, 귀족이라는 신분이나 금전은 하나의 가치를 열 배씩 증가시키는 제로[187]일 뿐이라는 매우 게르망뜨적인 생각에 이끌려서였거나, 모렐이 한가하여 항상 자기의 곁에 머물다 보면 싫증을 느끼지 않을까 하는 염려에 기인했을 것이다. 여하튼 그는 대규모 연주회가 있을 때마다 홀로 이러한 생각에 잠기는 기쁨을 놓치고 싶지 않았다. '지금 사람들의 환호를 받는 사람이 오늘 밤 내 집에 와 있을 거야.' 우아한 사람들은 사랑에 빠졌을 때, 또한 어떠한 식으로 빠지든, 자기들의 자만이 만족감을 느끼게 해주었을 종전의 특혜들을 파괴할 수 있는 것에서 자만심을 느낀다.

모렐은 내가 자기에 대하여 악의를 품지 않았고, 샤를뤼스 씨를 대함에 진정 한결같으며, 그러면서도 자기들 두 사람에 대해서는 육체적으로 완전히 무관심하다는 사실을 느꼈음인지, 우리가 자기에 대하여 욕정을 품지 않았고, 자기의 정인 또한 우리를 두 사람 사이에 불화를 획책하려 하지 않는 진정한 친구로 여긴다는 사실을 알게 된 어느 갈보처럼, 결국 나에게 열렬한 호감을 표하게 되었다. 그는 나에게 쌩-루의 연인이었던 라셀이 전에 하던 것과 정확히 같은 식으로 말하였을 뿐만 아니라, 샤를뤼스 씨가 나에게 전한 바에 의하면, 내가 없는 자리에서는, 라셀이 나에 대하여 로베르에게 하던 것과 똑같은 말을 하곤 하였다. 여하튼 샤를뤼스 씨는 나에게 말하곤 하였다. "그가 당신을 무척 좋아하오." 그것은 로베르가 하던 말과 다름없었다. "그녀가 자네를 무척 좋아한다네." 또한 조카가 자기 연인의 뜻이라고 하면서 그랬듯이, 그의 숙부 또한 모렐의 뜻이라고 하면서, 자기들과 함께 저녁 식사를 하자고 자주 청하곤 하였다. 게다가 두 사람 사이의 파란 또한 로베르와 라셀 사이의 것에 못지않았다. 물론 샤를리가 (모렐을 가리킨다) 우리들 곁을 떠나면 그에 대한 샤를뤼스 씨의 찬사가 고갈될

줄 몰랐고, 자기의 마음에 흡족했던 점들을 늘어놓으면서, 바이올린 연주가가 자기에게 매우 착하게 군다고 거듭 말하곤 하였다. 그러나 샤를리는, 심지어 모든 '신도들'이 모여 있는 앞에서도, 항상 행복해 보이고 남작의 뜻에 순종하는 듯 보이는 대신, 짜증을 내는 듯한 기색을 빈번히 드러내곤 하였다. 그러한 짜증이 심지어 얼마 후에는 샤를뤼스 씨로 하여금 모렐의 무례한 태도를 용서하도록 한 정신적 나약함의 결과로, 바이올린 연주가가 그것을 감추려 하지도 않거나, 심지어 그것을 과장하여 드러내는 지경에까지 이르렀다. 나는 샤를뤼스 씨가 샤를리와 그의 친구들인 군인들이 함께 있던 객차로 들어설 때, 그 음악가가 어이없다는 듯 어깨를 으쓱하고 아울러 동료들에게 눈짓을 하면서 그를 맞는 것을 목격하기도 하였다. 혹은 그가, 그러한 출현을 몹시 성가시게 여기는 사람처럼 잠든 척하기도 하였다. 또 혹은 그가 기침을 하기 시작하였고, 그러면 그의 동료들이 웃음을 터뜨리면서, 조롱하려는 듯, 샤를뤼스 씨와 같은 남자들의 태를 부리는 어투를 흉내 내는가 하면, 그를 한구석으로 끌고 가기도 하였으며, 결국에는 샤를리가 마치 강요당한 기색으로 샤를뤼스 씨 곁으로 돌아오곤 하였으나, 남작의 가슴은 그동안 그 모든 화살들에 의해 처참하게 꿰뚫렸다. 그것들을 그가 견딜 수 있었다는 것이 믿을 수 없을 정도였고, 매번 다른 괴로움의 그러한 형태들이 샤를뤼스 씨에게 다시 행복의 문제를 제기하였으며, 먼저의 수단이 끔찍한 추억에 의해 오염되곤 하였던지라, 그로 하여금 어쩔 수 없이 더 많은 요구를 하도록 내몰았을 뿐만 아니라, 심지어 아예 다른 것을 갈망하게 하였다. 하지만 그러한 광경들이 곧이어 아무리 고통스러웠다 하더라도, 초기에는, 프랑스 평민에 속하는 남자의 정령이 모렐을 위하여 소박함과 외면적인 솔직함, 심지어 무사무욕에 의해 영감을 받은 것처럼 보이던 독립적인 자긍심 등의 매력적인 형태들의 윤곽을 그려주었고, 나아가 그것들로 자신을 감싸게 해주었다는 사실을 인정해야 한다. 물론 그러한 외양은 거짓이었으나, 그 태도에 기인한 유리함이 모렐 쪽으로 더욱 기울었던 것은, 사랑하는 사람이 언제나 거듭 요청하며 가격을 올려 부를 수밖에 없는 반면, 사랑하지 않는 사람에게는 곧고 결연하되 우아한 노선을 따라가는 것이 수월하기 때문이다. 그러한 노선이 그가 속한 족속의 특성으로 말미암아, 심정이 그토록 굳게 닫힌 모렐의 그토록 활짝 열린 얼굴에, 샹빠뉴 지역의 대교회당들에 피어나고 있는 신헬레니즘적 우아함으로 치장된 그 얼굴에 존재하고 있었다. 억지로 꾸민 그의 오만함에도 불구하고 예기치 못하였던 순간에 샤를뤼스 씨를 발견하면, 그가 '작은 동아리' 때문에 자주 어색한 기색을 드러냈고, 얼굴을 붉혔으며, 눈을 내리깔곤 하였는데, 그러한 태도에서 온갖 사연 담긴 소설 하나를 발견하곤 하던 남작은 그럴 때마다 환희에 휩싸이곤 하였다. 하지만 그것은 단지 짜증과 수치심의 징후일 뿐이었다. 그의 짜증이 가끔 표출되기도 하였는데, 모렐의 태도가 평소 아무리 조용하고 애써 공손한 척하였어도, 그의 본색이 자주 드러나지 않고는 못 배겼기 때문이다. 심지어 때로는 남작이 한 말에 대하여, 모렐로부터 몹시 방자한 반박이 거친 어조로 터져 나왔고, 모든 사람들이 그러한 대꾸에 충격을 받기도 하였다. 그럴 때마다 샤를뤼스 씨는 구슬픈 기색으로 고개를 숙이고 아무 대꾸도 하지 않았으나, 그럼에도 불구하고 자식 사랑하기를 우상 숭배하듯 하는 아버지들이 그러듯, 자기 아이들의 냉랭함이나 무정함이 다른 이들의 눈에 띄지 않았으리라 믿는 특이한 능력을 발휘하여, 바이올린 연주가 칭송하기를 조금도 멈추지 않았다. 샤를뤼스 씨가 물론 그렇게 항상 고분고분하지만은 않았으나, 그의 저항들이 대체적으로 그 표적에 이르지 못하였으며, 그것은 특히, 상류 사교계 사람들과 어울려 살았던지라, 자신이 유발시킬 수 있을 반발들을 계산하면서, 생래적인 것은 아니나 적어도 교육에 의해 얻게 된 비천함을 참작하곤 하였기 때문이다. 그런데 그 비천함 대신 그가 모렐에게서 우연히 발견한 것은, 일시적인 초연함으로 향한 평민적 의지[188]의 편린이었다. 샤를뤼스 씨에게는 불행하게도, 모렐의 경우, 빠리 국립 음악원과 그곳에서의 명성이 (훗날 더 심각하게 될 그 문제가 하지만 아직은 제기되지 않았다) 연루된 문제들 앞에서는 모든 것이 아예 자취를 감추었다. 그리하여 예를 들자면, 도시 중산층들은 허영심에 이끌려 성씨를 쉽사리 바꾸고, 지체 높은 나리들은 이권 때문에 성씨를 바꾼다. 반대로 그 젊은 바이올린 연주가의 경우, 모렐이라는 성씨가 그가 획득한 바이올린 부문 최우수상과 끊을 수 없게 관련되어 있었던지라 그의 성씨를 바꾸는 것이 불가능했다. 샤를뤼스 씨는 모렐이 자기로부터 모든 것을, 심지어 자기의 성씨까지도 얻기를 바랐다. 모렐의 이름이 샤를뤼스와 비슷한 샤를르이고, 자기들이 만나곤 하던 사유지 명칭이 샤름므라는 사실을 뇌리에 떠올린 샤를뤼스 씨가, 발음하기에 유쾌한 멋진 성씨가 예술적 명성의 반을 차지하는 법이니, 그 기예 뛰어난 젊은이가 서슴지 말고 '샤르멜'이라는 성씨를 얻어야 한다고 모렐을 설득하려 하였는데, 그 성씨는 그들의 밀회 장소를 조심스럽게 암시하기도 하였다.[189] 그의 말을 듣고 모렐이 어이없다는 듯 어깨를 으쓱하였다. 그러자 자기에게 그러한 성씨를 가진 심부름꾼 시종이 있었노라고 덧붙이는, 마지막 설득 수단을 샤를뤼스 씨가 불운하게 뇌리에 떠올려 다음과 같이 말하였으나, 오히려 젊은이를 맹렬하게 분개시켰을 뿐이다. "나의 선조들께서 국왕의 침실 시종이나 왕실 집사라는 자격을 자랑스러워하던 시대가 있었다네."[190] — "저의 선조들께서 당신 선조들의 목을 자르게 하딘 다른 시대[191]도 있었습니다." 모렐이 의기양양하게 대꾸하였다. 샤를뤼스 씨가 만약 '샤르멜'이라는 성씨로는 뜻을 이루지 못하여, 하는 수 없이 모렐을 양자로 삼아 자기의 재량권하에 있는 게르망뜨 가문의 작위들 중 하나를 그에게 주기로 작정하였다 해도(그러나 모두들 알게 되겠지만, 여러 상황들로 인해 그가 바이올린 연주가에게 그것을 주는 것이 허락되지 않았다), 그가 자기의 '모렐'이라는 성씨와 결부된 예술적 명성 및 '교실'에서 오갈 분분한 논평들을 생각하여 그 작위를 거부하였을 것이라는 점을 추측할 수 있었다면 몹시 놀랐을 것이다. 그는 (국립음악원이 있는) 베르제르 로를 (귀족들이 살던) 쌩-제르맹 구역보다 그만큼 더 중요시하였다![192] 샤를뤼스 씨가 당장은 '플루스 울트라 카롤스'[193]라는 태고의 문구를 새긴 상징적인 반지들을 모렐을 위해 만들게 하는 것으로 만족할 수밖에 없었다. 물론, 자신이 모르는 종류의 적과 직면하여서는 샤를뤼스 씨가 전술을 변경하였어야 마땅하다. 그러나 누가 그럴 수 있단 말인가? 게다가 샤를뤼스 씨에게 미숙함이 많았다 하지만, 모렐에게도 그것이 없었던 것은 아니다. 뿐만 아니라 적어도 잠정적으로나마 (하지만 그 잠정성이 어느 사이에 결정적으로 변하였다) 샤를뤼스 씨와의 관계에서 그를 파멸시키게 되어 있던 결별을 초래한 상황 자체 이외에도 다른 것이 있었으니, 그것은 그의 내면에 엄격함 앞에서는 굽실거리고 부드러움에는 방약무인하게 대꾸하게 하던 비천함만 있었던 것이 아니라는 점이다. 그 천성적인 비천함과 병행하여 그에게는, 자신에게 잘못이 있거나 책임져야 할 모든 상황에서도 깨어나, 남작의 마음을 누그러뜨리기 위해서는 온갖 친절함과 부드러움과 명랑함이 필요할 바로 그 순간에, 침울해지고 공격적으로 변해, 다른 이들이 자기의 견해에 동의하지 않음을 알면서도 토론을 벌이려 시도하고, 허약한 이론을 내세워, 또한 그 허약함 자체까지도 증대시키는 단정적인 난폭함을 내세워, 자기의 적대적인 관점을 고집스럽게 주장하게 하던, 못된 교육에서 비롯된 매우 복잡한 신경쇠약증 하나가 있었다. 그럴 때마다 논거가 즉시 바닥나곤 하였고, 그럼에도 불구하고 다른 논거들을 고안해 냈으며, 그러한 논거들 속에 그의 무지와 멍청함이 몽땅 펼쳐지곤 하였으니 말이다. 그가 친절하고 누구의 호감을 얻으려고 노력할 때에는 그 무지와 멍청함이 겨우 모습을 드러내는 정도에 그치곤 하였다. 반면 그의 기분이 급작스럽게 침울해질 때에는 오직 무지와 멍청함만 보였고, 그러한 순간에는 평소 대수롭지 않게 보아 넘길 수 있던 그것들이 혐오스럽게 변하였다. 그럴 때면 샤를뤼스 씨가 기진맥진해져, 더 나아질 다음 날에 희망을 걸 수밖에 없었고, 반면 모렐은, 남작이 자기에게 호화로운 생활을 확보해 준다는 사실을 망각한 채, 우월감에서 비롯된 연민 어린, 빈정거리는 미소를 지으면서 이렇게 말하곤 하였다. "나는 그 누구로부터도 무엇을 받지 않았습니다. 그리하여 그 누구의 은혜도 입지 않았습니다."

그러는 동안, 또한 마치 상류 사교계 인사를 상대하기라도 하듯, 샤를뤼스 씨가 진실한 것이었건 꾸민 것이었건 노기 터뜨리기를 계속하였으나 번번이 부질없었다. 그러나 항상 그랬던 것만은 아니다. 그 한 예로, 어느 날(그들이 만난 초기가 지난 시기이다), 남작이 베르뒤랭 댁 오찬에 참석한 후 샤를리 및 나와 더불어 돌아오면서, 그날 오후와 저녁 시간은 동씨에르에서 바이올린 연주가와 함께 보낼 생각을 하였는데, 기차에서 내리기 무섭게 '할 일이 있다'고 대꾸한 바이올린 연주가의 작별 인사가 샤를뤼스 씨에게 어찌나 큰 실망을 안겨주었던지, 그러한 불운에 맞서 그가 마음을 가다듬으려 비록 애를 썼건만, 내가 보자니, 기차 앞에서 넋을 잃고서 있던 그의 속눈썹 분이 눈물에 녹고 있었다. 그러한 슬픔이 어찌나 깊어 보였던지, 알베르띤느와 내가 동씨에르에서 그날 오후를 보낼 계획이었던지라, 내가 알베르띤느의 귀에다 대고 나지막하게 말하기를, 무슨 곡절인지는 모르되 몹시 슬픈 것처럼 보이는 샤를뤼스 씨를 홀로 내버려두지 않았으면 좋겠다고 하였다. 사랑스러운 그 어린것이 선선히 내 뜻을 수락하였다. 그리하여 샤를뤼스 씨에게 혹시 내가 그와 잠시 함께 있기를 바라지 않느냐고 물었다. 그 역시 나의 제안에 동의하였으나, 그럼으로 해서 나의 사촌누이에게 폐가 되는 것은 원치 않는다고 하였다. 내가 상당한 다정함을 드러내면서(그리고 그녀와의 결별을 이미 결심하였던지라, 틀림없이 마지막으로), 그녀가 마치 나의 아내이기라도 한 듯, 그녀에게 조용히 명령하였다. "가고 싶은 곳으로 먼저 돌아가시게. 오늘 저녁에 자네를 다시 만나러 가겠네." 그 말을 듣자, 하나의 아내가 그랬을 것처럼, 그녀가 나에게 내 뜻대로 하라고 허락하면서, 자기가 좋아하는 샤를뤼스 씨께서 원하시면 내가 그의 뜻에 따르는 것에 동의한다고 하였다. 우리가, 즉 남작과 내가, 그는 뚱뚱한 몸을 좌우로 흔들면서 예수회 수도사[194]의 눈을 내리깐 채, 나는 그의 뒤를 따르면서, 어느 까페로 갔고, 우리에게 맥주를 내왔다. 나는 샤를뤼스 씨의 눈이 불안함 때문에 어떤 계획을 뇌리에 떠올려 그것을 응시하고 있음을 직감하였다. 문득 그가 종이와 잉크를 가져오라고 하더니, 기이하게 빠른 속도로 무엇인가를 써 내려가기 시작하였다. 그가 한 장씩 종이들을 글씨로 뒤덮는 동안, 그의 두 눈이 광기 어린 몽상으로 번쩍거렸다. 그렇게 여덟 페이지를 채웠을 때, 그가 나에게 말하였다. "내가 당신에게 큰 도움을 요청하여도 좋겠소? 내가 이것을 봉인하는 것을 용서하시오. 하지만 그럴 수밖에 없소. 마차나, 더 빨리 가기 위하여 가능하면 자동차를 잡아 타시오. 모렐이 자기의 방에 옷을 갈아입으러 갔으니, 틀림없이 그곳에서 아직은 그를 만날 수 있을 것이오. 가엾은 녀석, 우리가 헤어지던 순간에 그가 허세를 부리려고 하였으나, 내가 장담하거니와, 녀석이 나보다 더 슬퍼할 거요. 이 편지를 그에게 주시고, 혹시 그가 어디에서 나를 보았느냐고 물으면, 로베르를 만나기 위하여 (아마 진실이 아니었을 것이다) 동씨에르에 머물렀는데(그것은 사실이었다), 당신이 모르는 사람과 함께 있던 나와 우연히 마주쳤고, 내가 몹시 노한 기색이었으며, 당신이 듣기에 결투에 입회할 사람을 부르는 것 같다고 (실제로 내일 내가 결투를 하오) 그에게 말하시오. 특히 내가 그를 부른다는 말은 하지 마시고, 그를 나에게 데려오려 하지도 마시되, 만약 그가 당신과 함께 오려 하면 만류하지 마시오. 어서 떠나시오, 젊은이, 이것은 그를 위한 일이며, 당신이 커다란 비극 하나를 미연에 방지할 수 있을 것이오. 당신이 떠난 후 나는 결투 입회인들에게 보낼 편지를 쓰고 있겠소. 나로 인하여 당신이 사촌 누이와 함께 산책을 하실 수 없게 되었소. 이 일로 인하여 그녀가 나를 원망하지 않았으면 좋겠고, 나는 그녀가 그러지 않으리라 믿기도 하오. 왜냐하면 그녀는 고결한 영혼의 소유자이기 때문이고, 나는 그녀가 상황의 심각성을 외면하지 않을 줄 아는 여인들 중 하나임을 잘 알기 때문이오. 나 대신 당신이 그녀에게 고맙다는 인사를 하셔야 할 거요. 내가 그녀에게 직접 은혜를 입었고, 일이 그렇게 된 것이 기쁘오." 나는 샤를뤼스 씨에 대하여 깊은 연민을 느꼈고, 아마 자기가 원인을 제공하였을지도 모를 그 결투를 샤를리가 막을 수도 있었을 것처럼 보였으며, 따라서 내 막이 그럼에도 불구하고, 자기의 후견인을 돕는 대신 그가 그토록 무심하게 떠난 것에 분개하였다. 모렐이 살고 있던 집에 도착하여 그의 음성을 듣는 순간 나의 분개한 마음이 더욱 고조되었는데, 그는 즐거움을 발산하고 싶은 욕구에 이끌려 한껏 감정을 실어 노래를 부르고 있었다. "토요일 저녁, 노동을 마친 후!…"[195] 모렐이 그 순간에도 슬퍼하고 있으리라 내가 믿기를 바랐고, 틀림없이 그렇게 자신도 믿고 있었을, 그 가엾은 샤를뤼스 씨가 그 노래를 들었다면! 나를 보자 샤를리가 즐거워하며 춤을 추기 시작하였다. "오! 나의 늙은이[196](더러운 버릇들만 얻게 되는 이 빌어먹을 군대 생활로 인해 당신을 이렇게 부르는 것 용서하시오), 당신을 보게 되다니 이 무슨 행운인가! 오늘 저녁에 저는 아무 할 일이 없습니다. 간청하거니와 저녁을 함께 보냅시다. 좋으시다면 여기에 함께 있고, 원하시면 뱃놀이하러 가든가, 음악을 듣던가, 여하튼 저는 무엇이든 좋습니다." 발백에서 만찬에 참석해야 한다고 내가 그에게 말하자, 그가 자기를 초대해 주었으면 하는 욕구를 내비쳤으며, 나에게는 그럴 뜻이 없었다. "하지만 그렇게 바쁘시다면서 무슨 일로 오셨습니까?" — "샤를뤼스 씨가 보내는 편지를 가지고 왔습니다." 그 이름을 듣는 순간 그의 즐거워하던 기색이 자취를 감추었고, 그의 상판이 일그러졌다. "어찌 이럴 수가! 나를 여기까지 다시 쫓아오다니! 내가 아예 노예로군! 여보시오, 나를 좀 생각해 주시오. 편지를 뜯지 않겠소. 나를 만나지 못하였노라고 그에게 말씀해 주시오." — "편지를 읽어보는 편이 낫지 않겠습니까? 무슨 중대한 일이 있는 것으로 생각됩니다." — "결코 그렇지 않습니다. 당신은 그 늙은 해적의 거짓말과 지옥 같은 흉계들을 모르십니다. 자기를 보러 오게 하려는 수작일 뿐입니다. 그런데! 나는 가지 않겠습니다. 오늘 저녁에는 평온이 필요합니다." — "하지만 내일 결투가 있지 않습니까?" 내가 모렐에게 물었고, 나는 그도 그 사실을 알고 있으리라 추측하였다. — "결투요?" 그가 어이없다는 기색을 띠며 나에게 반문하였다. "그 이야기는 단 한 마디도 듣지 못하였습니다. 여하튼 나는 상관하지 않겠습니다. 그 구역질 일으키는 늙은이가 좋다면, 몸뚱이가 조각조각 잘리든지 말든지. 하지만, 이보시오, 당신의 말씀을 들으니 의아해지는데, 여하튼 그의 편지를 읽어보겠습니다. 내가 돌아오면 읽을 수 있도록 편지를 이곳에 놓아두었노라고 그에게 말씀하시오." 모렐이 나에게 말을 하는 동안에도, 나는 샤를뤼스 씨가 그에게 주어 그의 방을 가득 채우고 있던 아름다운 책들을 아연실색하여 바라보고 있었다. 바이올린 연주가에게는 예속의 징표처럼 보여 모욕적으로 여겨지던, '나는 남작에게 속하노라…' 등과 같은 구절이 새겨진 책들을 그가 거절하였던지라, 남작이 불행한 사랑과 잘 어울리는 감상적인 능란함을 동원하여, 선조들에게서 유래한, 그러나 우수 어린 우정의 계기에 따라 도서 장정인들에게 요청하여 변화시킨, 다른 구절들로 좌우명에게 다양성을 부여하였다. 어떤 것들은 '스페스 메아'[197] 혹은 '엑스펙타티온 엘루데트'[198] 등처럼 간략하며 낙관적이었고, 어떤 것은 '기다리겠노라'[199]와 같이 단지 체념만 보였고, 어떤 것들은 우아하여 '주공과 같은 즐거움을'[200], 혹은 씨미안느[201] 가문에서 빌려 왔고 하늘색 탑들과 백합꽃들 흩뿌려졌으되 의미 완곡해져 순결을 권하는 '쏘스텐탄트 릴리아 투레스'[202] 같은 것들이었고, 그리고 다른 것들은 절망 가득한, 그리하여 이 지상에서 자기를 원하지 않는 남자에게 하늘에서 만나자는 약속을 하는 '마네트 울티마 카일로'[203]와 같은 구절이었으며, 그리고 자기의 손이 닿지 않는 포도송이가 너무 파랗다고 하면서, 또한 자기가 얻지 못한 것은 추구한 적이 없는 척하면서, 샤를뤼스 씨가 어느 좌우명에서는 이렇게 말하였다. '논 모르탈레 쿠오드 옵토'.[204] 그러나 나에게는 그 모든 것들을 일일이 볼 시간이 없었다.

샤를뤼스 씨가 지면에 그 편지를 마구 뿌리듯 쓰는 동안, 그의 펜을 그 위로 질주시키던 영감이라는 악마에게 사로잡힌 것처럼 보였다면, 모렐 역시 '아타비스 에트 아르미스'[205]라는 붉은색 장미 두 송이와 함께 표범 문양 넣은 봉인을 뜯기 무섭게, 샤를뤼스 씨가 그것을 쓰면서 보이던 것만큼이나 뜨거운 열기를 드러내면서 편지를 읽기 시작하였고, 그의 시선 또한 마귀의 장난으로 온통 까맣게 변한 그 지면들 위로 남작의 펜 못지않게 신속히 질주하였다. "아! 맙소사!" 그가 놀라며 소리쳤다. "결국에는 이러한 일까지! 하지만 어디에 가서 그를 찾는단 말인가? 지금 그가 어디에 있는지는 신만이 아실 터인데." 내가 그에게 넌지시 말하기를, 우리가 서두르기만 한다면, 기력을 회복하기 위하여 그가 맥주를 주문하였던 술집에서 아마 그를 만날 수 있을 것이라고 하였다. "제가 다시 돌아올지 모르겠습니다." 그가 가정부에게 말하였다. 그리고 다시 혼잣말처럼 덧붙였다. "일 돌아가는 것에 달렸어요." 잠시 후 우리 두 사람이 까페에 당도하였다. 나는 샤를뤼스 씨가 나를 발견하던 순간 보이던 기색을 놓치지 않았다. 내가 홀로 돌아오지 않는 것을 보자, 내가 직감하기로는, 그의 호흡과 생명이 그에게 되돌아온 것 같았다. 그날 저녁에는 모렐 없이 지낼 수 없을 것 같은 심정이었던지라, 바이올린 연주가의 연대 소속 장교 두 사람이 그와 관련시켜 자기의 험담을 하였다고 누가 자기에게 알려주었고, 따라서 결투를 신청하기 위하여 증인들을 그 장교들에게 보내려 한다는 등의 이야기를 샤를뤼스 씨가 지어낸 것이다. 모렐은 자기와 관련된 추문을 알게 되었고, 그러면 연대에서의 삶이 불가능함을 깨달았던지라 그렇게 서둘러 달려온 것이다. 그 면에서는 그가 전적으로 잘못을 저지른 것은 아니다. 왜냐하면 자기의 거짓말을 더 그럴듯하게 만들기 위하여, 샤를뤼스 씨가 이미 자기의 두 친구에게 (그들 중 하나는 꼬따르였다) 자기 편 증인이 되어달라고 요청하는 편지를 썼으니 말이다. 따라서 만약 모렐이 달려오지 않았다면, 샤를뤼스 씨가 미쳐 있었던지라(그리고 자기의 슬픔을 노기로 바꾸어 폭발시키기 위하여), 아무 장교나 하나 골라 그에게 증인들을 보냈을 것임은 분명하며, 그 장교를 상대로 결투를 벌이는 것이 그에게는 마음을 가라앉히는 수단이 되었을 것이다. 그러는 동안 샤를뤼스 씨는 자기가 프랑스 왕실보다 더 순수한 혈통이라는 사실을 상기하면서, 자기와 교분 맺을 자격조차 없을 주인을 섬기던 어느 집사의 아들 때문에 그토록 초조해하다니, 자신이 매우 선량하다는 생각을 하였다. 그러나 다른 한편으로는, 자신이 천박한 자들과의 교분 이외에서는 별로 즐거움을 느끼지 못하게 되었다 할지라도, 그러한 자들이 가지고 있는, 예를 들어 어떤 편지에 답장조차 하지 않는다든가, 예고도 없이 또한 후에 사과 한 마디 없이 약속 장소에 나타나지 않는다든가 하는 등의 고질적인[206] 버릇이 대개는 사랑과 관련되었던지라 그에게 어찌나 큰 감동을 안겨주었던지 그리고 나머지 다른 경우에는 어찌나 심한 짜증과 불편함과 노여움을 안겨주었던지, 그가 때로는 지극히 작은 일을 위해서도 거듭 자기에게 보내지던 숱한 편지들이나, 대사들과 대공들의 한 치 어김없는 정확성 등을 그리워하곤 하였는데, 자신이 그러한 것들에 불행하게도 무심해졌을 망정, 그것들은 여하튼 자기에게 일종의 휴식을 주었기 때문이다. 모렐의 버릇에 익숙해졌고, 그에 대한 자신의 영향력이 얼마나 적은지 잘 알며, 따돌림당한 그러나 오만하며 헛되이 탄원하는 지체 높은 나리에게 한 시간을 할애하기에는, 상스럽되 관습에 의해 인정된 동료 관계가 지나치게 큰 자리와 시간을 점하고 있는 하나의 삶 속으로 비집고 들어갈 능력이 없었던 샤를뤼스 씨가, 그 음악가 녀석이 오지 않을 것이라고 어찌나 확신하고 있었던지, 또한 자신의 행동이 너무 지나쳐 그와 영영 불화하게 되지 않을까 어찌나 두려워하였던지, 그가 오는 것을 보는 순간, 자신의 입에서 터져 나오려는 외마디 소리를 억제하기 매우 어려웠다. 그러나 자신이 승자임을 직감하자, 그는 평화의 조건들을 자기가 제시하고 또 그것에서 자신의 역량껏 유리한 점들을 이끌어내려 하였다. "여기에는 무엇하러 오셨는가?" 그가 모렐에게 말하였다. "그리고 당신은?" 그가 나를 바라보며 덧붙였다. "내가 당신에게 특히 저 사람은 데려오지 말라고 당부하였소." — "그가 저를 데려오려고 한 것이 아닙니다." 모렐이 교태 부리는 천진스러움을 감추지 않은 채, 남작을 포옹하기 원하고 울음 북받치는 듯한 기색—틀림없이 그 앞에서는 아무도 항거할 수 없을 것이라 판단한—하나를 곁들여, 관례적으로 구슬프고 번민하는 투로 시대에 뒤진 시선을 샤를뤼스 씨 쪽으로 거듭 굴리면서 말하였다. "그의 뜻과는 상관없이 제가 온 것입니다. 그 미친 짓을 그만두시라고, 우리 우정의 이름으로 무릎 꿇고 간원하기 위하여 왔습니다." 샤를뤼스 씨는 하도 기뻐서 정신착란을 일으킬 지경이 되었다. 그의 신경계에는 과도할 만큼 반응이 몹시 강했으나, 그럼에도 불구하고 그가 자신의 신경을 통제하였다. "당신이 상당히 시의적절하지 않게 내세우는 우정이, 한 바보의 어리석음을 내가 간과해서는 아니 된다고 생각할 때에 하필, 나로 하여금 반대로 당신의 생각에 동의해야 할 처지에 놓이게 하였소." 그가 무뚝뚝한 어조로 대꾸하였다. "하지만 내가 비록 이제까지 느낀 것들 중 가장 진지한 애정에서 비롯된 간청에 따르려 한다 하더라도, 나에게 더 이상 그럴 능력이 없는 바, 결투 증인들에게 보낸 나의 편지들이 이미 떠났고, 그것들이 수신인들에게 도착하였을 것을 의심치 않기 때문이오. 당신은 나를 대함에 있어 항상 어린 멍청이처럼 행동하였고, 따라서 내가 당신에게 보인 편애를, 그것이 당신의 당연한 권리이니, 자랑스러워하는 대신, 혹은 나의 우정과 같은 그러한 우정이 당신에게는 비할 데 없는 자긍심의 동기였음을, 군법 때문에 당신이 그 속에 들어가 살 수밖에 없게 된 그 고압적이고 좀스러운 상급자들 혹은 하인들 떼거리에게 이해시키는 대신, 오히려 자신을 변호하려 하였을 뿐만 아니라, 심지어 나에게 충분히 고마워하지 않는 것을 멍청한 미덕으로 여기기까지 하였소. 나는 그 일에 있어 당신이 다른 사람들의 질투에 의해 스스로 조정당하였다는 점에서만 죄가 있음을 알고 있소." 특정 장면들이 그에게 얼마나 심한 모멸감을 안겨주었는지 드러나지 않도록 하기 위하여 그렇게만 덧붙였다. "그러나 도대체 어떻게 당신의 나이에 이르도록, 내가 당신을 선택한 사실과 그것에서 비롯될 엄청난 특혜들이 다른 이들의 질투를 유발시킬 것임을, 또한 당신의 모든 동료들이 당신을 자극하여 나와 불화하도록 부추기는 한편 당신의 자리를 차지하려 획책한다는 사실을, 즉시 알아차리지 못할 만큼 어린아이 (그것도 상당히 버릇 없이 자란) 상태로 머물 수 있단 말이오? 나는 당신이 가장 신뢰하는 자들로부터 받은 이 문제와 관련된 편지들을 당신에게 알려주어야 한다고는 생각하지 않았소. 나는 그 천한 하인 녀석들의 은근한 수작이나 그들의 무력한 비웃음을 모두 무시하오. 내가 항상 마음속에 담고 있는 단 한 사람은 오직 당신뿐이며, 그것은 당신을 진정 좋아하기 때문이지만, 애정에도 한계가 있는 법, 당신이 그 점을 짐작했어야 했소." 아버지가 남의 집 하인이었던 모렐의 귀에 '천한 하인 녀석들' 이라는 말이 아무리 무자비하게 들렸다 해도, 그러나 그의 아버지가 하인이었다는 바로 그 이유 때문에, 모든 사회적 재난들을 '질투' 에 입각하여 보려는 설명이, 너무 단순화시켜 어처구니없으되 결코 사라질 수 없을 만큼 집요하며, 따라서 특정 계층에서는, 극장의 관객들에게 잘 먹히는 케케

묵은 속임수들이나 의회에 자주 등장하는 교권주의자들의 위협[207] 만큼이나 확실하게 '인정되는' 그러한 설명이, 인류에게 불행을 안겨주는 유일한 원인이 질투라고 생각하던 프랑수와즈나 게르망뜨 부인 댁 하인들에게서 발견되던 것과 거의 같은 강력한 믿음을 모렐에게서 얻었다. 그리하여 모렐은 자기의 동료들이 자기가 누리는 자리를 훔치려 하였다는 것을 의심치 않았고, 그 재앙과 같은 그러나 허구적이었던 결투 소식에 더욱 불행해졌다. "오! 이 무슨 절망인가!" 샤를리가 탄식하였다. "그러한 일을 겪고는 제가 살아남지 못할 것입니다. 하지만 그들이 그 장교에게 가기 전에 당신을 먼저 만나야 하지 않았나요?" – "모르겠소만 나 역시 그래야 한다고 생각하오. 내가 그들 중 하나에게 사람을 보내어, 오늘 저녁 이곳에 머물렀다가 그에게 필요한 사항들을 말해 주겠노라 하였소." – "지금부터 그 사람이 올 때까지, 제가 당신을 설득할 수 있기를 기대합니다. 그러니 제가 당신 곁에 머무는 것만은 허용해 주십시오." 모렐이 그에게 애정 가득한 어조로 요청하였다. 그것이 곧 샤를뤼스 씨가 원하던 것의 전부였다. 하지만 그는 즉시 누그러지지 않았다. "당신이 이 경우에다 '귀여운 자식일수록 매로 다스린다'는 속담을 적용함은 잘못이리니, 내가 사랑하는 자식은 당신이고, 우리의 관계가 파국을 맞은 후에라도, 당신에게 해를 끼치려 비겁하게 획책한 자들을 엄하게 다스릴 생각이기 때문이오. 이제까지 나는, 감히 나에게, 도대체 어떻게 나와 같은 사람이 당신과 같은 부류의 출신 미천한 면수와 어울릴 수 있었느냐고 꼬치꼬치 캐묻는 듯하던 그들의 암시에, 나의 친척들 중 하나인 라 로슈푸꼬의 이런 좌우명으로 응대하곤 하였소. '그것이 나의 기쁨이노라.' 내가 심지어 당신에게 여러 차례 강조하기를, 그 기쁨이 나의 가장 큰 기쁨으로 변할 수 있으며, 당신이 나로 말미암아 인위적으로 고귀해진다 해도 그로 인해 내가 비천해지는 일은 없을 것이라 하였소." 그러더니 거의 미친 듯한 오만함의 동작을 보이더니 두 팔을 번쩍 쳐들면서 이렇게 소리쳤다. "탄투스 아브 우노 스플렌도르!208) 승낙함209)이 곧 내려감은 아니노라." 긍지와 기쁨에 기인된 그 착란 증세를 보이더니, 그가 더 조용해진 어조로 마지막 구절을 덧붙였다. "나는 나와 결투할 두 상대가 적어도, 비록 그들의 지위는 낮다 하더라도, 내가 수치심을 느끼지 않고 흐르게 할 수 있을 피를 물려받은 자들이기를 바라오. 그 점에 관련된 사항들을 은밀히 알아보았고, 그것들이 나를 안심시켰소. 당신이 만약 나에 대하여 약간이나마 고마운 마음을 간직하고 있다면, 이 결투 때문에 내가 내 선조들의 호전적인 기질을 되찾아 숙명적인 결과가 초래될 경우, 당신이 우스꽝스러운 어린것임을 깨달은 터라, '죽음이 나에게는 곧 삶이로다'라고 말하는 모습을 보게 된 것에 자긍심을 느껴야 할 것이오." 또한 샤를뤼스 씨는 그 말을 진지하게 하였는데, 그것은 모렐에 대한 사랑 때문만이 아니라, 자기가 자기의 선조들로부터 물려받았다고 고지식하게 믿고 있던 싸움꾼의 취향이 결투를 한다는 생각만 하여도 그에게 커다란 환희를 안겨주었기 때문이며, 따라서 처음에는 단지 모렐이 오도록 하기 위하여 허구로 꾸민 그 결투를 포기하는 것에 그가 이제는 아쉬움을 느끼게 되었다. 그는 자신이 결투를 해야 할 때마다, 자신이 용감무쌍한 사람이라고 즉시 생각하면서, 자신을 찬연한 옛 게르망뜨 총사령관과 동일시하던 반면, 다른 사람이 결투를 하게 될 경우에는, 결투장으로 가는 그 행위를 지극히 미미한 일로 여기곤 하였다. "그 광경이 매우 아름다울 것이라 생각하오." 그가 단어 하나하나를 읊조리듯 발음하면서 우리를 바라보며 진지하게 말하였다. "『어린 참수리』210) 속에서 연기하는 사라 브르나르를 보는 것, 그것이 무엇이오? 까까²¹¹⁾요. 『오이디푸스』²¹²⁾에 출현한 무네-쒤리는? 역시 까까요. 기껏해야, 그 작품이 님므의 야회 원형극장에서 공연될 때, 변모에 기인한 창백함을 띠는 것이 고작이오. 하지만 프랑스 군 총사령관의 직계 후손이 직접 싸우는 광경을 보는 것, 그 놀라운 것에 비하면 그따위 연기가 다 무엇이란 말이오?" 그러더니 단지 그러한 생각만 하여도 기쁨을 억제할 수 없었던지, 샤를뤼스 씨가 팔을 휘둘러 원형을 그리면서 방어 자세를 취하였으며, 몰리에르의 작품 중 한 장면을 연상시키는 그러한 동작이,²¹³⁾ 우리들로 하여금 맥주잔을 조심스럽게 앞으로 끌어당기게 하였을 뿐만 아니라, 서로 칼끝을 겨누기 시작하자마자 상대방과 입회 의사와 증인들에게 부상을 입히지 않을까 염려하게 하였다. "화가에게는 그것이 얼마나 그리고 싶은 장면이겠소! 엘스띠르 씨와 교분이 있으니, 당신이 그를 데려와야 할 것이오." 그가 나에게 말하였고, 나는 엘스띠르가 그 연안에 와 있지 않다고 대꾸하였다. 샤를뤼스 씨가 나에게 넌지시 말하기를, 전보를 칠 수도 있을 것이라 하였다. 내가 아무 대꾸도 하지 않자 그가 다시 말하였다. "오! 그를 위해서 하는 말이오. 그와 같은 종족적 부활 장면을 화폭 위에 고정시키는 것이 거장에게는—내 견해로는 그도 거장들 중 하나요—항상 재미있는 일이오. 그런데 사실 그러한 예를 아마 한 세기에서 하나 보기도 어려울 거요."

하지만 샤를뤼스 씨가 처음에는 순전히 허구적이었던 그 결투 생각에 황홀해지고 있던 반면, 모렐은 자기 연대의 군악대에서 시작된, 그러나 그 결투 때문에 베르제르 로의 신전까지 퍼져나갈 수 있을 쑥덕공론을 생각하며 두려움에 사로잡혀 있었다. 자기의 '교실'에 벌써 그 소식이 알려지기라도 한 것처럼 그의 마음은 점점 더 초조해지는데, 샤를뤼스 씨는 결투를 한다는 생각에 도취되어 팔을 마구 휘둘러대고 있었다. 그가 남작에게 결투가 예정되었다고 하는 이틀 후까지 곁을 떠나지 않도록 허락해 달라고 간청하였으며, 그것은 그를 끊임없이 감시하면서 그로 하여금 이성의 목소리에 귀 기울이도록 하기 위함이었다. 그토록 다정한 제안이 샤를뤼스 씨의 마지막 머뭇거림을 물리쳤다. 샤를뤼스 씨가 말하기를, 결투를 피할 명분을 찾아보겠노라고 하면서, 결단을 이틀 후로 미루겠노라고 하였다. 그러한 식으로 사건을 일거에 종결시키지 않음으로써, 샤를뤼스 씨는 최소 이틀 동안 샤를리를 자기 곁에 붙잡아 둘 수 있었고, 그 기간을 이용하여 결투를 포기하는 대가로 장래의 약속을 얻어낼 수 있었는데, 그는 샤를리에게 말하기를, 결투 그 자체가 자기를 황홀하게 만드는 운동이며, 따라서 그것을 그만두는 것이 아쉽다고 하였다. 그 점에 있어서는 그의 말이 사실이었으니, 어떤 상대와 검이나 권총을 가지고 겨룰 일이 생겼을 때, 결투장에 가는 것을 항상 즐거움으로 여겼으니 말이다. 비록 몹시 늦어지긴 했어도 꼬따르가 드디어 도착하였는데, 그가 늦게 도착한 것은, 자신이 결투의 증인 노릇을 한다는 것에 황홀했음에도 불구하고, 그보다 더 다급해져, 오던 중에 만난 까페들이나 농가들에 들러, '100번지' 혹은 '좁은 구석'[214]이 어디 있는지 좀 일러달라고 사정하면서 많은 시간을 보냈기 때문이다. 그가 도착하기 무섭게 남작이 그를 외진 방으로 데려갔는데, 샤를리와 내가 자기들의 회견에 배석하지 않는 것이 의전례에 더 부합한다고 여겼기 때문이며, 한편 그는 어떠한 방이건 그것에 국왕의 알현실이나 신료들의 회의실 자격을 부여하는 데 능숙했다. 꼬따르와 일단 단둘이 마주 앉자 그가 뜨거운 감사의 말을 건넸고, 그런 다음, 문제의 장교가 하였으리라 추측되던 험담이 실제로는 그의 입 밖으로 나오지 않았던 것 같다고 천명한 후, 그러한 조건에서라면, 의사가 다른 증인에게, 혹시 어려움이 있으면 모르려니와, 사건이 종결되었다고 통보해 주면 좋겠노라고 하였다. 위험한 일이 멀리 사라지는 것에 꼬따르는 실망하였다. 그가 심지어 잠시 동안은 노기를 터뜨리고 싶었으나, 당대의 의료계에서 가장 아름다운 경륜을 쌓는 데 성공한 자기의 스승들 중 하나가, 학술원 회원 후보자로 처음 출마하였다가 두 표 부족으로 낙선하였을 때, 당선된 그 당선자에게로 가서 악수를 청한 사실을 즉시 뇌리에 떠올렸다. 그리하여 의사가, 아무것도 바꾸어놓지 못할 앙앙불락하는 표정을 억눌렀으며, 누구보다도 겁 많던 그였건만, 놓칠 수 없는 일들이 있다고 속으로 중얼거린 다음, 그것이 더 잘된 일이며, 그러한 결말에 자신도 기뻐한다고 덧붙였다. 자기의 형인 게르망뜨 공작이 내 아버지의 외투 깃을 정돈해 주었을[215] 것과 같은 방식으로 의사에게 고마움을 표하고 싶었던 샤를뤼스 씨가, 어느 공작 부인이 특히 일개 평민 여인의 허리를 다정하게 휘감아 잡았을 것처럼, 의사가 자기에게 야기시키던 역겨움에도 불구하고 자기의 의자를 그의 의자 가까이로 접근시켰다. 그러더니 육체적 즐거움을 느끼지 못할 뿐만 아니라 육체적 혐오감까지 극복하면서, 의사에게 작별 인사를 하기 위하여, 성도착자로서가 아니라 게르망뜨 가문 사람으로서, 자기 말의 주둥이를 쓰다듬으면서 설탕을 주는 주인처럼 다정하게, 그의 손을 잡고 잠시 어루만졌다. 그러나 남작의 품행과 관련된 나쁜 소문들을 어렴풋이나마 들었으되 그것을 결코 남작 앞에서 내색하지 않으면서도, 내심으로는 그가 '비정상적인 사람들'의, 즉 자신은 별로 겪어보지 못한 인물들의 부류에 속한다고 여전히 간주하던 (그리하여 심지어, 그의 습관적인 부정확한 어휘들을 사용하여 또한 가장 진지한 어조로, 베르뒤랭 씨의 어느 심부름꾼 시종에 대하여 이런 말도 하였다. '그 녀석 남작의 정부 아닌가요?') 꼬따르는,

손을 쓰다듬는 그 행위가 겁간 행위 직전의 전주곡이고, 그러한 겁간을 위하여, 결투라는 것은 표면적인 핑계일 뿐, 자기가 남작에 의해 함정으로 유인되어 이제 곧 겁탈될, 그 한적한 방 안으로 이끌려 들어왔다고 상상하였다. 두려움 때문에, 못 박힌 듯 자기의 의자에서 감히 일어서지도 못한 채, 식인종인지 확신할 수 없는 야만인의 수중에 떨어진 듯, 그는 극도의 두려움에 사로잡혀 눈을 좌우로 두리번거릴 뿐이었다. 이윽고 샤를뤼스 씨가 그의 손을 놓아주면서, 끝까지 친절을 베풀기 위하여 이렇게 말하였다. "우리와 함께, 옛날에 마자그랑[216] 혹은 글로리아[217]라고 부르던, 그러나 이제는 라비슈의 극작품들과 동씨에르의 까페에서나 볼 수 있는, 고고학적 가치를 지닌 골동품들만큼이나 희귀한 음료를 좀 듭시다. 한 잔의 '글로리아'가 이곳과 상당히 부합되지 않겠소?[218] 그리고 이번 상황에도,[219] 어떻게 생각하시오?" — "저는 금주연맹의 회장입니다." 꼬따르가 대꾸하였다. "어느 시골 돌팔이 의사가 지나다가 우연히 보기라도 하면, 제가 모범을 보이지 않는다고 할 것입니다." 그러더니 이렇게 덧붙였는데, 그것이 상황과 아무 연관성 없음에도 불구하고, 상당히 빈약하지만 자기의 학생들을 경이로움에 사로잡히도록 하기에는 충분한, 그의 라틴어 인용구 보따리에서 꺼낸 것이기 때문이다. "오스 호미니 쑤블리메 데디트 카일룸 쿠에 투에리."[220] 샤를뤼스 씨가 어이없다는 듯 어깨를 으쓱하더니, 그에게 기밀을 유지해 달라고 요청한 다음 꼬따르를 우리 곁으로 다시 데려왔는데, 무산된 결투의 동기가 순전히 허구적이었던지라, 멋대로 관련시킨 장교의 귀에 그 이야기가 들어가지 못하도록 막는 것이 그에게는 그만큼 더 중요했기 때문이다. 우리 네 사람이 모두 음료를 마시고 있는데, 출입문 앞 밖에서 남편을 기다리며 서 있었고, 따라서 샤를뤼스 씨가 틀림없이 보았으련만 부를 생각조차 하지 않은 꼬따르 부인이 들어와 남작에게 인사를 하였고, 남작은 하례를 받는 왕처럼, 혹은 별로 우아하지 못한 여인이 자기의 식탁에 앉는 것을 원하지 않는 겉멋쟁이처럼, 혹은 자기의 친구들과 함께 있으면서 방해받기를 원하지 않는 이기주의자처럼, 의자에 앉은 채 꼼짝도 하지 않았으며, 마치 한낱 침실 하녀에게 그러듯, 그녀에게 손 하나를 내밀었다. 그리하여 꼬따르 부인은 샤를뤼스 씨와 자기의 남편에게 말을 하면서도 계속 서 있었다. 그러나 당연히 '표해야 할' 예의가, 아마 게르망뜨 가문 사람들에게만 허용된 특권이 아니어서, 가장 확신 없는 뇌수들에게도 문득 빛을 던져 그들을 인도할 수 있기 때문인지, 혹은 자기의 아내를 속이며 실절하는 경우가 많았던지라, 꼬따르가 가끔 일종의 반작용으로, 그녀에게 결례를 범하는 모든 사람들로부터 그녀를 보호해 주려는 욕구를 느꼈음인지, 의사가 별안간 눈살을 찌푸리더니—일찍이 내가 그에게서 보지 못한 일이다—샤를뤼스 씨에게 묻지도 않고 주인처럼 위엄 있게 말하였다. "이보시오, 레옹띤느, 그렇게 서 계시지 말고 앉으시오."—"하지만 방해가 되지 않겠어요?" 꼬따르 부인이 머뭇거리며 샤를뤼스 씨에게 물었고, 의사의 어조에 놀란 그는 아무 대꾸도 하지 않았다. 그리고 남작에게 두 번째 기회를 주지 않은 채, 꼬따르가 위엄 있게 다시 말하였다. "앉으시라고 내가 당신에게 말씀드렸소."

잠시 후 우리가 흩어졌고, 그러자 샤를뤼스 씨가 모렐에게 말하였다. "당신에게는 훨씬 과분하게 종결된 이 사건의 전말에서, 나는 당신이 아직 처신에 미숙하며, 따라서 신께서 보낸 천사장 라파엘이 젊은 토비아스를 위해 그랬듯이,[221] 당신의 군 복무가 끝난 다음에는 나 역시, 당신을 내가 손수 당신의 아버지에게 데려가야겠다는 결론을 내렸소." 그리고 나서 남작이 장중한 기색과 기쁜 기색을 띠면서 미소를 짓기 시작하였지만, 그렇게 부친 곁으로 다시 돌아간다는 전망이 별로 마음이 들지 않던 모렐은 그처럼 기쁜 것 같지 않았다. 자신을 천사장에 그리고 모렐을 토비트의 아들에 비유하는 도취경에 휩싸인 나머지, 샤를뤼스 씨는 자기가 한 말의 목적을 더 이상 생각하지 않게 되었는데, 그 목적이란 자신이 갈망하던 것처럼 모렐이 자기와 함께 빠리에 가는 데 동의할 것인지 여부를 탐색하려는 것이었다. 자기의 사랑에 혹은 자긍심에 도취한 탓에, 남작은 바이올린 연주가의 시무룩한 표정을 보지 못하였거나 그런 척하였다. 그를 까페 안에 홀로 남겨둔 채, 오만한 미소를 지으면서 나에게 이런 말을 하였으니 말이다. "내가 그를 토비트의 아들에 비유하였을 때, 그가 얼마나 미칠 듯 기뻐하였는지 간파하셨소? 그것은, 그가 매우 영리한지라, 이제부터 그 곁에 가서 살 아버지가, 콧수염 난 그 끔찍한 하인에 불과한 생부가 아니라 정신적인 아버지임을, 즉 나임을, 즉각 알아차렸기 때문이오. 그에게는 얼마나 자랑스러운 일이오! 그토록 거만하게 머리를 쳐드는 모습이라니! 그것을 깨달으며 얼마나 큰 기쁨을 느꼈겠소! 나는 그가 날마다 이런 말을 반복할 것으로 확신하오. '오! 긴 여로를 위하여 당신의 종 토비아스에게 복자이신 천사장 라파엘을 안내인으로 허락하신 신이시여, 당신의 종들인 우리에게도, 그에 의해 항상 보호받고 그의 도움들이 마련되는 것을 허락하소서.' 그가 언젠가는 신의 옥좌 앞에 앉을 것임을 확신하는지라," 남작이 덧붙였다. "내가 천국에서 보낸 사자라는 말을 할 필요조차 느끼지 못하였고, 그가 스스로 그 사실을 깨닫고는 행복에 겨워 벙어리가 되었소!" 그러더니 샤를뤼스 씨가(모렐의 경우와는 반대로, 행복이 그를 벙어리로 만들어놓지는 않았다), 어떤 미치광이로 여기고 고개를 돌려 바라보던 몇몇 행인들은 개의치 않고, 두 손을 번쩍 쳐들면서 홀로 온 힘을 다하여 소리쳤다. "할렐루야!"

    그러한 화해는 겨우 얼마 동안만 샤를뤼스 씨의 고뇌를 멈추게 하였던 바, 샤를뤼스 씨가 그를 보러 가거나 나를 보내 그에게 무슨 말을 전하도록 하기에는 너무 멀리 훈련을 나가, 모렐이 남작에게 절망적이며 동시에 애정 어린 편지들을 자주 보내면서, 어떤 끔찍한 일로 인해 2만 5천 프랑이 필요하게 되었는데, 그 돈 때문에 자기의 생을 마감해야 할 처지라고 단언하곤 하였기 때문이다. 그 끔찍한 일이 무엇인지 밝히는 법이 없었으며, 비록 그가 밝혔다 하더라도 그것은 허위였을 것이다. 금전 자체에 대해 말하자면, 그것이 샤를리에게 자기 없어도 지낼 수 있고 다른 어떤 사람의 호의를 얻을 수단을 제공하리라고 직감하지 않았다면 샤를뤼스 씨는 그것을 기꺼이 보냈을 것이다. 따라서 그가 거절하였고, 그가 보낸 전신문들이 그의 음성만큼이나 무뚝뚝하고 단호한 어조를 띠곤 하였다. 그러한 전보들이 초래할 효과를 확신할 때에는 모렐이 자기와 영영 불화하기를 희원하곤 하였는데, 그 반대의 일이 생길 경우, 그 불가피한 관계로부터 다시 태동할 온갖 어려움과 불행을 미루어 짐작할 수 있었기 때문이다. 그러나 모렐로부터 아무 답신도 오지 않을 경우, 그가 더 이상 잠을 이루지 못하였고, 단 한순간도 평온하지 못하였으니, 우리가 모르는 채 무심히 살아가는 것들이 그리고 우리에게 감추어진 내면적이며 불가사의한 실체들이, 그토록 무수하기 때문이다. 그가 따라서 모렐에게 2만 5천 프랑이 절실하게 필요하도록 하였다는 그 엄청난 일에 대하여 온갖 추측을 해보았고, 그것들에게 각각 형체들을 부여해 보았으며, 그것들 하나하나에 고유 명칭들을 붙여주곤 하였다. 이제 내가 생각하거니와, 그러한 순간들마다 샤를뤼스 씨가(또한 비록 그 무렵에는 그의 겉멋이 점점 적어져, 남작이 평범한 일반인들에 대하여 가지고 있던 점증되는 호기심에 의해 극복되지는 않았을지 모르되, 적어도 그 호기심과 같은 수준이었음에도 불구하고), 가장 매력적인 여인들과 신사들이 오직 자기가 그들에게 제공하는 이해관계를 떠난 즐거움만을 위하여 자기와 친해지려 하던, 또한 아무도 자기를 상대로 '한 건 하려는 음모를 꾸미거나', 즉시 2만 5천 프랑을 받지 못하면 자살할 준비를 해야 하게끔 하는 '끔찍한 일'을 허위로 고안해 내지 않던 상류 사교계 모임들의 우아하고 알록달록한 소용돌이를 조금은 그리워하며 틀림없이 뇌리에 떠올렸을 것이다. 또한 이제 생각하거니와, 그러한 순간마다, 아마 그가 나보다 더 꽁브레의 유구한 특색을 지니고 있었으며, 봉건적 자긍심이 게르만적 오기에 접목되어 있었던지라, 누구든 아무 탈 없이 일개 하인의 연인이 될 수 없음을 그리고 일반 백성들이 사교계 인사들과 같을 수 없음을 틀림없이 깨달았을 것이며, 내가 항상 그랬던 것과는 달리, 그들을 '신뢰하지' 않았을 것이다.

  협궤 열차가 지나가던 다음 역인 멘느빌이 마침 모렐과 샤를뤼스 씨에 관련된 사건 하나를 나에게 상기시켜 준다.[222] 그 사건에 대한 이야기를 하기 전에, 멘느빌에서의 정차가 (폐를 끼치지 않으려 라 라스쁠리에르 성에 머물지 않는 편을 택한, 새로 도착한 어느 사교계 인사를 발백으로 안내할 때) 잠시 후 내가 이야기할 것보다 덜 괴로운 장면들이 연출되곤 하던 계기였음을 밝혀두어야겠다. 자질구레한 짐들을 가지고 기차를 탄 새로 도착하는 사람이, 대개의 경우 그랜드-호텔이 조금 멀다고 생각하였으나, 발백에 이르기 전에는 불편한 별장들만 있는 소규모 해변 휴양지들밖에 없었던지라, 사치스러움과 편안함을 택하는 취향 때문에 더 먼 여정을 어쩔 수 없이 감내하곤 하였는데, 기차가 멘느빌 역에 멈추는 순간, 새로 도착한 사람의 눈에 별안간 '호화판 건물' 하나가 우뚝 치솟는 것이 보였고, 그는 그것이 매춘 업소임을 의심치 않았다. "하지만 더 이상 멀리 가지 맙시다." 실용적인 사고방식을 가지고 있으며 사려 깊은 여인으로 알려진 꼬따르 부인에게 그가 기회를 놓치지 않고 말하였다. "저에게 지극히 합당한 것이 저기에 있습니다. 틀림없이 나을 것도 없을 발백까지 간들 무슨 소용입니까? 외양만 보아도 저는 저곳에 모든 편의가 완비되어 있으리라 판단하며, 따라서 저는 서슴지 않고 베르뒤랭 부인을 저곳으로 부를 수 있는 바, 그녀의 친절에 대한 답례로, 그녀를 축하하는 작은 모임들을 주선할까 생각 중이기 때문입니다. 제가 발백에 머물 경우처럼 그녀가 먼 길을 오가지 않아도 됩니다. 제가 보기에는 그러는 것이 그녀에게 훨씬 편할 것이며, 나의 다정한 교수님, 당신의 아내[223]에게도 그럴 것입니다. 저곳에 틀림없이 특별실들이 있을 것이니, 부인들을 그곳으로 부릅시다. 우리끼리나 하는 말이지만, 베르뒤랭 부인이 라 라스쁠리에르 성을 빌리는 대신, 왜 이곳에 와서 거처를 정하지 않았는지 저는 이해할 수 없습니다. 틀림없이 습하고, 게다가 깨끗하지도 않을 라 라스쁠리에르와 같은 고택들보다는 훨씬 위생적입니다. 반면 고택에 사는 이들에게는 더운물도 없어, 원할 때 몸을 씻지도 못합니다. 멘느빌이 저에게는 훨씬 더 쾌적해 보입니다. 베르뒤랭 부인께서는 이곳에서도 안주인 마님 역할을 완벽하게 수행하실 수 있을 것입니다. 여하튼 각자 자기의 취향이 있는 법, 저는 이곳에 머물겠습니다. 꼬따르 부인, 저와 함께 내리시지 않겠습니까? 기차가 곧 다시 출발할 것이니 서둘러야 합니다. 장차 부인의 집이 될 것이고 이미 자주 드나드셨을 저 건물 속에서, 부인이 저를 안내해 주셔야 할 것입니다. 부인의 취향에 딱 맞는 환경입니다."[224] 그 불운한 새 손님으로 하여금 입을 다물도록 하기 위하여, 특히 내리지 못하도록 하기 위하여 모두들 엄청난 고역을 치렀고, 그는 대개의 경우 실언에서 시작되는 고집을 부리면서, 여행 가방을 움켜잡은 채 뜻을 굽히지 않다가, 베르뒤랭 부인도 꼬따르 부인도 결코 그를 보러 오지 않을 것이라고 사람들이 단언하자 그만두었다. 그러면서도 이렇게 말하였다. "여하튼 저는 이곳에서 거처를 고르겠습니다. 베르뒤랭 부인께서는 저에게 보낼 편지를 그 주소로 보내시면 됩니다."

모렐에 관련된 추억은 더욱 특이한 부류에 속하는 사건에 연계되어 있다. 다른 사건들도 있었지만 여기에서는, 협궤 열차가 멈추고, 그럴 때마다 철도 회사 직원이 동씨에르, 그라뜨바스뜨, 멘느빌 등이라고 외치는 순서에 따라, 해변의 작은 휴양지나 군사 주둔지가 나의 기억 속에 되살려놓는 것을 간략하게 언급하는 것으로 만족한다. 내가 이미 멘느빌(메디아 빌라)[225]에 대해서 그리고 많은 어머니들의 속절없는 항의에도 불구하고 최근에 그곳에 지은 화려한 매춘 업소 때문에 그 도시가 띠게 된 중요성에 대해서 말한 바 있다. 그러나, 어떤 면에서 멘느빌이 나의 기억 속에서 모렐 및 샤를뤼스 씨와 다소간의 관련을 맺고 있는지에 대해 이야기하기에 앞서, 모렐이 특정 시간대의 몇 시간을 자기 임의로 자유롭게 보내는 것에 부여하던 중요성과, 그 시간들을 바쳐 하겠다던 일들의 하찮음 사이에 존재하던 불균형을(내가 훗날 더 깊이 검토해야 할)—모렐이 샤를뤼스 씨 앞에 늘어놓던 다른 종류의 설명들 가운데도 그와 똑같은 불균형이 다시 나타나는지라—간략하게 드러내어 지적해야겠다. 남작을 대할 때에는 이해관계에 초연한 척하던 (그리고 자기 후견인의 후한 인심 덕에 아무 위험 느끼지 않고 그런 척할 수 있었다) 그가, 가령 바이올린 교습을 하겠노라면서 저녁 시간을 자기 임의대로 보내고 싶다고 할 때에는, 내세운 핑계에다 게걸스러운 미소를 곁들인 다음과 같은 말을 덧붙이기를 잊지 않았다. "게다가 그것이 저로 하여금 40프랑을 벌게 해줍니다. 무시할 수 없는 것입니다. 보시다시피 저에게 이익을 안겨주니, 그곳에 가도록 허락해 주십시오. 젠장, 저에게는 당신의 것과 같은 정기 수입이 없어 재산을 모아야 하며, 지금이 한 푼이라도 벌어야 할 때입니다." 교습을 하고 싶다는 말을 하던 모렐이 전적으로 부정직하지는 않았다. 우선, 돈에 색깔이 없다는 것은 사실이 아니다. 그것을 버는 새로운 방법이, 오래 사용되어 색깔 바랜 주화들에게 새로운 광채를 준다. 그가 정말 교습을 위해 외출하였다면, 학생이 돌아갈 때 그에게 건넨 금화 두 루이가 샤를뤼스 씨의 손에서 떨어진 두 루이와는 다른 효과를 그의 내면에 일으킬 수 있을 것이다. 또한 가장 부유한 사람이 두 루이를 벌기 위해 수 킬로미터를 걷는 경우, 심부름꾼 하인의 아들에게는 그 수 킬로미터가 수 리으[226)]로 변한다. 그러나 그 음악가 녀석이 물질적 관점에서 볼 때 다른 종류의, 이해관계와 전혀 상관없을 뿐만 아니라 터무니없기도 한 핑계들을 자주 내세울 때마다, 샤를뤼스 씨는 바이올린 교습이라는 것의 실체에 대해서 더욱 큰 의심을 품게 되었다. 그렇게 모렐은, 그러나 스스로 또한 본의 아니게, 하도 어둠에 둘러싸여 오직 몇몇 부분들만 식별되는 자기 삶의 영상을 제시하지 않을 수 없었다. 그는 대수학 강의를 연속적으로 듣기 원한다고 하면서, 저녁 시간들은 자유롭게 보낸다는 조건으로, 자신을 한 달 동안 샤를뤼스 씨에게 몽땅 맡기기로 하였다. 강의 후에 샤를뤼스 씨를 보러 오기로 하였을까? 아! 그것은 불가능한 일이었다. 강의가 때로는 매우 늦게까지 계속되었기 때문이다. "심지어 새벽 2시 이후에도?" 남작이 묻곤 하였다. — "때로는." — "하지만 대수학은 책을 통해서도 쉽게 배울 수 있다네." — "심지어 더 쉽게, 왜냐하면 강의는 별로 이해하지 못하니까요." — "그런데? 게다가 대수학이 자네에게는 아무 도움도 되지 않는데." — "저는 그것을 매우 좋아합니다. 그것이 저의 우울증을 씻어줍니다." 그 말을 듣고 샤를뤼스 씨는 이러한 생각에 잠기곤 하였다. '그로 하여금 밤마다 외출 허가를 요청하도록 하는 것이 대수학일 리는 없어. 혹시 녀석이 경찰의 끄나풀 아닐까?' 여하튼 모렐은 누가 어떠한 이의를 제기하더라도, 그것이 대수학 때문이건 혹은 바이올린 교습 때문이건, 밤늦게 몇 시간을 자기의 몫으로 확보해 두곤 하였다. 그런데 어느 날, 그 명분이 대수학도 바이올린 교습도 아닌 게르망뜨 대공으로 변하였으니, 뤽상부르 대공 부인을 방문하기 위하여 그 해안 지역에 와서 며칠을 보내게 된 대공이 우연히, 그가 누구인지 모르는 채 또한 자기가 누구인지 모르는 그 음악가 녀석과 마주쳤고, 멘느빌의 매춘 업소에서 하룻밤을 함께 보내자고 하면서 그에게 50프랑을 주었으니 말이다. 모렐에게는 그 제안이 이중의 즐거움이었으니, 게르망뜨 대공으로부터 수입도 챙기고, 갈색 젖가슴을 드러내놓고 있던 여인들에 둘러싸이는 관능적 즐거움도 맛볼 수 있었기 때문이다. 샤를뤼스 씨가 그 사건 및 그 일이 벌어졌던 장소를 어떻게 짐작하게 되었는지는 모르되, 여하튼 모렐을 유혹한 자에 대해서는 전혀 모르고 있었다. 질투심에 미칠 지경이 된 나머지, 모렐을 유혹한 자가 누구인지 알아내기 위하여 쥐삐앵에게 전보를 쳤고, 그가 이틀 후에 도착하였으며, 그다음 주 초에 모렐이 또 오지 못한다고 하자, 남작이 쥐삐앵에게 매춘 업소의 여주인을 매수하여 자기와 쥐삐앵을 업소 내부에 숨겨주어 현장을 직접 목격할 수 있게 주선할 수 있겠느냐고 물었다. "알겠소. 내가 알아서 처리하겠소, 나의 귀여운 낯짝이여!" 쥐삐앵이 남작에게 대꾸하였다. 그러한 불안감이 샤를뤼스 씨의 뇌수를 어느 정도까지 뒤흔들어 놓았을지 그리고 그러한 작용으로 그의 뇌수를 순간적으로 얼마나 풍요롭게 만들었을지 짐작조차 할 수 없을 것이다. 사랑이란 그렇게, 사념의 진정한 지각변동을 일으킨다. 불과 며칠 전까지도 하도 단조로워, 아무리 멀리까지 살펴도 단 한 가닥의 생각도 지면에서 발견할 수 없었을 어느 평원과 같은 샤를뤼스 씨의 사념 속에, 돌처럼 단단한 산괴(山塊) 하나가 불쑥 일어섰으며, 그러나 그 덩어리는, 어느 조각가 하나가 대리석을 자기의 작업실로 가져가는 대신 현장에서 끌질을 가하여 '노기'와 '질투'와 '호기심'과 '부러움'과 '증오'와 '괴로움'과 '오만'과 '공포감'과 '에로스' 등이 기가스[227]들과 티탄[228]들처럼 무리를 지어 꿈틀거리도록 만들어놓은 산들로 이루어져 있었다.

어느덧 모렐이 샤를뤼스에게 오지 않기로 한 날이 도래하였다. 쥐삐앵에게 맡겨진 사명이 성공을 거두었다. 그와 남작이 저녁 11시쯤 매춘 업소에 오게 되어 있었으며, 그들을 숨겨 주겠다고 하였다. 그 화려한 매춘 업소에 (인근의 모든 우아한 곳으로부터 사람들이 몰려오던) 도달하려면 길 셋을 더 건너야 했건만, 샤를뤼스 씨는 벌써부터 발끝으로 걸었고, 음성을 낮추었으며, 업소 안에서 모렐이 자기들의 기척을 알아차릴까 두려워, 쥐삐앵에게 제발 좀 더 나지막하게 말하라고 애원하였다. 그런데 늑대 걸음으로 살금살금 현관 안으로 들어서기 무섭게, 그런 부류의 장소에 익숙하지 못한 샤를뤼스 씨가, 주식시장이나 경매장보다도 더 소란스러운 곳 한가운데에 자신이 놓인 것을 깨닫고 대경실색하였다. 그가 자기의 주위로 몰려드는 종업원 아가씨들에게 좀 더 조용히 말하라고 당부하여도 소용없었으며, 게다가 그녀들의 음성조차도, 짙은 갈색 가발을 쓰고, 어느 공증인이나 에스빠냐 사제의 엄숙함에 의해 균열이 생긴 얼굴로, 마차들의 통행을 정리하듯 문들이 번갈아 열렸다가 닫히도록 하면서, 매 순간 천둥 같은 굉음으로 다음과 같이 외치던, 늙은 감시원 여자가 행하고 있던 입찰과 낙찰의 소음에 덮여버렸다. "28번 신사분을 에스빠냐풍 방으로 모셔요." "더 이상 들어갈 수 없어요." "다시 문을 열어요, 이 신사분들께서 노에미 아가씨를 보시겠다고 해요. 그녀가 이분들을 페르시아풍 응접실에서 기다리고 있어요." 샤를뤼스 씨는 도시의 대로를 건너려 하는 촌사람처럼 두려움에 휩싸였고, 꿀리빌의 고색창연한 교회당 정문 천장 조각상들을 통해 표현된 주제보다 훨씬 덜 신성모독적인,[229] 예를 들어 비교하거니와, 젊은 시중꾼 아가씨들의 음성이, 어느 시골 교회당의 공명 심한 내부에서 어린 학생들이 읊조리는 교리문답 소리보다도 더 나지막하게, 또한 지칠 줄 모르고, 감시원 여자의 지시를 다른 아가씨들에게 전하고 있었다. 비록 아무리 두려웠다 해도, 모렐이 창문 가까이에 있을 것이라 확신한 나머지, 자신의 말이 그에게 들리지 않을까 길에서는 그렇게 공포에 떨던 샤를뤼스 씨가, 침실로부터는 아무것도 보이지 않을 것이 뻔한 그 거대한 층계들에서 들려오던 아우성 속에서는 아마 그토록 불안하지는 않았을 것이다. 골고다 언덕 같은 층계 끝에 이르러, 자기와 쥐삐앵을 숨겨주게 되어 있던 노에미 아가씨를 드디어 만났으나, 그녀는 일단 들어가면 그곳으로부터는 아무것도 볼 수 없는, 매우 화려한 페르샤풍 응접실에 그를 가두는 일부터 시작하였다. 그녀가 그에게 말하기를, 조금 전 모렐이 오랑쟈드 한 잔을 달라고 하였으니, 그것을 가져다준 다음, 두 나그네를 벽이 투명한 응접실로 안내할 것이라 하였다. 그러는 동안 그녀가 호출을 받은지라, 그녀가 어느 옛날이야기[230] 속에서처럼 그들에게 약속하기를, 그들의 무료함을 달래줄 '귀엽고 영리한 부인' 하나를 보내주겠다고 하였다. 사람들이 자기를 부르기 때문이라고 하였다. 그녀가 보낸 '귀엽고 영리한' 부인은 페르샤풍 실내용 가운을 걸치고 있었으며, 그녀가 그것을 벗으려 하였다. 샤를뤼스 씨가 그녀에게 그러지 말라고 정중히 요청하였으며, 그러자 자기가 마시겠다면서 한 병에 40프랑 하는 샴페인을 올려 오게 하였다. 모렐이 실제로는 그 시각에 게르망뜨 대공과 함께 있었는데, 실은 그가 앞서 겉으로는 방을 잘못 찾은 척하면서, '대공이 두 여인과 함께 있던'[231] 방으로 들어섰고, 그러자 두 여인이 서둘러 두 신사분만 남겨놓고 그 방을 빠져나간 것이다. 샤를뤼스 씨는 그 사실을 까맣게 몰랐으나, 여하튼 심하게 투덜거리면서 출입문을 열려고 하는 한편, 노에미 아가씨를 다시 불렀으며, 그 아가씨는 '귀엽고 영리한 부인'이 샤를뤼스 씨에게 모렐에 관해 들려주는 이야기가 쥐삐앵에게 자신이 들려준 이야기와 일치하지 않음을 들었던지라 그녀를 서둘러 도망치게 한 다음, 대신 '귀엽고 참한 부인' 하나를 즉시 보냈는데, 그녀 또한 그들에게 무엇 하나 더 보여주는 것 없이, 그 업소가 얼마나 정직한지 그들에게 자랑만 늘어놓다가, 역시 샴페인을 주문하였다. 남작이 화를 펄펄 내며 노에미 아가씨를 다시 불렀고, 그녀가 두 사람에게 말하였다. "그래요, 조금 오래 걸리는군요, 그 부인들께서 포즈를 취하고 있으나 그는 아무것도 하고 싶지 않은 기색이에요." 이윽고 남작이 늘어놓는 각종 약속들과 협박에 못이겨 5분 이상 기다리시지 않게 하겠노라 다짐하면서 노에미 아가씨가 물러갔다. 그 5분이 한 시간으로 연장되었고, 그제서야 노에미가 광기 어린 노여움에 휩싸인 샤를뤼스 씨와 낙망한 쥐삐앵을 살금살금 늑대 걸음으로, 살짝 열린 어느 문 쪽으로 데리고 가더니 그들에게 말하였다. "아주 잘 보일 거예요. 그런데 지금은 별로 재미있지 않아요. 그가 부인들 셋과 함께 있는데, 그녀들에게 자기의 병영 생활 이야기를 해주고 있어요." 드디어 남작이 문틈으로 또 한 거울 속에 비친 것을 볼 수 있게 되었다. 그러나 극심한 공포에

짓눌려 그는 몸을 벽에 기댈 수밖에 없었다. 그의 앞에 있던 것이 틀림없이 모렐이었으나, 이교도들의 비의와 마법들이 아직도 존재하는 듯, 그로부터 몇 미터 앞에 옆모습만 보이던 것은 오히려, 모렐의 망령, 이미 방부 처리한 모렐, 라자로처럼 부활한[232] 모렐조차 아닌, 모렐의 환영, 모렐의 유령, (벽이건 등받이 없는 긴 의자건, 사방에 마법의 상징들만 보이는) 그 방에 강신술에 의해 불려온 혹은 돌아온 모렐이었다. 모렐은 숨을 거둔 후처럼 혈색을 몽땅 잃었고, 함께 어울려 즐겁게 놀았을 그 세 여인들 사이에서 창백한 얼굴로 인위적인 부동성 속에 응고되어 있었으며, 자기 앞에 있던 샴페인 잔을 들어 마시기 위하여 힘없는 팔을 천천히 뻗으려 애쓰다가 다시 떨구곤 하였다. 하나의 종교로 하여금 불멸에 대해 말하게 하지만, 그것을 통하여 허무를 배제하지 않는 무엇을 말하게도 하는, 그 전형적인 애매성을 앞에 두고 있는 것 같았다. 여인들이 그에게 질문을 퍼붓고 있었다. 노에미 아가씨가 남작에게 아주 작은 소리로 말하였다. "보세요, 그녀들이 그에게 그의 병영 생활 이야기를 하고 있어요. 재미있지 않은가요?" 그러면서 그녀가 웃었다. "만족하세요? 그는 평온해요, 그렇지 않은가요?" 마치 죽어가는 사람에 대하여 말하듯 그녀가 그렇게 덧붙였다. 여인들의 질문이 쏟아졌으나, 미동도 하지 않는 모렐에게는 대꾸할 힘이 없었다. 단 한 마디나마 웅얼거리는 기적조차 일어나지 않았다. 샤를뤼스 씨가 머뭇거리기 단 한순간도 지나지 않아 진실을 파악하였으니, 업소 주인과 협의하러 갔을 때 쥐뻬앵이 미숙했거나, 결코 비밀을 지키게 하지 못하는 털어놓은 비밀들이 가지고 있는 특유의 확산력 때문이거나, 여인들의 조심성 없는 성격 때문이거나, 경찰에 대한 두려움 때문이거나, 여하튼 업소에서 모렐에게, 어떤 두 신사가 그의 즐기는 모습을 숨어서 보기 위하여 매우 큰돈을 지불하였다고 미리 알려주는 한편, 세 어인으로 그를 둔갑시킨 후 게르망뜨 대공은 은밀히 빠져나가게 한 다음, 극도의 놀라움에 마비되어 덜덜 떠는 가엾은 모렐을 그렇게 앉혀놓았다는 것이 그가 순식간에 간파한 진실이었으며, 그리하여 샤를뤼스 씨에게는 그의 모습이 선명히 보이지 않았던 반면, 공포감에 질려 아무 말도 못하고 혹시 떨어트리지 않을까 두려워 감히 잔을 들지도 못하던 그는 남작을 선명하게 보고 있었다.

하지만 그 사건의 대단원은 게르망뜨 대공에게도 더 나을 것이 없었다. 샤를뤼스 씨의 눈에 띄지 않게 하려고 그를 밖으로 은밀히 내보낼 때, 그러한 실망을 맛보게 된 것에, 그 장본인이 누구인지도 모르는 채 맹렬히 화를 내면서, 그가 모렐에게 자기가 빌려둔 작은 별장에서 다음 날 밤에 만나자고 간청하였는데, 그곳에서 머물 기간이 별로 길지는 않았지만, 우리가 이미 빌르빠리지 부인에게서 발견한 바 있던 그 편집광적 습관 때문에, 자기의 집에 있는 듯한 느낌을 갖기 위하여, 자기 가문의 숱한 기념품들로 그 별장을 꾸며놓았다. 그리하여 다음 날 모렐이, 혹시 샤를뤼스 씨가 사람을 시켜 자기를 미행하며 엿보지 않을까 두려워 매 순간 고개를 돌려 뒤를 살피다가, 수상한 행인이 없음을 확인한 후 별장 안으로 들어섰다. 하인 하나가 그를 응접실로 안내하면서 그가 온 사실을 나리께 알리겠노라 하였다. (그의 주인이, 혹시 오는 사람이 어떤 의혹을 품지 않을까 하여, 대공의 성씨는 입 밖에 내지 말라고 당부해두었다.) 그러나 응접실에 홀로 남은 모렐이, 혹시 자기의 머리카락이 흩어지지 않았나 확인하기 위하여 거울 속을 들여다보는 순간, 일종의 환각 상태가 그를 사로잡았다. 그가 이미 샤를뤼스 씨 댁에서 본 적이 있는지라 즉시 알아볼 수 있었던, 게르망뜨 대공부인 및 뤽상부르 공작 부인, 빌르빠리지 부인 등의 사진들이, 벽난로 위에서 우선 그를 두려움으로 아연실색케 하였다. 거의 같은 순간 그는 샤를뤼스 씨의 사진도 발견하였는데, 그것은 조금 안쪽에 있었다. 남작이 모렐을 향하여 기이하고 고정된 시선을 던지고 있는 것 같았다. 공포감에 미칠 지경이 되었던 모렐이, 최초의 놀라움에서 벗어나, 그것이 자기의 신의를 시험해 보려고 샤를뤼스 씨가 파놓은 함정임을 더 이상 의심하지 않게 되자, 별장 입구의 얼마 되지 않는 계단들을 구르듯이 급히 내려와 도로를 따라 가랑이가 찢어져라 달리기 시작하였는데, 그 직후 게르망뜨 대공이 (그러는 것이 신중한 짓인지 그리고 녀석이 위험한 인물은 아닌지 자문하기를 빼놓지 않으면서도, 지나는 길에 우연히 알게 된 녀석에게 필요한 실습은 시켰다고 믿으면서) 응접실로 들어섰고, 그곳에 아무도 없음을 깨달았다. 그가 하인과 함께, 혹시 강도의 침입이 아닐까 염려하여 권총을 움켜쥐고, 작은 정원의 구석구석과 심지어 지하실까지, 별로 크지 않은 건물을 몽땅 샅샅이 뒤졌으나, 틀림없이 있으리라 믿었던 녀석은 이미 자취를 감추었다. 다음 주에도 여러 차례 그와 우연히 마주쳤다. 하지만 그럴 때마다, 대공이 위험 인물이라고 생각하였던 모렐이, 마치 대공이 자기보다 더 위험한 인물이기라도 한 듯 먼저 도망을 치곤 하였다. 자기가 품었던 의혹에 집착한 나머지, 모렐은 그것을 영영 떨쳐버리지 못하였고, 그리하여 빠리에서조차 게르망뜨 대공의 모습이 보이기만 해도 그는 줄행랑을 놓곤 하였다. 그러한 경위로 샤를뤼스 씨는 그를 절망 속으로 몰아넣던 배신으로부터 보호를 받았고, 특히 그럴 의도나 방법을 뇌리에 떠올리지 않았건만 복수까지 하게 되었다.

    그러나 그 주제에 관하여 사람들이 일찍이 나에게 이야기해 준 것의 추억들이 벌써 다른 추억들로 대체되었으니, T. S. N.(Tramways du Sud de la Normandie, 남부 노르망디 전차)가 '느림보' 걸음을

다시 시작하여, 다음 역들에서 승객들을 내려주거나 태우기를 계속하기 때문이다.[233]

그라프바스뜨 역에 이르렀을 때, 깡브르메르 가문 사람들을 통해 내가 알게 된, 가난하지만 극도로 세련된 크레씨 백작 삐에르 드 베르쥐 씨가 (사람들은 그를 크레씨 백작이라는 호칭으로만 불렀다) 기차에 올랐고, 그는 그곳에 사는 자기의 누이와 함께 오후 시간을 보내려고 그곳에 갔었다. 극도로 소박하다 못해 거의 비참할 만큼 가난한 생활을 영위할 처지로 영락한지라, 그에게는 엽궐련 한 개비나 '마실 것 한 잔'도 어찌나 즐거운 것으로 여겨지는 것 같았던지, 알베르띤느를 만날 수 없는 날이면 나는 그를 발백에 초청하곤 하였다. 매우 섬세하고 경이로운 만큼 표현력 뛰어나며, 백발에 하늘색 눈이 매력적이었던 그는, 자신이 틀림없이 맛보았을 귀족 생활의 편리함 및 족보들에 대해 특히 부자연스럽게 또 매우 완곡하게 말하곤 하였다. 내가 그에게 그의 반지에 새겨진 것이 무엇이냐고 묻자, 그가 겸손한 미소를 지으면서 말하였다. "베르쥐 포도[234] 넝쿨 가지입니다." 그리고 나서 포도주 감식가의 즐거움을 느끼는 듯 다시 덧붙여 말하였다. "저의 가문 문장이 베르쥐 포도 넝쿨입니다―저의 성씨가 베르쥐이니 그 상징이지요―녹색 줄기와 잎들로 구성되어 있습니다." 그러나 만약 내가 발백에서 그에게 마실 것으로 신 포도즙만 대접하였다면 그가 실망하였을 것이다. 그가 가장 비싼 포도주들을 좋아하였는데, 의심할 나위 없이 결핍증 때문에 그에게 결핍된 것에 대한 해박한 지식 때문에, 취향 때문에, 그리고 아마 과장된 성향 때문에도 그랬을 것이다. 그리하여 내가 발백에서 저녁을 먹자고 그를 초대할 때면, 그가 정련된 지식을 동원하여 음식을 주문하였으며, 그러나 조금 지나치게 먹었고, 특히 실내 온도에 맞추어야 할 포도주와 얼음에 냉각시켜야 할 포도주를 구별하여, 각각 그렇게 준비시켜 마시곤 하였다. 식사 전과 후에, 그는 자기가 마시고자 하는 뽀르또나 꼬냑의 생산 연도나 일련번호를 지정하곤 하였는데, 마치 일반적으로 알려지지 않았으나 자기는 잘 아는, 어느 후작령 하나를 설치하듯 하였다.

내가 에메에게는 특히 선호하는 고객이었던지라, 내가 그러한 특별 만찬을 베푸는 것에 매혹되었고, 따라서 종업원들에게 큰 소리로 말하였다. "서둘러, 25번 테이블 준비해." 그러면서 그것이 마치 자기를 위한 만찬인 양, 단순히 '준비해'라고 하는 대신 '나를 위해 준비해'라고 하였다. 또한 우두머리 종업원의 일상 언어가 테이블 담당 책임자나 부책임자, 일반 종업원 등의 언어와 같지 않았던지라, 내가 계산서를 가져오라고 할 때마다 그는, 우리의 시중을 들던 종업원에게, 마치 재갈을 물어뜯으려 하는 말을 달래듯, 손등으로 다독거리는 그리고 반복적인 동작을 곁들여 이렇게 말하곤 하였다. "심하게 하지 말아(계산을), 부드럽게, 아주 부드럽게." 그리고 종업원이 전표를 가지고 우리 곁을 떠나면, 에메가, 자기의 당부가 정확히 이행되지 않을까 염려하며 그를 다시 불렀다. "기다리게, 내가 직접 계산하겠네." 그리고 내가 그럴 필요 없다고 말하면 이렇게 대꾸하였다. "흔히 상스럽게 말하듯, 고객을 등쳐먹어서는 아니 된다는 것이 저의 원칙입니다." 지배인의 경우, 내가 초대한 사람이 입은 소박하고 항상 같으며 상당히 낡은 옷들을 (그러나 만약 그에게 그럴 여력이 있었다면, 발작의 작품에 등장하는 멋쟁이처럼 화려하게 차려입는 그의 솜씨를 아무도 따르지 못하였을 것이다) 보고도, 나를 고려하여 모든 일이 순조롭게 돌아가는지 멀리서 살피고, 균형이 잡히지 않은 식탁 다리 밑에 굄목을 끼우라고 눈짓으로 지시할 뿐이었다. 비록 그가 접시닦이로 시작한 자기의 초년 시절을 숨기고 있었긴 하지만, 그가 다른 사람들만 큰 일을 손수 할 줄 모른다는 뜻은 아니었다. 하지만 예외적인 사정이 생겨, 어느 날 그가 손수 새끼 칠면조들의 살을 저며야 했다. 내가 그날 외출하였으나, 식기대로부터 조심스럽게 거리를 두고 원을 이룬 그리고 무엇을 배우기보다는 지배인의 눈에 띄려고, 또 찬탄한 나머지 황홀한 기색을 드러내고 있던 종업원들에 둘러싸여, 그가 의식을 집전하는 사제처럼 장중하게 그 일을 하였다는 사실을 들어 알았다. 하지만 종업원들은 (제물들의 옆구리 속으로 천천히 칼을 깊숙이 처박고, 그것에서 어떤 징조를 읽어내야 하는 숭고한 사명감 스민 두 눈을 잠시도 그것으로부터 떼지 않던) 지배인의 눈에 전혀 보이지도 않았다. 그 제사장은 내가 없었던 것도 알아차리지 못하였다. 그 사실을 알고 그가 실망하였다. "도대체 어떻게, 제가 새끼 칠면조 저미는 것을 못 보셨다니요?" 내가 그에게 대꾸하기를, 아직까지 로마, 베네치아, 씨에나, 쁘라도 박물관, 드레스덴 박물관, 인도, 『화이드라』를 공연하는 사라 (브르나르) 등, 아무것도 보지 못한지라 체념에는 일가견이 있으며, 따라서 그의 새끼 칠면조 저미는 솜씨를 나의 그 목록에 추가하겠노라 하였다. 극예술과의 비교만을 (『화이드라』에 출연한 사라) 그가 이해하는 것 같았는데, 매우 성대한 공연들이 있었을 때, '선배 꼬끌랭' [235])이 초보자의 역들을, 심지어 대사 한마디밖에 할애되지 않았거나 아예 아무 말도 하지 않는 인물의 역을 맡았다는 사실을, 그가 나를 통해 알게 되었기 때문이다. "상관없습니다만, 직접 보시지 못하여 유감입니다. 제가 언제 다시 저밀 것이냐고요? 큰 사건이, 전쟁 같은 사건이 있어야겠지요." (실제로 휴전이 필요했다.) 그날 이후 달력이 바뀌어, 모두들 이런 식으로 날짜를 계산하였다. "내가 손수 새끼 칠면조들을 저민 다음 날이야." "지배인이 손수 새끼 칠면조를 저민 지 정확히 여드레 후야." 그렇게 그 고기 저미는 행위가,

크리스토스의 탄생이나 '혜지라'[237]처럼, 그 두 사건에서 비롯된 것들과는 다른 책력의 출발점을 제공하였으나, 그 두 책력들처럼 확산되지도 못하였고, 그것들만큼 지속되지도 못하였다.

크레씨 씨의 삶이 서글펐던 것은, 더 이상 말들을 소유할 수 없고 감미로운 식탁을 대할 수 없게 되었다는 것 못지않게, 깡브르메르 가문과 게르망뜨 가문이 서로 다르지 않고 마찬가지라고 생각하는 사람들만 일상 대하게 되었다는 것에서도 비롯되었다. 이제는 버젓이 '르그랑 드 메제글리즈'[238]를 자처하는 르그랑댕이 메제글리즈에서 하등의 세습적 권한도 누리지 못함을 내가 잘 알고 있음을 알아차렸을 때, 물론 마시고 있던 술기운 때문이기도 했지만, 그는 기쁨의 격정 같은 것에 휩쓸렸다. 그의 누이가 나에게 잘 알겠다는 기색으로 말하곤 하였다. "저의 오라버님이 당신과 대화를 나눌 때처럼 기뻐하신 적은 없어요." 실제로 그는 깡브르메르 가문의 하찮음과 게르망뜨 가문의 위대함을 아는 사람, 상류사회가 존재함을 인정하는 그러한 사람을 발견한 이후, 자신이 살아 있음을 생생히 느꼈다. 이를테면 지구 상의 모든 도서관들이 소실된 후에 그리고 무지하기 짝이 없는 종족이 득세한 후에, 어떤 사람이 자기에게 호라티우스의 시 한 구절을 인용하는 것을 듣고 안정과 신뢰를 되찾는 늙은 라틴어 문학 전문가와 같았다. 또한 그가 기차에서 내릴 때마다 어김없이 '우리의 작은 다음 회합은 언제인가요'라고 물었던 것은, 기생충적인 탐욕 못지않은 학자적 게걸스러움에 이끌려서였으니, 그가 발백에서 나와 함께 즐기곤 하던 그 아가페[239]를, 자기에게 소중하지만 나 이외의 다른 아무와도 이야기할 수 없었던 주제들에 관하여 나와 대화를 나눌 수 있는 계기로 여겼기 때문이며, 그러한 면에서는 그 아가페가, 일정한 날에 정기적으로 '도서 애호가 협회' 회원들이 '쎄르끌르 드 뤼니옹'[240]의 감미로운 식탁 앞에 모이곤 하던 그 만찬들과 유사했다. 자기의 가문에 대해 이야기할 때에는 그가 매우 겸손했던지라, 그의 가문이 크레씨라는 작호를 가진 잉글랜드 가문으로부터 프랑스에 떨어져 나와 뿌리 내린, 세력 크고 진정한 지파였다는 사실을 내가 알게 된 것은 그의 입을 통해서가 아니었다. 그가 진정한 크레씨 가문 사람임을 알게 되었을 때, 나는 게르망뜨 부인의 질녀 하나가 일찍이 샤를르 크레씨라는 어느 아메리카인과 결혼하였다는 이야기를 해주면서, 그러나 그 아메리카인이 그와는 아무 관계가 없을 것이라고 하였다. "아무 관계도 없습니다." 그가 나에게 말하였다. "게다가 저의 가문이 비록 큰 명성을 누리지는 못하였지만, 몽고햄, 에씩스 등 가문들과 혹은 베리 공작과 아무 관련 없는 것과 같습니다." 나는 그를 즐겁게 해주기 위하여, 일찍이 갈보였던 시절 오데뜨 드 크레씨라는 이름으로 알려졌던 스완 부인과 교분이 있었다는 이야기를 그에게 해줄까 여러 차례 생각하였으나, 어떤 사람이 알랑쏭 공작과 이야기하면서 에밀리엔느 달랑쏭에 관한 이야기를 꺼낼 경우[241] 그가 비록 불쾌감을 드러낼 수 없다 할지라도, 그를 상대로 농담을 그렇게까지 이끌어가기에는 내가 크레씨 씨와 충분히 가까운 사이가 아님을 직감하였다. "그는 매우 고귀한 가문 출신입니다." 어느 날 몽쉬르방 씨가 나에게 말하였다. "그의 성씨는 쎄일러[242]입니다." 그리고 덧붙여 말하기를, 앵까르빌 바로 위에 있는, 사람이 거의 살 수 없을 정도로 퇴락하였고, 매우 유복하게 태어났으되 가세가 너무 기울어 그가 보수할 엄두를 내지 못하는, 그의 작고 고색창연한 성 정면 벽에 아직도 그 가문의 유구한 좌우명이 선명히 남아 있다고 하였다. 나는 그 좌우명이 매우 아름답다고 생각하였으니, 옛날 그 둥지에 웅크리고 있다가 날개를 활짝 펴 날아올랐을 맹금류 같은 그 종족[243]의 조바심에 그것을 적용해도 그랬고, 오늘날에는, 모든 것이 내려다보이고 황량한 그 은거지에서 종말을 관조하며 곧 닥칠 죽음을 기다리는 모습에 적용해도 그러했다. 그 좌우명이 실제로 그 가문의 쎄일러라는 명칭과 이중의 의미에서 어울렸으니, 그 좌우명은 이러하다. "시각을 모르노라."

에르몽빌에서 가끔 쉐브르니 씨가 기차에 오르곤 하였는데, 브리쇼가 우리에게 말하기를, 그 명칭이 까브리에르 예하의 것처럼 '염소들이 모이는 장소'를 의미한다고 하였다.[244] 그가 깡브르메르 가문 사람들과 친척 간이었고, 그렇기 때문에 또한 우아함에 대한 그릇된 평가로 말미암아 훼떼른느에 자주 초대받았지만, 사람들의 눈을 현혹할 만한 손님이 없을 때에만 그랬다. 연중 내내 보쏠뢰이유에 머물렀던지라, 쉐브르니 씨는 깡브르메르 가문 사람들보다 더 촌스러웠다. 그리하여 빠리에 가서 몇 주 동안 머무는 경우, '보아야 할 것들'을 모두 보기 위하여 단 하루도 허송하는 일이 없었으며, 지나치게 서둘러 소화한 많은 공연들 때문에 머리가 멍해져, 혹시 어떤 사람이, 이런 혹은 저런 작품을 관람하였느냐고 물으면, 자신이 그것을 관람하였는지 확신하지 못할 지경에 이르기도 하였다. 하지만 그가 그러한 모호함 속에 빠지는 경우는 드물었으니, 그가 빠리에서 일어난 일들을, 그곳에 아주 가끔 오는 사람들 특유의 버릇대로 상세히 알고 있었기 때문이다. 그가 나에게 꼭 보러 가야 할 '새로운 것들'을 ("그럴 만한 가치가 있습니다" 그의 말이었다) 권하곤 하였지만, 그럼에도 불구하고, 그 새로운 것들로 말미암아 즐겁게 보낸 저녁 시간의 관점에서만 그것들을 고려하고 미학적 관점에서는 그것들을 전혀 몰랐던지라, 그것들이 때로는 실제로 예술사 속에서 정말 '새로운' 기원이 되었음은 짐작조차 하지 못하는 경우도 있었다. 그리하여 그는 모든 것을 같은

판에 올려놓고 우리에게 말하곤 하였다. "우리가 어느 날 오뻬라-꼬믹에 갔었는데, 하지만 공연은 변변치 않았어요. 『뻴레아스와 멜리장드』라고 하는 것이었소. 아무 의미 없는 작품이오. 뻬리에[245]의 연기는 여전히 좋으나, 그를 다른 작품 속에서 보는 것이 나아요. 반면 김나시움[246]에서는 『성주의 부임』을 공연하더이다. 우리는 두 번이나 보러 갔는데, 놓치지 말고 가시오, 볼만한 가치가 있으며, 게다가 배우들의 연기가 눈을 사로잡을 지경이고, 프레발, 마리 마니에, 바롱(아들) 등이[247] 출연하오." 그는 심지어 내가 일찍이 들어본 적도 없는 이름들까지 내 앞에 늘어놓았으나, 의식적인 격식을 갖추듯 경멸적인 어조이지만 '이베뜨 길베르[248]' 아씨의 노래들' 혹은 '샤르꼬[249] 씨의 실험들'이라고 말하였을 게르망뜨 공작과는 달리, 그 이름들 앞에 존칭들을 붙이지 않았다. 쉐브르니 씨는 그러는 대신 단지 '꼬르날리아'[250]나 '드엘리'[251]라고만 하였는데, 그것이 그가 그저 '볼떼르'나 '몽떼스끼유'라고만 하였을 것과 마찬가지이다.[252] 왜냐하면 빠리에 있는 모든 것에 대해서처럼 배우들에 대하여 경멸적인 태도를 보이고 싶은 '귀족'이 가지고 있던 욕구가, '시골 사람'이 가지고 있던 친숙하게 보이고자 하던 욕구에 의하여 그의 내면에서 제압당하였기 때문이다.

깡브르메르 씨 부부는 더 이상 젊음의 초기에 있지 않았건만—어림도 없었다—훼떼른느 성에서는 아직도 '젊은 내외'라고 부르던 그들과 함께 라 라스쁠리에르에서 베푼 그 첫 만찬에 참석한 직후, 늙은 후작 부인이 내게 편지를 보냈고, 그 글씨체는 수천의 글씨체들 속에서도 누구나 쉽게 알아볼 수 있었을 것이다. 그녀가 편지에서 이렇게 말하였다. "당신의 감미롭고—매력적이며—상냥한 사촌 누이를 데리고 오세요. 그러면 매혹적이고 기쁠 거예요…" 그녀의 편지를 받는 사람이 기대하던 (의미적) 진전이 여전히 어김없이 결여되어 있었던지라, 나는 급기야 그러한 디미누엔도(diminuendo)의 본질에 대하여 가지고 있던 나의 견해를[253] 바꾸었을 뿐만 아니라, 그것이 의도적이었을 것이라 생각하게 되었고, 심지어 그것에서, 쌩뜨-뵈브로 하여금 단어들의 모든 조화로운 결합을 깨뜨리게 하고, 조금은 습관적인 모든 표현들을 변질시키게 한, 취향의 타락을[254]—사교계로 옮겨놓은—발견하기에 이르렀다. 서로 다른 스승들이 가르친 두 방법이 의심할 나위 없이 그녀의 서한체 속에서 서로 대립하였고, 두 번째 방법이 깡브르메르 부인으로 하여금, 그녀가 사용하던 중복된 형용사들을 하강 음계를 따라 나열하여 평범한[255] 화음으로 끝나지 않도록 함으로써 형용사들의 진부함을 피하도록 한 것 같았다. 반면 내가 보기에는, 그 전도된 음계들이 그녀의 아들인 후작이나 그의 사촌 누이들에 의해 사용될 때마다, 그것들이 늙은 후작 부인에 의해 사용될 때처럼 세련미의 산물이 아니라 미숙함의 결과처럼 여겨지곤 하였다. 가문 전체에서 그리고 상당히 먼 인척들까지도, 젤리아[256] 숙모를 찬미하며 모방하는 습성 때문에, 말을 하면서 열광적으로 잠시 숨을 돌리는 특유의 방법과 함께, 형용사 셋을 그렇게 나열하는 규칙이 매우 높게 평가되었다. 그러한 모방이 게다가 혈통적 특성이 되어, 혹시 그 가문의 어느 소녀가 유년기부터 말을 하다가 침을 삼키기 위하여 잠시 멈추면 사람들이 이렇게 말하곤 하였다. "저 아이가 젤리아 숙모님을 닮았어." 또한 그 말을 하면서, 훗날 그녀의 입술들이 상당히 일찍 엷은 콧수염들로 덮일 것이라 예감하였고, 그녀가 드러낼 음악에 대한 소질도 길러주어야겠다고 다짐들을 하곤 하였다.[257]

깡브르메르 가문 사람들과 베르뒤랭 부인 간의 관계는 여러 이유들로 인해 얼마 아니 되어 나와의 관계보다 덜 원만해졌다. 그들은 베르뒤랭 부인을 초대하고 싶어하였다. '젊은' 후작 부인이 건방진 태도로 나에게 말하곤 하였다. "우리가 그 여자를 초대하지 못할 이유는 없어요. 시골에서는 그 누구와도 만나며, 그것이 하등 문제 될 것 없어요." 그러나 실제로는 상당히 깊은 인상을 받았던지라, 예의를 표하고 싶은 열망을 어떻게 실현해야 할지, 그들이 그 방법에 대하여 끊임없이 나에게 물었다. 그들이 일찍이 알베르띤느와 나 그리고 그 지역에서 우아한 사람들로 알려졌고, 구르빌성의 소유주들이며, 누구보다도 더 노르망디 토박이 상류층을 대표하는 쌩-루의 친구들을 초대한 적 있었던지라 그리고 베르뒤랭 부인이 그 친구들에게 접근할 기색은 보이지 않지만 그들을 특히 좋아하는지라, 나는 깡브르메르 댁 사람들에게 '안주인 마님'을 그들과 함께 초대하라고 조언하였다. 그러나 훼떼른느의 성주들은 자기들의 귀족 친구들을 불만스럽게 만들지 않을까 염려하여 (그들이 그토록 소심했다), 혹은 베르뒤랭 씨 내외가 지성인이 아닌 사람들과 어울리는 것을 따분해하지 않을까 저어하여(그들이 그토록 순진했다), 또 혹은 (그들이 경험에 의해 풍요롭게 되지 못한 타성적 생각에 젖어 있었기 때문에) 서로 다른 부류들을 함부로 뒤섞어 '서투른 실수'나 저지르지 않을까 염려하여 나에게 선언하듯 말하기를, 그러는 것이 합당하지 않고 또 '순탄치' 않을 것이니, 베르뒤랭 부인은 (그녀의 작은 집단과 함께 초대하겠다고 하였다) 별도로 다른 만찬에 초대하는 것이 낫겠다고 하였다. 다음 만찬에는—쌩-루의 친구들이 참석하는 우아한 만찬에는—그 '작은 핵'의 구성원들 중 오직 모렐만을 초대하였는데, 자기들이 초대한 화려한 사람들이 누구인지 간접적으로 샤를뤼스 씨에게 알려지도록 하기 위함이었고, 또한 아울러 음악가로 하여금 다른 손님들을 위하여 기분 전환 요소가 되도록 하기 위함이었으며, 따라서 그에게 바이올린을 가져오라고 요청할 생각이라고 하였다. 그와 함께 꼬따르도 추가하여 초대하였는데, 깡브르메르 씨가 말하기를, 그가 매우 활기 넘치고 만찬에 '이롭기' 때문이라고 하였으며, 덧붙여 말하기를, 혹시 환자가 생길 경우 의사 하나와 가까이 지내는 것이 편리함을 확보해 줄 것이기 때문이라고 하였다. 하지만 '처음부터 여인이 개입되는 것'을 피하기 위하여 그의 아내는 제외시키고 그만 홀로 초청하였다. 베르뒤랭 부인은, '친한 사람들끼리' 모이는 훼뗴른느 성의 만찬에, 자기가 제외된 채 '작은 동아리'의 구성원 둘이 초청되었다는 소식을 듣고 격분하였다. 처음 그 초청을 수락하려 하였던 꼬따르에게 그녀가 오만한 답신을 구술하였고, 그 답신에는 이러한 구절이 있었다. "그날 저녁 '우리들'은 베르뒤랭 부인 댁 만찬에 참석합니다." 답신에 사용된 '우리들'이라는 복수 형태는 깡브르메르 댁 사람들에게 따끔한 교훈이 되었을 것이고, 그가 자기의 부인과 잠시도 분리될 수 없음을 그들에게 과시하였을 것이다. 모렐의 경우, 그에게는 베르뒤랭 부인이 무례한 행동 지침을 내릴 필요조차도 없었으니, 그가 무례한 행동을 자발적으로 저지른 이유는 다음과 같다. 그가 샤를뤼스 씨와의 관계에서, 비록 쾌락과 관련된 면에서는 샤를뤼스 씨를 심하게 괴롭히곤 하던 독립성을 유지하고 있었음에도 불구하고, 우리가 이미 보았듯이, 다른 분야에서는 샤를뤼스 씨의 영향력이 더 크게 작용하였고, 예를 들어 그가 기교에 뛰어난 그 연주가의 음악적 지식을 확충시켜 주어 그의 연주 스타일이 더 순수해지도록 해주었다. 하지만 적어도 우리 이야기의 이 시점에서는 그것이 아직 '영향력'에 불과했다. 반면 샤를뤼스 씨가 하는 말을 모렐이 맹목적으로 믿고 복종하는 분야 하나가 있었다. 맹목적이고 또 미친 듯이라고 할 수 있으리니, 샤를뤼스 씨의 가르침들이 거짓이었을 뿐만 아니라 지체 높은 귀족들에게는 그것들이 혹시 납득할 만했다 할지라도, 모렐에 의해 그것들이 글자 그대로 적용되었을 경우 우스꽝스럽게 변하였기 때문이다. 그 속에 들어서기만 하면 모렐이 그토록 순진해져 자기의 스승에게 그토록 고분고분해지던 분야는, 사교계라는 분야였다. 샤를뤼스 씨를 알게 되기 전에는 사교계에 대해 일말의 개념조차 가지고 있지 않던 그 바이올린 연주가는 남작이 그에게 그려 준 오만하고 성긴 그 세계의 초벌 그림을 글자 그대로 받아들였다. 샤를뤼스 씨가 그에게 다음과 같이 이야기해 주었다. "지배적인 가문들 몇이 있지만, 다른 어느 가문보다도, 프랑스 왕실과의 혼인이 열네 번에 이르는 게르망뜨 가문이 으뜸이며, 그것이 특히 프랑스 왕실에게는 자랑스러운 일이니, 프랑스의 옥좌가, 그의 손아래 이복형제인 뚱보 루이[258]가 아니라 알동스 드 게르망뜨[259]에게 돌아왔어야 했기 때문이라네. 루이 14세 시절에는, 우리가 같은 할머니의 후손이었던지라, 왕의 맏형님이 타계하셨을 때 상복을 입었다네. 게르망뜨 가문보다는 훨씬 미미하지만, 나쁠리 왕들 및 뿌와띠에 백작들의 후손인 라 트레무이유 가문, 유서는 깊지 않으나 가장 오래된 중신들인 위제스 가문, 최근에 일어났으되 화려한 혈연관계를 맺은 뢴느 가문, 슈와죌 가문, 아르꾸르 가문, 라 로슈푸꼬 가문 등을 명문들로 꼽을 수 있다네.[260] 그 이외에 뚤루즈 백작에도 불구하고 노아이유 가문이나 몽떼스끼우 가문, 까스뗄란 가문 등을[261] 추가할 수 있겠으나, 내가 잊은 경우가 있다면 모르려니와 이상이 전부일세. 깡브르메르드[262] 후작이니 바뜨훼르휘쉬[263] 등으로 불리는 그 모든 잔챙이 나리들에 관해 말하자면, 그들과 자네 연대의 최하위 졸병들 간에 아무 차이도 없네. 자네가 삐삐를 보기 위하여 까까 백작 부인 집에 가건, 까까를 보기 위해 삐삐 남작 부인 집에 가건[264] 모두 같은 짓이리니, 자네의 명성이나 실추시키고 화장지라야 똥 묻은 걸레밖에 얻지 못할 걸세. 매우 불결한 일이지." 모렐은 아마 조금은 피상적일 수 있을 그 역사 교육을 경건하게 받아들였고, 그리하여 자신이 게르망뜨 가문의 일원이라도 된 듯 매사를 판단하였으며, 거짓 라 뚜르 도베르뉴 가문 사람들[265]과 마주칠 계기가 닥치기를 희원하게 되었으니, 그들을 무시하는 듯한 악수를 통하여 자기가 그들의 손을 진지하게 잡는 것이 아님을 그들이 느끼도록 하기 위함이었다. 깡브르메르 댁 사람들의 경우, 공교롭게도, 그들이 '자기 연대의 최하위 졸병'보다 나을 것 없다는 것을 보여줄 수 있을 기회가 닥친 것이다. 그리하여 초청장을 받고도 아무 대꾸도 하지 않다가, 만찬 당일 저녁이 되어서야 전보를 보내 점잖게 사과한 후, 마치 왕자처럼 처신한 것처럼 황홀해졌다. 또한 대체적으로, 그토록 명민한 샤를뤼스 씨가 자기의 성격적 결함들이 작용하는 경우에는 얼마나 견디기 어려웠고 시시콜콜하며 심지어 멍청하기까지 했는지 덧붙여 말해 두어야겠다. 사실 성격적 결함들이란 지성이 드러내는 일종의 간헐적 질환이라 할 수 있을 것이다. 괄목할 만하게 총명한 그러나 신경쇠약으로 시달리는 여인들에게서, 심지어 남자들에게서도, 그러한 현상을 발견하지 못한 사람이 있는가? 그들이 행복하고 평온하며 주변 사람들에 대해 만족스러워할 때에는 그들의 그 소중한 천품이 찬탄을 자아내는 바, 그럴 때에는 진리가 그들의 입을 통하여 가감 없이 말하기 때문이다. 하지만 잠시 동안의 두통이나 자존심의 손상이 모든 것을 바꾸어놓기에 충분하다. 그러한 순간에는 과격해지고 충동적이며 옹졸해진 그 명석한 지성이, 불쾌감을 줄 모든 짓을 저지르면서, 신경질적이고 의심 가득하며 시시콜콜한 자아밖에 반영하지 않는다.

깡브르메르 댁 사람들의 노여움이 컸고, 그러는 동안 다른 사건들이 그들과 '작은 동아리' 간의 관계에 상당한 긴장을 초래하였다. 꼬따르 내외와 샤를뤼스, 브리쇼, 모렐 그리고 나 등, 우리가 라 라스쁠리에르에서 오찬을 마치고 돌아오던 중, 아랑부빌에 사는 친구들 집에서 점심을 먹은 깡브르메르 댁 사람들이 그곳으로 갈 때 우리와 잠시 여정을 함께하였던지라, 내가 샤를뤼스 씨에게 이런 말을 하였다. "발작의 작품들을 그토록 좋아하시고 현대사회 속에서 그의 일면을 발견하실 수 있으니, 틀림없이 깡브르메르 댁 사람들이 '지방 생활 풍정'[266] 편에서 뛰쳐나온 인물들이라고 여기시겠습니다." 그러나 샤를뤼스 씨가, 마치 자신이 그들의 흔들림 없는 친구라도 되는 듯, 그리하여 나의 그러한 말에 기분이 상한 듯, 급작스럽게 나의 말을 끊었다. ─"아내가 남편보다 우월하기 때문에 당신이 그러한 말씀을 하는 것이오." 그의 어조가 무뚝뚝했다. ─"오! 저는 도 지역의 무사(뮤즈)나 바르주똥 부인[268]에 대한 이야기를 하려던 것이 아니었습니다. 비록…" 샤를뤼스 씨가 다시 나의 말을 끊었다. "차라리 모르쏘프 부인[269]이라고 말씀하시오." 잠시 후 기차가 멈추었고 브리쇼가 내렸다. "우리가 당신에게 그토록 눈짓을 하였건만 소용없었소. 당신 정말 가혹하오." ─"왜 그렇다는 말씀입니까?" ─"이보시오, 브리쇼가 깡브르메르 부인에게 미친 듯한 연정을 품은 사실을 눈치채지 못하셨소?" 나는 꼬따르 내외와 샤를리의 태도를 보고 '작은 핵' 속에서는 그 일에 대하여 추호의 의심도 품지 않음을 간파하였다. 또한 그들이 그 일을 악의적으로 대한다고 생각하였다. "이보시오, 당신이 그녀에 대하여 말씀하실 때 그가 얼마나 동요되었는지 알아차리지 못하신 것 같았소." 자신이 여인들을 많이 겪었음을 과시하기 좋아하던 그리고 그녀들이 자기에게 불러일으키던 감정에 대하여, 천연덕스러운 기색으로, 또한 그러한 감정이 마치 자신이 몸소 일상적으로 느끼던 것인 양 말하곤 하던 샤를뤼스 씨가 다시 그렇게 말하였다. 그러나 모든 젊은이들 대할 때 드러내던—모렐에게로만 전적으로 향하던 그의 연정에도 불구하고—애매한 부정(父情) 어린 특정 어조가, 바로 그 어조로 인하여, 그가 표명하던 여인들 바라보는 남자들의 시각이 거짓임을 드러냈다. "오! 이 어린것들이라니!" 그가 날카롭되 태를 부리고 율동을 부여한 음성으로 말하였다. "그들에게는 모든 것을 일일이 가르쳐주어야 해요. 갓 태어난 아이처럼 순진하니 말이에요. 그들은 어떤 남자가 한 여인에 대하여 연정을 품은 것도 알아차리지 못해요. 내가 당신 나이였을 때에는 훨씬 더 소금기가 빠졌었소.[270]" 그가 그렇게 덧붙였는데, 아마 취향에 이끌려, 혹은 그것들을 회피함으로써 그러한 어휘들을 일상적으로 사용하는 이들과 자주 교류한다는 사실을 고백하는 듯한 기색을 보이지 않기 위해서, 아파치[271] 세계의 표현들을 사용하기를 좋아하였기 때문이다. 며칠 후, 나는 브리쇼가 후작 부인에게 반하여 있다는 사실을 확인하고 시인하게 되었다. 불행하게도 그는 여러 차례 그녀의 오찬 초청을 수락하였다. 베르뒤랭 부인이 마침내 사태를 수습하여 종지부를 찍을 때라는 판단을 내렸다. 그녀가 '작은 핵'의 이해타산을 위한 그러한 개입에서 발견한 유익함은 차치하더라도, 그러한 종류의 토론 및 그러한 해명으로부터 초래되는 비극들에 대하여, 귀족 계층에서 못지않게 평민 계층에서도 한가로움이 태동시키는, 점점 더 강해지는 취미를 그녀가 얻게 되었다. 어느 날 라 라스쁠리에르에서 베르뒤랭 부인이 브리쇼와 함께 모습을 감추었을 때 그리고 그동안 그녀가, 깡브르메르 부인이 그를 조롱하고, 그녀의 응접실에서 그가 웃음거리로 전락하였으며, 따라서 그의 노년이 불명예스럽게 될 위험에 놓여 교육계에서의 그의 지위가 위협을 받게 되었다는 등의 말을 그에게 하였음을 알았을 때, 모든 사람들이 크게 놀랐다. 그녀는 심지어 빠리에서 그와 함께 사는 세탁소 여자 및 그들 사이에서 태어난 어린 딸 이야기까지 감동적인 어휘들을 동원하여 늘어놓았다. 그녀가 승리를 거두었고, 브리쇼는 훼뗴른느에 가기를 멈추었으나, 그의 슬픔이 어찌나 컸던지, 이틀 동안은 모든 사람들이 그가 시력을 완전히 잃을 것이라 생각하였고, 여하튼 그의 질환이 급속히 악화되어 그 상태에 머물렀다. 그러는 동안, 모렐에 대한 노여움이 컸던 깡브르메르 댁 사람들이, 한 번 샤를뤼스 씨를 특별히, 그러나 모렐은 제외시킨 채 초대하였다. 남작으로부터 아무 응답이 없자 그들은 자신들이 실수를 범하지 않았을까 염려하였고, 원한이란 좋지 않은 조언자라 생각하여, 조금 늦게나마 모렐에게 초청장을 보냈으나, 그것은 샤를뤼스 씨로 하여금 모렐에게 자기의 영향력을 과시하면서 미소를 짓게 한 비굴한 처사일 뿐이었다. "우리 두 사람을 대표하여 자네가 초청을 수락한다는 나의 뜻을 전하게." 남작이 모렐에게 지시하였다. 만찬을 베풀기로 한 날이 도래하여 모두들 훼뗴른느 성의 커다란 응접실에서 손님들을 기다리고 있었다. 깡브르메르 댁 사람들이 실제로는 멋의 꽃이라고 하던 훼레 씨 내외를 위하여 만찬을 베푸는 것이었다. 하지만 그들이 샤를뤼스 씨의 마음에 들지 않을까 어찌나 염려하였던지, 쉐브르니 씨를 통하여 훼레 씨 내외를 소개받았음에도 불구하고, 만찬이 예정되었던 날 쉐브르니 씨가 우연히 인사를 하러 들어서는 것을 보는 순간, 깡브르메르 부인은 열병에 걸린 사람처럼 되었다. 그를 보쏠레이유로 될 수 있는 한 속히 돌려보내기 위하여 온갖 핑계를 지어냈으나 그것들이 충분치 못하여 그가 마당에서 훼레 내외와 마주쳤고, 그가 수치심에 사로잡힌 것 못지않게 훼레 내외도 그가 쫓겨나는 것을 보고 몹시 놀랐다. 그러나 어떤 대가를 치르더라도 깡브르메르 댁 사람들은 샤를뤼스 씨에게 쉐브르니 씨를 보여주는 것만은 피하고 싶어 하였는데, 가문 사람들끼리 있을 때에는 개의치 않고 손님들 앞에서만 염두에 두곤 하였으되, 실은 그 외부인들의 눈에만 띄지 않는 유일한 색조들이었던 그 특징들로 인해 그를 촌스럽게 여겼기 때문이다. 자신이 더 이상 머물러 있지 않으려 노력한 상태에 머물러 있는 친족들을 외부인들에게는 보여주기 싫은 법이다. 훼레 씨 내외로 말할 것 같으면, 흔히들 '최상층'이라고 하는 사람들이었다. 그 내외를 그렇게 평가하는 사람들이 보기에는, 의심할 나위 없이 게르망뜨 가문 사람들이나 로앙 가문[272] 사람들 및 기타 많은 사람들도 '최상층'으로 보였겠으나, 그들 가문의 명칭만으로도 그러한 평가는 필요 없었다. 훼레 씨의 모친이나 훼레 부인의 모친이 고결한 혈통이었다는 사실을, 또한 훼레 부인과 그녀의 남편이 교류하던 극도로 폐쇄된 계층을 모든 사람들이 다 알고 있었던 것은 아닌지라, 그들을 소개할 때에는 설명을 하기 위하여 항상 '존재할 수 있는 최상의'[273] 사람들이라는 말을 덧붙이곤 하였다. 그들의 미미한 성씨가 그들에게 오만한 조심성을 고취하였을까? 여하튼 훼레 가문 사람들은 라 트레무이유[274] 가문 사람들이 빈번히 만났을 사람들을 만나는 일이 없었다. 깡브르메르 후작 노부인이 망슈 지역에서 누리던 해변의 여왕이라는 지위 때문에, 훼레 내외는 매년 그녀가 베푸는 오후 연회에 한 번씩 참석하곤 하였다. 그들을 만찬에 초대하면서, 샤를뤼스 씨가 그들에게 남길 효과를 잔뜩 기대하였다. 그리하여 그가 손님들 중에 포함되었다고 넌지시 알렸다. 마침 훼레 부인은 그가 누구인지 몰랐다. 깡브르메르 부인이 그러한 사실로 인해 강렬한 만족감에 사로잡혔고, 매우 중요한 두 물질을 처음으로 접촉시키려는 화학자의 미소가 그녀의 얼굴에 어른거렸다. 출입문이 열렸고, 그 순간 깡브르메르 부인은 모렐이 홀로 들어서는 것을 보고 자칫 병에 걸릴 지경이 되었다. 장관을 대신하여 사과하러 온 장관의 개인 비서처럼, 혹은 군주께서 편찮으셔서 유감을 표하러 온 군주의 첩실[275)]처럼(끌랭샹 부인이 오말 공작을 위하여 그랬던 것처럼)[276)], 모렐이 지극히 가벼운 어조로 이렇게 말하였다. "남작께서는 오실 수 없을 것입니다. 몸이 조금 편찮으신데, 제 생각으로는 그것 때문입니다." 그리고 다시 이렇게 덧붙였다. "이번 주에는 제가 그분을 뵙지 못하였습니다." 그 덧붙인 말조차도 깡브르메르 부인을 절망 속에 처박았으니, 그녀가 앞서 훼레 씨 내외에게 말하기를, 모렐이 샤를뤼스 씨를 하루에도 여러 차례 만난다고 하였기 때문이다. 깡브르메르 댁 사람들은 짐짓 남작의 불참 덕분에 그날의 모임이 더 즐거울 것으로 생각하는 척하였고, 모렐에게는 들리지 않도록 손님들에게 말하였다. "그 사람이 없어도 괜찮지요? 오히려 더 즐거울 것입니다." 하지만 실제로는 격노하였고, 베르뒤랭 부인이 어떤 음모를 꾸미지 않았을까 의심하였으며, 따라서 즉각 반격에 나서, 베르뒤랭 부인이 그들을 라 라스쁠리에르 성에 다시 초청하였을 때, 깡브르메르 씨가 자기의 집을 다시 보고 '작은 동아리'와 다시 어울리는 즐거움을 억제할 수 없었다고 하며 왔으나 자기 홀로였으며, 그러면서 말하기를, 후작 부인이 오지 못하게 된 것을 매우 아쉬워하였으나 그녀의 주치의가 외출을 엄히 금하였노라고 하였다. 깡브르메르 댁 사람들은 그 반쪽만의 참석으로 샤를뤼스 씨에게 교훈을 주고, 아울러 옛날에 공주들이 공작 부인들을 배웅할 때 부속실의 중간 지점까지만 따라 나오던 것처럼, 자기들 역시 베르뒤랭 부인에게 한정된 예의만 표하였다고 생각하였다. 몇 주 후에는 그들이 거의 불화한 상태에 이르렀다. 깡브르메르 씨가 그 곡절에 대하여 나에게 다음과 같이 설명하였다. "당신에게 말씀드리거니와, 샤를뤼스 씨와 어울리기가 어려웠습니다. 그가 극단적인 드레퓌스파인지라…" — "천만에, 그렇지 않습니다!" — "틀림없이 그렇습니다…. 여하튼 그의 사촌인 게르망뜨 대공도 드레퓌스파여서 사람들이 그들을 상당히 비난합니다. 그 문제에 매우 과민한 저의 친척들이 있습니다. 저는 그러한 사람들과 교류할 수 없는 처지인데, 그랬다가는 저의 가문 전체와 불화하게 될 것입니다." — "게르망뜨 대공이 드레퓌스파이니, 소문에 의하면 그의 질녀와 혼인한다는 쌩-루 역시 드레퓌스파인데, 그만큼 더 잘된 일이에요. 그것이 아마 혼인의 이유일지도 몰라요." 깡브르메르 부인이 말하였다. — "이보시오, 나의 사랑스러운 이여, 우리가 매우 좋아하는 쌩-루가 드레퓌스파라고 말씀하지 마시오. 그러한 견해를 경솔하게 유포시켜서는 아니 되오. 군에서 그의 입장이 어떻게 될지 생각해 보시오!" 깡브르메르 씨가 말하였다. — "그가 전에는 드레퓌스파였지만 지금은 더 이상 아닙니다." 내가 깡브르메르 씨에게 말하였다. "그가 게르망뜨-브라싹 아씨와 결혼한다는 소문이 사실입니까?" — "모두들 그 이야기만 한다오. 하지만 그 사실을 더 잘 아실 처지에 계시잖소." — "하지만 당신에게 거듭 말씀드리지만, 그가 저에게 자기는 드레퓌스파라고 하였어요." 깡브르메르 부인이 말하였다. "게다가 그럴 수 있는 일이에요. 게르망뜨 가문이 반은 도이칠란트 가문이니까요." — "바렌느 로에 사는 게르망뜨 가문 사람들에 대해서는 당신이 그런 말씀을 하실 수 있고 또 지당하오." 깡깡이 말하였다. "그러나 쌩-루의 경우는, 이를테면 소매들 중 전혀 다른 짝이오. 그에게 도이칠란트 친척들이 많아도 소용없으니, 그의 부친께서는 무엇보다도 자신이 프랑스의 지체 높은 귀족임을 주장하셨고, 1871년에 자원하여 재입대하셨으며, 전쟁 동안에 가장 아름다운 죽음을 맞으셨소. 내가 비록 그 일에 정통하지만, 이쪽으로도 또한 저쪽으로도 과장을 해서는 아니 되오. 인 메디오… 비르투스,²⁷⁷⁾ 아! 기억이 나지 않소. 꼬따르 의사가 자주 말하는 그 무엇이오. 그 사람이야말로 항상 적합한 말을 찾아낼 줄 아는 사람이오. 당신에게 『라루쓰 소사전』²⁷⁸⁾이 있을 텐데." 라틴어 인용구에 대해 자기의 견해를 표명하기를 피하기 위하여,²⁷⁹⁾ 또한 자기가 요령 부족이라고 남편이 생각하는 것 같은 쌩-루에 관한 이야기를 멈추기 위하여, 깡브르메르 부인이 갑자기 방향을 바꾸어 '안주인 마님' 이야기를 꺼냈는데, 그녀와 그 내외 간의 불화에 대한 설명이 아직도 더 필요했기 때문이다. "우리들은 라 라스쁠리에르 성을 베르뒤랭 부인에게 기꺼이 대여하였어요." 후작 부인이 말하였다. "다만 그녀가 저택 및 계약서에 명시되지 않은 것들, 가령 초지의 이용이나 옛 벽걸이 천들까지 자기의 소유물로 여길 뿐만 아니라, 우리와 친분 맺을 권리도 더불어 가지고 있는 것으로 생각하는 모양이에요. 그것들은 전혀 별개의 일들이에요. 우리의 실수는 관리인이나 대행 사무소로 하여금 일들을 간단히 처리하도록 하지 않은 거예요. 훼떼른느에서는 그 일을 별로 중요시하지 않지만, 만약 슈누빌 숙모님께서, 제가 연회를 베푸는 날, 산발을 한 채 어슬렁거리며 오는 베르뒤랭 노파를 보시면 어떤 표정을 지으실지, 벌써부터 훤히 보여요. 샤를뤼스 씨의 경우, 물론 그가 매우 존경할 만한 사람들과 교류하지만, 매우 형편없는 사람과도 가까이 지내요." 그 형편없는 사람이 누구냐고 내가 물었다. 내가 다그치자 깡브르메르 부인이 급기야 이렇게 말하였다. "사람들이 말하기를, 모로인가 모리유인가 모뤼인가 하는, 제가 기억은 못하지만, 그런 신사분 하나를 먹여 살리던 사람이 샤를뤼스 씨라고 하더군요. 물론 바이올린 연주가인 모렐과는 아무 관련이 없어요." 그녀가 얼굴을 붉히면서 그렇게 덧붙였다. "베르뒤랭 부인이 이 망슈 지역에서 우리의 임차인이었다는 것을 빌미로 빠리에서도 저를 방문할 권리를 누릴 수 있으리라는 망상에 빠져 있음을 직감하였을 때, 저는 관계를 끊어야 한다는 것을 깨달았어요."

'안주인 마님'과의 그러한 불화에도 불구하고, 깡브르메르 댁 사람들과 '신도들' 사이의 관계는 나쁘지 않았으며, 따라서 그들이 기차를 이용할 때에는 우리들이 있던 객차에 기꺼이 오르기도 하였다. 우리가 두빌에 도착할 무렵이면 알베르띤느가 마지막으로 거울을 꺼내 들여다보았고, 때로는 장갑을 갈아 끼고 모자를 잠시 벗는 것이 좋겠다고 생각하였으며, 내가 전에 그녀에게 선사한, 그리하여 머리에 꽂고 다니던 거북 등딱지로 만든 빗으로 곱슬머리를 매끄럽게 하여 그 부풀린 부분을 쳐들어 올리곤 하였으며, 필요할 경우에는 목덜미까지 규칙적인 계곡 형태를 이루면서 내려온 물결 같은 머리 위로 그것을 틀어 올리곤 하였다. 일단 우리를 기다리고 있던 마차에 오르면, 우리가 어디에 있는지 전혀 알 수 없었고, 길들에 조명이 없었던지라 더 요란해진 마차 바퀴 소리로 미루어 우리가 어떤 마을을 통과하고 있음을 알아차렸으며, 도착하였다고 생각하고 있는데 다시 벌판 한가운데에 이르렀고, 멀리서 종소리가 들려왔고, 우리가 약식 야회복 차림이었음을 잊은 채 거의 잠들었을 때, 주파한 거리 및 모든 철도 여행 중에 겪는 전형적인 일들 때문에 야간의 더 늦은 시각까지 그리고 빠리로 돌아가는 길의 중간 지점까지 우리들을 옮겨놓은 것 같던 어둠의 그 긴 자락 끝에서 문득, 더 고운 모래 위로 미끄러지던 마차의 움직임이 우리가 이제 막 성의 정원으로 들어섰음을 알려준 직후, 응접실의, 그다음 식당의 눈부신 불빛들이 우리를 다시 사교계 생활 속으로 인도하면서 작열하였고, 식당에 들어서는 순간, 도시에서 베푸는 진정한 만찬처럼 번쩍이고, 왕복 여정에 필요한 들판 그리고 바닷가의 야간 시각들이 그 사교적 용도에 동원되어 그 태초의 엄숙함에서 벗어나 짠 어둡고 기이한 두 겹의 스카프만이 그 성격을 변화시키면서 감싸고 있던 만찬을 위하여, 음식들과 감미로운 포도주들의 행렬이 연미복 차림의 남자들과 어깨 및 가슴 반쯤을 드러낸 여인들 주위로 이어지는 동안, 우리는, 이미 오래전에 지난 줄로 믿고 있던 일상의 그 8시를 알리는 종소리를 들으면서 일종의 격렬한 후진 운동을 느끼곤 하였다. 돌아가야 하는 여정이 우리에게, 반짝이는 응접실의 눈부시고 신속히 잊히는 화려함을 떠나 마차들이 있는 곳으로 돌아가기를 강요하였고, 그곳에 도착하는 즉시 나는, 나의 벗님이 내가 타지 않은 마차에 다른 사람들과 함께 있지 않도록 하기 위하여 알베르띤느와 함께 있을 방도를 강구하곤 하였는데, 대개는 또 다른 이유 때문이었으니, 그것은 우리 두 사람이 캄캄한 마차 속에서 많은 짓을 저지를 수 있었다는 것이며, 그러한 마차 속에서는, 혹시 새어 들어오는 한 줄기 빛 때문에, 꺾쇠로 고정시킨 듯 들러붙어 있던 우리들의 모습이 다른 이들의 눈에 띄어도, 내리막길이기 때문에 서로 충돌하였다는 변명이 가능했다. 깡브르메르 씨가 아직 베르뒤랭 내외와 불화하기 전에는, 그가 나에게 묻곤 하였다. "이토록 안개가 짙으면 당신이 호흡곤란에 시달리실 것이라 생각하지 않으십니까? 저의 누이는 오늘 아침에 심한 호흡곤란을 겪었습니다. 아! 당신도 겪으셨군요." 그가 만족한 듯 그렇게 덧붙였다. "오늘 저녁 그녀에게 그 이야기를 해주어야겠어요. 내가 돌아가면, 당신이 호흡곤란을 겪으신 지 오래되었느냐고 그녀가 즉시 물을 것입니다." 하지만 그가 나의 증세에 대해 말하곤 하였던 것은 오직 자기 누이에 관한 이야기에 이르기 위해서였으며, 나로 하여금 나의 호흡곤란 증세를 상세히 묘사하게 하였던 것 또한 두 증세 간의 차이를 관찰하기 위해서였다. 하지만 그 두 증세 간의 차이에도 불구하고, 자기 누이가 겪고 있던 호흡 곤란이 그에게는 더 권위 있어 보였던지라, 그는 그녀의 증세를 상대로 '성공을 거둔' 요법이 왜 나의 증세를 위해서는 제시되지 않았는지 도무지 믿을 수 없는 일이라고 하면서, 내가 그 요법을 시도해 보지 않는 것에 역정을 냈는데, 어떤 요법을 억지로 따르기보다 더 어려운 것은 그 요법을 다른 이들에게 강요하지 않는 일이기 때문이다. "여하튼 나와 같은 문외한이 도대체 무슨 말을 하고 있나, 당신 앞에 아레이오스파고스가, 즉 모든 지식의 근원이 있는데, 꼬따르 교수는 그것에 대해 어찌 생각하시나요?"

내가 그의 아내를 다른 때 다시 만났는데, 그녀가 말하기를, 나의 '사촌 누이'에게 이상한 행동 방식이 있다고 하였기 때문이며, 따라서 그녀가 한 그 말의 뜻을 알고 싶었다. 그녀는 자기가 그런 말을 한 적이 없다고 하였으나, 결국 고백하기를, 나의 '사촌 누이'와 만난다고 여겨지던 사람에 대해 말한 적은 있다고 하였다. 또한 그 사람의 이름은 모른다고 하다가 마침내 자기가 잘못 듣지 않았다면, 그 사람이 어느 은행가의 아내이며, 이름은 리나인지 리네뜨인지 리제뜨인지 리아인지, 여하튼 그 비슷한 유형이라고 하였다. 나는 '은행가의 아내'라는 말이 정체를 더 모호하게 하기 위하여 덧붙여졌으리라 생각하였다. 나는 알베르띤느에게 그것이 사실이냐고 묻고 싶었다. 그러나 나는 묻는 사람이기보다는 알고 있는 사람의 기색 띠기를 더 좋아하였다. 게다가 알베르띤느가 아무 대꾸도 하지 않았을 것이며, 혹은 기껏 아니라는(non) 말밖에 하지 않았을 것인데, 그 경우 'n'이 지나치게 머뭇거렸을 반면 'on'은 지나치게 폭발적이었을 것이다.280) 알베르띤느는 자신에게 해를 끼칠 수 있는 사실들은 결코 이야기하지 않았으되, 먼저 이야기한 사실들에 의해서만 설명될 수 있는 것들은 이야기하였으니, 진실이란 누가 우리에게 말한 것 자체이기보다 오히려 비록 전혀 보이지는 않더라도, 누가 우리에게 말하는 것에서 출발하고 우리가 포착하는 하나의 흐름이기 때문이다. 그렇게, 그녀가 일찍이 비쉬에서 사귀었다는 여인의 행실이 좋지 않다고 내가 그녀에게 단언하였을 때, 그녀가 나에게 맹세코 말하기를, 그 여인은 결코 내가 생각하는 그런 여인이 아니며, 그 여인이 자기를 시켜 나쁜 짓을 저지르게 하려 시도한 적이 없다고 하였다. 그러나 다른 어느 날, 내가 그런 부류의 사람들에 대하여 품고 있던 호기심을 털어놓자, 알베르띤느가 전에 이야기한 것에 덧붙여 말하기를, 비쉬에서 사귄 여인에게도 '여자 친구'가 있는데, 그 여자를 자기는 모르지만, 여인이 그 여자에게 자기를 소개하겠노라 '약속하였다'고 하였다. 그 여인이 그러한 약속을 하였다는 것은 곧 알베르띤느가 그것을 원하였다는 뜻이거나, 그러한 제안을 하면 알베르띤느가 기뻐할 것을 그 여인이 알고 있었다는 뜻일 것이다. 그러나 만약 내가 그러한 반증을 제기하였다면, 새로 알게 된 그러한 사실들을 내가 오직 그녀를 통해서만 알게 된 것처럼 보였을 것이고, 그러한 사실들이 즉시 자취를 감추어 내가 더 이상 아무것도 알 수 없게 될 뿐만 아니라 그녀가 더 이상 나를 두려워하지도 않게 되었을 것이다. 게다가 우리는 발백에 있었고, 비쉬에서 만났다는 여인과 그녀의 여자 친구는 망똥에 산다고 하였던지라, 먼 거리와 그로 인한 위험의 불가능성이 머지않아 나의 의혹을 지워버렸다.

빈번한 일이었지만, 역에서[281] 깡브르메르 씨가 나에게 문득 말을 걸곤 할 때에는, 내가 알베르띤느와 함께 어둠을 이용하고 난 다음이었고, 어둠이 완전하지 못할까 염려하여 알베르띤느가 조금 저항하는 바람에 그 짓이 그만큼 어렵기도 했다. "저는 꼬따르가 우리를 보았다고 확신하며, 게다가 비록 보이지는 않았다 할지라도, 사람들이 당신의 다른 호흡곤란 중세에 대해 말하던 순간, 그가 당신의 숨 가쁜 음성을 틀림없이 들었을 거예요." 돌아오기 위하여 우리가 다시 협궤 열차를 타곤 하던 두빌 역에 도착하면서 알베르띤느가 나에게 말하곤 하였다. 하지만 그 돌아오던 여정이 갈 때의 여정과 마찬가지로 나에게 어떤 시적 인상을 주면서, 여행을 떠나고 싶은 그리고 새로운 생활을 영위하고 싶은 갈망을 일깨우고, 더 나아가 알베르띤느와의 결혼 계획을 몽땅 파기할 뿐만 아니라 우리의 관계를 영영 끊어버리는 것까지 회원하도록 해주었다면, 또한 아울러, 우리 관계의 이율배반적 본질 때문에, 그 결별이 더 쉬워 보이도록 해주었다. 왜냐하면 갈 때나 돌아올 때나, 각 역에서 아는 사람들이 우리의 객차에 오르거나 승강장에서 우리에게 인사를 건네곤 하였던지라, 사회성에서 비롯된 그토록 평온하게 해주며 회유적인, 게다가 지속적인 그 즐거움들이, 상상이 태동시킨 순간적인 즐거움들을 압도하였기 때문이다. 이미 그 역들 자체에 앞서, 그것들의 명칭들이 (내가 할머니와 여행하였던 첫날 저녁, 그것들을 들은 이후 나를 그토록 몽상에 잠기게 하던) 친숙해졌고, 브리쇼가 알베르띤느의 간청에 따라 그 어원들을 우리에게 더 완벽하게 설명해 준 그 저녁 이후에는 그것들이 자기들의 기이함을 상실하였다. 나는 일찍이 휘끄플뢰르(Fiquefleur)나 옹플뢰르(Honfleur), 플레르(Fler), 바르플뢰르(Barfleur), 아르플뢰르(Harfleur) 등과 같은 몇몇 명칭들의 끝부분을 이루는 플뢰르(fleur)가 매력적이고, 브리끄뵈프(Bricqueboeuf)의 끝에 붙은 뵈프(boeuf)가 재미있다고 생각하였다. 그러나 브리쇼가 (그것에 대해서는 그가 첫날 기차에서 나에게 말해 주었다) 우리에게, '플뢰르'는 ('휘오르드'처럼) '항구'를 의미하고, '뵈프'는 노르망디어로 '부드(budh)'이며 '오두막'을 의미한다고 가르쳐주는 순간, 꽃도

황소도 자취를 감추었다.²⁸²⁾ 그가 여러 예를 인용함에 따라, 일찍이 내가 보기에 독특했던 것 같았던 것이 보편화되어, 가령 '브리끄뵈프'가 '엘뵈프'에게로 가서 합류하였고, 심지어 처음에는 '뻰느드뻬'²⁸³⁾라는 명칭처럼, 그것이 가리키는 장소만큼이나 개별성 있고 그 속에서 합리적으로는 도저히 설명하기 불가능한 기이함들이, 까마득한 옛날부터, 노르망디 지방의 특정 치즈처럼, 보기에 추하되 풍미 넘치며 단단한 하나의 단어로 혼융된 것처럼 여겨졌지만, '산'을 의미하는 갈리아 언어의 뻰(pen)이 '아뻬니노'에서처럼 '뻰마르'에서도²⁸⁴⁾ 발견된다는 사실을 알고 실망하였다.²⁸⁵⁾ 각 역에 정차할 때마다, 맞아야 할 손님들은 아니라 할지라도 악수나마 나누어야 할 사람들이 우리 객차에 오를 것 같아, 나는 알베르띤느에게 말하곤 하였다. "알고 싶어하시던 명칭들에 대하여 브리쇼에게 서둘러 여쭈어보시오. 당신이 나에게 '마르꾸빌-로르퀘이즈'에 대해 말씀하셨지요." — "그래요 저는 그 오만을 무척 좋아해요. 자긍심 강한 마을이에요." 알베르띤느가 말하였다. — "프랑스어 형태나, 바이으의 주교가 작성한 성직록 기록부에 있는 후기 라틴어 형태인 '마르쿠빌라 쑤페르바' 대신, 더 옛날 형태이며 노르망디어에 가까운 '마르쿨피빌라 쑤페르바' 형태를 보시면 — 마르쿨프²⁸⁶⁾의 마을 내지 영지라는 뜻이에요 — 그 마을이 더 자긍심 강하다고 생각하실 것입니다. '빌(ville)'로 끝나는 거의 모든 명칭들 속에서 아직도 이 해안에 우뚝 서 있는 그 우악스러운 노르망²⁸⁷⁾ 침략자들을 보실 수 있을 것입니다. 에르몽빌에서는 객차 출입문에 서 있던, 그러나 물론 바이킹들의 두목과는 전혀 닮은 점이 없는, 우리의 훌륭하신 의사 선생밖에 발견하지 못하셨을 것입니다. 그러나 눈을 감으시면 그 찬연한 헤리문트('헤리문디빌라'를 탄생시킨)²⁸⁸⁾를 보실 수 있을 것입니다. 무슨 이유 때문인지 저는 모르겠습니다만, 사람들이 루와니에서 구발백으로 이어지는 경치가 매우 아름다운 길들 대신, 루와니와 발백-쁠라주 사이의 길들을 이용함에도 불구하고, 베르뒤랭 부인은 아마 댁들을 마차에 태우고 그쪽으로 안내하셨을 것입니다. 그리하여 베르뒤랭 댁에 도착하시기 전에 앵까르빌과, 다시 말해 '비스카르의 마을'과 뚜르빌을, 즉 '투롤두스의 마을'을 보셨을 것입니다.[289] 게다가 노르망디인들만 있었던 것은 아닙니다. 알레마니아인들도 이곳까지 왔던 모양입니다(오므낭꾸르는 곧 '알레마니쿠르티스'입니다). 하지만 저기 보이는 젊은 장교에게는 이야기하지 맙시다. 그가 그곳 친척들 집에 가지 않으려 할 수도 있으니 말입니다.[290] 씨쏜느의 샘터가 그것을 입증하는 바와 같이 (베르뒤랭 부인이 산책을 하시며 당연히 즐겨 찾으시는 샘터요) 작센족도 있었습니다만, 그것은 잉글랜드에 미들 쎅스나 웨쎅스가[291] 있었던 것과 마찬가지입니다. 설명할 수 없는 점은, 사람들이 흔히 '거지 떼'라고 부르던 고트족이 여기에까지 왔다는 것이며, 심지어 무어족들도 왔던 모양인데, '모르따뉴'라는 마을 이름이 '마우레타니아'에서 유래하였으니 말입니다. 그 흔적이 구르빌(즉, '고토룸빌라')에 남아 있습니다. 물론 라틴족의 흔적도 있는데, 라니(즉, '라티니아쿰')가 그 예입니다." — "나는 '또르쁘옴므'[292]라는 명칭에 대한 설명을 요청드리겠소." 샤를뤼스 씨가 말하였다. "나 또한 '옴므(homme)'라는 말은 이해하오."[293] 그가 그렇게 덧붙였고, 그러는 동안 조각가와 꼬따르가 공모자들의 시선을 서로 주고받았다. "하지만 '또르프(Thorp)'는 무엇이오?" — "남작, '옴므'가 이 경우에는 당신이 물론 기꺼이 믿으려 하는 그것은 전혀 의미하지 않소." 브리쇼가 꼬따르와 조각가를 짓궂게 바라보면서 대꾸하였다. "이 경우에는 '옴므'가, 나의 어머니를 탄생시킴에 있어 내가 은혜를 입지 않은 그 성(性, sexe)

과는 아무 상관이 없소.[294] 여기에서 '옴므'는 곧 '작은 섬'을 의미하는 '홀름(Holm)'이오. 한편 '마을'을 뜻하는 '또르프'에 관해 말하자면, 우리가 그것을 수백 개의 단어 속에서 발견할 수 있고, 내가 이미 그 이야기로 우리의 젊은 친구를 지치게 만든 적이 있소. 그렇게 '또르쁘옴므'라는 말속에는 노르망디족 우두머리의 이름이 없고, 노르망디어의 일반 단어들만 있소. 이 고장 전체가 어떻게 게르만적으로 변하였는지 당신도 아실 수 있을 것이오." — "내 생각으로는 당신이[295] 과장하는 것이오." 샤를뤼스 씨가 말하였다. "내가 어제 오르주빌에 갔었는데…" — "남작 양반, 내가 '또르쁘옴므'에서 빼앗았던 '남자'를 이번에는 당신에게 돌려드리겠소. 유식한 체하려는 것은 아니오만, 로베르 1세[296]의 헌장 하나가 우리에게 오르주빌이 곧 '오트게리빌라(Otgerivilla)'임을, 다시 말해 '오트게르'[297]의 영지임을 알려주고 있소. 그 모든 명칭들은 옛 영주들의 이름이오. 옥뜨빌-라-브넬은 아브넬에서 유래한 것이오. 아브넬은 중세에 명성 높던 가문이오. 일전에 베르뒤랭 부인이 우리를 데리고 가셨던 곳 부르그놀을 전에는 '부르 드 몰(Bourg de Moles)'이라 표기하였는데, 그 마을이 11세기에는 '라 쇠즈-보두왱'처럼 보두왱 드 몰 가문 소유였었소. 하지만 우리가 어느새 동씨에르에 도착하였군." — "맙소사, 저 많은 청년 장교들[298]이 모두들 이 기차로 오르려 하겠군!" 샤를뤼스 씨가 짐짓 겁먹은 시늉을 하면서 말하였다. "당신들을 생각해서 하는 말이오. 나는 여기에서 내리니, 나에게는 거북할 것이 없소." — "의사 양반, 들으셨소?" 브리쇼가 말하였다. "남작께서는 장교들이 혹시 자기의 몸뚱이 위로 기어오르지 않을까 두려워하고 계시오. 하지만 그들이 여기에 집결해 있음은 곧 자기들의 임무를 수행하는 것이니, 동씨에르가 바로 쌩-씨르, 즉 '도미누스 키리아쿠스'이기 때문이오.[299]

소돔과 고모라 2부 3장 365

많은 도시들의 명칭에 붙었던 '쌍크투스'와 '쌍크타'가 '도미누스'와 '도미나'로 대체되었소. 게다가 이 조용한 군사도시가 때로는 쌩-씨르나 베르사이유 그리고 심지어 퐁뗀느블로까지 조금 닮았소.300)"

그렇게 돌아오는 동안 (갈 때처럼) 내가 알베르띤느에게 의상을 잘 갖추라고 말하곤 하였는데, 암낭꾸르 및 동씨에르, 에프르빌, 쌩-바스뜨 등지에서 우리가 잠시나마 방문객들을 맞아야301) 한다는 사실을 알고 있었기 때문이다. 에르몽빌(헤리문트의 영지)에서 초대한 손님들을 마중하러 왔다가 그 기회를 이용하여 다음 날 몽쒸르방의 오찬에 오라고 나에게 말하던 쉐브르니 씨의 방문이건, 혹은 동씨에르에서 보로디노 대위나 '꼭끄 아르디' 식당에서 회식 모임을 가질 장교들 혹은 '프장 도레' 식당에 모일 하사관들이 보내는 초대장을 나에게 전하기 위하여 쌩-루 대신 (그가 시간이 없을 경우) 달려온 그의 매력적인 친구들 중 하나가 기습적으로 우리의 객차 안으로 침입할 경우건, 그러한 방문들이 나에게는 불쾌하지 않았다. 쌩-루가 직접 오는 경우가 잦았고, 그가 우리들 곁에 있는 동안 내내, 나는 다른 사람들이 눈치채지 못한 상태에서, 알베르띤느를 나의 시선 아래에―그러나 부질없이 세심한 시선이었다―가두어두곤 하였다. 그러나 언젠가 한번은 내가 경계를 중단할 수밖에 없었다. 정차 시간이 길었던지라, 블록이 우리를 발견하고 인사를 하더니 즉시 자기의 아버지에게로 달려갔고, 그의 아버지는 이제 막 자기의 숙부로부터 유산을 물려받았으며 '기사관(騎士館)'이라는 성 하나를 빌렸던지라, 정복 입은 마부가 모는 역마차를 타지 않고는 행차하지 않는 것이 지체 높은 나리의 풍모라 여기고 있었다. 블록이 나에게 그 역마차까지 함께 가자고 간청하였다. "제발 서두르게, 저 네 발 달린 짐승들은 참을성이 없으니 말이야. 어서 가세, 신들께서 소중히 여기는 이여, 자네가 나의 아버지에게 기쁨을 드릴 걸세." 그러나 알베르띤느를 기차 안에 쌩-루와 함께 내버려두는 것이 나에게는 너무나 괴로운 일이었으니, 그 두 사람이 내가 등을 돌린 동안에 서로 말을 주고받으면서 다른 객차로 가서 미소를 지으면서 서로를 만질 것 같았기 때문이며, 따라서 알베르띤느에게로 끊임없이 들러붙던 나의 시선은 쌩-루가 곁에 있는 한 그녀에게서 결코 떨어질 수 없었다. 그런데 나는 자기의 아버지에게 가서 인사를 드리라고 일종의 도움 청하듯 나에게 부탁하던 블록이, 아무 장애 없건만 그 청을 거절하던 내가 처음에는 친절하지 못하다고 생각하였지만, 철도 회사 직원들이 기차가 아직도 최소한 15분 동안은 역에 더 머물 것이라 예고하여, 거의 대부분의 승객들이 기차에서 내렸고, 또 그들을 내버려둔 채 기차가 출발할 리 없었던지라, 그다음 순간에는 그가―그러한 경우에 보인 나의 행동이 그에게는 결정적인 답변이었다―틀림없이 내가 스놉이었기 때문이라고 확신하였을 것이라는 사실을 분명히 깨달았다. 왜냐하면 나와 함께 있던 사람들의 이름을 그가 모르지 않았기 때문이다. 실제로 샤를뤼스 씨가 불과 얼마 전에, 또한 그러한 일이 이미 전에 이루어질 수도 있었을 것이라는 사실을 잊은 채 혹은 아예 개의치 않은 채, 그에게 접근할 목적으로 나에게 말한 바 있었다. "나에게 제발 당신의 친구를 소개하시오. 당신의 처신은 나에 대한 일종의 결례라오." 그리하여 그가 블록과 한가하게 대화를 나누었고, 블록이 매우 마음에 든 모양이었으며, 그리하여 심지어 블록에게 이러한 말까지 시혜 베풀듯 해주었다. "다시 만나기를 기대하오." 이윽고 블록이 나에게 말하였다. "그래, 생각을 돌이킬 수 없다는 말인가, 그토록 기뻐하실 우리 아버지에게 인사 한마디 드리기 위해 단 100미터도 걸을 수 없다는 말인가?" 나는 좋은 우정을 소홀히 여기는 것처럼 보이는 것 때문에 그리고 그보다 더 나로 하여금 그러도록 하였으리라고 블록이 생각하던 이유 때문에, 또한 '명문 출신' 사람들과 함께 있을 때에는 내가 평민 가문 출신 친구들을 여일하게 대하지 않는다고 그가 상상하고 있음을 직감하게 되어 마음이 몹시 무거웠다. 그날 이후 그가 나에게 전과 같은 우정 표하기를 멈추었고, 나에게는 더욱 괴로운 일이었는데, 나의 성격을 더 이상 전처럼 평가해 주지 않았다. 그러나 나로 하여금 객차에 남아 있도록 한 동기에 대한 그의 생각을 바로잡아 주기 위해서는, 내가 그에게 어떤 말을—즉 내가 알베르띤느에 대하여 질투심을 품고 있다는 사실을—해야 할 처지였는데, 그것이 나에게는 내가 멍청하게 사교계를 기웃거린다고 생각하도록 그를 내버려두는 것보다 더 괴로웠을 것이다. 우리가 이론적으로는 항상 솔직하게 해명하여 오해를 피해야 한다고 생각한다. 그러나 대개의 경우, 삶이라는 것이 오해들을 하도 기이한 방식으로 조합해 놓는지라, 그것이 가능할 매우 드문 상황에서 오해들을 불식시키기 위해서는, 우리의 친구가 우리에게 전가하는 가공의 잘못보다도 오히려 더 그의 마음을 상하게 할 무엇을—이 사건은 그런 경우가 아니다—우리가 밝히거나, 혹은 그것의 누설이—또한 그것이 나에게 닥친 일이었다—우리에게는 오해보다 더 나빠 보이는, 그러한 비밀을 폭로해야 할 것이다. 또한 게다가 나는 그럴 수 없었으니, 그와 동행할 수 없었던 이유를 설명조차 하지 않은 채, 만약 내가 그에게 기분 상하지 않도록 하라고 간청하였다면, 그러는 것이 오히려 그의 기분을 간파하였음을 보여줌으로써 상처를 배가시켰을 것이다. 알베르띤느가 그곳에 있었기 때문에 내가 그와 동행하지 못하였는데, 그는 반대로 상류층 사람들이 그곳에 있어—그들이 백배나 더 있었다 할지라도 내가 전적으로 블록에게 관심을 쏟아 그에게 한껏 예의를 표하였으련만—내가 그러지 않았다고 믿을 수 있도록 하기로 작정한 그 '숙명' 앞에서는, 몸을 숙여 복종할 뿐 어쩔 도리가 없었다. 서로를 향해 접근하던 두 운명의 선들이 궤도를 이탈하여 점점 멀어지다가 영영 다시 접근하지 못하기 위해서는, 어떤 사건 하나가 (여기에서는 알베르띤느와 쌩-루가 같은 자리에 있게 된 사실이다) 우연히, 어처구니없이, 끼어드는 것으로 족하다. 또한 자신도 모르는 중에 뜻밖의 불화를 야기시킨 장본인이 불화한 사람에게 영영 해명조차 못한 상태에서—해명을 하였다면 틀림없이 그의 손상된 자존심이 치유되었을 것이고 도망치는 호감을 다시 데려왔으련만—우연히 파괴된, 나에게로 향하던 블록의 우정보다 더 아름다운 우정들도 있다.

한편 '블록의 우정보다 더 아름다운 우정들'이라는 말이 아마 충분하지 못할 것이다. 그는 나에게 가장 불쾌감을 주는 모든 단점들을 가지고 있었다. 알베르띤느에게로 향하던 나의 애정이 그것들을 우연히, 진정 용인할 수 없는 것들로 변질시키게 되었다. 예를 들어 내가 로베르에게서 눈을 떼지 않은 채 자기와 이야기를 나누던 그 단순하고 짧은 순간에도, 블록은 나에게 자기가 봉땅 부인 댁 오찬에 참석하였으며, 모두들 '헬리오스가 기울 때까지'[302] 내 이야기를 하면서 온갖 찬사를 아끼지 않았다는 이야기를 하였다. 그 말을 듣고 나는 이렇게 생각하였다. '좋아, 봉땅 부인이 블록을 천재적인 사람이라 여기니, 그가 나에 대하여 열광적인 찬동을 표하였다면, 다른 모든 사람들이 한 말보다 더 큰 효과를 낼 것이고, 그 사실이 알베르띤느의 귀에 들어가겠지. 하루 이틀이 지나지 않아 그녀가 그 사실을 알게 되어 있으니, 그녀의 숙모가 그녀에게 내가 〈탁월한〉 사람이라는 말을 전하지 않았다면 놀라운 일이야.' 그런데 블록이 이렇게 덧붙였다. "그렇다네, 모든 사람들이 자네에 대한 찬사를 아끼지 않았지. 오직 나만이, 우리에게 내놓은 그 렇잖아도 보잘것없는 음식들 대신에, 사람의 몸뚱이와 혀를 부드러운 오랏줄들로 묶는 신성한 휘프노스에게, 즉 따나토스[303]와 레떼의 지극히 복된 형제에게, 그토록 소중한 양귀비[304]를 잔뜩 섭취하기라도 한 듯 깊은 침묵을 고수하였다네. 그랬다고 해서 나와 함께 초대한 그 게걸스러운 개떼보다 내가 자네를 덜 찬미한다는 뜻은 아니라네. 하지만 나는 자네를 이해하기 때문에 자네를 찬미하는 반면, 그들은 자네를 이해하지 못하면서 자네를 찬미한다네. 정확히 말하자면, 자네에 관한 이야기를 그렇게 공공연히 하기에는 내가 자네를 너무나 사랑하는데, 나의 가슴속 가장 깊은 곳에 간직하고 있는 것을 목청 높여 찬양함이 나에게는 일종의 모독으로 보였을 걸세. 사람들이 자네에 관해 나에게 질문을 퍼부었어도 헛일이었으니, 신성한 삼감이, 그 크로니온[305]의 딸이, 나로 하여금 입을 다물게 하였기 때문일세." 내가 불만스러워하는 못된 취향은 드러내지 않았으나, 그가 말하는 '삼감'이 내가 보기에는—크로니온보다는 훨씬 더—우리를 찬미하되, 우리가 조용히 군림하고 있는 은밀한 신전이 무지한 독자들과 기자들 떼거리에 의해 침범을 받지 않을까 하여, 우리에 대하여 아무 말 하지 못하도록 어느 평론가의 입을 막는, 그러한 삼감, 혹은 우리가 우리보다 못한 사람들 속에 섞여 그들과 혼동되는 일이 없도록 하기 위하여 우리에게 훈장을 수여하지 않는 정치인의 삼감, 혹은 우리로 하여금 재능 없는 아무개의 동료가 되는 수치를 면하도록 해주기 위하여 우리에게 표를 던지지 않는 학술원 회원의 삼감 그리고 또한 많은 공로를 쌓으신 자기들의 부친에게 고요와 휴식을 확보해 드리고, 나아가 사람들이 그를 이승에 붙잡아 두면서, 아무리 경건하게 바친다 하더라도 무덤 위에 얹은 꽃다발들보다는 자신의 이름이 사람들의 입에서 나오는 편을 택하실³⁰⁶⁾ 가없은 고인의 둘레에 영광을 만들 어놓는 일을 막기 위하여, 고인이 되신 자기들의 부친에 대한 글을 쓰지 말라고 우리에게 간청하는 아들들의, 더 존경스럽되 더 범죄적인 삼감 등과 더 유사한것 같았다.

블록이 나로 하여금 자기의 아버지에게 인사드리러 가지 못하게 한 이유를 이해하지 못하여 나를 난처하게 만드는 한편, 자기가 봉땅 부인 댁에서 나에 대한 평판을 실추시켰다고 (나는 그제야 알베르띤느가 왜 그 오찬에 대하여 나에게 아무 말도 하지 않았는지 그리고 블록이 나에 대하여 가지고 있는 다정한 마음에 관한 이야기를 내가 꺼냈을 때 묵묵부답이었는지, 그 까닭을 이해하였다) 나에게 고백함으로써 나의 화를 돋우었던 반면, 그 젊은 유대인 녀석이 샤를뤼스 씨에게는 역정과 거리가 먼 인상을 남겼다. 물론 블록이 이제, 내가 상류층 사람들로부터 단 한순간도 멀리 떨어져 있을 수 없을 뿐만 아니라, 그들이 (샤를뤼스 씨처럼) 자기에게 내밀은근한 제안들을 시샘하여, 바퀴살들 사이에 막대기들을 밀어 넣는 짓으로 자기가 그들과 관계를 맺지 못하도록 방해할 것이라 생각하고 있었으나, 남작은 나의 옛 학창 시절 동료를 더 자주 만나지 못한 것을 아쉬워하고 있었다. 하지만 평소의 습관대로 그는 아무 내색 하지 않았다. 그는 우선 나에게 대수롭지 않은 기색으로 블록에 대하여 몇 가지 질문을 던졌으나, 그 어조가 어찌나 태평스러웠던지, 또한 드러낸 관심이 어찌나 꾸민 듯했던지, 그에게 나의 답변이 들리는 것 같지도 않았다. 초연한 기색으로, 무관심이나 방심 이상의 것을 드러내는 단조로운 노래를 부르듯 그리고 나에게 단순한 예의를 표하듯 그가 이렇게 말하였다. "총명해 보이고, 글을 쓴다고 하는데, 그에게 재능은 있소?" 내가 샤를뤼스 씨에게 말하기를, 블록에게 다시 만나기를 희원한다고 말씀하신 것은 큰 친절이라고 하였다. 나의 말을 들었다는 어떤 기미도 남작이 드러내지 않았고, 내가 그 말을 네 번이나 반복하였건만 아무 대꾸가 없었던 지라, 나는 결국 샤를뤼스 씨가 한 말을 들었다고 믿던 순간에, 내가 혹시 어떤 청각적 환상의 장난감으로 전락하였던 것이 아닐까 하는 의혹에 사로잡힐 지경이 되었다. "그가 발벡에 머물고 있나요?" 남작이 노래를 흥얼거리듯 말하였고, 질문하는 사람의 기색을 전혀 드러내지 않아, 겉보기에 그토록 의문문 같지 않은 구절들을 종결시키는 데 필요할, 의문부호 이외의 다른 부호가 프랑스어에 없는 것이 아쉬울 지경이었다. 물론 그러한 부호가 샤를뤼스 씨에게만 도움을 주었을 것은 사실이다. "아닙니다, 그들은 이 근처에 있는 기사관을 빌려 사용합니다." 자기가 원하던 것을 알았던 지라, 샤를뤼스 씨가 짐짓 블록을 멸시하는 척하였다. "이 무슨 끔찍한 일인가!" 자기의 음성에 날카로운 나팔 소리를 한껏 부여하면서 그가 소리쳤다. "기사령 혹은 기사관이라고들 부르는 모든 시설들이나 사유지들은,[307] '신전'이나 '기사수도회'라는 장소들이 성당 기사들의 수중에 있듯이, 몰타기사단 (나도 그 일원이오) 소속 기사들에 의해 세워졌고 그들의 소유였소. 내가 기사관에 머문다면 그보다 더 자연스러운 일은 없소. 그러나 한낱 유대인이! 하지만 놀라운 일은 아니오. 그러한 처사가, 그 종족 특유의 그 기이한 신성모독 취향에 기인하니 말이오. 어느 유대인이든, 성 하나를 구입할 만큼 충분한 돈을 벌기 무섭게, 어김없이 수도원이나 수녀원 혹은 '신의 집'이라는 명칭을 가진 곳들을 고른다오. 내가 어느 유대인 공무원과 거래를 한 적이 있는데, 그가 어디에 살았는지 아시오? 뽕-레베끄[308]에 살았다오. 그리고 좌천되어 브르따뉴로 보내지자 뽕-라베[309]에서 살았다오. 성주간에 흔히들 『수난』이라고 부르는 그 외설스러운 작품을 공연할 때에는, 비록 허수아비 형태로나마 예수를 십자가에 다시 한 번 매단다는 생각에 기쁨을 감추지 못하는 유대인들로 공연장의 반이 채워진다오. 어느 날 라므르의 연주회에 참석하였을 때, 내 곁에 부유한 유대인 은행가 하나가 있었소. 베를리오즈의 작품인 『크리스토스의 유년 시절』을 연주하는 동안에는 그가 아연실색한 표정이었소. 그러나 〈성금요일의 마법〉[310]을 듣더니 평소의 황홀해하는 표정을 즉시 되찾았소. 당신의 친구가 기사관에 머물다니, 불쌍한 녀석! 그 무슨 가학성 취향이란 말인가!" 그러더니 다시 무관심한 기색을 지으면서 이렇게 덧붙였다. "우리의 옛 영지들이 그따위 모독을 어떻게 견디고 있는지 내가 어느 날 직접 보러 갈 수 있도록 나에게 길을 가르쳐 주시오. 불행한 일이니, 그가 예의 바르고 섬세한 듯 보이기 때문이오. 이제 그에게는 빠리의 땅쁠르 로[311]에 사는 일만 남았소!" 샤를뤼스 씨는 그러한 말들을 통해, 자기의 이론을 증명하기 위한 새로운 예를 발견하고 싶어하는 척하였으나, 사실은 두 가지 목적을 가진 질문 하나를 나에게 던지고 있었으며, 그 목적들 중 주된 것은 블록의 주소를 알아내는 것이었다. "실제로는 땅쁠르 로를 '슈발르리-뒤-땅쁠르'[312]라고들 불렀습니다." 브리쇼가 지적하였다. "그리고 이 이야기와 관련하여 한마디 더 하는 것을 허락하시겠소, 남작 양반?" 대학교수가 다시 말하였다. ─ "무슨 말씀을? 그것이 무엇이오?" 자기가 알고자 하는 바를 얻는 데 장애가 된 지적 때문인지, 샤를뤼스 씨가 무뚝뚝하게 물었다. ─ "아니오, 별것 아니오." 브리쇼가 주눅 든 어조로 대꾸하였다. "일찍이 누가 나에게 물은 발백의 어원과 관련된 이야기를 하려 하였소. 땅쁠르 로가 전에는 바르-뒤-백[313]로라 불렸는데, 노르망디에 있는 백 수도원이 빠리의 그곳에 자기의 재판소를 가지고 있었기 때문이오." 샤를뤼스 씨는 아무 대꾸도 하지 않고 아예 못 들은 체하였는데, 그것이 그가 드러내곤 하던 불손함의 한 형태였다. "당신의 친구는 빠리 어디에 사시오? 빠리의 길들 중 사분의 삼이 명칭을 어느 교회당이나 수도원에서 빌렸는지라 신성모독 행위가 계속될 가능성이 크오. 유대인들이라 해서, 그들이 마들렌느 대로나 쌩-오노레 구역 혹은 쌩-오귀스땡 광장 주변에 사는 것을 막을 수는 없으니 말이오. 그들이 구태여 빠르비-노트르-담므 광장이나 아르슈베쉐 강변로, 샤누와네쓰 로, 혹은 아베-마리아 로 등에[314] 거주지를 정하는 간교한 짓을 저지르지 않는 한, 그들이 봉착할 어려움을 참작해 주어야 하오." 블록의 주소를 몰랐던지라, 샤를뤼스의 질문에 우리는 정확한 답변을 할 수 없었다. 그러나 나는 그의 아버지가 블랑-망또 로에 사무실들을 소유하고 있다는 사실을 알고 있었다. "오! 사악함의 극치로군!" 샤를뤼스 씨가 언성을 높였는데, 그러면서도 빈정대듯 분개하는 자신의 고함 속에서 깊은 만족감을 느끼는 것 같았다. "블랑-망또 로라니!" 음절 하나하나를 압착하듯 발음하면서, 또 크게 웃으면서 그가 다시 한 번 외쳤다. "이 무슨 신성모독이란 말인가! 블록 씨에 의해 오염된 그 블랑-망또가, 루이 성왕께서 그곳에 정착시키셨고, 사람들이 성처녀의 농노들이라 부르던 그 탁발 수도사들의 것이었다는 사실을 생각해 보시오.[315] 그 길은 항상 교단들의 소유였소. 신성모독이 더욱 악마적 성격을 띠게 된 것은, 블랑-망또 로에서 불과 두어 걸음밖에 아니 되는 곳에, 내가 그 명칭은 잊었으나 유대인들에게 몽땅 넘긴 길 하나가 있다는 사실이오. 그곳에는 히브리적 성격 뚜렷한 점포들과, 효모를 넣지 않은 빵을 굽는 집들, 유대인 푸줏간들이 있어, 빠리의 '유덴가써'[316]라 해도 손색이 없소. 로슈귀드[317] 씨는 그 길을 가리켜 빠리의 '게또'[318]라 하오. 블록 씨가 틀림없이 그곳에 거주할 거요. 물론," 상당히 과장되고 오만한 어조로, 또한 미학적 언사를 늘어놓기 위하여, 그 자신도 모르는 사이에 그의 유전적 특성에 이끌려, 자기의 뒤로 젖힌 얼굴에 루이 13세 시절의 늙은 근위 기병이 띠었음 직한 기색을 부여하면서, 그가 말을 계속하였다. "나는 그 모든 것에 대하여 오직 예술적 관점에서만 관심을 표하오. 정치는 나의 관심 분야가 아니며, 비록 블록이 속해 있다 할지라도, 찬연한 후손들 중 스피노자와 같은 인물을 배출한 그 민족을 나는 몽땅 싸잡아 단죄할 수 없소. 또한 렘브란트의 작품들을 하도 좋아하는지라, 쒸나고게에 드나들면서 얻을 수 있는 아름다움을 모를 수가 없소.[319] 그러나 여하튼 하나의 게또란, 그것이 더 균질적이어서 완벽할수록 그만큼 더 아름답소. 여하튼 실용주의적 본능과 탐욕이 그 민족 속에서 가학적 잔인성과 혼융되었던지라, 내가 말하는 그 길이 가까이 있다는 점과 유대인들의 푸줏간이 가까이 있는 편리함 등이, 당신의 친구로 하여금 블랑-망또 로를 선택하도록 하였을 것이오. 참으로 신기한 일이오! 게다가 희생물들(호스티아)[320]을 삶게 하였다는 어느 기이한 유대인이 살던 곳이 그 길이라 하는데, 내가 생각하기로는, 그 일 때문에 사람들이 그 유대인을 삶았던 모양이고, 그 사건이 더욱 기이하였으니, 일개 유대인의 몸뚱이가 착한 신의 몸뚱이만큼이나 값지다는 뜻을 가지고 있다는 뜻 같기 때문이오. 우리가 당신의 친구와 협의하여, 그가 우리들을 안내하여 블랑-망또 교회당을 구경시키도록 할 수도 있을 것이오. 루이 도를레앙이 '두려움 모르는 쟝'에 의해 살해되었을 때,[321] 그 시신을 안치했던 곳이 그 교회당이었음을 생각해 보시오. 그러나 불행하게도 쟝이 우리를 오를레앙 가문으로부터 해방시키지는 못하였소. 내가 비록 개인적으로는 샤르트르 공작[322]인 나의 사촌과 우애가 깊으나, 여하튼 오를레앙 가문 사람들은 루이 16세를 살해하도록 하였고,[323] 샤를르 10세와 앙리 5세를 거덜낸,[324] 찬탈자들의 족속이오. 게다가 늙은 귀부인들 중 가장 놀라운 귀부인이었기 때문에 사람들이 '신사분'이라고 불렀던 왕제 전하와 섭정공 같은 사람들을 조상으로 두었으니[325] 그럴 수밖에 없소. 무슨 가문이 그런가!" 말의 표면과 그것에 내포된 의도 중 어느 것에 중요성을 부여하느냐에 따라, 반유대적일 수도 있고 친히브리적일 수도 있었던 그 장광설이, 모렐이 나에게 속삭였고 또 샤를뤼스 씨를 절망시켰던 말 한마디에 의하여, 내가 보기에는 코믹하게 중단되었다.[326] 블록이 남긴 인상을 놓치지 않은 모렐이, 녀석을 '쫓아버려' 고맙다고 나의 귀에다 속삭이면서, 다시 냉소적으로 덧붙였다. "그가 머물고 싶었을 거예요. 모두 질투 때문이에요. 녀석이 나의 자리를 빼앗고 싶을 거예요. 틀림없는 유뺑[327]의 행동이에요!" - "연장되는 정차 시간을 이용하여, 당신의 친구에게 몇 가지 의식에 대해 설명해 달라고 요청할 수도 있을 것 같소. 그를 다시 부를 수 없겠소?" 의구심에 기인한 불안감을 드러내며 샤를뤼스 씨가 나에게 물었다. - "불가능합니다. 마차를 타고 이미 떠났으며, 게다가 저 때문에 화가 나 있습니다." - "고맙습니다, 고맙습니다." 모렐이 나에게 거듭 속삭였다. - "당신이 내세우는 이유가 어처구니없소. 마차란 언제나 따라가 잡을 수 있는 것, 당신이 자동차 하나를 타고 쫓아가지 못할 하등의 이유가 없소." 모든 것이 자기 앞에서 복종하는 것에 익숙해진 사람답게 샤를뤼스 씨가 내 말에 대꾸하였다. 그러나 내가 아무 말도 하지 않자, 그가 불손하게 또 마지막 희망에 매달리며 물었다. "다소 가공적인 것 같은 그 마차는 대체 어떤 종류요?" - "포장을 젖힌 역마차인데, 아마 지금쯤 이미 기사관에 도착하였을 것입니다." 불가능한 일 앞에서 샤를뤼스 씨가 체념하였고, 대신 농담을 늘어놓는 척하였다. "나는 그들이 거추장스러운 꾸뻬[328] 앞에서 물러선 것을 이해하오. 그것이 다시 잘린 것이었던 모양이오." 이윽고 기차가 다시 출발한다는 통보가 왔고, 쌩-루가 우리 곁을 떠났다. 하지만 그가 객차에 오름으로써 자신도 모르게 나로 하여금, 블록과 동행하기 위하여 그를 잠시 동안 알베르띤느와 함께 있도록 해야 한다는 생각 때문에 괴로워하게 한 것은 그날뿐이었다. 다른 날에는 그의 방문이 나를 괴롭히지 않았다. 알베르띤느가 스스로 내가 불안해하지 않도록, 어떤 핑계를 내세워서라도 로베르와 뜻하지 않게 스치는 일이 없도록, 심지어 악수를 청하는 일이 생길 수 없을 만큼 멀찌감치 자리를 잡았을 뿐만 아니라, 그가 나타나기 무섭게 그로부터 시선을 다른 쪽으로 돌려, 다른 승객들 중 하나와 보란 듯이 그리고 거의 부자연스럽게 대화를 시작하곤 하였고, 쌩-루가 그곳을 떠날 때까지 그 연극을 계속하곤 하였기 때문이다. 그렇게 동씨에르 역으로 우리를 만나러 오던 그의 방문들이 나에게 어떤 괴로움도, 심지어 어떤 거북함도 야기시키지 않았던지라, 어떤 의미에서는 나에게 그 고장이 나에게 표하는 경의와 초대장을 가져오던 그 방문들이 나에게는 모두 유쾌했고, 그것들 중에 예외적인 것은 단 하나도 생기지 않았다. 이미 여름이 끝나갈 무렵부터는, 발백으로부터 두빌로 향하던 우리의 여정 동안에, 저녁나절이면 잠시 동안 석양빛을 받아 어느 산에 쌓인 눈처럼 절벽들의 능선이 온통 분홍색으로 영롱하게 반짝이곤 하던 그 특이한 쌩-삐에르-데-이프의 역이 멀리 보일 때에도, 나는 엘스띠르가 일찍이 나에게 말한 바 있던, 무지개의 모든 색깔들이 암석들 위에서 굴절되고, 모래 위에서 벌거벗은 상태로 어느 해인가 그의 모델이 되어주었던 소년을 그가 무수히 깨우던, 일출 직전의 그 시각이면 그곳으로부터 볼 수 있다는 그 풍경을 (첫날 저녁, 발백까지 여행을 계속하는 대신 빠리행 기차를 다시 타고 싶은 커다란 욕구를 나에게 태동시키면서, 그곳의 기이하고 급작스럽게 융기된 풍경이 나에게 안겨주었던 슬픔까지 그랬다고는 말하지 않겠다) 뇌리에 떠올리지 않게 되었다. 쌩-삐에르-데-이프라는 명칭이, 기이하고 재치 넘치며 얼굴에 분을 바른 그리고 내가 더불어 샤또브리앙이나 발쟉에 관한 이야기를 나눌 수 있을, 50대 신사 하나가 나타날 것을 예고할 뿐이었다. 그리고 이제 저녁의 안개 속에서 그리고 전에 나로 하여금 그토록 몽상에 잠기게 하던 앵까르빌의 절벽 뒤에서, 절벽의 태곳적 사암이 마치 투명해지기라도 한 듯 내가 보게 된 것은, 깡브르메르 씨의 어느 숙부가 사는 그리고 내가 라 라스쁠리에르에서 저녁 먹기를 원하지 않거나 발백으로 돌아가기를 원하지 않을 경우, 언제나 나를 기꺼이 맞을 것이라는 사실을 내가 잘 알고 있던 아름다운 집이었다. 그렇게, 초기에 자기들이 지니고 있던 신비를 상실한 주체는 그 고장의 각 지명들뿐만이 아니라, 장소들 자체도 그런 형편이었다. 어원이 이성적 사유로 대체한 신비가 이미 반쯤 빠져나간 명칭들이 다시 한 단계 더 내려갔다. 우리가 돌아올 때, 기차가 에르몽빌이나 쌩-바스뜨, 아랑부빌 등지에서 멈추는 순간, 처음에는 우리가 식별하지 못하던 그리고 거의 아무것도 보지 못하던 브리쇼는 아마 헤리문트나 비스카르나 헤림발트의 유령으로 여겼을 어렴풋한 형체들이 보이곤 하였다. 하지만 그 형체들이 객차로 다가오곤 하였다. 그것은 단지 베르뒤랭 내외와 완전히 사이가 틀어진 그리고 초대하였던 손님들을 배웅하러 나온 깡브르메르 씨였을 뿐이었고, 그는 아울러 자기의 모친과 아내의 뜻에 따라 나를 '납치하여' 훼떼른느에 며칠간 감금하여도 좋겠느냐고 나에게 물으러 왔으며, 그곳에서는 뛰어난 여자 가수 하나가 나를 위하여 글루크의 작품 전체를 노래할 것이고, 뒤이어 내가 상대하여 멋진 게임들을 즐길 수 있을 유명한 체스 선수가 나타날 것이며, 그렇더라도 내포에서 고기를 잡고 요트 놀이 하는 것을 빼놓시 않을 뿐만 아니라, 심지어 베르뒤랭 댁 만찬에도 나를 번번이 '빌려주겠노라', 그리고 나의 편의와 안전을 위하여 매번 그 댁까지 나를 모셨다가 다시 모셔 오겠노라, 자기의 명예를 걸고 약속하겠다 하였다. "하지만 그렇게 높은 곳에 가는 것이 당신에게 이로울 것이라고는 생각할 수 없습니다. 저의 누이라면 그것을 감당할 수 없을 것입니다. 그녀가 그곳에 간다면 심각해진 상태로 돌아올 것입니다! 게다가 지금은 그녀의 건강 상태가 썩 좋지 않은지라… 정말이지 당신의 급작스러운 호흡 곤란 증세가 심하였습니다! 그런 상태라면 당신이 내일은 일어서지도 못하실 것입니다!" 그러면서 그가 허리를 잡고 웃었는데, 그것은 악의 때문이 아니라, 거리에서 어느 절름발이가 한껏 뽐내며 으스대거나 귀머거리 하나와 친숙하게 수다 떠는 것을 웃지 않고는 볼 수 없게 하는 것과 같은 이유에서였다. "그리고 그전에는 어땠습니까? 뭐라고요, 보름 동안 아무 일 없었다고요? 참으로 좋은 일입니다! 정말이지 훼떼른느에 오셔서 편안히 자리를 잡으셔야겠습니다. 그리고 당신의 호흡곤란 증세에 대하여 저의 누이와 함께 한담을 나누십시오." 앵까르빌에 도착하면, 사냥 때문에 훼떼른느에 갈 수 없었던 몽뻬이루 후작이, 장화를 신고 모자에 꿩의 깃털을 꽂아 장식한 차림으로 '기차'에 와서 친척들과 악수를 나누고, 그 기회를 이용하여 나에게, 자기의 아들이 주중에 방해가 되지 않는 날에 나를 방문할 것이라고 알렸으며, 그의 아들을 접견해 주는 것에 감사한다고 하면서, 나로 말미암아 자기의 아들이 조금이나마 책을 읽게 된다면 매우 다행이라고 하였다. 혹은 소화를 시키기 위하여 왔다고 하면서 크레씨 씨도 기차에 올라왔는데, 입에 자기의 파이프를 문 채, 사람들이 권하는 엽궐련을 한 개비 혹은 심지어 여러 개비를 선뜻 받으면서 나에게 말하곤 하였다. "이런! 우리의 다음 번 루쿨루스식[329] 회동 날짜를 나에게 알려주시지 않겠소? 우리가 서로에게 할 말이 없나요? 우리가 두 몽고메리 가문에 관한 문제에 대해 이야기하다 중단한 사실을 당신에게 상기시켜 드림을 허락해 주시오. 우리가 그것을 마쳐야겠소. 당신을 믿겠소." 다른 사람들은 단지 자기들이 즐겨 읽는 신문들을 사기 위해서 역에 오곤 하였다. 또한 그리하여 많은 이들이 잠시 우리와 한담을 나누곤 하였는데, 내가 항상 짐작하기로는, 안면 있는 사람들을 잠시나마 다시 만나는 것 이외의 다른 할 일이 없어서, 자기네의 작은 성으로부터 가장 가까운 역의 승강장에 나와 있었던 것 같았다. 그 지역 철도 노선의 정류장들은 결국 또 하나의 사교장이었다. 기차 자신도 자기에게 부여된 그 역할을 의식하고 있는 듯, 약간의 인간적 친절을 띠고 있었으니, 인내심 많고 성격 고분고분하여 지각하는 사람들이 원하는 만큼 오랫동안 기다릴 뿐만 아니라, 심지어 일단 출발하였다가도 자기에게 신호를 보내는 이들을 거두기 위하여 다시 멈추곤 하였으며, 그러면 지각한 사람들이 숨을 헐떡거리면서 기차를 따라 질주하곤 하였는데, 헐떡거린다는 면에서는 사람들이 기차를 닮았으되, 기차가 오직 현명한 느림만을 보이는 반면 그들은 전속력으로 기차를 따라잡는다는 점에서는 그들이 기차와 달랐다. 그렇게, 에르몽빌과 아랑부빌과 앵까르빌 등이, 옛날 내가 저녁나절의 습기 속에 잠겨 있는 것을 바라보면서 느끼던 불가해한 슬픔을 벗어던진 것으로 만족하지 않고, 심지어 노르망디 정복의 그 사나운 위대함조차 더 이상 나에게 상기시켜 주지 않기에 이르렀다. 동씨에르는 어떠했던가! 내가 그곳을 잘 알게 되어 몽상에서 깨어난 후에도, 내가 보기에, 쾌적하게 차가운 길들과 등불 켜진 창문들과 감미로운 가금류 요리가 얼마나 오랫동안 그 명칭 속에 남아 있었던가! 동씨에르! 이제는 그것이 모렐이 기차를 타는 역에 불과했고, 에글르빌(아킬라이빌라)³³⁰⁾은 쉐르바또프 대공 부인이 기차에 오르리라 우리가 보통 예상하던 역에 불과했으며, 멘느빌은 날씨 좋은 날 저녁이면 빠르빌(파테르니 빌라)에 내릴 경우 한 가닥 언덕길 이외에 걸을 곳이 별로 없어, 아직 피곤하지 않고 나와 함께 있는 시간을 연장하고 싶을 때마다 알베르띤느가 내리곤 하던 역에 불과했다. 첫날 저녁 나의 가슴을 조이던, 고립감에서 비롯된 초조한 불안을 내가 더 이상 느끼지 않게 되었을 뿐만 아니라, 그 불안이 되살아나지 않을까, 내가 낯선 곳에 와 있다고 느끼지 않을까, 혹은 밤나무들과 위성류들뿐만 아니라 우정들 또한 풍요로운 그 땅에서 외로움을 느끼지 않을까 하는 따위의 근심에 더 이상 사로잡히지 않게 되었으며, 우정들로 말하자면, 그것들이 때로는 바위산의 굴곡부나 가로수길의 보리수들 뒤에 숨겨진 푸르스름한 동산들로 이루어진 사슬처럼 중간중간에 끊긴, 그러나 각 중계 지점에서 나에게 다가와 악수를 청하여 나의 여로를 중단시키고, 나로 하여금 그 길의 지루함을 느끼지 못하게 하며, 필요하면 나와 동행하겠다고 제안하는 친절한 신사 하나를 보내면서, 나의 여정을 따라 긴 사슬 하나를 형성하고 있었다. 다른 신사 하나가 틀림없이 다음 역에 있을 것인지라, 출발을 알리는 협궤 열차의 기적 소리는 우리로 하여금 친구 하나와 헤어져 다른 친구들을 다시 만나게 할 뿐이었다. 또한 가장 띄엄띄엄 흩어져 있는 성들과 부지런히 걷는 사람처럼 그것들을 거의 스쳐 지나가는 철로 사이가 어찌나 가까웠던지, 그 성들의 주인들이 승강장이나 대합실에서 우리들에게 말을 건넬 경우, 그 협궤 지역 철도가 하나의 지방 도로인 듯 그리고 외딴 작은 성이 어느 도시의 저택인 듯, 그들이 자기들의 대문 앞이나 침실 창문에서 그러는 것이라고 우리가 거의 믿을 지경이었으며, 따라서 아무도 나에게 인사를 하지 않는 드문 역들에서조차 그 고요함 속에 영양 풍부하고 진정제 역할 하는 일종의 충만함이 있었으니, 가까이에 있는 장원에서 일찍 잠자리에 든 친구들의 편안한 잠으로 그 고요함이 구성되어 있음을 내가 알고 있었기 때문이며, 숙박을 요청하기 위하여 혹시 내가 그들을 깨워야 할 일이 생길 경우, 내가 그곳에서 흔연한 환대를 받았을 것이다. 습관이라는 것이 우리의 시간을 하도 가득 채우는지라, 처음 도착하였을 때에는 하루 낮이 우리에게 자기의 열두 시간이라는 여유를 제공하던 어떤 도시에서 몇 달을 보낸 후에는, 우리에게 자유로운 단 한순간도 남지 않을 뿐만 아니라, 혹시 우연히 할 일 없는 한 시간이 생길 경우에는, 옛날 나로 하여금 발백에 오게 하였던 어느 교회당을 보러 가거나 엘스띠르가 그렸고 그 애벌 그림을 그의 화실에서 본 적이 있던 장소를 직접 보러 갈 생각을 하는 대신, 그 한 시간을 훼레 씨 댁에 가서 체스 한 판을 더 하는 데 쓸 생각을 하게 되었다. 그 발백이라는 고장이 나에게 진정 친숙한 고장으로 변하였다는 것은 실제로 그 고장이 가지고 있던 영향력과 함께 매력의 실추를 의미하였으니, 그 영향력과 매력 들의 지역별 분포 및 그 연안의 끝까지 확장적으로 이루어지던 다양한 문화 형태의 유포가, 내가 서로 다른 친구들을 찾아가곤 하던 그 방문들에게 필연적으로 여행의 형태를 부여하였다면, 그 친구들 역시 그 여행을, 일련의 방문에서 비롯된 사회적 즐거움밖에 얻지 못하도록 제약하였다.[331] 옛날에는 나의 가슴을 하도 두근거리게 하여, 그 평범한 『성들 연감』의 망슈 지역 편을 뒤적이기만 해도 그 연감이 철도 시간표만큼이나 나에게 감동을 일으키게 하던 지명들조차 나에게 어찌나 친숙해졌던지, 그 철도 시간표마저도 이제는 내가 동씨에르 경유 발백-두빌 노선 부분을, 어느 주소록 뒤적이듯 행복한 평온마저 느끼면서 참조하게 되었다. 내가 그 기슭에, 보이건 그렇지 않건, 매달려 있는 숱한 친구들을 느낄 수 있던, 지나치게 사회적인 그 계곡에서 들려오던 저녁의 시적인 외침은, 올빼미나 개구리의 외침이 아니라, 크리끄또 씨가 하던 '어찌 지내시나?'라는 말이나, 브리쇼가 하던 '카이레!'[332]였다. 그곳에서는 대기가 더 이상 번민을 일깨우지 않았고, 그것에 순전히 인간적인 기운이 잔뜩 실렸던지라 호흡이 용이했으며, 심지어 진정 작용이 지나칠 지경이었다. 내가 그러한 대기에서 이끌어낸 이익은, 적어도, 사물들을 차후로는 오직 실용적 관점에서만 바라보자는 것이었다. 또한 알베르띤느와의 결혼이 나의 눈에 미친 짓으로 보였다.

4장

 나는 영원한 결별을 위하여 하나의 계기만을 기다리고 있었다. 그리고 어느 날 저녁, 엄마가 다음 날 당신 모친의 자매들 중 한 분의 마지막 병환 수발을 들기 위하여, 나의 할머니께서 그러셨을 것처럼 나는 해양의 대기를 한껏 향유하라고 놓아두신 채, 꽁브레로 떠나시기로 되어 있었던지라, 나는 어머니에게 알베르띤느와 결혼하지 않기로 최종적인 결단을 내렸으며 머지않아 그녀를 그만 만나겠다고 말씀드렸다. 나는 어머니가 출발하시기 전날에 그러한 말씀으로 어머니를 기쁘게 해드린 것이 만족스러웠다. 어머니께서도 그것이 큰 기쁨이라는 사실을 나에게 감추시지 않았다. 나의 생각을 알베르띤느에게도 상세히 설명해야 했다. 그녀와 함께 라 라스쁠리에르에서 돌아오던 중, '신도들'이 더러는 쌩-마르-르-베뛰에서, 더러는 쌩-삐에르-데-이프에서, 또 다른 사람들은 동씨에르에서 모두 내렸던지라, 또한 내가 유난히 행복하고 그녀에게 집착하지 않음을 느끼면서, 객차 안에 우리 두 사람밖에 없었던 그 기회에, 드디어 그 이야기를 꺼내려고 작정하였다. 그러나 진실은 이리했으니, 발백의 소녀들 중 내가 좋아하던 소녀가, 그 무렵에는 자기의 다른 친구 소녀들처럼 발백에 없었으나 그곳에 다시 오기로 되어 있었는데(그 모든 소녀들과 어울리는 것이 나에게는 즐거웠으니, 소녀들 각개가, 처음 그녀들을 보았을 때처럼, 내가 보기에는 나머지 다른 소녀들의 특질을 가지고 있는 것 같았으며, 특별한 종족에 속한 것 같았기 때문이다), 그 소녀는 앙드레였다. 그녀가 불과 며칠 후 발백에 다시 돌아오게 되어 있었으니, 그녀가 즉시 나를 보러 올 것은 분명했고, 그럴 경우 내가 자유로운 상태에 머물기 위하여, 원하지 않으면 그녀와 결혼하지 않기 위하여, 언제든 베네치아에 갈 수 있도록 하기 위하여, 하지만 그때까지 그녀를 몽땅 내 수중에 간직하기 위하여 내가 취할 방도는, 우선 내가 자기에게 다가가는 기색을 지나치게 드러내지 않는 것이며, 그녀가 도착하기 무섭게 그녀와 한담을 나누면서 이렇게 말해야 할 것 같았다. "내가 몇 주 더 일찍 당신을 만나지 못한 것이 얼마나 유감스러운 일인가! 그랬다면 내가 당신을 사랑하였으련만, 이제는 나의 가슴이 점령당하였어요. 하지만 상관없어요. 우리 두 사람이 자주 만날 것이니, 내가 다른 사랑 때문에 슬프고, 따라서 당신이 내 슬픔을 다독거려 주어야 하기 때문이에요." 나는 그러한 대화를 뇌리에 떠올리면서 내심 미소를 지었으니, 그러한 식으로 앙드레에게 내가 자기를 진실로 사랑하지 않는다는 생각[1]을 줄 수 있었기 때문이며, 그러면 내 곁에서 그녀가 피곤을 느끼지 않을 것이며, 나는 그녀의 다정함을 즐겁고 그윽하게 향유할 수 있을 것 같았다. 하지만 그 모든 것으로 인하여, 내가 야비하게 처신하지 않도록 하기 위해서도, 드디어 알베르띤느에게 진지하게 이야기하는 것이 더 필요해졌으며, 기왕에 내가 그녀의 친구에게 몰두하기로 작정한 이상, 내가 자기를 좋아하지 않는다는 사실을 알베르떤느가 알아야 했다. 앙드레가 조만간에 돌아올 수 있으니, 그녀에게 즉시 그 사실을 이야기해야 했다. 그러나 우리가 빠르빌 근처에 이르렀을 때, 그날 저녁에는 그 이야기를 할 충분한 시간이 없으리라 내가 생각하였고, 이제 돌이킬 수 없게 결심한 일이니 다음 날로 미루는 것이 좋을 것 같았다. 그리하여 나는 그녀와 베르뒤랭 댁의 그날 저녁 식사에 대해 이야기하는 것으로 만족하였다. 기차가 빠르빌 직전의 역인 앵까르빌 역을 출발하였던지라 그녀가 다시 외투를 입으면서 나에게 말하였다. "그러면 베르뒤랭 댁에서 다시 봐요. 저를 데리러 올 사람이 당신임을 잊지 말아요." 나는 상당히 무뚝뚝하게 대답할 수밖에 없었다. "그래요, 내가 '놓아버리지'[2] 않는다면. 내가 이러한 생활을 정말 멍청하다고 생각하기 시작하였기 때문이오. 여하튼 우리가 내일 그곳에 간다면, 라 라스쁠리에르에서 보낼 나의 시간이 완전히 허송한 시간이 되지 않도록 하기 위하여, 나의 관심을 한껏 끌고, 연구의 대상이 될 수 있으며, 그리하여 나에게 즐거움을 줄 수 있을 무엇을 베르뒤랭 부인에게 요청할 궁리를 해야겠소. 정말이지 금년에는 내가 발백에서 즐거움을 거의 맛보지 못하기 때문이오." — "저에게는 친절하지 않은 말씀이지만 고깝게 여기지는 않겠어요. 당신의 신경이 예민해진 것을 느낄 수 있기 때문이에요. 그 즐거움이 어떤 것인가요?" — "베르뒤랭 부인이 나를 위해 어느 음악가의 작품들을 — 그녀가 그것들을 잘 알고 있소 — 연주하도록 하는 것이오. 나 역시 그 작품들 중 하나는 알고 있으나 다른 것들도 있는 모양이며, 따라서 그것들이 출판되었는지 그리고 그것들이 초기 작품들과 다른지 알고 싶소." — "어느 음악가인가요?" — "나의 사랑스러운 어린것, 그 음악가의 이름이 뱅뙤이유라고 당신에게 말한들, 당신이 무엇을 더 알게 되겠소?" 우리가 모든 가능한 사념들을 되새기며 궁리해도 진실이 도무지 나타나지 않다가, 외부로부터, 또한 전혀 예상하지 못하던 순간에, 그것이 우리를 끔찍하게 찔러 영영 가시지 않을 상처를 남긴다. "당신이 나에게 얼마나 재미있는 말씀을 하시는지, 당신은 짐작조차 못하세요." 기차가 곧 멈출 것인지라, 알베르띤느가 일어서며 말하였다. "그것이 저에게 당신이 생각하시는 것보다 훨씬 많은 것들을 말해 줄 뿐만 아니라, 베르뒤랭 부인이 없다 하더라도, 당신이 알고 싶어하는 모든 것을 제가 당신에게 말씀드릴 수 있을 거예요. 제가 당신에게, 저보다 연상이고 저에게는 어머니이자 언니 같은 그리고 제가 더불어 뜨리에스떼에서 저의 가장 행복했던 여러 해를 보냈다는 어느 친구 이야기를 해드린 것을 기억하실 거예요. 그렇잖아도 몇 주 후에 제가 그녀를 쉐르부르에서 다시 만나기로 되어 있고, 그곳으로부터 함께 여행을 떠날 예정인데 (조금 괴상야릇하게 보이겠지만, 제가 바다를 좋아하는 것 당신도 아시지요), 그래요! 그 친구가(오! 당신이 생각하실 수 있을 그런 종류의 여자는 결코 아니에요!), 얼마나 놀라운 일이에요, 공교롭게도 뱅뙤이유의 딸과 가장 가까운 친구이며, 저 역시 거의 그녀만큼 뱅뙤이유의 딸과 친분이 있어요. 저는 항상 그 두 여인들을 언니라고 불러요. 또한 당신의 이 어린 알베르띤느가, 옳은 말씀이지만, 아무것도 이해하지 못하는 음악 분야와 관련하여, 당신에게 조금이나마 유익할 수 있음을 보여드리게 된 것이 유감스럽지 않아요." 우리가 탄 기차가 빠르빌 역으로 들어서는 순간에, 꽁브레와 몽쥬뱅으로부터 그토록 먼 곳에서, 뱅뙤이유가 타계한 지 그토록 오랜 세월 후에 들려온 그 말에 응해 영상 하나가 나의 가슴속에서 몸부림을 쳤고, 그 영상은 하도 여러 해 동안 따로 떼어놓았던 것인지라, 옛날에 내가 그것을 저장하면서 그것이 해로운 효능을 가지고 있으리라 짐작할 수 있었다 할지라도, 결국에는 그 효능을 완전히 상실할 것이라고 내가 생각하던 그런 영상이었건만, 혹시 누가 알랴만, 할머니를 돌아가시게 내버려둔 나의 죄를 물어 나에게 고초와 형벌을 가할 목적으로―예정된 날 자기의 고국에 돌아와 아가멤논을 살해한 자들을 처벌하도록 신들이 죽음을 면하게 한 오레스테스처럼[3]―나의 깊숙한 내면에 생생한 상태로 보존되었다가 당연한 죄과처럼 주어졌고, 새로우며 끔찍한 삶을 내가 시작하도록 하기 위하여, 또한 아마 악행들이, 그것들을 저지른 장본인들을 위해서뿐만 아니라, 애석하게도 먼 옛날의 어느 저녁나절에 몽쥬뱅에서 덤불 속에 숨어(스완의 사랑 이야기를 즐겁게 들을 때처럼), 숙명적으로 괴로울 수밖에 없고 치명적인 '앎'이라는 길을 위험스럽게 확장시키던 나처럼, 신기하고 재미있는 어떤 광경을 믿고[4] 응시하였을 뿐인 사람들을 위해서도 무한히 잉태시키는, 치명적인 결과들이 나의 눈앞에서 작열하듯 명백하게 드러나도록 하기 위해서, 영영 그 속에 매몰되었던 것처럼 보이던 깊은 밤의 밑바닥으로부터 불쑥 돌출하여 복수의 신처럼 일격을 가하는, 그러한 영상이었다. 그리고 바로 그 순간, 나의 더 커진 괴로움에 대하여 나는 거의 오만한 그리고 거의 즐거운 감정을 느꼈고, 그것은 자신이 받은 충격으로 인하여 껑둥 뛰어, 그가 어떠한 노력을 기울여도 이르지 못할 지점에 이른 사람이 느낄 감정이었다. 알베르띤느가 뱅뙤이유 아가씨 및 그녀의 친구와도 친구라는 사실 그리고 동성애의 직업적인 애호가라는 사실, 그것을 내가 가장 큰 의혹에 사로잡혀 일찍이 상상하던 것에 비하는 것은, 1889년 박람회에 출품되었었고 한 집에서 겨우 이웃집까지 이를 수 있으리라 기대하였던 그 작은 음향 전달 장치에, 숱한 길들과 도시들과 들판들과 바다들 위를 선회하면서 여러 고장들을 이어주는 전화를 비교하는 것과 같다. 내가 이제 막 상륙한 곳은 무시무시한 '원시적 미지의 땅'이었고, 비로소 열리고 있던 것은 짐작조차 못하였던 괴로움의 새로운 단계였다. 하지만 우리를 휩쓸어 뒤덮는 사실의 대홍수가 우리의 조심스럽고 미미한 추측들에 비해 아무리 거대하더라도, 그것이 실은 그 추측들에 의해 이미 예감되었다. 그것은 의심할 나위 없이 내가 이제 막 알게 된 것과 같은 무엇, 즉 알베르띤느와 뱅뙤이유 아가씨 간의 우정 같은 무엇, 나의 오성이 상상해내지는 못하였으되, 알베르띤느가 앙드레 곁에 있는 것을 보고 불안해하면서 내가 희미하게 포착하였던 그 무엇이다. 우리가 괴로워함에 있어 상당히 멀리까지 가지 못하는 것은, 오직 창조적 지성의 결여 때문인 경우가 빈번하다. 또한 가장 무시무시한 사실이 고통과 함께 멋진 발견의 기쁨도 가져다주는데, 실은 그 사실이 오래전부터 우리가 아무 의혹 없이 반추하던 것에 하나의 새롭고 명료한 형태를 부여할 뿐이기 때문이다. 기차가 빠르빌에 멈추었고, 우리들이 기차 안에 있었을 유일한 승객들이었던지라, 그러한 임무가 불필요하다는 감회에 의해, 하지만 그에게 그 임무를 수행하도록 하고 그에게 정확성과 아울러 무기력증을 고취하던 습관에 의해 그리고 특히 자고 싶은 욕구에 의해 나른해진 음성으로, 철도회사 직원이 소리쳤다. "빠르빌!" 나와 마주 앉아 있던 알베르띤느가 자기의 목적지에 도착하였음을 보고, 우리가 있던 객차의 안쪽으로부터 몇 걸음 이동하여 출입문을 열었다. 그러나 마치 알베르띤느의 몸이 나의 몸으로부터 독립하여 두어 걸음 떨어져 점하고 있는 것처럼 보이던 지점과는 반대로, 사실주의적 소묘 화가라면 우리 두 사람 사이에 그려 넣을 수밖에 없었을 그 공간적 간격이 단지 하나의 외양일 뿐인 듯, 그리하여 사물을 진정한 실체에 입각하여 다시 그리고자 하는 사람이라면 이제 알베르띤느를 나로부터 조금 떨어진 지점이 아니라 나의 몸뚱이 속에 위치시켜야 했을 것처럼, 기차에서 내리기 위하여 그녀가 취한 그 동작이 견딜 수 없을 정도로 고통스럽게 나의 가슴을 찢었다. 나로부터 멀어져 가면서 그녀가 나를 어찌나 고통스럽게 만들었던지, 나는 그녀를 따라가 그녀의 팔을 필사적으로 당겼다. 그러면서 그녀에게 물었다. "당신이 오늘 밤 발백에 와서 주무시는 것이 현실적으로 불가능할까요?" — "현실적으로 불가능해요. 졸음에 겨워 쓰러질 지경이니까요." — "당신이 나에게 엄청난 도움을 주실 수 있으련만…" — "그렇다면 좋아요, 비록 그 까닭은 이해할 수 없지만. 왜 더 일찍 말씀하시지 않았어요? 여하튼 발백에 머물겠어요." 다른 층에 있는 방 하나를 알베르띤느에게 내어주도록 조치한 후 나의 방으로 돌아왔을 때, 어머니는 주무시고 계셨다. 얇은 칸막이 저쪽에 계신 어머니에게 들리지 않도록 흐느낌을 억제하면서 창문 가까이에 앉았다. 그리고 덧창을 닫을 생각조차 하지 않아, 어느 순간 눈을 쳐드니, 나의 정면 하늘에, 리브벨의 식당에 있던 엘스띠르의 일몰 풍경 습작품 속에서 보았던, 바랜 붉은색 띤 바로 그 미광이 보였다. 나는 발백에 도착하던 첫날, 밤이 아니라 새로운 날에 앞서 나타났던 그 저녁의 영상이 나의 내면에 일으켰던 열광을 뇌리에 떠올렸다. 그러나 이제는 어떠한 날도 더 이상 나에게는 새롭지 않을 것 같았고, 어떤 미지의 행복에 대한 욕망을 내 속에 더 이상 일깨울 것 같지 않았으며, 다만 나의 고통들만을, 나에게 그것들을 감당할 힘이 더 이상 없을 때까지 연장시킬 것 같았다. 꼬따르가 앵까르빌의 카지노에서 나에게 말한 사실에 더 이상 의문의 여지가 없었다. 내가 일찍이 두려워하였고, 오랫동안 알베르띤느에 대하여 막연히 의심하였던 것, 나의 본능이 그녀의 전 존재에서 추출하곤 하던 것, 그러나 나의 사유가 나의 욕망에 이끌려 조금씩 나에게 아니라고 부인하였던 것, 그것이 진실이었다! 알베르띤느의 뒤로는 더 이상 바다의 하늘빛 물결 산맥이 보이지 않았고, 대신 그녀가 쾌락에 기인한 미지의 소리 들리게 하던 특이한 웃음을 터뜨리며 뱅뙤이유 아가씨의 품속으로 무너지듯 쓰러지던 몽쥬뱅의 방이 어른거렸다. 알베르띤느의 용모가 그토록 예쁜데, 뱅뙤이유 아가씨가 자기의 독특한 취향을 충족시켜 달라고 어찌 그녀에게 요구하지 않았겠는가? 그리고 알베르띤느가 그러한 요구에 놀라지 않고 기꺼이 동의하였으리라는 증거는, 그녀들이 불화하지 않고 둘 사이의 친밀함이 더 커지기를 멈추지 않았다는 사실이다. 또한 알베르띤느가 자기의 턱을 로즈몽드의 어깨 위에 올려놓은 다음, 미소를 지으면서 그녀를 응시하다가 그녀의 목에 입을 맞추던 그 우아한 동작, 나에게 뱅뙤이유 아가씨를 상기시켰으되 그것을 해석함에 있어서는 그러나 어떤 동작에 의해 그어진 같은 선이 반드시 같은 성향에서 비롯되었을 것이라고 인정하기를 내가 주저하였던 그 동작을, 알베르띤느가 아주 무심하게 뱅뙤이유 아가씨로부터 배우지 않았을지 누가 알겠는가? 바랜 하늘이 조금씩 붉어지기 시작하였다. 그때까지는, 우유에 탄 커피 한 주발, 천둥 같은 바람, 비 오는 소리 등, 지극히 소박한 것들에게도 미소를 보내지 않고는 잠에서 깨어나지 않던 나였건만, 잠시 후 떠오를 태양과 장차 떠오를 모든 태양들이, 더 이상 나에게 미지의 행복에 대한 기대가 아니라 혹독한 고초의 끝없는 연장만을 가져다줄 것이라 직감하였다. 나는 아직도 생에 집착하고 있었으나 혹독함 이외의 다른 아무것도 기대할 것이 없었다. 내가 승강기가 있는 곳으로 달려가, 합당한 시각이 아님에도 불구하고 초인종을 눌러 야간 근무자를 부른 다음, 알려주어야 할 매우 중대한 일이 있으니 나의 방문을 허락하겠느냐고, 알베르띤느에게 가서 물어보라고 하였다. "아가씨께서는 본인이 이곳에 오는 편이 낫겠다고 하십니다. 잠시 후 이곳으로 오실 것입니다." 그가 돌아와 전한 회답이었다. 머지않아 정말 알베르띤느가 실내 가운 차림으로 들어섰다. "알베르띤느," 내가 아주 나지막한 음성으로 말하면서, 나의 어머니가 깨시지 않도록, 음성을 높이지 말라고 그녀에게 당부하였으며, 어머니와 우리 사이에 있던 그 칸막이의 얇은 두께가 이제는 거추장스럽게 변하여 우리들로 하여금 속삭이도록 강요하였으나, 내 할머니의 뜻이 그토록 선명하게 표현되어 그 위에 펼쳐지던 옛날에는, 그것이 일종의 음악적 반투명성과 유사했다. "당신의 휴식을 방해하게 된 것이 부끄럽소. 드릴 말씀은 이것이오. 당신이 이해하실 수 있도록, 당신이 모르시는 사실 하나를 말씀드려야겠소. 내가 이곳으로 올 때, 내가 아내로 맞아들여야 했고, 나를 위해서라면 모든 것을 내던질 준비가 되어 있던 여인과 헤어졌소. 그녀가 오늘 아침에 여행을 떠나기로 되어 있었는데, 한 주일 전부터, 내가 돌아가겠다는 전보를 그녀에게 보내지 않을 용기를 낼 수 있을지, 날마다 나 자신에게 묻곤 하였다오. 결국 내가 그 용기를 내었으나, 마음이 하도 괴로워 자살할 생각까지 하였소. 그러한 이유 때문에 어제 저녁, 발백에 오셔서 주무실 수 없을지 당신에게 요청하였던 것이오. 내가 죽어야 할 경우, 당신에게 작별 인사를 하고 싶었던 것이오." 그러면서 눈물이 펑펑 흐르도록 내버려두었고, 나의 허구적인 이야기로 인해 그것이 당연해 보였다. "나의 가엾은 어린것, 내가 알았더라면, 지난밤을 당신 곁에서 보냈으련만." 알베르띤느가 놀란 어조로 말하였고, 그 순간에는, 내가 아마 그 여인을 아내로 맞아들일 것이며, 그러면 자기가 (나와) 할 '멋진 결혼'의 기회가 사라질 것이라는 사념 따위는 그녀의 뇌리에 어른거리지조차 않았으니, 내가 자기에게 그 원인을 감출 수 있었으되 그 실체와 위력만은 그럴 수 없었던 슬픔에 그녀가 그토록 진실로 놀랐던 것이다. "게다가," 그녀가 말을 계속하였다. "어세 라 라스쁠리에르에서 돌아오는 동안 내내, 당신이 예민해졌고, 슬픈 것 같다고 느껴져, 당신에게 무슨 일이 생기지 않았나 근심하였어요." 실제로는 나의 슬픔이 빠르빌에서야 시작되었고, 그것과 전혀 다르나 다행히 알베르띤느가 혼동한 신경과민 증세는, 아직도 며칠을 더 그녀와 함께 보내야 한다는 귀찮은 생각에서 비롯된 것이었다. 그녀가 덧붙여 말하였다. "더 이상 당신 곁을 떠나지 않겠어요. 항상 여기에 머물겠어요." 그녀가 적시에, 나를 태우고 있던 독약에 맞설 수 있는 유일한 해독제를 나에게 제공하였고—오직 그녀만이 나에게 그것을 줄 수 있었다—하지만 그 해독제는 독약과 동질이었으며, 하나는 달콤하고 다른 하나는 잔혹하였으되, 그 둘 모두 알베르띤느로부터 흘러나온 것들이었다. 그 순간에는 알베르띤느가—즉, 나의 질병이—나에게 통증 유발시키기를 게을리하면서, 나를—해독제인 알베르띤느가—회복기 환자처럼 감동한 상태로 내버려두었다. 그러나 나는 그녀가 곧 발백을 떠나 쉐르부르로 갈 것이고, 그곳에서 다시 뜨리에스떼로 떠날 것이라는 생각을 하고 있었다. 그러면 그녀의 과거 습관들이 되살아날 것 같았다. 내가 모든 것에 앞서 하고 싶었던 것은, 알베르띤느가 여객선에 오르지 못하게 하고, 그녀를 빠리로 데려가도록 노력하는 것이었다. 물론 빠리에서도, 발백에서보다 더 수월하게, 원하기만 하면, 그녀가 뜨리에스떼로 갈 수 있을 것이지만, 빠리에서는 그것에 대처할 방도가 있을 것 같았다. 내가 어쩌면 게르망뜨 부인에게 부탁하여, 뱅뙤이유 아가씨의 친구 여자가 뜨리에스떼에 머물지 못하도록, 다른 곳에, 가령 내가 빌르빠리지 부인 댁에서 그리고 게르망뜨 부인 댁에서도 만난 적 있던 ✱✱✱대공 댁에, 일자리를 주선해 주도록 할 수도 있을 것 같았다. 그러면 그 대공이, 비록 알베르띤느가 그 여자를 만나기 위하여 자기 집에 오겠다 하더라도, 게르망뜨 부인의 통보를 받은지라 그녀들이 만나지 못하도록 할 수 있을 것 같았다. 물론 빠리에서라도, 알베르띤느에게 그러한 취향이 있다면, 더불어 그 취향을 충족시킬 수 있는 다른 사람들을 그녀가 쉽사리 찾아낼 수 있으리라는 생각을 내가 할 수도 있었을 것이다. 그러나 질투심의 작용은 각자 독특하여, 그것을 유발시킨 사람의—이 경우에는 뱅뙤이유 아가씨의 친구 여자이다—흔적을 간직한다. 나의 커다란 근심거리는 뱅뙤이유 아가씨의 친구 여자였다. 알베르띤느가 그 나라에서 왔던지라 (그녀의 숙부가 그 나라 주재 대사관의 참사였다) 전에 내가 오스트리아를 생각할 때마다 나를 사로잡았던 신비한 열정을, 그리하여 내가 지도책이나 풍경화집에서처럼, 알베르띤느의 미소나 태도에서 그 나라의 지리적 특색, 그곳에 사는 민족, 그 나라의 역사적 기념물들, 전원 풍경 등을 유심히 살필 수 있게 해준 그 신비한 열정을 이번에 다시 느끼게 되었으나,[6] 그것은 모든 특징들이 혐오감이라는 분야 속으로 전락된 상태에서였다. 그렇다, 알베르띤느가 온 것은 그곳으로부터였다. 그녀가 각각의 여자들 집에서, 뱅뙤이유 아가씨의 친구건 다른 여자들이건, 언제든 다시 만날 수 있다고 확신할 수 있었던 곳은 그 나라이다. 그러니 그녀의 어린 시절 버릇이 되살아나, 석 달 후에는 성탄절과 새해 초하루를 기해서 모두들 다시 모일 것인데, 옛날 그 날짜들이 신년 휴가 기간 내내 나를 질베르뜨로부터 갈라놓았을 때 내가 느끼던 슬픔의 무의식적 추억으로 인하여, 나에게는 그 자체로 이미 슬펐던 날짜들이었다. 긴 만찬과 밤참 후에 모든 사람들이 흥겨워져 활기 넘치면, 알베르띤느가 그곳의 친구 아가씨들과, 내가 일찍이 본 적 있는 앙드레와 어울리며 취하던 것과 같은 자세를—그때에는 앙드레에게로 향하던 알베르띤느의 우정이 순수했지만—취할 것이고, 또 혹시 누가 알겠는가, 몽쥬뱅에서 자기의 친구 여자에게 쫓기던 뱅뙤이유 아가씨를 바로 내 앞에서 그녀에게 이끌어간 바로 그 자세도 취할 것이다. 친구 아가씨가 덮치기 전에 가볍게 애무하던 뱅뙤이유 아가씨에게 내가 알베르띤느의 타오르는 듯한 얼굴을 부여해 보았고, 그것은, 도망치다가 몸을 내맡기면서 그녀 특유의 기이하고 깊은 웃음을 터뜨려 나도 들은, 그러한 알베르띤느의 얼굴이었다. 내가 겪던 그 괴로움 곁에 놓는다면, 동씨에르에서 쌩-루가 나와 함께 있던 알베르띤느와 마주쳐, 그녀가 그에게 교태를 부리던 날 내가 느낄 수 있었던 질투심 따위야 비교나 되겠는가? 내가 스떼르마리아 아씨의 편지를 기다리던 날, 빠리에서 그녀가 나에게 허락한 최초의 입맞춤을 가능하게 해주었을 미지의 입문 지도자를 다시 뇌리에 떠올리면서 느꼈던 질투심 또한 그 괴로움에 비교되겠는가? 쌩-루에 의해, 혹은 어느 젊은이에 의해 촉발된 그 질투심은 아무것도 아니었다. 그러한 경우에는 내가 고작 경쟁자 하나를 염려하는 일이 있을 수 있을 것이고, 그를 상대로 승리를 쟁취하려 하였을 것이다. 그러나 이 싸움에서는 상대가 나와 비슷하지도 않았고, 그의 무기들 또한 달랐으며, 내가 그와 같은 전장에서 싸울 수조차 없음은 물론, 알베르띤느에게 같은 쾌락을 줄 수 있기는커녕, 그것을 정확히 가늠할 수도 없었다. 우리 생애의 많은 순간에, 우리가 우리의 미래 전부를 자체로는 무의미한 어떤 권력과 맞바꿀 수도 있다. 지난날 나는, 그녀가 스완 부인의 친구라는 이유 하나 때문에, 블라땡 부인과 사귀기 위해서라면 생이 나에게 확보해 줄 모든 이권들을 포기할 지경이 되기도 하였다. 그리고 이번에는, 알베르띤느가 뜨리에스떼에 가지 못하도록 하기 위해서라면, 내가 온갖 고통을 감당하였을 것이며, 그래도 충분치 못하다면, 그녀에게 고통을 가하고 그녀를 고립시켜 유폐할 뿐만 아니라, 궁핍이 여행을 물리적으로 방해하도록, 그녀가 가지고 있던 얼마 아니 되는 돈을 빼앗았을 것이다. 옛날 내가 발백에 가고 싶어할 때 나로 하여금 떠나도록 한 것이 어느 페르시아풍 교회당이나 새벽녘의 폭풍우를 보고 싶은 열망이었던 것처럼, 이제 알베르띤느가 아마 뜨리에스떼에 갈 것이라는 생각을 하는 순간 나의 가슴을 찢던 것은, 그녀가 그곳에서 뱅뙤이유 아가씨의 그 친구 여자와 함께 성탄절 밤을 보낼 것이라는 사실이었고, 그 이유는, 상상력의 성격이 바뀌어 그것이 감수성으로 변형될 때, 그렇다 하여 더 많은 수의 동시 발생적인 영상들을 확보하는 것은 아니기 때문이다. 뱅뙤이유 아가씨의 친구 여자가 그 무렵 쉐르부르나 뜨리에스떼에 없었다면, 그리하여 알베르띤느를 만날 수 없었다면, 내가 얼마나 평온함과 기쁨의 눈물을 흘렸겠는가! 나의 삶과 그녀의 미래가 얼마나 변하였겠는가! 하지만 나는, 나의 질투를 그렇게 특정 지역에 국한시키는 것이 인위적이며, 알베르띤느가 그러한 취향을 가지고 있을진대, 그녀가 다른 여자들과도 자기의 취향을 충족시키리라는 것을 잘 알고 있었다. 게다가 아마 그 같은 아가씨들이 알베르띤느를 다른 곳에서 만날 수 있었다면, 그녀들이 나의 심정에 그토록은 고초를 가하지 않았을 것이다. 옛날, 나에게 잘 자라는 인사를 하러 오시지 않을 엄마가 포크 소리에 섞여 다른 사람들과 이야기하며 웃으시는 소리가 식당으로부터 들릴 때, 그곳으로부터 꽁브레의 내 침실까지 올라오곤 하던 분위기처럼, 그 적대적이고 불가사의한 분위기가 발산되던 것은 뜨리에스떼로부터, 내가 느끼기에 알베르띤느가 좋아하던 그리고 그녀의 추억들과 우정들과 어린 시절의 사랑들이 있던, 그 미지의 세계로부터였으며, 그 분위기는 또한, 옛날 오데뜨가 상상조차 할 수 없는 즐거움을 찾으러 가곤 하던, 야회가 벌어지는 집들을 가득 채우고 있을 것이라 스완이 생각하던 그 분위기였다. 내가 이세 뜨리에스떼를 생각하는 것이 더 이상 그 토착민들이 사색에 잠긴 듯하고 석양이 황금빛이며 차임벨 소리 구슬픈 감미로운 고장으로 향한 몽상이 아니라, 당장 불태워 현실 세계로부터 영영 지워버리고 싶은 저주받은 하나의 도시로 향한 생각이었다. 그 도시가 나의 가슴속에 항구적인 송곳 끝처럼 깊숙이 박혀 있었다. 이제 곧 알베르띤느가 쉐르부르로 떠났다가 그곳에서 다시 뜨리에스떼로 떠나게 내버려둔다는 것이 나에게 극심한 혐오감을 일으켰고, 더 이상 발백에 머문다는 것도 그러했다. 나의 벗님과 뱅뙤이유 아가씨 간의 친밀함이 드러나 내가 거의 확신을 갖게 된 이제, 알베르띤느가 나와 함께 있지 않을 모든 순간에는(또한 그녀의 숙모 때문에 내가 그녀를 잠시도 만날 수 없던 날들도 있었다), 그녀가 블록의 사촌 누이들이나 다른 여자들에게 무방비 상태로 내맡겨지는 것 같았다. 당장 그날 저녁에라도 그녀가 블록의 사촌 누이들을 만날 수 있으리라는 생각이 나를 미친 사람으로 만들어놓았다. 그리하여 그녀가 며칠 동안 내 곁을 떠나지 않겠다고 나에게 말한 직후, 내가 그녀에게 대꾸하였다. "하지만 사실 나는 빠리로 돌아가고 싶소. 나와 함께 떠나시지 않겠소? 또한 빠리에서는 우리 가족과 함께 당분간 지내시지 않겠소?" 어떤 대가를 치르더라도 그녀가 홀로 있지 못하도록 하고, 최소한 며칠 동안이나마 그녀를 내 곁에 잡아두어야 할 것 같았으며, 그것은 그녀가 뱅뙤이유 아가씨의 친구를 만날 수 없으리라는 확신을 갖기 위해서였다. 그녀가 나의 제안을 받아들인다면 그것은 사실상 나와 단둘이 지낸다는 뜻이었으니, 나의 어머니께서, 시찰차 아버지가 여행길에 오르시는 기간을 이용하여 할머니의 뜻에 복종하는 것을 당신의 의무로 자신에게 일찍이 부과해 놓으셨기 때문인데, 할머니께서는 (생전에) 나의 어머니가 며칠 동안이나마 꽁브레에 가서 할머니의 자매들 중 한 분 곁에서 지내기를 갈망하셨다.[7] 엄마는 당신의 이모를 좋아하시지 않았는데, 그분이 자기에게 그토록 다정하셨던 할머니에게 자매답지 못하게 처신하였기 때문이다. 그렇게, 아이들이 성장하면, 자기들에게 못된 짓 저지른 이들을 원한 어린 마음으로 상기한다. 그러나 원한이라는 것을 아예 모르시던 할머니처럼 변한 엄마에게는, 당신 모친의 생애가 곧 순결하고 순진무구한 하나의 유년 시절이었고, 항상 그 시절로 돌아가 추억들을 퍼 올리시곤 하였으며, 그것들의 달콤함이나 씁쓸함이 이런 혹은 저런 사람들을 대하시는 엄마의 행동을 조절하였다.[8] 나의 이모할머니가 엄마에게 매우 소중한 몇몇 사연들[9]을 제공할 수도 있었겠으나, 이제 엄마가 그것들을 얻기는 어려울 것이니, 당신의 이모가 중병에 걸렸기 때문이며(암에 걸리셨다고들 하였다), 따라서 엄마는 (아버지 곁을 지키느라고) 더 일찍 가지 못한 자신을 나무라시며, 당신의 모친께서 원하시던[10] 것을 이행해야 하는 이유 하나를 더 발견하셨는데, 할머니의 선친—몹시 못된 아버지였다고 한다—생신일에 할머니께서 생전에 항상 그러셨던 것처럼 그 묘에 꽃을 바칠 예정이셨고, 그렇게, 살짝 열릴 무덤 곁에, 나의 이모할머니가 나의 할머니에게 바치러 오시지 않은 다정한 대화를 가져가려 하셨다.[11] 꽁브레에 머무시는 동안 어머니는, 할머니께서 생전에 항상 원하시던, 그러나 당신 딸의 감독하게 시행되기를 바라시던 그 공사를 돌보시기로 되어 있었다. 그렇게 그 공사가 아직 시작되지 않은 상태에 있었는데, 아버지보다 먼저 빠리를 떠남으로써,[12] 물론 아버지도 느끼시기는 하지만 어머니에게처럼 슬픔을 안겨드리지 못하는 그 애도의 분위기가 아버지에게 중압감을 드리는 것을 원하지 않으셨기 때문이다.[13] "아! 지금으로서는 불가능할 거예요." 알베르띤느가 대답하였다. "게다가 그 부인께서 떠나셨는데, 그토록 서둘러 빠리로 돌아가실 필요가 있나요?"—"그녀가 본 적 없고 또 내가 혐오하게 된 발백보다는, 그녀를 처음 만난 곳에서 내가 더 평온해질 것 같기 때문이오." 그 다른 여인이 존재하지도 않으며, 또한 그날 밤 내가 혹시 진정 죽기를 원하였다면, 자기가 뱅뙤이유 아가씨의 친구 여자와 친교가 있다는 사실을 경솔하게 발설하였기 때문이라는 것을 알베르띤느가 훗날 깨달았을까? 그럴 수도 있다. 그럴 개연성이 있어 보이는 순간들이 있다. 여하튼 그날 아침에는 그녀가 그 여인의 존재를 믿었다. "하지만 나의 사랑스러운 어린것, 당신이 그녀와 결혼하시는 것이 좋겠어요. 그러면 당신이 행복할 것이고, 그녀 역시 틀림없이 못지않게 행복할 거예요." 그녀가 나에게 말하였다. 내가 그녀의 말에 대꾸하기를, 내가 그녀를 행복하게 해줄 수 있으리라는 생각 때문에 실제로 자칫 결단을 내릴 뻔했고, 최근에 나의 아내에게 많은 사치와 즐거움을 베풀 수 있게 해줄 거액의 유산을 받았을 때에는, 내가 좋아하던 여인의 희생을 수락하려 하였노라고 하였다. 알베르띤느가 나의 내면에 유발시킨 그토록 혹독한 괴로움 직후에 그녀의 친절이 나에게 불어넣어 준 고마운 정에 도취되어, 우리에게 여섯 번째 증류주 잔을 채워준 까페 종업원에게 한 재산을 기꺼이 약속하듯 내가 그녀에게 말하기를, 나의 아내 될 사람은 자동차와 요트를 갖게 될 것이며, 그러한 관점에서 보자면, 알베르띤느가 자동차 타기와 요트 놀이를 그토록 좋아하니, 내가 좋아할 수 있을 여자가 그녀 아님이 불행한 일이고, 내가 그녀에게는 완벽한 남편일 수도 있겠으나 우리가 훗날 아마 유쾌하게 가끔 만날 수 있을 것이라고 하였다. 여하튼 비록 술에 취한 상태에서도 주먹세례가 두려워 행인들에게 불쑥 말 건네기를 자제하듯, 내가 사랑하는 사람은 그녀, 즉 알베르띤느라고 말함으로써 저지를, 일찍이 질베르뜨와 사귀던 시절에 저질렀던, 그 경솔한 짓은 억제하였다. "보시다시피 내가 자칫 그녀와 결혼할 뻔하였소. 하지만 내가 감히 그러지는 못하였으니, 하나의 젊은 여인으로 하여금 이토록 병약하고 따분한 사람 곁에서 살도록 하고 싶지 않았소." — "당신 미쳤군요, 모든 사람들이 당신 곁에서 살기를 원하며, 얼마나 많은 사람들이 당신과 친해지려 하는지 보세요. 베르뒤랭 부인 댁에서는 오직 당신 얘기뿐이고, 사람들이 저에게 말하기를, 최상류 사교계에서도 그런다더군요. 당신으로 하여금 당신 자신에 대하여 그러한 의구심을 품도록 하다니, 그 부인이 당신에게 상냥하지 못하였군요. 무슨 곡절인지 알겠어요, 마음씨 못된 여자이군요, 그 여자가 밉군요, 아! 만약 내가 그녀의 처지라면…" — "천만에, 그녀는 상냥하오, 지나치게 상냥하오. 베르뒤랭 댁 사람들이나 여타 사람들은 내가 아랑곳하지 않아요. 내가 좋아하지만 포기한 그 여인 이외에는, 나의 마음이 오직 나의 귀여운 알베르띤느에게로만 향하고, 나와 자주 만남으로써 — 적어도 초기에는(그녀를 놀라게 하지 않고 또 그 초기의 날들을 늘릴 수 있기 위하여 이 말을 덧붙였다) — 나를 조금이라도 위무해 줄 수 있는 사람은 알베르띤느뿐이라오." 나는 우리의 결혼 가능성을 지극히 막연한 식으로만 내비쳤고, 그러면서도 우리 두 사람의 성격이 부합되지 않을 것이어서 그것은 실현될 수 없다고 하였다. 내가 질투심에 사로잡혀 있는 상태에서는 항상 쌩-루와 '라쉘 깡 뒤 쎄뉘에르'와의 관계 및 스완과 오데뜨의 관계 등에 연관된 추억들이 나 자신도 모르게 나의 뇌리를 점하였던지라, 내가 어떤 여인을 좋아하기 시작하는 순간, 나는 진실로 사랑받을 수 없으며, 오직 이권만이 나에게 한 여인을 붙잡아 맬 수 있다고 생각하는 경향이 너무 강했다. 물론, 오데뜨와 라쉘을 척도로 삼아 알베르띤느를 평가하는 것은 미친 짓이었다. 그러나 내가 평가하던 것은 그녀가 아니라 나 자신이었으니; 나의 질투심이 나로 하여금 과소평가하도록 하던 것은 내가 그녀의 내면에 고취할 수 있었을 여러 감정들 자체였다. 또한 아마 오류였을 그 평가로부터 장차 우리들을 덮칠 숱한 불행들이 태동하였음에 틀림없다. "그러면 빠리로 함께 돌아가자는 나의 초대를 거절하는 것이오?"―"제가 지금 떠나는 것을 숙모님께서 원하시지 않을 거예요. 게다가 후에 제가 당신과 함께 떠날 수 있다 할지라도, 제가 그렇게 당신 댁에 기거하는 것이 우스워 보이지 않겠어요? 빠리에서는 모두들 제가 당신의 사촌 누이가 아님을 알 거예요."―"그렇다면! 우리가 조금은 약혼한 상태라고 말하면 그만이오. 그것이 사실이 아님을 당신이 잘 아시니, 그렇게 말한들 무슨 상관이겠소?" 잠옷 밖으로 몽땅 드러난 알베르띤느의 목은 힘차고 황금빛이었으며 피부 표면에 굵은 갈색 반점들이 있었다. 나는, 나의 가슴으로부터 영영 뽑아낼 수 없을 것 같았던 아이의 슬픔을 진정시키기 위하여 어머니를 포옹할 때처럼 순수하게 그녀를 포옹하였다. 알베르띤느가 옷을 차려입으러 가기 위하여 내 곁을 떠났다. 그녀의 헌신적인 마음이 벌써 약화되고 있었던 것이니, 조금 전에는 내 곁을 단 한순간도 떠나지 않겠다고 하지 않았던가. (또한 그녀의 결심이 지속되지 않을 것임을 내가 직감하였으니, 우리가 발벡에 머물 경우, 그녀가 그날 저녁에라도 당장 나와 동행하지 않은 채 블록의 사촌 누이들을 만나지 않을까 염려되었기 때문이다.) 그런데 조금 전 그녀가 나에게, 잠시 멘느빌에 들르고 싶다 하면서, 오후에 다시 나를 보러 오겠다고 하였다. 전날 저녁에 돌아가지 않았으니, 자기에게 온 편지들도 있을 것이고, 게다가 자기의 숙모께서 근심하실 것이라고 하였다. 그 말에 내가 이렇게 대꾸하였다. "기껏 그것 때문이라면, 승강기 담당 종업원을 보내, 당신이 여기에 있다고 숙모님께 말씀드린 후 편지들을 가져오게 할 수 있소." 그러자 고분고분한 모습을 보이고 싶어하면서도 예속되는 것이 마음에 걸렸던지, 그녀가 이맛살을 찡그린 다음 즉시 아주 얌전하게 말하였다. "그러면 되겠어요." 그런 다음 그녀가 직접 승강기 담당 종업원에게 심부름을 시켰다. 알베르띤느가 옷을 입으러 자기 방으로 간 지 얼마 아니 되었는데, 종업원이 와서 나의 방문을 가볍게 두드렸다. 내가 알베르띤느와 이야기를 나누고 있는 동안에, 멘느빌까지 갔다가 돌아올 시간이 그에게 있었으리라고는 짐작조차 할 수 없었다. 그가 나에게 말하기를, 알베르띤느가 자기의 숙모에게 쪽지 하나를 보냈으며, 따라서 그녀가 당일이라도, 내가 원하면 빠리에 갈 수 있다고 하였다. 하지만 그녀가 종업원에게 그러한 뜻을 구두로 전하게 한 것은 잘못이었으니, 이른 아침 시각임에도 불구하고 그 소식이 지배인의 귀에 들어갔고, 몹시 놀란 그가 나에게 달려와, 혹시 불만스러운 점이 있느냐, 정말 떠날 것이냐, 최소한 며칠이라도 기다리지 않겠느냐고 물으면서, 오늘은 바람이 상당히 염려스럽다고 하였다. 나는 블록의 사촌 누이들이 멋대로 쏘다니는 그 무렵에,[14] 특히 그녀를 보호해 줄 수 있을 유일한 사람인 앙드레가 아직 도착하지 않은 때에, 알베르띤느를 어떻게 해서든 발백에 더 이상 내버려두고 싶지 않으며, 따라서 발백이, 이를테면 어떤 환자가 더 이상은 그곳에서 호흡을 할 수 없어, 중도에 죽는 한이 있더라도 그곳에서는 유숙하지 않기로 작정한, 그러한 지역 같다는 등의 사연을 그에게 일일이 설명하고 싶지 않았다. 게다가 나는, 마리 지네스뜨와 쎌레스뜨 알바레가 눈시울을 붉히고 있던 호텔 안에서도 우선, 그러한 종류의 간청을 상대로 싸워야 했다. (더구나 마리는 어떤 급류처럼 다급한 흐느낌 소리를 냈고, 더 느긋한 쎌레스뜨가 그녀에게 마음을 가라앉히라고 타일렀으나, 마리가 자신이 알고 있던 유일한 구절, '이 지상에서는 모든 라일락 꽃들이 죽는다'를 웅얼거리자, 쎌레스뜨가 더 이상 자신을 억제하지 못하였고, 눈물 한 폭이 그녀의 라일락꽃 빛 얼굴에 펼쳐 졌다. 그러나 그녀들이 그날 저녁으로 나를 잊었으리라고 생각한 다.) 그다음에는, 그 지역 노선의 협궤 열차 속에서, 사람들 눈에 띄지 않으려는 나의 세심한 주의에도 불구하고 나는 깡브르메르 씨와 마주쳤고, 나의 여행 가방들을 보자 그의 얼굴이 창백해졌는 데, 이틀 후에 나를 초대할 생각이었기 때문이다. 그는 나의 호흡 곤란 증세가 날씨의 변화에 기인하며, 시월이 되면 그 증세가 호전 될 것이라고 나를 설득하려 하여 나를 성가시게 하였으며, 여하튼 나의 출발을 '여드레쯤' 후로 미룰 수 없겠느냐고 물었는데, 그러 한 표현의 멍청함이 나를 화나게 하였던 것은 아마 그가 나에게 제 안하던 것이 나의 마음을 아프게 하였다는 오직 그 이유때문이었 을 것이다. 또한 그가 객차 안에서 그런 말을 하는 동안에도, 각 역 에 이를 때마다, 혜림발트나 기스까르보다[15] 더 무시무시한 크레 씨 씨가 다시 초청해 달라고 애원하며 나타나지 않을까, 혹은 그보 다 더 두려운 베르뒤랭 부인이 나를 초대하겠다고 고집을 부리며 나타나지 않을까 두려웠다. 그러나 그 모든 일들은 몇 시간 후에나 일어나게 되어 있었다. 나는 아직 그 시각에 도달해 있지 않았다. 내가 대응해야 할 일은 지배인의 절망적인 탄원이었다. 나는 좋은 말로 타일러 그를 돌려보냈다. 그가 아무리 나지막하게 속삭여도 결국 어머니를 깨우지 않을까 염려하였기 때문이다. 그리고 나 홀 로 방에 남게 되었는데, 처음 도착하였을 때 내가 그토록 불행했 던, 그토록 큰 애정을 느끼며 스떼르마리아 아씨 생각에 잠기거나 철새들처럼 해변에 멈추었다가 지나가던 알베르띤느와 그녀의 친 구 소녀들을 엿보던, 승강기 담당 종업원을 시켜 알베르띤느를 데려오게 한 다음, 그녀의 몸을 그토록 무심히 수중에 넣은, 일찍이 할머니의 어지신 마음을 내가 절실히 알게 되었고 또 할머니가 진실로 돌아가셨음을 비로소 깨달은, 천장이 지나치게 높아 보였던 바로 그 방이었으며, 그 발치로 아침 햇빛이 떨어지곤 하던 그 덧창들은, 내가 처음으로 그것들을 열었을 때 바다의 지맥(支脈) 같은 첫 물결들을 내 눈앞에 드러냈다. (또한 우리가 포옹하는 것이 사람들의 눈에 띄지 않도록, 알베르띤느가 나를 시켜 닫게 하던 덧창들이기도 하다.) 나는 내 자신의 변화들을 그 사물들 자체의 변함없는 동일성과 대조함으로써 그 변화를 더 명료하게 깨닫고 있었다. 하지만 우리는 어떤 인물들을 대하며 그러듯 그 사물들에 익숙해지며, 따라서 우리가 문득 그 사물들이 전에 지녔던 다른 의미를 상기하고, 뒤이어 그 사물들이, 지난날 자신들을 배경으로 삼아 일어났던, 오늘날의 것들과는 다른 사건들을 상실하고 난 다음에는, 즉 같은 천장 밑에서 그리고 유리창 끼운 같은 책장들 사이에서 연출되던 행위들의 다양성을 몽땅 상실하고 난 다음에는, 그러한 다양성이 내포하는 심정상의 그리고 생활의 변화가, 그 배경의 확고부동한 항구성에 의해 더욱 증대되고, 그 무대의 불변성에 의해 강화되는 것 같다.

두세 번, 즉 잠시 동안, 나는 그 방과 책장들이 있던 그리고 그 속에서는 알베르띤느도 지극히 하찮은 물건에 불과했던 그 세계가, 아마 유일한 현실인 이지적인 세계이고, 나의 슬픔은, 어떤 소설을 읽을 때 그 독서가 우리에게 주는 그리고 오직 미친 녀석이나 그것을 지속적이고 항구적이며 자기의 삶 속에서 연장되는 것으로 만드는 슬픔 같은 그 무엇일 것이라는 사념을 뇌리에 떠올렸고, 따라서 그 현실적인 세계에 도달하여, 나의 슬픔을 쉽게 부서지는 종이 멍에처럼 극복하면서 그 속으로 들어가, 독서가 끝난 다음에는 우리가 더 이상 신경 쓰지 않는 그 소설의 허구적인 여주인공의 행동들에 대해서만큼이나 알베르띤느가 한 짓에 더 이상 내가 신경 쓰지 않기 위해서는, 아마 나의 의지가 조금 움직이는 것으로 족할 것이라는 생각도 하였다. 게다가 내가 가장 사랑하였던 여인들조차, 자기들에게로 향하던 나의 사랑에 결코 상응하지 않았다. 내가 그녀들 만나는 일에, 그녀들을 독차지하는 일에 모든 것을 종속시켰으니, 또한 어느 날 저녁 그녀들을 헛되이 기다리다 못해 흐느껴 울기도 하였으니, 그 사랑은 진실했다. 하지만 그녀들은 그러한 사랑의 영상이기보다는, 그 사랑을 일깨우고 그것을 절정으로 이끌어가는 속성을 가지고 있었다. 그녀들의 모습을 보거나 음성을 들을 때, 나는 그녀들에게서 나의 사랑을 닮거나 그것을 설명할 수 있을 그 무엇도 발견하지 못하였다. 하지만 나의 유일한 기쁨은 그녀들을 보는 것이었고, 유일한 근심은 그녀들을 기다리는 것이었다. 정숙함이란, 그녀들과 아무 관계가 없는지라, 자연에 의해 그녀들에게 치장물로 덧붙여졌다고, 또한 그 정숙함이, 그 전력과 같은 힘이, 나에 대해서는 나의 사랑을 충동질하는, 다시 말해 나의 모든 행위들을 지배하고 나의 모든 괴로움들을 야기시키는 효력을 가지고 있었다고, 누구든 나에게 말하였을 것이다. 그러나 그 여인들의 아름다움이나 지성이나 혹은 선량함 등은 그것과 완전히 구별되었다. 우리를 뒤흔드는 전류에 의해 그렇게 된 듯, 나는 나의 사랑들에 의해 마구 뒤흔들렸고, 내가 그것들을 겪고 느꼈으되, 그것들을 명료하게 보거나 그것들에 대해 사유를 펼치는 데까지는 결코 이를 수 없었다. 나는 심지어 그러한 사랑들에 있어서는 (그것들에 통상적으로 수반되지만 그것들을 구성하기에는 충분치 못한 육체적 쾌락은 차치한다), 우리가 모호한 신들에게 탄원하듯 말을 건네는 상대가, 그 여인의 탈을 쓴 그리고 그녀가 치장물로 동반한, 보이지 않는 힘들이라고 믿는 경향을 가지고 있다. 우리에게 필요한 것은 그 힘들의 호의이고, 우리는 실질적인 쾌락을 맛보지 못하면서도 그것들과의 접촉을 추구한다. 밀회가 계속되는 동안, 여인은 우리와 그 여신들 간에 관계를 맺어줄 뿐, 더 이상 하는 일이 별로 없다. 그러는 동안 우리는 앞으로 바칠 봉헌물로 보석들이나 함께 떠날 여행 등을 약속하였고, 우리가 찬미한다는 뜻을 가진 주문들이나, 우리가 무심해졌다는 뜻을 가진 주문들을 외웠다. 또한 우리는 새로운 밀회를 얻기 위하여, 그러나 아무 장애 없이 승낙되는 밀회를 얻기 위하여, 우리의 모든 능력을 몽땅 동원하였다. 그런데 그녀가 떠난 후에는 그녀의 옷차림이 어떠했는지 알 수 없고, 우리가 심지어 그녀를 응시하지도 않았음을 깨닫는 것이 보통인데, 그녀가 만약 그 신비한 힘들로 보완되지 않았다면, 그 여인 자체만을 위하여 우리가 그 숱한 노고를 감당하겠는가?

시각이란 얼마나 기만적인 감각인가! 인간의 몸뚱이란, 비록 알베르띤느의 것처럼 사랑받는 몸뚱이라 해도, 불과 몇 미터, 아니 몇 센티미터만 떨어져 있어도, 우리들로부터 멀리 있는 것처럼 보인다. 또한 그 몸뚱이에 속하는 영혼 역시 마찬가지이다. 다만, 어떤 일이 우리와의 관계에서 그 영혼의 자리를 난폭하게 바꾸어, 그 영혼이 우리가 아닌 다른 사람들을 사랑한다고 우리에게 입증해 줄 경우, 우리는 와해된 우리 심장의 격한 박동에서, 사랑하는 사람이 몇 걸음 떨어진 곳이 아니라 우리 속에 있었음을 감지한다. 우리들 속에, 그러나 다소 피상적인 구역에 있음을 느낀다. 그러나 '그 여자 친구는 뱅뙤이유 아가씨에요'라는 말은, 내 스스로는 발견할 수 없었을 그리고 알베르띤느를 찢어진 나의 가슴 깊숙한 곳으로 들여보낸 '참깨'[16]였다. 그리고 그녀 뒤로 다시 닫힌 문은, 내가 백년 동안을 찾아도 그것을 다시 열 방도를 찾을 수 없을 것 같앉다.

　조금 전 알베르띤느가 내 곁에 있을 동안에는 그 말이 나에게 들리기를 잠시 멈추었다. 꽁브레에서 불안을 가라앉히기 위하여 나의 어머니를 포옹하곤 하였던 것처럼, 그녀를 포옹하면서 나는 알베르띤느의 결백함을 거의 믿었거나, 적어도 그녀의 악벽을 발견한 사실을 지속적으로 생각하지는 않았다. 그러나 이제 내가 홀로 남자 그 말이 다시 울려 퍼졌고, 그것은 마치 어떤 사람이 우리에게 말하기를 멈추기 무섭게 다시 들리는 귓속의 소음 같았다. 그리하여 이제 그녀의 악습이 나에게는 의문의 여지가 없었다. 떠오르려 하던 태양의 빛이 내 주위의 사물들을 변모시키면서, 마치 그녀를 대하는 나의 위치를 이동시키면서 그러듯, 나로 하여금 다시 나의 괴로움을 더욱 혹독하게 의식하도록 하였다. 일찍이 내가 그토록 아름다운 아침나절의 시작도, 또 그토록 괴로운 아침나절의 시작도 겪은 적이 없었다. 이제 곧 햇볕을 받아 반짝일 그리고 전날까지만 해도 그것들을 방문할 열망만으로 나를 가득 채웠을, 그 무심한 모든 풍경들을 생각하면서 나는 흐느낌 한 가닥을 억제할 수 없었고, 그때, 기계적으로 수행된 그리고 나에게는 나의 생이 끝날 때까지 매일 아침 나의 모든 기쁨을 희생물로 바쳐야 할 유혈 낭자한 의식을, 즉 매일 먼동이 틀 무렵이면 날마다 돋아나는 나의 슬픔과 내 상처의 피로 엄숙하게 거행하는 거듭된 신앙고백을 상징하는 것처럼 보이던 성체 봉헌례를 행하는 동작으로, 황금빛 계란 같은 태양이, 응고되는 순간 밀도의 변화가 초래할 균형의 파괴에 의해 격렬하게 사출된 듯, 화폭들 속에서처럼 불꽃들이 가시처럼 돋은 상태로 단걸음에 커튼을 찢었는데, 잠시 전부터 그것이 커튼 뒤에서 전율하며 무대 위로 돌진할 준비를 갖춘 것을 느낄 수 있었으며, 그것이 결국 밀물 같은 빛으로 커튼의 신비하고 응고된 진주홍색을 지워버렸다. 내가 우는 소리가 나에게 들렸다. 하지만 그 순간, 전혀 뜻밖에 나의 방 출입문이 열렸고, 나의 가슴이 두근거리는데, 내가 이미 본, 그러나 꿈 속에서만 본 그 환영들 중 하나처럼, 나의 할머니가 내 앞에 보이는 것 같았다. 내가 겪고 있던 그 모든 일이 그렇다면 한 마당 꿈에 불과했단 말인가? 하지만 애석하게도 나는 분명 깨어 있었다. "내가 너의 가엾은 할머니를 닮았다고 생각하는구나." 엄마가—들어선 사람이 엄마였다—부드럽게, 나의 놀라움을 진정시켜 주시려는 듯, 아울러 일찍이 교태라는 것을 경험하지 못한 겸허한 자긍심에서 비롯된 그 아름다운 미소를 포함한 할머니와의 유사성을 고백하시면서 나에게 말씀하셨다. 회색 타래들이 감추어지지 않고 불안한 두 눈 주위와 부쩍 늙은 두 볼 위로 굼실거리던 어머니의 흩어진 머리채와, 입고 계시던 할머니의 그 실내용 드레스 등, 모든 것이 나로 하여금 잠시 어머니를 알아볼 수 없게 하였고, 내가 자고 있는지 혹은 할머니께서 부활하셨는지 알 수 없어 머뭇거리게 하였다. 이미 오래전부터 어머니는, 내 어린 시절의 젊고 웃음 띤 엄마보다 나의 할머니를 더 닮아 있었다. 하지만 나는 그 점에 대해 아예 생각을 하지 않았다. 그렇게, 우리가 방심한 상태로 오랫동안 독서에 몰두하다 보면 시간의 흐름을 깨닫지 못하다가, 문득 태양이 전날 같은 시각에 있던 자리에 와 있음을 그리고 우리 주위에 석양을 준비하고 있는 전날의 것과 같은 조화들과 사물들 간의 감응을 일깨우는 것을 깨닫게 된다.[17] 나의 착각을 나에게 일깨워 주시면서 어머니가 미소를 지으셨는데, 당신의 모친과 자신이 그토록 닮으셨다는 것이 기쁘셨기 때문이다. "잠을 자고 있는데 누가 우는 것 같은 소리가 들려 와보았다." 어머니가 나에게 말씀하셨다. "그 소리가 나를 깨웠단다. 하지만 아직 잠자리에 들지 않았으니 어찌 된 영문이냐? 게다가 너의 눈에 눈물이 그득하구나. 무슨 일이냐?" 나는 어머니의 머리를 두 팔로 감싸 잡았다. "엄마, 실은, 제가 너무 변덕스럽다고 생각하실까 겁나요. 우선 어제는 제가 엄마에게 알베르띤느에 대해 별로 호의적으로 말하지 않았고, 엄마에게 드린 말씀은 부당했어요." — "하지만 그것이 무슨 문제이냐?" 어머니가 나에게 말씀하셨고, 태양이 떠오르는 것을 보시더니, 당신의 모친을 생각하시며 구슬픈 미소를 지으셨고, 내가 단 한 번도 응시하지 않는다고 할머니가 애석해하시던 광경의 결실을 놓치지 말라고 말씀하시려는 듯, 나에게 창문을 가리키셨다. 그러나 발백 해변과 바다와 엄마가 나에게 가리키시던 일출 광경 등의 뒤에 나타나 내 눈에 보이던 것은, 어머니로부터 발산되지 않던 절망의 격정과 아울러, 커다란 암코양이처럼 몸을 둥글게 웅크린 발그레한 알베르띤느가 장난기 가득한 코를 쳐들고 뱅뙤이유 아가씨의 자리를 차지한 다음 그녀 특유의 관능적인 웃음을 터뜨리면서 다음과 같이 말하고 있던 몽쥬뱅의 방이었다. "그래, 좋아! 누가 우리를 보면 오히려 더 좋겠어. 내가! 이 늙은 원숭이에게 감히 침을 뱉지 못할 거라고?"[18] 창틀 안에 펼쳐지던 풍경 뒤에서 내가 발견하던 것은 그 광경이었고, 창틀 속의 풍경은 그 다른 광경 위에 반사광처럼 포개진 한 폭의 음울한 너울에 불과했다. 그 풍경 자체가 실제로 한 폭의 풍경화처럼 거의 비현실적으로 보였다. 우리들 맞은편 빠르빌 절벽 돌출부에서는, 나와 소녀들이 그 속에서 고리 찾기 놀이를 하던 작은 숲이, 내가 알베르띤느와 함께 낮잠을 자러 갔다가 저녁나절에 해가 지는 것을 보고 그녀와 함께 다시 일어서곤 하던 그 시각처럼, 화폭 같은 자기의 우거진 나뭇가지들을 바다까지, 아직도 온통 황금빛인 광택제 같은 수면 밑까지, 경사를 이루며 이끌어 내리고 있었다. 여명의 진주질 부스러기가 가득한 수면 위에 분홍색과 하늘색 넝마 형태로 아직까지도 어슬렁거리고 있던 밤안개의 무질서를 가로질러, 자기들이 저녁에 돌아올 때처럼 자기들의 돛포와 이물에 비스듬히 세운 돛대 끝을 노랗게 물들이던 비스듬한 빛에 미소를 보내면서 배들이 지나가고 있었다. 그러나 내가 일상 보던 바와 같이, 낮 시각들이 앞서 나아간 다음 그 행렬 끝에서 저녁처럼 쉬지도 못하는 석양의 순전한 환기일 뿐, 가냘프고 가필되었으며, 자신이 없애거나 덮거나 감추기에 이르지 못하는 몽주뱅의 끔찍한 영상보다도 더 알맹이 없는, 상상 속의, 오들오들 떠는 그리고 적막한 광경일 뿐이었으니 — 결국 추억과 꿈에서 비롯된 시적이고 헛된 영상이었다. "하지만 얘야," 어머니가 말씀하셨다. "네가 나에게 그 아이에 대해 어떤 험담도 하지 않았고, 그 아이가 조금 귀찮다고 하였으며, 그 아이와 결혼할 생각을 그만둔 것이 만족스럽다고 말하였을 뿐이다. 그것이 그렇게 울 이유는 되지 못한다. 네 엄마가 오늘 출발하고, 따라서 자기의 커다란 늑대를 이러한 상태로 내버려두는 것이 가슴 아플 것이라는 점을 생각해 보아라. 게다가 가엾은 어린 것, 너를 위로해 줄 시간이 나에게 별로 없어 더욱 그렇구나. 나의 물건들을 이미 챙겼어도 소용없으니, 출발일에는 언제나 시간이 부족하기 때문이란다." — "그것이 아니에요." 그렇게 대꾸한 다음, 미래를 산정해 보면서, 나의 의지를 신중히 가늠해 보면서, 뱅퇴이유 아가씨의 친구 여자에게로 향한 그토록 오랫동안 지속된 알베르띤느의 그러한 다정함이 순진무구할 수 없었을 것이고, 알베르띤느가 이미 입문하였을 것이고, 또한 그녀의 모든 행위들이 나에게 그것을 입증해 주었던 만큼, 나의 염려하던 마음이 이미 여러 차례 예감하였던 그 악벽의 성향을 그녀가 가지고 태어났을 것이고, 따라서 그 악벽에 자신을 끊임없이 내맡겼을 뿐만 아니라, 내가 자기 곁에 없는 틈을 이용하여 아마 이 순간에도 그 짓에 몰두하고 있을 것이라 생각하면서, 내가 어머니에게 안겨드릴 괴로움을 잘 알면서도—어머니가 그 괴로움을 나에게 보이시지 않았고, 그것은 오직 어머니께서 나를 슬프게 하는 것과 나에게 해를 끼치는 것 중 어느 것이 더 중대한 결과를 초래할지 비교하실 때에만 보이시던 심각하게 몰두하시는 기색, 가령 어머니께서 처음으로 내 곁에서 밤을 보내기로 체념하실 때 꽁브레에서 보이신 그 기색, 혹은 나에게 꼬냑을 마셔도 좋다고 하시면서 할머니가 띠셨던 것과 놀랄 만큼 닮은 그 순간의 기색 등만을 통해서만 드러나던 괴로움이었다—이렇게 말씀드렸다. "내가 엄마에게 안겨드릴 괴로움을 잘 알아요. 우선 엄마의 뜻에 따라 이곳에 머무는 대신, 저도 엄마와 동시에 떠나겠어요. 하지만 그것은 아무것도 아니에요. 이곳에서 지내는 것이 괴로워 차라리 돌아가고 싶어요. 하지만 제가 드리는 말씀 잘 들으시고 너무 슬퍼하시지 말아요. 드릴 말씀은 이거예요. 제가 잘못 생각하였고, 따라서 어제는 선의 때문에 엄마를 속이게 되었으며, 밤새도록 심사숙고하였어요. 반드시, 그러니 즉시 결단을 내리도록 해요, 이제야 확실히 깨닫겠고, 제가 더 이상 변하지 않을 것이며, 그러지 않으면 제가 살 수 없을 것이니, 반드시 저는 알베르띤느와 결혼해야겠어요."

옮긴이 주

2부 2장

1) 앞 권에서는 주인공과 알베르띤느가 이미 자기들의 객차에 올라와 있었다고 하였다. 숱한 가필로 인해 발생한 서술상의 오류일 듯하다. 특히 애석한 점은,「소돔과 고모라」편에서 문법적 오류도 자주 발견된다는 사실이다. 작가의 건강 상태와 관련된 현상일 듯하다.
2) 라 로슈푸꼬(1613~1680)가 게르망뜨 가문과 인척 관계라는 언급이「게르망뜨 쪽」편(2부)에 있었다.
3) 알프레드 드 비니(1797~1863)의 시집『운명』중 〈목동의 집〉이라는 작품에서 인용한 구절이라 한다.
4) pecus. '가축 떼'(혹은 개별적인 가축)을 가리키는 라틴어이다.
5) 당연히 '해준 것이 아니라'로 옮겨야 할 부분이며, 어조로 보아 그 구절 다음에 그들이 '눈에 띄도록 해주는' 다른 상황(들)이 제시되었어야 하건만 누락된 듯하다. 다른 승객들의 얼굴에 대한 언급은 그다음에 이어졌어야 한다. 다시 말해 이 구절이 문득 중단되고 다른 이야기가 불쑥 덧붙여져 문장 전체가 의미적으로 성립되지 않는다. 하지만 그대로 옮긴다.
6) 베르뒤랭 내외를 중심으로 한 동아리를 '크레도'라고도 칭한 데서 연유한, '단골들'을 지칭하는 말(fidèles)이다.
7) 앞 문장에서 발견된 중단 및 누락 현상이며, 다음에 이어지는 구절의 내용과는 아무 관련이 없다. 따라서 성립되지 않는 문장이지만 그대로 옮긴다.
8) 그 작은 동아리의 단골들 중 몇몇이 베르뒤랭 내외의 응접실에 나타나기 전에 다른 응접실에 들렀을 경우 그렇게 둘러대곤 하였다(「스완 댁 쪽으로」, 〈스완의 어떤 사랑〉).
9) 대립적 등위접속사(Mais)가 어떤 의미적 연계성 속에서 사용되었는지 모호하고, 다른 단어들의 의미도 겨우 짐작할 수 있을 정도이나, 그대로 유추하여 옮긴다.
10) 선뜻 이해되지 않는 언급이다.
11) 꼬따르가 들고 있던 일간지 〈시대(Le Temps)〉가 정치적 논설문으로 유명했다

고 하지만, 조각가 스키(Ski)의 '팔꿈치'가 어떤 특색을 가지고 있었단 말인가?

12) 이해하기 어려운 초벌 문장 같으나 그대로 옮긴다. 프루스트가 타계하기 직전까지 「소돔과 고모라」 편에 가필을 계속하였다는 사실 그리고 쟝 꼭도가 「소돔과 고모라」 편(2부, 2장)의 100여 페이지는 거듭 읽어도 이해하기 어려운 문장들이 즐비해 그 부분이 작품의 흠절로 남을까 우려하였다는 일화를 상기시키는 문장이다.

13) 야훼가 이스라엘 사람들에게 알려준 자신의 징후들(불기둥, 구름기둥, 시나이 산에서 들리던 천둥소리 등, 「출애굽기」)을 연상시키는 어조이다.

14) 베르뒤랭 내외의 집으로 가는 여정까지도 신성한 의식으로 여기는 시각에서 말미암은 표현일 듯하다.

15) 지도 위에 그릴 수 없는 이상한 '여정'이다. 다음에 이어지는 이야기를 보건대, 다른 먼 곳에 다녀와 다른 이들보다 늦게 기차를 탔다는 말일 듯하다.

16) 이어지는 내용으로 보아 예수가 제자들에게 약속한 '미래'일 듯하며, 작가는 그 단어를 대문자(Futur)로 표기하였다.

17) 엠마우스(Emmaüs)는 팔레스타인에 있는(예루살렘 북쪽) 마을이며, 예수가 처형되고 그 시신이 사라진 후, 그의 제자 두 사람이 예루살렘으로부터 60스타디온(약 12킬로미터) 거리에 있는 그곳으로 가던 중 낯선 사람 하나를 만나 동행하게 되고, 예수 및 그의 사후에 일어난 일들에 관한 이야기를 여정 내내 그와 주고받건만, 두 제자는 엠마우스에 당도하여 함께 식탁에 앉을 때까지도 그 사람이 예수임을 알아차리지 못한다(「루가」, 24장, 13~32절).

18) 띠치아노, 베로네세 등, 16세기 화가들이 예수나 그의 모친 상에 그려 넣던 후광을 가리킬 듯하다.

19) Douville(Doville). 라 라스쁠리에르 및 훼떼른느 지역 승객들이 이용하는 역의 명칭이다.

20) 고전적 인문주의를 옹호하던 학자들과 게르만적 방법론을 제창하던 학자들 사이에 불붙었던 논쟁(19세기 후반)을 염두에 둔 언급일 듯하다. 누벨르 쏘르본느(Nouvelle Sorbonne)는 '새로운 쏘르본느', 즉 새로운 학문 조류를 받아들인 쏘르본느 대학을 가리킬 듯하다(오늘날에는 빠리 제3대학을 그렇게 칭하기도 한다).

21) 불의의 사태에 신중히 대비한다는 뜻이다.

22) 일찍이 스완과 오데뜨 사이에 포르슈빌을 개입시키면서 시도하였던 짓이다(「스완 댁 쪽으로」, 〈스완의 어떤 사랑〉). '사심 없는 즐거움'은 빈정거림이 감도는

반어법처럼 보인다.
23) 꼬따르가 처음 베르뒤랭 내외의 응접실에 드나들던 젊은 시절에는, 자기가 사용한 새로운 표현이 정확한지 확신하지 못하여 매번 다른 사람들의 눈치를 살피곤 하였다(「스완 댁 쪽으로」, 〈스완의 어떤 사랑〉). 한편, '수직으로 도착한다(arriver à pic)'는 표현은 '정각에 도착한다'는 뜻으로 사용된다.
24) smoking-jacket(실내에서 담배를 피울 때 입는 간편한 옷)에서 온 말이며, 간소한 야회복을 가리킨다.
25) 작품의 이 부분에서만 잠시 언급된 허구적인 인물이며, 까쁘라롤라(Caprarola)는 이딸리아 중부 라티움 지역에 있는 작은 마을이라고 한다.
26) 앞 문장을 고려하면, 특히 이 문장을 여는 부사 '심지어(même)'를 보건대, 문두의 '그녀'는 베르뒤랭 부인을 그리고 '그녀의 이름'은 까쁘라롤라 대공 부인의 이름을 가리켜야 마땅하다. 그런데 문장의 나머지 부분과 뒤에 이어지는 대화를 보면, '그녀'가 까쁘라롤라 대공 부인을 가리키고, '그녀의 이름'은 베르뒤랭 부인의 이름을 가리키고 있다. 일종의 기억 착란에서 비롯된 문장의 이상 현상일 듯하다.
27) 상류층 귀부인의 격에 맞지 않는 어투이다. 미처 마치지 못한 구절의 요소 형태로 남은, 가필을 염두에 두고 쓴 초벌 형태의 글일 듯하다.
28) '염려'는 자신의 흠절 많은 과거가 알려지지 않을까 하는 염려이겠으나, '욕망(désir)'은 무엇을 가리키는지 선뜻 짐작되지 않는다. 후에 밝혀질 욕망일 듯하다.
29) 베르뒤랭 내외와의 옛 친분을 가리킨다.
30) 역자가 덧붙인 말이다.
31) 역자의 보충 설명이다.
32) 석회 바른 벽이 다 마르지도 않았건만 불편을 무릅쓰고 새로 지은 집에 들어가 산다는 뜻이다. 간단히 말해 불편을 감수한다는 뜻이다.
33) 도형수들이 노를 젓는 옛 전함(galère, galera)을 환유적으로 옮긴 것이며, '아직 석회 벽도 마르지 않은' 새로 연 응접실을 가리킨다.
34) 베르뒤랭 내외의 응접실이 맞을 미래의 운명을 가리키는 듯하다(그 응접실이 빠리의 최상류층 사교계로 변신하게 된다).
35) 베르뒤랭 내외는 자기들의 '작은 동아리'가 상류 사교계의 격식을 무시한다는 사실에 우쭐하던 이들이다(「스완 댁 쪽으로」).
36) 주인공이 처음 발백에 체류하던 시절, 어느 날 아침 알베르띤느와 함께 방파제

위에서 산책하던 중 우연히 마주쳤고, '골프장에서 오는 길이냐, 그리고 만족스러웠느냐'고 알베르띤느가 묻자, '형편없었다'고 대꾸하던 젊은이를 가리킨다 (『피어나는 소녀들의 그늘에서』, 2부). 도박과 골프와 춤으로 소일하고, 의복과 엽궐련과 잉글랜드산 음료와 말 등에 관해서는 해박하되 지성적인 교양은 털끝만큼도 갖추지 못한 젊은이로, 무식한 신흥 기업인의 아들이다. 그 젊은이에 관한 이야기를 할 때, 그가 베르뒤랭 씨의 조카라는 언급은 없었다. 그러니 '형편없었다던 사람'이라는 표현만으로 그 '조카'가 발백에서 잠시 마주친 젊은이(옥따브)일 것이라고 어찌 이해할 수 있단 말인가? (역자도 따디에 교수의 주석을 읽고서야 이해하였다) 흩어진 상태로 있던 기억의 편린들 중 하나가, 마치 꿈속에 어떤 영상 하나가 끼어들듯, 문득 서술에 끼어든 듯하다. 역시 앞에서 이미 지적하였듯이 일종의 기억 착란 현상과 유사한 추억의 소생 양태일 듯하다.

37) 자신이 귀족이 아니고 신흥 유산층(즉 평민) 신분에 속한다는 사실 때문에 이제는 더 이상 주눅 들지 않게 되었다는 말일 듯하다.

38) Ski. Viradobetski의 축약형이다.

39) '한 방의 더러운 북소리'는 '예기치 못한 당혹스러운 사건'을 가리킨다. 한편, 빌맹(1790~1870)은 문예평론가이며 쏘르본느의 교수였다고 한다.

40) 'water-closet'의 축약형 'water'의 프랑스식 발음이며, 화장실을 가리킨다.

41) Talleyrand(1754~1838). 숱한 정변 속에서 줄기차게 살아남은 기회주의자로 유명한, 정치가이며 외교관이었다. 원래는 사제였으나, 1789년의 비상 신민 회의에 사제 계급 대표로 선출되어 참가한 것이 정치에 입문하는 계기가 되었다고 한다. 한편, 그가 한 말이라면서 브리쇼가 인용한 '삶의 달콤함(douceur de vivre)'은, 기실 '삶의 즐거움(plaisir de vivre)'이었다고 한다.

42) 공디(Gondi)는, 휘렌체에서 은행업 및 외교 수완으로 명성을 떨치던 가문의 명칭이며, 레츠 추기경 뽈 드 공디(Paul de Gondi, 1613~1679)는 까뜨린느 드 메디치가 앙리 2세와 결혼할 때(1533) 그녀를 따라와 프랑스에 정착한 알베르 드 공디(그에게 1581년에 레츠 공작 작위가 주어졌다)의 후손이다. 한편, 'struggle for lifer'는 적자생존을 둘러싼 생존경쟁을 뜻하는 'struggle for life'의 변형된 형태일 듯하며, 프랑스에 이주한 공디 가문이 겪어야 했을 생존경쟁을 암시할 듯하다.

43) 라 로슈푸꼬 공작(1613~1680)은 부친의 타계 전까지는 마르씨약 대공이었다고 하며, 마자랭(마자리니, 1602~1661) 추기경에 반기를 든 왕족들의 반란(프롱드의 난)에 가담하였다가 중상을 입고 집필에만 전념하였다고 한다(『회고록』, 『금언

집』). 브리쇼가 반란에 가담했던 그의 행적을 프랑스 애국자 연맹의 지도자 불랑제 장군(1837~1891)의 반란과 동일시하는 모양이다.
44) 라 브레드 및 몽떼스끼유 남작이었던 그의 이름은 샤를르 드 쓰꽁다(Charles de Secondat, 1689~1755)이며, 그가 잠시 보르도 고등법원 수석 판사직을 수행한 적이 있다고 한다.
45) 선뜻 수긍되지 않는 말이다. 관례적인 호칭을 사용하고, 하녀나 시종들이 예를 갖춰 하는 말을 '현학적 태깔'이라 할 수 있겠는가?
46) '거의 모든 부류의 사람들'이라 해야 마땅할 것이나, 꼬따르의 상스러운 어투를 그대로 살려 옮긴다(un peu de tout).
47) L'Abbaye-aux-Bois. 현재의 빠리 제7구에 있던 수녀원 명칭이며, 그 근처에 샤또브리앙과 절친했던 레까미에 부인의 응접실(salon)이 있었고, 그곳에 샤또브리앙, 라마르띤느, 위고 등이 드나들었다고 한다.
48) Monsieur de Voltaire. 볼떼르는 평민 계급 출신이었고, 따라서 그의 성씨 앞에 'de'가 붙지 않는다.
49) 볼떼르와 오랫동안 연인 관계를 맺었다는 샤뜰레 후작 부인(1706~1749)을 가리킨다. 볼떼르가 그녀의 성(씨레-쒸르-블레즈, 오뜨-마른느 지역)에 은거한 적이 있다고 한다(1734).
50) 클라우디우스 1세(B.C 10~54)가 메쌀리나를 죽인 후 황후로 삼은 아그리피나(네로의 생모)를 가리킨다. 남편을 독살하고 아들 네로가 옥좌에 오르자 권력을 전횡하다가, 아들 네로에 의해 죽임당한 황후이다(16~59). 타키투스가 그녀의 처신을 못마땅한 어조로 전하고 있다(『연대기』, 1권, 2권, 12권 등).
51) "아비나 어미를 나보다 더 좋아하는 자 나를 따를 자격 없고, 아들이나 딸을 나보다 더 좋아하는 자 나를 따를 자격 없느니라."(「마테오」, 10장, 37절)
52) 빌헬름 2세(1859~1941)가 1891년 11월 23일, 포츠담에서 신병을 사열하면서 이렇게 말하였다고 한다. "형제들과 자매들과 아버지와 어머니를 향해 발포하라는 명령을 짐이 내리면, 군소리 말고 복종해야 하느니라."
53) Eudoxie. 고대 그리스나 동로마제국에서 자주 사용되던 여자 이름인지라, 프랑스인들이 '으독시'라고 표기한 것을 원형대로 표기한다(Eudocia). 허구적 인물이다.
54) 알프레드 드 비니(1797~1863)의 『엘로아, 혹은 천사들의 누이』라는 작품의 한 구절이라고 한다(3장, 47절).

55) la présidente. 처음 사용된 의외의 호칭이다. 별로 어울릴 것 같지 않다.
56) 원전에는 베르뒤랭 내외(les Verdurin)라고 되어 있으나, 문장의 전후 내용에 입각해 수정한다.
57) 선뜻 수긍되지 않는 부가어이다(fécondantes).
58) 역자가 덧붙인다.
59) purée. 가난뱅이를 가리키는 비어이다.
60) '모두를, 얼마이든' 이라는 뜻으로 꼬따르가 이딸리아어를 사용하였다(tutti quanti).
61) 가장 탁월한 과학자들을 가리킨다.
62) Potain(Edouart, 1825~1901). 최초로 혈압을 측정한 사람들 중 하나인 프랑스 의사이다.
63) Charcot(Jean-Martin, 1825~1893). 신경 병리학 발전에 크게 공헌하였고, 특히 히스테리 및 최면 현상에 관한 연구 업적이 많다고 하며, 지그문트 프로이트도 빠리 쌀뻬트리에르 병원에서 그의 강의를 들었다고 한다.
64) 맹렬하게 공부한다는 뜻이다(piocher).
65) 문법적으로 부정확하고 불완전한 문장이지만 의미를 유추하여 옮긴다. 이어지는 문장들처럼 가필을 염두에 두었던 초벌 문장인 듯하다.
66) 모든 판본에 bouchon(병 따위의 마개, 낚시의 찌)으로 되어 있으나, 문맥으로 보아 bouton(단추)의 오자인 듯하다.
67) 마리보(1688~1763)의 극작품들 속에 익명의 백작 부인들과 후작 부인들은 많이 등장하지만, 남작 부인은 단 하나도 등장하지 않는다고 한다.
68) Viollet-Le-Duc(1814~1879). 프랑스의 중세 건축물 복원자이며 이론가이다. 쌩-제르맹-데-프레, 쌩-쎄브랭, 노트르-담므 등, 빠리의 유명한 중세 건축물들 복원을 지휘하였다 하며, 프루스트는 그의 복원 방식에 매우 적대적이었다고 한다.
69) 불과 몇 페이지 앞에 화장실에 가는 척하였다는 언급이 있었다.
70) 딸레랑(샤를르 모리쓰 드 딸레랑-뻬리고르, 1754~1834)이 하였다는 말을 가리킬 듯하다. 딸레랑은 귀족 가문 출신이었으나 사고로 부상을 당하여 군문에 들어가지 못하고 사제의 길을 택하였다가, 오명의 주교였던 시절에 정치에 뛰어들었고, 그전에는 랭스 교구에 있는 쌩-드니 수도원의 원장이었다고 한다. '뻬리고르의 수도원장' 이었다는 사실은 확인할 수 없다.
71) 세습 귀족을 비아냥조로 가리키는 말일 듯하다(seigneur racé). 번역어 또한 그

러한 뉘앙스를 감안하여 '나리' 대신 '나으리'를 취한다.

72) 딸레랑이 나뽈레옹 1세의 정부에서 요직을 맡고 있으면서도 유럽 여러 나라들과의 세력 균형을 추구하였던 사실을 상기시키는 말이다.

73) 딸레랑이 입헌 국민 회의(Assemblée Nationale Constituante, 1790)에서 큰 역할을 담당하였으며, 특히 교회의 재산을 국가에 귀속시키는 법안을 발의한 후, 오떵의 주교직을 버림과 동시에 교회와 결별한 사실 등, 몽떼스끼유나 볼떼르 등 18세기 철학자들로부터 받은 사상적 영향이 끝까지 그를 떠나지 않은 점을 암시하는 말일 듯하다.

74) 딸레랑이 여러 정파에 번갈아 속하였던 사실을 염두에 둔 언급일 듯하다.

75) 귀족들이 참석한다는 사실을 은근히 자랑스러워하는 것을 가리킨다.

76) 바그너의 4부작 오페라 『니벨룽엔의 반지』를 가리킨다.

77) 바그너의 오페라 『뉘른베르크에서 온 노래의 명인들』을 가리킨다.

78) 이미 여러 차례 언급된 드레퓌스 옹호자들이다.

79) 사교계 인사들을 가리킨다.

80) 역자가 덧붙여 옮긴다.

81) 댕디(Vincent d'Indy, 1851~1931)는 드레퓌스 및 유대인들에 대한 적대감을 노골적으로 드러냈으나, 드뷔씨의 경우는 선뜻 단정하기 어렵다고 한다.

82) 『구약』에서는 (프랑스어로 번역된) 어느 여자와 육체적으로 관계한다는 뜻으로 '안다(connaître)'는 동사를 사용한다.

83) 메약(H. Meilhac, 1831~1897)의 어떤 작품을 염두에 두고 한 말인지 알 수 없다. 메약의 대표작이 『아름다운 헬레네』라고 하는데, 트로이아의 멸망을 초래한 헬레네와 파리스 간의 사랑이 그 순간 브리쇼의 뇌리에 어른거렸던 것일까? 이어지는 '멍청한 안토니우스' 및 '고대 세계' 등에 관한 언급 또한 같은 유형의 이야기이다. 즉, 연정이 초래한 비극 이야기이다.

84) vieux(늙은, 오래된)라는 단어에 브리쇼가 라틴어(vetus)로 부연한 설명이다.

85) 냇물을 걸어서 건널 수 있는 지점, 즉 도섭장을 가리키는 라틴어이다.

86) '황폐하게 하다', '유린하다' 등을 의미한다.

87) '망치다' 정도의 뜻이다.

88) 'jachère'는 '휴경지'를, 'gâtine'는 늪지 같은 '불모지'를 가리킨다.

89) '황무지'를 뜻하는 라틴어이다.

90) 'Merd'가 '메르드'로 발음되었던 모양이다. 하지만 그 음은 '똥'을 의미하는

'merde'의 음과 같은지라 브리쇼가 경계하는 말을 삽입한 것이다. 한편, 현재는 '쌩-마르'라고 발음하는 고유명사(지명, 인명) 'Cinq-Mars' 역시 여기에서는 '쌩-마르스'라고 표기하는 것이 합당할 것이다. 다음 문장에 그 이유가 명시되어 있다.

91) 프랑스 북서부 벨기에 접경에 실존하는 읍 지역 명칭이다. 요비스몬스(Jovismons, 유피테르의 동산)라는 라틴어식 명칭이 프랑스식으로 바뀌면서(유피테르 → 쥐뻬떼르) 변형된 형태라고 한다.

92) 록뛰디는 브르따뉴(휘니스떼르 지역, 깽뻬르 근처)에 있는 읍의 명칭이다. 뛰디(Tudy)는 브르따뉴 출신 성자의 이름이고, 록(loc)은 곧 록쿠스(locus)라는 라틴어로 '특별한 장소'를 의미한다. 요컨대 '성스러운 뛰디의 고향'이라는 정도의 뜻이다.

93) '싸마르꼴'은 프랑스 중서부 지역(비엔느)에 있는 작은 읍의 명칭이며, '싼크투스 마르티알리스'가 기이한 변화 과정을 거쳐 기이한 형태로 귀착되었다는 말이다.

94) 상당히 널리 퍼져 있는 성씨인데, holl이나 hullus가 '동산'이라는 의미를 가지고 있는지 여부는 확인하지 못하였다.

95) 나열된 지명들 중 울름프(la Houlme)만이 루앙 북쪽 근교에 있는 읍임을 확인할 수 있었고, 나머지는 허구적인 지명들일 듯하다.

96) 앞에서는(본장 초입부) 앵프르빌(Imfreville)이라 하였다.

97) 앙프르빌(Amfreville)과 비고(Bigot)를 가리킨다.

98) 망슈 지역에 실존하는 지명이라고 한다.

99) Saint-Clair-sur-Epte('엡뜨 강 연안의 쌩-끌레르'라는 뜻이며, 엡뜨 강은 노르망디 지방에 있는 쎈느 강의 지류이다). 그곳에서 프랑스 카롤루스 왕조 제9대 왕 샤를르 3세(순박한 왕, 재위 893~922)와 최초의 노르망디 공작 롤롱(Rollon, 860~933) 간에 '조약'이 체결되어(911), 국왕이 노르망디 지방을 롤롱에게 양여하였다고 한다. 한편, 브리쇼는 메로베 왕조의 법령(칙령)을 뜻하는 'capitulaire'를 사용하였으나, 'traité'로 수정하여 '조약'으로 옮긴다. 또한 몽-쌩-미셸(Mont-Saint-Michel) 수도원은 망슈 지역 아브랑슈 군의 작은 섬에 세워진(8세기) 수도원이다.

100) Odin. 게르만 신화의 대표적인 신을 가리키는 옛 스칸디나비아식 명칭이며, 게르만어로는 보탄(Wotan)이라고 한다. 전쟁과 스칸디나비아 문자와 시 등을 관장하는 신으로, 발할라(Walhalla, 고대 그리스인들의 올림포스나 켈트인들의 아발

론에 해당)가 거처였다고 한다.
101) 덴마크의 왕이 노르망디를 지배하지는 않았다고 한다.
102) 오늘날의 리용(Lyon)을 옛 로마인들은 루그두눔(Lugdunum)이라 칭하였다고 한다. 그러나 브리쇼의 언급이 명료하지 못하다. '정확하다(correct)'는 말이 무슨 뜻인가? 또한 '왜곡'은 '변질'이나 '일그러짐'으로 읽을 수도 있을 듯하다.
103) abbaye de Blanchelande. 꾸땅스 교구에 있는 수도원이며, 1155년에 세워진 이후 오랫동안 잉글랜드 왕의 통치하에 있었다고 한다.
104) 모두 허구적인 인물들이라고 한다.
105) Beaubec(Saint-Laurent-de-Beaubec의 약칭). 루앙 교구에 있던 씨또파 수도원이라고 한다.
106) '잘 알려진 로마의 사제'란 258년에 순교한 로랑(즉 라우렌티우스) 성자(기념일, 8월 10일)이고, 더블린의 주교였던 로우렌스 오툴 성자(프랑스식 표기는 역시 로랑이다)는 노르망디에서 죽었으며(1180) 그 지역 사람들이 오랜 세월 동안 숭배하였다고 한다.
107) 아미앵에 주둔하던 군대 막하의 젊은 군인이던 시절, 어느 추운 겨울날 자기의 외투를 반으로 찢어 거지에게 주었다는 그리고 훗날 일레르 성자로부터 사제 서품을 받은 후 뚜르의 주교직에까지 올랐다는 인물이다(316~397).
108) 요컨대 브리쇼의 주장은 '몽마르땡'이라는 지명이 라틴어 마르티스 몬스(Martis mons, 즉 마르스 신의 동산)의 변형이지, 뚜르의 주교였던 마르땡 성자와는 아무 관련이 없다는 말이다.
109) 뽀끌랭은 17세기 극작가 몰리에르의 본명이다(Jean-Baptiste Poquelin). 그의 『제물에 앓는 환자』에서 의사 뿌르공(Purgon)이 자신이 처방한 관장약을 먹기를 거부한 환자 아르강(Argan)에게 위협하듯 하는 말은 이러하다. "(나흘 안에) 당신이 소화 완만증에 걸릴 것이고 … / 소화 완만증이 소화 장애로 이어질 것이고 … / 소화 장애 증세가 소화 불능으로 이어질 것이고 … / 소화 불능이 설사로 이어질 것이고 … / 이질이 생명의 중단으로 …"(3막, 5장). 주인공이 한 말을 브리쇼가 비아냥거리듯 뿌르공의 말에 비유한 것이다.
110) 앞에 인용한 뿌르공의 말 중 병명을 뜻하는 단어들은 외형만 프랑스어이지 실은 모두 고대 그리스어이다. 예를 들어 '소화 완만증'으로 옮긴 'bradypepsie'는, bradys(느린)와 pepsis(소화)라는 그리스어 단어들로 이루어진 용어이며, 일반적인 프랑스어(la digestion lente)로 충분히 대체할 수 있다. 즉, 꼬따르가 사용하는

단어들이 뻬르공이 사용하던 단어들과 별반 다름없다는 뜻이다.

111) 싸르쎄(Sarcey, 1827~1899)는 삼십여 년 동안(1867~1899) 〈시대〉지에 연극 평론을 게재하면서, 뛰어난 기지와 서글서글한 해학으로 프랑스 서민을 대변하였고, 그로 인해 '아저씨(Oncle)'라는 별명을 얻었다고 한다. 브리쇼가 '국민적 싸르쎄'라고 한 것은 그러한 이유 때문일 듯하다. 또한 '도와달라'고 하면서 '아저씨'(즉 싸르쎄)를 부른 것은, 꼬따르(교수님)의 말이 너무 어렵다는 점을 희화적으로 부각시키기 위함이었을 것이다.

112) landau. 서부 도이칠란트(팔츠 지역)에 있는 도시명에서 유래한, 사륜 유개 마차의 명칭이다.

113) 바넘(Phineas Taylor Barnum, 1810~1891)은 아메리카의 익살꾼이며 써커스 단장으로, '대중의 어수룩함 덕분에' 거액의 재산을 모았고 자서전을 남겼는데, 그 자서전에 「재산 모으는 기술」이라 제한 별책을 덧붙였다고 한다. 「복음」은 그 별책을 가리킬 듯하다.

114) 드샹브르(Dechambre)라는 이름은 여기에 처음 등장하는데, 스완이 베르뒤랭 댁에 드나들던 시절에 뱅뙤이유의 쏘나따를 연주하곤 하던 그 '젊은 피아니스트'일 듯하다(〈스완의 어떤 사랑〉). 즉, 잘못 기억하고 있는 사람은 브리쇼가 아니라 꼬따르이며, 이 긴 부연 설명은, 그러한 꼬따르에게 주인공이 던지는 가벼운 조롱처럼 들린다. 한편, 이 설명이 시작되는 부분에 보이는 관계대명사 'qui'는 잘못 사용된 듯하여, 모든 판본이 그것을 살려두었지만 삭제하고 옮긴다. 그것으로 인해 문장이 미완의 상태로 남아있다.

115) '좋아하는 자리'를 가리킨다.

116) 이 부분의 술회 형태만 보면 마차를 타고 가던 중에 브리쇼가 '불쑥' 그렇게 물은 것 같은데(물론 누구에게 물었는지 명시되지 않았다), 뒤에 이어지는 대화를 보면 일행 모두가 재합류한 다음에 한 말 같다. 꼬따르는 스키 및 싸니에뜨와 함께 다른 마차를 탔으니 말이다. 하지만 다음 단락이 시작되는 부분("우리가 벌써 도달해 있던 고지대에서 보니…")의 술회를 보면, 주인공 및 그 일행이 아직도 마차에서 내리지 않은 것이 분명하다. 브리쇼가 한 말이나 그 뒤에 이어지는 대화는 후에 일어날 장면이 미리 주어진 것으로, 즉 일종의 예변적(豫辨的, proleptique) 술회로, 간주해야 할 듯하다. 그러나 또한 주인공(술회자)의 기억 착란에 기인하였을 가능성도 배제할 수 없다.

117) Planté. 19세기 후반에 상당한 호응을 얻었던 프랑스의 피아니스트라고 한다.

118) Paderewski(1860~1941). 폴란드 출신의 피아니스트이며 작곡가로, 쇼뺑의 작품 연주에 탁월했으며, 1888년 빠리에서 여러 차례 연주회를 가졌다고 한다.
119) Risler(1873~1929). 프랑스의 피아니스트였으며, 리스트 및 베토벤의 작품 연주에 특히 뛰어났었다고 한다.
120) 'la science allemande(도이칠란트 학문)'을 환유적으로 옮긴 것이다.
121) "Qualis artifex pereo!(얼마나 위대한 예술가가 나와 함께 사라지는가!)". 쑤에토니우스(70경~128)의 저서인 『열두 황제의 생애』(제6권)에 인용된, 네로가 죽기 직전에 하였다는 말이다. 그러나 쑤에토니우스가 네로를 진정한 '시인'으로 간주하였던 반면, 역사가 타키투스(55경~120)는 네로가 '시인의 영광을 얻고 싶어' 아직 이름이 알려지지 않은 젊은 시인들을 불러, 그들로 하여금 시구들을 '꿰매게 하였다'고 주장하였다(『연대기』, 14권, 6장). 그런데 20세기 초에, 도이칠란트의 학자들 중 네로를 탁월한 군주이며 시인으로 평가하는 사람들이 나타났다고 한다. '도이칠란트의 학자들조차 속아 넘어가게 하였다'는 브리쇼의 말은 그러한 사실을 가리킬 듯하다.
122) 사제가 의식을 집전하듯 음악을 연주하였다는 뜻일 것이다.
123) 베토벤의 〈Missa solemnis(장중한 미사)〉(opus, 123)를 가리킨다.
124) '흉칙한 죽음의 신'은 'Camard'를 옮긴 것이다. 'camard(여성형은 camarde)'는 코가 납작한 사람(camus)을 비하하여 칭하던 보통명사인데, 추측하거니와, 옛 유럽인들이 '죽음(의 신)'을 해골의 모습으로(즉 콧구멍이 훤히 보이는) 형상화한 데서 '납작코(들창코)'가 '흉칙한 죽음의 신'을 의미하게 된 것 같다. 거의 사용되지 않는 단어이며, 영국인들은 'Grim Reaper'라고 옮기기도 한다.
125) 조금 모호한 언급이나, 추측하건대, 다음 문장에 언급된 절벽의 높이(200미터)와 절벽 상단으로부터 뒤로 물러선 거리(2미터)를 염두에 둔 언급일 듯하다. 하지만 주인공이 뒤로 2미터 물러서기 전의 '수평적 거리'는 사실상 제로(0)이고 '수직적 거리'만 200미터인데, 그러한 언급이 성립될 수 있을지 모르겠다.
126) 'ciel'을 옮긴 것이다. 무엇을 가리키는지 분명치 않다.
127) 'indice de memsuration'을 옮긴 것이다. 개념이 알쏭달쏭하다.
128) 일반적인 인식 관행에 입각하면, '모든 것이 나를 들뜨게 하였다'고 하는 것이 자연스럽겠으나, 원전대로 옮긴다.
129) 남의 일에 간섭하지 않고 자기 일에만 전념토록 하는 수단이 '뜨개질'이라는 뜻일까?

130) Englesqueville. 'englesque'는 '앵글족'을 가리키는 노르망디(바이킹)어임과 동시에 옛 삐까르디 지방어라고 하며, '-ville'은 사유지(domaine)를 뜻한다고 한다. 노르망디 지방에 같은 명칭을 가진 읍 지역이 여럿 있는데, 여기서는 아마 남부 노르망디 지방의 깔바도스 지역에 있는 Englesqueville-en-Auge를 가리킬 듯하다. 브리쇼가 말한 것은 그 명칭의 라틴어 형태일 듯하다.

131) 조금 이상한 언급이다. 대공 부인이 한 '댁들(vous)'이라는 말을, 주인공은 자신을 가리키는 말로 들었다는 듯한 언급이다.

132) bouillabaisse. 토마토 및 기타 강한 향신료들을 함께 넣어 끓인, 프로방스 지방 토속 생선찌개이다. 어원적으로는 삶은(bouillir) 생선(baisse)이라는 뜻이다. 한편, '기다려주지' 않는다는 말은 그것이 '식을 것'이라는 뜻일 듯하다.

133) 선뜻 수긍되지 않는 언급이다. 꼬따르가 베르뒤랭 부인에게 하였다는 말은 비록 세련되지는 않았으나 누구나 이해할 수 있는 소박한 어투이다. 또한 주인공이 지적한 '동사'와 '대명사'가 faire(만들다)와 me(저를 위해)를 가리키는 모양인데, 그것들이 꼬따르의 말속에서처럼(그러한 의미로) 사용되는 예는 흔히 발견된다.

134) "Soyez sans crainte, ô Cottard, vous avez affaire à un sage, comme dit Théocrite…" 원전은 이러한 형태로 되어 있으나 'comme dit Théocrite' 부분을 작가(주인공)의 설명으로 바꾸어(…dit-il comme Théocrite) 옮긴다. 즉, 브리쇼가 테오크리토스처럼 돈호법을 사용하였다는 말이다. 총 30장으로 이루어진 테오크리토스(B.C. 310년경~250년경)의 『목가』에서는, '오! 염소지기여', '오! 목동이여', '오! 튀르시스여', '오! 뉨파여' 등과 같은 돈호법이 어떤 말을 시작할 때마다 등장한다.

135) 베르뒤랭이 한 말의 저의를 꿰뚫어볼 능력이 없었다는 뜻이다. '통찰력'을 '교활함'이라 읽어도 무방할 듯하다. '스토아적 체념'이 베르뒤랭과는 전혀 무관하기 때문이다. 즉, 브리쇼가 베르뒤랭이 한 말의 외형에 속았다는 뜻이다.

136) Pampille. 프루스트와 교분이 깊었던 레옹 도데(알퐁스 도데의 아들이다)의 부인이 사용하던 필명이라고 한다.

137) 'demoiselles de Caen' 작은 바닷가재를 가리킨다고 한다.

138) 〈스완의 어떤 사랑〉편에 이야기된 시절을 가리킨다.

139) 롱사르(1524~1585)가 자기 선조들이 유럽 동남부 지역(루마니아의 다뉴브 강 유역)의 귀족이었다는 듯한 글을(「비가(悲歌)」, 21장, 1587) 남겼고, 그것이 허위

임을 앙리 롱뇽이라는 사람이 1912년에 폭로하였다고 한다.
140) 동성애가 범죄로 간주되던 시절이었기 때문이다. 'professionels'을 옮긴 것이다.
141) 경찰에 의해 적발되었을 때를 가리킬 듯하다.
142) buen은 bueno의 어미가 탈락한 형태이다. 여기에서는 'bueno retiro'가 화장실을 가리킬 듯하다.
143) 느닷없어 보이는 술회이다. 바로 앞 문장과의 간극이 너무 크다.
144) 매우 이상한 서술이다. 술회자가 이제 막 처음으로 그곳에 도착하였는데 '날마다'라니, 그 말을 어떻게 해석해야 할까? 가끔 장차 일어날 일을 미리 이야기하는 예변적(analeptique) 술회인 경우가 있으나, 다음에 이어지는 부분을 보면 그것도 아니다. 부각시키고 싶은 주제에 몰두한 나머지 서술적 '질서'에 둔했을지도 모르겠다. 또한 'j'étais scandalisé'(분개했다)라는 표현도 납득할 수 없을 만큼 과장되었다('불쾌하게 놀랐다'는 표현을 완곡하게 옮긴 것이다).
145) 베르뒤랭 부인은 뱅뙤이유나 베토벤, 바그너 등의 음악을 들으면 '하도 울어' 안면신경통에 시달린다고 태깔을 부리곤 하였다(「스완 댁 쪽으로」, 〈스완의 어떤 사랑〉).
146) 특정 음악가들의 작품을 들을 때마다, 그날 밤에는 '안면신경통'에 시달릴 각오를 해야 한다고 태깔을 부리면서 하던 말이다. 태깔과 표정 등에 의해 고정된 용모를 해학적(냉소적)으로 가리키는 언급이다(「스완 댁 쪽으로」, 〈스완의 어떤 사랑〉).
147) 음악이 주는 강한 인상에서 비롯된다고, 베르뒤랭 부인이 태깔을 부리면서 과장하던 '고통'을 가리킨다.
148) 물론 베르뒤랭 부인의 태깔 가득한 표현일 것이다.
149) 잔인한 빈정거림이다.
150) 역자가 덧붙인 것이다.
151) agora. 고대 그리스 도시국가에 있던 중앙 광장을 가리키는 말이며, 그 광장에 상점들도 있었지만 재판이나 국민(시민) 회의도 그곳에서 열렸다고 한다.
152) 원전에는 단정적인 어투(on comprenait)로 되어 있으나 유보적(추측)으로 간주하여 옮긴다.
153) 'celui des neveux de Mme Cottard…'를 'l'un des neveux…'로 수정해 옮긴다.
154) 어느 날 스완이 승합마차 안에서 우연히 꼬따르 부인을 만나 이야기를 나누던 중, 그녀가 보나빠르뜨 로에서 급히 내려야 했는데, 그 경황에도 그녀가 스완에게

자기의 모자 깃털 묶음 장식이 똑바로 꽂혀 있는지 보아달라고 요청한다(「스완 댁 쪽으로」, 〈스완의 어떤 사랑〉).

155) 샤를뤼스 남작의 누이이다.

156) 모호한 문장이다. 선행되어야 할 많은 사항들이 누락된 듯하다.

157) 주인공이 모렐을 처음 보았을 때에는 그의 용모에 하인이라는 신분적 여운이 감돌고 있었다(「게르망뜨 쪽」, 1부).

158) 주인공의 종조부 아돌프(Adolphe)를 가리킨다.

159) Persigny(1808~1872). 제2공화국 시절에 하원 의원이었으나(1849), 1851년 12월 꾸데따를 지지하였고, 제2제정 시절에 내무상에 임명되었다고 한다.

160) 'd'art'를 옮긴 것이다. 프랑스어 사전에서 그러한 의미로 사용된 용례를 발견하지 못하였으나, 이어지는 부연 설명에 입각하여 유추한 번역어이다. 특정 업종에 종사하는 사람들만이 알고 있는 기예나 기술(art)을 염두에 둔 표현(qu'on soit d'art…)일 듯하다.

161) 주인공이 일찍이 하녀 프랑수와즈에게서 발견한 특징이기도 하다.

162) 쎄르게이 디아길레프(1872~1929)는 러시아의 예술 평론가였고, 러시아 발레단의 서유럽 순회 공연 때(1909) 기획 책임자였다고 한다.

163) Théâtre-Français. 직역하면 '프랑스 연극' 쯤이 될 것이다. 고전극을 전문으로 공연하건, 희극을 주로 공연하건 상관없이, 프랑스의 여러 극단을 총칭하는 말일 듯하다. 한편, '후작 부인'은 극중 역할을 가리킬 것이다.

164) 알렉상드르 뒤마(아들)의 소설 『동백꽃 부인』(1848)을 작가 자신이 1852년에 드라마(5막)로 개작하였다.

165) 자신들의 모임('작은 동아리')이 '동무들의 모임'이라면서 상류 사교계를 비웃던 그녀이지만, 훗날 게르망뜨 대공과 재혼하게 된다(「되찾은 시절」).

166) 어떤 뜻이 내포된 예절일까?

167) 노르망디 지방이 사과 주산지라는 사실을 염두에 둔 언급일 듯하다.

168) Cotentin. 노르망디 지방 서쪽 끝(망슈 도)에 있는 반도이며, 쉐르부르가 대표적인 휴양도시이다.

169) Alençon. 오른느(Orne) 도의 수도이며, 인접한 깔바도스 도의 수도인 깡(Caen)과의 거리는 약 100킬로미터쯤 된다. 예부터 노르망디 남부 백작령의 중심이었다고 한다.

170) 일찍이 주인공의 눈에 비친 르그랑댕은 겉멋쟁이(snob, 태부림꾼)의 전형이었

다(「스완 댁 쪽으로」,「피어나는 소녀들의 그늘에서」).
171) '마을(village)'로 읽어야 할 듯하다. 'ville'을 옮긴 것이지만, 프루스트가 이 작품에서 마을(village)과 도시(ville)를 혼용할 뿐만 아니라('꽁브레'가 그 좋은 예이다), 이미 열거된 발백 인근의 지명들은 그 규모상 '마을'에 더 가깝다.
172) cancan. '험담으로 일관된 수다'를 가리키는 말이다.
173) 스완이 오데뜨와의 괴로운 관계에 지쳐 있던 시절 어느 날, 깡브르메르 부인이 꽁브레에 갔다는 사실을 알고 그곳으로 급히 떠났다는 이야기가 중세의 우스꽝스러운 우화나 『여우 이야기』의 어느 일화와 같은 어투로 「스완 댁 쪽으로」편(〈스완의 어떤 사랑〉 말미)에 나타난다. 또한 「피어나는 소녀들의 그늘에서」편에는, 깡브르메르 부인이 스완을 열렬히 사랑하였다는 오데뜨의 언급도 보인다(1부, 〈스완 부인의 주변에서〉).
174) 'les femmes'를 'les épouses'로 읽어 옮긴 것이다.
175) Florian(1755~1794). 볼떼르의 종손이며, 89편으로 이루어진 『우화집』을 발표하였다고 한다(1792).
176) 앞 문장과의 연속성이 결여되어 있다.
177) 미쉘 마쏭이라는 사람이 쓴 『유명한 아이들』(1837)이라는 책에 등장하는 프랑수와 드 몽쌰또(쥘리앵이 아니라고 한다)와 삐꼬 델라 미란돌라(Pico della Mirandola)라는 두 비범한 아이 이야기가 그 책에 연이어 주어졌다고 한다. 프루스트가 왜 아이들의 이름을 예로 제시하였는지 모르겠으며, 문장의 의미 또한 모호하다. 그리고 다음 문장과의 논리적 연계성도 그리 명료하지 못하다.
178) 많은 사람들이 오해하던 점이며, 오데뜨 역시 유사한 말을 하곤 하였다(「스완 댁 쪽으로」).
179) 커튼을 바꾸었다는 뜻일까?
180) Place Saint-Sulpice. 빠리 제6구역에 있는 쌩-쒈뻬스 교회당 앞 광장을 가리키며, 오늘날에도 그곳에 정기적으로 장이 선다.
181) 합당한 비유인지 모르겠다.
182) jardin de curé. 소교구의 사제관이나 주교궁 기타 수도원 등에 부속된 정원을 가리키며, 야채 및 제단에 놓을 꽃, 약초, 과수 등을 재배하기 위하여 조성하던 실용적 정원이다. 약간은 냉소적인 명칭이다.
183) Araucaria. 칠레의 중남부 지역이다.
184) joubarbe(barbe de Jupiter). 관상용 돌나물과 식물들을 총칭하는 라틴어(Jovis

barba) 명칭이다.

185) anthémis. 여러 종류의 카모밀라를 총칭하는 라틴어이다.

186) cheveu-de-Vénus. 관상용 고사리과 식물을 총칭하는 민간 명칭이다.

187) 청동 주조공이었던 훼르디낭 바르브디엔느(1810~1892)는 조각상들을 축소 복제하는 전문가였으며, 그의 청동 복제품들이 19세기에 널리 유행하였다고 한다.

188) cenaculum. 예수가 제자들과 함께 최후의 만찬 [케나(cena)]을 나누던 방을 가리키는 말이며, 문인과 예술가와 철학자들로 이루어진 작은 집단이라는 파생적 의미를 가지고 있다(프랑스어로는 cénacle이다).

189) 「소돔과 고모라」, 2부, 1장.

190) 자신에게 연정을 품고 다가오는 어떤 남자를 대로상에서 심하게 구타하던 쌩-루의 거조가 좋은 예일 듯하다(「게르망뜨 쪽」, 1부 말미).

191) 'pour peu qu'il y ait hérédité assez chargée'라는 모호한 표현을 유추하여 옮긴 것이다.

192) Harpagon. 몰리에르의 희극 『수전노』의 주인공이다(1668). 1만 에뀌가 들어 있는 상자를 도난당한 후 아르빠공이 광증에 사로잡힌다. 그의 이름이 '수전노'를 뜻하는 보통명사로도 사용된다.

193) 'l'influence du passage de Vénus androgyne'를 직역한 것이다. '베누스'는 꼬따르(성도착자로 오인한)를 가리킬까? 혹은 오인한 사실을 가리킬까? 어떤 의미인지 선뜻 단정하지 못하겠다.

194) '샹뜨뻬(Chantepie)'라는 숲의 명칭이 '까치가 노래한다'는 의미를 내포한다는 점에 착안한 질문이다.

195) odyssée. 호메로스의 장편 운문소설 『오뒷세이아』를 가리키며, 보통명사로 사용하면 '파란만장한 이야기'라는 뜻을 갖는다. 꼬따르 부인이 현학적이고 과장된 어휘(표현)를 즐겨 사용한다는 언급이 이미 있었다(「피어나는 소녀들의 그늘에서」, 〈스완 부인의 주변에서〉).

196) péripatéticienne. 매춘부를 가리킨다.

197) "La femme à moâ, il est jalouse."를 정상적인 문장(La femme à moi, elle est jalouse)처럼 옮겼다. 무와(moi)를 모아(moâ)로 발음하는 현상은 어린아이들의 말에서 발견되며, 따라서 꼬따르가 자기 아내 앞이라 응석조로 말하였을 것이라는 설명도 가능하다. 그러나 여성대명사(elle) 대신 남성대명사(il)를 사용한 후, 형용사는 다시 여성형(jalouse)으로 변형시킨 뜻이 무엇인지 선뜻 짐작하기 어렵

다. 단순한 실수였을까?
198) 'consacrées'를 옮긴 것이다. 일종의 반어법처럼 들리지만 선뜻 수긍되지 않는다.
199) '아이처럼 단순하다'는 뜻이다.
200) '무수히 반복한다'는 뜻이다.
201) '세상 모르고 곤히 잔다'는 뜻이다.
202) 브레스트(브르따뉴, 휘니스떼르)의 해군 조선소에서 도형수가 탈출하면 대포를 한 번 발사하여 주민들에게 알렸다고 한다. '경종'을 의미할 듯하다.
203) '비행을 일삼는다'는 뜻이다.
204) 깡브르메르 부인이 '수치심'을 가리키는 통용어 'honte' 대신 'vergogne'를 사용하였는데, 그 단어가 'sans vergogne'라는 관용구 형태로는 사용되지만('염치없이'라는 뜻이다) 그녀가 사용한 형태(j'aurai quelque vergogne)로 활용되지 않으며, 그 대신 'j'aurai honte'가 통용된다. 그녀가 한 말은 옛 어법이다.
205) 브리쇼(Brichot)의 별명이다.
206) 역자가 덧붙인다. 원전에서는 앞 문장이 끝난 다음 car(왜냐하면)라는 단어로 다른 문장이 시작되는데, 그대로 옮길 경우 의미상 혼동이 야기될 수 있다.
207) 'la philosophie ésotérique'를 직역한 것이다. 영혼의 윤회를 주장하던 피타고라스 같은 이의 신비주의적 학문 체계를 연상시키는 어휘인데, 곧이어 언급되는 라이프니쯔(1646~1716)나 스튜어트 밀(1806~1876), 라슐리에(1832~1918) 등, 신의 존재를 믿었던 학자들을 염두에 둔 말이 아닌지 모르겠다.
208) 'approfondir'를 옮긴 것이다. 그것들에 심취했다는 뜻은 아닐 듯하다.
209) 그녀의 오라비 르그랑댕이 생각이나 말에 있어서는 공화파이지만 마음은 왕당파(귀족주의)임을 이미 앞에서 보았다(「피어나는 소녀들의 그늘에서」).
210) 상당히 모호한 문장이지만 그대로 옮긴다.
211) 샹뜨렌느(Chantereine)라는 명칭이 왕비가 노래한다(La reine chante)는 의미를 가지고 있기 때문에 한 말이다.
212) 브리쇼가 '동물들'이라고 말한 점을 지적하는 것 같다.
213) 'Attrapez'를 유추하여 옮긴 것이다.
214) 다시 말해 Chantreine의 'reine'는 '개구리'를 뜻하던 옛 프랑스어 'raine'가 잘못 표기된 것이라는 말이다. 한편, 'raine'의 지소사인 rainette(청개구리)는 오늘날에도 통용된다.

215) 'couleuvre'는 율모기를 의미하며, 'Pont-à-couleuvre'는 '율모기가 우글거리는 다리'라는 뜻이다.
216) 『우화』, 제10권, 제1화. 인간의, 특히 세력가들의 배은망덕함을 풍자한 이야기이다.
217) 인내와 정성의 산물이라는 뜻이다.
218) Areios pagos. '아레스의 동산'이라는 뜻이다. 옛날 아테네에 있는 아레스의 동산에서 열리던 법정을 가리키며, 18세기부터 프랑스에서는 aréopage라는 형태로 '판관들과 지식인들 및 문인들의 모임'을 가리키게 되었다.
219) 라 퐁멘느의 『우화집』에는 〈아레이오스 파고스 앞에 나타난 개구리〉라는 우화가 없다고 한다.
220) le président Toureuil. 이 부분에 단 한 번 등장하는 인물이며, 'président'이 어떤 직을 가리키는지 알 수 없어 그저 '씨'라고 옮긴다.
221) 쎄비녜 부인이 자기의 며느리(샤를르 드 쎄비녜의 아내)에 대해 자기의 딸에게 보내는 편지에 쓴 말이라고 하며(1684. 10. 1.), 프루스트가 약간 변형시켰다고 한다.
222) 'la longueur de rayon'을 의역한 것이다. 의미가 모호한 말이며, 따라서 역자가 잘못 이해하지 않았을지 염려된다.
223) '머리카락'을 의미하는 'cheveu'는 흔히 복수 형태(cheveux)로 사용된다. '모발'을 집합적 의미로, 즉 'chevelure'와 같은 의미로 지칭할 때 및 파생적 의미(귀찮은 일, 도자기의 균열 등)로 사용할 때에만 단수 형태로 사용된다. 하지만 작가의 언급 마지막 부분이 무엇을 암시하는지 짐작하기 어렵다.
224) 선뜻 수긍되지 않는 언급이다. 반어법일까?
225) 바로 앞 두 문장처럼 의미가 모호하다. 반어적 야유처럼 들리기도 한다.
226) 앞에 제시한 단어들을 다시 라틴어로 옮긴 것이다.
227) '숲'이라는 뜻을 가진 라틴어이다.
228) 이상한 언급이다. 자체로 성립되는 말인지 모르겠다.
229) 베르뒤랭 씨 댁에서의 만찬이라는 초유의 일과 그곳에서 처음 본 '노르웨이 철학자'에 관한 이야기가 마치 여러 번 반복적으로 발생한 사건처럼 술회되어 있다. 논리적으로 합당하지 않은데, 이 부분이 혹시 추후에 덧붙여진 일화 아닌지 모르겠다.
230) questation. '질문'을 뜻하는 'question'이라는 단어를 사용하고자 하였을 것이다.

231) Emile Boutroux(1845~1921). 쏘르본느의 철학 교수였으며, 앙리 베르그송이 그의 제자였다고 한다.
232) 'spiritisme'을 옮긴 것이다. 19세기 중반에 처음 잉글랜드에서 시작되어 전유럽에 유포된 비술(秘術)이라고 한다.
233) 프랑스 한림원(Académie Française) 회원들을 가리킨다.
234) 도이칠란트 남서부 지방에 있는 도시이다.
235) 쎌레스뜨의 시댁 성씨가 알바레(Albaret)라는 사실 때문일 것이다.
236) 뽀렐(1843~1917)이 1884년부터 1892년까지 오데옹(Odéon) 극장의 총감독직을 맡았다고 하는데, 오데오니(Odéonie)는 그 극장을 가리키며 '총독'은 그가 수행하던 감독직을 가리키는 것이 아닌지 모르겠다. 또한 브리쇼가 왜 싸니에뜨에게 회고 조로 이 말을 하였는지 이해할 수 없다. 한편, 프루스트가 뽀렐의 아들 쟈끄 뽀렐과 교분을 맺은 적이 있다고 하는데, 이 언급 또한 다른 곳에서 이미 우리가 보았듯이, 친지들을 작품에 등장시키려는 생각에서 비롯된 것이 아닌지 모르겠다. 여하튼 느닷없는 언급이다.
237) 쉔느(chêne)는 떡갈나무를, 이프(if)는 주목(朱木)을 뜻한다.
238) 그 동사가 pétarder(폭죽처럼 떠들어대다)일 것이라고 하는 학자도 있다(따디에 교수).
239) Sanctus Martinus juxta quercum. '떡갈나무 곁의 마르땡 성자'라는 뜻이다.
240) 실제로 '개천'을 가리키는 브르따뉴어는 스태르(stêr)이고, 스테르(ster)는 '별'을 가리킨다.
241) 'se retourner dans la vie'를 완곡하게 옮긴 것이다. 꼬따르가 하고자 하였던 말은 'se retourner le derrière(꽁무니를 돌려 상대에게 제공하다)'일 것이다.
242) Il est de la confrérie. '동성애자들 집단에 속한다'는 말이다.
243) 흔히 활용되는 표현이 아니다. '눈이 충혈되지 않았다'는 뜻일까? 혹은 '눈꺼풀이 부어오르지 않았다'는 뜻일까? 여하튼 피곤한 기색이 보이지 않는다는 말 같다.
244) dans le costume d'Adam. 나체 상태라는 뜻이다.
245) dégénérés. 어떤 종(種)의 특질을 상실하였다는 뜻이다. 꼬따르가 한 그 말의 함의는 오히려 estropié(불구가 된)에 더 가까울 듯하다.
246) …qui je suis. '내가 어떤 사람인지'로 읽을 수도 있을 것 같다. 매우 알쏭달쏭한 말이다.

247) 싸니에뜨가 앞서 말한 『찾는 여인』을 가리키는 프랑스어는 쉐르슈즈 (Chercheuse)인데, 그 단어의 첫 음절(che)을 발음하는 찰나에 베르뒤랭이 윽박지르는 것이다.
248) 화바르(1710~1792)의 대표작인데, 1741년 빠리의 쌩-제르맹 시장에서 초연한 단막 희가극이며, 19세기 말까지도 거듭 공연되었다고 한다.
249) 몰리에르의 『제물에 앓는 환자』와 『평민 귀족』을 가리킨다.
250) boutique. '무리'나 '패거리' 정도의 뜻일 듯하다.
251) Sarmatia. 기원전 3세기에 인도-이란계 중앙아시아 유목민인 싸르마타이 (Sarmatæ)족이 침공하였던, 발트해 연안부터 카스피해 연안까지 이르는 흑해 북쪽 지역 전체를 가리킨다.
252) 입쎈(1828~1906)의 작품들(『카틸리나』, 『인형의 집』, 『유령들』…)이 일관되게 저항(사회제도, 전통 등에 대한)이라는 주제를 다루고 있다는 점을 염두에 둔 언급일 듯하다.
253) satrapia. 싸트라페스(satrapes, 총독)가 다스리던 고대 페르시아 행정구역의 그리스식 명칭이라고 한다. 뽀렐에 관해서는 옮긴이 주 236) 참조.
254) 똘스또이의 『부활』이 실제로 희곡으로 각색되어 1902년 11월 14일에 오데옹 극장에서 공연되었다고 한다.
255) 제1제정 및 복고 왕조 시절에 고위직을 두루 맡았던 루이 마뜌 몰레 백작 (1781~1855)의 성씨 앞에는 귀족을 의미하는 전치사 드(de)가 붙지 않는다. 베르뒤랭 부인이 그 사실을 모르고 그것을 붙인 것이다.
256) 비록 귀족 가문 사람들이라 할지라도 그들을 총칭하는 경우에는 성씨 앞에 전치사 드(de)를 붙이지 않는다. 'les Rohan', 'les Guermantes', 'les Saint—Simon' 등.
257) 그녀가 자의로 전치사 드(de)를 삭제한 경우이다.
258) 각각 '신전'과 '숲'을 뜻하는 기초 단어들이다.
259) La Zerbine. 재치 있고 발랄한 하녀 역을 맡은 인물을 가리키며, 『유령을 찾는 여인』에는 등장하지 않으나, 떼오필 고띠에의 『까뻬멘느 프라가스』(1863)에는 등장한다고 한다.
260) 마리 싸마리(Marie Samary)라는 희극배우가 오데옹 극단에서 실제로 활동하였다고 한다(1870~1880).
261) tranche—montagne. '산을 쪼개다'라는 의미를 가진 단어로, 일반적으로는 '허풍꾼'을 가리킨다.

262) pédant. 학자연하는 사람을 가리킨다.
263) 잉글랜드 남동쪽에 있는 항구도시이며 빠-드-깔레 해협을 사이에 두고 프랑스의 깔레와 마주하고 있다.
264) Bayeux. 노르망디(깔바도스)에 있는 도시이며, 아주 옛날부터 주교궁이 있던 곳이다.
265) Louis d'Harcourt(?~1479)는 1459년에 바이으의 주교로 임명되었다고 하며, 그가 전에 나르본느의 대주교직을 수행하였던지라, 교황이 그에게 예루살렘 총대주교(patriarcha)라는 명예직을 내렸다고 한다.
266) Brillat-Savarin(1775~1826). 식도락가이며 문필가였고, 『맛의 생리학』이라는 책을 저술하였다고 한다(1825).
267) 낭뜨칙령(édit de Nantes)이라는 말속에 있는 단어 칙령(édit)의 발음이 잉글랜드 여자 이름 이디스(Edith)의 프랑스식 발음(에디뜨)과 유사하다는 점에 착안한 신소리이다.
268) 훨씬 앞의 "재치 있는 표현이란…"으로 시작되는 문장부터 이 부분까지는 역자가 이해하지 못하고 옮겨놓았다. 동음이의어를 이용한 신소리(calembour)를 근사치(à-peu-près)라는 단어로 지칭한 것은 수긍되나, 그것이 '절정(comble)'으로 대체되었다가 다시 '별명(surnom)'으로 대체되었다는 언급은 이해하기 어렵다.
269) 도이칠란트어(Bach. m.)로는 '개천'을 뜻한다.
270) 활레즈. 깔바도스 지역의 중심 도시이며, 그 명칭이 보통명사로 사용되면(la falaise) '해변의 절벽'을 가리킨다. 고대 프랑크어 활리자(falisa)가 노르망디 및 삐까르디 지방에서 그러한 형태로 변하였다고 한다. 한편, 도이칠란트어 휄스(der Fels)는 '암석'을 의미한다.
271) Tiche. 엘스띠르의 별명이 전에는 비슈(Biche, 암사슴)였다(「피어나는 소녀들의 그늘에서」). 인쇄 과정에서 생긴 오류일 듯하다.
272) 합당한 논평인지 모르겠다. 앞에서 이미 꼬따르를 '교수'라 칭하였으니 말이다.
273) 엘르(Paul Helleu, 1859~1927)의 화풍이 18세기 앙뚜완느 바또(1684~1721)의 화풍을 닮았다는 말일 듯하다. 한편, '증기기관으로 움직이는 바또'라고 옮긴 'Watteau à vapeur'는, 증기선을 가리키는 'bateau à vapeur'와 음이 유사하다는 점에 착안한 신소리 내지 별명일 듯하다.
274) 뽈 엘르에게 '증기기관으로 움직이는 바또'라는 신소리 섞인 별명을 붙여준 사람은 드가(Degas, 1834~1917)라고 한다.

275) Château-Margaux, Château-Lafite. 보르도 인근 메독(Médoc) 지역에 있는 유명한 포도원이며, 그곳에서 생산되는 적포도주를 가리키기도 한다.
276) 뽀르뚜갈의 뽀르또에서 생산되는 고급 포도주이다.
277) 특히 빠올로 베로네세(1528~1588)가 그린 「카나에서의 혼례식」(1562) 장면을 연상시키는 언급이다. 그 혼례식에서 예수가 물을 포도주로 변화시키는 기적을 행하였다고 한다 (『신약』, 「요한복음」, 11장).
278) 'celui-ci'를 직역한 것이다. 모호한 말이다. 다음에 이어지는 말을 보면 그 대명사가 엘스띠르를 가리키는 것 같은데, 그렇다면 대명사 'il'을 사용하는 것이 자연스럽다.
279) "Il est magnifique, le professeur," 베르뒤랭 부인이 꼬따르 교수에게 하는 말인데, 어법에 맞지 않아 "Magnifique, Monsieur le Professeur,"로 수정하여 옮긴다. 작가의 의도적인 장난일 듯하다. 이미 게르망뜨 공작, 게르망뜨 대공, 샤를뤼스 등의 입에서도 부정확한 프랑스어가 나오게 했던 경우와 같은 예일 듯하다. 즉, 사교계에 대한 야유의 한 형태일 듯하다.
280) becasse. '멍청한 여인'을 가리킨다.
281) 역자가 덧붙여 옮긴다.
282) 샤를뤼스의 작위가 남작이라는 (깡브르메르 씨는 후작임에 반해) 점을 염두에 둔 언급인 듯한데, '일시적'이라는 말의 의미가 명료하지 않다. 혹시 주인공의 생각이 아닌지 모르겠다. 또한 샤를뤼스에게 좌석을 지정해 준 이들이 깡브르메르 씨나 쉐르바또프 대공 부인일 리 없으니, 선뜻 이해되지 않는 언급이다.
283) 앞서 사용된 '조합원'이라는 말과 유사한 어법으로, 성도착자들을 가리킬 듯하다.
284) 의미 불분명하지만 직역한다(à gauche). 비상 신민 회의 혹은 혁명 의회에서의 좌석 배치를 염두에 둔 말일까? 즉, 상좌에 앉히지 못하였다는 말일까?
285) 다분히 무시하는 어조가 느껴지는 말이다. '이런 곳에서 그런 의례를 따질 필요가 있겠느냐'는 식의 어투이다.
286) petites trompettes. 바하 등의 음악 중 일반 트럼펫으로는 연주가 어려운 부분들을 연주하기 위하여 고안된 작은 트럼펫(trompette piccolo)을 가리킬 듯하다.
287) '귀족 작위에 관하여 잘 모른다'는 뜻일 것이다.
288) 다시 말해, 그의 고유한 시각이 포착한 것만을 그렸다는 뜻이다.
289) 의미가 매우 모호한 말이다. 동사의 시제 또한 합당하지 않으나 유추하여 옮긴

다. 특히 심한 결례가 느껴진다.
290) brise-bise. 창문의 하단 부분만 가리는 커튼인데, 직역한다.
291) (œuvre de) miséricorde. 사제가 의식을 집전할 때 몸을 자연스럽게 기댈 수 있도록 설치한 기구이다.
292) diminuendo. 점점 약하게.
293) '합의된 결합법칙'은 '문법'을 가리킬 듯하다. 그러나 '진실한'이라는 뜻으로 사용된 형용사가 명사 앞에 놓일 경우에는 '명실상부한'('진짜의', '진품의')이라는 뜻을 가지니, 깡브르메르 부인이 '결합법칙'을 '파괴하였다'고는 할 수 없을 듯하다.
294) 문법적으로 불완전한 문장인지라 그 의미를 유추하여 옮긴다.
295) 호헨쫄러른(Hohenzollern) 가문 출신의 대표적인 인물들 중 이 작품에서 자주 언급되는 사람은 빌헬름 1세(1797~1888, 프러시아 왕)와 그의 손자이며 도이칠란트 황제(재위 1888~1918)였던 빌헬름 2세(1859~1941)이다.
296) 빈(Wien)조약 후(1815) 왕국으로 선포되었던 하노버가 프러시아에 의해 침탈당한 것은 빌헬름 1세 시절이었다고 한다.
297) 1871년 전쟁 후 프러시아에 빼앗긴 알자스-로렌느를 가리킬 듯하다.
298) 빌헬름 2세를 가리킨다.
299) 후고 폰 츄디(Hugo von Tschudi, 1851~1911)는 도이칠란트의 예술사학자이며 베를린의 국립미술관장이었다고 한다. 인상주의 회화를 옹호하였고, 1902년에는 에두아르 마네에 관한 책을 저술하였으며, 자기의 재산을 털어 마네와 르누와르 및 드가의 그림을 사들여 베를린 미술관에 기증하였다고 한다. 그러나 빌헬름 2세는 인상주의 회화를 별로 좋아하지 않았다고 한다.
300) 하지만 그는 제1차세계대전을 촉발시킨 장본인으로 지목되었고, 1918년 11월에 퇴위하여 홀랜드에 칩거하였으며, 그곳에서 여생을 보냈다고 한다.
301) 제3공화국(1870~1940)을 가리킬 것이다.
302) 빌헬름 2세가 여러 해 동안 프랑스인들을 만날 때마다 하던 말이라고 한다.
303) 외교관이며 빌헬름 2세의 지근 신하였던 오일런부르크 대공(Prinz von Eulenbourg, 1847~1921)이 동성애자라는 혐의로 기소되어(1906), 여러 차례 재판에 회부되었다고 한다. 샤를뤼스가 그 이야기 쪽으로 '미끄러져 들어간' 이유일 듯하다. 오일런부르크 사건이 프루스트에게도 큰 영향을 끼쳤다고 한다.
304) Durchlaucht. '전하' 정도로 옮길 수 있는 도이칠란트어이다. 〈고타 연감〉(Al-

manach de Gotha, 도이칠란트 동부에 있는 고타에서 1764년부터 1945년까지 발행하던 유럽의 주요 가문 족보)에서, 1825년에 왕족 가문들의 종손에게 부여한 호칭이다. 프랑스어의 'Altesse'나 잉글랜드어의 'Highness' 쯤에 해당할 듯하다.

305) 〈고타 연감〉 1부에는 유럽 군주들의 족보가, 2부에는 도이칠란트(신성로마제국)의 격하된 영주들의 족보가 그리고 3부에는 유럽의 각 왕가 지파 가문들의 족보가 수록되어 있다고 한다.

306) 의미가 모호하지만 그대로 옮긴다. 무슨 말을 하려는 것인지 유추하지 못하였다. 또한 스완이 이 작품 어느 부분에서 유사한 말을 하였는지 모르겠다.

307) 스키의 등장이 느닷없다. 베르뒤랭 부인이 주인공과 대화를 내누던 중이었으니 말이다. 다음에 이어지는 그녀의 대꾸 또한 마찬가지이다. 다른 부분에 끼워 넣어야 할 대화가 잘못 배치된 듯하다. 그녀의 말에 감도는 기분 또한 전혀 상황에 맞지 않는다.

308) 조금 뒤에 베르뒤랭 댁 만찬 이야기가 다시 이어지지만, 술회자가 문득 먼 옛날을 회고하는 어투로 그 현장을 멀리에 투영한지라 줄바꿈하여 옮긴다.

309) 라 라스쁠리에르에 처음 도착하는 순간부터 주인공의 시선을 끌던 '초록색 천'은 '한겨울 나무둥치에서 초록색을 띠는 이끼'(『쟝 쌍뙤이유』, 〈일리에에서〉)를 연상시키며, '숲에서 발산되는 냄새'는, 주인공이 샹젤리제 공원 화장실에서 혹은 종조부님의 집무실에서 감지한 냄새(〈꽁브레〉, 「피어나는 소녀들의 그늘에서」)와 같은 성격을 가지고 있다.

310) 마들렌느 과자의 맛이 유발시킨 희열의 본질을 밝히기 위하여 시선을 자신의 내면으로 돌리는 주인공의 '의지'가 오랜만에 부활한 것이다. 사교계에서의 '대화'라는 그 어수선한 '소음' 속에서도, '초록색 천'과 '숲의 냄새'라는 질료적 대상과의 조우가 주인공으로 하여금 그 상황을 잊을 수 있게 해줄 일종의 어렴풋한 추억(réminiscence)을 부활시켜, 그의 시선이 다시 자신의 내면으로 향하게 된 것이다. 주인공의 그러한 성향(의지), 그러나 '간헐적'으로만 표면으로 부상하는 그 모색 의지가 『잃어버린 시절을 찾아서』를 일관하는 중추적 주제이다. 또한 그러한 질료적 추억의 소생 순간이 곧 초월의 순간이며, 주인공에게는 '깨달음'의 순간이다.

311) 아직까지는 언급되지 않은 사항이다.

312) sonneto. '짧은 노래(시)'를 뜻하는 이딸리아어이다(sonnet).

313) 이 작품에서는 스완이 그러한 인물의 전형으로 제시되고 있으며, 주인공을 끊

임없이 사로잡는 강박관념 또한 그러한 인물로 전락하지 않을까 하는 근심인데, 그러한 근심이 곧 프루스트의 다른 작품들(『장 쌍뙤이유』, 『쌩뜨-뵈브 논박』 등) 속에서도 여일하게 드러나는 일종의 예술가적 윤리이다.

314) le duché d'Aumale. 쎈느-마리띰므 지역의 수도로, 오랜 세월 동안 로렌느 가문의 영지였다가 18세기에 프랑스 왕실로 귀속되었으며, 루이-필립이 자기의 넷째 아들 루이 도를레앙(1822~1897)을 오말 공작에 봉하였다.

315) Croÿ. 옛 헝가리 왕실 후손들이며, 〈고타 연감〉 2부에 가문의 내력이 기록되어 있다고 한다. 한편, 쌩-씨몽은 그 가문이 왕족이라고 주장하는 것에 대해 이의를 제기하였다고 한다.

316) 망자의 유해 앞에 나아가 예를 표할 권리가 제한되었던 것은 동서고금이 다르지 않은 모양이다.

317) 중세 유럽에서 사법관이 피의자의 집에 들이닥칠 때 권장(법 내지 왕명의 상징)을 세워 드는 관행이 있었는데, 여기에서 샤를뤼스가 하려는 말의 뜻이 무엇인지 모르겠다. 한편, '부르고뉴 공작'은 루이 14세의 손자(루이, 1682~1712)이며 루이 15세의 부친이었다.

318) Passavant. 샹빠뉴 백작(띠보, 13세기)이 사용하던 군호라고 한다(Passavant li meillor, 용사들이여 전진!).

319) Mæcenas atavis edite regibus(마이케나스, 뭇 왕들의 후예여). 호라티우스(B.C. 65~B.C. 8)가 마이케나스에게 헌정한 시집 『찬가, Oda』 1권 첫 구절 허두이다. 마이케나스(B.C. 69~A.D. 8)는 에트루리아 왕들의 후손으로 아우구스투스 황제의 친구였으며, 특히 문인들의 후원자였던 것으로 유명하다(특히 비르길리우스와 호라티우스가 그의 각별한 후원을 받았다고 한다). 브리쇼가 샤를뤼스를 마이케나스에 비유한 것이며, 스키나 꼬따르가 샤를뤼스를 단순한 성도착자로 경시하는 반면, 브리쇼는 모렐을 후원하는 그에게 마이케나스의 면모를 부여한 것이다. 따라서 브리쇼의 인용구가 샤를뤼스에게는 얼마나 '정중한 인사'로 들렸겠는가!

320) gratin. 작위나 우아함 및 부유함에 있어서 사회의 최상류층에 있는 사람을 가리키는 통속어이다. 브리쇼가 이 단어로 마이케나스와 샤를뤼스를 동시에 가리키고 있다.

321) 마이케나스가 아우구스투스 황제를 보필한 재상이었으나 시인이기도 했다는 점을 염두에 둔 언급일 듯하다. '독서광'이었다는 말일 것이다.

322) 프랑스의 신실내악 중 걸작품으로 간주되는 포레(1845~1924)의 쏘나따(opus

13, 1875)일 것이라 한다.

323) …pourrais m'en formaliser. 이탤릭체로 되어 있는 이 부분이 '부정확'하다는 말 같은데, 현대 프랑스어 어법에는 크게 위배되지 않을 듯하다. 'il n'y a que moi qui pourrais…' 대신 '…je ne pourrais pas m'en formaliser' 형태를 취하였으면 더 자연스러웠을 것이다. 한편, 동사의 시제 또한 과거형('요청한 사람은 나이니… 화가 날 수 있었을…')이어야 마땅할 듯하다.

324) 성도착자들(남색가들)이 좋아하는 소년들(청년들)을 지칭하는 완곡한 어법이다.

325) 동성애자들(양성구유체들)만이 진정한 예술가나 철인이 될 가능성이 크다는 아리스토파네스의 말을 연상시키는 언급이다(플라톤, 『향연』).

326) 플라톤과 비르길리우스를 가리킨다.

327) 'hommes-femmes'를 옮긴 것이다.

328) 「갇힌 여인」 중반.

329) 'hémorragie'를 옮긴 것이다. '출혈' 역시 분비(sécrétion) 현상들 중 하나로 간주한다는 말인가? 앞에서 말한 발한(transpiration) 증세를 가리킬 듯하다.

330) 드뷔씨가 오케스트라를 위해 작곡한 세 편의 「야상곡들」 중 두 번째 작품이며, 따라서 바이올린 하나로 연주하기 불가능한 곡이라고 한다.

331) 메이어비어(1791~1864)의 오페라(1831).

332) 알레싼드로 스까를라띠(1660~1725)가 오페라 곡으로 성공을 거두었으나, 19세기 중반에 이르러 드라마 음악의 몰락을 가져온 작곡가라는 평을 받았다고 한다. 그러다가 20세기 초에 평론가들이 그의 작품들을 재평가하게 되었다고 한다.

333) 언급이 아주 구체적인데, 어떤 곡인지 짐작하기 어렵다. 작가가 직접 겪은 수난의 흔적이 느껴지는 언급이다.

334) whist. 19세기에 프랑스에서 유행하던 카드놀이이며, 브리지(bridge)의 전신이라고 한다.

335) Je-Men-Fou. '관심 없다'는 뜻으로 흔히 사용되는 문장(Je m'en fou!)을 복합명사 형태로 변형시킨 것이다. '무관심주의'라는 신이 무엇을 가리키는지 또한 그러한 신이 마이케나스와 무슨 관련이 있는지 모르겠다. 의미 모호한 농담처럼 보인다.

336) le grand Tout. '우주'를 가리킨다. 18세기 철학자들(알랑베르, 디드로)이 사용하기 시작한 말이다.

337) 아니에르(Asnières)와 부와-꼴롱브(Bois-Colombes) 모두 빠리 근교 지명이다.

338) nirvana. '해탈'을 가리키는 산스크리트어라고 한다.
339) 침략자들이 우리의 턱밑에 와 있다는 말이다.
340) Rose-croix. 17세기에 생긴 비의적 신앙 집단인 천계론자(天啓論者, illuminés) 들을 가리킨다고 한다.
341) 브리쇼의 이 기이한 객설에는 프루스트 자신의 예술에 대한 시각이 상당히 내포되어 있으며, 「되찾은 시절」편에 대부분 명시적으로 피력되어 있다. 너무 장황해질 듯하여 주석을 생략한다.
342) 라씬느가 평민 출신이었던 반면, 그랑 꽁데(Grand Condé, 루이 2세, 1621~1686)는 왕족(부르봉 왕가)이었다.
343) 몽-쌩-미쉘 수도원을 가리킨다.
344) 그렇게 서 있는 '미카엘'이 누구를 가리키는 것일까?
345) calotte. 사제 내지 그 종교 자체를 가리킨다.
346) Angelico. '천사와 같은'이라는 뜻을 가진 이딸리아어 형용사인데, 샤를뤼스는 '천사'라는 명사로 사용한 듯하다.
347) 'faire le mort'를 의역한 것이다. 휘스트나 브리지 게임에서, 자기의 카드들을 자기 앞에 늘어놓은 채 게임에는 직접 참여하지 않는 사람을 '죽은 사람'이라 하는데, 싸니에뜨에게 그 역할을 맡으라고 하면서 그를 부른 모양이다.
348) écarté. 자신에게 합당하지 않은 카드를 버리고(écarter) 새로운 카드를 받는 식으로 게임을 진행하는 카드놀이라고 한다.
349) 피아노를 연주할 줄 안다는 말이다.
350) 꼬따르가 한 말은(그리고 '패를 떼겠소'라고 옮긴) 이러하다. "Ié coupe." 즉 'Je'를 '이에'로 발음하였다는 말일 듯한데, 에스빠냐어나 이딸리아어의 발음 습성에 기인된 현상일 것이다. 유치한 흉내에 불과한데, 'Je'를 'Ié'로 발음하는 외국인이라면 'coupe' 또한 'coupé'로 발음하였을 것이니, 꼬따르의 흉내가 충분치 못하다.
351) 꼬따르의 아이들에 대한 언급이 조금은 느닷없어 보인다. 그 아이들이 왜 이 부분에 등장한단 말인가?
352) '마찬가지'라는 뜻을 가진 평범한 말 'égal'을 놓치지 않고 꼬따르가 말장난을 시작하려는 참이다.
353) Célestine Galli-Marié(1840~1905). 그녀가 1876년에 까르멘(Carmen) 역을 맡았다고 한다(Opéra-Comique에서).

354) diva. '여신'을 뜻하는 라딘어이며, 에스빠냐어 및 이딸리아어에서는 그 형태로 사용한다.

355) 오뻬라-꼬믹 극장을 가리킬 듯하다.

356) 오뻬라-꼬믹 극장에서 1878년에 『프시케』라는 작품의 '에로스' 역을 맡았던 스뻬란사 엔갈리(Speranza Engally)라는 여가수를 가리키며, 꼬따르가 '갈리'라는 음에 착안하여 말장난을 하는 것이다.

357) 언제, 어떤 계기로 얻은, 어떤 '습관'이란 말인가? 20세기 초에 프랑스 상류층 사람들이 잉글랜드 문물에 심취했던 사실을 염두에 둔 언급일까?

358) 선뜻 수긍되지 않는 언급이다.

359) 앞 문장과의 논리적 연결이 느슨하지만 그대로 옮긴다.

360) 모든 판본에 Mais(그러나)로 되어 있으나 Et(또한)로 수정하여 옮긴다.

361) 역자가 추가한 말이다.

362) Bouchard(1837~1915)와 Charcot(1825~1893) 모두 당대의 유명한 의사였고, 특히 부샤르는 의학계에서 세계적인 영향력을 가지고 있었다고 한다.

363) '더 이상 다른 방법이 없다'는 뜻이다.

364) Bouffe de Saint-Blaise와 Courtois-Suffit(1861~1947) 모두 유명한 의사였다고 한다.

365) 'cerveau brûlé' 열성분자나 광신자를 가리킨다.

366) promulguer. '공표하듯 말하였다'는 뜻일 것이다. 꼬따르의 과장된 어투를 부각시키기 위하여 사용한 단어일 듯하다.

367) trional. 1890년에 발견된 물질이며, 프루스트가 근 20년 동안 수면제로 사용하였다고 한다.

368) amyl(C5H11)과 ethyl(C2H5) 모두 마취제나 수면제에 들어가는 성분이라고 한다.

369) 아르마냑이나 샹빠뉴 등 고급 꼬냑의 명칭이나 깔바도스(사과주) 등에 부가어로 붙는 'fine(정련된)'를 의역한 것이다.

370) 정체가 알려지지 않은 뽀르또(뽀르뚜갈의 뽀르또에서 생산되는 고급 포도주)라고 한다.

371) tempes musicales. 베르뒤랭 부인이 음악을 들을 때마다 태깔을 부리기 위하여 두 손으로 자신의 안면을 감싸곤 하였다는 이야기에 근거를 둔 표현이다. 그러나 비록 이 작품 내에서라 할지라도 통용성이 확보되었을지 모르겠다.

옮긴이 주 439

372) 뻴(pel)은 '말뚝'이나 '창'을 가리키던 옛 프랑스어이며, 빌랭(vilain)은 '촌녀석'을 뜻하며 오늘날에도 사용된다. 따라서 아라슈뻴(Arrachepel, 말뚝을 뽑거나 창을 빼앗는다는 말이다)이나 뻴빌랭(Pelvilain, 말뚝이나 창에 집착하는 촌녀석) 모두 의미적으로는 유사한 명칭이다.
373) 문장학(紋章學)에서 사용하는 표현(vol d'hermine)인데, 방패꼴 가문 중 검은 점들이 산재한 백색 모피 무늬나 담비의 꼬리 문양 혹은 도약하는 담비 문양 등이 그려진 부분을 지칭하는 말이다.
374) 십자가의 가로 막대와 세로 막대를 가리킨다. 그 막대들 끝에 다시 작은 십자가들을 그려 넣은 문양들이 있는데, 그것들이 마치 별들처럼 보이기도 하며, 그러한 공정을 가문학에서는 작은 십자가 다시 그려 넣기(recroisetter)라고 한다.
375) 어떤 '생각'이란 말인가? 자기의 아내가 평민 출신이라는 사실을 가리킬까? 다음에 이어지는 베르뒤랭 부인에 관한 언급 또한 명료하지 못하다.
376) 라 퐁뗀느, 『우화』, 4권, 10장, 〈낙타와 떠다니는 통나무들〉. 물에 떠다니는 통나무들이 멀리서 보면 '전함'처럼 보이다가, 가까이 다가갈수록 적함에 불을 지르는 데 사용하는 화선(火船), 작은 나룻배, 보따리, 통나무 순으로 보인다는 우화이다. 무엇이든 그 실체를 잘 알면 그것에 대한 두려움이 없어진다는 이야기인데, 깡브르메르 씨의 비유가 적절한지 모르겠다.
377) 어떤 종탑일까? 처음 나타난 언급이다.
378) 옛날부터 프랑스에는 '뻐꾸기(즉, 오쟁이 짐꾼)의 행운(la veine de cocu)'이라는 말이 사용되었는데, 오쟁이 진 남편이 도박에서는 운이 좋다는 뜻이다. 그러나 '운이 좋다'는 말을 해야 할 경우에, 차마 '오쟁이 짐꾼(cocu)'이라는 말은 할 수 없어, 꼬따르가 플롯을 가리키는 방언이며 동시에 누구를 조롱할 때 사용하는 그 악기의 의성어 '뛰를뤼뛰뛰(turlututu, 풀피리 소리를 흉내 낸 우리말의 의성어 필-필리리와 유사하다)'를 즐겨 사용하였던 모양이다. 한편, 'cocu'라는 단어는 이미 12세기부터 같은 뜻으로 사용되었지만, 그것이 빈번히 눈에 띄는 것은 몰리에르의 작품들에서이다(『스가나렐, 혹은 뻐꾸기 망상』, 『여인들의 학교』 등).
379) 카드 한 벌에 있는 '킹' 4장 중 오직 '다이아몬드 킹'만이 옆모습으로 그려져 눈이 하나만 보인다. 꼬따르가 자기의 유치한 습관대로 그 사실을 이용하여 '농담'을 하는 것이다.
380) 의미가 조금 모호하다.
381) 비쉬(Vichy)는 위장 및 간 질환에 효험이 있다고 알려진 광천수로 유명하다.

382) 꼬따르 부인이 한 말 중 작은따옴표로 묶은 부분은 역자가 과장된(어색한) 언사라 여겨 지적한 것이다. 그녀의 그러한 언어적 특징은 앞에서 이미 몇 차례 지적된 바 있다.

383) 브리쇼의 강론(sermon)이라는 말도 느닷없지만, 몇몇 지명의 어원들에 대한 브리쇼의 '설명'과 드레퓌스 사건 간에는 아무 관련이 없다. 작가가 삽입하려 하였던 이야기의 상당 부분이 누락된 듯하다.

384) '태초의 실수(l'erreur initiale)'로 인해 혹은 '제우스의 횡포'(『향연』)로 인해 생긴 양성구유체(androgyne)를 가리킨다.

385) 다른 경우에는 '감동적'이라고 할 수도 있을 것이다.

386) 프랑스 대원수 윅셀 후작(marquis d'Huxelles, 1652~1730)에 대한 이야기가 쌩-씨몽의 『회고록』 여러 곳에서 보이는데, 여기에 인용된 일화는 〈1703년〉 편에 있는 것이라 한다.

387) 역자가 삽입한 생략기호이다. 베르뒤랭 부인의 반응에 관한 이야기가 누락되었을 법하다.

388) '당신도 그들 중 한 분이냐'는 베르뒤랭의 질문을, 샤를뤼스가 '조합원들 중 하나이냐(즉, 동성애자들 중 하나이냐)'라는 뜻으로 들었다는 말이다.

389) aigle. 비범한 사람을 가리킨다.

390) 선뜻 이해되지 않는 언급이다. 그렇다면 브리쇼보다 오히려 더 섬세하고 세련된 사람들 아닌가!

391) 뽀르-루와얄 수도원은 17세기에 얀세니우스(1585~1638)의 교리를 대변하던 곳이며, 얀센의 교리는 신의 은총이 전적으로 신의 뜻에 달려 있고 인간의 덕행에 의해 좌우되지 않는다는 아우구스티누스(354~430)의 예정설을 토대로 삼는다고 한다.

392) 미처 완성하지 못한 문장이다. 주어진 의미체들을 조합하여 그 문장을 유추해 본 것이다. 초판본 발행 때부터 문제가 되었던 구절이라 한다(끌라락).

393) 꼬따르가 'la femme de carreau'라고 한 것을 그대로 옮긴다. '다이아몬드 퀸'을 가리킬 듯한데 왜 구태여 femme를 사용하였는지 분명치 않으나, 그 말을 직역하면 '장바닥 여자', 즉 '억세고 몸을 마구 굴리는 여자'쯤이 될 것이다.

394) 쏘르본느는 원래 신학을 가르치는 대학으로 시작하여(13세기) 문학 및 기타 인문학 연구의 중심이 되었으나, 19세기 후반에 이르러 〈빠리 대학교〉라는 틀의 일부로 개편되었다.

395) 깡브르메르 씨가 그렇게 말하였을 개연성은 희박하다. 여하튼 '(뛔 누) 라 쏘르 본느' 라는 말을 꼬따르가 들었다고 하면서, 그 말의 '라 쏘르 본느(la sors bonne)' 부분을 'la Sorbonne'와 동일시한 억지 신소리이다. 동음이의어를 가지고 신소리하는 꼬따르의 유치한 취향은 작품 허두에서부터 자주 지적되었다.
396) 에스빠냐 남서부에 있는 곶(cap)으로, 잉글랜드의 넬슨이 지휘하는 함대가 그 앞 해상에서 프랑스-에스빠냐 연합함대를 대파하였다(1805년 10월 21일).
397) 그의 선조들을 가리킬 듯하다.
398) '스페이드 킹'을 가리킨다고 한다.
399) 에페이로스의 왕이었던 퓌로스(B.C. 319~272)가 벌인 전투들 중 로마 군단들을 상대로 하였던 헤라클레이아 전투(B.C. 280)와 아우스쿨룸 전투(B.C. 279)가 몹시 처절했고, 그것에서 '퓌로스식의 승리'라는 관용구가 생겼다고 한다.
400) 깡브르메르 씨가 한 말 중 '오리 사냥철만큼이나 춥다'고 옮긴 프랑스어(il fait un froid de canard)의 'de canard' 부분을 꼬따르가 꼬집어 물은 것이다. 그 관용적 표현 자체를 문제 삼은 것이다. 하지만 'de canard'는 'de saison de canard(오리철)' 혹은 'de la saison (du temps) où l'on chasse les canards sauvages(야생 오리 사냥철)'의 축약형이다. 잘 알려진 표현이건만 꼬따르가 짐짓 트집을 잡아본 것이다. 쉽게 말해 '한겨울 추위'라는 말이다.
401) '견해(avis)'라는 말을 듣고 의사가 다시 그 고질적인 말장난을 한 것이다. 'Avis au lecteur(머리말, 일러두기)'를 직역한 것이다.
402) 주인공이 앵까르빌에서 꼬따르를 우연히 만났던 이야기를 펼치면서, 그 의사가 발벡 내포 건너편 해안에서 많은 사람들로부터 왕진 요청을 받는다는 말을 하였다. 또한 그가 '휴가 중에는 의료 행위를 하지 않는다고' 자주 공언하면서도 실은 그 해안 지역에서 '정선된 고객'을 확보하려 하였고, 그런데 불봉 의사가 걸림돌로 등장하였으며, 따라서 그 의사에 대해 그가 '광증' 같은 노기를 품었다는 언급도 있었다. 요컨대 꼬따르에 관한 주인공의 이 언급은 심한 비아냥거림이다. 다시 말해 꼬따르가 진정 갈망하던 것은 '한가한 휴가'가 아니었다는 말이다.
403) 앵까르빌의 작은 카지노에서 알베르띤느와 앙드레가 '젖가슴을 마주 부비면서' 춤추는 장면을 꼬따르가 주인공에게 가리키며 그 의미를 일깨워 주었고, 주인공의 혹독한 괴로움이 본격적으로 태동하게 되었다.
404) 매우 기이한 언급이다. 항상 누구의 부름을 받아 자리를 비워야 하는 처지에 있다는 말인데, 물론 왕진 요청에 응해야 하는 처지임을 내비치고 있으나, 그 어투

는 이느 '고급' 매춘부의 언사를 연상시킨다. 또한 라셸이 포주에게 하던 말이 되살아나게도 한다("내일은 제가 한가로우니, 혹시 손님이 오면 저를 부르는 것 잊지 마세요." 「피어나는 소녀들의 그늘에서」, 1부, 〈스완 부인의 주변에서〉).

405) 유명한 시인으로뿐만아니라 마법사로도 알려졌던(중세에 그랬을 것이다) 비르길리우스가, 나뽈리 근처에서 효험 큰 온천을 발견하여 온천장을 조성하였고, 그 '기적의 샘'에서 목욕을 하기 위하여 환자들이 몰려들었다고 한다. 그러자 쌀레르노의 의사들이 (쌀레르노 대학의 의술이 11~12세기에 큰 명성을 누렸다고 한다) 그곳으로 몰려가 온천장을 파괴하였고, 빌린 배편으로 돌아가던 중 태풍을 만나 모두 배와 함께 수중으로 가라앉았다고 한다. 물론 중세에 떠돌던 전설일 뿐이리니, 비르길리우스(B.C. 70경~B.C. 19) 시절에 쌀레르노에 의과대학이 있었을 리 만무하기 때문이다. 치료권을 가지고 교회와 의사들(마법사들)이 치열하게 다투던 시절의 전설일 듯하다.

406) 문제의 두 단축형 인사말은 각각 이러하다. "Contente d'avoir passé la soirée avec vous," "Amitié à Saint-Loup, si vous le voyez." 이 작품이 출판된 지 근 1세기가 지난 오늘날에도 대화에서는 거의 사용되지 않는 어법이다. 또한 '현학적인 무엇'보다는 오히려 무람없는 무엇이 느껴지는 어투이다.

407) 쌩-루(Saint-Loup)의 'p'를 가리킨다.

408) 모욕을 감수한다는 뜻이다.

409) 참견한다는 뜻이다.

410) 공개적으로 결투를 신청하는 방법이었다.

2부 3장

1) '사팔뜨기 종업원의 어머니'라는 말인데, 화법이 특이하여 (종업원의 말을 인용한, 일종의 자유 간접화법처럼 보인다) 반따옴표로 묶어 옮긴다. 자기의 다른 형제 및 자매들은 자기보다 '운수가 좋다'는 말이 그 종업원의 입버릇이다.

2) '죽음이 아직 닥치지 않았으면 우리가 아직 살아 있는 것이고, 그것이 닥쳤으면 우리가 없는 것이니, 죽음이라는 것이 우리와는 무관하다'는 옛 현인들(디오게네스, 에피쿠로스 등)의 말을 완곡하게 반박하는 듯한 어조가 느껴진다.

3) 앞 단락과는 연계되지 않는 말 같다. 다른 언급이나 사념이 선행되었을 법한데,

그것이 누락된 듯하다.
4) 어떤 '태양 마차'인가? '미지의 존재(Inconnu)'가 창공으로부터 창을 던지듯 던져 명중시켜야 할 그 태양 마차는, 두말할 나위 없이, 부친 헬리오스의 허락을 얻어 파에톤이 몰던, 그러나 그가 통제할 수 없었던 태양 마차(char de soleil)일 듯하며 '미지의 존재'는 곧 제우스를 가리킬 듯하다(오비디우스, 『변신』, 1~2권).
5) couche d'étoupe. 귀마개일까?
6) 무엇을 가리키는지 선뜻 단언하기 어려우나, 혹시 의식이 명료할 때 포착되는 또 다른 '자아'를 가리키는 것이 아닐지 모르겠다.
7) 이미 『기쁨과 나날들』에도 술회되었고(17장, 〈꿈〉), 「스완 댁 쪽으로」편 허두에서도 이야기된 '꿈속의 여인'과 나눈 관능적 쾌락을 암시할 듯하다.
8) tympanon. 사다리꼴 몸체에 줄을 맨 고대 그리스의 현악기이며, 작은 나무망치로 줄을 두드려 연주하였다고 한다. '팀파논 소리처럼 (독자를) 피곤하게 한다'는 말은 보들레르의 『악의 꽃』(39장, 6절)에서 인용한 것이다.
9) 플로티노스(205경~270)와 포르퓌리오스(234~305) 모두 신플라톤학파 그리스 철학자들이며, 로마에서 활동하였다고 한다. 특히 플로티노스는 플라톤 및 아리스토텔레스 철학의 합리성과 '신비주의'(피타고라스적)를 융화시키려 하였다고 한다.
10) 마들렌느 일화를 술회하면서 '맛'과 '냄새'에 부여하였던 특질이기도 하다. 다시 강조해 두거니와, 프루스트의 작품 세계에서 '망각되었던' 혹은 '잃어버린' 과거를 다시 불러 우리들 곁으로 데려다주는 진정한 강신술사들은 미각, 후각, 청각, 시각 등의 감각기관들이다. 물론 촉각(tactile)도 그렇지만, 그것을 다른 감각기관들과 별도로 분류하는 것이 합리적일지 모르겠다. 모두가 엄밀한 의미에서는 촉각이니 말이다.
11) '사팔뜨기' 종업원과 승강기에서 헤어진 이야기 다음에 이어져 여기까지 계속된 글은, 이야기의 본류와 괴리된 단상록 혹은 급히 적어둔 메모의 성격이 짙다. 또한 이 작품의 허두를 여는 그리고 우리의 존재적 실상을 극명하게 보여주는, 따라서 프루스트의 작품 세계를 수렴하는 꿈 이야기를 보충하는 일종의 명상처럼 보인다. 따라서 이 부분(약 6페이지 분량, 쁠레이야드판 기준)을 이야기의 본류로부터 가시적으로 분리된 상태로 옮긴다.
12) 발백의 그랜드-호텔 및 그곳의 종업원들은 이미 앞에서(2장) 각각 예루살렘의 대신전 및 그곳의 레위족 수도사들에 비유되었다.

13) 라씬느, 『에스테르』, 1막, 2장. 에스테르의 지밀 시녀 엘리쉐바(엘리즈)가 유대족 출신 시녀들에게 하는 말이다.
14) 인용된 두 구절은 『아달리야』에 등장하는 요사벳(어린 왕 요아스의 고모)의 말이 아니라, 아하수헤로스의 궁전에 있는 꽃 같은 시녀들이 모두 유대의 딸들임을 알게 된 왕비 에스테르가 한 말이다(『에스테르』, 1막, 1장 말미).
15) 호텔의 정복 입은 종업원들을 가리킨다.
16) 깡브르메르 씨의 사촌 누이이다.
17) 트로이아 원정에 오른 지 20년이 지나도 오뒷세우스가 돌아오지 않자, 이타카의 세력가들이 왕비인 그의 아내 페넬로페에게, 자기들 중 하나와 혼인하여 왕위를 계승케 하라고 겁박하던 시기의 일화이다. 그 구혼자들이 그날도 연회를 벌이고 있는데, 거지로 변장한 오뒷세우스가 들어서고, 그의 늙은 유모 에우뤼클레이아가 관례에 따라 그 나그네의 발을 씻겨주다가, 젊은 시절 사냥 중에 입은 (멧돼지에 의해) 상처를 보고 그를 즉각 알아본다(『오뒷세이아』, 19장).
18) '쥐삐앵'이라는 이름을 잘못 알아듣어, 프랑수와즈가 그를 '쥘리앵(Julien)'이라 부르곤 하였다.
19) 대혁명 시절에 손상을 입은 빠리의 노트르-담므 대교회당이 비올레-르-뒤크 주도로 복원되었을 때(1845), 많은 조각상들의 복원에 심각한 오류들이 있다는 평가를 받았다고 한다.
20) 『피어나는 소녀들의 그늘에서』, 2부.
21) 『게르망뜨 쪽』, 1부.
22) 태초의 인간, 즉 '자웅동체'적 인간이었단 말인가? 또한 플라톤적 의미로(『향연』) '고결하다'는 말인가? 그런데 왜 하필이면 호텔 종업원들이나 하인들을 예로 들었을까?
23) 언급이 매우 구체적인데, 어떤 작품들을 염두에 두고 하는 말인지 선뜻 단언하기 어렵다.
24) Contrexéville. 프랑스 동남부 보쥬 지역의 읍이라고 한다. 그곳의 광천수가 신장 및 간장 치유에 효험 있다고 한다.
25) 그날 저녁 에메는 호텔 밖으로 나가 잠자리에 들었고, 그리하여 어린 종업원이 그를 샤를뤼스에게 데려오지 못하였다. 에메가 그 종업원을 꾸짖은 이유가 무엇일까? 좋은 '손님'을 놓쳐서 그랬단 말인가?
26) 너무 축약되어 부자연스러운 문장을 풀어서 옮긴다.

27) 베드로가 예수를 세 번 부인하였다는 전설을 염두에 둔 말일 듯하다.
28) 'blancheur éclatante et mauresque'를 옮긴 것이다. '모리타니아적'이라는 말이 북부 아프리카(지중해 연안) 지역 사람들의 백색 옷을 연상시켜, 이글거리는 태양을 부각시키기는 하지만 통용되는 것 같지는 않다.
29) 여러 측면에서 수수께끼 같은 문장이지만 원문대로 옮긴다.
30) '(oiseaux) à demi marins'을 옮긴 것이다. 어떤 새들이란 말인가? 또한 지저귀는 소리만 듣고도 그것들을 분별할 수 있었다는 말인가?
31) 오케아니스들(Ôkeanides)은 오케아노스와 테티스 사이에서 태어난 바다의 넘파들이다. 아이스퀼로스의 『암벽에 묶인 프로메테우스』에서는 그녀들이 반항아 프로메테우스의 운명을 한탄하는데, 여기에서는 주인공이 자신을 프로메테우스에 비유하며 자신의 참담한 처지를 암시적으로 예고하고 있다.
32) '예술'은 '회화'로, '풍경'은 '풍경화'로 읽을 수 있을 듯도 하다. 그러나 선뜻 수긍되지 않는 말이다.
33) 주인공이 어린 소년이었던 시절, 꽁브레에서 산책길에 오를 때에는 게르망뜨 성 방면과 메제글리즈 방면 중 하루에 하나만을 선택해야 했고, 서로 다른 두 세계처럼 보이던 양쪽을 같은 날 방문한다는 것은 상상조차 할 수 없었다(「스완 댁 쪽으로」).
34) '그녀'는, 이어지는 문장으로 보아 베르뒤랭 부인을 가리킬 듯하다.
35) Ile Jersey. 노르망디 꼬땅땡 반도 서쪽 쌩-말로 만에 있는 영국령 섬이다.
36) 제국의 모든 지역(provincia)를 직접 시찰하였던 하드리아누스 황제(76~138)는, 티볼리의 자기 영지에 있던 별장에 여행 중 감명 깊게 본 기념물들의 축소 모형을 만들어놓게 하였다고 한다.
37) 다음 페이지의 '월요일 오후'라는 언급을 보건대, '월요일'이라 해야 타당할 듯하다.
38) 샹젤리제 대로 인근에 있는 부유한 사람들이 사는 구역이다.
39) galette. '작은 자갈돌'이라는 뜻이며, 그것의 모양을 닮아서 붙여진 명칭이다. 일반적으로 밀가루와 버터 및 계란을 반죽하여 구운 납작한 과자이다.
40) feuilleté. '나뭇잎을 겹겹이 포개놓은 모양의 과자(gâteau feuilleté)'라는 뜻이다.
41) diplomate. 럼주 등의 향이 스민 과자라고 한다.
42) chemin de table. 긴 식탁보를 의미한다고 한다. 하지만 선뜻 수긍되지 않는, 억

지로 만들어낸 표현처럼 느껴진다.

43) 'vipérine'를 프랑스의 민간에서 통용되는 명칭(herbe aux couleuvres, herbe aux vipères)대로 옮긴다. 그 식물의 줄기에 율모기의('독사'의) 얼룩무늬가 있어 그런 명칭이 붙었다고 하며, 종류에 따라 그 키가 70센티미터에서 1.8미터까지 이른다고 한다. '지치'라는 번역어가 있으나, 그것이 vipérine를 가리키는지 확신할 수 없어 민간에 통용되는 명칭을 취하여 옮긴다.

44) 판본들마다 문장이 조금씩 다르고 문장의 구성 또한 명료하지 못하지만 의미를 유추하여 옮긴다. 특히 나열된 네 종류의 식물들이 실내에 들어와 있는 것인지 혹은 밖에 있는 것인지 그리고 그 줄기들이 '이정표 막대들'처럼 대등한 높이로 과연 보일 수 있는 것인지 모르겠다.

45) 이해되지 않는 언급이다. 베르뒤랭 부인이 하인의 통보를 받고 '머리가 조금 헝클어진 상태로 정원과 가금 사육장과 채마밭으로부터' 이제 막 돌아왔다고 하지 않았는가?

46) 이상한 언급이다. 주인공과 알베르띤느가 이미 사유지 안에 들어와 있지 않았던가?

47) spectacle. 어떤 '광경'이란 말인가?

48) 이야기의 논리가 선뜻 포착되지 않는다.

49) 자랑하였단 말인가? 그러기 위하여 베르뒤랭 댁을 방문하였던 것인가?

50) Paterni villa. '선조들의 영지'라는 뜻일 듯하다.

51) '쌍세베리나'는, 지나 델 동고(Gina del Dongo), 삐아뜨라네라 백작 부인, 쌍세베리나 공작 부인, 모스까 백작 부인 등으로 호칭이 바뀌는, 『빠르마의 수도원』에 등장하는 여인이며, 화브리스(델 동고)의 숙모이다. 천성이 열정적이며, 조카를 극진히 사랑한다. 반면 보바리 부인은 소설(『보바리 부인』) 속에서도 가장 흔하고 진부한 여인의 전형으로 등장한다. 두 여인을 나란히 놓을 수 있을지 모르겠다.

52) 동기가 선뜻 포착되지 않는다.

53) '기하학'을 의미하는 고대 그리스어 게오메트리아($\gamma\epsilon\omega\mu\epsilon\tau\rho\iota\alpha$)를 프랑스어로 직역한 것이다(mesure de la terre).

54) 장미꽃이나 난초 제비꽃 등의 새로운 품종이 만들어지면, 그것에 명사들의 이름을 붙여주는 것이 관행이었던 모양이다.

55) cup. 샴페인이나 포도주에 향료 혹은 단맛을 가미하여 얼음덩이로 냉각시킨 음료라고 한다. 프랑스에서는 통용되지 않는 영어이다.

56) 모렐의 바이올린 연주가 기교에만 뛰어나다는 언급이 앞에서 있었다. 한편, 뱅 뙤이유의 '소악절'을 묘사하는 과정에서(「스완 댁 쪽으로」), 음악이 가지고 있는 강신술적 혹은 초혼의 기능에 대한 이야기도 여러 차례 있었다.
57) 이 부분에서 샤를뤼스가 문득 어조를 바꾸어 모렐을 더 친근한 호칭(tu)으로 부른다.
58) 쥐삐앵을 면수(gigolo) 취급하려는 의도였던 모양이다.
59) 물론 쥐삐앵의 질녀이다(「게르망뜨 쪽」).
60) Camille Stamati(1811~1870). 프랑스로 귀화한 그리스 출신의 피아니스트이며 작곡가로, 쌩-쌍스가 그의 제자였다고 한다.
61) 이 단락의 대화 역시, 샤를뤼스가 항상 그러듯 의도적으로 모호하게 만든 것 같다.
62) 모렐은 피아니스트가 아니라 바이올린 연주가이다. 미처 수정하지 못한 듯하다.
63) 물론 베토벤을 가리킬 듯하다.
64) mysticisme. 의미가 모호하다. 현악기의 고음에서 느낄 수 있는 기이한 점을 가리키는지 모르겠다.
65) 작품을 해석하는 연주 행위와 신탁을 해설하는 퓌티아(델포이 신전의 무녀)의 말을 동일시하는 시각에서 나온 언급이다.
66) substance grise. 뇌수 및 척수 속에 있으며, 그 속에 신경세포가 밀집되어 있다고 한다. 회백질(灰白質)이라고도 하며, 지력(知力)을 의미하기도 한다.
67) 선뜻 이해되지 않는 말이다. 자신이 그녀에게 이미 그 과일을 보낸 적이 있다는 암시일까? 어하튼 너무 느닷없는 말이다.
68) 몰리에르의 희극 『에스까르바냐스 백작 부인』(4장)의 한 구절을 변형시켜 인용한 것이라 한다.
69) '불평꾼'은 바다를 가리킬 듯한데, 어떤 신화에 근거한 몽상인지 모르겠다. 헤시오도스에 의하면 바다(폰토스)와 하늘(우라노스)이 대지(가이아)의 자식들이니 말이다.
70) 모네 등 인상파 화가들이 그린 화폭들 속에서 발견되는 석양 속 대기에서 느낄 수 있는 인상이다.
71) 향나무(cyprés)를 교회당 앞에 심었을 리 없으니(일반적으로 묘역에 심는 것이 오래 된 관례이다), 아마 멀리서 그렇게 보였을 것이다.
72) Orgueilleuse. '오만한(자긍심 강한) 여인'이라는 뜻이다.

73) Vêtu. '(~을) 입은'이란 뜻이다.
74) 발백에 처음 체류하던 시절, 쌩-루와 함께 갈 때 보았던 그 종업원이다(「피어나는 소녀들의 그늘에서」).
75) dieu coureur. 물론 '바람둥이 신'이라고 읽을 수도 있다.
76) 무슨 뜻일까? 그 문양을 보고 쾌락을 느꼈다는 말인가?
77) 마들렌느 과자가 섞인 차가 입천장에 닿는 순간 주인공이 진입한 경지이다.
78) 초고에 작가가 덧붙였으나, 초판본이나 갈리마르 출판사의 1954년판에서는 삭제되었던 문장이다. 다음에 이어지는 문장처럼 상당히 모호하다. '질환'이 무엇을 가리킬까? 혹시 음주 행위(버릇)를 가리키는지 모르겠다.
79) 매우 모호한 문장을 약간 변형시켜 옮긴다.
80) 의미가 모호하여 괄호 속에 넣어 옮긴다.
81) 선뜻 수긍되지 않는 상황이다.
82) 쎄비녜 부인이 자기 딸에게 보낸 편지의 한 구절이며, 원래의 형태는 이러했다고 한다. "하지만 그 아이의 손은 돈(은)을 녹이는 도가니란다."(1680. 5. 27.)
83) parcheminé. 이미 앞에서도 여러 번 언급된 지배인의 부정확한 프랑스어를 지적한 것이다. 그가 'parsemé(살포된)'를 잘못 들어 배운 탓에 그 단어를 사용하였다는 말이다.
84) 'couverture'를 직역한 것이다. 몸뚱이의 껍질을 가리킬 듯한데, 적합한 어휘인지 모르겠다. 차라리 'enveloppe(포장)'쯤으로 읽을 수 있을 듯하다.
85) 『햄릿』, 3막, 1장. 이 상황에 인용될 말인지 모르겠다. 교양적 때깔이 엿보이는 언어적 한 단면으로 여겨질 수도 있을 것 같다. 쌩-루의 언어에서 이미 수차례 발견된 특징이다.
86) 명료하지 못한 구절을 유추하여 옮긴다.
87) 매우 기이하고 부자연스러운 문장이지만, 유추되는 의미에 입각하여 평이한 문장으로 고쳐서 옮긴다.
88) '그의 따분함(le sien)'을 'l'ennui qu'il cause'로 수정하여 옮긴다.
89) 'grâce à'를 'à cause de'로 수정하여 옮긴다.
90) 'amusant'을 'intéressant'으로 바꾸어 옮긴다.
91) 명료하지 못하지만 그대로 옮긴다. 다른 의미적 요소들이 더 첨부되었어야 할 문장이다.
92) Jules Verne(1828~1905). 『바다 밑 2만 리으』(1870) 및 『80일간의 세계 일주』

(1873) 등으로 널리 알려진 소설가이다.
93) Benjamin Godard(1849~1895). 프랑스의 작곡가이며 주로 오페라를 작곡하였다고 한다. 그의 작품이 진부하다는 뜻일 듯하다.
94) 쌩-시몽의 『회고록』에서 시종여일 발견되는 특징이라고 한다.
95) 왜 다행스러웠단 말인가? 이유가 모호하다.
96) 그 이유의 사실 여부가 어떤 중요성을 갖는단 말인가? 의미가 모호한 문장이다. 다음에 이어지는 문장들도 논리적 연계가 결여되어 우왕좌왕하는 술회의 양상을 보인다.
97) 'roux de consécration'을 직역한 것이다. 모호한 말이다.
98) 운전사를 가리키는데(évangéliste), 다음 문장에서 사용한 사도(apôtre)와 같은 뜻이다. 과장이 느닷없이 보인다.
99) 'la morte saison'을 옮긴 것이다. 의미가 모호하다.
100) 앞뒤 문장들과의 연결 고리가 거의 없어 보인다. 부유하던 기억의 편린 하나가 우연히 끼어든 듯한 인상을 주는 문장이다.
101) 귀스따브 모로(1826~1898)의 「어느 켄타우로스가 데려가는 죽은 시인」, 「소돔에 온 천사들」, 「레르네의 휘드라」, 「헬레네」 등의 화폭들을 연상시키는 언급이다.
102) 비행기를 보고 왜 운단 말인가? 선뜻 수긍되지 않는 언급이다. (그러나 프루스트가 사랑하던 비행사 아고스띠넬리가 프랑스 남동부 지중해 연한 앙띠브에서 비행기 사고로 1914년에 사망하였다는 사실을 감안하면 그 이유를 짐작할 수는 있을 듯도 하다.)
103) Howsler. 프랑스 인명이 아니고 영국이나 미국 사람의 이름일 듯하여 영어식으로 표기한다.
104) 자기가 놀란 것이 왜 '당연하다'는 말인가?
105) 프랑수와즈나 꽁브레의 어린 소년 떼오도르를 연상시키는 모습이다. 주인공은 그러한 인물들에 대하여 각별한 호기심 내지 심지어 어느 정도의 친근감까지 느낀다. 한편, '중세의 어느 책'이란 특정한 책을 지칭하는 것 같지는 않고, 13~15세기에 떠돌이 이야기꾼들(jongleurs)이 널리 유포시켰던 우스갯 이야기들(fabliaux)일 듯하다.
106) 퐁딴느가 샤또브리앙에게 보낸 편지의 한 구절이며(1798.7.28.), 샤또브리앙이 『무덤 저 너머의 회고록』에 인용하였다고 한다(11권, 3장).
107) 왜 하필 그 두 강의실에서란 말인가? 모렐은 바이올린 연주가인데, 특히 그 두

강의실에서 그에 대한 험구가 생길 가능성이 있단 말인가?

108) 프랑스 국립 음악원이 1913년까지 베르제르 로에 있었다고 한다.

109) grégeois. 옛 그리스 사람들이 적의 전함을 불태울 때 사용하였다는 화약이며, 일단 인화되면 물에 닿아도 꺼지지 않았다 한다.

110) '고여 있는' 물을 가리킬 듯하다.

111) 심한 야유성 반어법일 듯하며, 따라서 '시간'은 계기라고 읽어도 좋을 듯하다. '~을 할 시간이 없다'는 말이, '~을 할 능력이 없다', 따라서 '~을 할 계기를 얻지 못하였다'는, 두 가지 의미를 내포하는 경우가 많으니 말이다.

112) 의미 모호한 문장이지만 그대로 옮긴다.

113) 부자연스러운 표현이지만 직역한다. 호텔의 따스함을 버리고 마지못해 기차를 탔다는 의미를 유추할 수도 있게 하는 표현이지만, 단순히 '객차의 따스함으로 대체하였다'는 뜻일 듯하다.

114) 'compartiment'을 옮긴 것이다. 하나(한 량)의 객차(wagon)에 객실 여럿이 있었는데, 20세기 말부터 그러한 기차가 차츰 사라지기 시작하였다.

115) 샤를뤼스의 오만한 측면 하나를 상기시키기 위하여 이러한 문장을 동원한 것이다. 일종의 강박 증세가 느껴지는 문장이다.

116) la confrérie. 동성애자들 집단을 가리키기도 한다.

117) la tapette. 동성애자들 중 여자역을 맡은 남자를 가리키기도 한다. '숙모(tante)'라는 말도 사용되며, 그것이 더 보편화되어 있다.

118) langue bien pendue. 언변 좋은 사람을 가리키는 말이다.

119) 역자가 반따옴표로 묶어 옮긴다. 주인공의 눈에 그러한 특색이 처음 포착되었을 때에는 그것이 매우 인상적이었겠으나(『피어나는 소녀들의 그늘에서』), 여기에서는 그 '특징'이 상기될 하등의 필요가 없어 보인다. 다른 부분에서도 여일하게 자주 발견되는 일종의 집착 내지 강박 증세로 보이며, 프루스트의 서술에서 발견되는 하나의 병리적 현상 아닐지 모르겠다.

120) tabernacle. 고대 유대인들의 천막 및 천막 '성전'을 가리킨다. 즉, 그들이 떠돌이 생활 하던 시절의 물건이다. 꼬따르 부인이 하려던 말은 이러하다. "마침내 이 고장에 천막을 세우시기로…" 다시 말해 '정착하기로' 하였다는 말을 들었다는 것이다. 상대가 유대인이 아니라 할지라도 격의 없는 사이가 아니라면 매우 무례한 말인데, 그녀의 언어적 태깔에서 비롯된 실수이다.

121) 꼬따르 부인이 '거창한 표현'을 사용하는 버릇을 가지고 있다는 언급은 여러 차

례 있었다.
122) penates. 고대 로마인들이 모시던, 집안 곳곳에 있던 신들이다. 따라서 어느 곳에 '페나테스들을 정착시킨다' 함은 자신이 그곳에 집을 짓고 정착한다는 뜻이다. 프랑스인들은 이 라틴어를 '뻬나뜨'라고 발음한다.
123) 꼬따르 부인이 그녀의 습관대로 과장된 라틴어(impedimenta)를 사용하였다. 원래 군사적 용어로, 행군에 지장을 초래하는 수레나 기타 군수품을 가리키던 말이다.
124) In proeliis non semper. '항상 전투에만 임하지는 않노라' 쯤의 의미이다.
125) Non sine labore. '노력 없이는 아무것도 얻지 못하노라'.
126) 샤를뤼스가 유대인(유대교도)이라 생각하고 그의 환심을 사기 위하여 하는 말이다.
127) 다른 종파나 종교를 이단 혹은 이교 심지어 촌놈들의 종교(paganisme)라 단죄하던 이들의 유구한 표현이다.
128) 구세주라고들 칭하는 예수를 가리킨다.
129) 상당한 호의 내지 다정함이 깃든 호칭이다(diable).
130) 이상하다 할 수 있을 만큼 새삼스럽게 보이는 언급이지만 그대로 옮긴다. 앞 문장에서 이미 명시한 사실이니 말이다. 또한 '젊은 아가씨 특유의 친절'이라는 말 또한 부자연스러운 강조처럼 보인다.
131) 다음 문장과 모순되는 언급이다. 따라서 '객차(wagon)'가 아니라 '객실(compartiment)'이라 해야 할 것이다.
132) 'abbé du répertoire'를 옮긴 것이다. 샤를뤼스가 모렐의 예술적 지도자라는 사실을 염두에 둔 말일 듯하다.
133) 'faire de la musique'를 직역하여 완곡한 의미를 부여하였다. 일반적으로는 '소란을 피우다', '난투극을 벌이다', 심지어 '추문을 일으키다' 등의 의미로 통용되며, 베르뒤랭 부인 역시 그러한 의미들 중 하나를 부여하려 하였을 것이다.
134) 의외의 이야기이다. 쉐르바또프 부인이 역으로 손님들을 맞으러 가곤 하였다는 말인가?
135) 앙리 루종(1853~1914)이라는 문인이 1906년에 출간한 평론집 『남자들 가운데서(Au milieu des hommes)』를 가리킨다고 한다. 베르뒤랭 부인의 이 말이 무엇을 암시하는지 알쏭달쏭하다. 또한 단락 전체의 술회가 이미 앞에서도 여러 차례 지적한 바와 같이 매우 성기다. 작가의 건강 상태에 기인한 현상이 아닌지 모르

겠다.

136) 'commérages'를 옮긴 것이다. 작가는 뒤이어 이 말 대신 'les á peu près'나 'potin'이라는 말을 사용하는데, 영어로는 'tittle-tattle'이나 'gossip' 정도로 옮길 수 있을 듯하다.

137) 성도착자를 너그럽게 다독거려 주는 그 음악가의 시각이나 성품이 보는 이에 따라 '악벽' 혹은 '미덕'으로 간주될 수 있다는 말일 듯하다.

138) 작가가 'graâce à'를 사용하였는데, 앞서 언급한 '쑥덕공론'의 긍정적인 측면을 염두에 두었던 모양이다. 미처 설명되지 않은(못한) '덕분에'가 '때문에'로 오해되는 경우 얼마나 많은가!

139) 합당한 예인지 모르겠으며, 의미 또한 그리 명료하지 못하나, 드레퓌스 사건을 목격한 사람에게 엄습한 일종의 예감을 넌지시 드러내고 있는 것 같다.

140) 'un accusé de théâtre'를 옮긴 것이다. 선뜻 수긍되지 않는 말이다. 어떤 극작품 속의 '피고인'이란 뜻일 듯한데, 그렇다면 연극 대사의 부자연스럽고 과장된 측면을 염두에 둔 비유일까?

141) 발쟉(1799~1850)이 1830년부터 발표하기 시작한 소설들(95편)에 부여한 총체적인 제목이다(1841). 작가 자신이 작품들을 〈풍속 연구〉 및 〈철학적 연구〉라는 두 범주로 분류하였고, 〈풍속 연구〉를 다시 '사생활 풍정'(「샤베르 대령」, 「고리오 영감」 등), '전원생활 풍정'(「시골 의사」, 「계곡의 백합」 등), '지방 생활 풍정'(「으제니 그랑데」, 「잃어버린 환상」 등), '빠리 생활 풍정'(「종자매 베뜨」, 「쎄자르 비로또」 등), 기타 '정계 풍정', '군 생활 풍정' 등으로 분류하였다.

142) 〈두 시인〉, 〈시골의 어느 위대한 사람 빠리에 오다〉, 〈발명가의 괴로움〉 등 총 3부로 구성된 소설이며, 이 작품의 이야기가 '빠리 생활 풍정'의 한 편인 「화류계 여인들의 영화와 비참」으로 이어지는데, 이야기의 주인공은 뤼씨앵 드 뤼방프레이다.

143) Carlos Herrera. 『인간 희극』 중 「고리오 영감」, 「잃어버린 환상」, 「화류계 여인들…」에 등장하는 인물이며, 발쟉의 핵심적 주제들(재물과 권력과 쾌락의 추구)을 구현하고 있는 보트랭(Vautrin)의 가명이다. 소년들을 사랑하는 취향을 가지고 있던 그가, 처음에는 으젠느 드 라스띠냑(Eugéne de Rastignac)을 사랑하였으나, 훗날 강물에 투신하려는 젊은이 뤼씨앵 드 뤼방프레(Lucien de Rubempré)를 구출하여 그를 사랑하지만, 결국에는 뤼씨앵이 그를 배신하여 경찰에 체포되고 뤼씨앵은 가책감 때문에 스스로 목매어 자살한다.

144) 까를로스(즉 보트랭)가 뤼씨앵을 구출할 때, 그는 사제로 변장하고 있었다.
145) 〈Tristesse d'Olympio〉. 가장 널리 알려진 빅토르 위고의 시들 중 하나이며(『햇살과 그늘』, 제34), 어느 여인(Juliette Drouet)에 대한 사랑이 태동하였던 곳을 다시 보며 시인이 우수에 사로잡힌다.
146) 오스카 와일드가 1891년에 〈Intentions〉라는 잡지와의 대담에서 이렇게 말하였다고 한다. "One of the greatest tragedies of my life is the death of Lucien de Rubempré."
147) 발쟈의 작품들 속에는, 아직 소화되지 않은 따라서 변형되지 않은, 장차 문체(Style)를 구성하는 데 사용될 수 있을 잡다한 요소들이 쌓여 있다고 한 프루스트의 말을 연상시키는 언급이다(『쌩뜨-뵈브 논박』, 〈쌩뜨-뵈브와 발쟉〉).
148) 「잃어버린 환상들」이 아니라 「화류계 여인들의 영화와 비참」의 첫 3부의 제목들이다(1부 제목 〈행복한 에스테르〉는 후에 〈아가씨들은 어떻게 사랑하는가〉로 바뀌었다). 4부는 〈보트랭의 마지막 변신〉이다.
149) Rocambole. 뽕송 뒤 떼라이유(1829~1871)라는 사람이 쓴 30여 편의 소설에 등장하는 주인공이라고 한다. 개연성 적고 믿을 수 없는 모험에 뛰어든 인물이었던지라 'rocambolesque'라는 형용사(기상천외한, 파란만장한)가 생겼다고 한다.
150) 'sorbonagre', 'sorbonicole', 'sorboniforme' 등을 각 단어의 어미에 착안하여 옮긴 것이다. 처음 두 단어는, 라블레가 『가르강뛰아』 및 『빵따그뤼엘』에 신학 대학이었던 쏘르본느의 교수들을 경멸적으로 지칭하며 사용한 단어들이고, 세 번째 단어(쏘르보니포름)는 라블레의 작품에서 발견되지 않는다. 또한 어미의 형태로 보아 라블레 시대의 단어로 보이지 않으며, 혹시 프루스트가 만든 것은 아닌지 모르겠다.
151) 국왕(프랑수와 1세)에 의해 로마에 밀사로 파견되었던 라블레가 귀환하던 중, 리용(Lyon)에서 어느 주막에 들러 요기를 한 다음 음식값을 지불하려는 찰나, 자기의 돈주머니가 비었음을 알아차리고 심한 곤혹감에 빠졌다고 한다. 그 순간을 가리켜 '라블레의 15분'이라 하며, 절박한 순간에 비유된다.
152) Abbaye-aux-Bois. 지금의 쎄브르로(빠리 제7구)에 있던 수녀원이라 한다. 프랑스대혁명 이후 그 곁에 귀부인들을 위한 피난처가 마련되었으며, 샤또브리앙이 사랑하던 레까미에 부인이 그곳에 거처를 정한 이후(1819), 샤또브리앙을 비롯한 라마르띤느, 빅토르 위고 등 문인들이 그곳에 자주 모이곤 하였다고 한다.
153) châteaubriant(aux pommes). 샤또브리앙 자작의 요리사가 고안한 요리라 하여

그러한 명칭이 붙었으며, 두툼한 안심 스테이크를 가리킨다.
154) 의사가 놀란 이유는 브리쇼가 무심히 사용한 '조합(comfrérie)'이라는 단어가 남색가들의 모임을 지칭하기도 하였기 때문이다.
155) '교수'는 꼬따르를 가리킬 듯하다. 한편, '깨무는 빈정거림'이, 꼬따르가 신소리랍시고 한 '라블레의 15분' 및 '사과 곁들인 샤또브리앙' 등을 가리키는 모양인데, 그것들이 빈정거림은 아니다. '라블레' 및 '샤또브리앙'이라는 이름을 듣고 자신의 뇌리에서 겨우 찾아낸, 진행되고 있던 대화와는 아무 상관없는 상투적인 말들일 뿐이다.
156) Que sais—je? 종교의 실체를 철학으로 밝힐 수 있다고 주장한 바르셀로나의 의사이며 철학자였던 쎄본데(라이문도 쎄본데, 14세기 말~1436)에 관한 글(〈레몽 쓰봉의 변론〉, 『수상록』)을 쓰면서, 몽떼뉴가 자신의 회의주의적 감회를 그 구절에 집약시켰다고 한다.
157) '너 자신을 알라.' 델포이 신전의 정면 벽에 새겨져 있던 말인데 쏘크라테스가 빌려다 사용하였다는 설이 있다. 그러나 고대 그리스의 일곱 현인들 중에서도 가장 유명했던 탈레스(B.C. 7세기 말~ B.C. 6세기 초)가 자주 하던 말이라고 하며, 그 말이 쏘크라테스적 학문의 초석이었음 직하다.
158) Charcot(1825~1895). 히스테리 및 최면 현상 연구의 대가였다고 한다. 신경 병리학 발전에 공이 컸다고 하며, 지그문트 프로이트도 그의 강의를 들었다고 한다.
159) 「요한복음」, 15장, 12절.
160) Bouchard(1837~1915). 의사이며 생물학자로, 1887년에 프랑스 학사원 회원이 되었다고 한다.
161) 매우 풍부한 운을 사용한다는 뜻일 것 같다.
162) rosse. 심술궂고 쓸모없는 사람을 가리키는데, 오비디우스를 왜 그렇게 칭하였는지 수긍되지 않는다.
163) 이야기의 내용에 비해 문체가 형편없다는 말일 듯하다[옮긴이 주 147) 참조]. 한편 오디비우스는 황금 기둥들과 상아 지붕, 은제 대문 등으로 지은 태양궁을 묘사하면서, 그러한 '자재들보다 그것들을 다루던 기예가 더 뛰어났다'고 하였다[『변신』, 2권 초입(파에톤)]. 브리쇼의 비유가 합당할지 모르겠다.
164) Vallée-aux-Loup. 샤또브리앙의 사유지가 있던 빠리 남쪽 근교이다. 한편, '르네가 장엄하게 교황의 의무를 수행하였다'는 말은 그(르네 드 샤또브리앙)의 문필 활동을 그의 문체에 입각하여 가리킬 듯하다.

165) 발쟉이 1850년에 아내로 맞아들인 한스카 부인을 가리킨다. 한편, 발쟉이 빚에 쪼들려 작품을 썼다는 것은 널리 알려진 이야기이다.
166) Jardies. 발쟉이 살던(1837~1840) 집이 있던 마을이라고 한다.
167) cure de Meudon. 라블레가 사제였던 시절, 그 교구의 주임 사제로 임명되었다고 한다.
168) Ferney. 볼떼르가 1758년부터 20년간 은거하여 그곳의 산업을 일으켜 부유하게 만든, 제네바 근처의 산골 마을 이름이다.
169) 언뜻 들으면 그럴듯한 브리쇼의 이 말을 명료하게 설명하는 것이 가능할지 모르겠다. 문예평론가들의 전형적인 장광설을 연상시킨다.
170) 「잃어버린 환상들」에 대해서는 이미 앞에서 언급하였거니와[(옮긴이 주 142) 및 143)], 「싸라진느」는 여인의 음성과 외모를 가진 거세된 남자(castrat)를 사랑한 남자(싸라진느)의 이야기이고, 「황금빛 눈의 아가씨」는 그 아가씨를 미칠 듯 사랑하는 어느 후작 부인의 이야기이며, 「사막에서의 어떤 사랑」은 이집트에 주둔하던 프랑스 군대의 어느 병사와 표범 간의 사랑 이야기인데, 모두 한결같이 '자연을 벗어난' 이야기들이다. 다만 「거짓 정부」는 지극히 친한 두 친구가 같은 여인을 사랑하는 이야기로, 샤를뤼스가 나열한 다른 작품들과는 성격이 다르다.
171) 실은 「잃어버린 환상」 마지막 장면인데, 두 나그네(보트랭과 뤼씨앵)가 라스띠냑 성의 폐허 앞을 지나갈 때 보트랭을 사로잡는 우수를 가리킨다.
172) 고대 그리스어 '파이데라스테이아'에서 유래한 'pédérastie(소년애)'를 가리킨다.
173) 어떤 황후란 말인가? 정관사를 사용하여 특정의 그리고 누구나 아는 황후인 듯 이야기하고 있다. 아마 나뽈레옹 3세의 황후였던 에우게니아(1826~1920)를 가리킬 듯하다.
174) Zénaïde. 오리안느의 사촌이다(「게르망뜨 쪽」, 2부, 2장, '외디꾸르 부인').
175) 문인 아르떼즈(Arthez)와 까디냥 대공 부인의 두 번째 조우를 가리킬 듯하다.
176) 발쟉이 묘사한 까디냥 대공 부인의 의상은 프루스트의 묘사와 일치한다. "그녀는 보는 이들의 시선에 회색의 조화로운 배합을, 일종의 가벼운 상복을, 체념 가득한 우아함을, 더 이상 생에 집착하지 않는 여인의 의복을… 제공하였다."(「까디냥 대공 부인의 비밀」).
177) Cheviot. 스코틀랜드와 잉글랜드의 경계를 이루는 구릉지대(Cheviot Hills)이다. 그 지역에서 생산되는 양모를 '체비엇'이라고 한다.

178) 모든 판본들에는 알베르띤느가 '까디냥 대공 부인'이라는 인물에 대해 질문한 것처럼 되어 있으나, 샤를뤼스의 답변을 보면 작품에 대한 질문일 듯하다.

179) 약 50여 페이지(쁠레이야드판 기준) 되는 작품이다(nouvelle).

180) Thureau-Dangin(1837~1913). 기자이며 역사가로, 1893년에 프랑스 한림원 회원으로 피선되었다고 한다.

181) Boissier(1823~1898). 고고학 및 라틴문학에 관한 저술들을 남겼으며, 1876년에 프랑스 한림원 회원으로 피선되었다고 한다.

182) 불완전한 문장이지만 의미를 유추하여 옮긴다.

183) 까쀠씬느 대로 7번지에 있던 과자점 명칭이라 한다.

184) '40bis'를 옮긴 것이다. 프랑스의 도시들에 있는 길들의 번지들 중, 특히 건물이 커서 입구가 둘일 경우, 가령 '40번지'와 '두 번째 40번지'가 나란히 매겨진 것들이 있다.

185) 역자가 추가한 말이다. 주인공의 소년 시절 일화이다.

186) 건물 상층부에 있는 작은 거처를 가리킨다(pigeonnier).

187) zéro. 수에서 10, 100, 1000⋯ 등 자릿수를 나타내는 '0'을 가리킨다.

188) 'velléité plébéinne'를 옮긴 것이다. 구체적인 설명과 해석이 요구되는 말일 듯하다.

189) 샤름므(Charmes)는 실존하는 지명이고, 샤르멜(Charmel) 또한 쌩-시몽의 『회고록』(1698년 편)에 등장하는 인물이다. 샤를뤼스(Charlus) 또한 실존하였던 작위 명칭이다(샤를뤼스 백작 부인).

190) 왕들이 자주 암살당하던 시절에는 침실 시종, 주방장, 포도주 담당관, 수렵관, 왕실 집사 등의 직들은 최측근 막료들이 맡았다(메로베 왕조, 카롤루스 왕조, 까뻬 왕조).

191) 프랑스대혁명 시기(1789~1799)를 가리킬 듯하다.

192) 괄호 속 부분들은 역자가 덧붙였다.

193) PLVS VLTRA CAROL'S. 까를로스 낀또(1500~1558)의 좌우명이었던 'Plus ultra Carol' Quint(까를로스 5세를 훨씬 능가하다)'에서 영감을 얻어 프루스트가 만든 구절이라 한다. 그러나 여기에서는 까를로스 에레라(즉, 뤼씨앵 드 뤼방프레를 죽음 직전에 구출하여 사랑하였으나, 종국에는 배신당하는 보트랭의 가명)에 자신을 비교하여, 자신이 까를로스보다 훨씬 우월하다는 뜻을 담은 것으로 보인다.

194) 음흉하거나 위선적인 사람을 가리킨다.

195) 〈어서 와 귀여운 씨암탉〉이라는 대중가요의 첫 구절이라고 한다(1902).
196) 오래된 친구를 다정하게 부를 때 사용하는 말이다(Mon vieux!). 혹은 군대에서 '고참'을 지칭하는 말이기도 하다.
197) Spes mea. '나의 희망'이라는 뜻이다. 앙리 3세(1551~1589)의 좌우명이었던 'Spes mea Deus(신은 나의 희망)'의 부분 인용이라 한다.
198) Exspectata non eludet. '그는 기대를 저버리지 않을 것이로다'라는 뜻이다. 앙리 4세의 첫 부인(마르그리뜨 드 발루와)의 좌우명이었다고 한다.
199) J'attendrai. 오말 공작(1822~1897)의 좌우명이었다고 한다.
200) Mesmes plaisir du mestre. 프루스트가 만든 것으로 여겨진다.
201) Simiane(les). 쎄비녜 부인의 외손녀가 시집간 프로방스 지방 가문이라고 한다.
202) Sustentant lilia turres. '탑들이 백합꽃들을 지탱하도다'라는 뜻이다. 씨미안느 가문의 문장에 있던 구절의 변형이라 한다. '탑'은 국가와 국왕을 지키는 간성이며, '백합'은 곧 프랑스 왕실을 가리킨다. 샤를뤼스가 자신을 탑에, 연인을 백합에 비유한 모양이다.
203) Manet ultima cælo. '죽음은 하늘에 달렸도다'라는 뜻이다. '죽음'은 물론 '생애의 끝'을 가리킨다. 역시 앙리 3세의 좌우명이었다고 한다.
204) Non mortale quod opto. '불멸의 존재, 그것이 나의 야심이로다'라는 뜻이다.
205) Atavis et armis. '선조들과 무공의 이름으로'.
206) 'profonde'를 옮긴 것이다. '불가사의한', '오묘한', '오래된' 등으로도 읽을 수 있을 것이다.
207) 프랑스에서는 1905년까지 국가와 교회가 실질적으로 분리되지 않았던지라, 의회에서 중도 정당이건 좌파 정당이건 항상 교권주의자 의원들의 위협을 느끼곤 하였다고 한다.
208) Tantus ab uno splendor!(그러한 찬연함은 단 한 사람에게서만 오나니!). 실제로 『금언집』의 저자인 라 로슈푸꼬 공작(1613~1680)의 좌우명이었다고 한다.
209) '승낙한다'고 옮긴 'condescendre'의 어원적 의미는 '무엇을 소청한 아랫사람과 같은 지위로 내려간다'이다.
210) 나뽈레옹 2세(1811~1832)의 생애를 그린 에드몽 로스땅의 극작품(6막)이며, 사라 브르나르(Sarah Bernhardt, 1844~1923)가 1900년 3월에 초연하였다고 한다. 그 작품이 단 한 해 동안에 237회나 공연되었다고 한다.
211) caca. 배설물을 가리키는 아이들 말이다.

212) 쏘포클레스의 『국왕 오이디푸스』(B.C. 430년경)가 1900년 여름 오랑주(님므가 아니라)의 고대 원형극장(Arena)에서 공연되었으며, 무네-쓀리라는 배우가 오이디푸스 역을 맡았다고 한다.

213) 몰리에르의 『평민 귀족』이라는 작품의 한 장면이라고 한다(2막, 3장).

214) 'le petit endroit'를 'le petit coin'의 뜻으로 옮겼다. '화장실'을 가리킬 듯하다. 문맥상으로는 '100번지' 또한 같은 뜻인 모양인데, 의미적 출처는 미처 밝히지 못하였다.

215) 게르망뜨 공작이 실제로 외투 깃을 정돈해 주었다는 술회가 있었다(「게르망뜨 쪽」).

216) mazagran. 럼주를 첨가한 커피라고 한다. 그러나 원래는 알제리의 마자그랑 사람들이 마시던 묽은 커피라고 한다.

217) gloria. 설탕과 럼주(혹은 다른 화주)를 첨가한 커피라고 한다.

218) '글로리아'는 '영광'을 의미하는데, 동씨에르가 군사도시라는 사실을 염두에 둔 말일 것이다.

219) 자신이 거둔 성공을 암시하는 말일 것이다.

220) Os homini sublime dedit cælumque tueri. '그가 인간에게는 하늘로 향한 얼굴을 주었도다'(오비디우스, 『변신』, 1권, 〈인간〉). '그'는 가이아의 아들이며 프로메테우스의 부친인 야페토스인데, 그가 진흙으로 인간을 빚었다고 한다.

221) 『구약』(외경), 「토비트」, 11장. 천사장 라파엘이 토비아스를 앞 못 보는 그의 부친 토비트 곁으로 데려오고, 토비아스가 아버지의 눈을 치료해 드린다.

222) '다음 역'이라는 표현에 입각해서 보면 옛날 그곳에서 휴가를 보내던 시절 속에서 술회하는 듯한데, '상기시켜 준다'는 말을 보면 주인공이 그 모든 일들을 먼 과거 속에 놓고 바라보는 것 같다. 주인공이 과거의 특정한 순간이 현재(술회하는 동안의)와 중첩되는 혼란을 겪고 있는 것일까? 여하튼 선뜻 이해되지 않는 문장이다.

223) femme. 예의를 갖추지 못한 어휘이지만 그대로 옮긴다.

224) 이 해괴한 장광설을 늘어놓은 사람이 누구인지 밝히지는 않았으나, 베르뒤랭 부인의 뚜쟁이와 같은 면모는 이미 오래전부터 주인공의 술회에 스며 있었다(「스완 댁 쪽으로」, 〈스완의 어떤 사랑〉).

225) media villa. '중간 영지'라는 뜻이다. 선뜻 수긍되지 않는 어원이며, 그것을 제시한 뜻도 짐작하기 어렵다. 하지만 혹시 media(medium)가 발음상의 유사성으

로 인해, 옛 페르시아의 한 지방인 Mêdia(그리스어)를 연상시킬 수 있다는 점에 착안하였는지도 모르겠다(뒤에 묘사되는 매춘 업소의 내부 참조).
226) 1리으(lieue)는 약 4킬로미터에 해당한다.
227) 제우스가 절멸시킨 최초의 그리고 야만적인 거인족을 가리킨다(Gigas, Géant).
228) 우라노스와 가이아 사이에서 태어난 자식들이며, 훗날 제우스에게 항거하였다가 타르타로스(저승만큼이나 깊은 지하 세계)에 처박혔던 존재들이다.
229) 아리스토텔레스나 비르길리우스 등에 관련된 전설들까지 뒤죽박죽 뒤섞어 조각해 놓았다는 쌩−앙드레−데−샹 교회당의 저부조를 연상시키는 언급이다(「스완 댁 쪽으로」, 〈꽁브레〉). 한편, '꿀리빌' 은 발백 인근에 있는 마을 이름이다.
230) 어느 아름다운 여인에게 유혹되어 이 방 저 방을 헤매다가, 문득 한적한 거리로 내동댕이쳐지는 남자 이야기가 『천일야화』에 보인다.
231) 원전에는 '두 여인이 있던' 이라고만 되어 있으나, 역자가 전후 문맥을 참작하여 내용을 보완, 수정하였다.
232) 예수가 자기 친구였던 라자로를 부활시켰다고 한다(「요한복음」, 11장, 1~44절).
233) 매우 이상한 언급이다. 화자가 어느 시점에서 하는 말인지 모르겠으며, 앞에서 [(옮긴이 주 222)] 지적한 현상과 유사하다. 혹시 술회할 이야기의 순서를 정하던 중 작가의 뇌리를 스친 생각이 아닐지 모르겠다. 앞에 술회된 일화들이 마치 급하게 나열한 수첩 페이지들을 연상시키니 말이다. 다음에 이어지는 삐에르 드 베르쥐에 관한 일화 역시 급히 덧댄 이야기 같은 인상을 준다.
234) verju. '신 포도즙' 이라는 뜻인데, 문맥으로 보아 그러한 포도즙을 추출할 목적으로 재배하는 포도가 있는 모양이다. '베르쥐 포도' 라 옮긴 이유이다.
235) Coquelin aîné. 한때 명성을 떨쳤던 배우 꽁스땅 꼬끌랭(1841~1909)을 그렇게 불렀다고 한다.
236) 어떤 '휴전' 이란 말인가?
237) Hegira(Hégire, 프랑스어). '이주(移住)' 를 뜻하는 아랍어라고 한다. 마호메트와 그의 동료들이 메카를 떠나 알−마디나(메디나)로 간 사건을 가리키며, 그해(서력 622년)가 이슬람 책력의 원년이 된다고 한다.
238) Legrand de Méséglise. 직역하면 '메제글리즈의 세력가' 이며, 스스로 귀족을 참칭한 것이다.
239) agapé. '사랑' 을 의미하는 고대 그리스어이며, 초기 예수교도들의 회식을 가리키는 말로 사용되었다고 한다.

240) Cercle de l'Union. 귀족들이 주도하여 결성한 동아리이며, 특히 제2세정 시절에 프랑스 국민의 단결을 고취하기 위하여 (명칭을 '단결을 추구하는 동아리' 쯤으로 옮길 수 있을 것이다) 결성되었던 듯하다. 한편, 그보다 앞서 결성된 '도서애호가 협회'가 그 '동아리'와 함께 회합을 갖곤 하였는지 여부는 알 수 없다고 한다.
241) 에밀리엔느 달랑쏭(Emilienne d'Alençon)은 빠리의 유명한 갈보였는데, 그녀가 위제스 공작의 정부가 되어 위제스 공작이 파산하였고, 그녀로부터 그를 떼어놓기 위하여 그의 가문이 그를 콩고로 보냈으며, 그가 1893년에 그곳에서 죽었다고 한다.
242) Saylor. '선원'이나 '해병'을 뜻하는 'sailor'의 옛 형태이다.
243) 옛 노르망디인들, 즉 바다의 사나이들이었던 바이킹들을 가리킬 듯하다.
244) 쉐브르(chèvre)는 염소(특히 암염소)를, 까브리(cabri)는 새끼 염소를 가리킨다.
245) 쟝-알렉시스 뻬리에(1869~1954)라는 배우가 드뷔씨의 오페라 『뻴레아스와 멜리장드』를 초연하였다고 한다(1902).
246) Théâtre de Gymnase. 주로 희극을 공연하던 극장이라고 한다.
247) 모두 실존하였던 배우들이라 한다.
248) Yvette Guilbert (1867~1944). 까페-꽁쎼르의 여가수였다고 한다.
249) 이미 여러 차례 연급된 그 의사이다.
250) Cornaglia(1834~1912). 알퐁스 도데 원작인 『아를르의 여인』을 초연하였다고 한다.
251) Dehelly(1871~1969). 몰리에르의 『여인들의 학교』에서 오라쓰의 역을 맡았던 희극배우라고 한다.
252) 게르망뜨 공작은 배우들이나 학자들 중 평민 계급에 속하는 이들에 대하여 '경멸감'을 품고 있었음에도, 빠리의 귀족이었던지라 그들의 이름 앞에 존칭을 붙였던 반면, 쉐브르니 씨는 물정 모르는 시골 귀족이었던지라 그러지 않았다는 뜻일 것이다.
253) 앞에서는(『소돔과 고모라』, 2부, 2장) 그러한 의미적 디미누엔도 현상이, 그 노부인의 상상력 및 어휘력이 친절을 표하고자 하는 열망에 미치지 못한 데서 비롯되었을 것이라고 주인공이 생각하였다.
254) 프루스트는 이미 쌩뜨-뵈브에게 '단어들의 의미를 탈선시키는' 변함없는 취향

이 있다고 명시적으로 지적하였다(『쌩뜨-뵈브 논박』, 〈쌩뜨-뵈브와 보들레르〉).
255) 'parfait'를 'commun'으로 의역한다.
256) Zélia. 노부인의 이름이다.
257) 이미 묘사된 깡브르메르 노부인의 특징들이다.
258) Louis le Gros. 까뻬 왕조 제5대 왕인 루이 6세(1081~1137)를 가리킨다.
259) Aldonce de Guermantes. 허구적인 인물이다.
260) 모두 실존하였던 가문들이다.
261) 역시 실존하였던 가문들이다.
262) '깡브르메르'라는 성씨에도 '대변'을 의미하는 merde를 결합시킨 것이다.
263) Vatefairefiche. 'Va te faire fiche!(뒈져라!)'라는 문장을 명사의 형태로 바꾸어 놓은 것이다.
264) 삐삐(pipi)와 까까(caca)는 각각 소변과 대변을 가리키는 아이들 말이다.
265) 게르망뜨 공작이 '라 뚜르 도베르뉴 대공'이란 존재하지 않는다는 말을 한 바 있다(「소돔과 고모라」, 2부, 1장).
266) 『인간 희극』의 한 부분으로, 「위르쉴 미루에」, 「으제니 그랑데」, 「독신자들」, 「지방에 온 빠리 남자들」, 「적대 관계」, 「잃어버린 환상」 등으로 구성되어 있다.
267) 「지방에 온 빠리 남자들」의 두 번째 이야기 〈그 도 지역의 무사(뮤즈)〉를 가리키며, 주인공 여인은 라 보드레이 부인이다. 베리 지역에서 '얀 디아스'라는 필명으로 문필 활동을 하면서 에띠엔느 루스또와 사랑에 빠져 아이 둘을 낳으나, 자기의 남편 곁으로 돌아온다.
268) 「잃어버린 환상」에 등장하는 여인으로, 뤼씨앵 샤르동 드 뤼방프레와의 염문이 있었으나, 남편 사후에 씩스뜨 드 샤뜰레 백작과 재혼한다.
269) '시골 생활 풍경'을 구성하는 네 편 중 하나인 「계곡의 백합」에 등장하는 주인공 여인이다. 휄릭스 방드네쓰라는 청년에게로 향한 연정을 억제하다가, 그 괴로움으로 인해 얻은 병으로 죽는다.
270) dessalé. 세상 물정을 알게 되어 더 영악해졌다는 뜻이다.
271) apache. 무뢰한들이나 불량배들을 가리킨다.
272) les Rohan. 16세기부터 숱한 장군들과 추기경, 주교 등을 배출하였고, 루이 13세 및 루이 14세 시절에는 국왕에 정면으로 맞서기도 하였던 가문이다.
273) 『깡디드』에서 발견되는 볼떼르의 빈정거림을 연상시키는 화법이다.
274) La Trémoïlle. 14세기부터 17세기 초까지 명성을 떨치던 뿌와뚜 지방의 귀족 가

문이다.

275) 'épouse morganatique'을 옮긴 것이다. 군주와 '혼인'한 하위 귀족 가문 여인이나 평민 출신 여인을 가리키며, 그 여인은 정실인 왕비(황후)의 권한을 누리지 못하였다고 한다. 대개의 경우 정실의 수행원이나 지밀 시녀 역할을 하였다. 어원적인 의미는, 게르만족의 풍습인 Morgengabe(혼인 초야를 치르고 신랑이 신부에게 주는 선물)에서 유래하였다. 샤를뤼스와의 관계에 있어서 모렐이 띠고 있는 성격의 한 측면을 암시하기 위하여 사용된 형용사이다.

276) 프랑스의 마지막 국왕 루이-필립의 넷째 아들 오말 공작(1822~1897)에게 봉사하였던 베르뜨 드 끌랭샹(Berthe de Clinchamp) 부인은 공작을 열렬히 좋아하였으며 공작 부인의 공식 수행 귀부인이었는데, 공작 타계 후 『왕자이며 군인이었던 오말 공작』이라는 책을 저술하였다고 한다.

277) 'In medio stat virtus(미덕은 중간에 있다)'는 격언 중 스타트(stat) 부분을 잊은 것이다.

278) 오늘날에도 출판되는 『Petit Larousse(라루쓰 소사전)』에는 고대 라틴 및 그리스 격언들이 분홍색 종이에 인쇄되어 부록으로 실려 있다. 프루스트 당대에도 그 부록을 '분홍색 페이지들'이라 불렀다고 한다.

279) 그 인용이 적절하지 않다고 여겨졌기 때문일 것이다.

280) 양심의 가책 때문에 처음에는 머뭇거리다가 짜증 내듯 '아니에요'라고 소리질렀다는 말일 듯하다.

281) 모든 판본에 'de la gare'로 되어 있으나 'à la gare'로 수정하여 옮긴다.

282) 플뢰르(fleur)와 뵈프(boeuf)는 각각 '꽃'과 '황소'를 의미한다.

283) Pennedepie. 남부 노르망디 깔바도스 지역에 있는 작은 읍이다. 현대 프랑스어로는 '까치 동산'이라는 뜻이다.

284) 아뻬니노(Apennino)는 이딸리아 반도 동쪽의 1,300킬로미터에 이르는 산맥이고, 뻰마르(Penmarch)는 브르따뉴 휘니스떼르 지역(깽뻬르 근처)에 있는 읍이다. 따라서 '뻰마르에서처럼 아뻬니노에서도…'라고 함이 타당할 듯하다.

285) 문장이 불완전하고 판본들마다 서로 달라 의미를 대강 유추하여 옮긴다.

286) 메르쿨프, 마르쿠, 마르쿨 등 여러 형태로 불리며, 노르망디 꾸땅스 근처에 수도원을 세운 사제라고 한다(490~558).

287) normand. '북쪽에서 온 사람들'을 뜻한다(바이킹).

288) Herimundivilla. '헤리문트의 영지'라는 뜻이다(Hermonville). '헤리문트'가 어

떤 인물이었는지는 확인하지 못하였다.
289) 투롤두스(투롤드)는 바이으의 주교였다고 하나(11세기 말), 비스까르(Wiscar)는 어떤 인물인지 확인하지 못하였다.
290) '알레마니아인들' 은 곧 도이칠란트 사람들을 가리킨다.
291) 모두 작센(쌕슨)족에서 기원한 명칭들이다.
292) Thorpehomme. 일반적으로는 '또르뽐므' 로 표기해야 마땅하겠으나, 이 명칭을 구성하는 두 요소를 명시하기 위하여 분리된 형태로 표기한다.
293) 다음에 이어지는 브리쇼의 말을 보건대, 샤를뤼스가 'homme' 라는 단어를 '남자' 라는 뜻으로 이해하였다는 것인데, 그 가장 기초적인 단어를 안다는 말을 그가 구태여 할 필요 있었겠는가? 조금 부자연스럽게 들린다.
294) 무슨 말인가? 자기의 모친이 태어나시게 할 때 아무 역할도 하지 않은 성(性)이란 말 듯한데, 그것이 어떤 '성' 이란 말인가? 중성, 즉 자웅동체적 성이란 말인가? 물론 그 불모의 성, 소돔이나 고모라의 후예들에게서 발견되는 성을 가리키는 모양인데 화법이 기이하다. 왜 자기의 모친까지 끌어들였을까?
295) 모든 판본에 그(il)로 되어 있는 것을 당신(vous)으로 수정한다.
296) '마귀' 라는 별명도 가지고 있었으되 '관후한 로베르' 라는 명성도 누린 노르망디 공작(?~1035)을 가리킨다고 한다.
297) 오늘날 에드가(Edgar)로 변형된 옛날식 이름이라고 한다.
298) 'lieuteants' 을 편의상 의역한 것이다.
299) 쌩-씨르(Saint-Cyr)는 프랑스 육군사관학교를 가리키며, 순교한 성자들(27명에 이른다)의 이름 '싼크투스 키(씨)리아쿠스' 의 프랑스식 표기이다. 그런데 브리쇼의 설명처럼, 그 '싼크투스 키리아쿠스' 가 '도미누스 키리아쿠스' 로 변형된 것이다. 한편, 싼크투스(sanctus, 여성형은 sancta)는 '신성함' 을 뜻하고, 도미누스(dominus, 여성은 domina)는 '주인' 내지 예수교도들의 '주님' 을 가리킨다.
300) 나뽈레옹이 처음(1803년 1월) 프랑스 육군사관학교를 퐁뗀느블로 성에 세웠으며, 1806년에 그 학교를 베르사이유 인근(이블린)에 있는 쌩-씨르-레꼴(Saint-Cyr-l'Ecole)로 옮긴 사실들을 염두에 둔 언급일 듯하다.
301) 'courtes visites à recevoir' 를 옮긴 것이다. 합당한 말인지 모르겠다.
302) '해가 기울 때까지' 라는 뜻이다. 소위 '신호메로스적 유행' 에 젖은 블록의 변함없는 화법이다.
303) 뉙스(밤)가 홀로 잉태하였으며, 휘프노스(잠)의 쌍둥이 형제라고 한다. 한편,

'레떼'는 에리스(불화)의 딸이며 '망각'을 뜻하고, 저승에 있는 망각의 샘에 그 명칭을 부여하였다고 한다.
304) 즉, 아편을 가리킨다. 『오르페우스 찬가』에 언급된 내용이다.
305) 크로노스의 아들, 즉 제우스를 가리킨다. 하지만 제우스의 딸 중에 삼감(pudeur)의 전형이라고 할 만한 존재가 누구란 말인가?
306) 무슨 뜻일까?
307) 프랑스어로 'La Commanderie'라고 한다.
308) Pont-l'Evêque. '주교의 다리'라는 뜻이다. 남부 노르망디에 있는 읍의 명칭이다.
309) Pont-l'Abbé. '수도원장의 다리'라는 뜻이다. 휘니스떼르 지역에 있는 읍이다.
310) 바그너의 가극 『파르시팔』의 제3막이다.
311) 레쀠블릭(공화국) 광장에 잇닿아 있는 길이며, 그 일대가 옛날에는 성당 기사단(Templiers)의 본거지였다.
312) Chevalerie-du-Temple. '성당 기사단 본부' 쯤으로 옮길 수 있을 듯하다.
313) Barre-du-Bec. '백의 재판소'라는 뜻이다.
314) 샤를뤼스에게는 빠리의 그러한 구역들이 가장 신성한 곳들로, 즉 유대인들이 거주해서는 아니 되는 곳들로 보였던 모양이다.
315) 루이 9세(즉, 루이 성왕)가 1258년에 현재 '블랑-망또'로가 있는 구역에 '성처녀의 농노들'이라고들 부르던 탁발 수도사들을 정착시켰고, 그들이 하얀 망토(Blancs Mandeaux)를 걸치고 다녔던지라 그러한 명칭이 생겼다고 한다.
316) Judengasse. '유대인들이 사는 골목'을 가리키는 도이칠란트어이다.
317) Rochegude. 『빠리의 모든 길들을 따라가는 산책』이라는 책을 펴낸 사람이라고 한다(1910, 총 20권). 프루스트가 자주 참조한 책이라 한다.
318) ghetto. 옛날 베네치아 당국이 유대인들에게 지정해 주었던 거주지를 가리키는 이딸리아어이다.
319) 렘브란트가 유대인은 아니었으나, 암스테르담의 유대인 거주 지역에 살았고, 그들과 친밀하게 지냈으며, 그들의 일상생활 풍정을 즐겨 그렸다고 한다. 한편, 쒸나고게(synagoge)는 원래 유대교 신전을 가리켰으나, 후에 '유대인 사회' 혹은 '유대인 집단'도 가리키게 되었다고 한다.
320) 흔히 '성체의 빵'이라고 옮기는 'hostie'를 어원적 의미대로 옮긴다. 예수의 몸을 상징하는 얇고 동그란 빵을 삶았다는 말인데, 구체적으로 어떤 행동인지 선뜻 이해되지 않는다.

321) 오를레앙 공작 루이(1372~1407)가 부르고뉴 공작들과의 정권 쟁탈전 과정에서 '겁 모르는 사람'이라는 별명을 가진 부르고뉴 공작 쟝(Jean sans Peur, 1371~1409)의 하수인들에 의해 암살당하였고, 그의 시신이 블랑-망또 로의 교회당에 안치되었었다고 한다.
322) 국왕 루이-필립의 맏아들 훼르디낭(오를레앙 공작, 1810~1842)의 둘째 아들(1840~1910)일 듯하다.
323) 루이 16세의 사촌이며 오를레앙 공작이었던 필립-에갈리떼(1747~1793)가 혁명 의회(Convention) 의원이었을 때, 루이 16세의 사형 언도에 찬성표를 던진 사실을 가리킬 듯하다.
324) 샤를르 10세가 타계하였을 때(1836), 부르봉 왕가의 마지막 적통이었던 앙리 5세(보르도 공작, 샹보르 백작, 1820~1883)가 즉위하지 못하고 옥좌가 오를레앙 왕가로 넘어간(루이-필립) 사실을 가리킬 듯하다.
325) 루이 13세의 둘째 아들이며 루이 14세의 아우인 오를레앙 공작 필립을 당시 사람들이 '신사분'(즉, 왕제 전하)이라고 불렀는데, 그가 결혼하여 자식들까지 두었건만 소문난 동성애자였다고 한다. 샤를뤼스가 '늙은 귀부인'이라 칭한 사람이 그였을 듯하다. 한편, '섭정공'은, 루이 15세 유년 시절에 섭정을 맡았던 '왕제 전하'의 아들(오를레앙 공작, 1674~1723)을 가리킬 듯하다.
326) 의미가 분명하지 않은 문장이지만 그대로 옮긴다.
327) youpin. 유대인을 비하적으로 지칭하는 말이다.
328) coupé. 뒷부분이 싹둑 잘린 듯한(couper), 2인승 4륜 포장마차이다. 그러나 '거추장스러운'이란 수식어가 무엇을 가리키는지 모르겠다. 또한 다음 문장의 '다시 잘렸다'는 말 또한 무슨 뜻인지 모르겠다. 마차의 명칭에 내포된 '잘린'이라는 동사적 의미에 착안한 단순한 말장난일 수도 있다. 그대로 직역한다.
329) 루쿨루스(B.C. 106~56)는 고대 로마 공화국의 장군이며 집정관이었는데, 정계에서 밀려난 후 로마 근교 투스쿨룸에 살면서 극도로 사치스러운 생활을 즐겼고, 그로 인해 '루쿨루스의 사치'라는 말이 생겼을 지경이라고 한다.
330) Aquilævilla. '아킬라의 영지'라는 뜻이다. 그러나 'aquila'가 보통명사로는 참수리(aigle)를 가리킨다. '에글르빌'이 그 의미와 연관된 것일 듯하다.
331) 문법적으로 불완전한 문장이며, 의미를 유추하여 옮긴다.
332) $Xαίρη$! '다시 만나세!', '기뻐하시게!'.

2부 4장

1) illusion(환상, 착각)을 옮긴 것이다.
2) 베르뒤랭 부인이 자주 사용하던 표현인데, 어느새 주인공도 사용하게 된 모양이다. '인연을 끊는다'는 뜻이다.
3) 아가멤논이 트로이아에서 개선한 후, 자기의 아내 클리템네스트라와 그녀의 전남편(탄탈로스)의 아우 에기스토스에 의해 죽임을 당할 때, 어린 오레스테스를 누님 엘렉트라가 몰래 포키스로 데려간다. 그가 성년이 되었을 때, 아폴론이 그에게 아버지의 원수를 갚으라는 명령을 내린다. 또한 주인공이 '앎'이라는 위험스럽게 '확장된 길' 때문에 받는 끔찍한 고초는, 아이스퀼로스가 전하는 오레스테스의 그것과 유사하다(『오레스테이아』-「아가멤논」, 「코에포로이」, 「에우메니데스」).
4) 주인공이 스완의 사랑 이야기를 듣고 그 이야기를 믿은 사실을 가리킬 듯하다. 불완전하게 구성된 문장이다.
5) 역자가 덧붙인다.
6) 알베르띤느가 뱅뙤이유 아가씨의 친구 여자와 함께 뜨리에스떼에서 행복한 세월을 보냈다는 사실 때문에 오스트리아를 떠올린 것인데, 뜨리에스떼는 지금은 이딸리아 영토이지만 1918년까지는 오스트리아의 지배하에 있었다.
7) 괄호 부분은 역자가 덧붙인 것이다. 문장이 불완전한데, 할머니가 생전에, 훗날 혹시 당신의 자매들 중 하나가 불편하면 꽁브레에 가서 단 며칠 동안이나마 병수발을 들라고 주인공의 모친에게 당부하였던 모양이다.
8) 판본들마다 문장이 각각 다르고 모두 모호하여 그 의미를 유추하여 옮긴다.
9) 'détails inestimables'을 옮긴 것이다. 무엇을 가리키는지 모르겠다.
10) 원문에는 '당신의 모친께서 하셨을(Sa mère aurait fait)'이라고 되어 있으나 이미 앞에서 사용된 표현(désirait)으로 대체한다.
11) 이해하기 어려운 언급이지만 그대로 옮긴다.
12) 주인공의 모친은 지금 발백에 있고, 그곳으로부터 꽁브레로 떠날 예정이라 하지 않았던가?
13) 주인공이 알베르띤느에게 자기 집에 와서 함께 지내자고 제안하였다는 이야기 이후부터 이 부분까지 이어진 술회는, 우선 문장들이 불완전하여 이해하기 어려울 뿐만 아니라 의미 또한 알쏭달쏭하다. 매우 급히 쓴 문장들처럼 보인다. 경건

함의 전형이라 할 수 있을 이야기를, 그것도 대화의 흐름을 중단시키면서까지 이 부분에 장황하게 펼친 이유가 무엇일까? 자신이 느끼던 죄책감을 부각시키기 위해서였을까?

14) 블록의 사촌 누이들의 취향과 행실에 관련된 소문이 발백에 파다했다는 언급이 여러 차례 있었다.

15) 두 사람 모두 노르망(바이킹)의 부족장들일 듯하며, 특히 기스까르(Robert Guiscard, 1015~1085)는 나뽈리 왕국을 세운 사람들 중 하나였다고 한다.

16) 물론 『천일야화』중 〈알리바바와 40인의 도둑〉 이야기에 사용되는 주문이다. 합당한 비유인지 모르겠다. 주인공의 처절한 심경을 퇴색시킬 수도 있으니 말이다.

17) 모든 판본의 문장이 불완전하며 각기 다르다. 역자가 의미를 유추하여 옮긴다.

18) 「스완 댁 쪽으로」, 〈꽁브레〉. 뱅뙤이유의 초상화를 가리키며 '이것' 혹은 '원숭이'라 하였고, 또 그 위에 침을 뱉겠다고 한 사람은 뱅뙤이유 아가씨가 아니라 그녀의 친구이다.